UNDER 언더그라운드 GROUND

UNDERGROUND
by Haruki Murakami

이 도서의 국립중앙도서관 출판예정도서목록(CIP)은
서지정보유통지원시스템 홈페이지(http://seoji.nl.go.kr)와
국가자료종합목록 구축시스템(http://kolis-net.nl.go.kr)에서 이용하실 수 있습니다.
(CIP제어번호: CIP2010004053)

언더그라운드

무라카미 하루키

양억관 옮김

문학동네

차례

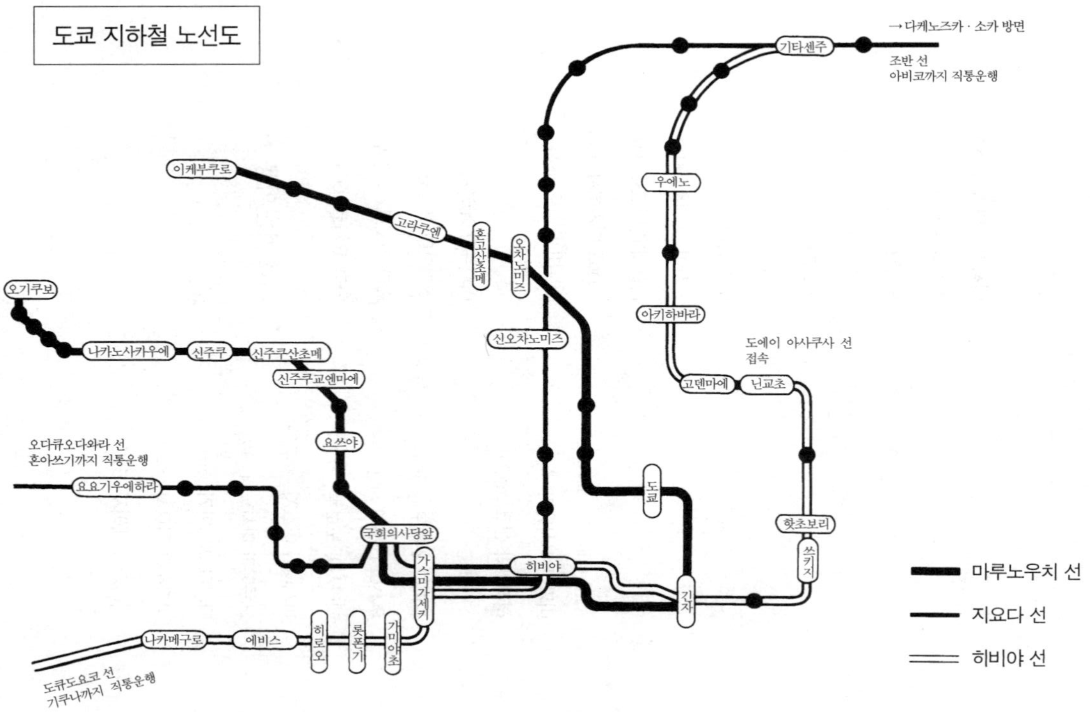

도쿄 지하철 노선도
→다케노즈카 · 소카 방면
조반 선
아비코까지 직통운행
기타센주
우에노
아키하바라
도에이 아사쿠사 선
접속
고덴마에
닌교초
핫초보리
쓰키지
긴자
도쿄
히비야
신오차노미즈
오차노미즈
혼고산초메
고라쿠엔
이케부쿠로
오기쿠보
나카노사카우에
신주쿠
신주쿠산초메
신주쿠교엔마에
요쓰야
오다큐오다와라 선
혼아쓰기까지 직통운행
요요기우에하라
국회의사당앞
가스미가세키
가미야초
롯폰기
히로오
에비스
나카메구로
도큐도요코 선
기쿠나까지 직통운행
마루노우치 선
지요다 선
히비야 선

가스미가세키 역

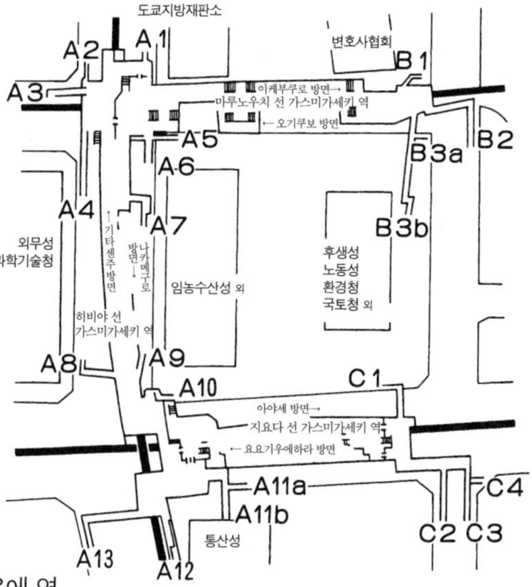

나카노사카우에 역

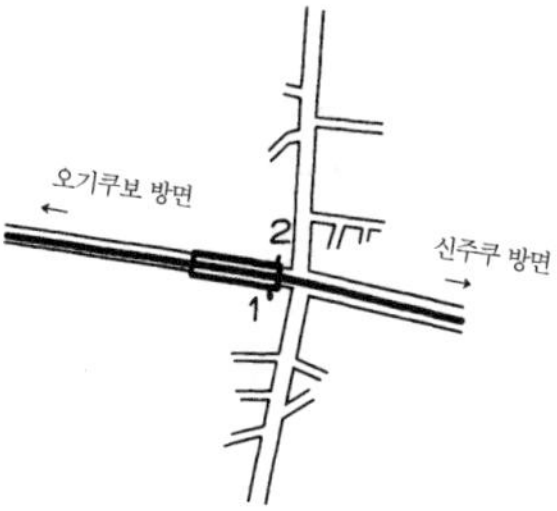

고덴마에 역

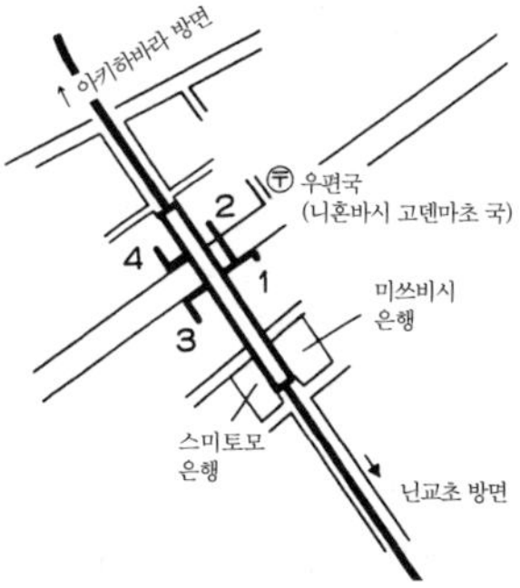

일러두기

1. 본문 중의 주석은 모두 옮긴이주입니다.
2. 본문에 나오는 방점은 모두 원서의 표시에 따른 것입니다.

머리말

어느 날 오후, 우연히 테이블 위에 놓인 잡지를 집어들고 별 생각 없이 페이지를 넘겼다. 몇몇 기사를 건성으로 읽다가 투서란에 게재된 독자의 편지를 하나하나 읽어나가기 시작했다. 왜 그랬는지 잘 모르겠다. 아마도 잠깐의 변덕 때문이었을 것이다. 혹은 몹시 심심해서 그랬는지도 모를 일이다. 여성지를 손에 잡는 것은 말할 것도 없고 더욱이 투서란을 읽는다는 것은 나에게는 무척 드문 일이다.

편지는 지하철 사린사건 때문에 남편이 직장을 잃었다는 한 여성의 사연이었다. 그녀의 남편은 회사로 가는 도중에 운 나쁘게도 사린사건에 휘말려들었다. 쓰러져 병원으로 옮겨졌다가 며칠 후에 퇴원했지만 불행하게도 후유증 때문에 직장을 계속 다닐 수 없는 형편이 되었다. 처음에는 회사 사람들이 어느 정도는 이해해주기도 했지만 시간이 흐름에 따라 상사나 동료들이 싫은 소리를 하기 시작했다. 남편은 그런 차가운 회사 분위기를 견디다 못해 거의 쫓겨나다시피 직장을 그만두었다.

그 잡지를 가지고 있지 않아 지금 정확하게 문장을 인용할 수는 없지만 대강 그런 내용이었던 것으로 기억하고 있다.

내 기억으로는 그렇게 '구구절절한' 문장은 아니었다. 딱히 화를 내는 것 같지도 않았다. 오히려 조용하면서도 '푸념하는 듯한' 어조에 가까웠던 것 같다. '도대체 왜 이런 일이 일어났을까……?' 하고 당혹스러워하는 느낌도 배어 있었다. 갑작스런 운명의 장난을 어떻게 받아들여야 할지를 몰라 고개를 갸우뚱거리는 듯한 느낌이었다.

그 편지를 읽고 나는 깜짝 놀랐다.

왜 이런 일이 일어났을까?

그 부부가 입은 마음의 상처는 깊고 아팠을 것이다. '정말 안됐다'는 생각이 들었다. 그렇지만 당사자들에게는 '안됐다'라는 위로의 말 정도로는 해결될 수 없는 일이라는 것도 나는 잘 알고 있었다.

그러나 지금 여기서 내가 할 수 있는 일이란 아무것도 없다. 나는—아마도 대부분의 사람들도 그러하겠지만—한숨을 쉬면서 잡지를 덮은 다음 내 일상생활로 돌아갔다.

그러나 그후 어떤 계기로 그 편지를 떠올리게 되었다. '왜?'라는 의문이 나의 머릿속을 떠나지 않았다. 그것은 거대한 의문부호였다.

불행히도 사린사건의 순수한 '피해자'가 사건 그 자체에 의한 피해에 그치지 않고 왜 그렇게도 가혹한 '2차 피해'(다시 말해 우리 주위의 어디에도 있을 수 있는 일상사회가 생산하는 폭력)까지 받아야 하는가? 과연 주변 사람들은 그것을 막을 수 없었을까?

그리고 이런 생각을 하기에 이르렀다.

그 가련한 젊은 샐러리맨이 고스란히 받아들여야 했던 이중의 심각한 폭력에 대해, 아무 관계도 없는 사람이 '이건 이상한 세계에서 온 것' '저건 정상적인 세계에서 온 것'이라고 이론적으로 구분하여 설명한들 당사자에게 그것이 무슨 설득력을 가질 수 있을까 하고. 그들에게는 그 두 종류의 폭력을 여기와 저기로 구별하여 생각하는 일 자체가 불가능할 것이다. 보이는 겉모습이야 다를지언정 생각하면 생각할수록 그 둘은 같은 지하의 뿌리에서 뻗어나온 동질적인 것 같아 보인다.

나는 그 편지를 쓴 여성(들)에 대해 알고 싶어졌다. 또한 그 남편(들)의 사정을 알고 싶어졌다. 개인적으로, 그리고 이렇게 가혹한 이중의 상처를 생산하는 우리 사회의 모습에 대해서도 좀더 깊이 알고 싶어졌다.

지하철 사린사건의 피해자를 인터뷰해보겠다고 구체적으로 마음을 먹은 것은 그로부터 얼마 지나지 않아서다.

물론 그 잡지에서 읽은 편지만이 이 책을 쓰게 된 유일한 이유는 아니다. 그것은 현실적인 점화 플러그 같은 역할을 해주었다. 그 시점에서 내 마음속에는 이 책을 써야 할 몇 가지 커다란 개인적인 동기가 있었다. 거기에 관해서는 마지막 부분에서 천천히 이야기할 생각이다. 우선 책을 읽어주기 바란다.

*

이 인터뷰는 1996년 1월 초부터 같은 해 12월 말에 걸쳐 정확히 일 년 동안 이루어졌다. 기꺼이 인터뷰에 응해준 사람들을 직접 만나 약 한 시간 반에서 두 시간에 걸쳐 이야기를 듣고, 그것을 녹음했다. 물론 이것은 어디까지나 일반적인 케이스였고 경우에 따라서는 네 시간에 걸쳐 인터뷰를 한 적도 있었다.

테이프는 그대로 전문가에게로 넘겨졌고, 문장으로 바뀌었다. 명백히 취재의 목적에 위배되는 부분을 제외하고 거의 모든 발언을 그냥 그대로 활자로 바꾸는 작업이었다. 당연히 경우에 따라서는 무척 길어질 수도 있다. 또한 우리의 일상적인 대화의 대부분이 그러하듯이 화제가 여기저기로 옮겨가고 옆길로 새다가 문득 사라져버리거나 문장이 첨가되기도 하고 불쑥 빠졌다가는 갑자기 부활하기도 한다. 그 내용을 취사선택하고 전후를 바꾸고 중복된 부분을 잘라내고 문장을 붙이기도 하고 자르기도 하면서 어느 정도 읽기 쉽게 정리하여 적당한 길이의 원고로 구성해냈다. 녹음한 것을 그대로 문장으로 바꾸면 세세한 뉘앙스 파악이 어렵기 때문에 때로 녹음테이프를 들으면서 세부를 확인하기도 했다. 단지 사정이 있어서 녹음테이프의 내용을 그대로 원고로 바꾼 경우도 세 번 있다.

이러한 원고작업은 인터뷰 당시의 개인적인 '인상' 이나 '기억' 이 크게 작용하는 경우가 많다. 아무리 이야기를 세세하게 녹음한다 해도, 또는 몇 번이나 테이프를 반복해서 듣는다 해도 현장 분위기의 전체적인 흐름을 파악하지 못하면 대화의 핵심을 잃어버릴 수도 있고, 그러면 증언 자체의 힘이 사라져버린다. 그 때문에 듣는 동안은 되도록이면 상대방에게 의식을 집중하며 이야기 하나하나를 그대로 흡수하려는 자세를 견지하려고 노력했다.

딱 한 번 녹음을 거절당한 경우가 있다. 사전에 전화로 '녹음하겠습니다' 라고 먼저 양해를 구해두었으나 막상 녹음을 하려 하자 상대는 '아니, 그런 말은 한 적 없어요' 하고 거절했다. 어쩔 수 없이 숫자나 지명 등을 메모하면서 두 시간 가까이 이야기를 들은 다음 집으로 돌아오자마자 책상에 앉아 원고를 작성했다. 간단한 메모와 기억만으로 그때의 대화를 재현한 셈인데, '사람의 기억이란 믿을 만한 것이 못 된다'는 사실을 새삼 느낀 순간이었다. 물론 매일 취재를 하는 사람들에게는 예사로운 일일지도 모르겠지만. 그리고 애써 그렇게 작성한 원고도 당사자가 게재를 거부하는 바람에, 결국 모든 노력이 물거품이 되고 말았다.

여기서 증언(이하 인터뷰로 칭함)을 해주신 분들은 이 책을 위해 조사원으로 활동한 오시카와 세쓰오와 다카하시 히데미네 두 사람이 찾아봐주었다. 그런 활동의 구체적인 수단은 다음과 같다.

(1) 신문 또는 각종 매스컴의 보도를 통해 지금까지 지하철 사린사건 피해자로 발표된 사람을 찾는다.

(2) 주변 사람들에게 지하철 사린사건의 피해를 입은 사람을 아는지 물어본다. 또는 다른 종류의(사정상 구체적인 방법을 명시할 수는 없지만) 탐문으로 찾는다.

솔직하게 말하자면 이것은 예상 이상으로 힘든 작업이었다. 다른 곳도 아닌 우리가 사는 도쿄 주변에 피해자가 있으니 사건에 대한 증언을 모으는 것은 그리 어렵지 않으리라 예상했지만 생각만큼 손쉬운 일은 아니었다.

왜냐하면 재판소나 검찰청 같은 사법기관 말고는 '지하철 사린사건 피해자'의 정식 명단을 가지고 있지 않았기 때문이다. 당연한 일이지만 개인의 프라이버시를 보호하기 위해 관계자 말고는 그 명단을 볼 수 없다. 각 병원의 입원자 명단도 마찬가지였다. 우리가 알 수 있는 것은 고작 병원에 입원한 사람들의 이름인데, 그것도 사건 당일에 신문 등에 발표된 것뿐이었다. 이 또한 어디까지나 이름뿐이고 주소나 전화번호는 알 수 없었다.

우리는 일단 이름이 밝혀진 700여 명의 리스트를 작성하여 거기서부터 작업을 시작했지만, '신원'이 파악된 것은 그중 20퍼센트 정도에 지나지 않았다. 예를 들어 '나카무라 이치로'라는 흔한 이름인 경우, 그 이름만으로 상대를 파악하기는 무척 어렵다. 어쨌거나 그런 수순을 거쳐 140여 명과 우여곡절 끝에 연락을 취할 수는 있었지만, 대부분의 경우 '더는 그 사건에 대해 생각하기도 싫다' '옴진리교와 관련된 일은 싫다' '매스컴을 신용할 수 없다'라는 다양한 이유를 들어 취재를 거부했다. 특히 매스컴의 취재에 대한 반감이나 불신은 상상을 초월할 정도로 강해서, 출판사 이름을 대자마자 전화를 탁 끊어버리는 일도 많았다. 취재 요청을 기꺼이 받아들인 사람은 결국 140명 가운데 40퍼센트 정도에 지나지 않았다.

사건 발생 후 시간이 경과하면서 거의 대부분의 주요 멤버들이 체포되자 옴진리교에 대한 공포심도 많이 희석되기는 했지만, '나는 남에게 이야기할 정도로 증상이 심하지 않다'라는 이유로 거절하는 경우가 많았다. (이것은 취재를 거부하기 위한 하나의 구실이었는지도 모른다. 그러나 확인할 길이 없다.) 또는 당사자는 자진해서 말을 하려 했지만, 가족들이 '더는 말려들어서는 안 된다'고 제지하는 바람에 인터뷰를 하지 못한 경우도 더러 있었다. 직업별로 보면, 공무원이나 금융계에 종사하는 사람들의 증언은 거의 들을 수가 없었다.

여성 피해자의 인터뷰가 적은 주된 원인은 이름만으로 신원을 판명하기가 거의 불가능했기 때문이다. 이것은 어디까지나 개인적인 추측에 지나지 않지만 젊은 미혼 여성 가운데는 이러한 인터뷰에 저항감을 느끼는 사람도 있지 않았을까 싶다. 가족들은 반대했다면서 머뭇거리며 인터뷰에 응해준 분도 다수 있었기 때문이다.

그런 연유로 공식 발표로 3,800명이나 되는 피해자 가운데서 60명 정도의 '증언해줄 피해자' 를 찾아내는 데 우리는 상당한 시간과 노력을 들여야 했다.

이 책을 위해 기꺼이 인터뷰에 응해줄 피해자를 매스컴을 통해 모집할 수도 있었다. '내가 지금 이런 책을 쓰고 있습니다. 이야기를 들려주시면 감사하겠습니다' 라고. 그렇게 했더라면 좀더 많은 증언을 들을 수 있었을 것이다. 실제로 취재가 벽에 부딪힐 때마다 그런 방법을 써보고 싶은 강한 유혹에 이끌리기도 했지만, 조사원과 편집자와 몇 번에 걸친 협의를 벌인 끝에 최종적으로 다음과 같은 이유에서 그 방법은 피하기로 했다.

(1) 첫째로 우리에게는 상대가 찾아와서 증언을 해주어도 그 진위 여부를 확인할 방법이 없다. 그러나 우리 쪽에서 추적해 들어가면 그럴 위험이 훨씬 줄어들 것이다.

(2) '자진해서 이야기하고 싶다' 는 지원자가 많다는 것은 고마운 일이지만, 그런 적극적인 인터뷰의 비중이 커지면 이 책의 전체적

인 인상이 변하게 될 것이다. 그것보다는 필자(무라카미)의 무작위 추출의 균형을 중시하고 싶었다.

(3) 조사의 성격상 되도록이면 세간의 주목을 피해 은밀하게 진행하고 싶었다. 그렇게 하지 않으면 매스컴을 불신하는 피해자들의 경계심이 한층 강해질 위험이 있다. 또한 필자는 표면에 나서고 싶지 않았다.

나중에 생각해보니 '증언자 일반 공모'를 피한 것은 또다른 긍정적인 결과를 가져다주었다. 비교적 간단한 수단을 배제함으로써 필자와 조사원과 편집자의 결속이 강해졌고 어떤 성취감을 맛볼 수 있었다. '우리의 힘으로 해냈다'라는 뿌듯한 감동이 있었다. 긴밀한 팀워크가 이 책을 구성하는 결정적인 요소가 되었다. 덧붙여 한 사람 한 사람의 증언자를 소중히 생각하는 마음도 한층 강해졌음을 밝혀둔다.

인터뷰한 내용이 원고로 정리되면 증언자에게 보내 일일이 체크했다. 원고를 보낼 때 "우리의 입장은 되도록이면 실명으로 발표하는 것입니다. 만일 실명이 싫으시다면 가명을 사용하겠습니다. 어느 쪽이든 선택해주십시오"라는 편지를 동봉했다. 그 결과 약 40퍼센트 정도의 증언자가 가명을 희망했다. 본문에서는 쓸데없는 억측을 피하기 위해 어느 것이 가명이고 어느 것이 실명인지 일일이 밝히지 않았다. '가명'이라는 말이 불필요한 호기심을 자극할지도 모르기 때문이다.

또한 원고화된 인터뷰를 체크할 때 '활자화하고 싶지 않은' 부분이 있다면 그것을 어떻게 변경하거나 삭제하면 좋을지 구체적으로 알려달라는 내용도 덧붙였다. 대부분의 증언자가 다소의 차이는 있지만 변경 또는 삭제를 희망했다.

필자는 증언자의 지시대로 지정된 부분을 변경하거나 삭제했다. 수정한 부분에는 증언자의 인격이나 생활상이 리얼하게 드러나는 경우가 많아서 필자의 입장에서는 무척 아쉬웠지만 이야기의 흐름이 달라지는 경우를 제외하고는 그들의 지시대로 따랐다. 그대로 받아들이기 어려울 경우에는 이쪽에서 대안을 제시하여 허락을 받았다.

정정하거나 삭제한 부분이 많을 경우에는 정확을 기하기 위하여 수정된 새 원고를 증언자에게 보내 다시 한번 확인을 했다. 그래도 또 '이곳을 바꾸면 좋겠다' 라는 지적이 있으면 시간이 허락하는 한 같은 수순을 반복했다. 어떤 증언자의 경우는 이런 식의 주고받기가 다섯 번이나 이어졌다.

우리는 기꺼이 인터뷰에 응해준 분들에게 곤란을 끼치고 싶지 않았기에, 언짢은 생각이 들지 않도록 가능한 모든 배려를 하고 싶었다. 매스컴에 대한 일반적인 불신감을 불식하기 위해서라도 '이런 말이 아니었는데'라거나 '믿고 협력해주었더니 배신당했다' 하는 기분을 갖게 하고 싶지 않았다. 그 때문에 증언자에 의한 정정과 삭제 작업은 많은 시간을 할애하여 면밀하게 행해졌다.

증언자의 총수는 62명에 달했지만 앞서 말한 것처럼 원고로 정리한 이후 증언의 게재를 거부한 경우도 두 차례 있었다. 둘 다 심각한 내용이고 중요한 의미를 가진 증언이었다. 완성된 원고를 버린다는 건 살을 도려내는 것처럼 아팠지만 증언자가 '노' 라고 하는 이상 포기할 수밖에 없었다. 우리는 처음부터 끝까지 어디까지나 증언자의 자발성을 존중한다는 자세로 취재를 진행해왔고, 물론 경우에 따라서는 어느 정도의 설명이나 설득을 시도하기도 했지만 그래도 '노' 라고 거절할 때는 깨끗이 물러섰다.

다시 말해 이 책에 수록된 사람들의 증언은 완전히 자발적이며 적극적인 것이다. 문장 표현상의 기교도 없을 뿐만 아니라 유도도 없고 도발도 없다. 나의 문장력은(만일 그런 게 조금이라도 있다면 말이지만) '증언자들의 말을 있는 그대로 드러내면서 그와 동시에 얼마나 읽기 쉽게 쓰는가' 라는 단 한 가지에 집중되었다.

실명을 밝혀도 좋다고 허락한 분들 중 일부에게는 '실명을 사용하면 세간의 반응이 있을지도 모르는데 그래도 괜찮으시겠어요?' 하고 다시 확인해서 '그래도 좋다' 고 대답한 분들에 한해서 실명을 사용했다. 실명 게재를 허락해주신 분들에게 깊이 감사드린다. 책에 증언을 실을 경우, 실명으로 나가는 쪽이 메시지의 현실적인 충격이 더 크기 때문이다. 그것이 분노이건 호소이건 슬픔이건 또다른 무엇이건 간에……

그렇다고 가명을 선택한 증인들을 가벼이 본다는 말은 아니다. 제각기 나름의 사정이 있으므로 충분히 이해한다. 오히려 그런 개인적인 사정에도 불구하고 증언을 해주었다는 것 자체에 대해 깊이 감사드린다.

취재할 때 필자가 가장 먼저 던진 질문은 증언자의 개인적인 배경이었다. 어디서 태어나서 어떻게 자랐고, 어떤 취미가 있고, 어떤 일을 하고 있으며, 어떤 가족과 함께 생활하고 있는가라는 것이었다. 특히 직업에 대해서는 꽤 구체적으로 물었다.

그런 증언자의 개인적인 배경 취재에 많은 시간을 할애한 것은 '피해자' 한 사람 한 사람의 모습을 조금이라도 더 명확히 부각시키고 싶어서였다. 거기에 존재하는 한 인간을 '얼굴 없는 많은 피해자 중의 한 사람'에 그치게 하고 싶지 않았기 때문이다. 직업적인 작가라서 그런지 모르겠지만 나는 '종합적이고 개념적인' 정보에 대해서는 딱히 흥미를 느끼지 않는다. 한 사람 한 사람의 구체적인—교환 불가능한—존재양태에 대해서만 흥미를 느낀다. 그 때문에 나는 증언자를 앞에 두고 한정된 두 시간 동안 집중하여 '이 사람은 어떤 사람일까'라는 문제의식을 가지고 깊고 구체적으로 이해하려 노력했고, 그것을 독자에게 그대로 전달할 수 있는 문장을 만들려고 했다. 증언자의 사정으로 활자화할 수 없는 경우가 많긴 했지만.

그런 자세로 취재에 임한 이유는, '가해자=옴 관계자'는 한 사람 한 사람의 프로필이 매스컴에 의해 세부까지 밝혀져 사생활 폭로에 가까운 정보나 가십으로 세간에 전파되고 있는 데 반해, 다른 한쪽의 '피해자=일반시민'의 프로필은 억지로 만들어낸 듯이 너무도 어색한 느낌이 들었기 때문이다. 거의 대부분의 경우 단지 주어진 역할(통행인 A)이 등장할 뿐, 귀를 솔깃하게 하는 개인적인 이야기가 제공되는 경우는 드물었다. 몇 안 되는 그런 이야기도 패턴화된 문맥으로 표현되고 있을 뿐이었다.

아마도 그것은 일반 매스컴의 문맥이 피해자들을 '상처받은 순진한 일반시민'이라는 이미지로 고정시켜버렸기 때문일 것이다. 더 정확히 말하자면 사실적인 표정이 없는 피해자가 문맥의 전개상 편하기 때문이다. '(얼굴 없는) 건전한 시민' 대 '얼굴 있는 악당들' 이라는 고전적인 대비를 활용하면 그림을 그리기 쉬워지니까.

나는 되도록 그 고정된 도식에서 벗어나고 싶었다. 그날 아침 지하철을 타고 있던 한 사람 한 사람의 승객들에게도 개성적인 얼굴이 있고, 생활이 있고, 인생이 있고, 가족이 있고, 기쁨이 있고, 갈등이 있고, 드라마가 있고, 모순과 딜레마가 있고, 그것들을 종합한 이야기가 있기 때문이다. 없을 리가 없다. 그 사람이 다름 아닌 당신이며 나이기 때문이다.

그래서 나는 무엇보다도 우선 그·그녀의 인간적인 배경을 알고 싶었다. 그것이 구체적인 문장으로 표현되건 안 되건.

그런 개인적인 사정을 물은 다음에 사건 당일의 이야기로 옮겨갔다. 물론 이쪽이 주제다. 나는 사람들의 이야기에 귀를 기울이고, 질문했다.

"그날은 당신에게 어떤 하루였습니까?"

"당신은 그곳에서 무엇을 보고 무엇을 체험하고 무엇을 느꼈습니까?"

(그리고 경우에 따라서는) "당신은 그 사건에서 어떤 (육체적, 정신적) 고통을 당했습니까?"

"그 고통은 그후에도 계속되고 있습니까?"

사건에 의한 피해는 사람에 따라 천차만별이다. 실제적인 피해는 거의 없었다고 말하는 사람도 있고, 불행히도 목숨을 빼앗긴 사람도 있으며, 아직도 재활을 위해 요양중인 중증 환자도 있다. 그때는 별 대수롭지 않았지만 시간이 지난 후에 PTSD(Post-traumatic stress disorder, 외상후스트레스장애) 증상으로 고생했다는 (아직도 고생하는) 사람도 많았다. 일반적인 보도의 관점에서 보면 중증 환자의 기사를 많이 늘어놓는 것이 사회적인 가치가 크다 할 수도 있을 것이다.

그러나 나는 우연히 사건 현장에 있다가 어떤 식으로든 사린의 영향을 받은 사람들이라면 증상의 경중에 상관없이 취재했고, 증언을 해준 사람들의 이야기는 허락을 받은 다음에 하나도 빠뜨리지 않고 책에 수록했다. 물론 피해가 경미한 사람은 빠른 시간 내에 일상생활에 복귀했다. 그러나 그들에게도 나름의 생각이 있고 공포가 있고 교훈이 있었다. 읽어보면 알 수 있겠지만 그것은 '증상이 대수롭지 않으므로' 간단히 지나쳐버릴 문제가 아니다. 3월 20일이라는 날은 거기에 있었던 모든 사람들에게 어떤 무게를 가진 특별한 날이었다.

또한 나는 증상의 경중에 관계없이 많은 피해자의 모습을 두루 부각시킴으로써 사건의 전체상이 새로운 모습을 띠게 될 것이란 예감을 가지고 있었다. 이것은 실제로 읽고 난 다음에 판단해주기 바란다.

지금까지 다른 미디어의 취재를 경험한 적이 있는 몇 사람의 증인은 한결같이 '정말로 내가 말하려 한 것은 결국 잘려버렸고 발언시간도 짧아서 하다 만 것 같다'라는 불만을 가지고 있었다. 즉 미디어의 입장에서 이야기를 만들기 쉬운 부분만 적당히 잘라서 사용했다는 것이다.

그런 불만을 품고 있는 사람들에게 우리의 취재는 그와는 정반대의 취지와 방법으로 행해진다는 것을 이해시키는 데, 경우에 따라서는 많은 시간을 소비해야 했다. 애석하게도 마지막까지 우리의 취지를 이해해주지 않는 경우도 있었다.

그런 의미에서도 이번 취재에서 얻은 증언을 있는 그대로 싣고 싶었지만, 지면의 제약도 있고 또 읽기 쉽게 정리할 필요도 있고 해서 적절한 선에서 타협하지 않을 수 없었다. 분량은 평균 400자 원고지 20~30매이며, 긴 것은 50매에 달하는 것도 있다.

'증상의 경중에 관계없이' 라고 말했는데, 아무래도 증상이 심한 경우에는 원고 양이 길어진다. 입원 과정이나 회복의 경과 또는 기억의 깊이, 상처의 크기 등 말해야 할 것이 많기 때문이다.

이제 그 육성에 잠시 귀 기울여주기 바란다.

아니, 그에 앞서 상상해보기 바란다.

때는 1995년 3월 20일, 월요일. 활짝 갠 초봄의 아침. 아직 바람이 차가워 오가는 행인들은 모두 코트를 입고 있다. 어제는 일요일, 내일은 춘분 휴일, 즉 연휴 한가운데다. 어떤 사람은 '오늘은 그냥 쉬고 싶다' 고 생각했을지도 모른다. 그렇지만 여러 사정상 당신은 쉴 수 없었다.

그래서 당신은 여느 때처럼 아침에 눈을 뜨고 세수를 한 다음, 아침을 먹고 옷을 입고 역으로 간다. 그리고 늘 그렇듯 붐비는 전차를 타고 회사로 향한다. 여느 때와 조금도 다름없는 아침이었다. 딱히 다른 날과 구분할 필요도 없는 당신의 인생 속 하루에 지나지 않았다.

변장한 다섯 명의 남자가 그라인더로 뾰족하게 간 우산 끝으로, 묘한 액체가 든 비닐봉지를 콕 찌르기 전까지는……

지요다 선

지하철 지요다 선의 사린 살포 실행 팀은 하야시 이쿠오와 니이미 도모미쓰였다. 하야시가 실행범, 니이미가 운전사 역할이다. 연장자이며 의사로서 과학기술성의 '강경파'와는 선을 긋고 있는 하야시가 굳이 실행범으로 뽑힌 이유는 명확지 않지만 '아마도 입을 막기 위해서'라는 것이 하야시 자신의 추측이다. 사건에 관여함으로써 도망칠 길이 없어지고 만 것이다. 이 시점에서 벌써 하야시는 내부 사정을 너무 많이 알아버렸다. 하야시는 아사하라 쇼코에 깊이 귀의하고 있었지만 아사하라 쪽은 진심으로 이 사나이를 신용하지 않았던 것 같다. '사린을 뿌려라'라는 명령을 듣는 순간 하야시는 '가슴속의 심장이 쪼그라드는 듯한 느낌이 들었다'고 말한다. '심장이 가슴에 들어 있는 것은 당연한 일이지만요' 하고 덧붙이면서.

기타센주 역 7시 8분발 지요다 선, 요요기우에하라 행 맨 앞 칸, 신오차노미즈 역에서 사린 봉지를 터뜨린 다음 거기서 내린다. 신오차노미즈 역에서 기다리던 니이미는 임무를 끝낸 하야시를 태우고 그길로 시부야의 아지트로 돌아간다. 그것이 두 사람에게 주어진 사명이었다. 하야시는 그것을 거부할 수 없었다. '이것은 마하무드라 수행의 한 과정이다' 라고 그는 마음속으로 외쳤다. 마하무드라 수행이란 정오사* 자격을 얻기 위한 중요한 수행이다.

'거절할 수도 있지 않았습니까?' 라는 아사하라 변호인단의 집요한 질문에 대해, 하야시는 이렇게 대답했다. "만일 그것을 거절할 수 있었다면 (애당초) 이번의 옴 사건은 일어나지 않았을 것입니다."

하야시는 1947년에 태어났다. 시나가와 구에서 개업의의 차남으로 태어나 게이오 대학 부속중고등학교를 거쳐 동 대학 의학부로 진학하여 심장혈관 외과 전문의가 되었고 게이오 대학병원에 근무했다. 그후 그는 이바라키 현 도카이무라에 있는 국립요양소 병원의 순환기과 책임자로 근무했다. 말이 필요 없는 슈퍼 엘리트다. 단정한 얼굴에 전문 직업인의 자신감 같은 것이 엿보인다. 아마도 의사로서 자연스럽게 몸에 밴 분위기일 것이다. 머리 위가 막 벗어지기 시작한 것 같았다. 그럴 나이가 된 것이다. 옴 간부 대부분이 그러하듯이 꼿꼿한 자세와 단정한 표정으로 정면을 응시하고 있다. 그러나 어투에는 어딘지 모르게 단조롭고 부자연스러운 데가 있다. 재판의 증언을 방청하고서 나는, 무언지는 모르겠지만 그의 내적 감정이 자연스럽게 흐르지 못하고 있다는 느낌을 받았다.

그는 화려한 경력을 쌓아가던 도중에 갑자기 옴진리교에 입신하여 1990년에는 직장을 버리고 가족과 함께 출가했다. 두 아이도 교단에서 특

---

* 正悟師. 옴진리교에서는 신자들을 수행 정도에 따라 피라미드형의 계급으로 분류하였다. 맨 위의 '정대사(正大師)' 부터 '정오사(正悟師)' '사장(師長)' '대사(大師)' '사(師)' '스와미' 그리고 '사마나' 라는 비성취자가 있고 그 아래에 재가 신자가 있다.

수한 교육을 받았다. 병원 측은 그의 능력을 아껴 필사적으로 말렸지만 하야시의 결심은 굳건했다. 의사라는 직업에 그는 거의 미련이 없어 보였다. 교단 내에서는 엘리트를 선호하는 아사하라 쇼코의 중용으로 '치료성 대신' 자리에 앉았다.

하야시는 언제부터인가 의사라는 자신의 일에 깊은 회의를 품기 시작했으며, 바로 그때 과학을 넘어선 해답을 제시해주는 아사하라 쇼코의 교리에 흠뻑 젖어든 것으로 짐작된다.

지하철 사린 살포의 실행자로 지명된 하야시 이쿠오는 20일 새벽 3시에 가미쿠이시키무라의 제7사티암*으로 인도되어 다른 네 명의 실행자와 함께 사린 봉지를 찌르는 연습을 했다. 사린 대신에 물을 넣은 같은 크기의 비닐봉지를 그라인더로 날카롭게 간 우산 끝으로 찔러 터뜨리는 것이었다. 연습을 지휘한 사람은 간부인 무라이 히데오이다. 다른 멤버는 이 연습을 즐기는 듯했지만, 하야시 이쿠오는 냉정한 눈길로 다른 네 명의 연습 광경을 지켜보았다. 실제로 찌르지도 않았다. 48세 의사의 눈에는 그 모든 것이 장난처럼 보였다.

하야시는 말한다. "나는 연습하지 않았습니다. 보기만 해도 할 수 있을 것 같아서였지만, 실은 내키지 않았기 때문입니다."

연습을 한 다음 다섯 사람의 실행자는 차를 타고 시부야의 아지트로 돌아왔다. 거기서 의사인 하야시는 유산 아트로핀atropine을 넣은 주사기를 일행에게 나누어주고 '만일 사린 중독 증상이 나타나면 이것을 바로

* SATYAM. 산스크리트어의 SATYA(진리)라는 말을 변형시킨 것으로 옴진리교의 건물을 말한다.

주사하라' 고 지시했다.

역으로 가는 도중에 하야시는 이치가야의 슈퍼마켓에서 장갑과 컷 나이프와 테이프와 샌들을 샀다. 운전사 역의 니이미는 사린이 든 비닐봉지를 감추는 데 쓸 신문을 구입했다. 〈세이쿄聖教 신문〉(공명당을 거느리고 있는 창가학회創價學會라는 종교단체의 신문)과 〈아카하타赤旗〉(일본 공산당 신문)를. '아무 데서나 볼 수 있는 보통 신문이 아닌 게 좋을 것이다.' 이것은 니이미 스타일의 고급 유머라 해야겠다. 하야시는 두 신문 가운데 〈아카하타〉를 선택했다. 숙적인 창가학회의 〈세이쿄 신문〉을 사용하는 것은 너무 속이 들여다보여 오히려 역효과가 나리라 생각했기 때문이다.

하야시는 전차를 타기 전에 마스크를 썼다. 전차의 넘버는 A725K였다. 차 안에서 여자와 어린애의 모습을 보고 하야시는 당황했다. '만일 여기서 사린을 살포하면 내 오른쪽 앞에 선 여자는 틀림없이 목숨을 잃을 것이다. 도중에 내리면 좋을 텐데' 하고 그는 생각했다. '그러나 여기까지 와서 실행하지 않을 수 없다. 이것은 법을 위한 투쟁이다. 나약한 마음을 가져서는 안 된다.'

전차가 신오차노미즈 역에 접근했을 때 그는 사린 봉지를 발 아래로 떨어뜨린 다음 마음을 다잡고 우산 끝으로 찔렀다. 손에 감촉이 전해져왔다. '팟 하는 탄력적인 감촉' 이었다. 그후에도 여러 번 찔렀지만 몇 번인지 기억은 나지 않는다. 결국 두 개의 사린 봉지 중 구멍이 뚫린 것은 하나뿐, 나머지 하나는 그대로 방치되었다.

그러나 구멍이 뚫린 봉지에서 사린 액이 흘러나와 기화하여 많은 승객에게 피해를 주었다. 가스미가세키 역에서는 그 봉지를 처리하려던 두 명의 역무원이 순직했다. A725K는 국회의사당앞 역에서 운행을 중지했고 직원들은 승객 전원을 내리게 한 다음 차량 내부를 청소했다.

하야시 이쿠오가 살포한 사린에 의해 2명이 죽고 231명이 상해를 입었다.

냉정하게 대처하는 사람이 아무도 없다는 것을 한눈에 알 수 있었습니다.

이즈미 기요카 (당시 26세)

이즈미 씨는 가나자와에서 태어났다. 지금은 외국항공회사 홍보실에 근무하고 있다.

대학 졸업 후 이런저런 사정으로 JR에 종합직으로 입사하여 삼 년간 일한 다음 항공 관계 일을 하고 싶어 이 년 전에 전직했다. 항공회사에서 일하는 것은 어릴 때부터의 꿈이었다. 그러나 이 항공회사에 입사하기 위해서는 1,000대 1이라는 엄청난 경쟁을 뚫어야 했다. 그 어려운 과정을 거쳐 전직한 직후 출근길에서 사린사건을 만난 것이다.

이즈미 씨는 "공부라면 뭐든 좋아합니다" 하고 말한다. 보기에도 모든 일에 긍정적이고 열심이어서 한번 목표를 설정하면 그것을 향하여 똑바로 나아가는 성격인 것 같았다. 말에 조리가 있고, 고리타분한 표현일지 모르겠지만 '정의감'도 있고 군더더기 없는 솔직함이 그대로 드러났다. 항공회사에 들어가지 않았더라면 정치가의 비서가 되었을 것이란다. 실제로 그녀는 그 자격을 얻기 위해 공부를 하고 있었다. 만일 그것이 실현된다면 아마도 유능한 비서가 될 것이다.

이런 말을 해서 뭣하지만 이 사람을 보고 있으면 '왠지 옛날이 그리워지는' 그런 기분을 느낀다. 고등학교 시절에는 한 반에 하나 정도는 이런 타입의 올곧은 여자애가 있었던 것 같다. 지금은 어떨까?

JR에서 한 일은 별로 재미없었다고 한다. 여러모로 사회 공부가 되었지만 인사가 모든 것이라는 느낌을 주는 직장이었고, 노동조합의 힘이 아주 강한데다 전체적으로 좁아 보이는 특수한 공간 같아서 자신에게는 맞지 않았다고 한다. 영어를 사용할 수 있는 일을 하고 싶기도 했다. 그래서 '그만두지 마라' 는 주위의 만류를 뿌리치고 스스로의 판단으로 지금 회사로 옮겼다. 그런데 이 사린사건에서 그녀가 JR 연수중에 받은 긴급사태 훈련이 의외로 효과를 발휘한다.

그녀는 사람과 어울리는 것을 무척 좋아하는 성격으로, 혼자서는 커피숍에도 들어가지 않는다. 그리고 '혼자 지내는 게 너무 외로워서 도저히 견딜 수 없다' 고 했다.

*

사건을 당했을 당시에 와세다에 살고 있었습니다. 그곳이 너무 좁아서 지금은 이사했지요.

회사는 가미야초에 있었는데 저는 와세다에서 도자이 선을 타고 오테마치에서 내려 지요다 선으로 갈아타 가스미가세키로, 거기서 다시 히비야 선으로 갈아타고 가미야초까지 한 정거장을 가는 루트로 통근하고 있었습니다. 업무 시작은 8시 반이라서 집에서는 대체로 7시 45분, 아니면 50분 정도에 나옵니다. 회사에는 8시 반 조금 전에 도착하는데, 그래도 저는 출근이 빠른 편입니다. 다른 사람들은 거의가 아슬아슬하게 회사에 도착합니다. 일본 회사에서는 출근 시간의 삼십 분에서 한 시간 전에 출근하는 것을 당연하게 생각하지만 외국계 회사는 자기 페이스에 맞추어 자유롭게 일을 시작하면 된다는 사고방식이 지배적입니다. 출근 시간보다 빨리 나온다고 해서 특별히 평가의 대상이 되는 것은 아닙니다.

아침에는 6시 15분에서 20분 사이에 일어나지요. 아침은 거의 들지 않습니다. 가볍게 커피를 마시는 정도예요. 도자이 선은 꽤 복잡합니다. 복잡한 것만 제외하면 딱히 불쾌한 일은 없습니다. 여태 치한을 만난 적도 없습니다.

몸이 불편하거나 아팠던 적이 거의 없지만, 그날 3월 20일만은 정말 몸 상태가 좋지 않았습니다. 나 자신이 믿을 수 없을 정도로 좋지 않았어요. 그래도 집을 나섰습니다. 전차를 타고 도자이 선에서 내려 오테마치에서 지요다 선으로 갈아타고 '오늘은 정말 컨디션이 안 좋아' 라고 생각하면서 숨을 들이쉬는데, 그대로 숨이 콱 막혀버리는 겁니다.

그때 저는 지요다 선의 맨 앞 칸에 타고 있었어요. 그렇게 해야 가스미가세키 역에서 히비야 선으로 갈아탈 때 가깝고 편리하거든요. 전차는 그리 붐비지 않았습니다. 좌석은 모두 찼지만 선 사람은 거의 없었어요. 건너편 차량까지 시야에 들어올 정도였습니다.

저는 운전석에 바로 붙은 맨 앞 칸에 서서 문 손잡이를 잡고 있었습니다. 그리고 방금 말했듯이 깊이 숨을 들이쉬는데 갑자기 고통스러워졌습니다. 아니, 고통스럽다는 말은 적합하지 않겠네요. 정말로 '직격탄을 맞은' 것같이 갑자기 숨이 딱 멈추어버리더군요. 더 숨을 쉬었다간 내장이 전부 입 밖으로 튀어나와버릴 것 같은 그런 강렬한 느낌이었어요. 마치 진공상태에 빠진 것 같았어요. 몸 상태가 좋지 않아 그런가 싶었지만 아무리 상태가 나쁘다 해도 이건 정말 너무하다는 생각이 들었습니다. 그 정도로 심했지요.

지금 생각하면 이상한 이야기지만, 그래서 저는 '혹시 할아버지가 돌아가신 것은 아닐까' 하고 생각했습니다. 할아버지는 이시카와 현에 살고 계신데 그때 94세나 되었거든요. 작년에 세상을 떠나셨지요. 그때 할아버지가 감기에 걸리셨다는 이야기를 들었기 때문에 혹시나 영혼이 나에게 소식을 전하는 것은 아닌가 하고 생각했습니다. 할아버지가 세상을 떠난 것은 아닌가 하고.

잠시 후 다시 숨을 쉴 수가 있게 되었습니다. 그러나 가스미가세키 바로 전 역인 히비야를 지날 즈음에 기침이 심하게 나는 겁니다. 차 안의 다른 사람들도 쿨럭쿨럭 기침을 하기 시작했습니다. 차 안의 분위기가 뭔가 이상하다는 느낌이 들었어요. 주위 사람들도 웅성거리기 시작했고……

어쨌든 전차는 가스미가세키 역에 도착했고 저는 아무 생각 없이 내렸어요. 그런데 다른 승객 몇 사람이 전차에서 내려 좀 이상하니까 와보라며 차장을 차량 안으로 데리고 들어갔습니다. 그다음은 전 보지 못했지만, 차량 안의 사린 봉지를 들고 나가 치웠던 그 차장은 그후 목숨을 잃었다고 합니다.

저는 평소처럼 역을 나서서 히비야 선 쪽으로 걸어갔습니다. 그리고 히비야 선의 플랫폼으로 이어지는 계단을 내려가다가 화재경보기가 울리는 소리를 들었습니다. 삐삐삐 하는 소리 말입니다. JR에 근무할 때 역의 긴급사태를 알리는 경보음을 많이 들어봤기 때문에 '아, 무슨 사고가 났나보다' 라고 생각했습니다. 그때 마이크를 통해 역 구내방송이 흘러나오더군요. 그래서 '이 역을 벗어나는 것이 좋겠다' 는 생각을 하면서도 그대로 히비야 선의 플랫폼 안으로 들어갔습니다.

그때 역무원들의 행동이 무척 혼란스러워 보이기에 '이건 보통 사태가 아니다' 라는 느낌이 들었습니다. 그것은 제가 타려 하던 것과는 반대편의 히비야 선 차량이었는데, 승객이라고는 한 사람도 보이지 않는 빈 차량이었습니다. 나중에 알게 된 일이지만 사실은 그 전차에도 사린이 놓여 있었습니다. 가미야초 역에서 이상 사태가 발생하자 타고 있던 승객을 전부 내리게 하고 그 전차가 가스미가세키 역으로 들어왔던 겁니다.

화재경보기가 울린 다음에 '모두 역 밖으로 나가주시기 바랍니다' 라는 구내방송이 나왔고 사람들은 모두 출구 쪽으로 움직이기 시작했습니다. 저는 그때쯤 속이 메슥거리기 시작해서 밖으로 나가기 전에 일단 화장실 쪽으로 가는 게 좋겠다 싶어 역 구내를 살폈습니다. 화장실은 역장실 바로 옆에 있었어요.

역장 사무실 곁을 지날 때 그 안에 역무원 세 명이 쓰러져 있는 것을 보았습니다. 사상자가 나올 정도의 사고가 일어났다는 걸 알 수 있었습니다. 그렇지만 그대로 화장실에 들어갔다가 잠시 후에는 통산성 앞으로 통하는 출구로 올라왔습니다. 아마 십 분 정도의 시간이 경과했을 겁니다. 그사이에 역장실에 누워 있던 세 명의 역무원은 밖으로 옮겨져 있었습니다.

계단을 올라가서 출구를 나선 다음 주위를 빙 둘러보았는데, 그곳에는 '지옥'이라는 표현이 적절할 것 같은 그런 광경이 펼쳐져 있었습니다. 바닥에 쓰러져 있는 세 사람의 입에는 스푼이 물려 있었습니다. 혀가 목 안으로 말려드는 것을 방지하기 위해서 누군가가 입에다 스푼을 물려둔 것이지요. 역무원도 여섯 명 정도 있었는데 모두 얼굴을 감싸쥐고 화단 근처에 주저앉아 울고 있었습니다. 그리고 계단 입구에서 여자 한 명이 울고 있더군요(나중에 증인으로 등장할 노자키 씨다). 밖으로 나오는 순간 저는 말을 잊고 말았습니다. 도대체 지하철에서 무슨 일이 일어났는지 영문을 알 수 없었습니다.

거기 있는 역무원 한 사람에게 "전 이전에 JR에 근무한 적이 있습니다. 긴급사태에 대한 조치도 잘 알고 있어요. 도울 일이 없을까요?" 하고 물었지만, 그 역무원의 눈은 초점을 잃었더군요. 흐물흐물 허공을 떠도는 눈동자로 단지 "살려주세요!"라는 말을 반복할 뿐이었습니다. 나는 거기 주저앉아 있는 역무원들에게 "그렇게 울고만 있으면 어떡해요" 하고 말했습니다. 그랬더니 "아니, 우는 거 아니에요" 하고 대답하는 겁니다. 그러나 내 눈에는 울고 있는 것처럼 보였습니다. 쓰러져 있는 역무원이 숨을 거두었기 때문에 슬퍼서 우는 줄로만 알았지요.

구급차를 불렀느냐고 물어보니 이미 연락했다고 했습니다. 어디선가 구급차의 사이렌 소리가 들렸지만 아직도 차는 나타나지 않았습니다. 무슨 영문인지 우리가 있던 장소에는 구조대가 나타나지 않아서 결국 중환자가 가장 늦게 병원으로 실려가는 이상한 사태가 발생했습니다. 그래서 그중 두 사람은 결국 숨을 거두고 말았습니다.

그 광경을 〈텔레비전 도쿄〉의 카메라가 처음부터 중계하고 있었습니다. 그 곁에 '텔레비전 도쿄'라고 쓴 밴이 서 있었습니다. 그래서 저는 "지금 이러고 있을 때가 아니에요. 이 사람들을 빨리 병원으로 옮겨야 하니까 차를 빌려주세요" 하고 대들었습니다. 그랬더니 운전사가 다른 사람들과 잠시 의논하더니 "알았습니다. 그렇게 하지요"라고 하더군요.

JR에서는 항상 빨간 스카프를 가지고 있어야 했습니다. 어떤 긴급사태가 발생하면 그것을 흔들어야 하니까요. 그것을 흔들면 열차가 정지합니다. 그 생각이 퍼뜩 머리에 떠오르기에, "스카프 갖고 계신 분 없어요?" 하고 주위를 향해 소리쳤습니다. 그랬더니 누군가가 스카프를 빌려주었어요. 그렇지만 너무 작아서 그것은 포기하고, 결국 제 손수건을 운전사에게 건네주면서 "여기서 가장 가까운 병원으로 이 사람들을 옮겨주세요. 긴급사태니 클랙슨을 울리고 빨간 불도 무시하고 달리세요" 하고 말했습니다.

손수건 색깔은 기억나지 않습니다. 아마도 알록달록한 그림이 그려져 있었던 것 같습니다. 손수건을 흔들라고 했는지 사이드미러에 묶으라고 했는지도 기억나지 않습니다. 저도 꽤 흥분한 상태였기 때문에 그 부분의 기억은 확실치 않아요. 그렇게 해서 결국 세상을 떠나고 만 역무원 다카하시 씨와 역무보조원 한 사람이 뒷좌석에 타고, 한 자리 여유가 있다고 해서 역무원 한 사람을 더 태우고 차는 떠났습니다.

나중에 도요타 씨를 만났더니 그때 손수건을 돌려주지 못했다며 새 손수건 하나를 선물로 주었습니다. 뒤에 탄 사람이 토하면서 그 손수건을 사용했다고 합니다.

그때는 다카하시 씨가 아직 살아 있었던 것 같아요. 그렇지만 언뜻 보기에도 '이 사람은 힘들겠다'라는 생각이 들었습니다. 저는 사람이 죽어가는 모습을 곁에서 지켜본 적이 없었지만 직관적으로 그런 느낌이 들었습니다. 이 사람은 그냥 이대로 죽을 것이라고. 그렇지만 최선을 다해야 한다고.

운전사는 저더러 함께 타고 가자고 했지만 저는 괜찮다고 했습니다. 역 밖으로 업혀나오는 사람도 몇 있었기 때문에 그들을 보살펴야 했습니다. 그래서 저는 남았습니다. 그 차가 어느 병원으로 갔는지는 모릅니다. 그 사람들이 어떻게 되었는지도 모릅니다.

제 곁에 있던 여자아이는 엉엉 울면서 몸을 사시나무처럼 덜덜 떨고 있었습니다. 나는 그 곁에 다가가서 "괜찮아, 괜찮아" 하며 위로해주었습니다. 이윽고 구급차가 달려왔습니다. 나는 그동안 여러 사람을 보살폈는데 모두 얼굴색이 창백한 상태를 넘어 흙빛에 가까웠습니다. 어떤 할아버지는 입에서 거품을 계속 뱉어내고 있었습니다. 사람의 입에서 어쩌면 이렇게 많은 거품이 나올까 싶을 정도로 말이죠. 나는 할아버지의 셔츠 단추를 모두 풀어주고 바지의 벨트도 느슨하게 해준 다음 맥을 짚어보았습니다. 맥이 굉장히 빨랐습니다. "할아버지, 할아버지!" 하고 불렀지만 대답이 없었습니다. 전혀 의식이 없었어요.

할아버지처럼 보였던 그 사람은 사실은 역무원이었습니다. 제복 상의를 벗어던져서 역무원인 줄 몰랐던 겁니다. 안색이 흙빛이고 머리카락도 듬성듬성해서 할아버지 승객인 줄 알았지요. 나중에 안 일이지만 그분이 바로 도요타 씨로, 세상을 떠난 두 역무원(다카하시, 히시누마)의 동료였습니다. 지요다 선의 플랫폼에서 근무하다가 쓰러진 세 사람의 역무원 가운데 유일하게 목숨을 건진 바로 그 분입니다. 피해자 중 가장 오랫동안 입원 생활을 했다고 합니다.

구급차가 도착해서 누군가 의식은 있느냐고 묻기에 "의식은 잘 모르겠지만 맥은 있습니다" 하고 저는 외치듯이 대답했습니다. 그랬더니 구급차에서 산소마스크를 들고 와서 그 사람의 입에 갖다댔습니다. 그러고 나서 "(흡입기가) 하나 남았으니까 호흡이 곤란한 사람 있으면 (구급차에) 타세요" 하기에 저도 산소를 조금 마셨고 울고 있던 그 여자아이도 산소를 마셨습니다. 그사이 매스컴 관계자들이 달려왔습니다. 그들은 벌벌 떨면서 울고 있던 여자애를 빙 둘러쌌습니다. 그 덕분에 그애는 그날 하루 종일 텔레비전에 등장하게 되었지요.

다른 사람들을 간병하는 동안 저는 어떤 고통도 느끼지 못했습니다. 산소 흡입이라는 말을 듣고서야 비로소 그러고 보니 나도 호흡이 좀 곤란한 것 같다고 생각할 정도였습니다. 그 사건과 제가 어떤 관계를 맺고 있다는 사실을 그때는 전혀 느끼지 못하고 있었지요. 저는 아무 일도 없으니 사건(어떤 사건인지는 모르겠지만 여하튼 커다란 사건)의 피해를 입은 사람들을 간병하고 도와주는 것이 당연하다고 생각했습니다. 앞에서도 말했듯이 저는 아침부터 몸 상태가 좋지 않았기 때문에 속이 메슥거리는 것도 어디까지나 제 개인적인 문제라 생각했던 거예요.

그러고 있는데 회사 동료가 곁을 지나갔습니다. 그 사람도 저와 함께 매스컴에 시달리는 여자아이를 보호해주었습니다. 그 사람이 회사까지 걸어가자고 하기에 일단 회사로 가려고 했습니다. 가스미가세키에서 회사까지는 걸어서 삼십 분 정도 걸립니다. 걷는 동안 호흡곤란을 느끼긴 했지만 주저앉을 정도는 아니었어요. 아무 탈 없이 걸어갔습니다.

회사 사람들은 텔레비전에 내 모습이 비친 것을 보고 모두들 "이즈미 씨, 괜찮아?" 하고 물었습니다. 회사에 도착한 것은 10시가 넘어서였습니다. 상사는 "조금 쉬는 게 어때? 무리하지 않는 게 좋아" 하고 말해주었지만 저는 무슨 일이 일어났는지도 몰랐기 때문에 그냥 일을 하고 있었습니다. 잠시 후에 인사부에서 '독가스가 살포되었으니 갑자기 속이 메슥거리는 사람은 빨리 병원으로 가도록 하라'는 연락이 왔는데 그 말을 듣고 나서부터 점차 상태가 나빠지더군요. 그래서 저는 가미야초 교차로 부근에서 구급차를 타고 병원으로 갔습니다. 아자부 병원이라는 소규모의 병원이었습니다. 거기에도 이미 스무 명 정도의 사람이 와 있더군요.

그로부터 일주일간 감기와 비슷한 증세가 이어졌습니다. 기침이 나기 시작하더니 사흘 후에는 열까지 나서 재보니 40도나 되었습니다. 하지만 체온계가 잘못된 게 분명하다고 생각했습니다. 체온계의 수은이 맨 꼭대기까지 올라갔으니까요. 실제로 체온이 40도를 넘었을지도 모릅니다. 하여튼 꼼짝도 할 수 없었습니다.

고열이 물러가고 나서 한 달 정도 기침이 계속되었습니다. 전차를 타고 있을 때 호흡기관으로 사린이 들어간 것 같았습니다. 정말 고통스러웠습니다. 한번 기침이 시작되면 그칠 줄을 몰랐습니다. 숨을 쉴 수 없을 정도로 고통스러웠습니다. 그런 증상이 잦았습니다. 이렇게 이야기를 하는 중에도 갑자기 기침이 튀어나오는 겁니다. 홍보부는 사람들을 상대해야 하는데, 그런 상태에서 일을 하기는 정말 괴로웠습니다.

몇 번 꿈도 꾸었습니다. 입에 스푼을 물고 있던 역무원의 모습이 강렬했던지 그 모습이 꿈에 보이더군요. 꿈속에서는 땅바닥에 누워 있는 사람의 수가 늘어나서 저 끝까지 쭉 뻗어 있었습니다. 몇 번이나 그런 꿈을 꾸고서 밤중에 눈을 뜨곤 했습니다. 굉장한 공포였습니다.

우리가 있던 곳은 가스미가세키 통산성 바로 앞이었는데, 입에 거품을 물고 몇 사람이 쓰러져 있었습니다. 도로의 절반은 지옥이나 다름없었습니다. 그렇지만 도로의 나머지 반은 평소처럼 아무 일 없이 직장으로 가는 사람들의 세계였습니다. 사람들을 돌보다가 문득 얼굴을 들어 건너편을 바라보면, 행인들은 '도대체 무슨 일이 있었지?' 하고 의아해하는 표정이었지만 아무도 이쪽으로 건너오려 하지 않았습니다. 그곳은 전혀 다른 세계였습니다. 누구도 발길을 멈추지 않았고, 자신들과는 무관하다는 분위기였습니다.

통산성의 수위로 보이는 사람이 눈앞에 서 있었습니다. 이쪽에는 세 명이 땅바닥에 누워 구급차가 오기만을 기다리고 있었습니다. 정말 긴 시간이었습니다. 그러나 그 사람은 아무 조치도 취하지 않았습니다. 차를 불러주지도 않았어요.

8시 10분에 사린이 살포되었으니까 구급차가 오기까지 한 시간 반이나 걸린 셈입니다. 그 사람들은 그동안 땅바닥에 그냥 방치되어 있었습니다. 가끔 텔레비전 화면에는 입에 스푼을 문 채 쓰러져 있는 다카하시 씨의 모습이 비치기도 하였는데, 그 모습을 보고 있자니 정말 견딜 수 없는 심경이었습니다.

—만일 당신이 도로 건너편에서 걸어가던 통산성 직원 중 한 사람이었더라면, 이쪽으로 건너와서 쓰러진 사람들을 보살폈을까요?

예, 그렇게 했을 겁니다. 그냥 보고 있을 수 없다고 생각했을 테니까요. 그것이 착각일 가능성이 있다 해도 전 그쪽으로 갔을 겁니다. 저는 그 자리에 앉아 울고 싶었습니다. 그렇지만 내가 여기서 몸부림친다고 어떻게 될 일이 아니라는 생각이 들더군요. 냉정하게 대처하는 사람이 아무도 없다는 것을 한눈에 알 수 있었습니다. 도와주는 사람도 없었습니다. 그냥 방치되어 있을 뿐이었어요. 그래서 나라도 뭔가 해야 한다고 생각했습니다. 이대로 두어서는 안 된다고.

솔직하게 말해서 사린을 뿌린 사람에 대해 별다른 감정은 가지고 있지 않습니다. 사건과 연관시키기 어렵다고 할까요, 어쨌든 느낌이 없어요. 그보다는 세상을 떠난 분들이나 그 짐을 떠맡은 가족들의 모습을 보는 고통이 범인에 대한 분노와 미움보다 더 크기 때문이지요. 옴진리교의 누가 사린을 가지고 전차를 탔는가. 그런 것은 제게 아무 문제가 아닙니다. 옴에 의해 사린사건이 일어났다는 인과관계가 제 머릿속에 없는 겁니다.

옴 사건에 대한 텔레비전 보도는 보지 않습니다. 보고 싶지도 않아요. 취재를 받고 싶지도 않습니다. 피해를 입은 분들이나 가족들을 위한 일이라면 자진해서 뭐든 하고 싶지만, 단지 거기에서 무슨 일이 일어났는가에 대해 흥미로만 접근하는 매스컴의 취재를 받는 것은 싫습니다.

물론 이 범죄는 사회적으로 엄하게 추궁되어야 할 것입니다. 무엇보다 목숨을 잃은 분들의 가족을 생각하면 견딜 수가 없습니다. 그분들은 지금 어떻게 견뎌내고 있을지…… 범인들을 사형시킨다고 해서 그 사건의 본질이 밝혀질까요. 눈앞에서 사람이 죽어가는 모습을 보았기 때문에 죽음에 대해 민감해진 건지도 모르겠습니다. 아무리 중한 형을 내린다 해도 그 가족들 문제가 해결되는 건 아닙니다.

입사한 후로 줄곧 여기서 근무해왔습니다. 다른 역에 비할 바는 아니지만 전 이곳이 제일 좋습니다.

유아사 마사루 (당시 24세)

유아사 씨는 나중에 등장할 도요타 씨나 세상을 떠난 다카하시 씨의 아들뻘쯤 되는 젊은 세대에 속한다. 머리카락에도 윤기가 흐르는 청년이다. 취재 당시는 26세였지만 순진한 소년 같은 분위기가 남아 있어서 나이보다 젊게 보였다.

지바 현 이치카와에서 태어나고 자랐다. 자신보다 나이 많은 사촌이 에이단 지하철에 근무하고 있어 언젠가부터 철도에 관심을 가지게 되었고 우에노의 이와쿠라 고등학교에 입학했다. 이 학교는 앞으로 철도 관련 일을 하고 싶어하는 학생들이 주로 입학하는 곳이다. 원래는 기관사가 되고 싶어서 기관과를 선택했다. 에이단 지하철에 취직한 것은 1989년이고 그후 가스미가세키 역에서 근무해왔다. 그리고 그곳을 사랑하게 되었다. 성실하고 순수한 인상을 주는 청년으로 명확한 목적의식을 가지고 자신의 업무에 임하고 있다. 그런 만큼 사린사건으로 인한 충격이 큰 것 같았다.

유아사 씨는 지요다 선의 플랫폼에 쓰러진 다카하시 씨를 상사의 명령에 따라 들것에 실어 지상으로 옮긴 다음 구급차가 오기를 기다렸다. 그러나 금방 나타나야 할 구급차는 아무리 기다려도 모습을 보이지 않았다. 다카하시 씨의 상태는 분초를 다툴 정도로 급격히 나빠지고 있었다. 그냥 봐도 알 수 있을 정도였다. 그렇지만 속수무책이었다. 결국 다카하시 씨는 숨을 거두고 말았다. 그 과정에서 그가 경험했던 초조와 혼란과 분노는 말로 다할 수 없었다. 상상을 넘어서는 것이었다. 그 때문인지 그 당시 기억은 부분적으로 모호하다. 본인이 인정하듯이 어딘가로 날아가버린 것 같은 부분도 있다.

그 때문에 똑같은 현장에 있었던 다른 사람의 증언과는 세부적으로 일의 순서와 내용이 다른 부분도 있지만 그대로 수록했다. 그것이 그날 유아사 씨가 경험한 내용이기 때문이다.

*

철도 관련 학과는 기계과와 운수과가 있는데, 집에서 다니는 사람 중에는 대체로 운수과 지망이 많지요. 운행시간표가 책상 서랍 안에 들어 있을 정도예요(웃음). 저도 철도를 좋아하는 편이었지만 차원이 다르더군요. 도저히 따라갈 수 없는 마니아가 많았으니까요.

희망 직장으로는 역시 JR이 인기가 높았습니다. 전 그렇지 않았지만 신칸센 기관사가 되고 싶어하는 사람이 많았으니까요. 하지만 제가 졸업하던 해에는 채용이 없었기 때문에 세이부, 오다큐, 도큐 등이 인기가 높았습니다. 그러나 그런 회사는 꼭 연선沿線에 살아야 한다든지 그 선에서 아르바이트를 한 경험이 있어야 한다든지 하는 제한이 있었습니다. 아주 엄격한 편이지요.

전 원래 지하철에서 일하기를 희망했습니다. 에이단도 꽤 인기가 높았습니다. 월급도 다른 데 비해 괜찮은 편이었고, 철도 근무를 희망하는데 백화점에 근무하게 되는 경우는 없으니까요.*

역 근무에는 여러 가지 일이 있습니다. 개찰구 일이나 플랫폼의 일뿐만 아니라 잃어버린 물건을 찾아주는 일이라든지 승객 간의 싸움을 말리는 일 등 잡다하기 짝이 없습니다. 18세에 입사해서 갑자기 그런 일을 한다는 것은 정말 어려웠습니다. 처음에는 하루가 무척 길게 느껴지더군요. 일을 시작한 날 밤, 마지막 차를 보내고 셔터를 내리면서 '아, 이제 하루가 끝났다' 하는 순간 맥이 빠졌지요. 지금은 괜찮지만 처음에는 그랬습니다.

가장 곤란한 사람은 취객입니다. 취해서 싸움을 걸어오기도 하고 토하는 사람도 있습니다. 가스미가세키는 번화가가 아니기 때문에 그런 사람이 적은 편이지만, 그래도 가끔은 있습니다.

—입사하기 전에는 기관사를 희망했다고 했는데, 자격시험은 보았습니까?

아니요. 한 번도 시험을 보지 않았습니다. 몇 번 그럴 기회가 있었지만 생각 끝에 그만두었습니다. 입사 첫해가 지날 무렵에 차장 시험이 있었고, 그 시험에 응시하는 사람도 많았지만 전 보지 않았습니다. 아까 말한 취객을 비롯한 귀찮은 일도 있긴 하지만, 역무 일

---

* 세이부, 오다큐, 도큐 전철은 백화점을 보유하고 있다.

을 하고 싶었으니까요.

그렇습니다. '꼭 기관사가 되고 싶다' 던 생각이 조금씩 바뀌어가고 있었던 것 같습니다.

가스미가세키에는 마루노우치 선, 히비야 선, 지요다 선, 이렇게 세 개 선이 들어옵니다. 저는 그 당시 마루노우치 선에 소속되어 있었습니다. 히비야 선의 사무실이 가장 넓어서 가스미가세키 전체의 사무실 역할을 하지만 마루노우치 선과 지요다 선에도 각각 사무실이 마련되어 있고 대기실도 있습니다.

사린사건이 일어났던 3월 20일 전날이 일요일이었는데 저는 지요다 선의 사무실에서 야근을 했습니다. 지요다 선에 결원이 생겨서 도와주러 갔지요. 자주 그런 경우가 있습니다. 야근은 몇 명 이상이어야 한다는 규칙이 있어서 그 수를 맞춰야 하기 때문입니다. 자기 선에서 인원을 채울 수 없으면 다른 히비야 선이나 마루노우치 선 사람들의 도움을 받는 것이지요. 다른 선에 소속되어 있긴 하지만 같은 역에 근무하다보면 모두 한 식구 같은 기분이 듭니다. 돕기도 하고 도움을 받기도 하는 가정적인 분위기 말입니다.

12시 반 전후로 셔터를 내리고 발매기의 전원을 끈 다음 세면을 하고 대체로 새벽 1시경에 잠자리에 듭니다. 근무 순번이 빠른 사람은 11시 반에 일을 끝내고 12시만 되면 잠자리에 듭니다. 다음 날 아침에는 빠른 순번이 4시 반, 늦은 순번이 5시 반 정도에 일어납니다. 첫차는 선에 따라 다르지만 보통 5시 정도에 들어옵니다.

아침에 일어나면 우선 청소를 합니다. 셔터를 올리고 개찰 준비를 하지요. 그러고는 교대로 식사를 합니다. 아침식사는 손수 밥을 짓고 된장국도 끓입니다. 식사 당번도 근무 시간에 맞춰 정해놓습니다. 그래서 말 그대로 '한솥밥을 먹는 식구' 입니다.

저는 그날 저녁반이었습니다. 그래서 5시 반에 일어나 제복으로 갈아입고 5시 55분에 개찰구로 나갔습니다. 7시까지 거기서 근무하고 교대한 다음 7시 반까지 식사를 마칩니다. 그후에는 반대편의 도라A에서 개찰을 합니다. 도라A는 A의 12, 13 출구 방향의 개찰입니다. 여기서 대체로 8시 15분까지 근무하고 철수합니다.

교대자에게 인계를 하고 사무실 쪽으로 걸어가는데 마침 그때 마쓰모토 주임이 대걸레를 들고 사무실을 나서고 있더군요. "무슨 일인가요?" 하고 물으니 차내 청소를 해야 한다는 것이었습니다. 저는 근무인계도 마쳤고 딱히 할 일도 없었기 때문에 같이 가자고 했습니다. 그래서 마쓰모토 씨와 함께 에스컬레이터를 타고 플랫폼으로 올라갔습니다.

거기에는 도요타 씨, 다카하시 씨, 히시누마 씨가 있었고, 플랫폼에는 젖은 신문지가 떨어져 있었습니다. 그 신문지를 비닐봉지에 넣는데 여기저기에 액체가 떨어져 있는 것이 보였습니다. 마쓰모토 씨가 대걸레로 그것들을 닦아내고 있었습니다.

저는 닦을 걸레도 없었고 떨어져 있는 얼마 안 되는 신문지 조각도 모두 비닐봉지에 담았기 때문에 달리 할 일이 없었습니다. 그래서 그냥 곁에서 보고 있었습니다.

도대체 이게 뭘까 싶었습니다. 그러나 짐작이 안 가더군요. 냄새도 거의 안 났던 것 같습니다. 그때 다카하시 씨가 플랫폼 끝에 있는 쓰레기통 쪽으로 걸어갔습니다. 아마도 바닥을 닦을 신문지가 부족해서 쓰레기통 속의 신문지를 주워 바닥을 닦으려나보다 하고 생각했습니다. 그러나 다카하시 씨는 쓰레기통 앞에서 비틀거리더니 그대로 쓰러지고 말았습니다.

모두들 달려가서 왜 그러느냐고 물었습니다. 이른 아침부터 바쁘게 오가다보니 속이 안 좋은 모양이라고 생각했습니다. 도무지 심각한 일이라는 생각은 들지 않았습니다. 걸을 수 있느냐고 물어보긴 했지만 언뜻 보기에도 걸을 수 없을 것 같아서 들것이 필요하다고 판단했습니다. 플랫폼에 설치된 연락용 인터폰으로 들것을 가져오게 했습니다.

다카하시 씨는 괴로운 표정을 짓고 있었고 말도 하지 못했습니다. 몹시 버둥거리면서 손으로 넥타이를 풀어헤치고 무척 괴로워하더군요. 갑자기 왜 이렇게 괴로워할까, 정말 이상한 일도 다 있다고 생각했습니다.

사무실까지 다카하시 씨를 옮긴 다음 바로 구급차를 불렀습니다. 그때 저는 도요타 씨에게 물어보았습니다. "구급차는 몇번 출구로 오나요?" 위급할 경우 구급차가 오는 출구가 정해져 있기 때문에 물은 것입니다. 그런데 도요타 씨의 혀가 잘 돌아가지 않는 겁니다. 좀 이상하다고 생각했지만, 도요타 씨가 혼란스러워서 말을 더듬는 것이라 여기고는 그냥 지나쳤습니다. 지정된 출구는 A11이었습니다.

저는 일단 그 A11 출구로 뛰어나갔습니다. 네, 그랬어요, 구급차가 오면 이쪽으로 유도한 다음 다카하시 씨를 옮길 생각이었습니다. 저는 출구를 나와서 통산성 곁에서 구급차를 기다렸습니다.

A11 출구로 가는 도중에 우연히 만난 히비야 선의 직원으로부터 히비야 선 쓰키지 역에서 폭발사건이 일어난 것 같다는 이야기를

들었습니다. 그 이상 자세한 이야기는 모릅니다. 지난 15일에 우리 역에서 이상한 물건이 발견된 일도 있고 해서 '이상한 일이 많이 벌어지는 기분 나쁜 날'이라고 생각했습니다. 하여튼 저는 A11 출구에서 구급차가 오기를 기다렸습니다.

그러나 아무리 기다려도 구급차가 오지 않는 겁니다. 사무실 사람들도 위로 올라와서 "아직 안 와, 어떡하지" 하며 발을 동동 굴렀습니다. 그래서 일단 다카하시 씨를 출구까지 옮기기로 했습니다. 저는 바깥에 있어서 몰랐지만 아래 사무실에서 올라온 두세 사람의 이야기를 들어보니 사무실에 있으니까 점점 속이 이상해진다는 것이었습니다. 그래서 사무실로 돌아가기 싫다고요. 비닐봉지에 든 것(사린)을 사무실에 보관했기 때문이었죠.

그러나 다카하시 씨를 위로 옮겨야 했기 때문에 모두 함께 계단을 내려가서 사무실로 들어갔습니다.

사무실로 돌아와보니 어딘가 불편한 듯한 여자 승객 한 사람이 사무실 입구의 소파에 앉아 있었습니다(나중에 등장할 노자키 씨). 다카하시 씨는 들것에 실린 채 바닥에 누워 있었습니다. 그때는 이미 움직이지도 않았습니다. 몸이 뻣뻣하게 굳어 있었습니다. 상태가 훨씬 나빠진 것입니다. 의식도 거의 없었습니다. 다른 사람이 이름을 불러보았지만 아무런 반응도 보이지 않았습니다. 우리 네 사람은 들것에 실린 다카하시 씨를 지상으로 옮겼습니다.

그러나 아무리 기다려도 구급차는 오지 않았습니다. 정말 화가 치밀더군요. 왜 아직 오지 않는가 말입니다. 나중에야 알았지만 구급차는 모두 쓰키지 쪽으로 가버렸던 것입니다. 멀리서 구급차 사이렌 소리가 들려왔지만 이쪽으로 오는 차는 없었습니다. 착각해서 다른 곳으로 가버린 것은 아닌지 걱정스러웠습니다. 달려가서 이쪽이라고 외치고 싶은 심정이었습니다.

실제로 그쪽으로 달려가보기도 했지만 현기증이랄까, 머리가 핑 돌고 속도 메슥거리는 게 영 기분이 안 좋더군요. 그렇지만 그때도 새벽 일찍 움직였기 때문일 거라고 대수롭지 않게 생각했습니다.

다카하시 씨를 지상으로 옮겼을 때는 보도진이 벌써 출구까지 와 있었습니다. 어떤 여자 카메라맨이 다가와서 사진을 찍기 시작했습니다. 매스컴의 사진기자였을 것입니다. 그 사람이 쓰러져 있는 다카하시 씨를 찍으려 했습니다. 저에게는 그렇게 보였습니다. 구급차가 오지 않아 꽤 흥분한 상태였기 때문에 저는 "사진 찍지 마!" 하고 그 사람을 향해 험악하게 외쳤습니다. 사진기자를 따라온 또 한 사람이 있었는데 그 사람에게도 사진을 찍지 말라고 했습니다. 사진기자가 사진을 찍는 것은 당연한 일이겠지만 저는 견딜 수가 없었습니다.

그리고 텔레비전 방송국의 밴이 나타났습니다. 나중에 안 일이지만 〈텔레비전 도쿄〉의 밴이었습니다. 인터뷰를 받은 것 같은 기억이 납니다. 어떤 상황이냐는 물음이 아니었을까요. 그게 〈텔레비전 도쿄〉인지 확실하지는 않습니다. 그렇지만 저는 인터뷰를 할 형편이 아니었습니다. 아무리 기다려도 구급차가 오지 않았기 때문입니다.

그러다 방송국에서 커다란 밴을 끌고 온 것을 보고 차로 좀 실어달라고 요청했습니다. 아마 제 어투가 퉁명스러웠을 것입니다. 어떤 식으로 말했는지 잘 기억이 나지는 않지만, 그때 저는 꽤 흥분한 상태였으니까요. 양쪽 다 상황 인식이 확실치 않았기 때문에 다소

시간이 걸렸습니다. 말이 나오자마자 그렇게 하자고 승낙해주지 않았다는 얘깁니다.

결론이 내려져 뒷좌석 시트에 다카하시 씨를 눕히고, 다른 직원(오호리 씨)도 속이 좋지 않다 하여 같이 태웠습니다. 그 사람은 처음부터 다카하시 씨를 돌보았는데 지상에 올라온 이후로 속이 좋지 않다면서 약간 구토를 하기도 했습니다. 그리고 또 한 사람의 직원(사와구치 씨)도 가세하여 전부 세 사람이 그 차에 탔습니다.

운전사에게 "병원을 알아요?" 하고 물으니 모른다고 해서 제가 조수석에 타고 같이 가게 되었습니다. 목적지는 히비야의 H병원이었습니다. 역에서 환자가 발생하면 항상 그쪽으로 가게 되어 있습니다. 그때 여자 승객 한 사람이 "빨간 천이 있으면 구급차량인 줄 알 테니까 창밖으로 흔들면서 가세요" 하고 지시했습니다. 나중에 도요타 씨의 말을 들어보니 이전에 JR에 근무한 적이 있는 사람이라고 합니다. 그 여자가 손수건을 주더군요. 저는 그 손수건을 조수석 창밖으로 흔들면서 병원까지 갔습니다. 아뇨, 빨간 손수건은 아니었어요. 그냥 보통 손수건이었습니다.

아침 9시경이라 도로는 많이 붐볐습니다. 이미 저는 제정신이 아니었습니다. 구급차가 오지 않아 많은 시간을 허비했기 때문입니다. 운전사의 얼굴도 손수건을 건네준 여자의 얼굴도 하나도 기억나지 않습니다. 그런 데 신경 쓸 여유가 없었으니까요. 도대체 무슨 일이 일어났는지, 그것조차 생각할 여유가 없었습니다. 차를 타고 가는데 뒷좌석의 오호리 씨가 구토를 했습니다. 그건 기억이 납니다.

병원에 도착했지만 병원 문이 아직 열리지 않았더군요. 몇시쯤이었는지 기억나지 않습니다. 아직 문을 열지 않았으니까 9시 전이었을 것입니다. 들것을 내리고 저는 수납처로 달려가 긴급환자라고 말했습니다. 그리고 일단 병원을 나서서 다카하시 씨가 있는 곳에서 기다렸습니다. 다카하시 씨는 꼼짝도 하지 않았습니다. 오호리 씨도 그 자리에 쭈그리고 앉아 있었습니다. 그렇지만 병원에서는 아무도 나오지 않았습니다.

—아무도 나오지 않았다고요?

네, 아마도 긴급환자가 아니라고 생각했던 것 같습니다. 저는 당황해서 자세한 설명은 하지 않고 무작정 "제발 부탁합니다. 급한 환자입니다"라고만 말했지요. 그래서 병원 측에서도 별일 아니라고 생각했던 게 아닐까 싶습니다. 아무리 기다려도 사람이 나타나지 않았습니다.

그래서 다시 한번 수납처로 가서 "부탁합니다. 빨리 와주세요. 큰일 났습니다!" 하고 강한 어조로 말했더니 겨우 몇 사람이 나오더군요. 그리고 다카하시 씨와 오호리 씨의 상태를 보고는 그제야 긴급상황임을 알고 바로 병원 안으로 옮기더군요. 그사이 걸린 시간 말입니까? 글쎄요, 이삼 분 정도가 아니었을까요. 아마 전 고함을 쳤을 것입니다. 심한 말을 했는지도 모릅니다.

사와구치 씨를 거기 남기고 저는 방송국 운전사와 함께 역으로 돌아왔습니다. A11 출구로 돌아온 거죠. 그때는 저도 냉정을 되찾았다고 할까요, 침착해야 한다고 스스로 마음을 추스르고 있었습니다. 오호리 씨가 뒷좌석에서 토하여 차를 더럽혔기 때문에 병원까지 실어다준 운전사에게 정말 죄송하다고 사과를 하니까 "아닙니다. 괜찮아요. 마음 쓰지 마세요"라고 친절하게 말씀해주시더군요. 그런 간단한 대화를 나누는 게 고작이었습니다.

그 자리에 돌아왔을 때는 도요타 씨와 히시누마 씨도 지상으로 옮겨져 있었습니다. 두 사람 다 꼼짝도 하지 않았습니다. 화재용 산소봄베가 있어서, 도요타 씨인지 히시누마 씨인지 모르겠지만, 어쨌든 그들 중 한 사람이 입에 그것을 대고 인공호흡을 하고 있었습니다. 두 사람 외에도 몇 사람의 직원들 그리고 승객들도 통산성 문 옆으로 이어지는 담벼락에 쭈그리고 있었습니다. 도대체 무슨 영문인지 알 수가 없었습니다.

그로부터 얼마 후 드디어 구급차가 나타났습니다. 그 무렵부터 기억이 잘 나지 않습니다만, 히시누마 씨와 도요타 씨는 아마도 다른 차로 병원에 갔던 것 같습니다. 한 대에 두 사람밖에 탈 수 없었기 때문에 한 사람은 일반 승용차로 옮겨졌을 겁니다. 그때는 두 사람만 병원으로 실려갔습니다. 나머지 사람들은 그렇게 증상이 심각하지 않았으니까요.

그즈음 A11 출구에는 많은 사람들이 모여들었습니다. 보도진을 비롯하여 경찰이나 소방서 사람들도 모여 있었습니다. 사람들이 많았던 것 같습니다. 기자들은 마이크를 잡고 승객과 직원들과 열심히 인터뷰를 하고 있었습니다. 그때는 아마도 역 구내 출입이 통제되고 있었을 것입니다.

현장 정리가 된 다음 저는 걸어서 H병원까지 갔습니다. 병원에 도착해서 보니 로비의 텔레비전으로 NHK 뉴스가 방영되고 있었습니다. 화면에는 지하철 사건의 현장이 비치고 있었습니다. 그때 비로소 다카하시 씨가 숨을 거두었다는 사실을 알았습니다. 예, 텔레비전 자막을 보고 알았습니다. 아, 결국 늦고 말았구나…… 정말 가슴이 아팠습니다.

제 증상은 주위가 어둡게 보이는 시야협착이라는 것이었습니다. 그리고 가벼운 구토가 일어났습니다. 그렇지만 심각한 정도는 아니었습니다. 별다른 진찰은 받지 않고 잠시 후 링거주사를 맞았을 뿐입니다. 뭔지는 모르지만 일단 링거주사라도 놓고 보자는 분위기였습니다. 저는 제복을 입은 채였습니다. 역에 근무한 사람들 가운데서도 가장 피해가 적은 편이었지요. 오호리 씨는 꽤 오래 입원 생활을 해야 했습니다. 제 경우는 아마도 빨리 밖으로 나왔기 때문에 좀 나았던 것 같습니다.

주사를 다 맞은 다음 몇몇 직원과 함께 역까지 걸어서 돌아왔습니다. 지요다 선은 가스미가세키 역을 통과하여 운행하기 때문에 우리는 마루노우치 선의 사무실로 돌아왔습니다. 그후 어떻게 시간을 보냈는지 모르겠지만 집에 돌아왔을 때는 밤이었습니다.

정말 긴 하루였습니다. 다음 날 하루를 쉬고 22일에 다시 근무지로 돌아왔습니다.

사건 당시의 기억은 확실치 않은 부분도 있습니다. 건너뛰듯 하면서 경우에 따라서는 기억은 선명하지만 중간이 뚝 끊어지기도 하고 뿌옇게 흐려지기도 합니다. 아마도 흥분했기 때문인가봅니다. 다카하시 씨가 쓰러진 일이나 병원까지 실어나른 일은 비교적 선명히 떠오르지만 나머지 일은 자세하지 않습니다.

다카하시 씨와는 개인적으로 친하지는 않았습니다. 다카하시 씨는 근무 조역이고 저는 그보다 훨씬 어려서 입장이 완전히 달랐습니다. 다카하시 씨의 아들은(역시 에이단 직원입니다) ○○역에 근무하고 있는데 저와 거의 동년배입니다. 그러니까 전 다카하시 씨의 아들뻘쯤 되는 셈입니다. 그러나 다카하시 씨와 직접 이야기를 나눌 때는 도무지 나이차를 느낄 수 없었습니다. 선배와 후배의 관계를 의식하는 그런 분이 아니었습니다. 늘 상냥한 분이라 다들 잘 따랐습니다. 고객에게는 정중하고 친절한 분이었습니다. 저는 '다카하시 씨' 라고 불렀지만 다들 '잇쇼 씨' 라는 애칭으로 불렀습니다.

이런 사건을 당했다고 해서 다른 곳으로 옮기고 싶은 생각은 전혀 없습니다. 입사한 후로 줄곧 여기서 근무해왔습니다. 다른 역에 비할 바는 아니지만 전 이곳이 제일 좋습니다. 애착을 느끼고 있습니다.

그때까지만 해도 다카하시 씨는 살아 있었습니다.

미야타 미노루 (당시 54세)

산와상사라는 회사에 근무하다가 육 년 전부터 〈텔레비전 도쿄〉의 차를 운전하고 있다. 〈텔레비전 도쿄〉에 항상 대기하고 있다가 사건이 터지면 중계 기계를 싣고 현장으로 달려가지만 미야타 씨는 보도국 소속이 아니다. 그런 회사 시스템을 최근까지 모르고 있었다. 어쨌든 그는 운전 전문이다. 초스피드로 추격해야 할 때도 있고 명령이 떨어지면 그길로 홋카이도까지 차를 몰아야 할 때도 있을 정도로 터프한 직업이다.

1965년부터 운전대를 잡았으니 경력은 오래된 편이다. 젊은 시절부터 차가 좋아서 차 이야기만 해도 기분이 좋아질 정도였다. 그러나 사고와 교통위반과는 거의 인연이 없다. 일 년에 한 번 정도 어쩔 수 없는 사정으로 위반을 범하는 정도이고 그 외에는 모범 운전사다. '앞만 보지 않고 뒤까지 살피면 거의 사고는 일어나지 않습니다' 라고 말한다. 그러나 사린사건의 현장에서 보다 못해 피해자들을 병원까지 옮길 때는 꽤 난폭한 운전을 하지 않을 수 없었다.

도쿄에서 태어나 도쿄에서 자랐다. 아내와의 사이에 자식이 하나 있고 55세지만 나이보다 훨씬 젊어 보인다. 어투가 명확하고 망설임이 없다. 결단력 있고 시원시원한 성격의 사람이다. 그 결단력이 사건 현장의 피해자들에게 도움을 준 것이다.

*

저는 도요타의 하이에이스를 몰고 있습니다. 방송국명이 옆으로 크게 찍힌 놈입니다. 제 전용차지요. 함께 움직이는 스태프는 때에 따라 다르지만 차는 항상 이것을 탑니다. 늘 방송국에 대기하고 있다가 사건이 터지면 달려가야 합니다. 일은 아침 9시부터 저녁 6시 30분까지지만 잔업을 해야 하는 날도 있고 때로는 밤중에 일어나야 할 때도 있습니다. 일 년에 몇 번 정도죠. 그렇게 많진 않습니다.

물론 운전 기술은 최고여야 하지요. 다른 방송국에 져서는 안 되니까요. 이런 차는 속도가 그리 잘 나지 않는 편이지만 조금이라도 빨리 가기 위해서는 붐비지 않는 곳을 골라 가야 합니다. 그게 기술이지요. 시간이 나면 늘 지도를 보고 조그만 길까지 머릿속에 그려둡니다. 도쿄 부근이라면 처음 가는 곳이라도 길을 알 수 있게 공부해두었습니다.

사건이 없는 날이 거의 없습니다. 아아, 오늘은 아무 일도 없이 흘러갔다, 그런 날은 없다고 보면 정확합니다. 절대로 편하게 내버려두지를 않아요(웃음).

3월 20일에는 8시 30분에 출근해 사진기자와 함께 우에다 할로에 취재를 가기로 되어 있었습니다. 우에다 할로란 곳은 가부토초에 있는 증권거래소입니다. 취재이긴 하지만 그리 긴급한 것은 아니었습니다. 영상자료 같은 것을 찍어오는 것이었지요.

가미야초의 역 교차로를 곧장 달려서 쇼와 거리의 교차로로 나설 생각이었는데, 교차로 부근에서 큰 소동이 벌어지고 있었습니다. 도대체 저게 뭘까 하고 살피면서 천천히 달렸습니다. "목적지에 도착하기 전에 이쪽으로 가라는 연락이 올 것 같은데" 하고 카메라맨이 말했습니다. 차에는 카메라맨과 비디오 엔지니어가 타고 있었습니다. 그런 생각을 하면서 일부러 천천히 운전했습니다.

예상대로 신바시 터널을 통과할 즈음에 가스미가세키의 교차로로 가라는 전화가 왔습니다. 행선지는 가미야초가 아니라 가스미가세키였습니다. 외무성과 대장성, 통산성, 농수산성이 있는 곳의 가장 넓은 지역이죠. 거기에 도착해보니 지하철 출구 쪽에 녹색 제복을 입은 지하철 직원 네다섯 명이 쓰러져 있는 것이 보였습니다. 누워 있는 사람이 두셋, 쭈그리고 앉은 사람이 두셋이었습니다. 젊은 직원 한 사람이 "빨리 구급차를 불러줘요" 하고 큰 소리로 외쳤습니다.

보도차량으로는 우리가 처음이었습니다. 구급차가 한 대 보였습니다. 몇 사람이 거기에 실렸습니다. 곁에 있는 경찰관 한 사람이 "이쪽으로 빨리 구급차를 돌리세요"라며 무선으로 고함을 치고 있었지만, 그때는 이미 쓰키지를 비롯한 여러 지역에서 혼란이 일어나 어느 구급차도 이쪽에는 신경도 쓰지 않았습니다. 경찰차로 피해자를 운반해야 하는 상황이었으니까요. 모두들 화를 내고 있었습니다. 그런 광경을 카메라맨 이케다가 찍고 있었고요.

그 모습을 보고 피해자들은 사진 찍을 여유가 있으면 한 사람이라도 더 병원으로 옮기라고 했습니다. 구급차가 오지 않자 차를 가진 사람에게 직접 호소하는 거였죠. 차가 있으니 환자를 수송해달라고요.

그러나 우리 차는 기재가 잔뜩 실려 있어서 함부로 자리를 뜰 수가 없습니다. 그래서 비디오 엔지니어 마키와 카메라맨 이케다와 의논을 했습니다. "어떡하면 좋지?" "빨리 병원으로 가야 할 것 같아." 이런 대화를 나누다가 결국 "그럼 내가 갔다 올게" 하고 나서게 된 것입니다. 저는 고함을 지르는 젊은 역무원에게 어디로 가면 되느냐고 물었습니다. 그랬더니 히비야의 H병원으로 가달라고 하더군요. 도라노몬 병원이 가장 가까운데 말이죠. 이상해서 물어보았더니 거기가 에이단 지하철의 지정병원이라는 것입니다. 그 즉시 "알았어요. 그럼 H병원으로 가지" 하고 환자를 실었습니다.

위급한 상황이지만 우리에게는 적색등이 없습니다. 그래서 조수석의 젊은 역무원이 빨간 손수건을 창밖으로 흔들면서 H병원까지 달렸습니다.

빨간 손수건은 현장에 있던 간호사로 보이는 젊은 여자가 빌려주었습니다. 구급차임을 알리려면 이런 손수건이라도 흔들면서 가야 한다고 말이죠. 제 차에 탄 사람은 세상을 떠난 다카하시라는 조역과 이름 모를 또 한 사람이었습니다. 그도 지하철 직원이고 나이는 서른 살 전후로 보였습니다. 이 사람은 다카하시 씨보다는 증상이 가벼워서 혼자 힘으로 차에 올라탔습니다. 시트를 편편하게 해서 그 위에 눕게 했습니다.

젊은 직원이 환자에게 "다카하시 씨 괜찮아요?" 하고 외치더군요. 그래서 그 사람의 이름을 알았습니다. 그 사람은 거의 의식이 없었습니다. 괜찮으냐고 재차 묻자 신음소리만 낼 뿐이었고 말을 할 수 없는 것 같았습니다. 기재는 모두 내려놓았습니다. 촬영할 때 필요할지도 모르니까요.

H병원은 신바시 역의 다이이치 호텔 바로 곁에 있습니다. 상당히 큰 병원입니다. 출발해서 도착까지 삼 분 정도, 바로 옆이더군요. 젊은 직원은 창밖으로 줄곧 빨간 손수건을 흔들었습니다. 위급하니까 비켜달라고요. 신호등도 무시해버렸습니다. 일방통행로도 거꾸로 밀고 들어갔습니다. 경찰관도 빨리 가라고 손짓을 해주었습니다. 저도 한 사람의 생명이 걸린 문제였기 때문에 있는 힘을 다했습니다.

그러나 병원에서는 환자를 빨리 봐주지 않더군요. 간호사가 나오기에 '가스미가세키에서 독가스에 당한 것 같다'고 했지만 담당의사가 없다고 넣어주지도 않았어요. 잠시 동안 복도에 방치되어 있었습니다. 병원에 실례되는 말이겠지만 그냥 내버려두더군요. 왜 그렇게 해야 했는지 아직도 모르겠습니다.

젊은 직원이 "사람이 죽어가요. 어떻게 좀 해주세요" 하고 수납처에서 울부짖었습니다. 저도 그와 함께 갔습니다. 그때까지만 해도 다카하시 씨는 살아 있었습니다. 눈을 깜빡거리고 있었으니까요. 다카하시 씨는 들것에 실려 차에서 내려진 다음 도로에 그대로 방치되어 있었습니다. 다른 한 사람은 도로가에 쭈그리고 앉아 있었습니다. 모두들 화가 머리끝까지 치밀어오른 상태라 거기서 얼마나 시간이 흘렀는지 정확히는 알 수 없습니다. 꽤 오랜 시간 방치되어 있었던 것만은 틀림없습니다.

잠시 후 의사가 나타나더니 두 사람을 병원 안으로 데리고 들어갔습니다.

요컨대 무슨 일이 일어났는지 도무지 상황 파악이 되지 않았던 거지요. 병원에 긴급환자가 들어간다는 연락도 없었고 사정이 알려지지도 않았던 겁니다. 그들도 영문을 모르고 있었던 거예요. 그때가 벌써 9시 반이 넘었으니까 사건 발생 후 한 시간 이상 경과한 셈입니다. 병원 측은 무슨 일이 벌어졌는지 모르고 있었습니다. 그 병원에서는 우리가 첫 케이스였던 것 같습니다. 그러니 상황을 알 리 없지요.

결과론이지만 도라노몬 병원에 갔더라면 목숨을 구할 수 있었을지도 모릅니다. 지금 생각해도 애석합니다. 도라노몬 병원은 가까우니까요. 역에서 바로 보이는 곳이거든요. H병원에는 도무지 위기의식 같은 게 없었습니다. 환자가 들어왔으니 어디 한번 볼까 하는 느낌이었습니다. 우리는 필사적이었는데 말이죠. 삼십 분만 빨랐어도 살았을지 모르는데. 정말 애석합니다.

젊은 역무원은 보기에도 딱했습니다. 직장의 동료가, 선배가 눈앞에서 사느냐 죽느냐 하는 갈림길에 놓여 있었으니까요. 빨리 봐주세요, 빨리 봐주세요, 필사적으로 외치더군요. 저는 걱정이 돼서 병원 문 앞에서 한 시간 정도 기다렸습니다. 아무 소식이 없기에 그냥 현장으로 돌아왔습니다. 그 이후로 H병원에는 가보지 않았고 젊은 직원과도 만나지 못했습니다.

그날 밤 다카하시 씨가 숨을 거두었다는 사실을 알았습니다. 참 애석하더군요. 내가 병원으로 옮겼던 그 사람이 숨을 거두었다니……

옴진리교에 대한 분노 말입니까? 이건 분노라고도 할 수 없습니다. 농담하지 말라고 하고 싶어요. 정말 어처구니가 없어요. 아사하라의 지시 운운하는데, 자신이 저지른 이상 죽음을 각오하고 재판을 받아야지요.

저는 방송국 일로 가미쿠이시키무라에 몇 번 가보았습니다. 그곳의 일반 신자들은 혼이 빠져나간 듯이 멍해 보였습니다. 울지도 웃지도 않았습니다. 표정이 없어요, 마치 가면을 쓴 사람처럼. 그런 것을 마인드컨트롤이라고 하던가요. 그렇지만 간부들은 그렇지 않았습니다. 제각기 표정을 가지고 있고 생각도 가지고 있습니다. 웃기도 하고 울기도 합니다. 그들은 지시하는 쪽입니다. 아사하라와 함께 천하국가를 탈취하려고 하지 않았습니까. 아무리 떠들어도 그런 것은 변명의 여지가 없습니다. 모두 사형을 받아야 마땅하지 않을까요.

저는 지금까지 사건을 따라 수많은 현장을 목격해왔습니다. 고베 지진 현장에도 가보았습니다. 그렇지만 사린사건은 특별했습니다. 그건 지옥 그 자체였습니다. 물론 취재 방법에도 여러 가지 문제가 있었을지 모릅니다. 그렇지만 취재에 참가한 인간은 그것이 얼마나 처참했는지를 잘 알고 있을 것입니다.

나는 사린 피해자가 아니라 체험자다.

도요타 도시아키 (당시 52세)

도요타 씨는 야마가타 현 출신, 1961년 3월 20일—사린사건이 일어난 날과 같은 날짜—에 에이단 지하철에 입사했다. 고등학교를 나와 시골에서는 취직할 자리가 없어서 말 그대로 이불 보따리 하나 짊어지고 도쿄로 나섰다고 그는 말한다. 딱히 지하철에 흥미가 있었던 건 아니었지만 친척의 소개로 이 일을 하게 되었다. 그후 삼십사 년간 역에서 근무해왔다. 말투에 야마가타 사투리가 섞여 있다. 출신지로 인간의 성격을 유형화할 생각은 없지만, 보기에도 끈기 있게 사물에 대처하는 '도호쿠東北 사람'이라는 느낌이 든다.

이 사람과 이야기를 나누는 동안 나는 '직업윤리'라는 말이 뇌리를 떠나지 않았다. 이것은 '시민윤리'라는 말과 바꾸어도 괜찮을 것이다. 삼십사 년간 현장에서 성실하게 일한 결과 거기서 얻은 에틱스(ethics, 도의적 가치관) 같은 것이 강한 자부심으로 이 사람을 떠받치고 있다는 느낌이 들었다. 보기에도 선량하고 성실한 직업인이며 시민이었다.

이것은 물론 상상에 지나지 않지만, 지요다 선 가스미가세키 역에서 사린 봉지를 처리하려다가 불행하게 목숨을 잃은 도요타 씨의 동료들 역시 정도의 차이는 있어도 역시 같은 윤리관을 공유하고 있지 않았을까. 이야기를 듣고 그런 인상을 받았다.

체력이 필요한 역 근무를 견디기 위해 지금도 일주일에 두 번 정도 조깅으로 체력을 유지하고 있다. 사내의 직장 대항 역전 마라톤 대회에도 출전하고 있다. 모든 것을 잊고 땀을 흘릴 수 있다는 것이 즐겁다고 한다.

네 시간에 걸쳐 고통스런 이야기를 해주었지만 그동안 불평 한마디 없었다. "내 마음속의 약한 부분을 극복하여 하루라도 빨리 사건을 잊어버리고 싶다"라고 말하는 도요타 씨. 그러나 그리 간단하지는 않을 것이다. 지금부터 그가 싸워야 할 대상은 너무도 선명하고 거대하다. 적어도 나는 그런 느낌이 들었다.

도요타 씨를 인터뷰한 이후로, 나는 지하철을 탈 때마다 역에서 일하는 역무원들의 모습을 주의 깊게 관찰하게 되었다. 정말로 힘든 일인 것 같다.

*

먼저 한마디 해두고 싶은데, 이 일에 관해서는 되도록이면 이야기하고 싶지 않아요. 저는 그 사건이 일어나기 전날, 세상을 떠난 다카하시 씨와 함께 역에서 잤습니다. 당일 지요다 선의 당무 조역이라는 책임자로 일하고 있었는데 결국 그때의 동료 두 사람이 목숨을 잃었습니다. 한솥밥을 먹던 사람들입니다. 이야기를 할 때마다 이런 사실이 먼저 뇌리를 스칩니다. 정말 생각하기도 싫어요, 솔직히.

—잘 알겠습니다. 무슨 말씀이신지 잘 알겠습니다. 저도 이렇게 무리하게 이야기를 청한다는 것이 정말 괴롭습니다. 아물어가는 상처를 일부러 건드리는 이런 일은 정말 하고 싶지 않습니다. 그렇지만 저는 이 사건에 대해 많은 분들에게 직접 이야기를 듣고 그 생생한 증언을 문장으로 바꾸어 한 권의 책으로 묶어낼 생각입니다. 1995년 3월 20일 도쿄의 지하에서 우연히 그 사건을 만난 사람들의 신변에 어떤 일이 일어났는지, 그 상황을 많은 사람들에게 정확하게 전하고 싶기 때문입니다.

억지로 강요하지는 않겠습니다. 만일 이야기하시고 싶지 않은 부분이 있다면 입을 다무셔도 좋습니다. 이 정도는 괜찮다고 생각하시는 부분만이라도 좋으니까 말씀해주셨으면 합니다.

물론 전하는 것도 중요하지만 '이제 겨우 잊으려고 하는데' 하는 기분도 듭니다. 잊고 싶다, 잊고 싶다 하면서도 무슨 일만 있으면 금방 기억이 되살아납니다.

그렇지만 이러고만 있을 수는 없겠지요. 힘을 내보겠습니다.

'전박全泊'이란 것이 있는데, 이것은 전날 밤을 역에서 보내고 아침 8시까지 일하는 근무 형태입니다. 5번 플랫폼에서 7시 40분경에 오카자와라는 역무 조역에게 '이상 없음'이라고 인계를 받고서 저는 개찰구와 구내를 점검한 후에 사무실로 돌아왔습니다. 다카하시 씨(순직)는 사무실에 있었습니다. 제가 플랫폼에 나올 때 다카하시 씨는 사무실에 있고, 다카하시 씨가 플랫폼에 나오면 저는 사무실에 있는 식으로 교대근무를 하게 되어 있습니다.

8시 전에 히시누마 씨(순직)도 회송전차의 입회인으로 얼굴을 내밀었습니다. 히시누마 씨는 전차 쪽에 속한 사람이기 때문에 운전사나 차장을 지도해야 합니다. 그날도 날씨가 좋아서 차를 마시면서 '내가 근무할 때는 전차가 연착하는 법이 없다' 며 농담을 하기도 했습니다. 모두 밝게 인사를 주고받았습니다.

8시가 되어 다카하시 씨가 위층 플랫폼으로 가고(지요다 선 가스미가세키의 사무실은 플랫폼의 한 층 아래에 있다) 저는 사무실에서 아침에 출근한 직원에게 하루의 주의사항과 연락사항 등을 알려주었습니다. 그때 오카자와가 사무실로 돌아와서 인터폰을 들더니 "히비야 선의 가스미가세키 쪽에서 '쓰키지에서 폭발물로 보이는 물건이 발견되어 전차가 정지했다' 는 연락이 들어왔다"라는 겁니다. 히비야 선이 정지하면 당연히 가스미가세키 역의 히비야 선 쪽이 바빠집니다. 쓰키지에서 무슨 일이 일어나면 가스미가세키 역에서 전차가 반대방향으로 돌아가야 하기 때문이지요. 이어서 지휘소에서 전화가 걸려왔는데 '전차 안에 수상쩍은 물건이 놓여 있으니 확인하기 바란다' 는 것이었습니다. 전화를 받은 사람은 오카자와였는데, 저는 "내가 보고 올 테니 끊지 말고 기다리게" 하고 플랫폼으로 가보았습니다.

제가 플랫폼으로 올라갔을 때는 이미 전차 문이 닫힌 상태였습니다. 전차 번호는 A725K이고 10량 편성이었는데, 움직이기 직전이었고 플랫폼에는 기름이 떨어져 생긴 얼룩 같은 것이 여기저기 흩어져 있었습니다.

전차 1량에 있는 문은 네 개인데 맨 앞 칸의 문 앞에 있는 기둥 부근에 기름이 방울방울 떨어진 듯한 흔적이 보였습니다. 그리고 그 주변에는 둥글게 뭉친 신문지 조각이 여덟 개 정도 흩어져 있었습니다. 신문지로 뭔가를 닦아낸 것 같았습니다.

히시누마 씨는 운전대에 있는 기관사와 이야기를 나누고 있었고 전차 운행에는 지장이 없는 것 같았습니다. 그때 마침 반대편 6번 폼에 전차가 들어왔습니다. (사린이 퍼진 것은) 차량이 들어올 때 불어오는 바람 때문이었는지도 모르겠습니다.

쓰레기통에 그 신문지 조각이 다 들어갈 것 같지 않아서, 저는 다카하시 씨에게 비닐봉지를 가져오겠다 하고는 사무실로 돌아왔습니다.

사무실에서 대기실로 가서 역무원에게 '플랫폼에 기름 같은 것이 흘러 있으니 대걸레를 준비하고, 손이 빈 사람은 도와주도록 하라'고 지시했습니다. 오카자와도 다른 사람에게 일을 맡기고 저를 따라왔습니다. 그때에는 역 구내 방송으로 히비야 선이 정지되었다는 안내가 흘러나오고 있었습니다.

사린을 마시고부터 전후 기억이 모호해서 잘 생각나지 않지만, 플랫폼으로 향하는 도중에 누군가가 제 손에 대걸레를 건네준 것 같습니다. 대걸레는 우리 일상에서 빼놓을 수 없는 물건입니다. 오물이 묻고 물이 고이면 바로 닦아내야 합니다. 혹시나 승객이 미끄러져 다칠 수도 있기 때문입니다. 예를 들어 누군가가 플랫폼에 술을 쏟으면 바로 걸레질을 해야 합니다. 위에다 빨간 흙을 뿌려 닦아내는 거지요. 이런 일은 하나의 노하우로 거의 정착되어 있습니다.

기둥의 밑동에 뭔가가 신문지에 싸인 채 놓여 있었습니다. 오카자와가 비닐봉지를 벌리고 저는 그것을 집어들어 봉지 안에 넣었습니다. 뭔지는 모르겠지만 아마도 기름의 일종인지 신문지가 번들거렸습니다. 그 물건은 전차의 바람에도 움직이지 않을 정도로 무게가 있었습니다. 그다음에 히시누마 씨가 합세하여 셋이서 흩어진 신문지를 모아 비닐봉지 안에 넣었습니다. 처음에 저는 등유라고 생각했지만 냄새가 등유와도 가솔린과도 달랐습니다. 그럼 무슨 냄새냐 하면…… 정말 말로 표현하기가 힘들군요.

나중에 들은 이야기지만 오카자와는 그 냄새를 도저히 견디지 못해서 얼굴을 돌리고 있었다고 합니다. 저도 기분 나쁜 냄새라고 느꼈습니다. 옛날 시골 화장터에서 나는 냄새, 또는 죽은 쥐가 썩는 냄새 같기도 했습니다. 그랬습니다. 꽤 강렬한 냄새였습니다.

그때 제가 장갑을 끼고 있었는지는 잘 모르겠습니다. 기억이 나지 않습니다. 저는 만일에 대비해서 늘 장갑을 들고 다닙니다만(장갑을 꺼낸다), 장갑을 낀 채로 얇은 비닐봉지를 열 수는 없지요. 아마도 그때는 끼지 않았을 것입니다. 나중에 오카자와 말을 들어보니 "도요타 씨는 그때 맨손이었습니다. 손가락 사이로 액체가 똑똑 떨어졌어요" 하더군요. 그때는 별 생각 없었지만 나중에 그 이야기를 듣고는 등골이 오싹했습니다. 그러나 맨손이었던 것이 오히려 다행이었던 모양입니다. 왜냐하면 장갑을 낀 채였다면 사린 독물을 다른 곳으로 옮기게 되었을 테니까요. 맨손이었으니 그대로 바닥으로 흘러내렸던 것입니다.

신문지는 일단 비닐봉지 안에 넣었지만 아직 등유 같은 액체가 플랫폼에 떨어져 있었습니다. 저는 그때 혹시 폭발물이 아닌가 싶어 불안했습니다. 쓰키지에서 폭발물이 발견되었다는 연락이 있었고 지난 15일에는 마루노우치 선 가스미가세키 역에 작은 서류가방 같은 것이 걸려 있어서 소동이 벌어진 적도 있었기 때문입니다. 그것도 옴진리교의 소행이 아닌가 하는 견해도 있습니다. 보툴리누스균이 들어 있었다고 하더군요. 그때 그 케이스를 쓰레기통에서 사람들이 없는 임시개찰구까지 가지고 갔던 역무원은 감염되어 죽을지도 모른다고 벌벌 떨었다고 합니다.

저는 늘 아내에게 "다녀왔다는 인사도 못 할 날이 올지 몰라" 하고는 입버릇처럼 이야기하고 있습니다. 정말 무슨 일이 벌어질지 모르니까요. 사린 같은 가스를 마실 수도 있겠지만, 싸움을 말리다가 칼에 맞을지도 모르는 것입니다. 또는 정신이 이상한 사람이 플랫폼에 서 있는 역무원을 갑자기 밀쳐버릴지도 모르지요. 폭발물이 발견되었다고 해서 부하 직원에게 다녀오라고 할 수도 없는 노릇입니다. 성격상 그런 짓은 할 수 없습니다. 직접 가는 수밖에 없습니다.

그런 가정은 감독 근무를 할 때부터 늘 뇌리에 박혀 있었습니다. 그래서 그것이 플랫폼에서 폭발하기 전에 승객이 없는 안전한 곳으로 옮겨야 한다고 생각했고 일단 역무원실로 가지고 왔습니다.

투명한 비닐봉지였습니다. 봉지 주둥이를 일단 묶어두긴 했지만 빨리 적당한 장소로 옮겨야겠다고 서둘렀기 때문에 잘 묶지도 못했을 것입니다. 저와 오카자와 둘이서 그것을 사무실로 가지고 왔습니다. 청소는 다른 사람에게 맡겼습니다. 다카하시 씨는 플랫폼에 남아서 청소를 하고 있었습니다.

제가 사무실로 들어왔을 때 스게타니라는 사람이 그날 전박하게 되어 있었기 때문에 교대하러 나왔습니다. 그때 제 몸은 벌써 달달 떨리고 있었습니다. 시각표를 읽어보려고 했지만 숫자를 전혀 읽을 수가 없더군요. 조역인 스게타니가 저를 대신해 전화로 보고를 하겠다고 했습니다. 그래서 저는 비닐봉지를 사무실의 의자 발 아래 놓아두었습니다.

문제의 A725K 전차는 제가 비닐봉지를 사무실로 들고 간 사이에 벌써 출발하고 없었습니다. 위험한 물건도 내렸고 차내 청소도 마쳤으니 그대로 출발하고 만 거지요. 히시누마 씨가 운전관계 조역이라 다음 역으로 가라는 지시를 내렸을 것입니다.

다카하시 씨는 늘 전차의 맨 앞쪽 칸 위치에 서 있습니다. 그러니까 승객이 차 안에 이상한 물건이 있다는 말을 하니까 당연히 빨리 처리하려고 했을 겁니다. 실제로 보지는 않았기 때문에 어디까지나 상상에 불과하지만, 다카하시 씨가 그것을 손수 들고 나왔을 가능성이 큽니다. 가장 가까이 있었으니까요.

반대편 플랫폼에 쓰레기통이 있으니까 거기서 신문지를 들고 와서 차내 바닥을 닦았을 것입니다. 그러고 나서 히시누마 씨도 기관사에게 차 안을 닦을 거라고 알린 다음 둘이서 분담해서 차 안을 닦았을 것입니다. 가까이에 대걸레가 있었더라면 당연히 그것을 사용했겠지만 그것이 없으니까 다른 수단을 써서라도 빨리 처리하고 싶었을 겁니다. 그래서 일단 신문지로 닦지 않았을까 생각합니다. 러시아워인데다 일 분 삼십 초 간격으로 차가 오니까요. 이것은 어디까지나 저의 상상입니다.

그리고 저는 사무실에서 시계를 보고 그때의 시각을 메모해두려

했습니다. 저는 늘 메모를 하는 습관이 있거든요. 나중에 보고서를 쓰려면 기록이 있어야 합니다. 사건 발생이 8시 10분경이었으니 8자를 메모지에 적으려고 하는데 손이 떨려서 적을 수가 없었습니다. 몸이 부들부들 떨려서 가만 앉아 있을 수가 없었습니다. 그리고 눈도 가물가물해지더군요. 숫자도 보이지 않았습니다. 시야가 점점 좁아지는 것입니다. 뭐가 뭔지 영문을 알 수 없더군요.

그때 위쪽 플랫폼에서 다카하시 씨가 쓰러졌다는 보고가 들어왔습니다. 대걸레를 들고 청소를 도우러 갔던 직원이 있었는데 그 사람이 '다카하시 씨가 쓰러졌다' 고 하면서 들것을 가지러 왔습니다. 그리고 다른 직원과 함께 다카하시 씨를 보살피러 갔습니다. 저는 다카하시 씨를 도우러 갈 형편이 아니었습니다. 철도 전화의 다이얼을 누르는 정도가 고작이었습니다. 가스미가세키의 히비야 선 쪽 사무실에 전화를 걸어 '다카하시 씨가 쓰러졌으니 원조를 부탁한다' 고 말했습니다. 그러나 너무 떨려서 말이 제대로 나오지 않았습니다.

이렇게 몸이 떨려서는 내일 근무를 할 수 없을지도 모른다는 생각이 들어 교육자료 등의 용품을 체크했습니다. 일단 지금 내 주변의 물건을 정리해두자 싶어서 말이죠. 벌써 구급차를 불렀고 이대로 병원에 들어가면 언제나 돌아올지 알 수 없다고 판단했기 때문입니다. 내일은 아마 출근할 수 없을 것이란 생각이 들었습니다. 그런 생각을 하면서 부들부들 떨리는 몸으로 물건을 정리했습니다. 그러는 동안에도 사린 봉지는 사무실의 의자 다리 아래 놓여 있었습니다.

그때 들것에 실려 다카하시 씨가 사무실로 들어섰습니다. 의식이 없었습니다. "잇쇼 씨! 정신 차려요!" 하고 외쳤지만 다카하시 씨는 꼼짝도 하지 않았습니다. 그때 문득 흐려져가는 저의 시야 속으로 한 여자 승객의 모습이 비쳤습니다. 그 사람은 사무실 안에 있었습니다. 그래서 비닐봉지를 어떻게든 치워야겠다고 생각했습니다. 이런 데서 폭발이라도 하면 승객이나 역무원이 피해를 입을지도 모른다고 생각했습니다.

그리고 다카하시 씨가 이를 달그락거리면서 점점 몸이 굳어간다고 말하는 걸 들었습니다. 마치 간질 발작을 일으키는 것 같다고 했습니다. 저는 비닐봉지를 어떻게든 처리하려고 들어올리는데, 다카하시 씨에게 어떤 조치를 취해야 한다는 생각이 들었습니다. "입속에 손수건 같은 것이라도 물려둬. 이에 손가락이 물리지 않게 조심해" 하고 지시를 내렸습니다. 간질 발작을 일으킨 사람에게는 입에 뭔가를 물려야 한다는 말을 들은 적이 있기 때문입니다.

그때는 저도 눈물 콧물을 줄줄 흘리고 있었다고 합니다. 그러나 저 자신은 도무지 느낄 수가 없었습니다. 나중에 누군가가 "도요타 씨, 그때는 정말 말이 아니었습니다"라고 해서 그제야 알았습니다.

저는 지원 나온 직원에게 "비닐봉지를 다른 데로 가지고 가"라고 지시했습니다. 폭발에 대비하여 구석에 있는 가면실로 옮긴 것입니다. 스테인리스 문으로 격리되어 있는 곳이니까요.

사무실에 있던 그 여자는 전차 안에 이상한 물건이 있는 것을 보고 우리에게 알려준 사람이라는 것을 나중에 얘기를 듣고 알았습니다. 그 사람은 속이 좋지 않아서 니주바시마에 역에 내려 거기서 다음 전차를 타고 가스미가세키까지 왔다고 합니다(나중에 등장할 노자키 씨).

그때 히시누마 씨가 플랫폼에서 돌아왔습니다. 저는 히시누마 씨에게 물어보았습니다.

"아까 그 물건은 뭘까? 몸이 달달 떨리고, 이런 경험은 처음이야. 여태 지하철에 근무해오면서 이런 일은 처음이야." 아마도 히시누마 씨는 들것에 실린 다카하시 씨와 함께 플랫폼에서 내려온 것 같았습니다. 히시누마 씨도 눈이 안 보인다고 했습니다. 역무원이 쓰러졌기 때문에 그가 다음 열차에 신호를 보낸 것 같았습니다.

그렇지만 일단 이것으로 저의 책임은 끝났다는 생각이 들었습니다. 수상쩍은 물건은 처리했고 다카하시 씨와 히시누마 씨는 여기 돌아와 있으니 이것으로 당번 조역의 임무를 다했다고 말이죠. 그러고 나서 저는 지원을 나온 직원에게 A11a 출구에 구급차가 올 테니 가서 기다리라고 했습니다. 통산성 출구 쪽이지요. 구급차로 나르기에는 그쪽이 가장 좋습니다. 이런 일을 하다보면 어느 쪽에 구급차를 대면 좋은지 늘 머릿속에 지도가 그려져 있습니다. 그래서 그곳으로 들것을 옮겨 구급차를 기다리라고 한 것입니다.

그리고 저는 세수를 했습니다. 눈물 콧물이 줄줄 흘러서 도저히 봐줄 수 없었습니다. 조금이라도 얼굴을 깨끗하게 하고 싶었던 모양입니다. 제복을 벗고 세면대에서 얼굴을 씻었습니다. 세수를 할 때는 물이 묻지 않게 늘 제복을 벗습니다. 이것은 하나의 습관이지요. 그런데 그렇게 제복을 벗었던 게 나중에 알고 보니 다행이었습니다. 제복에 사린이 배어 있었으니까요. 세수를 한 것도 물론 잘한 일이었더군요.

그때에도 몸은 여전히 부들부들 떨리고 있었습니다. 감기에 걸리면 한기 때문에 몸이 떨리는데, 그것과는 비교도 안 될 정도였습니다. 춥지도 않은데 몸이 끝도 없이 떨렸습니다. 아랫배에 아무리 힘을 주어도 멈추지 않았습니다. 로커에서 수건을 꺼내 걸으면서 얼굴을 닦는데 도저히 서 있을 수 없어 그대로 쓰러지고 말았습니다.

토악질을 하고 호흡곤란에 빠져들었습니다. 히시누마 씨와 제가 쓰러진 것은 거의 동시였습니다. 히시누마 씨와 저는 거의 동시에 괴롭다는 말을 했습니다. "아, 가슴이 막히고 괴로워"라는 말이 아직도 귓가에 쟁쟁합니다. "구급차를 불렀으니 힘내세요" "조금만 참으세요"라는 말을 한 것도 생생합니다. 그다음 일은 하나도 모르겠습니다. 기억이 나지 않습니다.

처음부터 죽는다는 생각은 해보지 않았습니다. 다카하시 씨도 설마 자신이 죽으리라고는 생각지 않았을 것입니다. 구급차로 병원까지만 가면 어떻게든 될 것이라고 생각했을 겁니다. 죽음에 대한 의식보다는 우선 자신의 일부터 정리해야 한다는 생각이 더 강했습니다. 당번 조역으로서 자신의 책임을 다해야 한다는 생각이었지요. 세수를 하면서도 머릿속에는 저에게 주어진 일이나 직원들 생각이 가득했습니다.

저는 입에 거품을 물고 있었던 모양입니다. 그리고 얼굴을 닦던 수건을 손에 꼭 쥐고는 놓으려 하지 않았다고 합니다. 사무실에는 산소호흡기가 있었기 때문에 그것을 곤노라는 직원이 들고 와서 저와 히시누마 씨의 입에 대어주었습니다. 저는 손으로 마스크를 잡고 있을 수 없을 정도로 증상이 심했다 합니다. 그렇지만 히시누마 씨는 눈을 동그랗게 뜬 채 자기 손으로 마스크를 잡고 있었습니다.

때문에 그 시점에서는 제 쪽이 히시누마 씨보다 중증이었다 할 수 있습니다.

사무실의 들것은 다카하시 씨를 위해 사용하고 있었기 때문에 저와 히시누마 씨를 옮길 장비가 없었습니다. 그래서 직원이 우치사이와이초 출구의 개찰구에 비치된 들것을 가지고 와서 증상이 심한 저를 먼저 지상으로 옮겼습니다. 히시누마 씨는 숙박용 시트에 실어 날랐습니다. 그래서 A11a 출구에서 구급차가 오기를 기다린 것입니다(다른 사람의 증언에서도 볼 수 있듯이 구급차는 좀처럼 빨리 오지 않았다).

저는 지케이 의대 병원으로 옮겨졌지만, 의식이 돌아온 것은 다음 날 아침 11시경이었습니다. 산소호흡기와 폐를 움직이게 하는 튜브 두 개가 입속에 박혀 있었습니다. 말을 할 수가 없었습니다. 그리고 목에는 링거주사가 꽂혀 있었고, 양쪽 동맥에도 뭔가가 꽂혀 있었습니다. 가족이 와 있었습니다.

정신을 차리고 조금 지나 (가스미가세키 역) 직원 네 명이 문병을 왔을 때, 저는 메모지와 볼펜을 들고 움직이지 않는 손가락으로 겨우 '잇쇼'라는 글자를 적었습니다. 다카하시 잇쇼 씨의 이름 말입니다. 우리는 그를 잇쇼라고 불렀거든요. 다카하시 씨는 어떻게 되었느냐고 물은 것입니다. 그러자 한 직원이 양손으로 × 표시를 하는 것이었습니다. 죽었다는 말이지요. 아, 역시 무리였던가 하는 생각이 들었습니다. 그리고 히시누마 씨의 안부를 묻고 싶은데 그의 이름이 생각나지 않는 거예요. 뇌가 움직이지 않는 것입니다. 그래서 승무 조역의 '승무'라고 적었습니다. 그것도 ×라는 것이었습니다.

그도 세상을 떠났다는 것을 알게 되었습니다.

그다음에 '가스미' 라고 적었습니다. 다른 직원은 피해가 없었느냐고 말이죠. 그랬더니 다들 괜찮고 제가 가장 중증이라고 하더군요.

'나만 살아남았구나' 하는 생각이 들었습니다. 무슨 일이 있었는지 모르겠지만 어쨌든 저는 죽음의 문턱에서 살아남았던 것입니다. '아, 살았다.' 많은 사람들이 병실을 찾아와 걱정해주는 말을 들으면서 저는 그렇게 생각했습니다. 살아남은 기쁨이라고 말하면 정말 다른 분에게 죄송하지만 힘이 솟구치는 기분만은 어쩔 수가 없었습니다. 의식을 되찾은 21일 밤은 제대로 잠을 잘 수가 없었습니다. 수학여행 전날 흥분하여 잠을 못 자는 어린아이 같은 그런 기분이었습니다.

여러 사람들 덕택으로 살아남았다는 생각이 들었습니다. 모두가 협력하여 신속하게 구조해주었기 때문에 목숨을 건질 수 있었다고.

3월 31일까지 입원하고 그다음은 잠시 집에서 몸을 추스르다가 5월 2일에 복귀했습니다. 체력은 점차로 회복되었지만 심리 상태를 극복하는 일은 정말 힘들었습니다. 첫째로 잠을 제대로 자지 못합니다. 잠이 들어도 두 시간 아니면 세 시간 만에 눈을 뜹니다. 그때부터 잠을 자지 못하는 것이지요. 그런 상태가 며칠이나 지속되었습니다. 정말 고통스러웠습니다.

그리고 강렬한 분노 같은 것이 치밀어올랐습니다. 모든 일에 영문 모를 분노가 끓어오르는 것입니다. 흥분 상태의 일종일 겁니다. 술도 마실 수 없는 형편이라 분노를 해소하기가 힘들었습니다. 지금은 많이 안정되었지만 그래도 사소한 일에 벌컥 화가 치미는 경우가 많습니다.

아내도 처음에는 잘 이해해주고 친절하게 대해주었지만 사사건건 화를 내니까 점점 싫어하더군요. 그래서 저도 업무에 복귀하는 것이 낫겠다는 생각을 했습니다. 다시 제복을 입고 플랫폼에 서서 일하는 것이 저 자신의 심리 상태를 극복하는 데도 좋을 것 같았습니다. 직장으로 복귀하는 것이 극복의 첫걸음이라고요.

외견상으로는 아무런 증상이 없습니다. 그렇지만 심각한 정신적인 부담을 끌어안고 있습니다. 어떻게든 그것을 해소하지 않으면 안 됩니다. 물론 역에서 다시 일을 해야 한다는 것이 두렵습니다. 같은 일이 다시 일어날지도 모릅니다. 그러나 두려움을 어떻게 극복해야 할 것인가, 미래지향적으로 생각해야 합니다. 그렇지 않으면 늘 피해의식에 시달릴 것이고 마음까지 뒤틀어져버릴 것이기 때문입니다. 그래서 그런 기분은 버려야 한다고, 나의 적은 부정적인 생각을 하는 나 자신이라고 생각합니다.

지하철을 탔을 뿐인데 불행하게도 목숨을 잃거나 피해를 입은 승객도 있습니다. 아직 육체적인 고통과 마음의 병을 앓는 사람도 있습니다. 그런 사람들을 생각하며 저는 피해자라는 의식을 버려야 한다고 생각했습니다. 그래서 '나는 사린 피해자가 아니라 체험자다' 라고 생각하게 되었습니다. 솔직해 말해 후유증은 아직 남아 있습니다. 그러나 그 문제에 관해서는 되도록이면 생각하지 않기로 했습니다. 게다가 누워 있을 만한 상황도 아니니까요. 후유증이라고 생각하면 점점 더 맥이 빠질 것입니다. 그것보다는 긍정적으로 생각하고 자신의 상태를 극복하자고 마음먹었습니다. 적어도 나는 이렇게 살아 있지 않느냐고 말이죠. 그것만으로도 감사하며 살자고.

두려움도 있고 마음의 상처도 물론 있습니다. 그렇지만 그게 어디 있는지 보여달라고 한다면 보여줄 방법이 없습니다. 목숨을 잃은 분, 순직하신 분의 유족들에게 저로서는 어떤 설명을 해야 할지 모르겠습니다.

저는 옴진리교를 미워하지 않기로 했습니다. 그건 당국자들에게 맡겨버리기로 했습니다. 전 이미, 그들을 저주하는 차원을 넘어서 버렸습니다. 그들을 미워한들 무슨 소용이 있겠습니까. 옴진리교에 관한 보도는 애써 보지도 듣지도 않으려고 합니다. 그런 걸 듣고 본다고 해서 무엇이 달라지겠습니까. 그런 것쯤은 보지 않아도 알 수 있습니다. 그 상황을 아무리 직시한들 무슨 해결책이 나오겠습니까. 재판과 형량에 대해서도 관심 없습니다. 그것은 판사가 결정할 일입니다.

—보지 않아도 안다는 것은 구체적으로 어떤 의미입니까?

옴진리교를 믿는 인간들이 출현할 수밖에 없는 사회적인 풍토를 잘 알고 있습니다. 매일 지하철에서 일을 하면서 승객들과 접하다 보면 그 정도는 자연스럽게 알 수 있습니다. 그것은 윤리의 문제입니다. 역에 있다보면 인간의 어두운 면, 음성적인 면이 잘 보이는 법이지요. 이를테면 우리가 빗자루와 걸레를 들고 청소를 하는데, 방금 청소한 자리에 쓰레기와 담배꽁초를 버리는 사람이 있습니다. 자신에게 주어진 책임을 다하기보다는 다른 사람의 약점을 잡고 자기주장을 펼치는 사람이 더 많습니다.

—사회적인 모럴이 해를 거듭할수록 약해져간다고 생각합니까?

당신은 어떻게 생각합니까?

—저(무라카미)는 잘 모르겠습니다.

그럼 공부를 좀 하셔야겠네요.

그렇지만 승객들을 보면서 긍정적인 생각을 할 때도 있습니다. 첫 전차를 타면서 늘 인사를 나누는 오십대 남자 승객이 있는데, 제가 직장에 복귀하는 날 얼굴을 마주칠 때까지 제가 죽었을지도 모른다고 생각했던 모양입니다. 어제 아침도 그분을 만났더니 "살아있다는 것은 아직도 할 일이 남았다는 것이지요. 힘내세요" 하고 격려해주더군요. 저 역시 "그렇습니다. 저는 모든 것에 감사하고 있습니다. 우리 열심히 살아봅시다" 하고 대답했습니다. 그렇게 서로에게 축복과 격려를 하면서 인사를 나눈다는 것은 정말 행복한 일입니다.

그런 관계에서는 결코 미움이 생겨나지 않습니다.

노자키 아키코 (당시 21세)

원래 이 자리에는 노자키 씨(가명)의 증언이 들어갈 예정이었다. 그녀는 출근길에 지요다 선의 차 안에서 사린 봉지를 발견했다. 숨이 가빠진 그녀는 니주바시마에 역에서 내려 다음 전차를 타고 가스미가세키 역 사무실로 가서 이상한 물건이 있다고 신고했다. 유아사 씨와 도요타 씨가 사무실 안에서 목격한 젊은 여자가 바로 이 노자키 씨다. 이즈미 씨가 출구 부근에서 취재하는 보도진으로부터 보호한 사람도 이 노자키 씨다.

그녀의 발언은 이러한 사람들의 증언을 확인하는 중요한 연결고리가 된다. 여러 사정으로 증언을 그대로 수록할 수 없게 되었지만 그녀의 존재만은 명확히 해두는 것이 좋을 것 같아 허락을 받아 이렇게 짤막하게 언급해둔다.

물론 지하철은 타지 않고, 지금은 길을 걷는 것 자체가 두렵습니다.

다카쓰키 도모코(당시 26세)

다카쓰키 씨는 현재 시부야 구에서 남편과 함께 외할머니 집에서 살고 있다. 사린사건에 휘말려들었을 때는 막 결혼해서 가와사키 시에서 둘만의 생활을 하고 있었다.

지금 살고 있는 이케지리오하시의 이 집은 원래 그녀의 외가다. 지금은 혼자 사는 외할머니가 2층을 개조하여 세를 주고 있는데 그 방을 빌려 살고 있다. 그녀는 도심이어서 편리하기도 하고 집세가 싸기 때문이라고 말하지만, 외할머니는 자신이 몸이 불편하니까 걱정되어 와주었을 거라고 말한다. 사건 당시는 난부 선으로 가스미가세키까지, 거기서 다시 히비야 선을 갈아타고 가미야초까지 가는 통근 루트를 이용했다.

다카쓰키 씨는 26세지만 대학생이라 해도 믿을 만큼 어려 보인다. 취재 요청에 대해 "저처럼 대단치도 않은 피해자가 다른 사람들을 제쳐두고 인터뷰를 하다니 좀……" 하고 겸손한 태도로 인터뷰에 응했다. 그러나 이야기를 듣고 보니 이 사건으로 인해 지금도 적지 않은 영향을 받고 있음이 밝혀졌다. 겉보기에 빈틈이 없는 성격 같고, 사람들 앞에 나서는 타입은 아닌 것 같다. 그렇지만 얼굴을 대하고 이야기를 나누는 사이에 조금 다르다는 인상을 받았다.

인터뷰를 하는 동안 방 한켠에서 과묵해 보이는 남편이 걱정스런 눈길로 지켜보고 있었다. 미팅 인원이 모자란다는 친구의 성화에 내키지 않는 걸음으로 나갔다가 지금의 남편을 만났다 한다.

덧붙여, 다카쓰키 씨는 내가 인터뷰한 최초의 사린사건 피해자였다.

*

회사는 가미야초에 있고 가와사키에서 한 시간 정도 걸립니다. 그렇지만 통근 시간이 길다는 생각은 들지 않았습니다. 샐러리맨에게 한 시간은 보통이니까요.

그렇습니다. 아침 전차는 아주 복잡합니다. 그래서 보통날은 (사건 당일보다는) 좀더 이른 시간에 집을 나섭니다. 복잡한 전차는 정말 싫으니까요. 오다큐 선은, 그래요, 역시 이상한 사람이 많아요 (웃음). 대체로 6시 반 정도에 집을 나섭니다. 일찍 일어나는 습관이 들었으니까요. 우연히 그날만 늦었습니다.

5시 반이면 자리에서 일어납니다. 식사를 마치고 집을 나서서 회사에 도착하면 대체로 7시 반. 업무 시작은 9시이므로 그동안 책상에 앉아 천천히 신문을 보거나 가벼운 군것질을 해요.

회사에 근무한 지 오 년째입니다. 회사에서는 시스템 관련 업무를 봅니다. 전공은 정치경제이지만 회사에 들어와서 그쪽으로 배치되었습니다. 그래서 석 달 정도 훈련을 받았는데…… 지금은 사내용 소프트웨어 만드는 일을 하고 있어요. 우리 부서에는 약 150명이 일을 하고 있지요. 남자가 여자보다 많아요.

사건 당일인 3월 20일은 연휴 사이에 낀 날이라 전체의 반 정도만 출근하는데, 전 별다른 계획도 없고 해서 회사에 나가기로 했습니다.

남편이 근무하는 회사는 요쓰야에 있어서 보통 저희는 오다큐 선을 타고 갑니다. 제가 요요기우에하라에서 내리면 그는 그 전차로 신주쿠까지 가죠. 그렇지만 그날은 제가 늑장을 부리다 늦어서 혼자 집을 나섰습니다.

저는 가스미가세키 역에서 내려 히비야 선을 갈아타는 게 보통인데, 전차가 붐비는데다 시간도 넉넉해서 회사까지 걸어가기로 했어요. 걸어서 약 십오 분 거리입니다. 역 하나 거리니까요. 그때 플랫폼에 역무원 한 사람이 쓰러져 있는 모습이 보였습니다. 무척 고통스러워하는 것 같았어요. 그렇지만 주위의 역무원들은 (그런 사람을 눈앞에 두고도) 그리 바쁘게 움직이는 것 같지 않았습니다. 왜 저럴까, 이상했습니다. 저렇게 고통스러워하는데 모두들 왜 저렇게 태연할까 하고. 그래서 그 옆에서 가만히 지켜보았지요. 평소라면 금방 계단을 뛰듯이 올라갔겠지만 그때는 '가끔은 천천히 가지 뭐' 하고 느긋하게 생각했습니다.

잠시 후 역무원 한 사람이 아래로 내려가기에 '아, 구급차를 부르러 가는 모양이다. 나도 슬슬 가볼까' 하고 움직이려는데 갑자기 괴로워지는 것입니다. 그래서 '쓰러진 사람을 줄곧 보고 있다보니 속이 나빠졌나…… 아무래도 영향을 받은 모양이다' 라고 생각했습니다. 여자란 이런 일에 영향받기 쉬우니까 하고 그냥 밖으로 나가려고 했습니다.

계단을 오르는데 머리가 멍해지더니 콧물이 줄줄 흘러내리더군요. 눈물도 나왔습니다. 감기에 걸린 거라고 생각했습니다. 밖으로 나와보니 주변이 왠지 어둡게 느껴지더군요. 그래서 열까지 나는 모양이라고 생각했습니다. 열이 나면 왜 그렇잖아요, 머리가 멍한 게. 그리고 몇 걸음 옮긴 후로는 더 괴로워지더군요. '역시 쓰러져 있던 역무원 곁에 잠시라도 서 있었던 게 잘못이야' 라고 생각했습니다.

회사에 도착하니 눈까지 아프기 시작하더군요. 그래서 저는 눈이 아프다고 주변 사람들에게 투정을 부렸습니다. 너무 괴로워서 도저히 일을 할 수가 없었습니다. 사무실 안이 어두워 보였습니다. 그래서 정전인가 싶어 전등을 쳐다보기도 했습니다. 전등이 아무 탈 없이 켜져 있는 것을 보고 '참 이상하다. 불이 켜져 있는데 왜 이렇게 어둡지' 하고 생각했습니다. 마치 선글라스를 낀 것처럼 어두컴컴했습니다. 다른 사람들에게 물어보았더니 어둡긴 뭐가 어둡냐는 겁니다. 도대체 무슨 영문인지 알 수 없었습니다.

잠시 후 총무과 사람이 사무실을 돌면서 "몸이 좀 이상한 사람 없습니까?" 하고 물었습니다. 제가 눈이 아프다고 하니까, 텔레비전에서 말하는 증상과 같다고 병원으로 가보라는 것이었습니다. 그때만 해도 독가스에 당했다는 것을 몰랐습니다. 지하철에서 무슨 폭발사건 같은 것이 일어났다는 말은 들었지만, 가끔 지하철은 고장이나 사고 때문에 멈추기도 하니까 대수롭지 않게 생각했습니다. 우리 회사에는 저 외에도 피해를 입은 사람이 한 사람 더 있었습니다. 저보다는 그 사람의 증상이 더 심했어요. 일주일 입원했다더군요.

제가 탄 차량에 사린가스가 놓여 있었던 것은 아니지만, 플랫폼에 내렸을 때 사린가스를 마셨던 겁니다. 확실한 것은 모르겠지만 건너편 플랫폼에 사린가스가 놓여 있었던 것 같아요. 전차에서 내렸을 때 마침…… 운이 나빴어요. 가스미가세키의 그 역무원은 결국 목숨을 잃고 말았습니다.

그렇지만 그때는 역 바깥에 구급차도 오지 않았고 다른 사람들도 평소와 다름없이 걸어가고 있었기 때문에 사고가 일어났으리라고는 짐작도 하지 못했습니다. 다만 그 역무원이 갑작스런 몸의 이상으로 쓰러졌다고만 생각했습니다. 만일 그곳에 역무원이 쓰러져 있지 않았더라면 아무 생각 없이 가버렸을 것입니다.

아무튼 작은 안과병원을 찾아갔는데, '동공이 약간 좁아진 것 같은데 별 이상은 없어요' 라고 하더군요. 그렇지만 아프다고 했더니 나이 많은 의사가 빨리 큰 병원으로 가보라고 했어요. 그래서 택시를 타고 도라노몬 병원으로 갔습니다. 거기서 가장 가까운 곳이 도라노몬 병원이니까요. 그때는 벌써 수백 명이 병원으로 밀려들어와서, 지케이 병원으로 가려고 택시를 탔는데, 뉴스를 들어보니 거기도 사람들이 가득하다고 해서, 그렇다면 성누가 병원으로 가려 했더니 거기도 사람들이 가득 차서…… 도무지 어떻게 하면 좋을지 모르겠더군요.

저를 걱정해서 따라와주었던 사람이 예전에 NTT에 근무한 적이 있는데 운전사에게 데이신 병원으로 가자고 했습니다. 고탄다에 있는 데이신 병원, 그곳은 그나마 한산할 거라고요. 사린가스가 원인이라는 것은 택시 안에서 뉴스를 들어 알았습니다. 그 병원에서 어떤 치료를 받았는지 기억이 없습니다. 의사도 어떻게 해야 할지 잘 모르겠다고 하더군요(웃음). 안과의사가 와서 "일단 눈을 씻어봅시다"라고 하더군요(웃음). 병원 쪽도 어떻게 손을 써야 할지를 몰라 생각나는 대로 하고 보자는 식이었던 것 같습니다.

나중에 안 사실이지만 회사에 도착해서 옷을 갈아입었던 게 다행이었습니다. 회사에 가면 근무복으로 갈아입게 되어 있었거든요. 그게 정말 다행이었습니다.

잠시 후에 링거주사를 맞고 혈액검사를 받았습니다. 입원을 하라더군요. 속도 몹시 좋지 않았어요. 원래 내장이 약한 편이라 가스가 속을 상하게 한 모양이라고 생각했습니다. 잠시 후 속은 편해졌지만 눈이 아프고 열이 났습니다. 다음 날이 되자 열은 내렸습니다.

하루만 입원했습니다. 남편이 무척 걱정했죠. 그런데 정작 당사자인 저는 무슨 영문인지 잘 모르고 있었던 것 같습니다. 눈이 아파서 텔레비전도 안 보았고 병실 밖을 나가지도 않아서, 무슨 일이 벌어졌는지 전혀 몰랐기 때문에 별다른 불안을 느끼지 않았습니다.

21일은 휴일이라서 쉬었고 22일 출근했지만, 컴퓨터 화면을 채 십 분도 똑바로 보고 있을 수가 없었습니다. 그래서 그냥 집으로 돌아오고 말았습니다. 모두들 반신반의하는 눈치였습니다. "본인이 그렇다니 어쩔 수 없지"라고 하기에 불쾌해했더니, 자기가 어떻게 알겠느냐고 하더군요. 눈에 보이는 증상이 아니니까 어쩔 수 없는 일이죠. 본인이 아니고서는 도저히 알 수 없으니까요.

일주일 정도 그런 상태가 계속되어 도무지 일을 할 수가 없었습니다. 뭔가를 보려 해도 초점이 맞지 않고 상이 뚜렷하지가 않아요. 모든 것이 뿌옇게 보이는 겁니다. 그런 말을 했더니 다들 원래부터 눈이 나쁜 게 아니냐고 하더군요.

몇 번이나 병원을 찾았지만 동공이 원래대로 돌아오지 않았습니다. 약 한 달은 걸린 것 같습니다. 지금도 조금씩 아프긴 하지만 원래 눈이 나쁜 편이라 그 탓인가 하고 지내고 있습니다. 과연 어느 쪽인지…… 아니요, 시력은 떨어지지 않았어요. 그렇지만 직업이 이렇다보니 눈이 온전치 못할 때는 정말 괴롭습니다.

피해자 가운데는 전철 통근을 두려워하는 사람도 있다는 말을 들었지만 저는 그런 두려움은 전혀 없습니다. 제가 탄 차량에 사린이 없었기 때문일지도 모릅니다. 이틀 후에 같은 전차를 타고 회사에 갔을 때도 그런 두려움은 없었습니다. 여전히 전차는 붐비더군요. 뭐랄까요, 실감이 안 난다고 할까요.

최근 들어 가끔 두통이 일기도 합니다. 사린 탓인가 하는 생각도 들지만 원래 두통이 있는 편이라서 어느 쪽인지 잘 모르겠어요. 두통의 횟수는 이전보다 많아졌지만…… 그리고 눈이 피로해지면 기분도 점점 나빠져요. 역시 눈 쪽이 가장 신경 쓰입니다. 그렇다고 지나간 일을 생각해서 뭘 하겠어요. '아무 일도 없었어' 라고 생각해야지요. 한 텔레비전 프로에 출연한 의사는 증상이 없어지면 후유증이 생길 염려는 없다고 말하지만, 사실 그걸 누가 알겠어요. 없으면 좋겠지만요. 앞으로 어떻게 될까요. 아무 일도 없었으면 좋겠어요.

물론 화가 치밀어오를 때가 많습니다. 저주하고 싶은 기분이랄까, 절대로 (범인들을) 용서해서는 안 됩니다. 왜 그런 짓을 했는지 한번 물어보고 싶습니다. 일을 저지른 사람이 그것을 설명하고 그에 대해 사죄해야 합니다. 반드시 해야 합니다.

까딱했으면 그때 제가 죽었을지도 모른다는 생각이 들기도 합니다. 지금도 혼자서 바깥으로 나가는 것이 두렵습니다. 지하철을 타느냐 안 타느냐가 아니라 길을 걷는 것 자체가. 그래서 지금도 바깥으로 나갈 때는 남편과 늘 같이 갑니다. 그런 것을 정신적인 후유증이라 할 수 있을지…… 그리고 언제 죽을지도 모른다는 생각이 듭니다. 원래 예민한 성격이라 그런지 그런 생각을 하면 복통이 일어납니다.

남편은 진심으로 저를 위해줍니다. 저보다 더 저를 걱정하는 것 같아요. 제가 빨리 병원에서 나오려 하자 며칠 더 입원하는 게 좋지 않겠냐고 했어요. 무슨 조그만 이상만 있어도 사린 때문이 아닐까 하고 걱정해줍니다. 남편이 곁에 있어줘서 무엇보다 다행입니다. 좀더 둘만의 시간을 가질 수 있다면 좋을 텐데 하는 생각이 듭니다. 그 이후로 부부싸움도 하지 않게 되었습니다. 그전에는 사소한 일로 많이 다투기도 했거든요. 요즘은 말다툼을 하고 역에서 헤어졌다가 무슨 일이 일어나면 어떡하나 하는 생각도 합니다.

사린사건이 일어난 다음 날, 아내에게 이혼하자고 했습니다.

이즈쓰 미쓰테루 (당시 38세)

이즈쓰 씨는 현재 모 대기업에서 새우 수입 전문가로 일하고 있는데, 원래는 선원이었다. 도쿄 상선 대학을 졸업한 후 잠시 외국 항로를 오가는 항해사 일을 하다가 심각한 해운불황 탓으로 30세 때 선원 일을 그만두고 새우 수입 전문회사에 취직했다. 그리고 거기서 칠 년간 새우 수입 일을 한 다음 새우 전문가로 지금 다니는 회사로 옮겼다. 그것이 이 년 전이다. 수산 관련 수입업은 육류보다 단가가 높고 시세의 변동이 격심해 리스크가 높은 반면 이익도 많은 업종이다. 그래서 현장 경험이 없으면 제대로 일을 할 수가 없다. 특히 새우 장사는 옛날부터 흥미를 느끼고 있었고 외국과 관련되는 일을 하고 싶어서 회사를 알아보던 중에 우연히 수산 관련 일을 맡게 된 것이라고 한다. 사실은 이 년 전에 그 새우 전문회사를 그만두고 손수 수입회사를 설립할 생각으로 지금 다니는 회사에 자금 조달 상담을 했더니, '지금은 거품이 가라앉는 시기라서 위험하니 그러지 말고 우리 회사일이나 좀 도와달라' 는 말에 그냥 주저앉았다 한다.

이때부터 작업화를 벗어던지고 본격적인 샐러리맨이 된, 좀 색다른 경력을 가진 사람이다.

그래서 그런지 열심히 경력을 쌓아 관리직이 되려고 노력하는 여느 회사원들과는 어딘가 좀 다른 느낌을 준다. 만나서 이야기를 나누어보니 독립심이 남다른 사람이라는 느낌이 들었다. 자신의 의견을 거침없이 표현한다. 그렇다고 자신의 주장을 밀어붙이는 것이 아니라 자신의 생각을 나름의 방식으로 형상화시키는 데 가치를 두는 유형인 것 같다.

대학 시절에 유도로 단련한 탄탄한 몸매가 인상적인데 시선을 똑바로 두고 또박또박 이야기를 해나간다. 젊음과 활력이 넘쳐 보이고 차림새도 산뜻하며 멋진 넥타이를 매고 있다.

당시 38세였던 이 새우 전문가는, 어느 날 아침 통근 전차 안에서 갑자기 자신을 습격했던 사린사건을 어떻게 체험하고 어떻게 받아들였을까?

*

외국에 나가고 싶어서 도쿄 상선 대학에 들어가서 항해사가 되었습니다. 덕분에 아프리카를 제외한 다섯 개 대륙에 가보았습니다. 아무것도 모르는 젊은 시절에는 마냥 재미있었지만, 지금은 빨리 직업을 바꾸길 잘했다고 생각합니다(웃음).

지금은 신마루코에 살고 있지만 그때는 사쿠라기초에 살았습니다. 회사는 국회의사당앞 역 근처인데, 도요코 선에서 지하철로 갈아타고 출근합니다. 9시 15분부터 업무를 시작하지만 대체로 8시에는 회사에 도착합니다. 네, 아주 빠른 편이지요. 그 시간대는 전차도 복잡하지 않고 아무도 없는 회사에서 천천히 일을 볼 수 있어서 좋습니다. 아침 기상은 6시. 습관이 돼서 저절로 눈이 떠집니다. 아침잠이 별로 없는 편이죠. 그 대신에 밤잠이 많아서 10시만 되면 무슨 일이 있어도 자야 합니다. 그렇지만 아무 일도 없는 날은 거의 없습니다. 잔업이라든지 접대 때문에 동료들과 술을 마시러 가기도 합니다.

그날 3월 20일은 평소보다 조금 늦은 7시 조금 전에 도요코 선을 탔습니다. 나카메구로에 도착한 것이 7시 5분 정도, 히비야 선의 가스미가세키로 가서 거기서 지요다 선으로 갈아탔습니다. 제가 사린을 맞닥뜨린 것은 가스미가세키에서 국회의사당앞 역까지 딱 한 정거장을 통과할 동안이었습니다.

가스미가세키에서 지요다 선을 갈아탈 때는 늘 맨 앞 칸에 탑니다. 맨 앞이 계단에서 가장 가깝기 때문입니다. 지요다 선 플랫폼에 도착해서 출발 벨이 울리기에 타야겠다 싶어서 달려갔는데 정작 그 전차는 멈춰 서 있었습니다. 전차에 올라타자 역무원 두 사람이 제 앞에서 바닥을 닦고 있었습니다. 상자에서 액체가 흘러나와 마치 물이 흐른 것처럼…… 물론 그때는 몰랐지만 그것이 바로 사린이었습니다. 역무원들이 바닥을 닦는 동안 전차가 정지해 있었기 때문에 저는 전차에 탈 수 있었던 것입니다.

아니요, 대걸레가 아니라 신문지를 둘둘 말아서 바닥을 닦고 있었습니다. 빨리 전차를 발차시켜야 하니까 대걸레를 가지러 갈 여유가 없었을 것입니다. 역무원이 떨어져 있던 상자를 밖으로 들고 나간 다음에야 전차는 출발했습니다. 나중에 안 사실이지만 결국 그 상자를 들고 나갔던 가스미가세키 역의 조역은 죽었습니다. 또 다른 한 사람도 다음 날 목숨을 잃었다고 하더군요.

역에 정차한 시간은 오 분 정도였습니다. 그동안 역무원들이 제 앞에서 그것을 정리하고 있었습니다. 전차는 그렇게 복잡하지는 않았지만 자리가 비어 있었던 것은 아닙니다. 저는 선 채로 작업하는 걸 보고 있었습니다. 나중에 생각해보니 무슨 냄새가 난 것 같기도 한데, 그때는 아무것도 느끼지 못했습니다. 아무런 느낌도 없었습니다. 역무원은 하나같이 기침을 하더군요. 휘발성 물질을 누군가가 그대로 놓아두고 내린 모양이라고 생각했습니다. 그렇다고 일부러 자리에서 일어나 다른 칸으로 옮겨가는 사람은 없었습니다. 저는 전차가 출발한 다음 바닥이 젖어 있는 곳을 피해 사오 미터 이동했습니다.

국회의사당앞 역에서 내릴 때까지 차내 분위기에는 별다른 변화가 없었습니다. 기침을 하는 사람이 많았지만요. 아무 생각 없이 그냥 회사로 갔습니다. 사무실에는 환율의 변동을 수시로 체크하기 위한 텔레비전이 놓여 있습니다. 뉴스를 보는데 이상한 느낌이 들었습니다. 뭔가 큰 소동이 벌어지고 있는 것 같았습니다. 화면에는 주로 쓰키지 주변의 광경이 비쳤습니다.

사실은 그 전날, 남미에 열흘간 출장을 갔다가 막 돌아온 참이었습니다. 이틀 후가 춘분 휴일이기 때문에 딱히 출근할 필요는 없었지만, 오랫동안 자리를 비웠으니 정리해야 할 일이 있을지도 모른다는 생각으로 출근한 거죠. 그런데 사무실이 아주 어두워 보이는 겁니다. 사무실이 원래 이렇게나 어두웠나 의아해하는데 텔레비전 뉴스에 사건에 대한 보도가 나오더군요. 설마 내가 있던 그 칸에서 그런 일이 벌어졌을 줄이야 꿈에도 생각지 못했지만, 시간이 지날수록 속이 뒤틀리고 이른바 시야협착이라는 증상이 나타나는 것입니다. 그게 바로 사린 중독이니까 빨리 병원으로 가보라고 주위 사람들이 말하더군요.

처음에는 가까운 안과에 가서 동공 검사를 받았습니다. 몇 번이나 빛을 비추고 끄는 동작을 반복했지만 동공이 아예 움직이지 않는 겁니다. 이미 그 병원에는 경찰 한 명이 왔다가 아카사카 병원으로 이송되었다고 합니다. 저 역시 아카사카 병원으로 갔습니다. 그곳에는 링거주사를 비롯해 여러 가지 준비가 갖추어져 있더군요. 그 외에도 몇몇 사린 환자가 차례대로 혈압 검사나 문진을 받고 있었습니다. 아카사카 병원에는 아직 해독제가 준비되지 못해서 한 시간 반 정도 누워서 링거주사를 맞았는데, 괜찮은 사람은 일단 돌아갔다가 내일 다시 와달라 하더군요. 지금 돌이켜보면 아카사카 병원은 별로 한 게 없습니다.

그때는 사린가스라는 사실이 밝혀진 상태였습니다. 텔레비전 보도를 보고 제 증상도 사린 중독임이 분명하다는 것을 알았습니다. 제가 탄 전차의 맨 앞 칸에서 사건이 벌어졌다는 보도였습니다.

위기감을 느꼈다고나 할까요…… 아카사카 병원에서는 별다른 치료도 받지 못했으니 이대로 집으로 갔다가 그냥 죽어버리는 게 아닐까 하는 생각도 했습니다(웃음). 그때 자리에 앉지 않고 뒤편으로 이동한 것이 그나마 다행이었습니다. 같은 칸에 타고 있던 사람 가운데 앉아 있던 사람들은 저보다 훨씬 오래 입원 생활을 했다는 이야기를, 나중에 당시 정황을 들으려고 찾아온 형사에게 들었으니까요.

시야협착이 호전되지 않아서 열흘 동안이나 아카사카 병원과 안과를 오갔습니다. 그렇다고 별다른 치료를 받은 것은 아닙니다. 콜린에스테라아제 수치를 조사하는 검사도 받지 않았습니다.

사실은 사건이 일어난 당일 5시 반까지 회사에서 아무 탈 없이 일을 했습니다. 속이 좋지 않아 점심은 먹지 않았습니다. 물론 식욕도 없었고요. 식은땀이 흐르고 오한이 들며 얼굴도 새파랗게 질려 있었다고 합니다. 차라리 쓰러지기라도 하면 집에 가서 쉬겠는데 그 정도는 아니었으니…… 직장 동료들은 꽃가루 알레르기가 아닌가 하더군요. 남미에서 막 돌아온 참이라 꽃가루 알레르기가 일어날 때도 되었다는 겁니다. 그렇지만 눈의 초점이 맞지 않고 머리도 계속 아팠습니다. 한 가지 다행스러운 것은 저는 주로 전화를 주고받는 일을 하고, 문서를 읽고 정리하는 것은 여사원이 모두 맡고 있다는 점이었지요.

그다음 날은 휴일이라 하루 종일 집 안에서 드러누워 쉬었습니다. 시야는 아직도 어두웠고 움직일 기력도 없었습니다. 밤에는 잠도 잘 이루지 못했습니다. 꿈을 꾸기도 하고 가위에 눌리기도 하는 겁니다. 오늘밤 잠들었다가는 영영 깨어나지 못할 것 같은 두려움에 사로잡혔습니다.

지금은 혼자 살고 있지만 당시만 해도 가족이 있었습니다. 아내와 아이가 있었지요. 이야기가 갑자기 옆길로 샌 것 같군요(웃음). 가족이 있긴 했지만 현실적으로는 없는 것이나 마찬가지였지만요.

그날 저는 집에 도착하자마자 양복을 벗어 옷장에 걸어두었는데,

갑자기 아이가 눈이 따갑다고 하는 겁니다. 아이가 둘인데 첫째는 많이 컸지만 막내는 아직 초등학생이었습니다. 그애가 눈이 아프다는 것입니다. 그래서 그날 입었던 옷은 모두 쓰레기통에 버렸습니다. 구두만 빼고요.

세상을 떠나신 분들이나 후유증으로 고생하는 분들도 계시니까 당연히 범인에 대해 분노를 느낍니다만, 저는 같은 전차에 탄 다른 분들과는 좀 다른 감정을 가지고 있습니다. 분노를 느끼긴 하지만 저는 비교적 증상이 가볍기도 하니까, 개인적인 분노라기보다는 객관적인 분노입니다. 개인적으로 그렇게 심한 격분을 느끼지는 않습니다.

그리고 이런 말을 하면 좀 이상할지 모르지만, 예전부터 그런 광신적인 종교를 이해할 수 있을 것 같았습니다. 어릴 적부터 별이나 신화를 좋아해서 그 영향으로 선원이 된 것입니다. 단지 집단적으로 행동하는 것은 별로 좋아하지 않습니다. 그 때문에 종교 단체에 대해서는 흥미가 없지만 그런 종교적 문제에 대해 깊이 생각하는 것 자체는 절대로 나쁘지 않다고 봅니다. 어느 정도 이해할 수 있을 것 같습니다.

그러나 정말 이상합니다. 사실은 남미 출장을 갔을 때 콜롬비아에서 현지 대사관 사람의 초대로 이틀 연이어 단란주점에 간 적이 있습니다. 원래는 같은 술집에 가려 했다가 우연히 장소를 바꾸었습니다. 그런데 바로 그날 그 술집에서 폭발사고가 일어났죠. '역시 일본은 안전해서 좋아' 라고 생각하면서 귀국한 다음 날 출근중에 이런 재난을 당한 것입니다(웃음). 웃으려고 하는 이야기입니다. 남미나 동남아시아에서는 일본과는 달리 죽음을 늘 가깝게 느낍니다. 사고가 일어나는 것이 당연하다는 생각을 늘 가지고 있습니다. 그것이 일본과 다른 점입니다.

사린사건이 일어난 다음 날, 아내에게 이혼하자고 했습니다. 이전부터 부부 사이가 썩 좋지 않았기 때문에 남미 출장중에도 이런 저런 생각을 하면서 이번에 귀국하면 이야기를 꺼내려고 마음을 정리하고 있던 참이었습니다. 그 와중에 지하철 사린사건을 만나게 된 것입니다. 그날 그런 사고를 당하고 집으로 돌아왔지만 아내는 별다른 반응도 보이지 않았습니다.

사고를 당한 다음 회사에서 집으로 전화를 걸어 이러저러한 일이 일어났다고 했더니 걱정도 하지 않는 것입니다. 도대체 무슨 일인지, 어떤 상황이 벌어졌는지 전화만으로는 이해하지 못했기 때문에 그랬을지도 모릅니다. 그렇지만 결국 그 전화가 결정적인 계기가 되었습니다. 그런 특수한 상황에 처해 흥분한 탓도 있었을 것입니다. 그래서 쉽게 헤어지자는 이야기를 할 수 있었을지도 모릅니다.

만일 사린사건이 없었더라면 아마 그렇게 빨리 이혼 이야기를 꺼내지는 않았을 겁니다. 말을 할 수 없었을 테죠. 그 사건은 충격이기도 했지만 하나의 계기가 되기도 했습니다.

가정불화도 있어서인지 당시의 저는 스스로를 그다지 소중히 생각하지 않았습니다. 제가 그때 죽었을지도 모른다는 가능성을 배제한 건 아니지만, 만일 죽어야 할 상황이었더라도 하나의 사고로 순순히 받아들였을 것입니다.

취미 말입니까? 지금은 그림을 그리거나 판화를 제작하고 있습니다. 우리집 뒤에 화가 한 분이 살고 계셔서 그분에게 배우고 있습니다. 밤에 시간이 나거나 주말이 되면 그림을 그리지요. 주로 수채화를 그리는데 풍경이나 정물을 좋아합니다. 천천히, 그렇게 시간을 보내는 것을 좋아합니다. 그림 동호인들과 이야기를 나누는 것도 좋아하지요. 새우 이야기는 하기 싫습니다.

눈을 감고 존 것이 정말 행운이었다고 생각합니다.

가자구치 아야 (당시 23세)

가자구치 씨는 아라카와 구 마치야에서 태어나 줄곧 거기서 살고 있다. 마치야라는 동네가 좋아서 다른 곳으로 이사할 생각은 해본 적이 없다. 부모님과 열네 살 아래의 여동생과 넷이서 살고 있다. 직장을 가진 사회인으로서 이제 독립해볼까 하는 생각도 하지만, 아직도 '어리광'을 부리며 부모와 함께 살고 있다.

고등학교를 졸업한 다음 비즈니스 스쿨에 다니면서 정보처리와 부기를 배운 후에 의류회사에 취직했다. 회사는 몇 개의 오리지널 브랜드를 가지고 있는데 그녀는 그중 하나를 담당하고 있다. 나는 여성 의류업계에 대해서는 잘 모르지만 그 브랜드는 도쿄에 거주하는 아가씨와 젊은 기혼 여성을 대상으로 하는, 이른바 '공주님' 계열의 고급 라인인 것 같다. 아버지가 의류업계 일을 하고 있어서 그 영향으로 지금의 회사에 취직했다. 딱히 의류업에 흥미가 있어서가 아니라, 컴퓨터를 사용하는 일이라면 어떤 직종이든 좋았던 것이다.

좋아하는 음악은 레게, 좋아하는 스포츠는 스노보드, 스케이트보드, 서핑. "특이 취향이죠" 하면서 웃는다. 친구들과 어울려 스포츠를 즐기는 편이다. 마치야에는 초등학교 시절의 친구가 아직도 많이 남아 있어서 지금도 사이좋게 지내고 있다.

활기차고 건전하게 독신 생활을 즐기는 것처럼 보였다. 과장된 몸짓을 찾아볼 수 없고 산뜻하면서도 담백하다. 아마도 남자들에게 인기 있을 것 같다. 머리를 어깨까지 길렀다. 덧붙여서, 이건 아무 상관 없는 것이지만, 그녀의 어머니는 나와 같은 나이였다.

*

이 회사에 들어온 것은 사 년 전인데 영업보조 업무를 맡고 있습니다. 컴퓨터로 재고를 조사하거나 반품을 처리하고 거래처에 전화를 걸기도 합니다. 그리고 매상이나 전표를 계산합니다. 요컨대 영업사무인 셈입니다.

지금은 전시회 시기라 바쁜 편입니다. 2월 말부터 3월 중순까지. 이 시기에 올해의 추동복을 결정하죠. 저희 회사는 도매상과 성격이 비슷해서 소매점 운영자들을 불러모아 샘플을 제시하고 미리 주문을 받습니다. 그래서 어느 제품에 점수가 몇 점 매겨지는지 봅니다. 경기도 좋지 않은데 잘못했다가는 돈만 날려버릴 수도 있으니까요……(웃음)

마치야에서 회사까지는 대체로 사십 분 정도 걸립니다. 지요다선으로 마치야 역에서 니주바시 역까지 가서 유라쿠초 선의 유라쿠초 역까지 걸어간 다음, 전차를 바꿔 타고 신토미초 역으로 갑니다.

회사에는 대체로 9시 오 분 전에 도착합니다. 회사의 업무가 9시 20분에 시작되니까 이십 분 정도의 여유를 가지는 셈입니다. 지각한 적은 없습니다. 전차는 늘 같은 걸 탑니다.

전차는 상상할 수 없을 정도로 붐빕니다. 지요다 선의 마치야에서 오테마치까지는 거의 지옥이에요. 손도 꼼짝할 수 없습니다. 한 번 손을 올리면 그 자세로 끝까지 가야 하니까요. 전차를 탈 때도 등부터 억지로 들이밀어야 합니다. 가끔 치한을 만나기도 하지요. 정말 불쾌할 때도 있습니다.

오테마치에서 갈아타는 사람이 많아서 그곳만 지나면 한숨 돌릴 수 있습니다. 그렇지만 제가 내리는 니주바시 역은 오테마치에서 한 정거장이니까 그러나 마나지요. 마치야에서 니시닛포리, 센다기, 네즈, 유시마, 신오차노미즈, 오테마치…… 정말이지 손가락 하나 까딱할 수 없습니다. 그냥 가만히 서 있죠. 사람들이 빼곡히 들어선 문 옆에 서서 그냥 눈을 감고 자는 게 고작이에요. 예, 그렇습니다. 선 채로 꾸벅꾸벅 졸았습니다. 다들 그래요. 조용히 눈을 감고 있습니다. 움직이려 해도 움직일 수 없으므로 아예 포기하는 게 편합니다. 사람들 얼굴이 너무 가까우면 자연히 눈이 감기거든요. 눈을 감고 흔들리는 대로 그냥 몸을 맡겨버리는 게 더 나아요.

사건이 있었던 3월 20일은 월요일이었던가요? 맞아요, 월요일이었어요. 저희 과에서는 월요일엔 아침 8시 반부터 미팅을 합니다. 그래서 그날만은 좀 일찍 가야 하기 때문에 8시 전에 집을 나섰습니다. 7시 50분 정도였지요. 늘 타는 전차가 아닌 다른 선을 탔습니다. 빠른 만큼 조금 한산했습니다. 약간의 여유를 느끼는 정도였지만요. 전차를 타고 문과 좌석 사이의 공간에 서서 좀 태세를 갖추었습니다.

저는 늘 맨 앞 칸의 앞에서 두번째 문으로 오릅니다. 그리고 문 옆의 작은 공간에 기대서서 꼼짝도 않습니다. 사람들이 아무리 오르내려도 꼼짝하지 않지요.

그렇지만 니주바시 역에서는 반대편 문이 열리기 때문에 오테마치 역에 오면 늘 그쪽으로 옮겨갑니다. 오테마치에 오면 여유가 생기기 때문에 별 어려움 없이 이동할 수 있습니다. 차 안이 텅 비는 듯한 느낌이 들 정도니까요.

그래서 그날도 슬슬 움직여볼까 하고 눈을 떴습니다. 눈을 뜨지 않으면 이동할 수 없으니까요(웃음). 그런데 왠지 가슴이 답답했습니다. 가슴 위에 무거운 돌덩이 같은 게 놓여서 숨을 쉬려 해도 공기가 자연스럽게 들어오지 않는 것 같은…… 이상한 기분이 들었지만 아침 일찍 일어난 탓이려니 했습니다(웃음). 잠이 모자라서 컨디션이 나빠진 거라고 말이죠. 저는 아침에 약한 편이거든요. 그러나 아무리 그렇다 치더라도 너무 심한 것 같았습니다.

문이 열리고 공기가 들어올 때는 좀 괜찮았지만 오테마치 역에서 문이 닫히자 더 답답해졌습니다. 뭐라고 할까, 마치 공기가 무겁게 내리누르는 듯한 느낌이었습니다. 공기 자체가 멈추어버린 듯한 그리고 시간까지 멈추어버린 듯한…… 이렇게 말하면 좀 지나칠지 모르겠지만요.

이상하다고 생각했습니다. 손잡이를 잡고 서 있는 사람들 중에 기침을 하는 사람이 있었습니다. 그때는 차 안이 많이 비어서 서 있는 사람은 서넛밖에 없었습니다. 저는 점점 호흡에 곤란을 느끼면서 빨리 역에 도착하기만을 기다렸습니다. 오테마치에서 니주바시까지는 이삼 분이 걸리는데 그동안 정말 괴로웠습니다. 넘어지면서 가슴을 부딪쳐서 갑자기 숨이 멈추어버리는 그런 느낌이었습니다. 숨을 들이쉴 수는 있지만 뱉어내지는 못하는 그런 감각이었습니다.

그때 문득 반대편 문 근처에 신문지에 싸인 뭔가가 놓여 있는 것을 보았습니다. 저는 바로 그 앞에 서 있었던 겁니다. 그때는 도무지 알아채지 못했습니다.

그것은 도시락 정도의 크기였는데, 신문지는 젖어 있었습니다. 물 같은 것이 흘러나오고 있었습니다. 자세히 살펴보니 전차의 진동에 따라 흔들리고 있더군요. 확신은 할 수 없었지만, 분명히 딱딱한 물건은 아니라는 생각이 들었습니다.

마치야는 서민들이 사는 동네입니다. 생선 가게에 가면 생선을 신문지로 둘둘 말아주잖아요. 그래서 누군가가 생선을 들고 가다가 잊어버렸는지도 모르겠다 싶었습니다. 그렇지만 아침부터 생선을 사서 전차에 들고 탈 사람은 흔치 않으니 이상하다고 생각했습니다. 그때 어떤 중년 아저씨도 이상하다고 생각했는지 가까이 다가가서 그것을 뚫어져라 살펴보는 것입니다. 마흔쯤 되어 보였고 코트를 걸쳤는데, 샐러리맨인 듯했습니다. 아저씨는 그것을 관찰하고 있었습니다. 만지지는 않았어요.

그러는 사이에 전차는 니주바시에 도착했습니다. 저와 함께 전차에서 내린 사람들은 모두 기침을 했습니다. 저도 기침을 했습니다. 그 순간 섬뜩하더군요. 함께 내린 열 명 정도의 사람이 하나같이 기침을 하는 걸 보니 이건 정말 이상하다고, 저만의 문제가 아니라고 생각했습니다.

하지만 그때는 시간이 촉박해 빨리 가야겠다는 생각뿐이었습니다. 전차에서 내릴 때부터 두근거리는 심장 고동 소리를 무시하고 계단을 올라 밖으로 나와서 잰걸음으로 걸으면서 심호흡을 했습니다. 그랬더니 조금 편해지더군요. 그런데 콧물이 줄줄 흐르기 시작했습니다. 심장의 고동은 가라앉았지만요. 그러나 추워서 그러려니 하고 마음에 두지 않았습니다.

회사에 도착해서 미팅을 하는데 점점 속이 나빠졌습니다. 토할 것 같기도 하고. 그때 지하철에서 사고가 터졌다는 뉴스가 흘러나오더군요. 그렇다면 그게 틀림없겠다고 생각했습니다. 그 순간 머리가 핑 돌면서…… 전 겁이 많거든요. 그래서 곧장 성누가 병원으로 달려갔습니다.

두 시간 정도 링거주사를 맞고 혈액검사를 받았지만 괜찮다고 돌아가라고 하더군요. 검사에서 별다른 이상이 발견되지는 않았습니다. 옷도 그대로 입고 있었습니다. 시야협착도 없었습니다. 그냥 속이 좋지 않았어요.

—바로 눈앞에 사린 봉지가 있었는데도 증상은 아주 미미했군요.

그때는 무척 괴로웠지만 시간이 지나면서 괜찮아졌습니다. 나중에 형사의 이야기를 들어보니 눈을 감고 졸아서 그랬던 모양입니다. 눈도 감고 있었고, 조느라 호흡량도 적었을 테니까요(웃음). 정말 행운이었다고 생각합니다.

다들 스캔들을 좋아할 뿐입니다. “큰일 날 뻔했다”고 하면서도 즐기는 것 같아요.

소노 히데키 (당시 36세)

소노 씨는 아오야마에 지사를 둔 고급 장식 메이커에 근무하고 있다. 영업사원이다. 일본 경제의 거품이 가라앉은 후로 의류업계의 매상도 많이 줄었지만 그는 이 상태가 정상이라고 한다. 늙은 아저씨가 어린 여자애를 데리고 보란 듯이 수표를 남발하고 고급 브랜드가 불티나게 팔려나가는 그런 세상에 피로를 느끼고 있었던 것 같다. 그런 것들이 없어져서 오히려 속이 시원하달까. 그는 이렇게 말했다. “이제 우리도 정상으로 돌아온 게 아닐까요.”

소노 씨는 자신을 영업에 어울리는 타입이라고 생각하지만 그렇게 보이지는 않았다. 화려하게 떠벌리지 않는 내성적이면서 냉철한 성격의 소유자인 것 같다. 술자리와 단체여행과 골프를 싫어한다. 그렇지만 영업 담당이기 때문에 골프를 하지 않을 수 없다. 골프장에 가서 오랜만에 가방을 열어보고는 “뭐가 이렇게 많아. 어느 놈으로 쳐야 하지?” 하고 같이 간 사람에게 물을 정도의 골퍼다.

“이렇게 돈에 미쳐 치닫기만 하는 세상에서 젊은이들이 종교라는 정신적인 세계에 이끌리는 것도 이해할 만합니다. 그렇지만 저는 관심 없습니다."

사건 후유증으로 심한 고생을 했지만 옴진리교의 실행범에 대해 개인적인 분노나 원한은 거의 느끼지 않는다. 왜 그런지 자신도 잘 모르겠다고 한다. "의류업계에 근무하고 있지만 정작 저는 옷에 대해 거의 관심이 없습니다. 적당한 게 눈에 띄면 그 자리에서 사버립니다. 복잡하게 생각지 않습니다." 그러나 그의 차림새는 꽤 세련되었다.

*

거품경제 시절에는 정말 입이 찢어질 정도로 옷이 잘 팔려서 매년 사원들에게 하와이 여행을 보내줬습니다. 거기에 비하면 지금은 비참하지요. 부도를 많이 맞기도 합니다. 소매점과 도매상이 부도를 내고 있습니다. 그렇게 되면 우리 회사가 아무리 긴축경영을 해도 자금이 돌아가지 않습니다.

이 회사에 근무한 지 십 년이 됩니다. 그전에는 사 년 정도 오사카의 건설회사에 근무했습니다. 대학을 나와 건설회사의 경리 일을 보았지요. 대기업이었어요. 그런 회사에 들어가면 평생이 보장될 것 같아서 선택했지만 지겨워서 견딜 수가 없더군요. 그래서 그만두었습니다. 그때 우연히 지금 회사의 사원 모집 광고를 보고 지원했습니다. 딱히 의류업을 해보고 싶었던 것은 아니었지만 재미있지 않을까 하는 생각에서였죠. 지금도 의류업종이 좋아 죽겠다는 정도는 아닙니다. 비즈니스로서는 꽤 재미있는 직종이긴 하지만요.

건설회사 경리 일은 정말 지루합니다. 아이디어를 내서 뭔가를 꾸려나가는 곳이 아니죠. 물론 이제 막 입사한 애송이가 스스로 생각하고 행동할 일은 없겠지만 당시의 저는 그런 느낌을 받았습니다. 그래서 재미가 없었습니다. 경리보다는 영업 쪽이 제게 어울리는 것 같습니다. 현재 저는 영업팀장으로 여섯 명의 직원을 거느리고 있습니다. 지시를 내리고 상황을 분석하고 정리하는 일이지요. 영업이니까 자연히 소매점과 도매점을 돌아다녀야 하므로 내근과 출장의 비율이 6대4 정도입니다. 책상 앞에 앉아 있는 것보다는 밖으로 나가서 사람을 만나는 쪽이 즐겁습니다. 스트레스를 받을 틈이 없습니다.

아내와 둘이서 삽니다. 스물네 살에 결혼했으니까 벌써 십삼 년이나 되었군요. 결혼하면서 건설회사를 그만두고 지금의 회사에 들어왔습니다. 회사를 옮기는 데 대한 불안은 없었습니다. 아내도 딱히 걱정하지 않았습니다. 우리는 그런 일에 별로 개의치 않습니다.

지금은 지바 현에 살고 있습니다. 대체로 아침 7시 반에 집을 나서서 8시 15분 전후에 마쓰도 발 지요다 선을 탑니다. 지요다 선은 앉을 수가 없어요. 탔다 하면 사십오 분 동안 서 있어야 합니다. 운이 좋으면 오테마치에서 앉는 경우도 있지만 확률은 반 정도예요. 피곤하니까 자리가 나면 반드시 앉습니다. 일단 앉으면 십오 분 정도는 쉴 수 있으니 그게 어딥니까.

사건이 일어난 3월 20일은 평소보다 삼십 분 정도 빨리 집을 나섰습니다. 마침 특별한 일이 있어서 업무 시작 전에 그걸 처리해둘 생각이었습니다. 그 당시는 전시회 기간이라 할 일도 많았습니다.

그리고 영업 담당이기 때문에 월말 결산 수치를 조금씩 계산해두어야 합니다. 이번 한 달 동안 얼마나 팔렸는지 수치로 나타내는 것이죠. 할당량이라고나 할까…… 이만큼은 반드시 팔아야 한다는, 예산에 기초한 기본선이 있습니다. 개개인의 숫자가 나오면 그것을 합계해서 팀 전체의 숫자를 산출합니다. 그것으로 우리의 운명이 결정되는 겁니다. 그 수치를 계산하는 게 제 임무입니다. 그 주의 수치를 본사에 제출하여 다음 주 회의에 임하는 거죠.

그주의 수치가 좋았는지 나빴는지 거기까지는 지금 기억나지 않는군요. 그게 얼마나 나왔더라?

3월 20일은 아내가 퇴직한 날입니다. 육 년간 근무하던 회사를 그날 그만두었습니다. 광고 관련 잡지에서 편집 일을 하고 있었는데 너무 힘들어서 그만두겠다고 하더군요. 지금은 프리랜서로 카피라이터 일을 하고 있습니다. 그리고 그날은 아내의 생일이기도 했습니다. 그래서 3월 20일은 더더욱 기억이 또렷합니다.

저는 늘 맨 앞 칸을 이용합니다. 개찰구와 출구가 가장 가깝기 때문입니다. 오모테산도의 하나에모리 빌딩으로 연결되는 위치거든요. 저는 앞 칸의 뒤편으로 올라탑니다. 맨 앞은 타고 내리는 사람이 많아서 조금 한가한 뒤쪽을 이용하는 거죠.

그날은 운이 좋았는지 신오차노미즈에서 자리에 앉았습니다. 계속되는 전시회로 피곤했던데다 이른 아침이었기 때문에 정말 운이 좋다고 생각하면서 앉자마자 잠이 들었습니다. 정말 잘 잤습니다. 눈을 뜬 것은 가스미가세키였습니다. 신오차노미즈에서 네번째 역이죠. 기침이 나오는 것 같아 눈을 떴습니다. 그리고 묘한 냄새가 났습니다. 또 뒤편 차량으로 자리를 옮기는 사람이 꽤 있었습니다. 그래서 사람들이 자주 문을 열고 닫는 등 왕래가 빈번했습니다.

바닥이 젖어 있더군요. 거기서 제 자리까지는 오 미터도 채 안 되었습니다. 범인은 신오차노미즈에서 사린 봉지를 터뜨리고 내렸던 것입니다. 저는 그냥 잠들어 있었기 때문에 아무것도 보지 못했습니다. 경찰에서 제게 여러 가지를 물었지만 보지 못했으니까 대답할 수가 없었습니다. 그것 때문에 경찰이 저를 의심했던 것 같습니다. 아오야마까지 전철을 타고 갔는데 바로 거기에 옴진리교 본부가 있으니까요.

전차는 그대로 다음 역인 국회의사당앞까지 가서 승객을 모두 내리게 하고 회송했습니다. 차내 방송이 나왔지만 아무런 설명이 없었습니다. "이 전차는 회송하게 되었으므로 여기서 모두 내려주시기 바랍니다"라고만 하더군요. 가스미가세키에서 국회의사당앞까지 가는 동안 정말 고통스러웠습니다. 기침이 나오고 숨쉬기가 힘들었습니다. 국회의사당앞에 도착했을 때 바로 옆에 앉은 여자가 움직이지를 못했습니다. 오십대로 보이는 여성이었는데, 그 사람은 역무원의 부축을 받으면서 내렸습니다. 제가 탄 칸에는 열 명 정도가 있었는데 다른 사람도 대부분 손수건으로 입을 가리고 기침을 하고 있었습니다.

'도대체 왜 이럴까. 이상하다'라고 생각하면서도 회사로 가서 그날 안으로 처리해야 할 일이 있었기 때문에 서둘러야 했습니다. 플랫폼에 주저앉은 사람도 꽤 있었습니다. 상태가 좋지 않은 사람을 역무원이 한곳에 모이게 했는데 50명 정도 되더군요. 걸을 수 없는 사람이 두셋, 플랫폼에 드러누운 사람이 둘 있었습니다.

그렇지만 긴박하다는 느낌은 들지 않았습니다. 이상한 기분은 들었지만 말입니다. 숨을 쉬는데 공기가 들어오지 않는 것입니다. 마치 공기가 사라지는 듯한 느낌이었습니다. 걸을 수는 있었기 때문에 사람들이 모인 곳에는 가지 않고 다음 열차를 타버렸습니다.

전차는 금방 왔습니다(이때 이미 지요다 선은 가스미가세키를 건너뛰어 운행하고 있었다). 그런데 전차에 올라타는 순간 다리가 휘청하는 것입니다. 아무것도 보이지 않습니다. 갑자기 밤이 되어버린 것 같았다고나 할까요. '큰일이다. 사람들 속에 끼어 있어야 했어' 하고 후회했습니다.

오모테산도 역까지 와서 역무원에게 물어보았습니다. "몸이 좀 이상한데 지하철에서 무슨 일이 있었습니까?" "핫초보리에서 폭발 사건이 있었던 것 같습니다." "지금 타고 온 전차 안이 좀 이상한 것 같은데요." "누군가가 차 안에 가솔린을 뿌린 모양입니다." 혼란스러웠습니다. 그래서 역장실로 들어가 "몸이 좀 이상합니다. 눈도 보이지 않아요"라고 말했습니다. 그러나 오모테산도 역에는 아예 정보가 들어오지 않았던 모양입니다. "잠시 여기서 쉬세요. 차가운 음료나 한잔 들어보시고요" 하며 친절하게 대해주긴 했지만 아무것도 모르고 있는 것 같았습니다.

이래서는 안 된다고 생각하고 일단 밖으로 나왔습니다. 무척 날씨가 좋았는데 주위가 어둡게만 보이더군요. 이건 정말 이상하다고 생각하고 회사 옆에 있는 ○○병원으로 갔습니다. 병원에 들어갔지만 설명할 방법이 없었습니다. "아마도 갑자기 병이 생긴 것 같은데, 아까 지하철에서……" 하고 제 증상을 이야기했더니 잘 모르겠다고 그냥 내버려두는 겁니다. 회사에는 몸이 좋지 않아서 병원에

와 있다고 전화를 해두었습니다. 결국 거기서 세 시간이나 기다려야 했습니다. 세 시간 동안 아무런 조치도 없이 방치되어 있었던 겁니다. 숨은 점점 가빠지고 주위는 더욱 어두워졌습니다. 저는 초조해져서 에이단 지하철에 전화를 걸어보았습니다. 도대체 무슨 일인지 사정을 알고 싶어서 말입니다. 상태가 안 좋은 사람을 한곳에 모이게 했으니까, 어떻게 되었는가 하고 말이죠. 그러나 전화 연결이 안 되는 것입니다.

11시가 되어 사린가스에 대한 뉴스가 나오자 그제야 진찰을 받았습니다. 사정을 알았으니까요. 바로 링거주사를 맞고 입원했습니다. ○○병원에서는 처음 대하는 사린 피해자였기 때문에 의사들이 무척 재미있어하는 것 같았습니다. 제가 심각한 상태가 아니어서 더 그랬겠지요. 모두들 모여서 어디를 누르면 어떤 증상이 나타난다는 둥 떠들더군요. 이러쿵저러쿵하면서요. 결국 그 병원에 사흘이나 입원했습니다.

밤에는 잘 잤습니다. 무척 피곤했으니까요. 병원에서 휴양을 취하는 기분이었습니다. 그러나 그후 석 달 동안 아주 고통스러웠습니다. 쉽게 피로해지는 겁니다. 조금만 몸을 움직여도 금세 피로에 절어버립니다. 그런 증상이 석 달이나 계속되었습니다. 그리고 눈도 잘 안 보였어요. 초점이 흐릿해지고 시야가 좁아집니다. 영업일은 운전을 많이 해야 하는데 밤이 되면 거의 아무것도 보이지 않았습니다. 원래 시력은 좋은 편이었는데 밤에는 교통표지판이 잘 안 보였습니다. 컴퓨터 화면을 제대로 쳐다볼 수 없으니 일을 할 수가 있어야지요.

머리가 좀 이상해졌는지도 모릅니다. 주변 사람들에게 "뭔가 이상해. 무슨 일이 벌어질지 모르니 조심하도록 해" 하며 심각한 표정으로 주의를 주기도 했습니다. 서바이벌 나이프를 가게에서 구입하기도 하고 말이죠(웃음). 정상으로 되돌아온 다음에는 도대체 왜 그런 터무니없는 짓을 했을까 싶더군요. 그러나 그때는 굉장히 심각했습니다. 서바이벌 나이프로 뭘 어떡하겠다고 그랬는지……

이상하게 화는 나지 않습니다. 물론 목숨을 잃은 분들을 생각하면 분노가 치밀기도 합니다. 사린을 옮기다가 목숨을 잃은 역무원을 생각하면 가슴이 미어집니다. 그런 분이 없었더라면 저는 죽었을지도 모릅니다. 그러나 범인에 대해 개인적인 원한 따위는 없습니다. 그저 사고를 당했다는 그런 기분입니다. 아마 당신은 이런 대답은 기대하지 않았겠죠.

―아니요, 특별한 기대를 가지고 인터뷰를 하는 것은 아닙니다. 딱히 전형이 있는 것은 아니니까요.

여하튼 저는 언론의 옴진리교 보도는 보기도 싫습니다. 보지도 듣지도 않습니다. 그렇습니다. 언론에 대한 불신감이 커졌습니다. 그들은 결국 스캔들을 좋아할 뿐입니다. "정말 큰일 날 뻔했습니다"라고 하면서도 결국은 그것을 즐기고 있는 거예요. 최근 들어 주간지를 읽지 않게 되었습니다.

사린의 공포, 그것은 지금까지 단 한 번도 언어화된 적이 없습니다.

정신과 의사

나카노 간조(1947년생)

나카노 선생이 성누가 국제병원의 정신과장으로 있을 때 마침 지하철 사린사건이 일어났다. 그때 쓰키지에 있는 성누가 병원에는 640명에 달하는 피해자가 밀려들어 일손이 달리는 바람에 자기 전문분야는 아니지만 응급치료를 돕게 되었다. 이윽고 입원중인 사린중독 환자 몇 사람이 정신적인 장애를 호소하기에 이르렀고, 그것을 계기로 지금은 지하철 사린사건에 관련된 50여 명의 PTSD(외상후스트레스장애) 환자를 맡게 되었다.

그후 성누가 병원을 퇴직하고 도쿄 구단에서 '구단 나카노 클리닉'을 개설했다. 1996년 2월과 10월, 두 번에 걸쳐 귀중한 전문적인 견해를 청취할 수 있었다. 한 사람이라도 더 병원을 찾아주기를 바란다는 그는, 거의 혼자서 그 많은 환자의 치료를 담당하느라 무척 바빠 보였다.

온건한 풍모에 어투도 부드럽지만, 고통받는 PTSD 환자를 한 사람이라도 더 구제하고 그들의 정신적 장애를 세상에 널리 알려 정확한 인식을 이끌어내고 싶다는 그의 열정은 대단했다. 진솔한 그의 태도를 피부로 느낄 수 있을 정도였다. 당연히 환자들에게서도 두터운 신뢰를 받고 있다.

1. 첫 인터뷰(1996년 2월)

PTSD 환자가 나타나기 시작한 것은 사건 발생 일주일 정도 후부터입니다. 월요일에 회사에 가려는데 다리가 후들거려 움직일 수 없다며 한 분이 병원을 찾아왔습니다. 3월 27일의 일입니다. 중독당한 사람들 가운데서도 비교적 증세가 가벼운 환자였지요.

증상 가운데 가장 흔한 것이 플래시백flashback입니다. 사건 당일 일어난 일을 리얼하게 머릿속에서 재현하는 것이죠. 그때의 감각이 그대로 재현됩니다. 그렇습니다. 그건 아주 심각한 기억입니다. 마치 자기 안으로 실물이 밀고 들어오는 듯한 감각입니다. 백일몽하고는 완전히 다른 것입니다. 오히려 '기억의 침입' 이라고 하는 것이 정확한 표현일 겁니다.

신체적인 사린 피해의 정도와 PTSD의 정도 사이에는 아무런 관계도 없습니다. 요컨대 이것은 정신적인 상처의 문제입니다. 예를 들어 자신이 경상자이면서 쓰러져 있는 중증환자를 열심히 간호한 사람이 있습니다. 그런데 자신이 간호하던 사람이 눈앞에서 입에 거품을 물고 괴로워하면서 숨을 거두었습니다. 그것은 마치 전쟁터에서나 마주칠 법한 비참한 상황입니다. 그런 분들 가운데 PTSD 증상이 나타나는 경우가 많습니다.

어느 날 갑자기 아무 영문도 모르고 죽음의 늪으로 빠져들어가고 만 그런 사건입니다. 피해를 당한 사람에게는 바닥 모를 공포의 체험이었을 것입니다. 게다가 사린의 공포, 그것은 지금까지 단 한 번도 언어화된 적이 없었습니다. 미증유의 사건이지요. 그 때문에 피해자들도 진정한 의미에서 그 당시의 공포를 아직 언어화하지 못하고 있을 것입니다. 적절하게 언어화할 수 없기 때문에 신체화身體化할 수밖에 없는 것이죠. 자신의 느낌을 언어로 바꾸는, 즉 의식화하는 회로가 형성되지 않은 겁니다. 그래서 무리하게 눌러버리려 합니다. 그렇지만 아무리 의식적으로 눌러도 신체는 자연스럽게 반응해버립니다. 그것이 '신체화' 입니다.

증상으로는 불면, 악몽, 공포 따위가 있습니다. 무서워서 지하철을 타지 못한다, 안정감이 없다, 초조하다, 집중력이 없다. 그리고 전체적인 회피, 즉 어떤 경우에도 걱정이 앞섭니다. 자신의 고통과 싸우는 데 전력투구하다보니 다른 일을 할 에너지가 없습니다. 다른 활동을 할 여지를 아예 차단해버리는 것이지요. 그리고 머릿속에서 그때의 중독 증상을 플래시백하기 때문에 권태감이 일어납니다.

눈물을 머금고 회사를 그만둔 분도 있습니다. 여성인데, 두통을 비롯한 여러 증상 때문에 더는 일을 할 수가 없었습니다. 그렇지만 주변 사람들은 왜 그러는지 도무지 이해하지 못합니다. 중독 증상이 나았으니 아무렇지도 않을 거라고 생각해서 평소와 다름없는 작업량을 요구합니다. 매일 12시까지 잔업을 하면서 고통스러워해도 아무도 도와주지 않습니다. 상대도 안 해주는 것입니다. 그러니 어떡하겠습니까. 직장을 그만두는 수밖에요.

눈에 보이지 않는 상처는 주위 사람들의 이해를 얻기가 힘듭니다. 사실은 정신적인 고통을 받고 있지만 '꾀병을 부린다' 라든가 '노력이 부족하다' 라는 식으로 생각해버리는 경우가 많습니다.

—예를 들어 고베 대지진의 경우는 피해 상황이 시각적으로 드러났습니다. 이를테면 찌그러진 빌딩 안에 며칠간 갇혀 있었다…… 그런 경우는 고통이나 통증을 헤아릴 수 있습니다. 그렇지만 지하철 사린사건의 경우는 경험해보지 못한 사람은 그 공포를 제대로 이해할 수 없지 않습니까.

그렇습니다. 한편으로는 방송에서 그것을 규격화하여 보여준 영향도 컸을 겁니다. 그 영상을 통해 '그 사건은 이런 거였어'라는 하나의 고정관념이 형성되어버렸습니다. 너무나 표면적인 수준의 고정관념이요. 예를 들면 지하철 입구에 사람들이 쓰러져 있는 모습 같은 것이죠. 그러나 그 장면은 하나의 표면적인 형상에 지나지 않습니다. 정말로 처참한 부분은 텔레비전에 방영되지 않았습니다.

어쨌든 피해자들이 빨리 치료를 받는 것이 좋겠다는 생각이 들더군요. 사람에 따라서 회복 속도가 다릅니다. 조금씩 나아지는 사람도 있고 어떤 계기로 극적으로 회복하는 사람도 있습니다. 여러 케이스가 있습니다.

예를 들면 아사하라가 체포되던 날, 지하철에서 다시 사린사건이 일어난 줄 알고 공황상태에 빠진 사람도 있습니다. 중대한 관련 사건이 일어나면 플래시백이 나타나는 경우가 많습니다. 제가 이 일에 관심을 기울이게 된 것은 지하철에서 마스크를 하고 있는 사람을 보았기 때문입니다. 착각과 환상에 빠져 있는 겁니다. 그러나 실제로 그 사람의 머릿속에는 너무도 선명하게 그 일이 벌어지고 있습니다. 실제로 일어났다고 믿는 거지요. 그럴 경우에는 "아니요, 사건은 일어나지 않았습니다" 하고 몇 번이고 반복해서 설명합니다.

그런 사람은 무섭다는 말을 반복하면서도 의사와 대화를 나누는 사이에 점점 나아집니다. 그러다 어느 날부터 병원에 오지 않습니다. 그러니까 차라리 처음부터 '무섭다, 무섭다' 라고 하면서 병원을 찾는 사람이 빨리 회복됩니다. 이야기를 들어주고 그 고통에 공감하면서 치료를 해나가면 조금씩 좋아지는 겁니다. 두려운 것을 두렵다고 할 수 있는 것 자체가 정리되고 있다는 것을 말해줍니다. 그러나 그런 정리가 되지 않는 사람, 도대체 뭐가 어떻게 돌아가는지 갈피를 잡지 못하는 상황에 처한 사람도 많습니다.

—그렇다면 잠재적인 심리적 상처를 입은 사람이 꽤 많다는 말씀이로군요. 이곳을 찾는 사람은 '정상으로 돌아가고 싶다' 는 의식이 있는 만큼 구제될 가능성이 있다는 거고요.

그렇습니다. 저는 PTSD 증상을 가진 지하철 사린사건의 피해자 수가 전체의 30~40퍼센트 정도가 아닐까 생각합니다. 피해자 수가 오천 명 정도니까 꽤 많은 셈이지요. 성누가 병원에서 사건 후 삼 개월에서 육 개월 사이에 80명 정도에게 앙케트 조사를 해보았더니, 플래시백을 경험한 사람이 전체의 30퍼센트 정도나 되더군요. 삼 개월이 지나도록 그 수는 줄어들지 않았습니다. 오히려 악화된 경우도 있습니다. 어떤 사람을 보고는 '이런 상태로 일상생활이 가능하단 말인가' 하고 놀라기도 했습니다.

자신이 깊은 마음의 상처를 입었으면서도 그것을 의식적으로 부정하고 생활하는 것은 어떤 의미에서 무척 위험한 일입니다. 예를 들면 과도하게 일에 몰두한다든지 술을 많이 마신다든지 해서 잊어버리려고 애쓰는 사람도 있을 것입니다.

제 환자 가운데는 걸프전쟁 당시의 장면을 텔레비전에서 보는 순간 중일전쟁 때의 마음의 상처가 느닷없이 플래시백된 경우도 있습니다. 오십 년 전의 일이 말입니다. 그때 그는 총검으로 중국인을 찔러 죽였다고 합니다. 그 장면이 머릿속에서 되살아나서 그 이후로 잠을 잘 수 없게 되었습니다. 오십 년이나 넘게 의식의 밑바닥에 눌러두었던 정경이 갑자기 되살아난 것입니다. 그 이후로 악몽에 시달려 잠을 이루지 못했다 합니다.

사린 피해자에게도 같은 일이 일어날지 모릅니다. 필사적으로 의식의 밑바닥으로 눌러버리지만 언젠가 생각지도 않은 순간 의식의 표면으로 떠오르는 것입니다.

자기 혼자 처리하려다가 오히려 악화되는 경우가 많으므로 다른 사람의 도움을 받을 필요가 있습니다. 상대가 반드시 전문의여야 할 필요는 없습니다. 그 사람을 이해할 수 있는 사람이면 됩니다. 그건 하나의 필요조건입니다. 예를 들어 그 사람이 고민을 토로하는데, '그건 당신이 약해서 그래' 라는 식으로 차갑게 반응하면 오히려 상처만 깊어집니다. 실제로 그런 잔혹한 말을 하는 사람도 많습니다. 어제 저를 찾아온 사람도 주변 사람들에게 약하다는 말을 들고 기가 죽어 있었습니다. 그런 상태가 지속되면 타인에 대한 불신감만 증폭될 뿐입니다. 자신의 마음을 아무도 이해해주지 않는다는 반응이 사린사건 피해자의 특징입니다. 피해자들은 정말 고독합니다.

그리고 사회생활을 하면서도 눈에 보이지 않는 차별을 받고 있을지도 모릅니다. 사린사건 피해자에 대한 심리적인 차별이지요. 그 때문에 피해를 입은 사람들 가운데는 자신이 피해자라는 사실을 감추려는 경우도 있습니다. 원폭 피해자가 그것을 감추려 하는 것과 같은 의미에서 말입니다.

어디까지나 개인적인 추측이지만 이것은 일본사회 특유의 '부정 타다' 라는 관념과 관련되어 있지 않나 생각합니다. 일본에서는 옛날부터 죽음이나 재앙을 접하면 그 사람을 부정 탔다고 했습니다. 그리고 부정 탄 사람은 주변 사람들의 기피 대상이 되는 전통이 있었습니다. 그것은 옛날에는 필요한 것이었습니다. 공동체는 그저 편견을 가지는 데 그치지 않고 자신들이 격리한 대상을 치유하기도 합니다. 일을 시키지 않는 겁니다. 어떤 의미에서는 보호해주는 것이지요. 그리고 그 부정을 쫓는 의식을 행하는 가운데 '부정 탄 사람' 을 서서히 치유해나가는 것입니다. 그래서 옛날의 '부정 탔다' 는 나름대로 유효한 기능이 있었습니다.

그러나 근대에 들어서면서 실질적으로 공동체 시스템이 사라져 버렸는데도 부정 탔다는 의식만이 잠재적으로 남아서 심리적인 격리감 같은 것을 만들어내는 게 아닌가 싶습니다. 그런 사람들과는 아무 관계도 맺고 싶지 않은 거지요. 무관심의 대상으로 방치해버리는 것입니다. 그것은 피해자에게는 정말 고통스런 일입니다.

2. 두번째 인터뷰(1996년 10월)

—처음 인터뷰로부터 약 구 개월이 지났습니다. PTSD 치료의 진전 상황은 어떻습니까?

우리 병원에서는 지금까지 50명 정도의 환자를 보았습니다. 현재는 20여 명이 치료를 받고 있습니다. 치료를 받고 완전히 나았다는 사람이 있는 반면에 아무런 효과가 없다고 치료를 그만두는 사람도 있습니다. 그렇기 때문에 병원에 오지 않은 모든 사람이 좋아지거나 회복되었다고는 볼 수 없습니다. 회복자는 아직 정확한 통계 수치가 나오지 않았지만 대체로 반 정도가 아닐까 생각합니다.

병원에 찾아오는 사람은 대체로 증상이 심합니다. 끝내 병원에 찾아올 정도니까요.

—지금까지 인터뷰에 응한 사람들의 대부분은 기억력 저하를 이야기하더군요. 제가 느낀 가장 특징적인 면이었습니다. 이것도 PTSD가 원인일까요?

집중력과 기력이 떨어졌다는 사람이 많습니다. 그리고 사고력이 저하되었다는 사람도 있습니다. 기억력 저하도 그런 일련의 기능 저하 중 하나일 것입니다. PTSD에서 비롯된 것으로 보입니다. 고통스런 기억을 마음 한구석으로 몰아넣기 위해서 자신의 활동을 축소시키는 방향으로 가는 것이지요. 그 때문에 자동적으로 기억의 활동 범위가 좁아지는 것입니다.

또한 기억을 강력한 힘으로 억압하고 있기 때문에 에너지가 그 방향으로 소모되어버리는 면도 있을 겁니다. 에너지가 정상적인 기능으로 향하지 않는다고 할까, 일상적인 행동으로 나아가지 않습니다. 그래서 전체적으로 수위가 내려가는 겁니다. 그런 것이 PTSD의 특징입니다.

—그렇다면 그것은 영구적인 것이 아니라 억압이 제거되면 기능이 회복된다는 얘기군요.

네, 바로 그렇습니다. 본래 그런 성질의 것입니다. 개중에는 가만 내버려두면 자연히 치유되는 경우도 있고, 그렇지 않은 경우도 있습니다. 심적 외상이 얼마나 강하게 그 속에 남아 고착되는가에 달려 있습니다.

—지금까지의 취재에 대한 인상을 솔직하게 말씀드리면, 사린에 중독된 사람들이 현재 후유증으로 겪고 있는 증상 모두를 PTSD 때문이라고 단언하기에는 좀 무리가 있지 않나 하는 생각이 듭니다만, 어떻게 생각하시는지요?

제 생각으로는 대부분 PTSD에서 오는 것 같습니다. 단, 시력 저하는 PTSD로는 설명할 수 없습니다. 그것은 정신적인 것만으로는 해석할 수 없습니다. 안통의 경우라면 PTSD인 경우가 많지만요.

—또 한 가지 취재를 하면서 놀란 사실은 대부분의 사람들이 '혼자서

고민한다'는 사실입니다. 예를 들면 '기억력이 떨어진 것은 나이 탓이다' '체력이 떨어진 것은 나이 탓이다'라고 간단히 치부해버리려 한다는 것입니다. 같은 경험을 한 사람들끼리 정보를 교환한다거나 가벼운 기분으로 전문가에게 상담을 의뢰할 만한 장소나 루트가 없습니다. 그래서 혼자서 고통을 끌어안고 고민하는 것입니다.

그래서 저는 고베 지진이 일어난 후에, 피해자들이 전국으로 흩어질 테니 지진의 PTSD에 관한 기구를 하나 만들어야 하지 않을까 해서 후생성에 도움을 청하러 간 적이 있습니다. 성사되지 않았습니다만, 후생성이 PTSD를 겪는 사람들을 치유하려는 자세를 갖추지 못하고 있다는 사실은 알았습니다.

사린 피해자의 치료에 임하는 정신과 의사는 거의 저뿐인 것 같습니다. 이건 정말 이상한 일입니다. 저는 기회가 있을 때마다 다른 의사들에게 물어봅니다. 만일 누군가가 그런 환자를 치료하고 있다면 네트워크를 만들어볼 생각으로 말입니다.

제가 있던 성누가 병원은 내부에 다른 과에서 정신과로 연결해주는 루트가 있었습니다. 그렇지만 다른 종합병원에는 그런 루트가 없을지도 모릅니다. 상호간의 연결고리가 잘 움직여주지 않는다는 인상을 받았습니다. 큰 병원의 경우에도 내과, 외과, 정신과가 독립적으로 움직이는 수도 있으니까요.

성누가 병원의 경우는 고베 대지진 이래로 정신과 의사, 간호사, 임상심리사가 PTSD에 관해 하나의 그룹을 만들어 꽤 왕성한 활동을 벌였습니다. 그래서 이번 사건의 경우에도 능동적으로 대처했습니다. 그런 자세가 없으면 역시 어려운 일이 아닐까요.

—나카노 선생님의 치료법은 지난번 인터뷰에서 들었던 바대로 기본적으로 상대의 이야기를 듣는 것이지요? 거기에는 변함이 없습니까?

그렇습니다. 변함이 없습니다.

예를 들어 '무섭다' 라는 말을 못 하는 사람이 있습니다. 그것은 '무섭다' 는 말을 '입밖에 내지 못할 정도로 무서워하는' 경우입니다. 무서운 것을 무섭다고 할 수 있으면 안정되어가는 증거로 볼 수 있습니다. 그러니까 대부분의 사람은 뭐가 뭔지 갈피를 잡지 못하고 혼란스러워하고 있는 셈입니다. 그렇다고 해서 그것을 억지로 드러나게 해서는 안 됩니다. 혼란을 혼란 그 자체로 받아들여야 합니다. 자연스럽게 그런 상태에 도달해야 하는 것이지 이쪽에서 억지로 표면화시켜서는 안 됩니다. 조금이라도 안정을 얻었을 때 비로소 공포심도 드러낼 수 있는 거니까요.

그렇기 때문에 저의 치료법은 대체로, 이전에도 말씀드렸듯이 상대의 이야기를 가만히 들어주는 것입니다. 그 공포와 고통스런 감정을 있는 그대로 받아들여주는 것, 그것이 올바른 길이라고 생각합니다. 거기에 약물 치료를 병행하면 상당한 효과를 보는 경우가 있습니다.

사건 이후 일 년 반이 지났지만 아직도 당시의 '혼란스런 단계' 에서 벗어나지 못하는 사람이 꽤 많습니다. 그것이 외부로 표출되는 속도는 무척 느립니다. 조금씩 표면화되어가죠. 사건 발생 후부터 지금까지 인내에 인내를 거듭하다가 끝내 참을 수 없을 지경에 이르러 병원 문을 두드리는 사람도 있습니다. 8월 말에야 상담을 하러 온 사람도 있습니다.

그 사람은 이미 회사를 그만둘 수밖에 없는 상황에 이르러 고민하다가 병원 문을 두드린 것입니다. 잠시 회사를 쉬고 있지만 비교적 순조롭게 회복되어가고 있으므로 회사에 복귀할까 하는 중입니다.

—가족이 해체된 예는 없습니까?

제가 아는 범주에서는 없습니다. 지금 문제가 표출되는 곳은 오히려 직장 쪽입니다. 대부분의 회사는 개인의 그런 고뇌를 이해해주지 않습니다. 심한 경우는 산재 신청을 하지 않는 곳도 있습니다. 지금까지 그런 경우를 두 번 보았습니다. 산재 수속을 거부하는 것입니다. 이런저런 이유를 대서 일부러 늑장을 부리는 것이지요. 결국 참을 수 없어 본인이 회사를 그만두어버립니다. 산재 수속을 한다 해서 회사 돈이 들어가는 것도 아닌데 말이죠. 그렇게 피해자를 골탕 먹이는 사람들이 있습니다. 그런 터무니없는 짓을 하는 회사가 실제로 존재합니다.

다행히도 이번에 노동성이 PTSD의 산재 적용을 인정했습니다. 저도 그 문제에 관해 의견서를 제출했습니다. 이제야 정식으로 인정받게 된 것입니다.

—PTSD라는 말 자체가 인지되긴 했지만 그 구체적인 증상이나 고통은 일반인들에게 거의 알려지지 않고 있지 않습니까. 눈에 보이는 것도 아니고. 비록 그릇(법률)이 만들어지긴 했지만 정확한 인식, 공감을 통해 거기에 실속 있는 내용이 정말 합리적으로 적용될지는……

그렇습니다. 신체적인 것이 아니라서 인식의 폭을 넓히기가 정말 힘들어요. 게다가 직장인들은 자신의 증상을 숨기고 아무렇지도 않은 듯이 일을 하는 경우가 많습니다. 그렇게 숨기면 숨길수록 점점 더 증상은 악화될 것입니다. 그러나 아까도 말씀드렸다시피 회사에서 애를 먹다가 참을 수 없어 그만두어버립니다. 피해자는 결국 이중의 상처를 입게 되는 셈입니다. 사건에서 상처를 입은데다 회사의 태도 때문에 다시 상처를 입고 모든 것을 포기해버리는 경우를 보았습니다. 그런 사람들에게 어떻게 손을 내밀어야 할지…… 정말 어려운 문제입니다. 범죄 피해자에 대한 보조금 제도 같은 것을 폭넓게 적용할 필요가 있다고 봅니다.

후유증으로 고생하는 사람이 있다면 가벼운 마음으로 우리 병원 문을 두드려주시길 바랍니다. 어쨌든 한번 와주시면 좋겠습니다. 아무 이상 없으니 안심하라는 말을 듣는다면 그것도 좋지 않습니까. 불안을 느끼는 사람은 언제든 찾아오십시오. 이렇게 가벼운 증상밖에 없는데 병원에 가도 괜찮을까 하고 생각해서는 안 됩니다. 아무리 사소한 고통이라도 전문의에게 한 번은 의논해보시기 바랍니다.

—어떻게 체크할 수 있습니까?

가장 중요한 것은 역시 공포심입니다. 사건 당시의 일을 플래시백하는가? 불면과 악몽에 시달리는가? 집중력 저하, 기억력 저하는 없는가? 초조해하거나 격분하는 경향은 없는가? 두통, 어지럼증, 권태감, 그 외에도 여러 가지 증상이 나타납니다. 그렇기 때문에 뭔가 조금이라도 이상한 증상이 나타나면 아무리 사소한 것이라도 좋으니 망설이지 말고 상담하시기 바랍니다.

—이렇게 이야기를 듣고 보니 정말 심각하다는 것을 절실히 느낄 수 있습니다.

사건으로부터 일 년 반이 경과했지만 수시로 그 사건의 무게를 새삼 느낍니다. '아, 나는 아직도 이런 것을 모르고 있었구나' 하고 통감할 때가 있습니다. '그랬군, 이 사람은 이렇게 무서운 경험을 한 거로군' 하고 말이지요.

마루노우치 선

오기쿠보 행

마루노우치 선 이케부쿠로 발 오기쿠보 행 전차에 사린을 살포한 것은 히로세 겐이치와 기타무라 고이치 팀이었다.

히로세는 1964년생으로 사건 당시는 30세였다. 도쿄에서 태어나 와세다 고등학원에서 와세다 대학의 이학부에 진학해 응용물리학을 전공하고 학과 수석으로 졸업했다. 이 사람도 극히 전형적인 우등생이다. 그런데 1989년에 대학원 연구과를 졸업한 후 내정된 취업 자리를 박차고 바로 출가해버렸다.

교단 내에서는 '과학기술성'에 속하고 '화학반'의 주요 멤버가 되었다. 같은 실행자인 요코야마 마사토와 함께 자동소총 밀조 계획의 중심인물이 되었다. 큰 키에 성실하고 온순한 청년이라는 인상을 준다. 32세로 보이지 않을 만큼 어리다는 느낌을 받았다. 재판정에서는 말을 신중하게 골라서 담담하게 진술했다.

3월 18일 아침, 그는 '과학기술성'의 상사 무라이 히데오로부터 '지하철에 사린을 살포하라' 는 명령을 받았다.

"(그 말을 듣고) 무척 놀랐습니다. 희생자가 나올 것이라 생각하니 두려웠습니다. 그러나 다른 한편으로는 그런 두려움에 떠는 나는 아직도 교의를 깊이 깨닫지 못했다고 생각했습니다." 히로세는 그때의 심경을 이렇게 이야기했다. 사태의 심각성에 경악하고 인간으로서 '본능적인 저항감' 을 느끼면서도 자신이 귀의한 교의의 정당성에 매달리고 싶은 마음을 버릴 수 없었다. 지금은 자신의 잘못된 판단을 후회하고 있지만 그 시점에서는 아사하라의(히로세는 그렇게 단언한다) 명령을 거부할 만큼 현실적인 힘도 여유도 없었던 것 같다.

이케부쿠로 역에서 오기쿠보 행 마루노우치 선 전차 두번째 칸에 타서 오차노미즈 역에서 두 개의 사린 봉지에 구멍을 뚫은 다음 역 앞에 대기하고 있는 기타무라의 차에 오른다, 이것이 히로세에게 주어진 임무였다.

목표는 7시 59분에 오차노미즈 역에 도착하는 전차로, 전차의 운행 번호는 A777. 상세한 지시를 내린 사람은 '선배' 뻘인 하야시 야스오였다.

20일 날이 새기 전 가미쿠이시키무라에서 연습할 때, 히로세는 봉지를 너무 세게 찔러 우산 끝이 비뚤어졌다.

20일 아침 6시에 시부야의 아지트를 나선 히로세와 기타무라는 차를 타고 요쓰야 역까지 갔다. 히로세는 거기서 마루노우치 선을 타고 신주쿠로 가서 사이쿄 선으로 갈아타고 이케부쿠로까지 갔다. 그는 매점에서 스포츠 신문을 사서 사린이 든 비닐봉지를 감싼 후 얼마간 시간을 보낸 다음, 예정대로 마루노우치 선 전차를 타고 둘째 칸 한가운데쯤에 섰다. 가방에서 사린 봉지를 꺼낼 때 신문지 구겨지는 소리가 나서 옆에 있던 여학생의 주의를 끌었다. 적어도 히로세는 그렇게 느꼈다.

히로세는 심한 긴장을 이기지 못해 묘가다니 역 아니면 고라쿠엔 역에서 일단 내렸다. 그는 지금 자신이 하려는 일의 심각성에 새삼 두려움을 느껴 '이대로 그냥 역 밖으로 나가고 싶다' 는 강렬한 충동을 느꼈다. "차에서 내리는 사람들이 너무나 부러웠습니다"라고 그는 말한다. 지금 생각해보면 그것이 운명의 갈림길이었다. 만일 거기서 그가 역 바깥으로 나와버렸더라면 몇 사람의 인생행로를 뒤바꾸는 일은 일어나지 않았을 것이다.

그러나 히로세 겐이치는 어금니를 꽉 깨물었다. '이 일은 어디까지나 구제를 위한 것이다' 라고 히로세는 자신에게 속삭였다. 내가 반드시 해야 할 중요한 일이라고. 나만이 아니다, 다른 사람들도 이렇게 하고 있지 않느냐, 나 혼자 배신하고 도망칠 수는 없다.

그는 그렇게 결의하고 다시 전차에 올라탔다. 그러나 여학생이 알아차렸을지도 모른다는 걱정 때문에 한 칸 뒤인 세번째 칸에 탔다. 전차가 오차노미즈 역에 다가서자 히로세는 가방에서 사린 봉지를 꺼내 바닥에 놓았다. 가방에서 꺼낼 때 신문지가 벗겨져 비닐봉지가 그대로 드러났지만 상관하지 않았다. 마음 쓸 여유가 없었다. 그는 스스로를 납득시키기 위해서 입속으로 옴진리교의 만트라를 끊임없이 되뇌었다. 오차노미즈 역에 도착하여 문이 열리기 직전에 그는 망설임 없이 우산 끝으로 봉지를 찔러 터뜨렸다.

기다리고 있던 기타무라의 차에 올라탈 때 물병의 물로 우산 끝을 깨끗이 씻고 우산을 트렁크에 넣었다. 주의한다고 했지만 이윽고 히로세의 몸에도 사린 중독 증상이 나타났다. 혀가 잘 돌아가지 않고 호흡곤란에 빠졌다. 오른쪽 허벅지에 경련이 일어나기 시작했다.

당황한 히로세는 하야시 이쿠오에게 받은 아트로핀 주사를 오른쪽 허벅지에 찔렀다. 과학도이기도 한 히로세는 사린가스의 공포를 잘 알고 있었지만 그 독성이 생각했던 것보다 강하다는 것을 알고 소름이 끼쳤다. 자신이 사린가스를 뿌린 전차는 지금쯤 처참한 상황에 빠져 있을 것이다. '혹시 나도 이대로 죽어버리지는 않을까' 라는 생각이 뇌리를 스쳐갔다. '몸에 이상이 있을 때는 나카노의 옴진리교 부속병원으로 가서 의사의 진찰을 받으라' 는 하야시 이쿠오의 말을 떠올리고 기타무라는 차를 그쪽으로 돌렸지만 병원 의사들은 사건에 대해 도무지 아는 바가 없어 어떻게 대처해야 할지 몰랐다. 헛걸음을 한 두 사람은 그대로 시부야의 아지트로 돌아와 거기서 하야시 이쿠오의 응급치료를 받았다.

가미쿠이시키무라로 돌아와 다른 실행자와 함께 아사하라 쇼코에게 '임무 달성' 보고를 하자 아사하라는 만족스런 표정으로 "과학기술성은 정말 잘하고 있어"라고 말했다. 히로세가 도중에 승객에게 들킬 뻔해 차량을 하나 바꾸었다고 보고하자 "여러분의 애스트럴astral을 줄곧 추적하다가 산자야(히로세의 교단명)의 애스트럴이 좀 어두워 보여서 걱정했는데 바로 그것 때문이었군" 하고 고개를 끄덕였다.

"교의에서는 인간은 정 때문에 사물을 직시하지 못하게 되므로 정을 초월하지 않으면 안 된다고 합니다." 히로세는 이렇게 말했다.

히로세는 두 개의 비닐봉지 양쪽에 구멍을 뚫어 900밀리리터의 사린액을 바닥에 노출시켰다. 그 결과 승객 한 사람이 죽고 358명이 중경상을 입었다.

나카노사카우에 역에서 '사람이 쓰러졌다' 는 승객의 신고가 들어오고 두 사람의 중증 피해자(한 사람은 사망, 또 한 사람은 이 책에 가명으로 등장하는 아카시 시즈코 씨)가 실려나온 다음, 사린 봉지는 역무원 니시무라 스미오 씨 손에 처리되었다. 그러나 전차는 사린 액체에 오염된 채로 운행을 계속했다. 전차를 탄 승객들이 이상 증상을 호소했다. 오기쿠보 역에서 다수의 역무원이 타서 대걸레로 바닥을 청소했는데 그들 역시 이상 증상을 느끼고 병원으로 이송되었다. 전차는 신코엔지에서 운행을 중단하고 그길로 고라쿠엔의 차고로 회송되었다.

이렇게 쇼를 보는 것처럼 방관해도 되는 걸까?

아리마 미쓰오 (당시 41세)

아리마 씨는 요코하마에 살고 있다. 산뜻한 얼굴과 옷차림, 태도 때문에 나이보다 젊어 보인다. 본인도 자신을 낙천적이고 놀기 좋아하는 성격으로 정의했다. 말솜씨도 유창하다. 심각함과는 거리가 멀어 보인다. 그러나 마주 앉아 잠시 이야기를 나누어보니 그 역시 나름대로 중년세계에 발을 들였다는 것이 느껴졌다. 역시 마흔 전후는 인생의 전환기라고 할까, 깊은 생각을 갖게 하는 나이다.

화장품 회사에 근무하며 동료들과 취미로 밴드 활동을 하는데, 그는 기타를 맡고 있다. 기혼이고 아이가 둘이다.

평소에는 마루노우치 선을 타지 않는데 업무 때문에 탔다가 사린 사건에 휘말렸다. 우연한 사건은 그의 생활과 의식을 어떻게 바꾸어놓았을까?

*

사건이 일어나기 바로 전 주에 심한 독감에 걸렸습니다. 사회생활을 하면서 감기로 몸져눕기는 처음이었습니다. 병에 걸려본 기억이 거의 없거든요.

그래서 그날(3월 20일)은 오랜만의 출근이라 조금이라도 빨리 회사에 가서 잘 보여야겠다 싶어(웃음), 평소보다 이십 분이나 빨리 나왔습니다.

보통 신요코하마 선에서 천천히 신문을 읽으면서 하치오지의 사무실까지 가는데, 그날은 우연히 신주쿠 쪽 사무실에 들르게 되었습니다. 신주쿠에는 한 달에 한 번 정도 가는데 마침 그날 각 지역의 매니저가 모여서 임시회의를 열기로 했거든요. 그런 날은 대체로 오전에 회의에 참석하고 오후에 하치오지 사무실로 나갑니다.

회의는 9시 반에 시작됩니다. 집을 나선 것은 7시가 채 못 되어서였습니다. 요코스카 선으로 신바시를 나서서 지하철 긴자 선으로 아카사카미쓰케에서 마루노우치 선으로 갈아타고 신주쿠교엔마에역까지 갑니다. 회사는 신주쿠 공원 바로 앞에 있고 한 시간 정도 걸립니다. 아카사카미쓰케에서 사람이 많이 내리기 때문에 자리가 납니다. 앉을 수가 있지요. 그날은 자리에 앉자마자 초산 냄새 같은 것을 맡았습니다. 전차 안에는 다양한 냄새가 나는 법이죠. 옆에 앉은 여자가 손수건으로 입을 가리는 것을 보았지만 별로 이상하다는 느낌은 들지 않았습니다.

그것이 사린 냄새였는지 확신이 가지 않습니다. 나중에 그런 말을 듣고서야 '아, 그게 사린이었구나' 하고 생각한 거죠.

신주쿠교엔마에 역에 도착해서 저는 곧장 회사로 갔습니다. 그런데 전차에서 내리는데 주위가 어두워 보이는 겁니다. 마치 조명이 꺼져버린 듯한 느낌이었습니다. 집을 나설 때는 날씨가 좋았는데 계단을 올라 지상으로 나와보니 주위가 어두웠습니다. 그래서 날씨가 갑자기 흐려졌나보다 하고 생각했지만, 하늘에는 구름 한 점 없더군요.

그때 저는 꽃가루 알레르기 약을 먹고 있었기에 혹시 그 약 때문일지도 모른다고 생각했습니다. 약을 바꾼 지 얼마 되지 않았으니 부작용 때문이 아닐까 하고요.

회사에 도착했는데도 주위가 어둡고 몸도 나른해서 의자에 멍하니 앉아 있었습니다. 창밖을 내다보면서 말이죠. 오전 회의가 끝나고 다른 사람과 식사를 하러 갔습니다. 주위는 여전히 어둡고 식욕도 나지 않을 뿐만 아니라 대화를 나눌 의욕도 없었습니다. 그래서 조용히 식사만 하고 있는데 이상하게도 땀이 줄줄 흐르는 겁니다. 라면 가게 텔레비전에서는 사린사건 속보가 계속 나오는데 같이 있던 사람이 "혹시 사린에 당한 게 아닐까요" 하고 농담처럼 말하더군요. 그때는 꽃가루 알레르기 약 때문이라고 생각해서 저는 그냥 웃어넘겼습니다.

오후 회의가 시작되어도 그 상태는 계속되었습니다. 좋아지질 않았어요. 그래서 일단 꽃가루 알레르기를 진찰한 의사에게 의논할 생각으로 2시에 회의실을 나섰습니다. 그제야 비로소 나도 사린 탓일지도 모른다는 생각이 들더군요.

그러나 가까운 병원에 가지는 않았습니다. 꽃가루 알레르기 약을 처방해준 집 근처의 병원으로 갈 생각이었죠. 이런 증상이 약의 부작용 때문인지 사린 때문인지 도무지 판단이 서지 않았기 때문입니다. 그래서 일단 요코하마의 집으로 돌아왔습니다. "사린사건이 일어난 시간에 전철을 타고 있었는데 몸이 이상합니다"라고 했더니 동공을 검사하고는 바로 입원하라더군요.

구급차로 요코하마 시립 대학병원으로 갔습니다. 구급차에도 혼자 타고 내려 걸을 정도였으니까 그렇게 심하지 않았다고 봐야겠지요.

그러나 밤이 되자 두통이 시작되었습니다. 새벽 2시가 넘은 한밤중이었습니다. 머리를 짓누르는 통증 때문에 간호사를 불러 바로 주사를 맞았습니다. 머리가 쑤시고 아프다기보다 뭔가가 머리를 옥죄는 듯한 통증이었습니다. 그런 통증이 한 시간 정도 이어졌습니다. 혹시 이러다가 심각한 상태에 빠지는 게 아닌가 걱정이 되더군요. 그러다 일단 통증이 사라지자 이 정도라면 견딜 만하다는 생각이 들었습니다.

그런데 동공을 확대하는 약을 너무 많이 넣었는지 이번에는 동공이 너무 열려버린 것입니다. 다음 날 아침에는 너무 눈이 부셔서 눈을 뜰 수 없을 정도였습니다. 그래서 침대 주변에 종이로 막을 쳐서 빛이 들어오지 못하게 했습니다. 그 때문에 동공이 수축될 때까지 하루를 더 입원해야 했습니다. 사실은 하루 더 입원할 필요도 없었는데 말이죠.

아침에 아내가 신문을 들고 왔습니다. 저는 아직 신문을 볼 상태가 아니었지만 엄청난 사건이 일어났다는 건 알았습니다. 사망자도 다수 발생했고, 운이 나빴더라면 저도 죽었을지 모르는 상황이었습니다. 그러나 이상하게도 위기의식 같은 것은 도통 없었습니다. '나는 괜찮다'라는 생각이 들더군요. 제가 그 사건의 현장에 있었으면서 사망자가 발생했다는 이야기를 듣고도 섬뜩한 기분도 들지 않았고, 텔레비전에 비치는 그 사건을 하나의 쇼처럼, 마치 남의 일처럼 바라본다는 것을 느꼈습니다. 제 의식 속에는 긴박감 같은 것이 없었습니다. 하나도요.

이런 식으로 대처할 일이 아니라고, 분노하고 반발해야 한다고 생각한 것은 그로부터 훨씬 뒤의 일이었습니다. 그렇습니다. 그해 가을 들어서부터입니다. 시간이 지날수록 그런 생각이 점점 강해지더군요.

—이래서는 안 된다는 말은 구체적으로 무슨 뜻인지요?

예를 들어 눈앞에서 사람이 쓰러지면 누구든 도우려 할 겁니다. 물론 저 자신이 그러기 적당한 상황에 놓여 있을 때의 얘기지만요. 그런데 가령 50미터 멀리 저쪽에서 그런 일이 벌어졌다면 과연 저는 달려가서 그 사람을 도울까 하는 생각이 드는 것입니다. 아무래도 남의 일이라고 그냥 지나치고 말 것 같습니다. 남의 일에 신경 쓰다가 자기 일에 지장이 생기면 곤란하니까…… 그런 태도를 취하지 않을까 싶더군요.

전쟁이 끝나고 몇십 년이 흘러 경제가 급성장하자, 물질적인 풍요에만 집착해 남에게 상처를 주어서는 안 된다는 인간적인 윤리의식이 점점 엷어져버린 것입니다. 물론 상식적인 얘기지만 그걸 몸으로 절실히 느끼게 된 것이지요. 이런 자세로 아이들을 길러도 될지…… 정말이지 이래서는 안 됩니다.

이상한 일이었습니다. 주변 사람들이나 병원에서 큰 소동이 벌어지고 있었지만 저는 너무나 무감각하고 냉정했습니다. 이를테면 주변 사람들이 재미로 사린사건에 대해 이야기를 해도 아무렇지도 않았습니다. 저에게는 그 정도의 의미밖에 없는 사건이었습니다. 그리고 여름쯤에는 그런 사건이 있었다는 것조차 잊어버렸습니다. 신문에서 피해 소송에 대한 기사를 보고서야 '아, 그런 사건이 있었지' 싶었을 정도로 저와는 별 관계없는 일인 듯 생각했던 것입니다.

그렇지만 아까도 말했듯이 가을이 되자 간단히 망각해버릴 일이 아니라는 생각이 들었습니다. 그렇다고 해서 제 행동 스타일이 갑자기 바뀌었다는 것이 아니라, 그냥 마음속으로나마 그렇게 생각하게 되었다는 것입니다.

앞으로 일본사회는 개인이 좀더 강해져야 한다는 나름의 결론을 내렸습니다. 사회생활을 한 지 십이 년이나 되었으니 생활은 안정된 편입니다. 젊었을 때는 이상한 일이 있으면 "이건 이상하다!" 하며 직설적인 발언을 했지만 사회 경력이 쌓여가면서 점점 그런 의식이 없어졌습니다.

옴진리교에는 그렇게 우수한 인력들이 모여 있었지만 결국 집단폭력으로 치달았습니다. 그건 아마도 개인이 약하기 때문이 아니었을까요.

'그렇다면 예전에는 강했는가?' 하고 물으면 대답할 말이 없습니다. 자기 자신을 잃어버리지 않으려고 의식하면 할수록 피곤하고 불안해지니까요. 그럴 때 뭔가 의지할 것이 있으면 편안하게 마음을 놓을 수 있기 때문에, 저마다 뭔가를 추구하고 있습니다. 그러나 그 균형이 깨어지면 의존심이 강해지거나 어리광을 부리게 될 것입니다. 그런 갈림길에서 자신을 잃어버리지 않을 수 있도록 개인을 강화시켜야 하지 않을까요. 물론 저에게도 해당되는 말입니다.

그런 의미에서 저는 스스로를 '순수한 피해자'로 생각하지 않습니다.

나중에 생각해보니 버스가 이 분 빨리 온 것이 모든 것의 시작이었습니다.

첫번째 인터뷰

오하시 겐지 (당시 41세)

오하시 씨는 자동차 회사의 딜러로 근무한 지 이십이 년째로, 지금은 오타 구에 있는 서비스 센터의 영업과장으로 일하고 있다.

사건 당시에는 아직 이 거대한 센터가 완공되지 않았을 때로, 스기나미 구 호난초에 있는 임시 사무실에서 센터 개발 준비 업무를 담당하고 있어서 매일 거기로 출근했다. 그전에는 오쿠에 있는 기술 서비스 센터의 소장으로 근무했는데 1995년 1월 1일에 개발준비실로 옮겼다. 오하시 씨가 사린사건을 만난 것은 호난초의 임시 사무실로 통근하는 지하철 마루노우치 선의 전차 안에서였다.

오하시 씨는 오랫동안 주로 사고 차 처리를 전문으로 삼았고 가게에서 고객과 직접 대화를 나누는 일을 맡아왔다. 그는 자신이 하는 일이 호텔의 프런트맨과 비슷하다고 말한다. 이야기만 들어봐도 철저하게 현장과 기술 분야에서 차근차근 계단을 밟아온 사람이라는 것을 저절로 알 수 있다. 짧은 머리카락에 떡 벌어진 체격이 영락없는 일꾼의 풍모다. 일에 대한 책임감도 남다르다. 결코 능변은 아니지만 신중하게 천천히 사건에 대해 이야기했다.

집은 에도가와 구에 있고 결혼한 지 십 년, 초등학교 4학년짜리를 비롯해 자식 셋을 두고 있다. 집은 사건이 일어나기 꼭 일 년 전에 신축한 것이라 한다. 그 일 년 동안 이사와 전근과 사린사건을 겪었다. 마음고생이 무척 심했던 다사다난한 한 해였다. 그는 "삼재가 들었으니까요" 하고 씁쓸하게 웃었다.

그러나 1995년 3월 20일에 오하시 씨가 접한 사건은 씁쓸한 웃음으로 간단히 넘길 종류의 일이 아니다. 상투적인 표현이지만 우리 주변에서 흔히 볼 수 있는 '작지만 행복한 가정'은 예상치 못한 폭력에 의해 아무 전조도 없이 무참히 짓밟히고 말았다. 고이와 역까지 가는 통근 버스가 우연히 이 분 빨리 도착했다는 사소한 운명의 장난으로 그는 '사린 전차'를 타게 된 것이다.

지금도 그는 심한 후유증에 시달리고 있고 또한 지하철 사린 피해 소송모임에 참가해 적극적으로 대외 활동을 펴고 있다. 그 자신처럼 후유증으로 고통받는 다른 피해자를 구제하기 위한 네트워크를 조직하는 것이 오하시 씨의 절실한 바람이다. 머리가 깨질 듯이 아픈 가운데 한 시간 반 동안이나 취재에 협력해주었다. 감사드린다.

*

나카노로 출근하기 위해 고이와 역에서 전차를 탑니다. 거기서 JR을 타고 요쓰야까지 갑니다. 집에서 고이와 역까지는 버스로 가기도 하고 자전거를 타기도 하지만 버스를 더 많이 이용했습니다.

JR은 7시 정도에는 그리 복잡하지 않습니다. 그래서 통근이 그리 힘든 편은 아니지만, 지난 이십 년간 집에서 가까운 스미다 지점에 근무했기 때문에 통근 시간이 길어져서 처음에는 힘들었습니다.

사건이 일어난 3월 20일도 보통 때와 마찬가지로 7시쯤 지나서 집을 나섰습니다. 그런데 버스가 평소보다 이 분이나 빨리 온 것입니다. 평소에는 늦게 도착하는 경우가 많았던 그 버스가 그날은 이 분이나 빨리 왔습니다. 버스 꽁무니를 쫓아갔지만 놓치고 말았습니다. 다음 버스를 탄 것이 7시 반 정도였습니다. 그 때문에 요쓰야에 도착했을 때는 전차 두 개 정도를 놓친 후였습니다. 나중에 생각해 보니 버스가 이 분 빨리 온 것이 모든 것의 시작이었습니다. 그렇게 시간이 뒤틀려버린 적은 처음입니다. 그때까지 하루도 어김없이 정해진 시간에 정확하게 통근했거든요.

마루노우치 선은 늘 앞에서 세번째 칸에 탑니다. 그날도 그랬습니다. 그 위치에서 요쓰야 역의 플랫폼에 내리면 시야가 탁 트여 기분이 좋기 때문입니다. 역의 지붕이 끝나는 지점이라 조치 대학의 운동장을 바라보며 기분 좋게 심호흡도 할 수 있습니다. 그러나 그날 제가 탄 세번째 칸은 이상할 정도로 텅 비어 있었습니다. 평소에는 그렇지 않거든요. 요쓰야에서는 좀처럼 자리에 앉을 수 없습니다. 한참 더 가야 가능한 일이지요. 그런데 무슨 영문인지 그날은 승객이 열 명 정도밖에 없었습니다. 물론 모두 자리에 앉아 있었습니다. 이상한 생각이 들더군요.

그런데 건너편에 앉은 두 사람의 자세가 이상한 겁니다. 남자 하나는 쓰러진 사람처럼 시트에 축 늘어져 있고, 여자 하나는 앞으로 고개를 떨구고 있었습니다. 그리고 이상한 냄새가 났습니다. 처음에는 술 취한 사람이라도 타고 있나 생각했습니다. 취객의 토사물에서 나는 냄새인가 하고요. 그렇게 자극적인 것은 아니었지만 약간 달콤하면서도 뭔가가 썩어가는 듯한 냄새였습니다. 시너 냄새는 아니었습니다. 우리 공장에서 늘 맡는, 도색 작업할 때 나는 강렬한 시너 냄새와는 달랐어요.

그렇지만 조금 냄새가 난들 어떠냐며 자리에 앉았습니다. 앉자마자 저는 눈을 감고 잘 태세를 취했습니다. 평소에는 전차를 타면 항상 책을 읽는데 그날은 월요일이고 피곤해서 그럴 생각이 들지 않더군요. 잠에 빠져들었다기보다는 눈을 감고 그냥 끄덕끄덕 조는 정도였죠. 주변에서 들려오는 소리도 다 들으면서요. 그런 상태에서 '나카노사카우에' 라는 방송이 들려와서 저는 반사적으로 눈을 번쩍 뜨고 전차에서 내렸습니다.

그런데 이상하게도 주위가 어두워 보이는 겁니다. 플랫폼에 켜진 전등을 쳐다보아도 어슴푸레했습니다. 목이 마르고 쿨럭쿨럭 기침이 나왔습니다. 그래서 역의 한구석에 있는 벤치 옆의 냉수기로 가서 물 양치나 해야겠다고 생각했습니다. 그때 "사람이 쓰러졌다!" 라고 외치는 소리가 들렸습니다. 샐러리맨으로 보이는 체격이 크고 젊은 남자였습니다. 그래서 뒤를 돌아보니 아까 축 늘어져 있던 그 남자가 이제는 완전히 쓰러져 있는 모습이 눈에 들어왔습니다. 의자에 그냥 드러누워 있었습니다.

그렇지만 저도 정상이 아니었기 때문에 다른 사람에게는 신경 쓸 여유가 없어, 일단 냉수기로 가서 목 안을 씻었습니다. 콧물이 줄줄 흐르고 다리가 후들후들 떨렸습니다. 숨도 제대로 쉴 수 없어서 그대로 벤치에 앉아버렸습니다. 그로부터 오 분쯤 후에 쓰러진 남자는 들것에 실려가고 전차는 플랫폼을 떠났습니다.

역무원이 제게 다가와서 연락처를 가르쳐달라고 해서, 명함을 내밀며 "이 회사의 ○○○이라는 사람에게 연락해주세요"라고 말했습니다. 역무원은 계단 위에 있는 사무실로 저를 데리고 가서 앉아 쉬면서 기다리라고 했습니다.

도대체 내게 무슨 일이 일어났는지 도무지 알 수 없었습니다. 그냥 눈앞이 캄캄했습니다. 별다른 통증은 없지만 시야가 어두운 것이 이상했습니다. 콧물이 줄줄 흘러내리고 마라톤이라도 한 듯이 숨이 가빴습니다. 다리는 후들거리고 하반신 전체가 싸늘하게 식는 것 같으면서 경련이 일어났습니다.

역 사무실에 들어온 사람은 대여섯 명 정도였습니다. 들것에 실려온 사람이 둘 있었습니다. 역무원도 도대체 무슨 영문인지 전혀 모르는 것 같았습니다. 거기에 근무하는 네댓 명의 역무원은 무슨 일이 있었느냐고 도리어 우리에게 묻더군요. 역 사무실에서 대기한 지 이삼십 분이나 지났을까요, 경찰이 와서 여러 가지 질문을 했습니다. 정말 고통스러웠지만 또렷한 발음으로 대답하려고 노력했습니다. 제 곁에는 의식을 잃어버린 사람도 있어서, 의식을 잃으면 나도 죽어버릴지 모른다는 불안에 휩싸였습니다. 그래서 일부러 강단을 내어 여러 사람들에게 말을 걸기도 했습니다.

그러고 있는데 이번에는 역무원이 이상을 느끼기 시작한 것 같았습니다. 역시 눈앞이 캄캄해지는 증상이었습니다. 사무실에서 사십 분이나 대기하고 있었으니 그사이 공기를 통해 역무원도 오염된 거죠. 빨리 지상으로 올라갔더라면 좋았을 텐데 말입니다.

잠시 후 지상으로 올라와보니 소방서에서 출동한 사람들이 길가에 임시 피난소 같은 것을 마련해두고 일단 여기서 기다려달라고 했습니다. 그러나 너무 추워서 도저히 거기서 기다릴 기분이 아니었습니다. 땅바닥에 얇은 시트를 한 장 깔아두었는데 거기 드러누우면 오히려 더 추울 테니까요. 아직 3월이 아닙니까. 저는 길가에 세워진 자전거에 몸을 기대고 있었습니다. 오로지 '정신을 잃어서는 안 된다'는 말만 되뇌면서. 두 사람이 누워 있었지만 다른 사람은 모두 저처럼 벌벌 떨면서 적당한 자리에 기대어 기다리고 있었습니다. 정말 추웠습니다. 그래요, 아마 거기서 이십 분 정도 기다렸을 겁니다. 역 사무실에서 사십 분, 나와서 이십 분. 한 시간이나 우리는 아무 조치도 받지 못하고 방치되어 있었던 것입니다.

저는 구급차에 타지 않고 경찰의 밴으로 나카노 종합병원으로 옮겨졌습니다. 거기서 진찰을 받으니 심각한 상황이라는 판단이 내려졌고 링거주사를 맞았습니다. 경찰차를 타고 있는 동안 무선으로 들어오는 여러 정보를 들을 수가 있었습니다. 중독 증상 운운하는 소리도 들려왔습니다. 그래서 저는 뭔가 독성이 강한 약물에 당했다고 추측했습니다.

그 시점에서 병원 측은 사린가스 중독이라는 사실을 알고 있었던 것 같습니다. 그러나 우리는 아직도 사린가스가 밴 옷을 그대로 입고 있었습니다. 그 때문에 병원 사람들도 눈이 침침해지는 증상을 느끼게 된 것입니다.

오전 내내 추웠습니다. 전기담요를 둘러썼지만 그래도 벌벌 떨리더군요. 혈압은 180까지 올라갔습니다. 보통 때는 아무리 높아도 150을 넘지 않았거든요. 정말 놀랐습니다. 그렇지만 불안하지는 않았습니다. 불안하다기보다는 뭐가 뭔지 영문을 모르겠다는 기분이었습니다.

결국 저는 십이 일간이나 그 병원에 입원해야 했습니다. 그동안 심한 두통에 시달렸습니다. 사흘간 얼음 베개를 사용했습니다. 진통제는 아예 듣지를 않더군요. 정말 고통스러웠습니다. 입원하는 동안 하루 24시간 내내 두통이 파도처럼 밀려왔다가 밀려가고, 무거워졌다가 가벼워지기를 반복했습니다. 열도 났습니다. 이틀째부터였나, 40도에 가까운 고열이 계속되었습니다.

처음 사나흘은 다리가 붓고 호흡도 어려웠습니다. 목 안이 막힌 것처럼 고통스러웠습니다. 눈이 어두침침해서 바깥을 내다보아도 밝다는 느낌이 들지 않았습니다. 눈의 초점이 맞지 않아 멀리 떨어진 것은 하나도 볼 수가 없었지요.

링거주사는 닷새간 계속 맞았습니다. 혈액 중의 콜린에스테라아제 수치가 이윽고 정상으로 돌아왔습니다. 닷새째에 주삿바늘을 뽑은 이후로 동공도 서서히 정상으로 돌아왔지만, 이번에는 어디에 초점을 맞추면 마치 감전된 듯 눈 안쪽이 찌릿찌릿하는 겁니다. 마치 바늘로 찌르는 듯한 통증에 시달렸습니다.

3월 31일에야 겨우 퇴원했지만 그로부터 한 달 동안 회사를 쉬면서 집에서 요양을 했습니다. 두통이 너무 심했기 때문입니다. 그리고 다리가 부들부들 떨리고…… 2차 재해라고나 할까요. 그런 상태로 출근했다가 어딘가에 쓰러져 다치면 큰일이니까요.

아침에 일어나면 먼저 두통이 시작됩니다. 마치 숙취 때의 통증 같은 것이죠. 욱신욱신하는 게, 머릿속에서 뭔가가 고동치는 듯한 통증입니다. 그런 상태가 한참이나 계속됩니다. 그러나 저는 약을 먹지 않고 견뎌내려고 노력했습니다. 사린 같은 맹독을 마신데다 약이라도 잘못 먹었다가는 몸이 거덜날 것 같아 참고 견뎠습니다.

매주 한 번 수요일에 나카노 종합병원으로 가서 진찰을 받았습니다. 뇌 검사와 눈 검사를 했지요. 좁아진 동공은 거의 정상으로 돌아왔습니다. 그렇지만 눈의 초점이 맞으면 통증이 생기는 이유에 대해서는 의사도 모르겠다고 하더군요. 왜 이런 심한 두통이 계속되느냐를 비롯해서 여러 질문을 해보았지만 의사도 대답을 못 했습니다. 병원 측에서도 여태 사린 증상을 대해본 적이 없으니 어떻게 대처해야 할지 오리무중인 겁니다. 눈의 상태를 보고 혈압을 재고 '그럼 다음 주에 오세요' 하고 끝나는 거죠.

그래서 4월 한 달 동안 회사를 쉬었습니다. 5월의 연휴가 끝나면서 쇼와지마의 센터에 얼굴을 내밀고 일을 시작했습니다. 책상을 배열하고 컴퓨터를 설치하는 등 매일 밤늦게까지 일을 했습니다. 솔직히 꽤 무리한 셈이죠. 머리는 변함없이 아팠습니다. 어쨌든 6월의 장마철은 정말 견디기 힘들었습니다. 머리 위에 뭔가 무거운 것이 항상 얹혀 있는 듯했습니다. 그리고 뭔가를 똑바로 보려 하면 눈 안쪽에 통증이 일어납니다.

그러나 그런 통증도 일을 하다보면 점점 나아지죠. 열중하고 있을 때는 잊어버립니다. 일을 하는 도중에는 별로 고통스럽지 않습니다. 그렇지만 일단 일을 마치고 휴식을 취하면 머리가 무거워집니다. 아, 그렇지, 나는 머리가 아팠지 하고 깨닫게 되는 거죠. 그래서 일을 마치고 집으로 돌아가는 전차 안에서의 시간이 가장 고통스럽습니다.

통근 열차를 타는 게 정말 두려웠습니다. 전차의 문이 눈앞에서 닫히는 순간 머릿속이 터질 듯이 아파왔어요. 목적지에 도착하여 개찰구를 나서면 좀 나아지는 것 같지만, 머릿속에 무거운 것이 든 듯한 감각은 여전히 남아 있고 아무리 애를 써도 집중이 잘 안 됩니다. 한 시간 이상 계속해서 이야기를 하면 머리가 지끈거리기 시작합니다. 4월 중순에 경찰에서 진술서를 작성했는데 그때는 정말 피곤했습니다. 피해 진술서 작성 등으로 다섯 시간이나 소요되었으니까요.

그러다 8월에 여름휴가를 보낸 다음부터 머리가 조금 가벼워진 듯했습니다. 전차를 타도 별다른 이상이 없고 두통도 예전만큼 심하지 않았습니다. 일에서 조금 벗어나서 긴장감이 풀어졌기 때문일까요. 그러나 여름휴가가 끝나고 일을 시작한 지 사흘 정도는 괜찮았지만, 일주일 후에는 원 상태로 돌아오고 말았습니다. 통근 열차를 타면 격심한 두통에 휩싸이게 되었습니다.

8월 28일에는 세 시간이나 걸려 회사에 도착했습니다. 도중에 내려서 한 시간 이상 쉬었기 때문이죠. 머리의 통증이 가라앉기를 기다렸다가 전차를 타고, 머리가 아프면 내려서 쉬기를 반복했습니다. 회사에 도착하면 10시 반이었습니다. 이래서는 안 되겠다 싶어 여러 사람과 상의했는데 누군가가 성누가 병원 정신과의 나카노 선생님을 소개해주었습니다. 그 선생님을 처음 만난 것은 8월 20일이었습니다.

지금까지의 경위와 증상을 이야기하자 나카노 선생은 "이건 정말 위험합니다. 일을 하는 것 자체가 자살행위나 다름없습니다" 하는 것입니다. 무슨 약을 복용하느냐고 묻기에 아예 먹어본 적이 없다고 했더니 약을 먹지 않으면 오히려 나쁘다고 하더군요. 그 이후로 일주일에 한 번씩 카운슬링을 받게 되었습니다. 그 주에 어떤 일이 있었고, 어떻게 생활했고, 전차에 타면 어떤 느낌이 들었는가, 그런 이야기를 했습니다. 증상에 따라 때로 다른 약을 주기도 하더군요. 머리가 아플 때는 버퍼린을 먹습니다. 그리고 정신안정제, 또 수면제. 수면제를 먹고부터 잠을 편히 자게 되었습니다.

결국 또 석 달간 휴직했습니다. 그동안 카운슬링을 받고 약을 먹었습니다. 뭐라고 하나요, 제 경우는 PTSD, 즉 '외상후스트레스장애'라는 증상입니다. 최근의 고베 지진의 피해자나 베트남전쟁 귀환병 등에게서 찾아볼 수 있다고 합니다. 심한 공포심에서 오는 것이죠. 저는 그 사건 후 넉 달 동안 밤늦게까지 일을 하고 몸을 혹사했기 때문에 스트레스가 너무 축적되었습니다. 그러다 일주일간의 여름휴가로 그때까지 스트레스를 억제하던 긴장의 끈이 풀어지고 만 것이죠.

나카노 선생님은 처음에 무척 화를 내시더군요. 왜 여태 그렇게 계속 무리했느냐고 말이죠. 그러고는 "너무 깊이 생각지 말고 사소한 일로 끙끙대지 마세요. 가능한 한 마음을 편하게 먹으세요"라고 말했습니다. PTSD라는 증상은 정말 낫기 어렵다고 합니다. 그때의 기억이 사라지지 않는 한 정신적 상처는 언제까지고 남는다고 합니다. 증상만을 없앨 수는 없습니다. 그럴 수만 있다면 저는 그 사건의 기억을 지워버리고 싶습니다. 나을 수만 있다면 그 기억 자체를 뿌리째 뽑아버리고 싶습니다. 그러나 기억이란 그리 쉽게 사라지는 것이 아니라고 합니다. 그렇다면 참을성 있게 그 증상과 마주할 수밖에 없다는 결론을 내렸습니다. 되도록이면 몸이 피로하지 않게, 스트레스가 쌓이지 않게 조심하면서 생활하는 수밖에 없는 것입니다.

그래서 일단 9월에서 11월까지 회사를 쉬었습니다. 12월 초부터 다시 출근을 했습니다. 그렇지만 통근 피로가 심해서 하루 종일 일을 하는 게 무리라고 판단해 반나절만 일하고 집으로 돌아옵니다. 오후 2시 정도가 되면 집에 도착합니다. 그런 식으로 몸을 점점 생활에 익숙하게 하는 것입니다. 나카노 선생님에게 1월부터 조금씩 시간을 연장하면 안 되겠느냐고 물어보았더니 조금만 더 참으라고 하더군요. 그래서 이번 달까지는 반나절을 근무하고 매주 수요일은 쉬고 있습니다. 산재 적용을 받아 병원에 간다는 이유로 회사를 쉬는 것입니다.

통근 생활은 아직도 힘듭니다. 고이와에서 한 시간 정도 전차를 타고 하마마쓰초에서 모노레일로 갈아타면 거기서부터 점점 머리가 아파오기 시작합니다. 회사에 도착해 버퍼린을 먹고 삼십 분 정도 지나면 안정됩니다. 그러기를 반복하지요.

남들이 보기엔 정말 멀쩡합니다. 다른 사람이 이해할 수 없는 고통이기 때문에 직장 생활이 더욱 힘들어요. 우리 사무실의 소장은 전차 하나만 바뀌었으면 자신도 그런 일을 당했을지도 모른다면서 제 처지를 잘 이해해줍니다. 병원에서 진단서를 끊어 증상에 대해 자세히 설명했더니 "그렇다면 입원을 해도 좋고, 의사의 지시에 따라 빨리 정상으로 돌아오도록 하세요"라고 말했습니다.

사건 직후 병원에 입원해 있을 때 기분 나쁜 꿈을 자주 꾸었습니다. 가장 생생한 것은 누군가가 나를 억지로 질질 끌고 가는 꿈입니다. 침대가 병실 창가에 놓여 있었는데 그 창밖으로 나를 억지로 끌어내는 그런 꿈이었습니다. 그리고 문득 뒤를 돌아보니 오래전에 죽은 사람이 서 있기도 하고 말이죠. 그렇습니다. 죽은 사람이 자주 등장하더군요.

옛날에는 새가 되어 하늘을 나는 꿈을 자주 꾸었지만, 사건 이후에는 날아가는 나를 누군가가 총으로 쏘아 떨어뜨리는 꿈을 꿉니다. 화살에 맞았는지 총에 맞았는지 잘 모르겠지만 땅에 떨어져 밟혀 죽는 그런 꿈이었습니다. 예전에 꾸었던 하늘을 나는 꿈은 정말 유쾌했는데 지금은 악몽입니다.

사린사건의 범인에 대한 분노라든가 저주 같은 것은 이미 초월해 버렸습니다. 미워하는 건 지극히 당연합니다. 빨리 처리해버리면 좋겠습니다. 지금으로서는 그것밖에 할 말이 없습니다.

두번째 인터뷰
오하시 겐지

오하시 씨와는 1996년 1월 초에 처음 만났고, 10월 말경에 두 번째로 만났다. 10개월 동안 후유증에서 얼마나 회복되었는지 알아보는 것이 이번 인터뷰의 목적이었다. 오하시 씨의 말에 따르면 몸 상태는 일진일퇴를 거듭할 뿐 여전히 심한 두통과 무력감으로 고생하고 있었다. 무엇보다 두통이 괴롭다고 했다.

그와 동시에 오하시 씨의 가장 큰 개인적인 문제는 회사에서 지금까지 해오던 일을 빼앗겼다는 것이다. 이번 인터뷰를 하기 일주일 전쯤에 상사로부터 통고를 받았다. "조금이라도 편한 마음으로 일하도록 하게. 그래서 빨리 회복되었으면 좋겠네" 하고. 지금까지 오하시 씨가 맡았던 영업과장의 직책은 함께 일하던 선배 과장이 맡게 되었다.

그렇지만 오랜만에 만난 오하시 씨의 안색은 이전보다 많이 좋아 보였다. 에도가와 구의 집에서 구단에 있는 나카노 선생의 클리닉까지 오토바이로 다니는데(전차를 타면 두통이 일어나기 때문에),

그날도 오토바이를 타고 인터뷰 장소까지 나와주었다. 지난번보다 더 젊어 보였다. 미소도 짓고 있었고. 겉보기에는 점점 좋은 방향으로 나아가는 듯했지만……

결국 본인의 말대로 두통은 눈에 보이지도 않고 그 고통은 본인밖에 모르는 일이다. 하루라도 빨리 회복되어 일선에 복귀할 날을 두 손 모아 빈다.

*

첫 인터뷰 이후 올해(1996년) 2월에서 4월까지는 아침 8시 반에 출근해서 오후 3시에 귀가하는 패턴으로 일했습니다. 두통은 역시 하루 종일 계속되었습니다. 파도처럼 밀려갔다가 밀려오는 느낌입니다. 지금도 아프지만 한번 통증이 일어나면 오래갑니다. 머리에 뭔가를 올려놓은 듯한, 또는 머리에 뭔가를 덮어쓴 듯한 느낌입니다. 매일 술에 취했다가 깨어난 것처럼 두통에 시달리고 있습니다. 늘 그렇습니다. 뭔가에 열중하고 있을 때는 잊어버리지만 그러지 않으면 늘 아픕니다. 잘 때도 '아, 머리가 무거워' 하면서 잡니다.

올 8월 말에서 9월 초에 걸쳐 이 주간은 특히 두통이 심했습니다. 자다가 일어나기도 했습니다. 두통약을 먹고 머리에 찬물을 끼얹고서야 겨우 나아졌습니다. 상사에게 의논했더니 그렇다면 오전 근무만 하고 일찍 퇴근하라고 하더군요. 그러니까 두통만은 그 이후로 조금도 호전되지 않았습니다. 오히려 만성 두통으로 변해버린 듯합니다. 회사에 도착하면 우선 버퍼린을 두 알 먹습니다. 그래서 괜찮으면 더이상 약을 먹지 않습니다. 오늘은 아침부터 예방하는 뜻에서 약을 먹었는데, 역시 이렇게 말을 하게 되면……

—괜찮습니까? 정말 죄송합니다.

아니요, 신경 쓰지 마십시오. 이제 만성이 되었으니까요. 지금 내가 어떤 상태에 놓여 있고 앞으로 어떻게 될 것인지 대충은 알 수 있습니다. 익숙해져 있으니까요. 머리가 아플 때는 머릿속에 어떤 점이 생겨서 그것이 점점 팽창하는 것 같은 느낌입니다. 지금은 왼쪽에 와 있지만 때로는 오른쪽이기도 하고 전부이기도 합니다.

올해는 사고 차에 대한 견적을 낼 때 작업 코드가 있으면 편리하지 않을까 해서 컴퓨터로 그 작업을 하고 있었습니다. 그냥 녹색 화면이 나올 때는 괜찮지만 여러 색으로 변하면 눈이 아파옵니다. 뭔가에 초점을 맞추면 통증이 일어납니다. 누가 부르는 소리를 듣고 고개를 돌려 바라보는 순간 눈에 충격이 닥칩니다. 마치 무엇이 뚫고 지나가는 듯한 통증입니다. 그런 일이 시도 때도 없이 일어납니다. 이상하게 왼쪽이면 왼쪽, 오른쪽이면 오른쪽 하나만 아픕니다. 마치 대꼬챙이에 찔린 듯한 통증입니다. 그런 일이 하루 이틀도 아니고 계속되다보니 그냥 죽어버리고 싶다는 생각이 들 때가 한두 번이 아닙니다. 죽어버리면 편해지지 않을까 하고 말이죠. 지금도 그런 생각을 합니다.

안과 전문의에게 가보았지만 원인을 모르겠대요. 간단히 살펴보고는 "괜찮아요. 정상입니다"라고 하면 끝이지요. 그 이상은 상대도 해주지 않습니다. 그런데 지난번에 어떤 의사가 그러더군요. 농부들 가운데 비슷한 증상으로 고생하는 사람이 있는데, 유기비료를 많이 사용하다보면 신경이 손상되어 이런 증상이 일어나는 경우가 있다고요.

올 추석에는 오토바이를 타고 고향에 다녀왔습니다. 편도 300킬로미터 거리를 250cc 오토바이를 타고 왕복했습니다. 머리가 아파서 그 먼 길을 무사히 갈 수 있을까 걱정도 되었지만 오히려 즐거운 기분으로 다녀올 수 있었습니다. 공기도 맑고 자동차보다는 운전을 할 때 집중이 잘됩니다.

그런데 여름이 끝나갈 무렵 다시 머리가 아프기 시작해서 한동안 오전에만 근무를 했습니다. 회사는 출근한 것으로 인정해주었지만 10월부터 관리직에서 물러나게 되었습니다. 물론 스트레스가 많은 업무는 몸에 좋지 않으리라는 상사의 배려지만 역시 한창 일할 나이의 샐러리맨에게는 정말 고통스런 일입니다.

편안한 마음으로 일하라는 그 배려는 물론 고맙게 받아들이고 있습니다. 정말 감사하게 생각합니다. 그러나 저는 사건 후 한 달 동안 쉬긴 했지만, 지난해 5월부터 여름에 걸쳐 평소보다 더 열심히 일했습니다. '나로 인해 회사가 피해를 입어서는 안 된다'는 생각으로 아픈 머리를 감싸고 무리를 해왔습니다. 그 때문에 지난번에도 말했듯이 지난해 여름에 한꺼번에 터져나왔던 겁니다. 그때 내가 모든 것을 참고 일했던 보람은 어디로 갔는지…… 매일 잔업을 하고 모노레일 마지막 열차가 떠나는 11시 반까지 남아서 열성적으로 회사 일을 했습니다. 그렇게 무리를 해서는 안 되었다고 나카노 선생이 지적하시더군요. 그때 일을 생각하면 이제 와서 힘들 테니 편안히 할 수 있는 일을 하라는 것은 솔직히 말해 섭섭하기 짝이 없습니다.

그렇지만 이번 인사에 대해서도 기분 나쁘게 생각해서는 안 된다고 다짐하고 있습니다. 억울하다는 생각이 없진 않지만 긍정적으로 생각하는 수밖에 없습니다.

간단히 말해 현재로서는 '명퇴' 대상자인 셈입니다. 책상 위치도 바뀌었습니다. 회사에 가봐야 할 일도 없어요. 혼자서 멍하니 앉아 간단한 전표 정리를 합니다. 누구나 할 수 있는 그런 일이죠. 지금까지 오랜 세월 쌓아온 경험을 업무에 살릴 수도 없게 되었습니다.

그러나 이렇게 주저앉을 수만은 없지 않습니까. 받아들여질지 모르지만 '이런 일은 이렇게 처리하는 게 좋지 않을까' 하고 기획안을 마련하기도 합니다. 인생에서 일 년 정도 뒤처지면 또 어떻습니까. 생각해보면 지금까지 이십 년 동안 한눈팔지 않고 열심히 일했습니다. 41세에 정식으로 과장이 되었으니 꽤 빠른 편이었지요. 그러니 지금 좀 쉰들 어떠냐고, 그렇게 긍정적으로 생각하려고 노력하고 있습니다.

―정말 그렇습니다. 아직 젊고 아이도 어리지 않습니까. 참고 견디면서 회복하는 것이 가장 중요하죠. 여기서 무너지면 정말 허망합니다.

네, 맞아요. 위를 보지 말고 차근차근 성실하게 대처해나갈 생각입니다. 그러나 과연 지금의 이런 고통스런 증상이 완치될 수 있을지, 현실적으로 언제까지 이런 생활을 해야 하는지 알 수 없습니다. 그래서 미래를 설계할 수 없습니다. 지금도 아침부터 점심때까지만 일을 하지만 정말 피로합니다.

통근 산재이기 때문에 보너스도 일 년에 25만 엔이나 깎여나옵니다. 경제적으로도 아주 어려운 형편입니다. 샐러리맨에게는 보너스가 매우 중요합니다. 보너스로 월급에서 부족한 부분을 메워나가니까요. 그게 뚝 떨어져버리니까 정말 힘듭니다. 집도 최근에 신축했기 때문에 주택융자금 할부도 꽤 많이 들어갑니다. 삼십 년 융자니까 일흔 살까지 갚아야 합니다.

머리가 지끈거리고 아프다지만 외견상으로는 멀쩡합니다. 그 통증이 어떤지는 본인 말고는 모릅니다. 머리에 항상 무거운 돌 헬멧을 덮어쓰고 있는 상태를 한번 상상해보십시오. 이런 고통에서 해방될 수만 있다면…… 그러나 이런 기분을 다른 사람은 아무도 모를 겁니다. 정말 고독합니다. 차라리 팔이라도 하나 잘려나갔더라면, 아니, 식물인간이라도 되었더라면 다른 사람들도 제 고통을 이해해주지 않았을까요.

그때 죽어버렸더라면 얼마나 편했을까 하는 생각이 듭니다. 이런 어처구니없는 생각까지……

그렇지만 가족을 생각하면 절대로 여기서 주저앉을 수 없죠.

그날은 무엇 때문인지 맨 앞문으로 탔습니다. 아무 이유도 없이.

이나가와 소이치 (당시 64세)

약간 세기 시작한 하얀 머리카락이 잘 정돈되어 있다. 혈색 좋은 둥그런 얼굴이지만 살이 찐 것은 아니다. 십 년 전에 당뇨 수치가 오르고부터 음식에 무척 신경을 쓴다고 한다. 그러나 술만은 끊을 수가 없어 그냥 마셔버린다고. 정종을 좋아한다.

잘 다린 짙은 회색 양복. 어투는 명확하고 단호하다. 패전 이후의 일본사회에서 성실하고 보람 있게 살았다는 자신감 같은 것이 풍긴다. 아직 은퇴할 나이는 아니며, 앞으로도 얼마든지 일할 수 있다고 말하는 듯한 분위기다.

이나가와 씨는 고후 출신. 전기 관련 학교를 졸업하고 도쿄로 나와 1949년에 건설회사에 입사해 설비에 관련된 일을 했다. 이윽고 현장을 떠나 영업 쪽으로 옮겨서 60세에 영업부장으로 퇴직했다. 그때 여러 군데에서 재취직 요청이 들어왔지만 '왠지 더이상 윗사람을 모시기가 싫어져서' 동년배 두 사람과 힘을 모아 독립해 사업을 벌였다. 주된 업무는 조명 기구의 판매와 컨설턴트. 회사는 신나카노 역 바로 위에 있다.

사업은 순조롭지만 너무 바빠서 시간이 없을 정도는 아니다. "편안히 쉴 수 있는 정도는 못 됩니다. 그렇지만 다른 사람의 지시를 받지 않는다는 것이 정말 좋아요." 현재는 이치카와에서 아내와 둘이서 생활하고 있다. 두 명의 자녀는 모두 독립했고 손자도 셋이나 된다. 맨 아래 손자는 사건이 일어난 다음 달에 태어났다.

딱히 믿는 건 아니지만 아내가 건네준 두 개의 부적을 늘 몸에 지니고 다닌다.

*

소부 선의 시모후사나카야마가 가장 가까운 역입니다. 신주쿠까지는 소부 선으로 옵니다. 집을 나서는 시간은 7시 25분이고 회사에 도착하면 8시 40분 정도가 됩니다. 업무 시작 시간은 9시로 정해두었지만 제가 하는 회사니까 그리 엄하게 적용하지는 않습니다.

3월 20일은 오차노미즈에서 자리에 앉았습니다. 환승역이라서 내리는 사람이 많죠. 신주쿠에서 마루노우치 선으로 갈아탔는데 그때도 자리에 앉았습니다. 저는 늘 앞에서 세번째 칸을 이용합니다.

그날도 세번째 칸의 맨 앞자리에 앉았습니다. 그런데 이쯤에(차내의 그림을 그려 보인다) 얼룩 같은 것이 퍼져 있더군요. 물에 젖은 흔적 같은 것이. 그러니까 시트와 시트 사이에 사린이 놓여 있었던 것입니다. 뭔가가 거기에 놓여 있는 걸 보았습니다. 거기서 액체가 흘러나왔으리라 짐작했습니다. 뭔지는 모르겠지만 하여튼 액체였고 맥주 같은 색깔이었어요. 그리고 이상한 냄새가 났습니다. 그래서 조금 마음에 걸리더군요.

묘하게도 그날은 전차가 평소보다 덜 붐볐습니다. 평소에는 운이 좋아야 겨우 앉고 그렇지 않으면 서게 되는데, 그날만은 서 있는 사람은 하나도 없고 여기저기 띄엄띄엄 사람들이 앉아 있을 뿐이었습니다. 나중에 생각해보니 이상한 냄새가 나니까 사람들이 다른 칸으로 옮겨간 것이었습니다.

그리고 시선을 끈 것은 여기에 (그림을 손가락으로 가리키며) 앉은 남자였습니다. 사린이 놓인 자리 옆에 그 남자는 혼자 앉아 있었습니다. 제가 탔을 때는 자고 있는 것처럼 보였는데 점점 자세가 이상하게 기울어지기 시작하기에 '뭔가 이상한데, 몸이 안 좋은가' 하고 생각했습니다. 이윽고 나카노사카우에에 다 와서 쾅당 하는 소리가 들렸습니다. 저는 그때 책을 읽고 있었는데 무슨 일인가 싶어 고개를 들어보니 그 남자가 바닥에 그대로 쓰러져 있는 것입니다. 앉은 채로 앞으로 미끄러져내린 듯한 자세였습니다.

직감적으로 심각한 상태라고 생각했습니다. 전차는 역에 도착하기 직전이었어요. 문이 열리자마자 저는 급히 밖으로 뛰어나왔습니다. 역무원을 부르러 가는데 한 젊은이가 제 앞을 가로질러 달려갔습니다. 플랫폼 앞쪽에 있는 역무원을 부르러 간 것입니다. 이윽고 역무원이 와서 쓰러진 사람을 전차에서 데리고 내렸습니다.

쓰러진 남자의 건너편 자리에는 한 여자가 앉아 있었는데 그 사람도 역시 축 늘어져 있었습니다. 나이는 마흔에서 쉰 사이로 보였습니다. 여자의 나이는 짐작하기 어려우니까요. 하여튼 중년 여성이었습니다. 남자 쪽은 꽤 나이가 들어 보였습니다. 역무원은 그 사람을 밖으로 옮긴 다음, 달려온 또 한 사람의 역무원과 둘이서 축 늘어진 여성을 들어올리고 괜찮으냐고 물으면서 밖으로 옮겼습니다. 그동안 저는 전차에서 내려 플랫폼에 서 있었습니다.

그러는 사이에 역무원 한 사람이 액체가 든 봉지를 손으로 들고 플랫폼으로 나왔습니다. 그것이 사린일 줄은 아무도 몰랐지만, 여하튼 이상한 물건이 있으니 전차 밖으로 끄집어낸 것입니다. 그렇게 일단락되고 전차는 다시 출발했습니다.

그래서 저는 한 칸 앞으로 옮겨가서 앉았습니다. 이상한 냄새도 나고 해서 그곳에 있기 싫더군요. 그리고 다음 역인 신나카노에서 내렸습니다.

지하도를 걷는데 콧물이 줄줄 흘러내렸습니다. '이상한데, 감기에 걸렸나' 하고 생각했습니다. 그리고 재채기가 나오기 시작했습니다. 기침도 나오고요. 그래서 더더욱 감기라고 생각했지요. 그런데 이번에는 눈앞이 캄캄해지는 것입니다. 그런 현상이 거의 동시에 나타났습니다. 정말 이상하다고 생각했지만 정신은 말짱했습니다. 걷는 데도 불편이 없었습니다.

아까 말씀드렸듯이 우리 회사는 역 바로 위에 있기 때문에 금방 사무실에 도착했지만 그때까지도 눈이 침침했습니다. 콧물과 기침도 여전했습니다. 그래서 몸이 안 좋다고 얘기하고는 소파에 누웠습니다. 눈이 이상해서 찬물로 찜질을 하려는데 동료가 찬물보다는 더운물로 찜질을 하는 게 좋다고 해서 뜨거운 타월을 눈에 대고 한 시간이나 누워 있었습니다. 그랬더니 아무렇지도 않은 겁니다. 아까까지는 마치 암흑 속에 들어온 것 같았는데 말이죠. 사물이 보이긴 했지만 아무 색깔이 없었는데, 이제 원 상태로 돌아온 것입니다.

아무 일 없었던 듯이 일을 하고 있는데 10시경에 아내에게서 전화가 걸려왔습니다. "지금 지하철에서 큰 소동이 벌어졌어요. 당신은 아무 일 없었어요?" 걱정을 끼쳐서는 안 되겠다는 생각이 들어 "아니, 아무 일 없어. 말짱하니까 걱정 마" 하고 대답했습니다. 눈도 아무렇지도 않았고 말이죠.

점심때 메밀국수 집에 갔다가 마침 텔레비전을 보았습니다. 뭔가 사건이 벌어지고 있었습니다. 그러고 보니 아침에 가까이서 사이렌 소리도 들려왔지만 저는 별로 신경 쓰지 않았습니다. 텔레비전을 보고서야 비로소 그것이 사린 때문이었음을 알게 되었습니다. 텔레비전에서 '피해자는 모두 시야가 어두워졌다고 했다' 라는 말이 흘러나오는 것입니다. 그래서 저도 사린에 당했구나 하고 생각했지요. 그러나 저에게는 시야가 어두워졌다는 것과 가까운 곳에 이상한 것이 놓여 있었다는 사실이 머릿속에서 도저히 하나로 연결되지 않았습니다.

나카노 종합병원에 갔더니 눈 검사를 하고 바로 시야협착이라며 해독제 주사와 링거주사를 놓더군요. 혈액검사 결과 콜린에스테라아제 수치가 무척 낮다는 것을 알게 되었습니다. 바로 입원했습니다. 콜린에스테라아제의 수치가 정상으로 돌아올 때까지 퇴원할 수 없다고 하더군요. 할 수 없이 회사로 전화를 해서 이러저러한 이유로 입원을 해야 하고 며칠이 걸릴지 모르니까 책상 위의 서류를 잘 정돈해달라고 했습니다. 집으로 전화를 했더니 "당신, 아까는 아무 일도 없었다고 했잖아요!" 하고 야단을 치더군요(웃음).

결국 엿새나 입원했습니다. 월요일에 입원해서 토요일에 퇴원했으니까요. 입원중에 별 어려움은 없었습니다. 사린 바로 곁에 있었는데도 이상할 정도로 증상이 가벼웠습니다. 아마도 바람 부는 방향에 있었기 때문일 겁니다. 전차 안은 대체로 앞에서 뒤로 바람이 불어요. 만일 그 반대편에 있었더라면 설령 한두 정거장 가는 정도의 짧은 시간 노출되었다 해도 심각한 피해를 입었겠지요. 그것도 운명이 아닐까요.

그 이후로 전차를 타는 게 두렵다든지 그렇지는 않습니다. 악몽을 꾸지도 않았습니다. 신경이 너무 둔해서 그럴지도 모릅니다. 보통 저는 세번째 칸의 앞문 쪽으로는 타지 않습니다. 두번째 문으로 타는 게 보통이지요. 만일 그날도 그쪽으로 탔더라면 사린가스를 정면으로 맞았을 겁니다. 그렇지만 그날은 무엇 때문인지 맨 앞문으로 탔습니다. 아무 이유도 없이. 지금까지 인생을 살아오면서 운이 좋다고 생각해본 적은 한 번도 없습니다. 정말 재수 없는 일을 당한 적도 없지만 특별히 운수대통한 일도 없습니다. 큰 굴곡 없는 평범한 인생을 살아왔습니다. 하지만 때로는 이런 일도 있더군요.

만일 제가 거기 없었더라면 다른 사람이 사린 봉지를 집어들었을 것입니다.

니시무라 스미오 (당시 46세)

사건 당일 나카노사카우에 역에서 근무하고 있었던 지하철 직원. 직함은 승무 조역. 사건 당일 마루노우치 선의 차량 안에 놓여 있던 사린 봉지를 집어들었던 사람이다.

니시무라 씨는 이바라키 현 출신이다. 학교 추천으로 에이단 지하철에 취직했다. 철도 관련 일은 일반적으로 안정감이 있어서 시골에서는 아주 좋은 직장으로 인정받고 있다. 그래서 취직 시험에 합격했을 때는 정말로 기뻤다고 한다. 그것이 1967년의 일이다. 입사하자마자 학생운동이 격렬해져서 지하철이 몇 번이나 운행을 중지했었다.

중간 키에 야윈 편이다. 그러나 혈색도 좋고 눈매도 또렷하다. 만일 어떤 술집에서 이 사람이 옆자리에 앉아 있으면 도대체 무슨 일에 종사하는지 짐작하기가 무척 힘들 것이다. 그러나 현장에서 숙련된 기술을 쌓은 타입이라는 것은 한눈에 알아볼 수 있을 것이다. 좀더 주의 깊게 그 얼굴을 관찰해보면 늘 신경을 쓰는 일에 종사한다는 것을 알 수 있을지도 모른다. 문득문득 그런 분위기를 읽어낼 수 있다. 그는 근무가 끝난 다음 동료들과 가볍게 술을 마실 때가 가장 좋다고 한다.

이번에 우리의 취재 요청에 기꺼이 응해주기는 했지만 어딘지 모르게 지하철 사린사건에 대해서는 이야기하고 싶지 않은 듯한 인상이었다. 아니, 오히려 '건드리고 싶지 않다' 라는 표현이 더 정확할지 모르겠다. 그에게 그 일은 저주스런 사건이기도 하지만 그와 동시에 하루라도 빨리 기억 속에서 지워버리고 싶은 과거의 망령이기도 하다.

이것은 니시무라 씨뿐만 아니라 지하철 관계자 전체에 적용될 수 있는 이야기일지도 모른다. 시간표대로 아무 문제 없이 도쿄의 지하에서 전차를 달리게 하는 것, 그것이 그들에게는 가장 중요한 현재의 과제다. 그리고 그것이 현시점의 모든 것이기도 하다. 불필요하게 과거를 되살리고 싶지 않은 것이다. 바로 그런 이유 때문에 지하철 관계자의 입에서 사건에 관한 이야기를 듣는 것은 그리 간단한 일이 아니었다. 그러나 그들의 마음속에 자리 잡고 있는 '사건을 풍화시키거나 동료의 죽음을 헛되게 해서는 안 된다' 라는 강렬한 바람이 이런 귀중한 증언을 가능하게 했다. 협력에 깊이 감사드린다.

사이타마 현에 살고 있고 도요코 선으로 출근한다. 딸 둘이 있다.

*

지하철 일은 일근日勤, 전박全泊, 공휴公休라는 세 종류의 교대근무를 합니다. '전박'이란 아침 8시에서 다음 날 아침 8시까지 24시간 근무하는 것을 말합니다. 물론 수면실에서 약간의 수면을 취할 수 있습니다. 이 근무가 끝나면 '공휴', 즉 휴일입니다. 다음으로 '일근'이 있습니다. 보통의 낮 근무를 말하는 거죠. 일주일 가운데 전박이 이틀, 공휴가 이틀 들어갑니다. 나머지는 일근입니다.

전박은 방금 말했듯이 아침 8시까지 근무해야 하는데, 그렇다고 바로 퇴근하는 것은 아닙니다. 8시부터 출근 러시아워이기 때문에 근무를 끝낸 다음 잔업의 형태로 역무를 돕게 됩니다. 그날 3월 20일, 저는 마침 전박이 끝나고 러시아워의 바쁜 일손을 돕고 있었습니다. 그리고 그때 사린사건이 일어난 것입니다.

연휴 사이에 낀 날이지만 월요일이었기 때문에 승객은 평소와 다를 바 없었습니다. 마루노우치 선의 오기쿠보 행 전차는 가스미가세키를 지나면 거의 텅 빕니다. 이케부쿠로에서 가스미가세키까지 가는 사람은 그렇게 많지 않습니다.

전박을 끝낸 후의 러시아워에는 승무원의 작업을 살피며 무슨 이상이 없는지 체크하고 감독하는 일을 합니다. 승무원의 교대가 잘 이루어지는지, 전차가 연착하지는 않는지 살펴보는 일이죠. 이 역은 딱히 승객을 안전하게 유도할 필요도 없는 곳입니다.

문제의 전차는 A777이라는 번호를 단 오기쿠보 행이었습니다. 이케부쿠로에서 출발해 나카노사카우에에는 8시 26분에 도착 예정이었는데 정시에 왔습니다. 6량 편성입니다. 나카노사카우에 역에는 플랫폼이 두 개 있고 한가운데가 뻥 뚫려 있습니다. 호난초에서 나카노사카우에로 오는 전차가 있습니다. 분기선이라고 하는데, 그걸 사이에 두고 반대편 이케부쿠로 행의 전차가 달리는 플랫폼은 아침에는 무척 붐비기 때문에 차량 하나에 한 사람씩 조역이나 직원이 서서 플랫폼을 정리합니다.

그때 저는 분기선 쪽에 서 있었습니다. 이곳은 3량 편성이기 때문에 저는 늘 이 위치에 서서 승무원의 교대를 비롯한 근무상황을 지켜봅니다. 777전차가 나카노사카우에 역에 도착했을 때 앞에서 두번째 칸쯤에서 내린 승객이 무슨 일이 있는지 역무원을 불렀습니다. 선로 건너편 이케부쿠로 행의 플랫폼에 서 있던 조역을 향해 "빨리 와보세요. 어떤 승객이 좀 이상합니다" 하고 외쳤습니다.

저는 거기서 오십 미터쯤 떨어진 신주쿠 쪽 플랫폼에 서 있었기 때문에 뭐라고 하는지 잘 알아듣지 못했지만, 무슨 일이 있는 것만은 분명한 것 같아 급히 그쪽으로 달려가보았습니다. 이상이 있다고 해도 조역은 노선 사이에 있기 때문에 이쪽으로 올 수 없습니다. 그래서 제가 간 겁니다. 그랬더니 앞에서 세번째 칸에 승객 두 사람이 쓰러져 있었습니다. 그 차량은 한쪽에 세 개의 문이 있는데 맨 뒷문으로 들어가보니 65세 정도로 보이는 남자가 바닥에 쓰러져 있었습니다. 그리고 그 반대편에는 오십대로 보이는 여자가 자리에서 미끄러져내린 듯한 자세로 축 늘어져 있었습니다. 헉헉거리며 가쁜 숨을 몰아쉬고 입에는 피가 섞인 거품을 물고 있었습니다. 남자 쪽도 의식이 없어 보였습니다. 그것을 보는 순간 '아, 이건 부부가 동반자살을 시도한 거다' 라고 생각했습니다. 사실은 그게 아니었지만 그때는 그런 생각이 들더군요. 그 남자는 나중에 죽고 말았습니다.

여자는 아직도 의식불명이라는 이야기를 들었습니다.

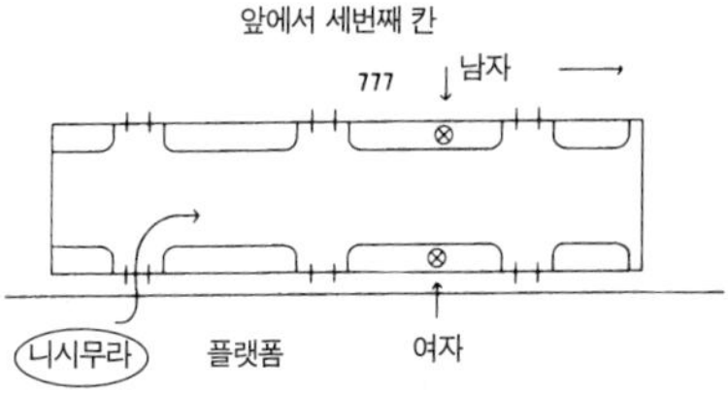

전차 안에는 쓰러진 두 사람 외에는 아무도 없었습니다. 남자의 건너편에 여자가 쓰러져 있었고 그 옆의 문 앞에 비닐봉지 두 개가 놓여 있었습니다. 그 봉지는 차량 안에 들어서면 바로 눈에 들어오는 위치에 있었습니다. 비닐봉지는 폭이 30센티미터 정도로 액체가 들어 있는 듯했습니다. 하나는 온전했고 다른 하나는 뜯어져 있었습니다. 거기서 찐득찐득한 액체가 흘러나오고 있었습니다.

무슨 냄새가 나긴 했지만 그걸 어떻게 설명해야 좋을지 모르겠습니다. 처음에는 시너 냄새와 비슷하다고 생각했는데 가만 생각해보니 시너 냄새와는 달랐습니다. 뭔가가 타들어가는 냄새도 섞여 있더군요. 뭐라고 설명할 수 없는 괴이한 냄새. 어떤 냄새냐라는 질문을 많이 받았지만 도저히 말로는 설명할 수 없었습니다. '괴이한 냄새'라고 할 수밖에 없겠지요. 그런 냄새를 맡으면서 '저걸로 자살했구나' 하고 생각했던 것입니다.

이윽고 역무원들이 달려와서 쓰러진 두 사람을 밖으로 끌어냈습니다. 들것이 하나밖에 없어서 남자를 먼저 실어나르고 여자는 몇 사람이서 들어올려 플랫폼으로 옮겼습니다. 그 차의 기관사나 차장은 객실 안에서 그런 사태가 벌어진 줄은 까맣게 모르고 있더군요. 이케부쿠로에서 타고 온 차장은 나카노사카우에 역 사무실에서 교대하게 되어 있는데, 교대하는 차장 역시 그런 사태를 모르고 있었습니다.

어쨌든 우리는 쓰러진 두 사람을 옮긴 다음 전차를 출발시켰습니다. 사람을 내리자마자 바로 출발하더군요. 전차가 정지한 시간은 그리 길지 않았습니다. 젖은 바닥을 닦아낼 여유도 없을 정도였으니까요. 전차를 신속하게 움직이는 것이 그들의 임무거든요. 그렇지만 이상한 냄새가 나고 바닥도 젖어 있었으므로 오기쿠보 역 정도에서 청소라도 해야겠다고 생각해서 저는 사무실로 가서 오기쿠보 역에 전화를 걸었습니다. 777의 세번째 차량 바닥이 더러우니 청소를 해달라고 말이죠. 그런데 777에 관련된 사람들의 몸에서 점점 이상한 증상이 나타나기 시작했습니다. 역무원, 승객 할 것 없이 말이죠. 대충 8시 40분경의 일이었습니다.

나카노사카우에에서 오기쿠보까지는 신나카노, 히가시코엔지 등등 다섯 역이 있습니다. 시간은 십이 분 걸립니다. 777은 오기쿠보에서 왔던 길을 되돌아가면서 번호를 877로 바꿉니다. 그런데 오기쿠보에서 그 전차를 탄 사람도 역시 이상한 증상을 보이기 시작했습니다. 전차가 오기쿠보에 도착한 다음 대걸레로 청소를 했는데—아마 오기쿠보에서 출발하기 전에 청소한 걸로 기억합니다만—청소한 사람도 이상해진 것입니다. 조역 한 사람이 중상을 입었습니다. 오기쿠보에서 탄 승객도 고엔지쯤에서부터 이상해지기 시작했습니다. 그래서 그 차량이 뭔가 이상하다는 결론을 내리고 승객 전원을 내리게 하고 그대로 회송시켰습니다.

그렇습니다. 아침 시간이라 오기쿠보에서 많은 승객이 탔을 겁니다. 보통 그 시간엔 출발 때부터 만석입니다. 서 있는 사람도 많았습니다. 전차가 오면 조사해봐야겠다고 생각해 시간표를 살펴보니 나카노사카우에 8시 53분 도착이더군요. 하지만 결국 고엔지에서 회송되어버렸습니다.

쓰러진 두 사람을 밖으로 옮긴 다음 우리는 사린이 든 비닐봉지를 손가락으로 집어들고 플랫폼으로 옮겼습니다. 제가 직접 했습니다. 봉지는 사방 삼십 센티미터 정도의 크기로 링거주사에 사용하는 비닐 팩이었습니다. 거기에 액체가 들어 있었어요. 저는 그때 하얀 나일론 장갑을 끼고—순회를 나설 때는 늘 그런 장갑을 낍니다—팩의 젖지 않은 부분을 잡아 살짝 들어올렸습니다.

저는 그것으로 남녀가 자살을 기도했다고 추정했기 때문에 '이건 위험한 물건이다. 경찰에 신고해야겠다'고 생각했습니다. 선반 위에 승객이 놓고 간 신문지를 집어 그 위에 사린 봉지를 올리고 살며시 플랫폼의 기둥 아래로 옮겨놓았습니다. 그후 조역이 슈퍼마켓에서 사용하는 비닐봉지를 가지고 와서 사린을 그 안에 집어넣고 주둥이를 묶었습니다. 조역이 그 봉지를 역 사무실까지 옮겨 거기에 놓아두었습니다. 저는 몰랐지만 입구의 양동이 안에 넣어두었던 모양입니다.

몸이 불편하다고 호소하는 승객들을 사무실에 대기하게 했는데 그 사람들뿐만 아니라 역무원들도 모두 이상해지기 시작했습니다. 사건 정황을 듣기 위해 와 있던 경찰과 소방서 사람들도 이상해지기 시작했습니다. 이건 정말 이상하다 싶어 봉지를 밖으로 내갔습니다. 그다음에는 경찰이 그것을 들고 간 것으로 압니다.

전화를 걸기 위해 사무실로 갈 때는 전혀 느끼지 못했지만 콧물을 흘리고 있었던 모양입니다. 통증은 없었지만 눈이 침침해지고 눈가가 찌릿찌릿했습니다. 사물이 잘 보이지 않았고 초점을 맞추려 하면 눈알이 아팠습니다. 그냥 눈을 뜨고 있는 건 편했지만 초점을 맞추려 하면 통증이 일어났습니다. 그러다 어느새 형광등 불빛이고 뭐고 전부 흐릿하게 보이더군요.

세면장에 가서 얼굴을 씻고 수면실로 들어가 잠시 누웠습니다. 현기증이 난 것이 8시 55분, 수면실에 누운 것이 9시입니다. 그때 다른 장소에서도 이상 사태가 일어나고 있다는 것을 알았습니다. 우리보다 훨씬 먼저 히비야 선에서 소동이 일어났습니다. 나카노사카우에 쪽이 늦은 편이었지요. 그때는 여기저기서 소동이 벌어지고 있었습니다. 텔레비전에서도 보도를 시작했고요.

저도 상태가 좋지 않아 역 바깥으로 나왔지만 나카노사카우에 교차로를 오가는 구급차에 승객을 실어 보내느라 정신이 없었습니다. 구급차가 부족해서 경찰 기동대 차가 구급차를 대신하기도 했습니다. 창살을 친 그런 차 말입니다. 저는 그 차로 병원에 갔습니다. 병원에 도착한 것은 9시 반 정도였습니다. 나카노사카우에의 역무원 중 여섯 명이 병원에 갔고 입원한 사람은 저를 포함해서 두 명이었습니다.

나카노 종합병원에 갔는데 그때는 이미 사린가스가 원인이라는 것을 알았기 때문에 적절한 조치를 취해주었습니다. 눈을 씻고 바로 링거주사를 맞았습니다. 진찰 기록부에 이름과 주소를 적어야 하는데 눈이 보이지 않아 적지 못하는 사람이 많았습니다. 초점이 맞지 않아 글자를 똑바로 적지 못하는 겁니다.

결국 엿새나 입원했습니다. 사건 당일은 아주 고통스러웠습니다. 몸은 피곤한데 옷도 갈아입지 못하고 여러 가지 검사를 받아야 했으니까요. 혈액의 콜린에스테라아제 수치가 이상할 정도로 낮았습니다. 삼사 개월 지나 혈액이 완전히 교환되면 원 상태로 돌아오게 되는데 그때까지는 동공이 정상적으로 열리지 않는다고 하더군요. 시야협착이란 증상인데 사람에 따라 정도가 달랐습니다. 시야협착은 퇴원할 때까지 계속되었습니다. 햇빛을 보아도 하나도 눈부시다는 생각이 들지 않았습니다.

아내가 연락을 받고 병원으로 달려왔습니다. 그러나 저는 생사의 위기감은 느끼지 않았습니다. 별로 대수롭지 않은 일로 생각했어요. 증상이 심하지는 않았으니까요. 의식불명이 되지도 않았고 말이죠. 단지 눈이 아프고 콧물이 나오는 정도였습니다.

그러나 밤에는 아주 괴로웠습니다. 마치 몸이 얼어붙어버리는 듯한 느낌이었습니다. 꿈인지 생시인지 가물가물했어요. 의식은 뚜렷했습니다. 벨을 눌러 간호사를 부르려 했지만 누를 수가 없었어요. 정말 고통스러웠습니다. 가위에 눌린 것입니다. 밤중에 두 번 그런 일이 있었습니다. 잠깐 눈을 뜨고 벨을 눌러보려 했지만 뜻대로 되지 않았습니다.

사린 봉지를 손으로 집어들고도 그 정도의 피해에 그쳤다는 것은 어떻게 보면 행운이랄 수 있습니다. 바람을 정면으로 받았느냐는 것과 관계가 있는 듯합니다. 집어들긴 했지만 직접 들이마시지는 않았던 모양입니다. 다른 역에서는 저처럼 봉지를 집어들었다가 목숨을 잃은 사람도 있습니다. 동료들 중에는 제가 평소에 술을 많이 마셔서 괜찮은 거라고 말하는 사람도 있습니다. 중독되기 힘든 체질이라고 말이죠. 그게 이유가 되는지는 잘 모르겠습니다.

하마터면 죽었을지도 모른다는 생각은 들지 않습니다. 비록 눈은 아팠지만요. 낮에도 가만히 누워 있었고 텔레비전도 볼 수 없었습니다. 밤에는 너무 심심해서 뭘 하면 좋을지 몰라 안절부절못했습니다. 고통이라 해봐야 그 정도였습니다. 육체적인 고통은 첫날에 겪은 게 다였지요. 3월 25일에 퇴원하여 4월 1일까지 집에서 쉰 다음 근무에 들어갔습니다. 집에 드러누워 지겹게 시간을 보내는 것보다는 일을 하는 편이 나았습니다.

옴진리교의 실행범에 대해서는 별다른 감정을 느끼지 않습니다. 누구에게 당했는지 그 이유가 무엇인지 알 수 없기 때문입니다. 직접 주먹으로 두들겨 맞았더라면 금방 반응을 보였을 테지만요.

그러나 사건의 전모가 점점 밝혀지면서 '절대로 용서할 수 없다'는 생각이 들었습니다. 저항할 수도 없는 불특정 다수에게 그렇게 무차별적으로 공격을 가한다는 것은 있을 수 없는 일입니다. 그 때문에 동료 두 명이 목숨을 잃었습니다. 만일 범인과 마주칠 기회가 있다면 두들겨 패주고 싶은 충동을 억제할 수 없을 것입니다. 냉정하게 대처할 자신이 없습니다. 범인은 당연히 사형되어야 합니다. 사형 폐지론도 있는 모양이지만 그런 일을 했으니 당연히 사형을 시켜야 합니다. 절대로 용서할 수 없습니다.

사린 봉지를 집어든 것은 우연히 제가 그 자리에 있었기 때문입니다. 만일 제가 거기 없었더라면 다른 사람이 집어들었을 것입니다. 자기 일에 대한 책임감을 가지는 게 중요하다고 생각합니다. 모른 체하고 지나칠 수는 없습니다.

괴로웠습니다. 그래도 우유를 샀습니다. 참 이상하지요.

사카타 고이치 (당시 50세)

사카타 씨의 집은 가나가와 현 후타마타가와에 있다. 최근에 개축했다는 밝고 세련된 분위기의 집에서 어머니를 모시고 아내와 함께 살고 있다. 태어난 곳은 만주의 신징(현재의 창춘)으로 아버지는 군인, 어머니는 관동군 사령부의 타이피스트였다. 아버지가 전쟁 중에 병사(포로가 되어 시베리아로 이송 도중 발진티푸스에 걸려 사망)하자 어머니는 아들의 손을 잡고 아버지의 고향인 구마모토로 돌아와 아버지의 형과 재혼했다. 그 아버지도 중학교 2학년 때 세상을 떠났지만 어머니는 지금까지 정정하셔서 밭에서 열심히 채소를 가꾸신다고. 아버지가 건축 일을 했기 때문에 이사를 많이 다니는 바람에 초등학교만 다섯 군데를 다녔다. 중학교에 들어와서 가와사키에 자리를 잡았다.

사카타 씨는 경리 전문가답게 치밀하게 자료를 정리하고 분류하는 듯, 내가 무슨 질문을 하면 신문 스크랩이나 영수증, 메모 등을 파일 속에서 꺼낸다. 과연, 하고 감탄하지 않을 수 없었다. 직장에서도 빈틈없이 일을 처리할 것이다. 집 안도 깔끔하게 정리되어 있다.

취미는 바둑. 스포츠는 골프. 지금 다니는 회사로 옮기고부터 일이 너무 바빠서 한 해에 고작 다섯 번 정도 필드에 나간다고 한다. 무척 건강한 편이라 평생 병을 앓아본 적이 없고, 이번의 사린사건으로 입원한 것이 태어나서 처음 겪은 병원 체험이었다. 그러나 "한 번 입원해보니 몸이 편해서 정말 좋더군요"라고 말한다.

*

저는 지금 '○○석유'(도로용 아스팔트 판매 회사)에 이 년째 근무하고 있습니다. 그전에도 같은 계통의 회사에 있었습니다. 이번이 세번째 직장인데 전부 다 석유 관련 직종입니다. 우리 회사는 아스팔트 전문인데, 일의 성격상 신뢰만 줄 수 있다면 영업사원 몇 사람이 새로 회사를 만들어도 충분히 해낼 수 있기 때문에 신설 회사가 많습니다. 이 업계의 특징이지요. 회사의 조직보다는 사람들 간의 유대관계가 더 중요합니다. 저번 회사에서는 경영자가 마음에 들지 않아 모두 한꺼번에 뛰쳐나와 회사를 하나 만들었습니다.

아스팔트는 원유를 정제할 때 맨 마지막 단계에 나오는 것입니다. 요컨대 찌꺼기인 셈이지요. 그것을 전문으로 취급하는 일입니다. 물론 셸이나 닛세키 같은 석유회사에서 제조하고 우리는 대리점 역할을 합니다. 그런 회사가 몇 군데나 되기 때문에 경쟁이 치열한 편입니다. 새로 회사를 만들었다고 우리 회사에서 아스팔트를 사주지는 않습니다. 정해진 루트가 있습니다.

우리에게 중요한 것은 공사를 알선하는 일입니다. 예를 들면 도로회사에 도로 공사를 알선해줍니다. 그러면 그쪽에서는 "아, 이번에는 자네들 회사의 아스팔트를 쓰도록 하지"라고 말하죠(웃음). 그 때문에 건설회사와도 긴밀한 유대관계를 가져야 합니다. 좀 귀찮긴 하지만 사업이니까 어쩔 수 없이 그런 게 필요합니다.

저는 재무와 총무 담당입니다. 아스팔트 장사는 돈이 많이 듭니다. 왜냐하면 아스팔트 제조회사에는 월말에 반드시 현금으로 지불해야 하지만 건설회사는 결재 기간이 긴 어음을 주거든요. 150일 정도가 보통입니다. 그러면 그사이에 필요한 돈을 융통해야 합니다. 어음을 받아 할부로 돌리는데, 지금까지 은행에서 빌린 돈을 합치면 10억 엔 정도나 됩니다.

어음 기간이 왜 그리 기냐고요? 흠, 옛날부터 그래왔으니까 할 수 없습니다. 그러니까 자금력이 없으면 이 일은 불가능합니다. 처음 이 일을 시작하면서 자금을 마련하느라 정말 고생이 많았습니다. 사장을 비롯하여 모두들 개인적인 담보물을 제공했습니다. 저도 그랬고요. 돈이 드는 또 하나의 요인은 제조회사에서 보증을 요구하기 때문입니다. 아스팔트를 많이 확보하려면 은행에서 보증을 해야 합니다. 완전 보증이 되어야 합니다. 그래서 저 같은 채무 담당자가 필요한 것입니다.

바쁘냐고요? 그냥 그래요. 이전보다 어렵죠. 거품이 가라앉으면서 부동산도 움직이지 않게 되었습니다. 게다가 석유업계에도 자유화의 바람이 불고 있습니다. 원유 가격이 내려가면서 석유업계도 구조조정을 시도하게 되고 우리도 그 영향을 받고 있습니다. 우리도 구조조정에 대비해야 합니다. 공사도 활발하지 않은 편입니다. 공공투자는 증가하고 있지만요.

아침 7시에 집을 나서서 역까지 이 킬로미터 거리를 빠른 걸음으로 걸어갑니다. 운동 삼아서요. 최근에 혈당치가 좀 높다는 진단이 나와서 자발적으로 운동을 하고 있습니다. 소테쓰 선으로 후타마타가와에서 요코하마까지, 요코스카 선으로 도쿄까지, 거기서부터 마루노우치 선으로 신주쿠산초메까지 갑니다. 통근 시간은 한 시간 반 정도입니다. 마루노우치 선은 도쿄 역에서는 앉을 수 없지만 긴자에서 가스미가세키 정도에 이르면 자리가 많이 나니까 통근하기 편합니다.

사건이 있었던 3월 20일에 아내는 마침 친정이 있는 하코다테에 가 있었습니다. 장인이 돌아가신 지 백 일째가 되어 그 행사 때문에 친정에 간 것이죠. 저는 평소처럼 도쿄 역에서 마루노우치 선을 갈아탔습니다. 앞에서 세번째 칸이었습니다. 늘 그 위치에서 탑니다. 우유를 살 때는요.

—우유를 살 때요?

네, 우유를 살 때는 늘 신주쿠교엔마에 역에서 내립니다.

저는 점심때면 반드시 우유를 마시는데 이틀분의 우유를 아침 시간에 가는 길에 있는 편의점에서 삽니다. 사지 않을 때는 신주쿠산초메에서 내립니다. 신주쿠산초메에서 내릴 때는 늘 뒤쪽 칸에 탑니다. 사무실이 신주쿠산초메와 신주쿠교엔마에 중간에 있는데, 신주쿠산초메 쪽이 가깝긴 하지만 'am-pm'이라는 편의점에서 우유를 살 때는 신주쿠교엔마에에서 내려야 합니다. 즉 하루 걸러서 신주쿠산초메에서 내리기도 하고 신주쿠교엔마에에서 내리기도 합니다. 그날은 우유를 사는 날이었기 때문에 세번째 칸에 탄 겁니다. 덕분에 사린 피해를 입었지요. 그렇습니다. 운이 나빴어요.

그날은 도쿄 역에서부터 앉았습니다. 그렇게 복잡하지 않았습니다. 진술을 읽어보니 실행범 히로세는 처음에는 두번째 칸에 있다가 도중에 내려서 세번째 칸으로 옮겨 탔더군요. 그리고 오차노미즈에서 사린 봉지를 터뜨렸습니다. 그러니까 제가 앉은 자리의 바로 옆에 사린 봉지가 있었던 것입니다. 세번째 칸의 한가운데 문에 말이죠. 제가 탄 바로 그 시간이었습니다. 저는 〈주간 다이아몬드〉를 열심히 읽고 있었기 때문에 그런 게 있는지 전혀 눈치채지 못했습니다. 나중에 형사에게 그럴 수가 있느냐는 말을 들었지만 사실이 그런 걸 어떡합니까. 나를 의심하는 것 같아 괜히 기분 나쁘더군요.

그런데 왠지 몸이 이상해졌습니다. 이상을 느끼기 시작한 것은 요쓰야 역 부근에서였습니다. 처음에는 콧물이 나왔습니다. 갑자기 흘러나와서 감기에 걸렸나 싶었는데 점점 머리까지 아파오더군요. 그리고 선글라스를 낀 것처럼 주위가 어두워졌습니다. 짧은 시간에 연달아 그런 증상이 나타난 것입니다.

저는 그때 혹시 뇌출혈이 아닌가 생각했습니다. 그런 일은 한 번도 경험해보지 못했기 때문에 내 몸에서 심각한 사태가 벌어졌다고 생각했습니다. 이건 단순한 감기가 아니다, 그보다 심각한 무엇이다, 하고 말이죠. 이러다가 갑자기 쓰러지는 것은 아닌가 두려웠습니다.

주변 사람들은 기억나지 않습니다. 내 몸에서 일어난 이상이라고 생각했기 때문입니다. 어쨌든 신주쿠교엔마에에서 내렸습니다. 다리가 후들거리고 눈앞이 캄캄했습니다. 큰일이라고 생각했지요. 걷는 것도 힘들었습니다. 손잡이를 잡지 않고는 계단을 오를 수도 없는 형편이었습니다. 밖으로 나와보니 주변이 저녁나절처럼 캄캄했습니다. 괴로웠습니다. 그래도 우유를 샀습니다. 참 이상하지요. am-pm에 들어가서 우유를 샀습니다. 그렇게 괴로워하면서 왜 우유를 사려 했을까요. 나중에 생각해보니 정말 이상하다 싶었어요.

회사에 가서 응접실에 누웠습니다. 그러나 조금도 나아지지 않았습니다. 여직원이 빨리 병원에 가보라고 해서 가까운 신주쿠 병원으로 갔습니다. 신주쿠교엔마에 방면으로 가는 길의 왼편에 있는 병원입니다. 병원에 도착한 것은 9시 정도. 병원에서 대기하고 있는데 샐러리맨으로 보이는 남자가 들어와서 '지하철이 이상하다' 라고 했습니다. 그 말을 듣고 나도 저 사람과 같은 경우겠다고 생각하게 되었지요. 뇌출혈이 아니었던 것입니다.

병원에는 닷새 동안 있었습니다. 빨리 나갈 수 있을 것 같았는데 콜린에스테라아제 수치가 정상으로 회복되지 않아서 퇴원할 수 없었습니다. 의사는 마음을 느긋하게 먹으라고 하더군요. 그래도 빨리 나오고 말았습니다. 토요일에 결혼식이 있어서 참석해야 한다고 억지를 부렸지요. 시야에서 어둠이 걷히는 데 이 주일이 걸렸습니다. 그러나 시력은 여전히 떨어진 상태입니다. 밤에 운전을 하면 신호 표시가 흐릿하게 보입니다. 그래서 안경을 다시 맞췄습니다. 도수를 높였어요. 얼마 전에 피해자의 모임에 참가했더니 변호사가 시력이 나빠진 사람은 손을 들어보라고 하더군요. 상당수가 손을 듭디다. 이것 역시 사린 때문인 모양입니다.

그리고 기억력이 많이 나빠졌습니다. 사람 이름이 금방 떠오르지 않아요. 저는 늘 은행과 접촉하는데 호주머니에는 항상 메모지가 들어 있습니다. 어느 은행의 지점장 누구누구라고 적은 메모요. 옛날 같으면 그냥 머릿속에 넣고 다녔는데 말이죠. 그리고 바둑을 좋아해서 매일 점심때면 회사에서 한 판 둡니다. 바둑을 둔 다음에는 항상 머릿속에 처음부터 끝까지 복기를 하는데 지금은 중간 정도밖에 생각나지 않습니다. 처음에는 나이 탓이라고 생각했는데, 아무래도 그것만은 아닌 것 같습니다. 불안합니다. 이제 일 년째인데 이런 상태가 이 년을 넘기면 어쩌나 하고요. 이 상태에서 멈출 것인가, 아니면 더 악화될 것인가?

범인 개개인에 대해서는 별다른 감정이 없습니다. 그 사람들도 조직 속에서 꼭두각시 노릇을 한 것뿐이니까요. 텔레비전에서 아사하라를 보아도 밉다는 생각이 별로 들지 않습니다. 그보다는 중증 피해자들에 대한 지원이 급선무라고 생각합니다. 저 같은 경상자는 괜찮지만요. 정말 그렇게 생각합니다.

사건 전날 밤, 가족들과 식사하면서 이런 이야기를 했습니다. "이런 걸 행복이라고 하는 거야"라고.

중상자 아카시 시즈코 씨의 오빠

아카시 다쓰오 (37세)

아카시 씨(가명)는 마루노우치 선에서 사린사건을 당해 중상을 입고 한때는 식물인간이 되었다가 지금도 재활치료를 받고 있는 아카시 시즈코 씨의 오빠다. 이타바시에 있는 자동차 판매회사의 딜러다. 결혼해서 슬하에 두 자녀가 있다.

독신 여동생이 그 사건으로 쓰러진 다음 연로한 부모님을 대신해 하루걸러 병원으로 가서 시즈코 씨의 간병을 하고 있다. 실제로 병원에 가서 간병하는 모습을 보고 '정말 대단하다' 는 생각에 절로 머리가 숙여졌다.

환자의 주변 정리를 해주는 일에 그치는 것이 아니었다. '무슨 일이 있어도 여동생을 사회에 복귀시켜야 한다. 절대로 이대로 내버려둘 순 없다' 는 오빠의 강한 의지가 엿보인다. 그것은 깊은 애정이자 가장으로서의 책임감이며, 어처구니없는 폭력과 범죄에 대한 말없는 항변이다. 이야기를 나누면서 그의 분노가 전해지는 것을 느낄 수 있었다. 평온하고 온순한 얼굴에다 상냥한 미소를 띠고 말투도 부드럽지만 마음 깊은 곳에서는 강한 결의가 불타오르고 있음을 알 수 있다.

성실하고 효성이 지극하며 작은 행복에도 만족하며 살아가는 착한 여동생이, 왜 그런 형편없는 인간들의 잔혹한 폭력에 희생되어야만 했나?

시즈코 씨가 자기 발로 일어서서 병원을 나서는 그날까지 그의 그런 물음은 끊임없이 이어질 것이다.

*

우리 오누이는 네 살 차이입니다. 제 아이들도 남매인데 꼭 네 살 차이입니다. 어머니 말씀으로는 손자 손녀의 관계가 저와 여동생의 관계와 꼭 같다고 합니다. 그러니까 우리 오누이도 어릴 때는 많이 싸웠던 것 같습니다(웃음).

그러나 싸웠던 기억은 별로 없습니다. 아마도 텔레비전 채널이나 과자를 둘러싼 사소한 일로 싸웠을지도 모릅니다. 어머니 말씀으로는 여동생은 과자나 먹을 것이 있으면 "오빠 것도 남겨둬야지" 하고 말하는 아이였답니다. 우리 딸아이도 그렇습니다. 장난감이나 먹을 것을 주면 반드시 "오빠 것도 남겨둬야지" 하고 말합니다. 그게 동생이라서 그런 것인지 아니면 여자애라서 그런 것인지는 잘 모르겠습니다.

여동생은 어릴 때부터 남의 일을 잘 도와주었습니다. 좋게 말하면 상냥하고, 나쁘게 말하면 참견이 심하다고 할까요. 예를 들어 유치원이나 초등학교에서 누군가가 울고 있으면 곁으로 가서 "왜 그러니?" 하고 말을 거는 아이였습니다.

성격은 꼼꼼한 편입니다. 중학교 때부터 일기를 써왔습니다. 저는 매일매일 일기 쓰는 일은 못 합니다. 그렇지만 동생이 쓰러지고 난 다음부터 동생을 대신해 일기를 쓰고 있습니다. 매일 '오늘은 이러저러한 일이 있었다' 라고 말이죠. 동생이 다 나으면 보여주기 위해서입니다. 벌써 세 권째 쓰고 있습니다.

동생은 중학교를 졸업한 다음 고등학교 진학을 포기하고 양재학교에 들어갔습니다. 자신의 판단으로 선택한 거죠. 부모님의 나이도 많았기 때문에 고등학교에 들어가 공부를 하기보다는 빨리 취직해서 부모님을 모시고 싶어한 겁니다. 그 말을 듣고 '나보다 더 어른스럽다' 는 생각을 했습니다. 효성이 지극한 성실한 아이였습니다. 성실하다고 할까, 온갖 것들을 지나칠 정도로 꼼꼼히 생각하는 성격입니다. 적당하게 대충 일을 처리하는 성격이 아니었습니다.

양재 전문학교를 나와 봉제 관련 회사에서 잠시 일을 했는데 운이 나쁘게도 그 회사가 망하고 말았습니다. 동생은 그곳에서 삼사 년 정도 일했습니다.

동생은 자신이 배운 봉제 일을 계속하고 싶어했지만 일자리가 없어 이번에는 슈퍼마켓에 취직했습니다. 동생은 좀 맥이 빠진 모습이었습니다. 그렇지만 부모님 곁을 떠나면서까지 일자리를 찾고 싶지는 않았기 때문에 집 근처에서 직장을 찾았죠. 십 년이 넘게 거기서 일을 했습니다. 시즈코는 버스로 통근했습니다. 십 년이나 계산대를 맡았으니 베테랑이라 할 수 있죠. 사건 이후 이 년이나 입원하고 있지만 아직도 그 회사에 적을 두고 있습니다. 사건 후에 그 슈퍼마켓으로부터 정말 많은 도움을 받았습니다.

—사이타마 현에 살고 직장도 집에서 가까운 슈퍼마켓인데, 그날 아침은 무엇 때문에 마루노우치 선을 탔습니까?

사실은 그날 스기나미 구에서 종업원들의 강습회가 있어서 출석하러 간 거였습니다. 4월이 되면 신입사원이 들어옵니다. 동생은 한 분야의 교육을 담당하게 되어 강습을 받으러 갔죠. 그전 해에도 같은 일을 했는데 상사가 동생에게 올해도 그 일을 담당하라고 했던 겁니다.

사건이 일어난 3월 20일의 전날은 일요일이었는데, 이번에 초등학교에 진학하는 아이를 위해 가방을 사러 갔습니다. 부모님과 아내와 모두 여섯 명이 쇼핑을 갔습니다. 오후에 근처 슈퍼마켓에 갔다가 저녁식사를 같이 할 생각이었습니다. 그날은 우동을 먹었습니다. 슈퍼마켓은 일요일이 가장 바쁘기 때문에 쉬는 경우는 거의 없지만 동생은 그날은 용케 쉬었습니다. 그래서 외식을 하게 되었습니다. 우리 가족은 가끔 그렇게 합니다. 사이가 좋으니까요.

그때 내일 스기나미에 가야 한다고 하더군요. 그래서 역까지 차로 바래다주겠다고 했습니다. 어차피 아이를 보육원까지 데려다주어야 하고 아내도 역까지 바래다주어야 하니까요. 저는 보육원 가까운 주차장에 차를 세워두고 전차로 통근합니다. 그래서 아내와 동생을 먼저 역까지 바래다주고 그다음에 주차장으로 갔다가 걸어서 역으로 가죠.

동생은 그렇게 굳이 역까지 바래다주지 않아도 ○○선을 타고 사이쿄 선으로 갈아탄 다음에 이케부쿠로에서 마루노우치 선을 타면 된다면서 사양했지만, 저는 시간이 많이 걸리니까 가스미가세키까지 가서 마루노우치 선으로 갈아타는 게 좋다고 권했습니다. 그때 제가 그렇게 권하지 않았더라면 아마도 이 사건에 휘말려들지 않았을 겁니다.

시즈코는 여행을 좋아했습니다. 학교 다닐 때부터 친하게 지내던 친구가 있어서 시간이 나면 둘이서 자주 여행을 다녔습니다. 그러나 슈퍼마켓은 다른 회사와는 달리 사나흘씩 휴가를 내기가 힘듭니다. 그래서 동료들과 의논해서 교대로 휴가를 내는 것 같았습니다.

또 시즈코는 디즈니랜드를 무척 좋아했습니다. 친구와 자주 가기도 하고 혹 일요일에 쉬게 되면 우리에게 같이 가자고 권하기도 했습니다. 그때 찍은 사진도 있습니다. 동생은 롤러코스터 같은 과격한 놀이기구를 좋아합니다. 저는 무서워서 타지 못합니다. 그래서 아이하고 둘이서 회전목마 같은 것을 타고 동생이 내려오기를 기다리곤 했습니다. 그래요. 생각해보니 우리 가족이 자주 간 곳은 디즈니랜드였습니다.

동생은 가족의 기념일에는 반드시 선물을 들고 왔습니다. 예를 들면 부모님의 생일이나 아이들 생일, 우리의 결혼기념일 같은 날 말입니다. 누가 뭘 좋아하는지 잘 알고 있었습니다. 전 술을 마시지 못하지만 동생은 술을 좋아하는 부모님을 위해서 맛있는 술을 알아두었다가 그런 날이면 사오는 겁니다. 늘 그렇게 가족들에게 신경을 써주었습니다. 어딘가 여행을 가거나 놀러 가면 반드시 선물을 사옵니다. 직장 동료들에게도 곧잘 선물을 했고요.

그런 성격 때문인지 직장 내 인간관계 때문에 마음고생을 하기도 했습니다. 조그만 일에도 마음에 상처를 입는 것 같았습니다. 아무렇지도 않은 말 한마디에 가슴앓이를 하는 거지요. 아무하고나 잘 어울리는 성격은 아니었습니다. 좋고 싫고가 명확한 타입입니다.

—실례일지 모르겠지만, 지금까지 시즈코 씨는 결혼에 관해서 아무 말도 없었나요?

선을 본 적은 있습니다. 그렇지만 시댁이 너무 멀다, 부모님 곁을 떠날 수가 없다는 등 이런저런 이유를 들어 결국 결혼은 하지 않더군요. 제가 결혼해서 나가 살고 있었기 때문에 자신이 부모님을 모셔야 한다는 책임감 같은 것을 느끼고 있었던 모양입니다.

동생은 본인이 없으면 안 된다고 생각했던 것 같습니다. 어머니가 다리가 불편해서 지팡이를 짚고 다니셨거든요. 그런 책임감이 강했습니다. 저보다 훨씬 더 강했습니다.

그리고 아버지가 직장을 그만두셨기 때문에 경제적인 문제도 자신이 책임을 져야 한다는 생각이 있었던 것 같습니다. 그래서 일에도 열심이었습니다. 감기 기운이 있어도 무리해서 출근하는 경우도 많았습니다.

3월 20일은 부모님 댁으로 가서 동생을 태워 아내와 함께 ○○역에 내려주었습니다. 그것이 7시 15분께였습니다. 아내도 직장을 다니는데 그날은 아침 순번이었기 때문에 빨리 집을 나선 것입니다. 그러고 나서 아이들을 7시 반에 보육원에 데려다주고 주차장에 차를 두고 역까지 걸어가서 이타바시에 있는 회사로 향했습니다.

아내와 동생이 전차를 탄 시각이 7시 20분이라 치고, 가스미가세키에서 내린 게 8시 조금 전, 마루노우치 선을 타려고 환승하기 위해 걷는 시간을 고려하면 사린이 살포된 전차와 딱 마주치게 됩니다. 한 해에 한 번밖에 없는 강습회에 가려고 탔던 전차인데, 공교롭게도 동생이 탄 차량에 사린 봉지가 놓여 있었던 겁니다. 정말 운이 나빴어요. 그러나 운이 나빴다는 걸로 그냥 지나칠 수 없는 문제입니다.

동생은 나카노사카우에 역에서 쓰러져 병원으로 옮겨졌습니다. 소방대원이 살려내려고 노력했지만 그 사람도 사린가스를 마셔서 결국 쓰러지고 말았습니다. 아니요, 그분은 만난 적이 없습니다. 이름도 모릅니다.

제가 사건을 알게 된 것은 본사에서 걸려온 전화를 통해서였습니다. 본사는 히비야 선과 연결되는 위치에 있어서 사원 몇 사람이 쓰러지거나 입원했다는 것입니다. 그래서 영업부 사람들은 괜찮은지 전화로 확인한 거죠. 도대체 무슨 일이냐고 텔레비전을 켜보았더니 굉장한 소동이 벌어졌더군요.

우선 아내의 직장에 전화를 했습니다. 아무 일 없다더군요. 그리고 어머니께 전화를 걸었습니다. 동생에게 무슨 일이 있었다면 어머니께 연락이 갔을 테니까요. 그런데 아무 연락이 없다는 것입니다. 별탈 없이 강습회에 참가했으려니 하고 생각했습니다.

하지만 저는 동생과는 연락이 안 되는 상태에서 왠지 몹시 예감이 좋지 않았습니다. 시간상으로 문제의 그 열차와 맞닥뜨릴 가능성이 컸기 때문입니다. '아무 일 없어야 할 텐데. 정말 괜찮을까' 하고 걱정했습니다. 그런 걱정을 하면서도 저는 외부로 돌아다녀야 하는 영업사원이라 전차를 타고 고객을 만나러 갔습니다. 도중에 회사에서 전화가 왔는데 급히 어머니께 연락을 해보라는 것이었습니다. 이때가 10시 반에서 11시 정도였습니다. 전화를 했더니 방금 ○○경찰서에서 연락이 왔는데 시즈코가 지하철에서 독가스에 당한 모양이니 빨리 병원으로 가보라는 것이었습니다. 병원은 니시신주쿠의 ○○병원입니다.

급히 회사로 돌아와 전차를 타고 신주쿠까지 가서 병원에 도착한 게 12시였습니다. 그전에 전화로 어떤 상태냐고 물었더니 아무도 대답해주지 않았습니다. 가족이 병원에 도착할 때까지는 어떤 이야기도 할 수 없다고 하더군요. "생명에는 지장이 없겠지요?" 하고 물었더니 "아무튼 지금은 중독상태예요"라고 했습니다. 그때는 몰랐지만 중독이란 바로 생명이 위험하다는 말이었지요. 불안한 마음에 급히 병원으로 달려갔습니다.

병원에 도착해보니 피해자들로 가득 찼더군요. 넓은 병원 로비가 환자들로 가득했습니다. 모두들 링거주사를 맞고 안과와 내과의 검진을 받고 있었습니다. 정말 큰일이 벌어졌구나 생각했지만 구체적으로 어떤 일이 벌어졌는지는 전혀 알 수 없었습니다. 독가스로 추정된다는 텔레비전 보도가 있긴 했지만 그 이상 자세한 정보는 나오지 않았습니다. 의사도 자세히 설명해주지 않더군요. 결국 그날 제가 들은 이야기는 농약으로 보이는 극약을 마셨다는 간단한 설명뿐이었습니다.

병원에 도착한 후에도 한참이나 기다려야 했습니다. 병실로 들여보내주지 않는 것입니다. 도대체 어떤 상태인지 직접 확인하고 싶었지만 병원 전체가 혼란에 빠져 있는데다 시즈코는 응급중환자실에 있어서 정해진 시간 외에는 면회도 안 된다고 했습니다. 면회 시간은 12시 반부터 1시까지 삼십 분간, 저녁 7시에서 8시까지 한 시간뿐이었습니다.

—그렇게 긴급한 상황인데도 면회가 안 된 거군요.

안 된다고 하더군요. 들여보내주지를 않았어요. 결국 두 시간 정도 기다렸다 겨우 얼굴을 볼 수 있었습니다. 그 두 시간 동안 얼마나 초조하고 고통스러웠는지 모릅니다. 정말 긴 시간이 흐른 듯한 느낌이 들었습니다.

겨우 병실로 들어가보니 시즈코는 환자복 차림으로 인공투석을 받고 있었습니다. 간 기능이 저하되어 혈액 속의 독소를 제거하기 위해 투석을 한다고 했습니다. 링거주사를 몇 개나 꽂은 채 눈을 감고 있었습니다. 간호사 이야기로는 잠들었다고 하더군요. 몸에 손을 갖다대려 하자 의사가 제지했습니다. 만지면 안 된다고요. 저는 그때 장갑을 끼지 않았거든요.

제가 "시즈코, 오빠야, 내가 왔어!" 하고 귀에다 대고 말했더니 몸을 조금 움직였습니다. 마치 고개를 끄덕이듯이 말이죠. 시즈코가 제 말에 반응을 보인 거라고 생각했지만 의사는 이런 상태로는 그럴 수가 없다고 하더군요. 잠든 상태에서 우연히 경련을 일으켰을 뿐이라고요. 병원으로 옮겨지고부터 계속 경련을 일으키고 있다고 했어요.

얼굴을 보니 마치 죽은 사람 같았습니다. 입에 산소마스크가 씌워져 있고 얼굴에는 아무런 표정도 없었습니다. 고통스럽다든지 답답하다든지 하는 그런 표정도 보이지 않았습니다. 모니터에 나타나는 심장박동도 아주 약했습니다. 띄엄띄엄 약하게 뛰는 상태를 보일 뿐이었습니다. 보는 것만으로도 숨이 막힐 것 같았습니다.

"지금 상태로는 뭐라고 말할 수 없습니다. 솔직히 말해 오늘밤 아주 위험한 고비를 넘겨야 할 것 같습니다. 최선을 다하고 있으니 그만 나가주십시오." 의사가 이렇게 말하더군요. 저는 그날 밤 병원 대기실에서 머물렀습니다. 무슨 일이 벌어질지 모르는 상황이라 집으로 돌아갈 수가 없었습니다. 새벽에 어떤 상태냐고 물었더니 "지금은 안정되었습니다"라고 하더군요.

그날(20일) 저녁에는 부모님과 아내와 아이들이 병원으로 왔습니다. 무슨 일이 벌어질지 몰랐기 때문에 아이들까지 다 부른 것입니다. 저는 그만 울음을 터뜨리고 말았습니다. "시즈코가 큰일을 당했어" 하고…… 아이들도 그런 제 모습을 보고 사태의 심각성을 깨달은 듯했습니다. 그렇습니다. 아버지는 울지 않는 줄 알고 있으니까요. 두 아이는 "아빠, 울지 마" 하고 같이 엉엉 울면서 저를 위로해주었습니다.

부모님은 고난의 세월을 견뎌오신 분들답게 묵묵히 참아내시더군요. 그렇지만 집으로 돌아온 다음에 밤새 우셨다고 합니다. 병원에 있는 동안은 담담해 보이셨지만.

저는 그날부터 일주일간 회사를 쉬었습니다. 아내도 휴가를 받았습니다. 22일 수요일에야 의사로부터 자세한 이야기를 들을 수 있었습니다. 혈압과 호흡이 약간 호전되었다는 것입니다. 조금만 더 안정되면 뇌를 비롯하여 여러 군데를 검사해보겠다고 했습니다. "그러나 아직 안심할 수 있는 상태는 아닙니다"라는 말을 덧붙이면서 말이죠.

사린이 도대체 어떤 물질인지는 설명해주지 않았습니다. 뇌의 엑스선 사진을 보여주면서 뇌가 부었다고 하더군요. 자세히 보니 뭔가 부풀어오른 듯하기도 했습니다. 그것이 사린에 의한 것인지 아니면 저산소 상태가 계속되었기 때문인지 잘 모르겠더군요.

호흡도 자기 힘으로 할 수 없어서 인공호흡기를 꽂고 있었는데 이대로는 안 되겠다고 하면서 29일에 목에 칼을 댔습니다. 그 상태가 지금까지 계속되고 있습니다.

시즈코가 신주쿠의 병원에 있는 동안 매일 그곳에 갔습니다. 가끔 몸이 좋지 않을 때만 제외하고 일이 끝난 후에는 반드시 7시부터 시작되는 면회 시간에 맞춰 병원으로 갔습니다. 우리 회사의 소장이 차로 바래다줄 때도 있었습니다. 저도 그동안 체중이 많이 빠져서 여위었습니다. 그런 생활이 병원을 옮긴 8월 23일까지 약 다섯 달 동안 계속되었습니다.

수첩을 보면 3월 24일에 눈동자가 움직였다는 메모가 적혀 있습니다. 눈을 활짝 뜬 것이 아니라 약간 눈꺼풀을 들어올린 것이지요. 제가 이름을 부르자 그런 반응을 보였습니다.

—약간의 진전이 있었군요.

네, 저도 그렇게 생각했습니다. 그러나 의사의 말로는 말을 알아들어서 보인 반응은 아니라고 하더군요. 그냥 우연히 움직였을 뿐이라고 말이죠. "큰 기대는 하지 않는 게 좋을 것 같습니다"라고 말했습니다. 4월 1일에는 일반적인 교통사고로 인한 뇌 손상이나 뇌일혈의 사례로 유추해볼 때 솔직히 더이상 좋아지지는 않을 것 같다고 했습니다. 이야기를 종합해보면 '식물인간' 까지는 아니더라도 '의식불명' 상태가 계속될 것이란 선언이었습니다.

표현만은 무척 간단하더군요. "이제는 다른 사람과, 예를 들면 가족들과 한자리에 앉아 식사를 즐길 수 있는 기회를 갖기가 힘들지도 모르겠습니다"라고 말이죠. 요컨대 이런 말이었습니다. 일어날 수 없다, 말도 할 수 없다, 의식도 거의 없다. 그 말은 정말 충격적이었습니다. 그때 어머니는 이렇게 외쳤습니다. "차라리 시즈코는 그 자리에서 죽는 게 나았어! 저애는 그렇다 치고 너희들 고생이 말이 아니야."

그 말을 들으니 정말 가슴이 미어지는 것 같았습니다. 어머니의 마음을 너무 잘 알고 있었지만 어떻게 위로해야 할지 모르겠더군요. 저는 이렇게 말했습니다. "만일 그때 신이 시즈코를 데리고 갈 생각이었다면 벌써 숨을 거두었을 거예요. 시즈코는 아직 살아 있잖아요. 앞으로 좋아질 가능성도 있고. 그런 가능성까지 버린다면 시즈코가 너무 불쌍해요. 어머니, 그런 믿음을 갖고 참고 기다려요." 그랬더니 어머니도 많이 우셨습니다.

—고령에다 몸도 불편하셔서 앞으로 딸을 보살필 자신도 없고 해서, 모든 것을 다쓰오 씨에게 맡길 수밖에 없다고 생각하셨겠지요. 가슴이 미어지셨을 겁니다.

저도 그때가 제일 가슴이 아팠습니다. 동생이 사고를 당한 일도 물론 가슴 아프지요. 그러나 그보다 부모님이 그런 생각을 하신다는 것이 고통스러웠습니다. 차라리 그때 죽는 게 나았다는 어머니의 말을 들었을 때는 무슨 말을 해야 좋을지 몰라서…… 시즈코가 쓰러지고 열흘 정도 지났을 때의 일이었습니다.

얼마 후 아버지가 쓰러지셨습니다. 5월인가 6월에 암 선고를 받고 가시와에 있는 국립암센터에 입원하여 수술을 받았습니다. 그래서 저는 시즈코의 병원과 아버지의 병원을 오가는 생활을 했습니다. 어머니도 움직일 수 없는 상태였으니까 정말 힘들었습니다.

힘든 것은 저뿐만이 아니었습니다. 아내와 아이들에게 정말 미안했습니다. 일요일마다 아이들을 데리고 병원으로 가는데 역시 철없는 아이들이라서 "또 병원 가? 오늘은 놀러 가고 싶어" 하기도 합니다. 그럴 때는 정말 어떻게 하면 좋을지 난감하더군요. 그래서 저는 이런 말을 해주었습니다. "만일 너희들이 아파서 병원에 입원해 있는데 아빠하고 엄마가 가보지 않으면 너희들도 외롭겠지?" 그랬더니 아이들은 외로울 거라고 대답했습니다. 그럼 시즈코 고모도 외롭지 않겠느냐고, 그러니까 만나러 가야 하는 거라고 했더니 알겠다며 겨우 이해를 하더군요. 정말 마음이 복잡했어요.

8월에 니시신주쿠의 ○○병원을 나와서 ○○병원으로 옮겼습니다. 이 병원에는 열성적인 젊은 의사가 있어서 재활치료에 전념하고 있습니다. 지금은 오른손을 움직이는 단계까지 와 있습니다. 조금씩이지만 스스로 움직일 수 있게 되었습니다. "입은 어디?" 하고 물으면 손가락을 입에 갖다댑니다.

아직 말을 할 수는 없지만 이쪽에서 말을 하면 알아들을 정도는 됩니다. 의사의 말로는 자신의 가족관계(아버지, 어머니, 오빠, 올케, 조카)를 정확히 파악하고 있는지 확실치 않다고 합니다. 요컨대 인간관계에 관한 인식이 아직 완전하지 못한 것 같다는 거지요. 나는 늘 "오빠가 왔어"라고 말하기 때문에 제가 가면 오빠라는 사실은 아는 듯합니다. 그러나 오빠와 자신의 관계를 정확히 파악하는지는 명확하지 않습니다. 지금까지의 기억도 거의 다 잃어버린 것 같으니까요.

"지금까지 어디서 살았니?" 하고 물으면 "몰라"라고만 대답합니다. 처음에는 부모님의 이름도 자신의 나이도 형제도 태어난 곳도 모두 모른다고 하더군요. 알고 있는 것은 자신의 이름뿐이었습니다. 그러나 조금씩 뇌의 기능을 회복해가고 있습니다. 현재는 체력과 언어 회복을 중심으로 재활치료를 받고 있습니다. 휠체어에 앉는 연습과 오른손을 움직이는 연습을 하고 있습니다. 그리고 굽은 다리를 펴기도 하고요. '아, 이, 우, 에, 오'와 같은 발음 연습도 합니다.

입을 움직일 수 없기 때문에 음식은 콧구멍을 통해 직접 위 속으로 넣어줍니다. 목 근육이 굳어버렸지요. 성대에는 이상이 없지만 그것을 움직이는 근육이 굳었습니다.

의사의 말로는 재활치료의 최종 목표는 자신의 발로 걸어서 병실을 걸어나가는 것이라 합니다. 실제로 시즈코가 그 단계까지 갈 수 있을지는 미지수지만 여하튼 그것이 목표라고 합니다. 저는 병원과 의사를 믿고 모든 것을 맡겼습니다.

지금은 하루걸러 병원에 가고 있습니다. 세탁물을 집으로 가져와야 하니까요. 집으로 돌아오면 11시 정도가 됩니다. 변칙적인 생활이죠. 그 때문인지 이번에는 몸이 불기 시작했습니다. 잠자리에 들기 전에 먹고 마시기 때문일 겁니다.

일주일에 세 번 정도 일이 끝나면 병원에 가고 일요일에는 가족들과 함께 갑니다. 어머니도 함께 갑니다. 아버지는 암센터에서 퇴원했지만 많이 움직이면 다음 날 열이 나기도 해서 안정을 취하고 있습니다. 모두들 제가 운전하는 차를 타고 갑니다.

—결국 다쓰오 씨의 어깨에 모든 것이 걸려 있군요.

그리 대단한 일은 아닙니다. 가족의 일이니까요. 하지만 무엇보다 아내에게 미안합니다. 저와 결혼하지 않았더라면 이런 일도 당하지 않았을 테니까요. 그리고 아이들에게도 미안합니다. 동생에게 아무 일도 없었더라면 함께 여행도 다니고 했을 테니 말입니다.

그러나 시즈코가 우리 말을 알아들었을 때는 정말 기뻤습니다. 처음에는 "우—" 하는 소리뿐이었지만 정말 끝도 없이 눈물이 흘러내렸습니다. 같이 있던 간호사도 다행이라며 같이 울었습니다.

시즈코는 그때 "아, 우" 하는 소리를 내면서 눈물을 흘렸습니다.

그 눈물이 과연 무엇을 의미하는지 저로서는 알 수 없습니다. 갑자기 변해버린 자신의 처지를 생각했기 때문인지도 모릅니다. 의사에게 물어보았더니 머릿속의 감정은 처음에는 울음과 외침의 형태로 불안정하게 표출된다고 하더군요. 그게 첫걸음이라고요.

7월 23일에는 부모님 앞에서 처음으로 입을 열었습니다. 시즈코는 "엄마" 하고 외쳤습니다. 넉 달 만에 처음 듣는 시즈코의 음성이었습니다. 부모님은 그 목소리를 듣고는 눈물을 흘렸습니다.

올해 들어서 처음으로 웃었습니다. 얼굴에 표정이 생기더니 미소를 띠더군요. 간단한 농담에도 웃습니다. 입으로 방귀 소리를 흉내만 내도 그렇게 웃습니다. "누가 방귀를 뀌었지?" 하고 물으면 "오빠"라고 합니다. 겨우 이 상태까지는 회복되었습니다. 아직 발음이 정확지 않아서 알아듣는 데 힘이 듭니다. 그렇지만 말을 한다는 것 자체가 얼마나 다행인지 모릅니다.

제일 하고 싶은 게 뭐냐고 물으면 산책이라고 대답합니다. 자신의 의지를 가지게 된 것입니다. 눈은 아직 잘 보이지 않습니다. 오른쪽 눈이 약간 보이는 정도입니다.

사건 전날 밤, 가족들과 식사하면서 이런 이야기를 했습니다. "이런 걸 행복이라고 하는 거야"라고. 가족이 한자리에 모여 식사를 하고 떠들썩하게 이야기를 나누는 것…… 정말 사소한 행복이지요. 그런데 하루가 지난 다음 날 그 터무니없는 사람들 때문에 모든 것이 산산이 부서지고 말았습니다. 우리 가족의 그 사소한 행복마저도 빼앗아간 놈들입니다.

사건 직후 제가 병원의 기둥과 벽에다 마구 발길질과 주먹질을 해댔던 모양입니다. 그때는 옴진리교의 범행이라는 사실을 몰랐지만 정말 화가 치밀어서 상대가 누구든 정말 가만두고 싶지 않았습니다. 며칠 후에 손이 아파서 아내에게 "왜 여기가 아프지? 이상한데?" 하고 말했더니, "당신이 벽에다 주먹질을 했으니까 그렇죠"라고 하더군요. 그 말을 듣고서야 그때의 일이 어렴풋이 생각났습니다. 그 정도로 화가 났던 겁니다.

그렇지만 이 년 가까운 세월 동안 동생의 회사 분들이나 제가 다니는 회사의 상사와 동료, 의사, 간호사 모두에게 많은 신세를 졌습니다. 정말 고마우신 분들입니다. 저에게는 큰 구원이었습니다.

이이우니이안(디즈니랜드)

아카시 시즈코 (당시 31세)

시즈코 씨(가명)의 오빠 아카시 다쓰오 씨를 만나 지하철 사린사건 전후의 이야기를 들은 것은 1996년 12월 2일이었다. 그리고 그 다음 날 저녁에 나(무라카미)는 시즈코 씨가 입원해 있는 도쿄 교외의 병원을 방문했다.

다쓰오 씨가 그 방문을 허락해줄지 마지막 순간까지 알 수 없었다. 그러나 얼굴을 마주하고 이야기를 나누는 사이에 "알았습니다. 내일 와주세요" 하고 허락해주었다. 그러나 그런 결론을 내리기까지 다쓰오 씨의 마음속에서는—입 밖에는 내지 않았지만—적잖은 갈등이 있었을 것이다.

중증 장애를 가진 동생의 모습을 낯선 타인에게 보인다는 것이 가족으로서 얼마나 고통스런 일인지 충분히 상상할 수 있다. 아니, 그보다 남에게 그 모습을 보이는 걸 넘어 이렇게 문장으로 바꾸어 세상에 알리는 것은 가족으로서 결코 마음 편한 일만은 아니었을 것이다. 그런 의미에서 나는 이 글을 쓰는 일에 한 사람의 작가로서 막중한 책임을 느끼고 있다. 그 가족에 대해서, 그리고 무엇보다 시즈코 씨 본인에 대해서.

그런 부담과 망설임이 있었음에도 나는 이 책을 쓰면서 시즈코 씨를 만나지 않을 수 없었다. 설령 그녀의 오빠로부터 전후 사정을 자세히 들었다 하더라도 (그리고 그녀 자신이 아직 자유롭게 말할 수 없는 형편이라 해도) 실제로 만나보지 않고서는 살아 있는 그녀에 대해 내 멋대로 글을 쓴다는 것은 작가로서 공정치 못한 태도라고 생각했다. 다시 말해 침묵의 대답밖에 들을 수 없다 해도 시즈코 씨를 인터뷰해보고 싶었다.

그러나 솔직히 말해 병원으로 가면서도 나는 자신이 없었다. 나는 과연 누군가에게 상처를 주지 않고 이 취재를 해낼 수 있을까?

다음 날 오후, 이렇게 책상에 앉아 있는 지금도 별로 자신이 없다. 그러나 내가 그녀를 만나고 느낀 것을 있는 그대로 쓸 수밖에 없다고 생각했다. 이 문장이 누군가의 마음에 상처를 주지 않기를 빌면서. 나의 느낌 그대로를 표현할 수 있다면 아마도 다른 사람의 마음에 상처를 주는 일은 없으리라고 믿으며……

*

계절은 벌써 12월로 접어들어 주변은 겨울 색이 완연했다. 가을은 한 걸음씩 뒤로 물러서면서 망각 속으로 모습을 감추어가고 있었다. 진구가이엔의 은행나무는 잎을 다 떨어뜨린 채 벌거숭이로 서 있었고, 차가운 바람은 오가는 사람들의 발에 밟히는 노란 나신들을 어딘가로 휘몰아갔다. 우리가 이 책을 위한 취재 준비를 시작한 게 작년 12월이었으니 벌써 일 년이 지났다. 아카시 시즈코 씨는 꼭 예순번째의 인터뷰 상대였다. 그러나 지금까지 만난 상대와는 달리 그녀는 자신의 생각을 말로 표현할 수 없었다.

우연하게도 그날, 도주중이던 하야시 야스오가 이시가키 섬에서 경찰에 체포되었다. 지하철 사린사건의 실행범 중 유일하게 체포되지 않았던, '살인 머신' 이라 불리던 사나이, 그가 히비야 선 아키하바라 역에서 세 개의 비닐봉지로 살포한 사린은 여덟 명의 목숨을 빼앗고 250명에 달하는 사람들에게 중상을 입혔다. 나는 그 기사가 실린 석간을 읽으면서 저녁 5시 반이 조금 지난 시각에 ○○시에 있는 병원으로 향했다. 신문 기사는 하야시가 경찰관에게 "오랜 도망생활에 지쳤다"라고 말했다고 전하고 있었다.

하야시가 체포되었다는 소식은 많은 일을 생각하게 했다. 그동안 하야시 야스오가 우산 끝으로 찔러 터뜨린 사린 봉지 때문에 피해를 입고 인생이 바뀐 수많은 사람들을 만나 그들의 경험을 극명하게 들어왔기 때문이다. 자료를 몇 번이나 면밀히 검토하면서 사건 당일 하야시 야스오가 취했던 일거수일투족을 하나의 사실로서 머릿속에 선명하게 재현해보았다. 그러면서 그의 행동과 사린 봉지와 피해를 입은 사람들을 머릿속에 하나하나 연결해왔다.

물론 하야시 야스오가 체포되었다고 해서 그 사람들의 인생이 원래대로 회복되는 것은 아니다. 1995년 3월 20일에 그 사건 현장에서 훼손되고 상실된 것들 대부분은 아마도 회복이 불가능할 것이다. 그렇지만 무슨 일이 있어도 그 사건은 정리되어야 한다. 그의 체포는 중요한 계기가 될 수 있을 것이다.

그러니 '최후의 한 사람이 잡혀서 다행' 이라고 생각해야 마땅한데도 그런 생각은 들지 않았다. 몸에서 힘이 쭉 빠져버리는 듯한 허무감이 들 뿐이었다. 오히려 '지금부터 새로운 싸움이 시작될 것' 이라는 절절한 생각에 사로잡혔다. 아마도 오랜 취재 생활 속에서 피해자들의 시점으로 사물을 바라보려는 '시도' 가 습관화되었기 때문일지도 모른다. 기쁨 같은 감정은 전혀 일지 않았다. 뭐라 이름 붙일 수 없는 허무감과 아릿한 통증이 위벽을 긁는 산처럼 은밀히 솟구쳐오를 뿐이었다.

시즈코 씨가 입원한 병원 이름과 장소는 밝히지 않겠다.

덧붙이자면 '아카시 시즈코' 와 '다쓰오' 라는 이름도 가명이다. 앞에서도 말했듯이 '제발 그만 내버려두라' 는 것이 이 가족의 절실한 바람이었기 때문이다. 우리는 그 바람을 존중해주어야 한다.

실제로 이 병원에도 언론에서 억지로 밀고 들어와 허락도 없이 취재를 하려 했던 일이 있었다. 만일 그런 일들 때문에 시즈코 씨가 충격이라도 받게 된다면 순조롭게 진전되어가는 재활치료는 공수표가 되어버릴지도 모른다. 또한 병원에도 피해를 줄 수 있다. 다쓰오 씨는 그런 문제들을 특히 걱정하고 있었다.

1995년 8월부터 시즈코 씨는 이 병원의 재활 전문 파트로 옮겨왔다. 그전까지는 (사건 발생 후 오 개월 동안) 시내에 있는 다른 병원의 '구명구급센터' 에 있었는데, 그곳의 주요 목적과 기능은 '일단 환자의 생명을 구하는 것' 이었다. 그렇기 때문에 그곳에서는 재활에까지 신경을 쓸 수 없었던 것이다.

시즈코 씨는 이전 병원에 있을 때 의사로부터 '휠체어를 탈 만큼 회복되기도 힘들 것' 이라는 선고를 받았다. 의식불명인 채로 줄곧 침대에 누워 있게 되리라는 가혹한 선언이었다. 눈도 뜨지 못하고 근육도 움직일 수 없었다. 그러나 이 병원으로 옮긴 후 시즈코 씨의 회복 속도는 예상을 초월했다. 지금은 휠체어에 앉아 간호사의 도움으로 병동을 오가고 간단한 대화도 할 수 있는 단계까지 왔다. 이것은 거의 '기적' 에 가까운 진전이다.

시즈코 씨는 대부분의 기억을 잃은 상태다. 애석하게도 사건 이전의 기억을 거의 떠올릴 수 없다. 담당의사는 초등학생 수준의 지능이라고 한다. 그러나 '초등학생 수준' 이 구체적으로 어느 정도를 말하는 것인지 다쓰오 씨는 이해할 수 없다고 한다. 사실 나도 마찬가지다. 그것이 사고의 전체적인 수준의 문제인지, 사고회로를 말하는 것인지, 또는 잃어버린 지식과 상식의 문제인지 확실하지 않기 때문이다. 현 시점에서 명확히 말할 수 있는 것은 두 가지뿐이다.

(1) 뇌 기능 일부가 손상되었다.
(2) 그것이 앞으로 회복될 수 있을지 없을지 모른다.

그녀는 사건 이후의 일에 대해서는 선명히 기억하고 있지만 몇 가지는 잊어버리고 있었다. 무엇을 기억하고 무엇을 잊어버렸는지 오빠인 다쓰오 씨는 알 길이 없다.

왼손과 왼발은 거의 움직일 수 없다. 특히 다리는 더욱 그렇다. 신체의 일부를 움직일 수 없으면 여러 가지 문제가 발생한다. 작년 여름에 굽어버린 왼발을 펴기 위해서 무릎 뒤쪽의 근육을 자르는 수술을 받아야 했다. 고통이 따르는 격한 수술이었다.

아직도 입으로 식사를 할 수 없다. 물도 마시지 못한다. 혀와 턱을 자유롭게 움직일 수 없는 것이다.

우리는 음식을 먹고 마실 때 혀와 턱의 근육을 실로 복잡하게 움직이고 있지만 보통 때는 잘 느끼지 못한다. 그러나 어떤 작용에 의해 그 움직임을 잃어버렸을 때에야 비로소 그 움직임이 얼마나 중요하고도 정교한지 느끼게 된다. 시즈코 씨가 바로 그런 상태에 놓여 있다.

요구르트와 아이스크림처럼 부드럽고 유동적인 것만 겨우 삼킬 수 있다. 장기간에 걸친 고통스런 훈련으로 그나마 그것이 가능해졌다. 시즈코 씨는 달콤새콤한 요구르트를 좋아한다. 그러나 애석하게도 거의 대부분의 영양분은 아직도 튜브를 통해 섭취하고 있다.

인공호흡기에 의존할 때 목을 절개한 상처가 아직도 남아 있다. 그 구멍은 지금도 직경 일 센티미터 정도의 둥근 금속으로 막혀 있다. 그것은 그녀가 넘을 뻔했던 죽음의 문턱을 보여주는 표정 없는 흔적이다.

오빠가 천천히 휠체어를 밀어 시즈코 씨를 병실에서 라운지까지 데리고 나왔다. 몸집이 작은 여성이었다. 머리는 짧게 깎았다. 오빠를 많이 닮았다. 표정에서 감정은 읽어낼 수 없었지만 볼은 약간 발갛게 상기되어 있다. 혈색은 그리 나쁘지 않은 편이다. 눈 주위가 방금 잠에서 깨어난 사람처럼 보이지만 겉으로는 별다른 이상이 없는 것 같다. 만일 코에 꽂힌 한 개의 플라스틱 튜브만 아니라면 아무도 그녀를 신체에 이상이 있는 사람으로 보지 않을 것이다.

그녀의 양쪽 눈꺼풀은 활짝 열려 있지 않다. 그러나 자세히 살펴보면 그녀의 눈동자 속에서 빛을 발견할 수 있을 것이다. 미약하지만 강렬한 빛을 발하는 눈동자다. 처음으로 내가 느낀 것은 그 빛이었다. 처참한 상황에 처한 그녀가 거의 정상적인 사람으로 내 눈에 비친 것도 바로 그 눈빛 때문이었을지 모른다.

"안녕하세요" 하고 내가 인사를 하자 시즈코도 "안녕하세요" 하고 대답한다. 그러나 그 말은 "오오이이와"로 들린다.

나는 간단히 나를 소개했다. 오빠가 그것을 보충 설명하면 시즈코 씨는 고개를 끄덕인다. 그녀는 내가 방문한다는 것을 미리 들어 알고 있다.

"자유롭게 무슨 말씀이든 하세요" 하고 다쓰오 씨는 말한다.

나는 망설인다. 도대체 무엇을 물어야 할까?

"머리는 누가 잘라주나요?"

"간호사."

그 발음을 정확하게 표기하면 "안오아"이다. 그러나 전후 맥락을 통해서 금방 그것이 간호사를 가리키는 말임을 유추해낼 수 있다. 대답도 빠르다. 주저하지도 않는다. 뇌 속의 논리회로가 신속하고 순조롭게 작동하고 있음을 알 수 있다. 단지 혀와 턱의 움직임이 두뇌회로를 따라가지 못할 뿐이다.

처음 얼마간 시즈코 씨는 내 앞에서 긴장하고 부끄러움을 타는 것 같았다. 나는 느끼지 못했지만, 오빠인 다쓰오 씨가 시즈코의 태도가 평소와는 많이 다르다는 것을 지적해서 알 수 있었다.

"오늘따라 왜 그렇게 부끄러움을 타니?" 하고 다쓰오 씨가 놀리듯이 말했다. 생각해보면 젊은 여성이 정상적이지 않은 몸을 처음

보는 남자에게 드러내는 것이니 긴장하고 부끄러워하는 것은 당연한 일이다. 실은 나도 긴장하기는 마찬가지였다.

다쓰오 씨는 인터뷰에 대한 결정을 내리기 전에 시즈코 씨에게 이렇게 물었다. "무라카미 하루키라는 소설가가 네 얘기를 책에다 쓰고 싶다고 하는데, 넌 어떻게 생각하니? 써도 괜찮겠니? 내가 너에 대한 이야기를 해도 될까? 여기 오고 싶다고 하는데, 괜찮을까?"

시즈코 씨는 망설이지 않고 대답했다.

"괜찮아."

그녀와 이야기를 나누면서 느낀 점은 예스와 노를 결정하는 것이 무척 빠르다는 사실이다. 그것은 결코 초등학생이 할 수 없는 일이다. 많은 일들에 대해 그녀는 정확한 판단을 내릴 수 있는 것이다. 대답을 망설이는 경우는 거의 없었다.

그렇다고 해도 역시 부끄러워하는 구석은 있었다. 당연한 일이다.

나는 들고 간 노란 꽃을 작고 노란 화병에다 꽂았다. 선명한 노란색 꽃이었다. 노란 꽃을 선택한 이유는 문병으로 보이고 싶지 않아서였다. 조금이라도 더 생명력이 느껴지는 꽃을 가져가고 싶었다. 그러나 애석하게도 시즈코 씨는 그 색을 볼 수 없었다. 대낮에도 밝은 곳이 아니면 사물을 볼 수 없기 때문이다. 시력을 거의 잃어버리고 만 것이다.

"아아와이(모르겠어요)" 하고 시즈코 씨는 말했다. 그리고 고개를 저었다.

그렇지만 그 꽃을 테이블 위에 놓자 적어도 내 눈에는 병실이 한층 밝고 따스해진 것 같았다. 그 따스한 온기가 조금이라도 시즈코 씨에게 전해지기를 바랐다.

시즈코 씨는 파자마 위에 목까지 단추를 단 핑크색 면가운을 입고 있었다. 무릎 위에는 얇은 모포가 놓여 있고 어깨에도 숄이 걸쳐져 있다. 그 아래로 뻣뻣한 오른손이 비죽 나와 있다. 다쓰오 씨는 곁에서 때로 그 손을 잡기도 하고 쓰다듬기도 한다. 그 손을 통해 언어로는 표현할 수 없는 의사소통을 하고 있는 것 같았다.

침대에 오래 누워 있었기 때문인지 머리카락 일부가 옆으로 비어져나와 있다. 간호사가 그것을 봤더라면 빗질을 해주었을 테지만, 너무 짧아서 간단한 빗질로는 원 상태로 돌아오지 않을 것 같다.

"지금까지는 짧은 단어로만 이야기를 해왔어요." 다쓰오 씨가 웃으면서 말한다. "그래서 비교적 이해하기가 쉬웠습니다. 그렇지만 최근 들어 긴 문장으로 이야기를 하는 바람에 알아듣기가 힘들어졌어요. 그만큼 의식이 많이 회복되었다는 것인데, 입이 따라주지를 못하는 것 같습니다."

그녀가 말하는 내용은 거의 반 정도밖에 알아들을 수가 없다. 오빠인 다쓰오 씨는 물론 나보다는 잘 알아듣는다. 매일 같이 생활하는 간호사들은 다쓰오 씨보다 더 잘 알아듣는다.

"이곳의 간호사들은 하나같이 젊고 성실하고 친절합니다. 저절로 머리가 숙여집니다." 다쓰오 씨는 말한다. "그렇지, 정말 좋은 사람들이지?"

"이이이이오우(좋은 사람)" 하고 시즈코 씨는 대답한다.

"시즈코는 제가 자기 말을 잘 알아듣지 못하면 때로 화를 내기도 합니다. 자기 말을 알아들을 때까지 집으로 가서는 안 된다고 하는 겁니다. 어제도 그랬습니다. 그렇지, 시즈코?"

말이 없다. 아마도 부끄러워하는 것 같다.

"아니, 너 왜 그렇게 부끄러워하냐? 네가 그래놓고서는. 알아들을 때까지 집에 갈 수 없다고 말이야." 다쓰오 씨는 웃으면서 시즈코 씨를 놀린다.

시즈코 씨도 웃는다. 그녀는 정말 활짝 웃는다. 이렇게 활짝 웃는 사람은 또 없겠다 싶게 활짝 웃는다. 물론 얼굴의 근육이 그렇게밖에 움직여주지 않기 때문에 활짝 웃는 것처럼 보일 수도 있다. 그러나 시즈코 씨는 원래 그렇게 웃는 사람이었을 것이라고 나는 상상해본다. 왜냐하면 그 웃음이 그녀의 얼굴과 너무도 잘 어울렸기 때문이다. 오래전부터, 아마도 어린 시절부터 오빠가 그런 식으로 동생을 놀리면 동생은 그렇게 웃어 보였을 것이다. 문득 그런 생각이 들었다.

다쓰오 씨에게 물어보았다. "결국 그 말을 알아들었나요? 그때 시즈코 씨는 뭐라고 했습니까?"

"아니요, 결국 알아듣지 못했습니다."

다쓰오 씨는 즐겁게 웃었다. 이 사람도 잘 웃는다. 그러나 조용한 웃음이다.

"그렇지만 최근 들어 시즈코는 자신의 감정을 꽤 잘 조절할 수 있게 되었습니다. 얼마 전만 해도 내가 집으로 돌아가려 하면 울기도 하고 화를 내기도 했습니다. 그때마다 설득하느라 애를 먹었지만 이제는 많이 나아졌습니다. '내가 집에 돌아가지 않으면 조카애들이 기다리지 않겠니. 너도 이렇게 혼자 있으면 외롭겠지만, 아이들도 내가 없으면 외로워하지 않을까' 하고 설명하면 그런 나의 심정을 이해해줍니다. 이건 정말 눈부신 진전입니다. 시즈코도 혼자 있는 것이 정말 외롭고 고통스럽겠지만요."

침묵.

"그래서 저도 가능한 한 자주 병원을 찾아 조금이라도 더 동생과 이야기를 나누려고 노력합니다."

그러나 다쓰오 씨에게는 하루걸러 병원에 들르는 것이 그리 간단한 일이 아니다. 그는 차로 회사와 병원을 오간다. 편도 약 오십 분. 이 차는 회사의 호의 덕에 퇴근 후에도 다쓰오 씨가 자유롭게 사용하고 있다. 그가 입원한 동생을 위해 병원을 오간다는 사실을 알고 회사 측에서 배려해준 것이다. 그 배려에 대해 다쓰오 씨는 깊이 감사하고 있다.

저녁에 회사 일을 마치면 다쓰오 씨는 그 차로 병원으로 가서 한 시간 정도 동생 곁에서 여러 가지 이야기를 나눈다. 손을 잡기도 하고 딸기 요구르트를 먹여주기도 한다. 말하기 연습도 한다. 그리고 동생의 뇌에서 사라져버린 과거의 기억을 조금씩 되살리는 작업을 한다. 가족과 함께 갔던 곳, 함께 했던 일에 관한 기억이다.

"가족이 공유하는 기억이 이렇게 단절되어버릴 수 있다니, 가족으로서 정말 견딜 수 없는 일입니다. 그것이 무엇보다 가슴 아픕니다. 옛날 이야기를 들려주면서 나도 모르게 목이 멜 때가 있습니다. 그러면 시즈코는 '오빠, 괜찮아?' 하고 저를 걱정해줍니다."

병원 면회 시간은 밤 8시 반까지지만 다쓰오 씨의 경우는 병원에서 특별히 배려를 해준다. 면회가 끝나면 세탁물을 들고 다시 차를 타고 회사로 돌아간다. 그리고 지하철역까지 오 분 정도 걷고, 거기서 전차를 세 번 갈아타고 집으로 돌아간다. 역에서 집까지는 한 시간 남짓 걸린다. 집에 도착하면 아이들은 이미 잠들어 있다. 아이들과 함께할 시간이 없다는 것이 가족을 소중히 여기는 다쓰오 씨에게는 무척 고통스런 일이다. 그런 험난한 생활이 벌써 일 년하고도 팔 개월이나 계속되고 있다. 피로하지 않다면 그건 거짓말이다. 그리고 앞으로도 얼마나 오래 이런 생활이 계속될지 아무도 모른다.

돌아가는 길에 핸들을 잡은 다쓰오 씨는 이렇게 말했다.

"이게 교통사고 때문이라면 어느 정도는 받아들일 수 있을 겁니다. 어떤 원인이 있고 어떤 이유가 있을 테니까요. 그러나 아무런 의미도 없는 터무니없는 범죄 행위 때문에…… 그런 생각을 하면 정말 견딜 수가 없습니다."

그는 가볍게 고개를 저으며 잠시 입을 다문다.

"오른손을 움직여볼래요?" 나는 시즈코 씨에게 말했다.

시즈코 씨는 오른쪽 손가락을 움직여 보였다. 많은 노력을 하고 있겠지만 오른손은 천천히 조금밖에 움직이지 않았다. 그녀는 손가락을 천천히 오므렸다가 편다.

"괜찮다면 내 손을 한번 잡아보세요."

"좋아요." 그녀는 말했다.

나는 그녀의 작은 손바닥—마치 어린아이의 손처럼 작다—에 나의 오른쪽 손가락 네 개를 올려놓았다. 그녀의 손가락은 마치 잠들려는 꽃잎처럼 조용히 오므라들었다. 따스하고 포근한 젊은 여성의 손가락이다. 손가락의 힘은 예상보다 훨씬 강했다. 그녀는 잠시 내 손가락을 힘껏 감싸고 있었다. 심부름을 가는 어린아이가 '중요한 물건'을 꼭 쥐듯이. 거기에서 또렷한 의지를 읽을 수 있었다. 명백히 무엇인가를 갈구하고 있다. 물론 나를 향해 뭔가를 갈구하는 것은 아니다. 내 저편에 있는 '다른 것'을 향한 갈구다. 그렇지만 그 '다른 것'은 빙글 돌아서 나를 향해 다가올 그런 것이다. 알쏭달쏭하게 말해서 미안하지만, 불현듯 그런 느낌이 들었다.

필시 그녀의 머릿속에서 뭔가가 밖으로 나오고 싶어하고 있다. 그런 느낌이다. 중요한 무엇인가가, 그것을 표출할 수 있는 힘과 수단이 일시적으로 그녀 속에서 사라져버린 것이다. 그렇지만 그 무엇인가는 벽으로 둘러싸인 그녀 속 어떤 장소에 아무 상처도 입지 않고 온전한 모습으로 존재하고 있다. 그녀는 누군가의 손을 잡고 '그것이 내 속에 있다'는 것을 조용히 전할 수밖에 없다.

그녀는 언제까지고 내 손가락을 꼭 쥐고 있었다.

"고마워요" 하고 내가 말하자 조용히 내 손가락을 놓아주었다.

"이렇게 매일 곁에서 지켜보고 있으면 회복 속도가 너무 느려서 변화를 알아차릴 수 없습니다. 그러나 긴 안목으로 보면 시즈코는 확실히 회복되어가고 있습니다. 그런 진전이 보이지 않았더라면 이런 고통스런 시간을 견딜 수 없었을 것입니다. 참 잘 견뎌냈다는 자부심을 느낍니다. 그리고 시즈코의 내면에는 '좋아지고 싶다, 빨리 낫고 싶다'는 강한 의지가 있습니다. 저는 그것을 알 수 있고, 시즈코의 그런 의지가 저를 떠받쳐주었습니다."

다쓰오 씨는 돌아가는 차 안에서 그렇게 말했다.

재활을 담당하는 의사들도 시즈코 씨의 그 명확한 의지와 참을성에 감탄하고 있었다.

"시즈코는 괴롭다, 피곤하다는 말을 단 한 번도 한 적이 없습니다. 이 병원에 와 있는 일 년 삼 개월간 하루도 빠지지 않고 재활 훈련을 하고 있습니다. 팔과 다리를 움직이는 훈련, 언어 훈련, 그것 말고도 전문의가 붙어서 각종 기능 회복을 위한 훈련을 합니다. 이것은 그리 간단한 일이 아닙니다. 막대한 노력과 인내를 요하는 일이기 때문에 고통스러울 겁니다. 그렇지만 피곤하냐고 묻는 의사와 간호사의 말에 그렇다고 대답한 적은 세 번밖에 없습니다."

관계자들은 하나같이 그런 본인의 노력 때문에 이 정도의 회복이 가능했다고 말한다. 인공호흡기를 부착하고 의식조차 없었던 최초의 몇 개월 동안 입 밖에는 내지 않았지만 의료 관계자 대부분은 그녀의 회복은 불가능하다고 보았다. 말을 할 수 있게 된다는 것은 꿈과도 같은 일이었다.

"다 나으면 뭘 하고 싶어요?"

"요오에."

이 말을 나는 알아듣지 못했다.

"여행이라고?"

다쓰오 씨가 잠시 생각한 다음 물었다.

시즈코 씨는 고개를 끄덕였다.

"어디를 여행하고 싶어요?"

"이이우니이안."

이것도 나는 알아들을 수가 없었다. 몇 번의 시행착오 끝에 그것이 '디즈니랜드'가 아닐까 하는 추론에 도달했다.

"디즈니랜드 말이니?" 다쓰오 씨가 물었다.

"응." 그녀는 고개를 세차게 끄덕였다.

솔직히 말해 나는 '여행'과 '디즈니랜드'의 연관을 이해할 수 없었다. 디즈니랜드에 가는 것을 우리(물론 도쿄 근처에 사는 사람들)는 여행이라고 하지 않는다. 그러나 만일 그녀의 머릿속에서 '여기'와 '디즈니랜드' 사이의 거리 인식이 결여되어 있다면(아마도 결여되어 있을 것이다), '디즈니랜드'에 가는 것은 그녀에게는 '미지의 여행'이 될 것이다. 그것은 예를 들어 우리가 지금부터 그린랜드로 간다는 것과 개념적으로는 조금도 다르지 않다. 그리고 실제로 그녀가 디즈니랜드로 가는 일은 우리가 그 어떤 먼 지역을 가는 것보다도 현실적으로 곤란한 일인 것이다.

다쓰오 씨의 두 아이(8세와 4세)는 시즈코 씨와 함께 도쿄 디즈니랜드로 놀러 갔던 일을 기억하고 있어서, 병원에 찾아올 때마다 그녀에게 그때의 이야기를 한다. "그때는 정말 좋았어" 하고. 그 때문인지 아무래도 그녀에게 '디즈니랜드'는 자유와 회복의 상징 같은 것이 되어버린 것 같다. 그러나 그녀 자신이 디즈니랜드에 갔던 일을 기억하는지는 아무도 모른다. 그것은 나중에 주어진 '후천적인' 기억에 불과할지 모른다. 왜냐하면 그녀는 현재 그토록 오래 살았던 자신의 방에 대한 기억도 없기 때문이다.

그러나 현실적인 것이든 가상적인 것이든 그녀의 의식 속에는 '디즈니랜드'의 풍경이 있다. 나는 그 존재를 가까이서 느낄 수 있었다. 그것이 구체적으로 어떤 풍경인지는 모른다. 나는 가능하다면 그것을 그녀의 눈을 통해 보고 싶다. 물론 그것은 불가능한 일이다. 그것을 볼 수 있는 사람은 시즈코 씨 자신뿐이다.

"가족들과 디즈니랜드에 가보고 싶나요?" 하고 물어보았다.

"네." 시즈코 씨는 단호하게 말한다.

"오빠와 올케 언니와 조카들과 함께 말이죠?"

그녀는 고개를 끄덕인다.

다쓰오 씨는 나를 바라보며 이렇게 말한다. "입으로 어느 정도 음식을 먹을 수 있게 되어 코에서 튜브를 떼어낼 수만 있으면 됩니다. 그렇게만 되면 가족들과 차를 타고 디즈니랜드로 갈 거예요."

그러고는 시즈코 씨의 손을 꼭 잡는다.

"빨리 그렇게 되면 좋겠어요" 하고 나는 시즈코 씨에게 말했다.

시즈코 씨는 고개를 끄덕인다. 그녀의 눈은 내 쪽을 향하고 있지만 그 눈길은 나의 저편에 있는 '다른 것'을 보고 있다.

"디즈니랜드에 가면 뭘 타고 싶니?"

다쓰오 씨가 시즈코 씨에게 묻는다.

"에오오우아우."

"롤러코스터" 하고 나는 말한다.

"스페이스 마운틴!" 하고 다쓰오 씨가 말한다.

"그래, 맞아. 너는 그런 놀이기구를 좋아하지."

병원을 떠나면서 다시 한번 시즈코 씨에게 내 손을 잡아달라고 했다.

"마지막으로 한 번만 더 잡아줄래요?" 하고 그녀에게 부탁했다.

"네." 그녀는 또렷하게 말했다.

휠체어 곁에 서서 손을 내밀자 그녀는 아까보다 더 세게 내 손을 잡아주었다. 아까보다 더 강한 의지로 뭔가를 전하려는 듯 내 손을 오래오래 잡고 있었다. 누군가가 그렇게 세게 내 손을 잡아준 것은 정말 오랜만의 일이었다.

그 감촉은 병원에서 돌아오는 길에도, 집으로 돌아오는 길에도 내 손에 오래도록 남아 있었다. 마치 겨울 오후의 따스한 햇살 속에 오래 앉아 있었던 듯한 기억처럼. 그 온기는 아직도 희미하게 내 손에 남아 있다. 앞으로도 오래 남아 있을지도 모른다. 지금 이렇게 책상 앞에 앉아 글을 쓰면서도 그 온기의 힘을 받고 있는 것 같다. 내가 써야 할 것이 그 온기 속에 고스란히 들어 있을 것 같은 느낌이 든다. 나는 그녀가 보고 있던 '다른 것' 을 어떻게든 나의 것으로 느껴보려고 애쓴다. 나는 무의식적으로 그녀의 시선을 따라가본다. 그러나 거기에는 벽이 있을 뿐이다.

그날 저녁 병원을 방문했을 때 나는 그녀에게 용기를 주어야 한다고 생각했다. '어떻게 하면 용기를 줄 수 있을까' 를 생각하고 있었다. 그것이 내가 해야 할 일이라고 생각했다. 그러나 그런 생각은 도무지 불필요한 것이었고 그렇게 생각해서도 안 되었다. 오히려 내가 그녀에게 용기를 얻었기 때문이다.

이렇게 원고를 쓰면서 '산다는 것' 이 도대체 무엇인지 심각하게 생각하고 있다. 오랜만에 그런 '근원적인 명제' 에 직면했다.

만일 내가 시즈코 씨의 입장이었다면 과연 그녀만큼 '살려는' 의지를 가질 수 있을까? 나에게 그 정도의 용기가 있을까? 그 정도의 인내심을 발휘할 수 있을까? 그렇게 세게 다른 사람의 손을 따스하게 잡아줄 수 있을까? 사람들의 사랑이 나를 도와줄 수 있을까? 알 수 없다. 솔직히 말해 정말 자신이 없다.

세상의 많은 사람들은 종교에서 구원을 찾는다. 그러나 만일 종교가 사람들에게 상처를 입힌다면 그들은 도대체 어디서 구원을 찾아야 할까? 시즈코 씨와 이야기를 나누는 동안 몇 번이나 그녀의 눈을 들여다보았다. 그 사람은 지금 무엇을 보고 있을까. 그 빛은 무엇을 비추고 있을까. 언젠가 그녀가 건강을 되찾아 자유롭게 이야기를 할 수 있게 되면 물어보고 싶다. "당신은 그때 무엇을 보고 있었나요?" 라고.

아니, 그건 나중의 일이다. 우선 디즈니랜드가 먼저다. 디즈니랜드로 가는 여행. 다름아닌 그것이 출발점이다.

옴진리교의 우스꽝스런 모습의 이면에 감춰진 잔혹성을, 경찰 당국은 꿰뚫어보지 못했던 것 같습니다.

변호사
나카무라 유지 (1957년생)

나카무라 유지 변호사는 자신을 한마디로 '동네 의사 같은 변호사' 라고 했다. 나카무라 씨가 소속된 변호사 사무실은 오다큐 선 마치다 역 가까이에 있다. 무척 밝고 청결한 사무실에서 몇 명의 변호사가 각자의 방에서 일을 하고, 젊은 여자 비서가 그들을 돕는다. 사무실 분위기에서 거만 따위는 찾아볼 수 없다. 나카무라 씨는 그런 분위기에 잘 어울리는 사람이다. 나이는 마흔이지만 눈이 별처럼 초롱초롱해서 나이보다 젊어 보인다.

"우리는 다양한 일을 맡고 있습니다. 특히 이혼 문제와 사채로 인한 분쟁이 많습니다. 딱히 전문 분야는 없습니다." 나카무라 씨는 웃는 얼굴로 말했다. "그러니까 무슨 이상을 내걸고 사회에 봉사하는 그런 변호사의 이미지는 아닙니다. 어디서나 볼 수 있는 지극히 평범한 인간입니다. 오해하지 마셨음 합니다." 나카무라 씨가 처음부터 내게 한 말이다.

사카모토 변호사*와는 사법연수원 동기였습니다. 39기생 열 개 반에서 저는 8반이었고 사카모토는 9반이었습니다. 도쿄에 있는 네 반 중에서는 4반이었고 그 스물일곱 명 속에 사카모토와 제가 속해 있었습니다. 그때 처음 만났습니다. 사카모토는 '랠프 네이더 같은 사람'이 되고 싶어서 변호사를 지망했다고 했지만 저는 특별한 동기 같은 것은 없었습니다. '조직에 들어가지 않고 내가 하고 싶은 일을 자유롭게 하고 싶다'는 막연한 생각으로 변호사를 지망했습니다.

그렇지만 변호사 자격을 따기까지의 과정은 그리 순조롭지만은 않았습니다. 정말 어려웠습니다. 몇 번이나 떨어지고 다시 시도하고…… 사카모토와 저는 동갑입니다. 그러니까 사법시험에 합격할 때까지 우리 둘 다 비슷하게 고생한 셈이지요(웃음).

일 년 육 개월 동안의 사법연수 기간 동안 사카모토와 한솥밥을 먹게 되었습니다. 변호사가 된 다음에도 같이 연구회를 만들어 활동했습니다. 열 명 정도 모여서 자신이 맡은 사건을 연구, 보고하는 모임이었습니다. 사카모토는 바빠서 자주 참석하지 못했지만 그가 마침 영감상법 사건**을 맡고 있었기 때문에 요코하마까지 가서 중국요리를 먹으면서 이른바 '도자기 이야기'를 듣기도 했습니다. 사

* 1989년 11월 4일 새벽, 옴진리교 피해자 대책에 관계하고 있던 사카모토 변호사 일가족(아내와 어린아이)이 요코하마 자택에서 실종된 사건이 일어났다. 현장에서 옴진리교 배지가 발견되어 옴진리교의 소행으로 추정되기도 하였으나 사건은 미궁에 빠졌다. 그러나 1995년 들어, 옴진리교가 일으킨 여러 사건을 조사하던 중 교단 관계자의 자백과 진술에 의해 니가타, 도야마, 나가노의 산속에서 사카모토 변호사 일가족의 유해가 발견되었다.

** 靈感商法. 일본에 진출한 통일교가 포교 활동의 일환으로 영적인 힘이 있다는 청자 등의 물건을 신도들에게 비싼 가격에 구입하게 하여 물의를 빚은 사건.

카모토는 당시부터 줄곧 그런 쪽에 관심을 가지고 있었던 겁니다.

그의 성격은 한마디로 말해 쾌활했습니다. 그리고 절대로 사물을 정면에서 바라보지 않는 성격이었습니다. 무슨 일에 대해서건 한마디 덧붙이는 버릇이 있었습니다. 다시 말해 사물을 늘 비판적으로 바라보는 것이지요. 나쁘게 말하면 딴죽을 잘 거는 타입이라고 할 수도 있습니다.

—통일교나 옴진리교처럼 별로 큰 소득이 될 것 같지 않은 사건을 많이 맡았다는 말을 들었는데요.

제가 그와 자주 만날 당시에는 별로 그런 기색을 보이지 않았습니다. 오히려 세속적인 면이 더 많았습니다. 잘 아는 마담이 있으니 술 마시러 가자고 우리를 이끌기도 했지요. "5시에 가면 2천 엔이면 돼" 하고 말이죠(웃음).

솔직히 말해 사카모토 변호사는 그렇게 혁신적인 인권 변호사는 아니었습니다. 예를 들면 '플러스알파가 있으면 조금 챙기고도 싶어'하는, 저와 같은 욕망을 가졌던 그런 평범한 인간이었습니다. 전 그렇게 생각합니다. 단지 자신의 한계라는 것을 잘 알고 있었고, 그 한계 속에서 어떻게 행동하면 좋은가를 저보다는 더 현실적으로 생각하며 살아가는 사람이었습니다.

그가 소속된 요코하마 법률사무소는 이전에는 노동사건을 중심으로 한 진보파였지만 지금은 그렇지 않습니다. 노동사건 이외의 문제도 많이 취급하고 있습니다. 단지 그런 노동사건, 또는 무죄, 면죄사건을 지금까지 많이 다루어왔기 때문에 경찰과 대립하는 면이 있었습니다. 그 때문에 경찰 쪽에서 보면 '특수한 법률사무소' 일지도 모르겠습니다. 그런 이미지가 널리 퍼져 있었을 가능성도 있지요.

특히 마치다 시에서 일어난 공산당 간부에 대한 도청사건으로 가나가와 현 경찰과 정면으로 대립했습니다. 그런 알력이 가라앉자마자 사카모토 사건이 일어난 것입니다. 요코하마 법률사무소에서는 변호사 한 사람만 그 변호인단에 가입되어 있었고 사실은 다른 사무소가 주축이었습니다. 하지만 그 변호사 사무소가 너무 막강했기 때문에 경찰 쪽은 요코하마 쪽의 움직임에 신경을 곤두세우고 있었던 것입니다.

—그래서 요코하마 법률사무소의 변호사들이 '사카모토를 유괴한 것은 옴진리교다' 라고 경찰에 신고해도, 못 들은 척 신경을 써주지 않은 면도 있었다……

그럴 가능성도 배제할 수 없습니다. 나 몰라라 하는 분위기였다고 생각합니다. 직접 확인할 수 없는 일이라 뭐라 단정할 수는 없지만 경찰 담당 기자들 사이에서는 그런 말이 떠돌고 있었습니다. 현경 간부가 "그 사무소는 원래 이런 데니까" 하면서 왼손을 들더랍니다. 좌익이라는 말이죠. 옴진리교 문제는 거의 묵살당하고 말았습니다.

요코다이는 이소고 경찰서 관할인데, 처음에는 현장 수사관도 성실하게 대처해주었습니다. 감식 결과도 바로 나왔죠. 그러나 그런 보고가 현경 간부 선까지 잘 올라가지 않았습니다. 현경 간부와 현장 수사관 사이의 연락이 매끄럽지 못했던 것입니다.

그 당시 경찰 내부에서는 옴진리교가 위험한 단체라는 인식이 아예 없었습니다. 그들 스스로 경찰백서에서도 인정하는 사실입니다. 조직도조차 만들지 않았으니까요. 공안경찰이 조직도조차 갖추지 않았다는 것은 옴진리교에 대해 아무 관심도 없었다는 말입니다. 그래서 사카모토 사건 때 우리가 '옴진리교가 수상쩍다' 고 말해도 현경은 상대도 해주지 않았던 것입니다.

그렇지만 이소고 서는 어느 정도 알고 있었습니다. 우리 동료가 옴진리교에 관한 방대한 자료를 이소고 서에 건네주었으니까요. 예를 들어 다키모토 다로 변호사는 천 명에 달하는 신자의 리스트를 사진을 동봉해 이소고 서의 수사본부와 법무성 형사국에 제출했습니다. 제공한 정보도 1994년 3월까지 97건이나 되었습니다. 그 때문에 이소고 서는 사정을 잘 알고 있었습니다. 그들은 우리에 대해 매우 협조적이었고 열성적으로 사건에 대처해주었습니다. 그리고 우리가 넘겨준 정보를 정확하게 평가해주었습니다.

그런데 현경에는 그것이 통하지 않는 겁니다. 그야말로 담당자가 얼간이였다고나 할까요. 그러는 사이에 현경 본부장이 바뀌는 등 조금씩 사태가 진전되기 시작했습니다. 이소고 서에서 현경으로 올라가는 정보의 속도가 점점 빨라졌습니다. 우리도 그것을 느낄 수 있을 정도로 말이죠.

가장 큰 역할을 한 것은 서명입니다. 우리는 180만 명의 서명을 받았습니다. 10만, 20만 명의 서명이 모일 때마다 우리는 그것을 경찰청에 가지고 갔고 국회의원과 동행하기도 했습니다. 그런 압력이 서서히 먹히기 시작했던 것입니다. 그리고 경찰 쪽도 우리의 운동이 수사에 도움이 된다고 평가하게 되었습니다.

저는 '도쿄 변호사회 사카모토 구출 대책본부'의 사무차장으로 있었는데, 그때부터 사린 관계 정보가 들어오기 시작했습니다.

잘 아시는 바처럼 1995년 설날 〈요미우리 신문〉에, 가미쿠이시키무라에서 사린 잔유물이 검출되었다는 기사가 났습니다. 그 직전인 12월경부터 '옴진리교 피해자 대책 변호인단'으로부터 사린, 약물 또는 화학물질과 관련해 옴진리교를 조사해야 한다는 정보가 속속 경찰에 들어가기 시작했습니다. 각성제나 환각제 같은 것을 사용하고 있을지도 모른다고 말이죠.

그리고 1994년 3월에는 고치 지부에서 행한 마쓰모토 치즈오(아사하라 쇼코의 본명)의 설법에 사린이라는 말이 등장했습니다. 이른바 '사린 설법'이라 불리는 것이지요. 그로부터 아마겟돈(종말)에 관한 설법이 반복되고 있었습니다. 그래서 변호인단 사이에서는 '뭔가 심각한 상황이 진행되는 것 아닐까'라는 우려가 제기되기 시작했습니다.

그런 이야기를 들으면서 가장 먼저 떠올랐던 생각은 '그런 물건을 우리 사무실에 뿌리면 어떡하나'라는 것이었습니다. 서글픈 일이지만 맨 먼저 그런 생각이 떠오르더군요. '사카모토 일가족을 구출하자는 간판은 위험하니까 숨기는 게 어떨까'라는 이야기도 나왔습니다. 우리는 걸지 않았지만 간판을 내걸었던 사람들은 모두 공포에 떨었을 것입니다. 마쓰모토 사린사건* 때는 실외에 뿌렸잖습니까. 그럴 경우는 장소를 특정할 수 없습니다. 언제 어디에 뿌려질지 예상조차 할 수 없는 것입니다.

그 이전에는 우리도 그 정도의 위기감을 느끼지는 않았습니다. 사람을 납치할지도 모른다는 생각은 들었지만 그 자리에서 사람을 죽여버릴 줄은 꿈에도 생각 못 했습니다. '생각하고 싶지 않았다' 라고 하는 게 더 정확할지 모르겠습니다.

—마쓰모토 사린사건이 일어난 것은 6월인데, 그때만 해도 '옴진리교의 소행이 아닐까' 라는 생각은 하지 못했었군요.

못 했습니다. 카운슬링을 하면서 옴진리교에서 입문의식에 약물을 사용한다는 사실이 판명되고, 도망쳐나온 신자들의 정보를 통해 그에 관한 상세한 내용을 듣고 린치 살인사건이 있었다는 것도 이미 알고 있었습니다. 그렇지만 다키모토 변호사도 사린까지는 상상하지 못했습니다. 독가스 설법에 대해서는 원래부터 알고 있었지만 '신자들에게 피해망상을 심어주기 위한 방편' 정도로 생각했습니다. 또는 머스터드가스** 정도는 사용할지 모른다는 추측은 했습니다. 왜냐하면 1994년 7월에 머스터드가스 중독 증상을 보이는 사람이 나왔으니까요. 그렇지만 이미 그들은 사린가스를 제조하고 있었습니다.

사린에 대한 의구심을 품게 된 것은 1994년 12월부터였습니다.

---

* 1994년 6월 27일 나가노 현 마쓰모토 시에 사린가스가 살포되어 일곱 명이 사망하고 600여 명이 중경상을 입은 사건. 당시 나가노 지방 재판소에서는 옴진리교의 토지 사용에 대한 재판이 진행중이었고, 그 재판을 방해하기 위해 판사의 숙사에 옴진리교 측이 사린을 살포한 것이 사건의 발단이 되었다.

** Mustard Gas, 피부를 짓무르게 하는 독가스의 일종. 이페리트라고도 함.

그리고 설날에 충격적인 신문 보도가 났습니다. 이미 그 시점에서 우리는 공황상태에 빠졌습니다. 그것을 언제 뿌릴 것인가는 단지 시간문제였습니다.

나중에 들어 안 일이지만 1월에 강제 수사가 예정되어 있었던 모양입니다. 가나가와 현경, 야마나시 현경, 시즈오카 현경, 미야자키 현경이 합동으로 조사를 하도록 되어 있었습니다. 그런데 경시청은 거기 들어 있지 않았습니다.

경시청은 그 당시로서는 압수 수색을 할 정도의 준비가 되어 있지 않았다고 합니다만, 그 시점에서 이미 '가시마 도모코의 장녀 납치사건'이 발생했습니다. 마음만 먹으면 충분히 움직일 수 있었습니다. 그러나 경시청은 움직이지 않았습니다. 움직이기 시작한 것은 메구로 공증관리소의 가리야 씨 사건 때입니다. 경시청은 기다렸다는 듯이 영장을 내밀었습니다.

그런데 1월의 강제 수사 시점에서 그들은 별다른 위기감을 느끼지 않고 있었습니다. 빨리 수사를 벌이지 않으면 언제 사린가스가 살포될지 모른다는 예측도 위기감도 없었던 것입니다. 〈요미우리신문〉에서도 사태를 그다지 심각하게 보지 않았던 것 같습니다.

경시청이 움직이지 않으니 자위대도 움직일 수가 없죠. 결국 네 개 현의 경찰만으로 수사를 시작하는 수밖에 없다는 결론을 내리고 조금씩 준비를 하기 시작했습니다. 바로 그때 고베 대지진이 발생한 겁니다. 이런 말은 정말 하고 싶지 않지만, 신이 배려라도 한 것처럼 모든 것이 그들에게 유리하도록 전개된 거죠.

—나카무라 씨나 다키모토 씨는 해가 바뀌면서 상당한 위기감을 가

지고 있었군요. 그런데도 경찰은 도무지 움직일 생각을 하지 않았다는 말이지요?

그렇습니다. 상당한 위기감을 가지고 있었습니다. 실제로 '다키모토 변호사 습격 사건'이 일어났고, 1995년 1월 4일에는 '사카모토 변호사와 그 가족을 돕는 전국 변호사 모임'의 나가오카 씨가 유기인제 계통의 독물에 중독되어 사경을 오갔으니까요.

우리는 1995년 2월에 모여 사린 연구회를 열었습니다. 스무 명 정도의 변호사가 모여 공학박사이자 변호사인, 같은 사무실의 가지야마 씨의 강의를 들으면서 기초적인 화학 지식을 습득했습니다. 가지야마는 마쓰모토 사린사건의 고노 씨와 관계를 맺고 있었기 때문에 그 사건 현장에 가보기도 했습니다.

그렇지만 우리는 화학에 관해서는 문외한이라 그것이 어떤 작용을 하는지, 간단히 제조할 수 있는지, 제조 후에는 어떻게 보관해야 하는지 같은 실용적인 부분만 배웠습니다. 사카모토 변호사와 관련된 우리 모임이 옴진리교의 공격 대상이 되리라는 것은 이미 예상하고 있었습니다. 마쓰모토 사린사건을 맡은 판사의 공관도 이미 공격 대상이었습니다. 그들은 사법기관에 대해 상당한 적대의식을 가지고 있었던 것 같습니다. 그래서 우리도 경계를 강화하고 있었죠.

이것은 개인적인 상상에 지나지 않지만, 마쓰모토 치즈오는 자신의 콤플렉스 때문에 주위에 의사나 변호사를 많이 둔 것이 아닐까 싶습니다. 그는 원래 도쿄 대학 의학부에 진학해 의사가 되든가 아니면 법과에 들어가서 변호사가 되든가 둘 중 하나를 희망했다고 합니다. 그래서 의사와 변호사를 측근에 중용한 것입니다. 그러나

의사는 간단히 속일 수 있었지만 변호사들이란 원래 사물을 삐딱하게 보는 사람이라 신앙에 깊이 빠져들지 않았죠(웃음). 그래서 사람을 모으는 데 꽤 고생한 것 같습니다. 그래도 아오야마를 비롯한 서너 명은 있었지만요.

그래서 우리는 되도록이면 사람이 많이 모이는 장소에는 가지 않는 것이 좋겠다는 이야기를 했습니다. 그 정도로 신경을 써야 할 만큼 옴진리교는 우리에게 하나의 공포였습니다. 그래서 1995년 3월 20일 아침에 지하철 사린사건이 일어나서 많은 사상자가 발생했다는 보도를 접했을 때는 정말 안타까웠습니다. 가스미가세키 지역이 대상이 될 터이고 그 주체가 옴진리교라는 사실을 우리는 벌써 예상하고 있었으니까요. 그러나 경찰은 사태의 심각성을 조금도 인식하지 못했던 것 같아요. 그런 느슨한 대처가 오늘날의 이런 심각한 상황을 불러일으킨 것입니다.

다키모토 변호사는 3월 6일에 '치안 상태에는 문제가 없는가' 라는 내용의 건의서를 보내고, 13일에는 '옴진리교가 사린가스를 살포할 가능성이 있다' 라는 건의서를 제출했습니다. 경찰청장과 검찰총장 앞으로, 또 그 복사본을 경시청으로 보냈던 것입니다. 그 건의서를 제출한 지 일주일 만에 실제로 지하철 사린사건이 일어나고 만 거죠.

저도 잘 몰랐던 이야기인데, 사실 일본에는 두 가지 경찰이 있습니다. 공안경찰과 형사경찰. 그러나 그 공안경찰도 1994년 12월까지 옴진리교에 대한 본격적인 파악을 하지 않았던 것으로 보입니다. 다음 해 설날의 〈요미우리 신문〉을 보고서야 조사를 시작한 거죠. 그렇지만 사건 발생에 이르기까지 석 달 동안 조직도 하나 제대로 만들어내지 못했습니다. 지하철 사린사건 이후에도 만일 3월 30일의 경찰청장 저격사건이 없었더라면 공안경찰이 과연 움직이기나 했을까 하는 생각이 들 정도입니다.

결국 공안경찰 형사경찰 할 것 없이 옴진리교의 정체를 정확히 파악하지 못했고, 그 정도쯤이야 하는 식으로 깔보고 있었던 것입니다. 아니, 지하철 사린사건 이후인 지금도 그런 경향이 있습니다. 경찰의 옴진리교 전담반 사람들은 정말 열성적입니다. 그러나 전담반 이외의 사람들은 그 사건을 너무 우습게 여기고 있어요. 외면하고 싶거나, 잘 이해하지 못하기 때문에 무시하는 것이지요. '그런 건 애송이 집단 아니냐. 왜 기쿠치 나오코 일당을 잡지 못하는 거냐. 도대체 너희들은 뭘 하고 있는 거야' 하고 아주 냉소적인 눈으로 전담반 사람들을 바라보고 있습니다.

예를 들어 연합적군* 사건 때처럼 경찰이 일심동체가 되어 상대를 추적하는 자세를 이번의 옴진리교 사건에서는 찾아볼 수 없습니다. 저는 경찰의 이런 자세를 분명히 느낄 수 있습니다. 전담반 사람들은 동료들과 상부에서 이해해주지 않는다는 불만을 털어놓습니다. 지하철 사린사건이 일어난 다음에도 상황은 조금도 변하지 않았습니다. 이런 것이 옴진리교 사건의 가장 큰 난점이라고 생각합

---

* 1960년대 일본의 신좌익운동 단체들은 학생 층에만 영향력을 행사하던 경향에서 벗어나 전국의 노동자 층에도 세력을 확장하였다. 이 시기에 신좌익계 당파들이 모여 적군파를 형성하였고 1970년 7월에 일공혁명좌파 '통일적군' 결성을 선언, 그것이 '연합적군' 으로 이어졌다. 연합적군은 총기 등의 무기를 사용하는 폭력혁명 노선을 택하여 납치 등 각종 테러 행위를 벌였고, 1972년 '아사마 산장 사건' 같은 피로 얼룩진 내부 숙청도 벌였다.

니다.

우리는 지금 변호단을 구성하여 법무성의 관리와 신자 대책에 대해 이야기를 나누고 있는데, 그들은 도무지 사태를 이해하지 못하고 있습니다. 입으로는 "옴진리교라, 거참, 선생님들 고생 많으시겠습니다"라고 하지만 실제로는 아무것도 모릅니다. 뭐랄까요, 처음부터 끝까지 합리적으로 차근차근 일을 해온 사람들에게는 옴진리교에 대한 우리의 이야기가 먹혀들지 않는 거죠. 결국 "일류대학 의 학부를 나온 우수한 인재가 왜 그런 터무니없는 짓을 했을까요"라거나 "그런 털북숭이 추남에게 왜 여자들이 반하는지 모르겠군요"라는 이야기로 끝나버립니다. 사태의 심각성을 도무지 이해하지 못하는 겁니다. 그냥 웃음거리로 삼아 넘어가죠.

—일본의 경찰 조직, 사법 조직의 태만이 이번의 지하철 사린사건과 연관이 있다는 생각이 드십니까?

옴진리교가 표면적으로 내보이는 우스꽝스런 모습의 이면에 감춰진 잔혹성을 경찰 당국은 꿰뚫어보지 못했던 것 같습니다. 그들이 하는 일들이 너무도 황당무계하고 만화 같아서, 그 피에로의 가면 뒤에 감추어진 바닥 모를 잔혹성과 공포를 보지 못했던 것입니다. 그런 점에서 경찰은 조직으로서 큰 맹점을 지니고 있었습니다. 여태까지 경찰은 옴진리교와 같은 유형의 상대를 보지 못했으니까요. 저는 그렇게 생각합니다.

—나카무라 변호사는 현재 '지하철 사린사건 피해자의 모임'의 상담

창구를 맡고 있는데요. 그 경위를 간단히 물어보고 싶군요.

아까도 말씀드렸다시피 우리는 줄곧 사카모토 구출 대책본부 일을 해왔는데, 그 과정에서 '옴진리교 피해 110번' 이란 것을 설치하게 되었습니다. 이것은 원래 옴진리교 신자나 그 가족을 구제하기 위한 것이었지만, 지하철 사린사건의 피해자도 마흔 명이나 전화를 걸어왔습니다. 그래서 지하철 사린사건 분야에서도 '110번' 을 만들어야 하지 않을까 하는 이야기가 나와서 7월에 설치했습니다. 일단 전화 상담부터 시작한 것입니다. 도쿄와 요코하마의 변호사 일흔 명 정도가 모여서 일을 시작한 거죠.

피해자 수가 너무 많다보니 변호인단을 만드는 것이 좋겠다는 생각이 들더군요. 변호인단은 사카모토와 함께 사법연수를 받았던 변호사가 중심이 되었습니다. 39기 변호사들이지요. 그렇습니다. 젊은 변호사가 중심입니다. 사카모토가 납치되어 모두들 동료 의식을 가지고 모였고 그것이 그대로 지하철 사린사건으로 흘러간 셈이지요. 형식적으로는 그렇게 되었습니다.

그러나 결코 그것만은 아닙니다. 우리 마음속에는 어떤 회한 같은 것이 있습니다. 그만큼 정확하고 방대한 정보를 포착했음에도 불구하고 그 엄청난 사건을 미리 막을 수 없었다는 회한입니다. 사회를 향하여 좀더 큰 목소리로 호소했어야 했습니다. 그렇지만 우리는 그렇게 하지 못했습니다. 저를 포함하여 모두 겁을 먹고 뒤로 빠져버린 것입니다. 솔직히 말해 두려웠습니다.

옴진리교 비판에 적극적이었던 고바야시 요시노리 씨는 암살 위험에 처하기도 했습니다. 에가와 쇼코 씨도 그랬습니다. 그 사람들은 죽음의 문턱에 서 있었던 것입니다. 1995년 1월과 2월에 큰 소리로 '옴진리교의 사린이 위험하다' 라고 외쳤더라면 정말로 테러를 당했을 것입니다. 만일 그런 일이 벌어졌다 해도 경찰은 우리를 보호해주지 않았을 거고요. 우리가 보호를 요청했음에도 경찰은 눈 하나 깜짝하지 않았으니까요. '뭐? 당신이 살해당한다고?' 하고는 넘어가버립니다. 긴장감이라고는 찾아볼 수 없습니다. 에가와 씨는 가나가와 현에 살고 있었기 때문에 24시간 보호를 받을 수 있었지만, 도쿄에 있는 나가오카 씨나 고바야시 씨는 그대로 방치되어 있었습니다.

하지만 어쨌거나 우리는 유효한 방향으로 목소리를 높이지 못했습니다. 두려움도 있었고, 아무래도 자신의 온 힘을 쏟지 못한 점도 있습니다. 정말 사카모토에게 미안한 생각이 듭니다. 그의 희생을 허무하게 만들고 말았습니다. 그런 회한이 지하철 사린사건을 받아안은 우리의 원동력이 되고 있습니다.

마루노우치 선

이케부쿠로 행/회송

B701 / A801

마루노우치 선 이케부쿠로 행의 사린 살포를 실행한 팀은 요코야마 마사토와 도노자키 기요타카 두 사람이었다. 요코야마가 실행자이고 도노자키는 운전사 역할이었다.

요코야마는 1963년 가나가와 현에서 태어났다. 사건 당시 31세. 도카이대학 공학부 응용물리학과를 졸업한 후에 전자부품회사에 입사했다가 삼 년 후에 퇴직하여 출가했다. 요코야마는 다섯 명의 실행범 가운데서도 가장 존재감이 약한 사람이다. 에피소드 같은 것도 없고 다른 신자의 증언에서 그의 이름이 등장하는 예도 거의 없다. 아마도 과묵하고 꼼꼼한 성격 때문일 것이다. '과학기술성' 차관 중 한 명으로 뛰어난 '기술'을 가지고 있어 히로세와 함께 자동소총 밀조 계획의 중심인물이 되었다. 완성된 총을 1995년 설날에 아사하라 쇼코에게 '헌상'한 것도 이 두 사람이다. 요코야마는 1997년 1월 현재 법정에서도 사건에 관한 모든 증언을 거부하고 있다.

도노자키도 존재감이 없기는 마찬가지이다. 아오모리 현 출신으로

1964년에 태어났다. 고등학교를 졸업한 후 일용 노동을 하다가 1987년에 출가했다. '건설성' 소속이다.

요코야마는 도노자키가 운전하는 차를 타고 신주쿠 역으로 가다가 〈니혼게이자이 신문〉을 사서 그것으로 두 개의 사린 봉지를 감쌌다. 처음에 도노자키는 스포츠 신문을 샀지만 요코야마가 일반지를 원했기 때문에 〈니혼게이자이 신문〉으로 바꾸었다. 차에서 내리기 전에 요코야마는 변장을 하기 위해 가발과 안경을 썼다.

그들은 7시 39분, 신주쿠 발 이케부쿠로 행 마루노우치 선 전차(B801)를 탔다. 앞에서 다섯번째 칸이었다. 전차가 요쓰야 역에 다가서면서 속도를 줄이자 바닥에 내려놓은 사린 봉지를 신문지 위에서 뾰족한 우산 끝으로 몇 번 찔렀다. 그러나 결국 봉지에는 구멍 하나만 생겼을 뿐이었다. 두번째 봉지는 터지지 않았다. 만일 그것까지 터졌더라면 피해는 훨씬 심각했을 것이다. 요코야마는 요쓰야에서 내려 개찰구 옆에 있는 세면장에서 우산 끝에 묻은 사린을 씻어냈다. 그리고 대기하고 있던 도노자키의 차에 올라탔다.

오전 8시 30분, 전차는 이케부쿠로 역에 도착해 그대로 회송한다. 사린액의 누출 속도가 느렸던 탓인지 이 시점에서는 별다른 피해자가 나오지 않았던 것 같다. 이케부쿠로 역에서 승객이 내린 다음 차량 안을 점검해 쓰레기를 치워야 하는데 공교롭게도 승무원이 그 임무를 게을리했다. 이 경위는 이 책의 증언 속에서 명확히 밝혀진다.

8시 32분 전차는 신주쿠 행(A801)으로 바뀌어 이케부쿠로 역을 향해 출발했다. 출발하자마자 많은 승객들이 몸의 이상을 호소하기 시작했다.

고라쿠엔 역에서 내린 승객이 '차량 내에 불순물이 있다' 고 신고하자 혼고산초메에서 역무원이 차량 안으로 들어가 불순물을 제거하고 차 안을 간단히 청소했다. 이때 이미 히비야 선 쓰키지 역에서는 대소동이 벌어지고 있었다.

사린으로 오염된 이 전차는 많은 피해자를 내고 평상시대로 신주쿠 역까지 운행한다. 신주쿠 역 도착은 9시 9분. 믿기 어려운 일이지만 이 전차는 다시 회송한다. 번호는 B901로 바뀐다. 9시 13분발로, 이 전차가 운전을 정지한 것은 9시 27분경, 국회의사당앞 역에서였다. 거기서 승객들을 모두 내리게 하고 회송하게 된다. 요코야마가 사린 봉지를 찌른 지 거의 한 시간 사십 분에 걸쳐 이 전차는 그대로 달렸던 것이다.

운행 경위를 보고 있노라면 에이단 지하철 지령실의 혼란을 충분히 상상할 수 있다. B801에서 불순물이 발견되었고 그것 때문에 많은 피해자가 나왔다는 사실을 알면서도 전차를 정지시켜야겠다고 생각한 사람은 아무도 없었다.

다행히 사망자는 없었지만 200명의 중경상자를 냈다.

3월 2일. 강제 수사를 예상하고 요코야마는 히로세와 함께 도망을 계획한다. 이시이 히사코는 두 사람에게 도주 자금 500만 엔을 건네주고 차를 마련해주었다. 두 사람은 시내의 호텔과 사우나를 전전하다가 체포되었다.

'저게 뭘까?' 싶었습니다. 그러나 그 역무원은 아무 조치도 취하지 않고 승객을 태웠습니다.

고마다 신타로 (당시 58세)

고마다 씨는 대형 은행에 근무하던 중 50세에 관련 부동산회사로 파견근무를 나갔다가 거기서 53세 정년을 맞아 그대로 그 회사에 눌러앉았다. 그 부동산회사에서 경영하는 화랑의 업무를 담당하고 있다. 잘 알려져 있지는 않지만 정년을 앞두고 그렇게 회사를 옮기는 것은 은행 근무자에게는 흔한 일이라고 한다. 도저히 정년을 맞은 사람으로는 보이지 않을 정도로 젊다. 화랑 일은 처음이지만 육년간 이 일을 하는 사이에 그림을 좋아하게 되었다 한다.

은행원이었다는 선입견 때문은 아니지만 이야기하는 사이에 '성실한 사람' 이라는 인상을 받았다. 열심히 일해 자식들을 키우는 빈틈없는 생활인이다. 그리고 지금도 성실하게 제2의 인생을 가꾸어 가고 있다는 인상을 받았다. 본인은 '참을성이 많은 성격' 이라고 말한다.

그러나 그런 성격 때문에, 사린 봉지 바로 옆 좌석에 앉아서 몸이 점점 이상해졌지만 곧 내릴 역에 도착한다는 생각으로 참았고, 그래서 더 심한 피해를 입고 말았다. 정말 안타까운 일이다. 그나마 바람 부는 편에 앉아 있었던 것이 다행이라고 말한다. 바람을 마주하고 앉아 있었더라면 정말 심각한 사태가 벌어졌을 것이다.

취미는 자동차 운전. 휴일에는 부인과 함께 미술관 견학을 겸한 드라이브를 즐긴다.

*

통근은 도코로자와에서 세이부 선을 타고 이케부쿠로까지 가서 마루노우치 선으로 긴자까지, 그리고 거기서부터 히비야 선으로 히가시긴자로 갑니다. 통근 시간은 한 시간 이십 분 정도 걸립니다. 전차는 정말 복잡합니다. 세이부 선은 특히 대단해요. 이케부쿠로에서 긴자까지는 서서 가야 하기 때문에 일부러 앞줄에 서려고 전차 몇 대를 그냥 보냅니다. 승객들과 자리다툼을 하기 싫어서 맨 앞에 설 때까지 기다리는 거지요. 그러면 틀림없이 자리에 앉을 수 있으니까요. 늘 앞에서 두번째 칸 제일 앞문으로 탑니다.

이케부쿠로는 종착역이자 시발역이기 때문에 승객들이 모두 거기서 내리는데, 사건이 있었던 3월 20일에는 승객이 그리 많지 않았습니다. 보통 한 칸에서 최소한 열다섯 명에서 스무 명 정도 내리는데 그날은 대여섯 명밖에 내리지 않았습니다. 그렇지만 이런 날도 있는 모양이다 하고 별다른 생각은 하지 않았습니다.

승객들이 모두 내리면 역무원이 차량에 올라 점검을 합니다. 차 안을 둘러보며 승객이 두고 간 물건은 없는지 확인하죠. 아무것도 없으면 다른 승객을 태웁니다.

생각하면 할수록 안타까운 일은 그날 제가 탄 차량을 점검한 사람은 정식 역무원이 아니라 아르바이트생이었다는 것입니다. 점퍼 차림의 젊은 사람이었어요. 아침 시간엔 그런 아르바이트 학생이 많다고 합니다. 아르바이트생은 녹색 제복도 입지 않고 에이단 지정 점퍼 같은 것을 입습니다. 저는 맨 앞줄에 서서 그 모습을 자세히 보았습니다. 정면 오른쪽 좌석의 가장자리에 신문지로 둘둘 만 사방 삼십 센티미터 정도의 물건이 보였습니다. 이 정도 크기요(손으로 크기를 어림잡아 보인다). 저는 그것을 보았습니다. '저게 뭘까?' 싶었습니다. 그러나 그 역무원은 아무 조치도 취하지 않고 승객을 태웠습니다. 그때 그것을 치워야 했는데…… 분명히 그것을 보았을 텐데. 만일 그때 그걸 치웠더라면 피해도 적었을 겁니다. 정말 안타까운 일입니다.

—그렇지만 이케부쿠로 역에서 쓰레기통 같은 데 버렸더라면, 거긴 많은 사람들이 왕래하는 곳이니 고텐마초 역보다 더 많은 피해자를 냈을지도 모르죠.

아무튼 전차는 그 물건을 실은 채로 출발했습니다. 그렇지만 저는 운 좋게도 그 물건의 왼쪽에 앉았습니다. 그 때문에 바람을 받지는 않았어요. 그리고 이삼 분 후에 전차는 역을 떠났습니다.

처음에는 어떤 사람이 토사물을 신문지에 싸서 입구 부근에 놓아둔 것으로 생각했습니다. 신문지와 그 주변이 젖어 있었으니까요. 그런 물건을 보고서도 처리하지 않았다는 것은 상식적으로 이해가 가지 않습니다. 출발하자마자 이상한 냄새가 났습니다. 사린은 무취라고 하는데 절대로 그렇지 않습니다. 달착지근한 냄새라고나 할까요. 향수 냄새인가 하는 생각이 들 정도였습니다. 불쾌한 냄새는 아니었습니다. 불쾌한 냄새였다면 사람들이 소동을 벌였겠죠. '뭔가 달콤한 냄새가 나는 것 같다'는 정도였습니다.

신오쓰카, 묘가다니, 고라쿠엔으로 나아가는데 묘가다니에서부터 기침을 하는 사람이 많아졌습니다. 선 사람도 앉은 사람도요. 물론 저도 기침을 했습니다. 모두들 손수건을 꺼내 입과 코를 막기 시작했습니다. 정말 이상한 광경이었습니다. 사람들이 한꺼번에 기침을 하기 시작했으니까요. 제 기억에 따르면 고라쿠엔에서 많은 승객들이 내려버렸습니다. 몸이 괴롭기도 하고 뭔가 심상치 않은 공기를 느꼈기 때문일 것입니다. 그때는 창도 많이 열려 있었습니다. 모두 약속이나 한 듯이 일제히 창을 열었던 겁니다. 눈이 따끔거리고 기침이 나오고 가슴이 답답하고…… 저는 왜 그런 현상이 일어나는지 영문을 몰랐기 때문에, 이상하다, 이게 뭘까 하고 생각하면서도 가만히 앉아 신문을 읽고 있었습니다. 오랜 습관이죠.

혼고산초메에 전차가 멈추자 대여섯 명의 역무원이 올라탔습니다. 연락을 받고 기다리고 있었던 겁니다. "아, 이거다, 이거" 하면서 손으로 그것을 집어들고 내리더군요. 네, 손으로 집어들었습니다. 바닥은 사린으로 흠뻑 젖어 있었습니다. 그때는 사린 봉지를 집어내고 젖은 바닥을 간단히 닦는 정도였을 것입니다. 얼마 되지 않아 전차는 다시 출발하여 오차노미즈 역에 도착했습니다. 거기서 다시 대여섯 명의 역무원이 전차로 올라와서 걸레 같은 것으로 젖은 바닥을 닦았습니다.

그즈음에 저는 심하게 기침을 했고 오차노미즈 부근에서는 거의 신문도 읽을 수 없는 상태였습니다. 긴자까지 얼마 남지 않았으니까 그냥 참기로 했습니다. 그때는 눈도 뜰 수 없을 정도였습니다. 아와지초 부근에서 '뭔가 심각한 사태가 벌어졌다' 라고 생각하면서도 결국 긴자까지 타고 갔습니다. 눈만 감고 있으면 그런대로 견딜 만했기 때문입니다. 머리가 아프다거나 토할 것 같은 증상은 나타나지 않았습니다. 머리가 멍해지긴 했습니다만.

긴자에 도착할 즈음에는 사물이 뿌옇게 보이고 주위가 어두워진 것 같았습니다. 마치 영화관에 들어간 듯한 느낌이라고 할까요. 긴자에서 내릴 때는 다리가 후들후들 떨리는 상태였지만 억지로 발걸음을 옮겼습니다. 손잡이를 잡고 비틀거리며 계단을 오르는데 여기서 그대로 쓰러질지도 모른다는 생각이 들었습니다. 뭔가 심각한 일이 벌어졌다는 생각이 들어 동요했던 것 같습니다. 대체 어떻게 하면 좋을까 생각하면서 말이죠.

평소라면 히비야 선으로 갈아탔겠지만 사고 때문에 히비야 선이 운행하지 않는다는 방송이 흘러나왔습니다. 그 방송을 듣고 제가 바로 그 사건에 휘말린 것이라는 생각이 들더군요. 뭔가 있었다고 말입니다. 나 혼자만의 문제가 아니라고.

알아주셨으면 하는데, 만일 그때 심한 통증이 일어났거나 갑자기 눈이 보이지 않았거나 했더라면 아마도 금방 전차에서 내렸을 것입니다. 그러나 그 정도는 아니었습니다. 서서히 몸을 죄어왔습니다. 그 때문에 긴자에 내렸을 때는 위독한 상태가 되고 말았습니다. 저는 여태 큰 병을 앓은 적도 없고 병원에 입원한 적도 없습니다. 건강한 편이었어요. 그래서 약간의 이상을 느끼면서도 참았는지 모릅니다.

제가 내린 다음에도 전차는 그대로 운행했습니다. 그 전차는 혼고산초메나 오차노미즈에서 운행을 중지했어야 했습니다. 승객들이 그 정도로 소동을 벌였으니 이상 사태가 발생했다는 것을 알아차려야 당연하지 않겠습니까. 제가 전차를 타기 삼십 분 전에 벌써 가스미가세키에서는 큰 소동이 벌어졌던 것입니다. 이상한 일이 벌어지고 있다는 것을 안 시점에서 바로 전차를 정지시키고 승객 전원을 내리게 해야 했습니다. 그랬더라면 피해를 최소화할 수 있었을 것입니다. 큰 실수를 한 겁니다. 아마도 지휘 계통이 제대로 작동하지 못했던 것 같습니다.

아무튼 저는 비틀거리며 긴자 역의 계단을 올라갔습니다. 빨리 이곳을 벗어나지 않으면 목숨을 잃을지도 모른다는 생각을 하면서 말이죠. 그때는 절체절명의 위기감을 느끼고 있었습니다. 이윽고 지상으로 나와보니 그곳은 유라쿠초 마리온 반대편이었습니다. 빨리 병원으로 가야 한다고 생각했습니다. 긴자에 가끔 다니는 병원이 있으니까 걸어서 거기까지 가야겠다고 생각했습니다. 그러나 유라쿠초에서 그 병원까지는 거리가 멀었습니다. 큰길로 가다가는 길가에 쓰러질지도 모른다는 생각이 들어 이면도로를 따라 걸었습니다. 천천히, 천천히, 마치 술에 취한 사람처럼 비틀거리면서 걸었습니다. 밖은 어둡고 뿌옇게 흐려 보였고 주위에서 구급차와 소방차의 사이렌 소리가 들려왔습니다. 사람들이 마구 내달리고 있었습니다. 새삼 '아, 역시 큰일이 벌어졌구나' 하는 생각이 들었습니다.

우선 회사로 가서 동료의 도움을 받아 병원으로 갔습니다. 눈이 보이지 않으니 안내해달라고 했습니다. 그 병원에는 저 같은 증상을 보이는 사람이 두셋 정도 와 있었습니다. 간호사에게 눈이 보이지 않는다고 했더니 자기들은 안과가 아니라고 하더군요. 아직도 사태를 파악하지 못하고 있었던 것입니다. 그러나 곧 같은 증상을 보이는 사람들이 나타나고 나중에 텔레비전에서도 자세한 상황이 보도되기 시작했습니다. 그제야 병원에서도 이상 사태가 발생했다는 것을 알게 되었습니다. 대기실의 소파를 간이침대 삼아 링거주사를 맞았습니다. 그러는 사이에 의료 정보가 팩스를 통해 들어온 모양이었습니다.

그다음에 다른 병원(요쓰야 방면)으로 이송되어 거기서 나흘간 입원했습니다. 눈은 점점 좋아져서 이틀 후에는 거의 정상을 되찾았습니다. 그러나 관자놀이가 욱신거리는 통증은 사라지지 않았습니다. 병원에서는 거의 잠을 자지 못했습니다. 선잠을 자다가 밤중에 몇 번이나 눈을 떴는지 모릅니다. 두세 시간밖에 잘 수 없었습니다. 그때는 '이제 회사에도 다닐 수 없을지도 모른다' 라는 생각이 들었습니다. 마음의 준비를 하고 있었던 셈이지요. 시간이 지날수록 나쁜 소식밖에 들어오지 않았으니까요. 서너 사람이 죽었다거나 식물인간이 되었다는 뉴스 말입니다.

퇴원하고 이틀 후부터 통원 치료를 받았는데 회사에 출근한 후에도 몸은 정상이 아니었습니다. 몸이 나른하고 쉬 피로해졌습니다. 그리고 기억력이 급속히 떨어졌습니다. 생활을 하면서 기억력 때문에 깜짝 놀라는 경우가 많았습니다. 여러 가지 이상한 증상이 나타났지만 그것이 사린 때문인지 아니면 다른 이유 때문인지 알 수는 없습니다. 증명을 할 수 없으니까요. 그런 막연한 불안이 계속되었습니다. 차를 탈 때도 불안하고, 운전을 해도 괜찮을까 걱정스러웠습니다. 지금은 아무렇지도 않지만요.

얼마 동안은 지하철로 통근하는 것 자체가 두려웠습니다. 그러나 다른 방법이 없으니 참고 탔습니다. 지금도 내키지 않지만 어쩔 수 없이 타고 다닙니다. 그런 일을 당한 뒤로는 지하철을 탈 때마다 어두운 지하에서 커다란 상자에 갇혀 무슨 일을 당할지 모른다는 두려움에 늘 시달립니다. 그렇지만 월급쟁이가 무슨 방법이 있겠습니까. 다른 통근 수단이 없는걸요.

정말 화가 치밉니다. 옴진리교 놈들의 이야기를 듣고 있자면 분노를 넘어 어처구니없다는 생각이 듭니다. 그런 놈들 때문에 아무 죄도 없는 시민들이 무차별적으로 살해당해야 하다니요. 이 분노를 도대체 어디에다가 터뜨려야 할지…… 하루라도 빨리 옴진리교 일당을 재판하고 응분의 처벌을 내려야 한다고 생각합니다.

이상하게도 무척 냉철했어요. '이건 사린이다'라고 생각했습니다.

나카야마 이쿠코 (30대)

이름과 주소와 나이를 밝히고 싶지 않으니 되도록이면 숨겨달라는 것이 그녀의 강한 바람이었다. 지금도 옴진리교 관계자들에 대해 강한 경계심을 품고 있다. 특히 집 근처에 옴진리교 도장이 있기 때문에 자신의 존재가 밝혀지면 곤란하다고 했다.

30대의 기혼이고 아이는 없다. 대학을 나와서 잠시 회사에 근무하다가 퇴직하고 그후로는 전업주부로 지내고 있는데, 지금은 자격을 취득해 외국인에게 일본어를 가르치고 있다. 지금 하는 일에 보람과 재미를 느끼고 있다.

많은 옴진리교 피해자들과 인터뷰를 했지만 사건 당시 '혹시 이것은 사린이 아닐까' 하고 생각한 사람은 극소수에 지나지 않는다. 대부분의 사람들은 영문도 모르고 혼란과 악몽에 빠져들었다. 그러나 나카야마 씨는 극소수의 초기 인식자 중 한 사람이며 '이건 분명 사린이다, 시야협착이다!' 라고 사태를 간파한 드문 경우다. 이야기를 하는 사이에 모든 일을 논리적으로 파악하는 냉철함과 주의력에 감탄하지 않을 수 없었다. 관찰력, 기억력이 대단하다는 것을 알 수 있었다. 어학교사로서도 유능한 사람일 게 분명하다.

그런 만큼 자기 자신과는 완전히 다른 세계인 옴진리교에 대해 극도의 이질감을 느끼고 있을지도 모른다. 본인은 '그건 공포가 아니다' 라고 했다. 그러나 그것이 무엇이건 그녀가 그것을 완전하게 떨쳐버리는 데는 상당한 시간이 걸릴 것 같다. 그런 인상을 받았다.

*

일본어를 외국인에게 체계적으로 가르치는 일은 어렵다고들 하는데, 실제로 가르쳐보면 그렇게 어렵지만은 않습니다. 일본어 교사 양성 강좌에서는 일본어는 60퍼센트 정도밖에 논리적으로 설명할 수 없다고 하지만 의외로 그렇지 않아요. 대체로 이론적으로 설명할 수 있습니다. 실제로 가르치면서 그런 사실을 발견했습니다.

지금은 일주일에 세 번 일을 하고 있습니다. 배우는 사람에 따라 바뀌지만 7회 레슨을 합니다. 1회는 한 시간에서 한 시간 반 정도고 일대일로 개인 레슨을 합니다. 상대는 모두 외국 회사에 근무하는 일본 주재 비즈니스맨입니다. 제가 소속된 곳이 그런 회사들의 지정 학교이기 때문이죠. 회사로 가거나 당사자의 집에 가서 가르칩니다.

사린사건이 있었던 작년 3월은 일이 많아서 일주일에 사오 일, 총 열 시간 정도를 가르쳤습니다. 제가 사린 피해를 당한 건 그 때문이기도 했습니다.

그날은 수강생의 회사가 오테마치에 있었기 때문에 마루노우치 선을 타고 곧장 오테마치까지 갈 생각이었습니다. 수업은 9시부터입니다. 네, 꽤 빠른 편이지요. 회사 일이 시작되기 전에 수업을 끝내는 것이 보통입니다. 그래서 더 빨리 7시 반이나 8시에 하기도 합니다. 물론 업무가 끝나고 나서 배우겠다는 사람도 있고요.

그날은 아침 8시에 집을 나섰고 이케부쿠로 역에서 탄 지하철은 8시 32분발(물론 나중에 안 거지만)이었습니다. 8시 32분발 전차를 타면 9시 수업에 꼭 맞아요. 오테마치에서 내려서 계단을 올라가면 정확히 그 시간이 되죠.

이케부쿠로 역은 시발역이기 때문에 플랫폼 양편에 마루노우치 선의 전차가 멈춰 서 있습니다. 그때는 진행방향으로 왼쪽에 전차가 서 있었고 이미 많은 사람들이 타고 있었습니다. 오른쪽에는 사람들이 줄을 지어 있었고요. 아직 전차가 들어오지 않은 상태였지요. 어느 쪽을 이용할까 잠시 망설였지만 한 대 정도 놓쳐도 괜찮을 것 같았습니다. 배차 간격은 겨우 이삼 분 정도이니까요. 일주일에 열 시간이나 수업하느라 피곤한 상태였기에, 결국 자리에 앉을 수 있는 방법을 택하기로 했습니다.

전차가 도착하자 저는 앞에서 두번째 칸의 가장 앞쪽 문으로 타서 진행방향으로 오른쪽 맨 앞자리에 앉았습니다. 전차는 신오쓰카를 향해 움직이기 시작했습니다. 왜, 일본의 아침 전차는 대개 조용하잖아요. 앉은 사람들은 별로 이야기를 하지 않고요. 그런데 앉은 사람들 가운데 쿨럭쿨럭 기침을 하는 사람이 많았습니다. 감기에 걸린 사람이 꽤 많구나 생각했습니다.

아시는 바대로 마루노우치 선은 신오쓰카부터 지상으로 나갑니다. 묘가다니, 고라쿠엔…… 묘가다니 역은 개찰구가 이케부쿠로 쪽의 가장 끝에 위치해 있습니다. 즉 진행방향의 가장 뒤편이죠. 그래서 통근 시간에 가장 앞 칸에 탄 사람은 거의 그 역에서는 내리지 않는 것이 보통입니다. 그런데 그날은 이상하게도 묘가다니에서 꽤 많은 사람이 내렸습니다. 좀 이상하다고 생각했지만 그냥 그러려니 하고 지나쳤습니다.

여기저기서 계속 기침 소리가 들렸습니다. 그리고 차 안이 묘하게 밝아 보였습니다. 훤해 보였다고 할까요, 아무튼 그런 느낌이었는데, 나중에 생각해보니 노랗게 보였던 것 같습니다. 정확한 표현이 아닐지 모르지만 어쨌든 불빛이 점점 노랗게 변하는 것 같았습니다. 밝은 노란색은 아니었습니다. 옛날에 빈혈로 쓰러진 적이 있는데, 바로 그런 느낌이었어요. 경험자가 아니면 알 수 없겠지만요.

그러다 점점 호흡이 곤란해지는 느낌이 들었습니다. 아마도 새 차량이라서 접착제나 건축 재료에서 나는 냄새인가보다 생각했습니다. 그래서 몸을 돌려 창을 열었습니다. 새 차량은 창문을 위에서 아래로 간단히 내릴 수 있습니다. 그러나 아무도 창문을 열려는 사람이 없었습니다. 잠시 후에 저는 두번째 창문을 열었습니다.

저는 옛날부터 호흡기관이 약해서 감기에 걸리면 목을 심하게 앓고 기침도 많이 합니다. 새 건축재나 접착제에 약한 것도 그 탓인지 모릅니다. 아직 3월이라 바깥 공기는 그다지 따스하지 않지만 창문을 열지 않을 수 없었습니다. 왜 다른 사람들은 참고 있었는지 이유를 잘 모르겠습니다. 그렇게 이상한 냄새가 나는데도 말입니다. 아니, 이상한 냄새라기보다……

그건 절대로 자극적인 냄새는 아니었습니다. 말로는 잘 표현할 수 없지만 감각적으로는 냄새라기보다는 '숨 막힘' 이었습니다. 저는 창을 열고 환기시켜 그 냄새를 없애려 했습니다. 제가 창을 연 것은 아마도 묘가다니에서 고라쿠엔 사이였을 것입니다. 묘가다니에서도 고라쿠엔에서도, 전차가 정지하자 많은 사람들이 내렸습니다.

그러나 제가 몸을 돌려 창문을 두 개나 열어도, 주위 사람들은 아무런 반응을 보이지 않았습니다.

— "뭔가 이상하지 않나요?" "숨이 막히지 않습니까?" 라고 말하는 사람은 없었나요? 틀림없이 다른 사람들도 어떤 이상을 느꼈을 텐데요.

하나도 없었습니다. 모두들 정말 얌전하더군요. 아무 말도 없었습니다. 아무 말도 없고 아무 반응도 없었습니다. 이상하다고 말하는 사람도 없었습니다. 저는 미국에서 일 년간 생활해본 적이 있는데, 만일 미국에서 같은 일이 일어났더라면 꽤 큰 소동이 벌어졌을 겁니다. 모두들 도대체 무슨 냄새냐고 시끄럽게 떠들면서 함께 원인을 찾았을 겁니다. 나중에 그런 생각이 들더군요.

후에 경찰이 이런 질문을 하더군요. "그때 사람들이 공황상태에 빠져들진 않았습니까?" 라고요. 그 말을 듣고서야 사람들이 너무 조용했다는 생각이 들더군요. 아무도 한마디도 안 했습니다.

전차에서 내린 사람들이 플랫폼에서 기침을 하고 있었습니다. 전차 안에서 그 모습이 보였죠.

고라쿠엔을 지나자 점점 숨이 막히고 시야는 더 노래졌습니다. 그제야 자칫하면 오늘 일하러 못 갈지도 모른다는 생각을 했습니다. 그렇지만 무리를 해서라도 가야 한다고 생각했습니다. 그래서 이대로 혼고산초메까지 타고 가다가 다른 칸으로 옮길 생각을 했습니다. 그때는 차량 안이 많이 비어 있었습니다. 빈자리도 여기저기 보였고요. 이건 정말 묘한 일입니다. 보통 날이라면 사람들로 붐벼야 정상인데 말이죠.

저는 중간 문인지 뒷문인지 모르겠지만 아무튼 밖으로 나가려 했습니다. 더는 참을 수 없었거든요. 그런데 경찰 복장을 한 사람이 하얀 장갑을 끼고 앞쪽 문을 통해 차량 안으로 들어와서는, 신문지에 싸인 물건을 두 손으로 집어올려서 밖으로 나르는 것이 보였습니다. 플랫폼에 있는 역무원이 줄이 달린 사각형 상자(버려진 잡지 따위를 넣는 플라스틱 상자)를 가지고 와서 거기에다 넣는 겁니다. 역무원 두세 사람이 그 주위를 서성이고 있었습니다. 제가 전차를 내리는 것과 거의 동시에 일어난 일입니다. 경찰관이 끼고 있던 하얀 장갑과, 집어올리듯이 들고 있던 신문지로 싼 물건이 무척 인상적이어서 아직도 뇌리에 선명히 남아 있습니다. 그러나 도대체 무슨 일이 벌어졌는지 도무지 알 수 없었습니다.

전차는 비교적 오래 서 있었습니다. 저는 두 칸 정도 뒤로 옮겨가려고 했습니다. 차 안에는 손으로 꼽을 정도의 사람밖에 타고 있지 않았습니다. 기분은 최악의 상태였습니다. 눈이 따끔거리고 근육통이 느껴졌습니다. 아프지는 않았지만요. 시야는 노래졌습니다. 선명하지는 않지만 노란 풍경이 눈에 들어왔습니다. 그 풍경이 플라스틱에 감싸인 채 점점 줄어드는 것 같은…… 말로 설명하자면 그런 느낌이었습니다.

결국 아와지초에 내렸을 때는 기침이 나오고 눈도 이상하고 숨이 막혔습니다. 폐에 먼지가 가득 찬 듯한 느낌이었습니다.

아와지초에서 내린 사람은 세 명. 20대 여성과 50대 남성과 저였습니다. 정말 이상한 일이지만 아와지초에 내렸을 때 '이건 사린이다' 라는 생각이 들었습니다. 내 눈에 일어나는 현상이 바로 시야협착이 아닌가 하고요. 저는 직업상 매일 아침 신문을 자세히 읽고 뉴스도 꼭 챙겨 봅니다. 그래서 '마쓰모토 사린사건' 을 잘 알고 있었습니다. '시야협착' 이라는 말을 그 사건 기사에서 처음 보았습니다. 아와지초 역에 내렸을 때 '아, 이건 분명히 시야협착이다' 라고 생각했습니다.

—뭐랄까요, 대단히 냉철하시군요.

네, 이상하게도 정말 냉철했어요. '이건 사린이다' 라고 생각했습니다. 원인은 모르겠지만, 위기 상황에 직면하자 자기가 가진 지식을 총동원했는지도 모르겠습니다.

플랫폼에는 젊은 여성과 중년 남성과 저, 세 사람밖에 없었습니다. 그 시각에 마루노우치 역에 내리는 사람이 세 사람밖에 없다는 것은 말이 되지 않죠. 여자는 벤치에 앉아 손수건으로 입을 막고 고개를 숙인 채 괴로워하고 있었습니다. 남자는 "이상하다. 이거 이상해"라고 중얼거리면서 비틀거리며 걸어가고 있었습니다. "안 보여, 눈이 안 보인다고" 하면서요(이 사람은 나중에 몸에 마비 증상이 남았다고 하는데 확실히는 모르겠습니다).

"이건 너무 이상해요. 병원으로 가봐요" 하고 나는 젊은 여자를 끌어안듯이 일으켜서 그 남자와 함께 역 사무실로 들어갔습니다. 역무원은 굉장히 바빠 보였지만 우릴 보고 전화로 구급차를 부르려 했습니다. 그런데 아무리 번호를 눌러도 전화를 받지 않는 겁니다. 정말 두려웠습니다. 그때 비로소 저는 공포를 느꼈습니다. 내가 믿고 있던 모든 것이 와르르 무너져내리는 것 같았습니다.

무척 심각한 혼란상태였습니다. 제가 탄 전차에서는 다른 곳보다 비교적 늦게 일이 터졌으니까 다른 역에서는 벌써 큰 소동이 벌어지고 있었던 거죠. 우리가 탄 마루노우치 선은 사린 봉지를 실은 채 이케부쿠로에서 한 번 회송되어 온 전차였기 때문입니다.

단 한 가지, 지금도 마음에 걸리는 게 있습니다. 이케부쿠로 역에서는 승객을 태우기 전에 일단 문을 닫고 반드시 차 안을 점검합니다. 담당자가 차 안에 승객이 놓아둔 물건이 없는지 살펴보는 거죠. 그런데 그때 무슨 이유에서인지 그것을 보지 못했던 것 같습니다. 만일 그때 차 안을 꼼꼼하게 살펴보았더라면 이런 일은 없었을 것입니다. 잘 살펴보았더라면 신문지로 싼 그 물건을 실은 채 운행하는 어이없는 일은 일어나지 않았을 테니까요.

이윽고 역무원은 구급차가 올 수 없다는 결론을 내리고는 걸어가는 게 낫겠다고 하더군요. 병원은 역에서 걸어서 이삼 분 거리에 있었습니다. 젊은 역무원이 우리 세 사람을 그 병원까지 데려다주었습니다. 결과적으로 보아 아와지초에서 내렸던 것이 다행이었습니다. 만일 혼고산초메에서 내렸더라면 그곳은 폐쇄된 공간인데다 그때 사린 봉지도 함께 내려졌기 때문에 더 많은 가스를 마셨을 테죠.

(나카야마 씨는 전문 치료를 받기 위해 ○○병원의 응급실에 오일간 입원하게 된다.)

사건 이후 몇 달 동안 일을 쉬었습니다. 숨이 가빴습니다. 직업상 말을 많이 해야 하니 호흡에 지장이 있어서는 안 되었죠.

한동안은 화가 나서 견딜 수가 없었습니다. 그 사건 이후로는 걸핏하면 화가 났습니다. 범인이 옴진리교라는 사실이 알려지면서…… 그러나 지금은 정확히 말하자면, 화를 내기 앞서 더는 생각하기 싫습니다. 입원해 있을 때, 그리고 퇴원해서 집에 있을 동안에는 무슨 일이 있었는지 알고 싶어서 열심히 텔레비전 뉴스를 보았지만 지금은 싫어요. 사린사건 영상은 보기도 싫습니다. 그런 뉴스가 나오면 채널을 돌려버립니다. 도저히 이해할 수 없는 일, 비합리적인 일에 대한 분노와 혐오감 때문입니다. 그리고 희생을 당한 분들이나 지금도 고통받는 분들에 대한 안타까움 때문입니다. 지금도 사건에 관한 보도를 접하면 가슴이 미어지는 듯합니다. 정말 이런 일은 두 번 다시 일어나서는 안 됩니다.

옴진리교 보도를 접하면서 그들의 행동과 사상의 배경을 조금씩 알게 되자 그런 사람들을 상대로는 도무지 뭘 어떻게 할 수가 없겠다 싶었습니다. 그들은 우리와 다른 논리와 사고방식을 가지고 나름의 신념에 근거해서 그런 일을 저질렀을 테니 대화가 불가능하다는 생각이 들었죠. 같은 지평에 설 수 없다, 그들은 다른 차원의 사람들이다…… 그런 생각을 하니 분노도 가라앉더군요. 물론 재판을 통해 그들은 응분의 대가를 받아야 할 것입니다.

여러 질문들 중에서 "후유증은 없습니까?"라는 말이 가장 싫습니다. 저는 괜찮다고 생각하고 또 그렇게 살아가고 있고, 의학적으로도 아무 문제가 없는 것 같지만, 인류가 처음 체험한 일인 만큼 계속 불안합니다. 사람들이 그런 질문을 하는 게 정말 싫습니다. 그러나 곰곰이 생각해보니 후유증이 없느냐는 질문에 그런 반응을 보이는 것 자체가 하나의 후유증일지도 모르겠습니다.

아마도 그때의 그 사건을 다른 차원, 즉 다른 세상에서 일어난 일로 치부해버리고 싶기 때문일 겁니다. 어딘가에 감추어버리고 싶다는 생각, 가능하다면 그 사건을 그냥 그대로 지구 밖으로 날려버리고 싶다는 생각……

만약 지금이 사건 후 반년 정도의 시점이라면 아마도 이 인터뷰를 거절했을 겁니다. 인터뷰를 하면서 새삼 느낀 점인데, 사건 이후 저는 사건 현장 주변에 한 번도 가보지 않았어요. 혼고산초메는 좋아하는 곳이지만 그뒤로는 한 번도 가보지 않았습니다. 두렵지는 않지만…… 왠지 싫습니다.

퍼뜩 머리에 떠오른 생각은 '유독가스라면 사린 아니면 사이안이겠다'라는 것이었습니다.

구명구급센터 의사 · 도호 대학 의학부 조교수
사이토 도오루 (1948년생)

사이토 선생은 도호 대학 부속 오모리 병원 구명구급센터에서 십 년 넘게 근무했다. 센터 창설 멤버이며 그야말로 구급치료의 전문가다. 구명구급센터는 생사의 갈림길에 놓인 환자들이 들어오는 곳으로 한순간의 판단과 행동이 삶과 죽음을 가른다. 대부분의 경우 치료 방법을 숙고할 시간적인 여유가 없다. 숙련된 의사의 경험과 감각이 큰 역할을 한다. 모든 증상에 통달하지 않고서는 도저히 이 일을 해낼 수 없다.

그런 긴박한 현장에서 일해온 사람답게 이야기가 명쾌하고 알기 쉬우며 설득력이 있었다. 덕분에 귀중한 이야기를 많이 들을 수 있었다. 정말 중요한 일을 하고 있다는 것을 절실히 느낄 수 있었다. 하루하루 신경을 곤두세우지 않을 수 없을 것이다. 귀중한 시간을 인터뷰에 할애해주신 데 깊이 감사드린다.

덧붙여 사이토 선생이 치료하고 있는 중증 환자는 나중에 등장할 스가사키 히로시게 씨다. 스가사키 씨의 증언과 더불어 읽어주기 바란다.

*

저는 제1내과에서 순환기를 전문으로 삼고 있습니다. 그래서 구명구급센터 내에서도 심근경색, 심부전 등을 중심으로 치료하고 있습니다. 구명센터는 병원의 여러 부서에서 노련한 의사들을 뽑아 하나의 특별한 팀을 구성합니다. 제1·제2내과, 제1·제2외과, 흉부심장외과, 뇌외과와 마취과에서도 참가하죠. 다들 오 년에서 십오 년 정도 경험을 쌓은 사람들입니다. 전부 스무 명 정도가 정해진 시간표에 따라 24시간 바로 대응할 수 있게 합니다.

사린사건이 일어난 3월 20일 바로 전날, 저는 당직이었습니다. 관리당직이라고 해서 병원의 당직의 중에서도 책임자죠. 일요일의 관리당직 근무는 아침 9시부터 월요일 아침 9시까지입니다. 관리당직이라 해도 낮에는 구명구급센터에서 환자를 봅니다.

그날은 아침 일찍 일어나서 센터의 닥터 라운지에서 텔레비전을 보면서 컵라면을 먹고 있었습니다. 아마 8시 10분에서 15분경이었던가요, 최초의 보도가 나온 것이. 가스미가세키 역 내에서 유독가스가 발생해 다수의 피해자가 발생한 듯하다는 내용이었습니다. 갑작스런 일이라 놀랐습니다. 그리고 퍼뜩 머리에 떠오른 생각은 '유독가스라면 사린 아니면 사이안이겠다' 라는 것이었습니다.

사린은 마쓰모토 사린사건 때 등장했지요. 사이안은 청산화합물입니다. '구리코 모리나가 사건' 때는 청산소다였는데, 청산가리나 청산소다는 가루 아니면 고체 덩어리입니다. 그것이 가스로 변하면 청산가스가 됩니다. 그후 신주쿠 역에서 청산가스를 발생시키는 장치가 발견되었고요. 그러므로 유독가스라면 필시 이 두 가지 중 하나겠다고 추론했던 것입니다.

—도시가스나 다른 가스일 거란 가능성은 아예 머리에 떠오르지 않았군요.

지하철 구내에서 그런 가스는 생각할 수 없습니다. 일반적으로는 말이죠. 처음부터 아마도 범죄행위일 것이라 생각했습니다. 마쓰모토 사건 때도 혹시 옴진리교의 소행이 아닐까 하는 이야기가 이전부터 있었습니다. 그 때문인지 '유독가스, 범죄, 옴진리교, 사린 아니면 사이안……' 이라는 도식이 금방 머리에 떠올랐습니다.

만일 그렇다면 사건의 피해자들은 필시 우리 병원으로 올 것이므로, 미리 사린과 사이안 중독에 대비한 치료 준비를 해두어야겠다고 생각했습니다. 사실 사이안 중독에 대해서는 항상 준비가 갖춰져 있으니 그걸 그대로 시행하면 됐습니다. 사린의 경우는 두 가지 치료약이 있습니다. 하나는 '아트로핀' 이고 다른 하나는 '팜' 입니다. 우리는 이전에 두 가지 다 사용해본 적이 있었습니다.

우리는 마쓰모토 사린사건 이전까지 사린에 대해 아무것도 몰랐습니다. 그런 특수한 군용 약품에 대해서까지 알 필요는 없었기 때문에 미리 연구하지 않았던 것입니다. 마쓰모토 사린사건이 일어났을 때, 증상으로서 '혈액 중의 콜린에스테라아제가 저하된다' 는 사실과 '시야협착 현상이 일어난다'는 사실을 알게 되었고, 그렇다면 '유기인제에 의한 현상과 같다'는 분석이 가능했던 것입니다.

유기인제는 옛날부터 농약에 사용되어왔습니다. 그것을 자살 목적으로 마신 사람이 예전부터 적잖이 있었습니다. 우리 구명센터에서도 과거 이십 년 동안 약 십여 건을 치료한 예가 있습니다. 간단히 말해 결국 '유기인제가 가스의 형태로 변한 것이 사린'이라는 사실을 알게 된 것입니다.

—그렇다면 유기인제를 사용한 농약을 마셔도 사린의 경우와 마찬가지로 콜린에스테라아제의 수치가 저하되고 시야협착 현상이 일어납니까?

그렇습니다. 똑같은 증상이 일어납니다. 그러나 농약은 액체이므로 보통 휘발하지 않습니다. 그렇기 때문에 물에 섞어서 장미꽃에다 뿌리면 줄기에 붙어 있는 진드기가 박멸되는 효과를 볼 수 있죠. 그리고 사린이란 휘발성 유기인제이므로, 사린 중독 환자가 오면 유기인제 중독 환자와 같은 방법으로 치료하면 된다는 결론을 내렸습니다. 구급치료를 하는 의사들은 대체로 그런 기초 지식을 가지고 있었습니다. 마쓰모토 사건 덕택에 알 수 있었죠.

아트로핀이라는 약제는 맥박이 느려질 때나 마취의 초기 단계에 사용하는 약이므로 어느 병원이건 구급 외래에 항상 비치되어 있습니다. 그러나 팜은 유기인제에 대한 저항성을 가진 약으로 매우 특수한 것입니다. 약국에 따라 소량을 보관하고 있는 정도입니다. 지금까지 농약의 유기인제 중독에는 '팜과 아트로핀' 두 가지 약을 사용해왔지만, 농약의 독성이 점점 약해지면서 팜이 듣지 않는 유기인제가 많아져 치료약으로는 아트로핀이 일반적으로 쓰입니다. 그 때문에 우리 구명센터에서는 팜을 상비하고 있지 않았습니다. 우선 아트로핀을 사용해보고 팜이 필요한 상황이 되면 약국에 주문하기로 했습니다.

텔레비전에 보도되는 사건의 개요를 보고 사린 아니면 사이안이라는 결론을 내렸습니다. 그래서 라운지에 있는 인턴과 레지던트들에게 빨리 사린에 대해 조사해두라고 지시를 내렸습니다. 사실 저는 대학에서 중독에 대한 강의를 하며 마쓰모토 사린사건을 다룬 적이 있습니다. 텔레비전 보도를 편집해 십 분 정도의 테이프를 만들어서 학생들에게 가르쳤죠. 마침 그 테이프가 곁에 있어서 그걸 보고 공부해두라고 했습니다. 모두들 그 테이프를 보고 문제의 핵심을 잘 이해하게 되었습니다. 사린에 대해서는 그 테이프를 보면 되고, 사이안에 대해서는 자료가 있으니까 그걸 사용하면 됩니다. 그래서 모든 준비를 하고 환자가 오면 즉시 사용할 수 있게 해두었습니다.

9시 반쯤 도쿄 소방청이 현장에서 아세토니트릴을 감지했다는 텔레비전 보도가 나왔습니다. 도쿄 소방청 화학기동중대 특별화학차라는, 가스를 감지하는 특별한 차량이 있습니다. 그 차량으로 조사해보니 아세토니트릴이 나왔다는 것은 청산가스(사이안)라는 뜻입니다.

구명구급센터의 긴급 전화벨이 울리더니 '지하철 피해자 한 사람을 수용해달라' 는 요청이 들어왔습니다. 우리는 바로 '사이안 중독 키트'를 준비하고 구급실에 대기했습니다. 환자가 들어온 것은 10시 45분이었습니다. 병원으로 들어왔을 때 JCS(혼수상태의 정도)는 200이었습니다. 꼬집어야 약간의 반응을 보이는 심한 혼수상태인데, 동공도 꽤 수축되어 있었습니다. 만일 사이안 중독이라면 아시도시스라고 해서 혈액이 산성이 됩니다. 즉 시야협착이 일어나면 사린 중독, 아시도시스가 일어나면 사이안 중독이 되는 것입니다. 이것이 식별법입니다.

환자가 실려와 진찰해보니 시야협착이 일어나고 있었습니다. 혈액검사를 해보니 아시도시스는 없었습니다. 근육 반사의 저하가 보였습니다. 이것은 사린 중독 증상입니다. 그래서 모두들 고개를 갸우뚱거렸습니다. "선생님, 이건 어디를 보나 사린 중독입니다." "그렇긴 한데…… 텔레비전 보도에서는 아세토니트릴이라고 했는데 말이야." 이런 대화를 나누기도 했습니다.

실은 이전에 우리 병원에 사이안 중독 환자가 실려온 적이 있었습니다. 그때는 사고의 상황을 정확히 몰라 적절한 조치를 취하지 못해서 환자는 그만 사망하고 말았습니다. 사이안 중독은 빨리 조치만 취하면 대체로 목숨은 건질 수 있습니다. 우리 병원에서도 세 건을 치료해서 두 건은 치료에 성공했습니다. 그래서 무엇보다 신속한 조치를 해야 한다는 생각이 강했습니다.

"보기에는 사린이지만 보도에 의하면 사이안이다. 일단 사이안 중독 키트를 반 정도 투여해보자"라고 저는 판단을 내렸습니다. 물론 인공호흡이나 링거주사, 쇼크 방지를 위한 치료도 실시했습니다. 그러자 삼십 분 후에 환자는 점점 의식을 회복했습니다. 병원에 들어올 때는 호흡이 곤란한 상태였고 꼬집어도 반응이 없을 정도였지만, 호흡도 많이 수월해지고 통증이나 자극에 대한 반응도 보이게 되었습니다.

결과적으로 사이안 중독 키트가 효과를 발휘한 것이라고 생각했습니다. 주사를 놓은 다음에 상태가 극적으로 좋아졌으니까요. 그 인과관계는 잘 모르겠습니다. 사린에 어떤 불순물이나 용매가 섞여 있었을 가능성도 있습니다. 아세토니트릴이란 것은 유기용매로 사이안화메틸, 시아노메탄이라고도 하는데 페인트에 넣어서 사용하기도 합니다.

문헌을 조사해보면 1959년에 미국에서 아세토니트릴이 포함된 도료로 작업을 한 세 사람이 호흡곤란으로 구급병원으로 실려간 예가 있습니다. 한 사람은 사망, 다른 두 사람은 인공호흡, 링거주사, 사이안 중독 키트 치료에 의해 회복되었습니다. 어느 경우건 혈중 사이안이 증가해 있었습니다. 사망한 사람의 장기에는 꽤 많은 양의 아세토니트릴에 의한 사이안 분해물이 검출되었던 것으로 보고되고 있습니다. 이것은 어디까지나 추측이지만, 사린에 아세토니트릴을 섞어 휘발 속도를 조금 늦추고 그동안 범인들이 도망칠 시간을 확보한 것으로도 볼 수 있습니다. 순수한 사린은 일단 공기 중으로 나오면 휘발 속도가 빨라서 가스를 살포한 본인도 중독되어 죽을 가능성이 있죠.

그후 오전 11시에 경시청이 원인 물질은 사린이라고 발표했습니다. 우리는 그 사실을 텔레비전을 통해 알았습니다. 관련자가 우리 쪽에 연락해온 것은 아닙니다. 정보는 모두 텔레비전 보도를 통해 들어왔습니다. 그러나 그전에 우리는 아트로핀으로 치료를 하고 있었습니다. 환자들이 어디를 보나 사린 중독 증상을 보였기 때문에 당연한 조치라 할 수 있었죠.

그리고 그즈음에 신슈 대학 의학부에서 전화가 걸려왔습니다. 마쓰모토 사린사건의 환자를 치료한 의사의 전화였습니다. 그분이 도쿄의 구명센터와 병원에 일일이 전화를 걸어 '원한다면 사린 치료에 관한 자료를 보내주겠다' 고 했습니다. 우리가 자료를 원하자 팩스를 보내주었습니다.

그 자료는 무척 중요한 내용을 담고 있었습니다. 중증과 경증의 차이를 확연히 알 수 있었습니다. 즉 정도에 따라 어느 환자는 입원을 시켜야 하고 어느 환자는 간단한 치료만 해도 된다는 기준을 얻을 수 있었던 것입니다. 우리는 실질적인 경험이 없었으므로 원리나 치료 방법은 알아도 그런 현실적인 판단의 기준을 가지고 있지 않았습니다. 자료에 의하면 '시야협착이 있어도 걸을 수 있고 말할 수 있는 환자는 입원시킬 필요가 없다' 고 되어 있었습니다. 그것을 읽고서 시야협착이 있지만 전신 상태가 좋고 콜린에스테라아제 수치가 낮지 않은 사람은 입원시킬 필요가 없다는 결론을 내릴 수 있었습니다. 정말 소중한 자료였습니다. 병원을 찾아온 사람을 모두 입원시켰더라면 큰 소동이 벌어졌을 테니까요.

—콜린에스테라아제에 대해 알기 쉽게 설명해주실 수 있습니까?

근육을 움직이려고 하면 신경의 말단에서 아세틸콜린이라는 물질이 나와서 '움직여!' 하고 근육 세포에 명령을 내립니다. 전령 역할이지요. 그 명령으로 근육이 움직입니다. 즉 수축하는 것입니다. 수축이 끝나면 콜린에스테라아제라는 효소가 나와서 전령 역할을 하는 아세틸콜린을 억제합니다. 다음 행동을 준비하기 위해서지요. 그리고 새로운 아세틸콜린이 나와서 '움직여!' 하고 다시 명령을 내립니다. 그래서 다시 움직입니다. 움직임이 끝나면 콜린에스테라아제가 다시 그것을 억제합니다. 그래서 다시 다음 준비 태세를 갖추게 되는 것입니다.

그런데 콜린에스테라아제가 없어져버리면 명령을 내리는 아세틸콜린이 그대로 남아 있기 때문에 근육이 수축한 채로 움직이지 않게 됩니다. 근육은 수축하기도 하고 이완하기도 해서 연속적으로 움직이게 되어 있는데, 계속 수축한 채로 있으면 '마비' 상태에 빠지게 되는 것입니다. 그것을 눈에 적용해보면 동공이 수축한 상태가 이어지는 겁니다. 이게 '시야협착' 입니다.

—유기인제 중독이나 사린 중독 이외에도 콜린에스테라아제 수치가 내려가는 경우가 있습니까?

다른 중독에도 나타나는 경우가 몇몇 있지만 뭐니뭐니해도 유기인제 중독이 가장 현저합니다. 콜린에스테라아제 수치의 저하는 약물중독이나 심한 간 장애가 아니면 거의 나타나지 않습니다. 보통 상태에서는 일어나지 않죠.

우리가 받은 팩스에는 콜린에스테라아제 수치가 200 이하가 되면 '입원을 요한다' 고 씌어 있었습니다. 우리도 그 방침에 따랐습니다. 그러나 입원한 사람도 순조롭게 회복해서 다음 날, 또는 다다음 날에는 퇴원할 수 있었습니다. 실제로 콜린에스테라아제 수치가 급격하게 저하되지 않는 한 마비 상태는 거의 일어나지 않습니다. 우리 병원의 예를 보아도 수치가 무척 낮은 사람도 금방 건강을 되찾았습니다. 시야협착이 삼사 일 계속되는 경우에도 호흡 마비까지는 가지 않았습니다.

농약에 의한 유기인제 중독은 회복에 많은 시간이 걸립니다. 중독량에 따라 다르지만 한 달 정도는 호흡을 할 수 없어 인공호흡기를 꽂아야 하는 예도 있습니다. 하지만 이번 사건의 경우는 기체였기 때문에 호흡기를 통해 짧은 시간에 외부로 많이 배출되었습니다. 들것에 실려온 대부분의 중증 환자는 어느 병원에서나 하루 이내에 의식을 회복했습니다. 목숨을 잃은 사람은 병원에 오기 전에 심폐기능이 정지된 경우입니다. 그래서 생명을 잃은 것입니다. 그리고 구명외래에서 심장소생술을 받아 생명을 구했지만 '식물인간'이 된 환자도 있었습니다. 그런 상태에서 회복된 사람은 꽤 오래 고생하는 것이 보통입니다.

—소방청이나 경찰로부터 환자 치료에 관한 정보가 들어왔는지요? 이렇게 특수한 증상의 경우는 의료의 가이드라인, 즉 통일된 견해를 중앙에서 빠른 시간에 널리 알리는 것이 기본일 텐데요.

아니요. 사건 발생 직후에 들어온 정보는 하나도 없었습니다.

도쿄의 위생국에서 통지가 왔었지만 사건 당일 저녁때였던 것으로 기억합니다. 한번 볼까요? (파일을 꺼낸다.) 팩스 시각이 16시 15분이로군요. "오늘 아침의 사건으로 환자들을 치료하시느라 수고가 많으십니다. 사린 관계 자료를 입수하였습니다. 사린이란……"

그러나 이 정보가 들어오기 전에 벌써 우리는 대체적인 윤곽은 알고 있었습니다.

결국 사건 후 적절한 시기에 관계 자료를 보내준 것은 신슈 대학의 의학부뿐이었습니다. 그 연락은 첫 환자가 들어오기 전이었으니까 정말 신속했었죠. 아까도 말씀드렸듯이 환자의 증상에 따라 어떤 치료를 해야 하는가를 파악하는 데 이 자료는 현실적으로 많은 도움을 주었습니다. 후에 팩스로 감사의 말을 전했습니다.

—요컨대 '현장' 즉 병원은 나름의 기준으로 사린 중독 환자를 치료하라는 거나 다름없었다는 말씀이로군요?

뭐, 그런 셈이지요.

사린에 관한 지식이 부족했기 때문에 많은 문제점이 노출되었습니다. 예를 들면 모 대학병원의 구명구급센터는 환자를 진료하는 가운데 의사와 간호사까지 중독 증상을 보이기 시작했습니다. 옷에 가스가 배어 있었기 때문입니다. 요컨대 2차 재해죠. 환자의 옷을 신속하게 벗겨야 한다는 지식이 없었습니다. 우리도 마찬가지였습니다. 거기까지 신경을 쓰지 않았던 것입니다. 다행히 우리 병원은 중증 환자가 한 사람, 경증 환자가 두 사람뿐이라서 아무 탈이 없었지만요.

히비야 선

나카메구로 발

지하철 히비야 선 나카메구로 발 도부동물원 행 전차의 사린 살포 임무는 도요타 도오루와 다카하시 가쓰야 팀이 맡았다. 도요타가 실행자고 다카하시가 운전사 역할이었다.

도요타는 1968년 효고 현에서 태어났다. 사건 당시 27세. 그 역시 옴진리교 교단 내에서 많이 찾아볼 수 있는, 이과계 슈퍼 엘리트 중 한 사람이다. 도쿄 대학 이학부에서 응용물리학을 전공하고 우수한 성적으로 졸업했다. 그후 엘리트 연구실로 올라가 석사과정을 마쳤다. 그리고 박사과정으로 진학할 즈음에 갑자기 모든 것을 버리고 출가한 것이다.

교단 내에서 도요타는 '과학기술성'에 소속되어 '화학반' 멤버로 활동했다.

재판정 피고석에서 본 도요타는 하얀 셔츠에 검은색 웃옷을 입고 머리는 빡빡 민 모습이었다. 볼은 날카롭게 푹 꺼졌고 얼굴은 팽팽하게 긴장한 기색이었다. 마치 매서운 겨울같이 엄격한 얼굴을 한 청년이다. 어딘가 강건하고 의지력이 강한 구도자의 모습이 엿보인다. 한번 마음을 정하면 무슨 일이 있어도 밀어붙일 것 같은 성격으로 보인다. 자신이 신봉하는 논리나 규범에 자진해서 목숨을 바칠 타입인지도 모른다. 그를 보는 순간 그런 인상을 받았다. 살아 있는 칼날 같은 인상이었다. 날카로운 지성을 느낄 수 있었지만, 그 지성이란 직접적으로 자신에게 유효한 것에만 적용될 것이라는 느낌이 들었다.

오랜 세월 소림권법을 연마한 탓인지 등이 곧다. 턱을 아래로 당기고 얼굴을 정면으로 향하면서 명상을 하듯이 두 눈을 가볍게 (또는 예의바르게) 감고 있다. 재판이 진행되는 동안 몇 시간이나 그는 그 자세를 한 번도 무너뜨리지 않았다. 법정에서 특별한 움직임이 있을 때만 조용히 눈을 떴을 뿐, 그 외에 눈에 띄는 동작은 없었다. 도요타 도오루는 마치 엄격한 수행을 하는 사람처럼 보였다. 혹은 그에게는 그것이 실제로 현실적인 엄격한 수행의 한 과정일지도 모른다.

바로 곁에 앉아 있는 얌전한 샌님 같은 히로세 겐이치와는 너무도 대조적인 모습이었다. 도요타가 거기에 앉아 도대체 무슨 생각을 하고 무엇을 느끼는지 외관상으로는 도무지 짐작할 수 없었다. 감정의 움직임이 어떤 종류의 의지에 의해 완전히 차단되어 있었다.

도요타는 3월 18일에 과학기술성의 상사인 무라이 히데오로부터 '지하철 사린 살포의 실행자가 되라' 는 지시를 받았다.

지금까지 명령에 따라 교단의 무장화 계획에 깊이 관여해왔기 때문에 도요타는 비합법적인 활동을 여러 차례 직접 실행했지만, 지하철에 사린을 살포한다는 계획에 대해서는 놀라고 망설이지 않을 수 없었다. 도요타는 해박한 화학 지식을 가진 사람으로서, 또한 제7사티암에서 사린의 비밀 제조에 관계해온 사람으로서 그 계획의 실행이 얼마나 비참한 결과를 가져올 것인지를 잘 알고 있었다. 그것은 무차별 대량학살 그 자체였다. 더욱이 자신의 손으로 그것을 실행해야 하는 것이다.

당연히 도요타는 마음속으로 나름의 갈등을 느꼈다. 그것은 상식적으로 생각해서, 그리고 정상적인 인간의 정리로 보아도 도저히 용납할 수 없는 비인도적인 행위였다. 그러나 자신이 귀의한 '존사尊師'의 명령에 반대할 수는 없었다. 그것은 마치 급격한 내리막길을 빠른 속력으로 미끄러져내리는 차에 타고 있는 것과 다름없었다. 그 차에서 뛰어내려 눈앞에 닥친 파국에서 벗어날 용기도 판단력도 그에게는 없었다. 뛰어내려 도망칠 '도피처'도 없었다.

도요타가 할 수 있는 일이라고는 — 동료 히로세 겐이치가 그랬듯이 — 주어진 '교리'에 대해 더욱 강한 신념을 가지고서 솟구쳐오르는 의문을 억제하고 인간성을 잊고 상상력의 창을 닫아 행위의 논리적인 정당성을 확립하는 것뿐이었다. 자신의 의지와 판단으로 차에서 뛰어내리기보다는, 또한 그 이후의 책임을 짊어지기보다는 명령에 따르는 쪽이 훨씬 더 편했기 때문이다. 도요타는 마음을 정했다. 해야 한다고. 일단 마음을 정한 후에는 모든 행동이 일사천리로 진행되었다.

도요타는 아침 6시 반에 시부야의 아지트를 나와서 다카하시가 운전하는 차로 히비야 선 나카메구로 역으로 향했다. 도중에 산 〈호치 신문〉으로 두 개의 사린 봉지를 쌌다.

그가 지정받은 전차는 7시 59분발 도부동물원 행 전차였다. 운행 번호는 B711T. 도요타는 그 전차의 맨 앞 칸에 올라타 문에서 가까운 좌석에 앉았다. 전차는 출근하는 사람들로 붐볐다. 그 차량에 타고 있던 대부분의 사람들에게 1995년 3월 20일은 특별한 날이 아니었다. 별다른 특징 없이 스쳐가는 날 중 하루에 지나지 않았다. 도요타는 들고 있던 가방을 내려놓고 신문지로 싼 사린 봉지를 꺼내 바닥에 내려놓았다.

도요타가 그 전차에 타고 있었던 건 아주 짧은 시간이었다. 겨우 이 분. 전차가 나카메구로를 나서서 다음 역인 에비스에 정차하자 도요타는 망설임 없이 들고 있던 우산 끝으로 사린 봉지를 몇 번 찌르고는 바로 전차에서 내렸다. 그리고 빠른 걸음으로 계단을 올라가 기다리고 있던 다카하시의 차에 올라탔다. 모든 것이 계획대로 진행되었다. 마치 하얀 종이 위에 자를 대고 똑바로 선을 긋는 것처럼.

시부야의 아지트로 향하는 차 안에서 운전을 하는 다카하시에게서 사린 중독 현상이 나타난 것이 유일한 오점이었다. 우산 끝과 도요타의 옷에 배어 있던 사린 액 때문이었다. 그러나 에비스와 시부야는 무척 가까운 거리여서 심각한 지장은 초래되지 않았다.

도요타가 우산 끝으로 찌른 두 개의 사린 봉지는 제대로 구멍이 뚫렸고, 900밀리리터에 달하는 사린 액은 남김없이 바닥에 흘러내렸다. 롯폰기 부근에서부터 맨 앞 칸의 승객들이 이상을 느끼기 시작했고 가미야초에 이를 즈음에는 공황상태가 정점에 달했다. 사람들은 앞 다투어 창을 열었지만 그 정도로는 피해를 막을 수 없었다. 많은 사람들이 가미야초의 플랫폼에서 쓰러져 구급차로 병원으로 옮겨졌다. 사망자가 한 사람, 중경상자는 532명에 달했다.

B711T 전차는 맨 앞 칸만 텅 빈 채 그대로 가스미가세키까지 달리다가, 거기서 승객 전원을 내리게 하고 회송되었다.

“첫 손자 얼굴도 안 보고 죽을 생각이야?”라는 목소리가 또렷이 들리더군요.

스가사키 히로시게 (당시 58세)

스가사키 씨는 메이지생명의 계열사인 메이세이 빌딩 매니지먼트 주식회사의 전무로 일하고 있다. 사무실이 있는 멋진 신축 건물은 주로 메이지생명의 사원 연수에 사용되고 있다.

전형적인 모습의 옛날 규슈 남자로, 성정이 곧고 비뚤어진 일이나 납득이 가지 않는 일에 대해서는 절대로 굽히지 않는다. 옛날부터 싸움을 잘해서 그 때문인지 중학교를 두 곳, 고등학교를 세 곳이나 옮겨다녀야 했다고 한다. 규슈의 술도가 집안에서 태어났지만 무슨 영문인지 술은 거의 못 마신다.

작은 체구지만 강철처럼 단단해 보이고 자세도 올곧고 말투도 확신에 가득 차 있다. 기억력은 경탄할 정도로 좋다. ‘이렇게 세부적인 것까지 기억하다니 좀 이상하지 않은가’ 라고 조사하던 경찰관이 의심할 정도였다. 가정에서도 완벽한 남편이자 완고한 가장으로서 세 딸을 엄격하게 키웠고 아이들은 다 자랄 때까지 반항 한번 한 적이 없다고 한다. 오늘날에는 거의 찾아볼 수 없는 타입이다.

그렇다고 해서 융통성 없는 사람은 아닌 것 같다. 적당히 처리할 일은 적당히 처리할 수 있는 유연한 사람이라는 인상을 준다. "옛날에는 다른 사람들이 불편해할 정도였지만 지금은 성격도 많이 둥글어졌습니다. 회사에서는 가능한 한 참견을 줄이고, 있는 듯 없는 듯한 존재가 되려고 노력하고 있습니다"라고 말한다.

사린사건을 당한 스가사키 씨는 거의 심폐기능이 정지된 상태에서 병원으로 옮겨졌다. 담당의사와 가족들은 회복이 불가능할지 모른다고 내심 각오하고 있었지만 그는 사흘간의 의식불명 상태에서 기적적으로 소생했다. 자세한 사정을 들어보니 생사의 갈림길이 말 그대로 종이 한 장 차이라는 것을 실감할 수 있었다.

막내딸도 통근중에 우연히 같은 히비야 선 전차를 타고 있었지만, 다행히도 칸이 달라서 피해는 입지 않았다.

*

우리집은 도요코 선 연선의 ○○에 있습니다. 이 집에 이사를 온 것이 1962년이니까 삼십 년이 넘었습니다. 이 집은 제가 결혼했을 때 아버지가 지어준 것입니다. 저는 학생 시절 구 년 동안 아버지에게 거짓말을 해서 돈을 받아가며 살았는데 아버지는 "나도 젊은 시절에는 부모를 속이기도 했으니, 그 정도 짓거리는 괜찮아" 하고 넘어가주었습니다. 그리고 결혼한 다음 해 이 집으로 이사를 왔습니다.

아침 기상은 6시 반, 간단한 식사를 하고 7시 5분 정도에 집을 나섭니다. 도요코 선을 타면 나카메구로까지 삼십 분 정도 걸립니다.

꽤 붐비는 편이죠. 거의 앉지 못하지만 간혹 자리를 잡는 경우가 있어도 성격이 급해서 도중에 급행으로 갈아타고 맙니다. 히비야 선 플랫폼에서 한 대를 그냥 보내고 기다렸다가 다음 전차를 탔습니다. 시발역이기 때문에 한 대 정도만 보내면 앉을 수 있습니다.

앉으면 책을 읽는 것이 습관입니다. 사고를 당한 이후로는 눈이 피곤해서 책을 읽을 수 없게 되었지만요. 역사책을 즐겨 읽습니다. 그때는 『영전零戰』이라는 책을 읽고 있었습니다. 어릴 적에 저는 비행사가 되고 싶었습니다. 지금도 비행기에 흥미가 많아요. 도요코 선을 타고부터 그 책을 읽기 시작했는데 너무 재미있어서 나카메구로에 도착한 것도 모를 정도였습니다.

히비야 선 플랫폼에서 줄 서 있을 때 제 자리는 앞에서 여섯번째였습니다. 평소에는 세번째 정도에 서는데 그날은 책을 읽느라고 일부러 뒤로 물러선 것입니다. 앞에서 네번째까지는 자리에 앉을 수 있는 순번이지만 여섯번째는 좀 어렵습니다.

문이 열리자 오른쪽으로 가서 세번째 자리에 앉았습니다. 그런데 내 곁으로 한 여자가 끼어들어 앉는 바람에 결국 오른쪽에서 네번째 자리가 되었습니다. 그래서 무척 불편했지만, 일단 책을 읽을 생각으로 미리 꺼내두었습니다. 나중에 꺼내려고 몸을 꿈틀거리면 이상한 오해를 받을 수도 있으니까 말이죠. 얇은 봄 코트를 입고 있어서 책은 코트 주머니에서 꺼냈습니다. 그러고는 집중해서 책을 읽기 시작했습니다. 십에서 이십 페이지 정도밖에 남지 않았으니까 목적지에 도착하기 전에 다 읽을 생각이었습니다. 그렇지만 책에 집중할 수 있었던 시간은 겨우 이삼 분에 지나지 않았습니다. 전차가 에비스를 지나 히로오에 도착할 때까지 말이죠.

히로오에서 문득 옆 사람을 보았습니다. 가죽 반코트를 입은 사람이었습니다. 저는 그때까지 죽 책에 정신이 팔려 있었는데, 히로오에 왔을 즈음부터 이상한 냄새가 나기 시작했습니다. 소독약 냄새라고나 할까. 이상한 냄새를 풍기는 가죽옷도 있잖습니까. 크레졸 같은 것, 아니면 매니큐어를 지우는 액체 같은 냄새요. 그래서 저는 이상하게 냄새가 심하다 싶어 옆 사람 얼굴을 유심히 쳐다보았습니다. 그 사람도 내 눈길을 의식했는지 '이 사람 뭐야' 하는 눈길로 노려보더군요.

그러나 역겨운 냄새 때문에 계속 그 사람에게 눈길을 주었습니다. 그런데 그 사람이 보고 있는 것은 제 얼굴이 아닌 것 같았습니다. 제 뒤편을 바라보는 듯한 눈길이었습니다. 이상해서 저도 뒤편으로 고개를 돌렸지요. 그랬더니 거기에 노트 정도 크기의 물건이 놓여 있었습니다. 오른쪽 두번째 자리 아래에 진행 방향으로 비스듬히 놓여 있었습니다. 비닐봉지 같은 것으로 기억하는데, 보도를 보니 신문지에 싸여 있었다고 하더군요. 그러나 저는 그 물건이 비닐봉지로 보였습니다. 거기서 뭔가가 흘러나오고 있었습니다.

그래서 '아, 저기서 냄새가 나는 건가' 하고 생각했습니다. 그러나 그냥 자리에 앉아 있었습니다. 그때 내 오른쪽에 앉아 있던 세 사람은 이미 자리를 뜨고 없었습니다. 그렇게 주변 정황을 의식한 것이 아마도 히로오와 롯폰기 사이였을 겁니다.

그러는 사이에 사람들이 냄새가 심하니 창문을 열자고 해서 모두들 창문을 열었습니다. 어떤 한 사람이 그런 말을 했다기보다 동시에 일제히 웅성거리며 떠들었던 것 같습니다. 그렇지만 이렇게 추운데 이 정도 냄새 가지고 창문을 열 것까지는 없지 않나 하는 생각이 들었습니다. 그렇게 심한 냄새가 아니다 싶어서요. 그다음에 할머니 한 사람이 제 곁에 앉았다가 바닥이 젖은 것을 알고는 건너편 자리로 옮겨버렸습니다. 그 할머니는 사린으로 젖은 바닥 위를 걸어왔겠죠.

하여튼 제 자리 뒤편에는 아무도 없었고, 승객들은 모두 앞쪽으로 자리를 옮겨 앉았습니다. 모두들 이상한 냄새가 난다고 했습니다. 제가 그런 이상한 분위기를 감지한 것은 롯폰기에 도착할 즈음이었습니다. 그때 저는 몽롱한 상태에 빠져 있었습니다. 다음 역은 롯폰기라는 차내 방송을 들으면서 오늘은 빈혈이 심하구나 생각했습니다. 빈혈과 거의 비슷한 증상이었습니다. 속이 울렁거리고 눈앞이 보이지 않고, 식은땀이 흐르는 기분이었죠.

그때는 그런 증상이 냄새와 관련된 것이라고는 꿈에도 생각지 않았습니다. 빈혈이라고만 생각했죠. 친척 가운데 의사가 많아서 약용 알코올이나 크레졸 냄새는 잘 알고 있었습니다. 그래서 의료 관계 일을 하는 사람이 소독약이 든 물건을 떨어뜨렸는데 누군가가 그걸 밟아서 내용물이 새어나온 것이라고 생각했습니다. 그래서 저는 누군지는 모르지만 자기가 떨어뜨린 물건을 치우지 않은 것에 속으로 화를 냈습니다. 요즘 세상의 공중도덕이란 하루가 다르게 떨어지고 있으니까 말이죠. 만일 제가 그때 몸이 성했더라면 당장 일어서서 그것을 집어다 역 플랫폼으로 집어던졌을지도 모릅니다.

아니요, 자리를 옮길 생각은 애당초 하지도 않았습니다. 저는 그런 냄새에는 이력이 나서 그다지 불쾌하지는 않았습니다. 아무것도 아닌 걸 가지고 웬 소동인가, 추운데 창문이나 닫았으면 좋겠다고 생각했습니다. 한편으로는 오늘 컨디션이 정말 좋지 않다고 생각했을 뿐입니다.

그렇지만 롯폰기를 지나 전차가 브레이크를 걸었을 즈음에는 정말 견딜 수 없었습니다. 즉 가미야초에 도착하기 직전이죠. 이렇게 빈혈이 심하니 가미야초에 잠시 내려서 전차 두세 대가 지나갈 때까지 쉬어야겠다고 생각했습니다. 그러나 자리에서 일어나려 해도 몸이 말을 듣지 않는 겁니다. 다리에 힘이 없었습니다. 그래서 손잡이를 잡고 몸을 질질 끌다시피 하면서 왼편으로 이동했습니다. 책은 그때 손에서 떨어진 것 같습니다.

손잡이에서 손잡이로 이동해 겨우 문 바로 곁의 기둥까지 가서 그것을 잡았습니다. 저는 전차에서 내려 가미야초의 플랫폼 벽에 손을 짚으려고 했습니다. 벽까지 가서 앉지 않으면 하마터면 쓰러져서 머리를 다칠지도 모른다고 생각했던 것 같습니다. 오른손에 차가운 벽의 감촉이 전해졌습니다. 그러고는 의식을 잃고 말았습니다.

그렇지만 저는 전차에서 내리지 못했더군요. 스테인리스 기둥을 잡은 채로 바닥으로 미끄러져내렸던 것입니다. 제가 플랫폼 벽이라고 생각한 것은 사실은 전차의 바닥이었습니다. 스포츠 신문에 제가 쓰러져 있는 사진이 나왔는데, 그것을 보고 '아, 그랬었구나' 하고 경위를 이해할 수 있었어요. 왼손으로 기둥을 잡고 그대로 바닥에 미끄러져내린 것입니다.

그런 제 모습은 카메라에 담겨 텔레비전에도 방영되었습니다. 그것을 보니 저는 8시 45분까지 그대로 쓰러져 있었더군요. 삼십오 분 정도 그 자리에 쓰러져 있었던 셈입니다. 아주 느긋하게 누워서 말이죠(웃음). 그다음에 역무원에 의해 밖으로 옮겨졌습니다. 화면을 보면 알 수 있겠지만 히비야 선 전차에 사용하는 노란색 시트를 가지고 와서 역무원 두세 사람이 밖으로 실어 옮긴 것입니다.

제가 의식을 되찾은 것은 도호 대학의 오모리 병원에서였습니다. 그러나 그게 언제인지는 잘 모르겠습니다. 아마도 그날 낮이 아닐까요. 그러나 잠시 의식을 되찾았다가 다시 의식불명 상태에 빠지고 말았습니다.

의식을 회복하여 위험한 고비를 넘겼다며 일반 병동으로 옮긴다는 말을 들은 것이 23일의 일입니다. 저는 그게 사건 다음 날인 줄 알고 집사람에게 "오늘이 며칠이지?" 하고 물어보았는데 23일 오후라고 하더군요. 사흘 동안이나 의식이 없었던 것입니다. 의식이 연결되지 않았어요. 그러나 의식이 없는 상태는 그야말로 천국이었습니다. 정말 아무것도 없죠. 무無입니다.

임사체험 같은 것은 없었습니다. 단지 멀리서 웅성대는 소리가 들려오는 것 같았습니다. 예를 들면 어린아이들이 야구 연습을 하면서 '힘내라!' 하고 외치는 듯한 소리 말입니다. 그런 느낌의 외침소리였습니다. 그런 소리가 조용히 들려오다가 갑자기 뚝 끊어지고 다시 들려오고…… 그런 느낌이었습니다.

실은 결혼한 딸애가 마침 그때 임신 사 개월째였고, 그 소식을 들은 지 얼마 안 되는 때였습니다. 병문안을 온 아내의 언니 되는 사람이 "첫 손자 얼굴도 안 보고 갈 생각이야!" 하고 저에게 외쳤습니다. 저는 그때까지 누가 무슨 말을 하든 아무런 반응을 보이지 않았다고 하는데, 그 말을 듣는 순간 절대로 죽어서는 안 된다는 생각이 들더군요. 순간적으로 의식이 돌아와서 그런 생각을 한 것이지요. 저는 손자를 손꼽아 기다리고 있었거든요. 딸애가 곁에서 "아빠 힘내요! 죽으면 안 돼요" 하고 외치는 소리는 그냥 왕왕대는 소음으로 들렸지만 "첫 손자 얼굴도 안 보고 죽을 생각이야?"라는 말만은 또렷하게 들은 것입니다. 의식을 잃은 사흘 동안 기억나는 것은 그것뿐입니다. 손자는 9월에 태어났는데, 나는 그 아이 덕분에 생명을 되찾은 건지도 모르죠.

그럭저럭 사흘 만에 의식을 회복하긴 했지만 기억들이 매끄럽게 연결되지 않았습니다. 삼십 분 전에 누군가와 나눈 대화의 내용도 기억할 수 없을 정도였습니다. 아마 그게 사린 중독의 특징인 모양입니다. 우리 회사의 사장이 몇 번이나 문병을 왔는데 기억나지 않습니다. 만났을 때 나눈 이야기도 마찬가지입니다. 큰 실례를 범한 셈이지요. 열 번이나 문병을 와주었다고 하는데 저는 아무것도 기억하지 못합니다.

기억력을 회복하기 시작한 것은 여드레째부터입니다. 그때부터 음식도 먹을 수 있게 되었습니다. 입원해 있는 동안 물리적으로는 아무런 증상이 없었습니다. 눈도 머리도 아프지 않았습니다. 말 그대로 멀쩡했습니다. 시력이 많이 떨어진 것만 제외하면 말입니다. 저 자신은 거기에 대해 별다른 이상을 느끼지 못했습니다.

이런 말을 하면 이상하지만, 간호사가 모두 굉장한 미인으로 보였습니다. 그래서 아내에게 "○○ 간호사는 참 미인이야. 미인은 성격이 차갑다고 하던데 그 사람은 정말 친절해" 하고 말했지요. 얼마 후 의식이 돌아온 다음에 보니…… 아마 그때는 세상 모든 것이 아름답게 보였던 모양입니다(웃음).

그러나 밤에는 두려움에 떨었습니다. 병원 침대 가장자리에 파이프가 있지 않습니까. 그 파이프를 만지면 어둠 저편에서 젖은 손이 불쑥 튀어나와 저를 끌어당기는 듯한 느낌이 들었습니다. 낮에는 환하고 주위에 사람들이 있기 때문에 그런 기분이 안 들지만, 밤에는 자려다가도 파이프에 손이 닿으면 젖은 손이 뻗어나와 저를 끌어당기는 듯한 느낌에 사로잡혔습니다. 의식이 명료해지고 기억들이 매끄럽게 연결되면 될수록 그 공포는 점점 더 커져갔습니다. 저는 그게 환각증상인지도 모르고, 이 병실에서 죽은 사람의 영혼이 나를 불러들이는 것인지도 모른다고 생각했습니다. 아무튼 두려웠습니다. 그렇지만 창피해서 사람들에게 그런 말을 할 수가 없습니다. 평소에 저는 집에서 절대적인 남편이며 가장이라서 '무섭다' 라는 말을 입 밖에 내지 않거든요(웃음).

그래서 하루라도 빨리 이 병원을 떠나야 한다고 생각했습니다. 밥을 먹지 못할 때는 아내에게 비닐봉지에 넣어서 버리라고 했습니다. 회복되었음을 보여주기 위해서지요. 그렇게 해서 억지로 열하루째에 퇴원을 했습니다. 적어도 보름은 입원해야 한다는 의사의 말을 무시하고 말이죠.

그러나 집에 돌아와도 결국 마찬가지였습니다. 발이 이불 밖으로 비어져나와 차가운 물건에 닿으면 똑같은 현상이 일어납니다. 공포가 되살아나는 겁니다. 혼자서 욕실에 들어갈 때도 그렇습니다. 나 혼자 남는 것이 너무 두려웠습니다. 밤늦게 거실에 있다가 제각기 자기 방으로 들어가고 나면 정말 두렵습니다. 목욕탕에도 혼자 있는 게 두려워서 아내를 불러 등을 밀게 합니다. 아내는 간단히 등만 밀고는 나가버립니다. 그래서 절대로 내가 나가기 전에 욕실을 나가지 말라고 했습니다. 내가 먼저 나가겠다고 말이죠(웃음).

차가운 물체에 접하면 공포를 느끼는 증상은 4월까지 계속되다가 5월에 들어서야 사라졌습니다. 다음에는 세반고리관에 장애가 일어나 걸을 때 균형을 잡을 수 없게 되었는데, 그것도 시간이 지나면서 점점 나아졌습니다.

그리고 책을 읽거나 신문을 읽는 건 괜찮지만 사전을 찾는 게 오랫동안 힘들었습니다. 알파벳 순서로 페이지를 들추다보면 짜증이 치밀어오르는 겁니다. 두세 달 전까지만 해도 그랬습니다. 요즘은 사전을 찾아보지 않지만 아마 괜찮아졌을 겁니다.

피해자 가운데는 지금도 지하철 타는 것이 두렵다는 사람이 많습니다. 솔직히 말해 저도 두렵습니다. 회사에서도 지하철 타는 게 괴로울 테니 신칸센을 타고 오라며 정기권을 구입해주겠다고 했지만 거절했습니다. 저는 도망치고 싶지 않습니다. 다시 회사 일을 시작한 것이 5월 10일, 일주일 후에 사고 당일과 같은 7시 59분발 히비야 선을 타보기로 마음먹었습니다. 일부러 같은 차량의 같은 좌석에 앉아서. 가미야초를 지날 때 뒤를 돌아보고 '아, 바로 저기였어' 하고 그때 일을 떠올렸는데, 솔직히 기분이 좋지 않았습니다. 그러나 의식적으로 그렇게 하고 난 다음에는 많이 편해졌습니다. 그것으로 공포심을 넘어설 수 있었습니다.

사린사건에서 목숨을 잃은 분들, 그분들은 최후의 순간까지 자신이 죽으리라고는 생각지 못했을 것입니다. 몇 분 사이에 의식을 잃어버리고 마니까요. 죽기 전에 아내와 자식을 보고 싶다는 생각을 할 여유도 없었을 것입니다. 그런 일이 일어날 줄 누가 알았겠습니까. 좀더 적절한 표현이 있으면 좋겠지만, 제가 하고 싶은 말은 '그 사람들은 도대체 무엇을 위해 희생당했는가' 라는 것입니다.

그런 짓을 한 놈들은 극형을 받아 마땅합니다. 저는 세상을 떠난 열한 명의 희생자를 대신해 생명을 되찾은 사람으로서 이 말을 하는 것입니다. 도대체 무엇 때문에 죽어야 했던가 하고요. 이것도 아니고 저것도 아니고, 나는 모른다, 제자들이 했다, 어쩌고저쩌고…… 이건 말도 안 됩니다. 자신의 욕망을 위해서 사람 목숨을 벌레처럼 다루다니, 이건 절대로 용서할 수 없습니다. 희생당한 분들의 명복을 빕니다.

저는 자위관으로서 사린에 관해 어느 정도 지식을 갖고 있었습니다.

이시노 고조 (당시 39세)

이시노 씨는 방위대학교를 나와 항공 자위대에 들어갔다. 현재의 계급은 2등 공좌, 옛날식으로 말하자면 중좌에 해당하니 상당히 높은 계급이다.

처음부터 자위대에 들어갈 생각을 한 건 아니다. 정치를 싫어하는 지극히 평범한 학생으로서 적당히 좋은 대학을 나와 적당히 좋은 회사에 취직하기를 바랐다. 형이 방위대학교에 들어갔을 때 입학식을 보고는 '이런 곳도 나쁘진 않다' 고 생각한 것은 사실이지만 설마 자신이 그 대학에 들어가리라고는 상상도 하지 못했다. 시험을 치를 때도 경험 삼아 한번 치러본다는 가벼운 기분이었다.

그러나 시험을 치른 다음에 '평범한 월급쟁이가 되어봐야 재미없을 테니 좀 색다른 인생을 보내는 것도 좋지 않을까' 하는 생각으로 마음을 바꾸어 진학을 결정했다. 일본의 국방을 위해서라는 생각은 추호도 없었다. 이시노 씨는 (약간 목소리를 낮추어서) "그런 생각으로 방위대학에 입학하는 사람은 별로 많지 않습니다"라고 말한다.

그런 말을 듣고 보니 조용한 몸짓하며 그의 모습은 도저히 방위청 관계자로 보이지 않는다. 정장도 잘 어울리고(근무시간에는 정장을 착용한다), 말도 논리가 정연해 어디를 보나 유능한 테크노크라트라는 인상을 준다. 그러나 직업병이라고나 할까. 그가 속한 분야의 세계관과 가치관은 확실히 갖추었고 매사 성실한 태도로 임하고 있다. 조금도 빈틈이 없다. 너무 빈틈이 없어도 곤란하긴 하지만 말이다.

바쁜 일과 때문에 만성적인 수면 부족 상태지만 기꺼이 인터뷰에 응해주었다. 감사드린다.

*

어릴 적부터 비행기를 좋아했습니다. 그렇지만 마니아들처럼 모형 비행기를 수집하는 정도는 아니었습니다. 작은 인간으로서 커다란 것을 좋아하는 그런 심리였겠지요. 기왕 자위대에 들어갈 바에는 파일럿이 되고 싶었습니다. 형도 항공 자위대 소속이지만 형제가 같은 길을 가게 된 것은 우연에 지나지 않습니다. 지극히 평범한 가정에서 자랐습니다. 가정과 자위대, 파일럿과는 아무 상관관계가 없었습니다.

그러나 애석하게도 파일럿이 되지 못했습니다. 시력이 1.0 이상이어야 파일럿이 될 수 있다는 규정 때문이었죠. 대학 사 년 동안 무슨 영문인지 시력이 나빠지고 말았습니다. 딱히 열심히 공부한 것도 아닌데 말이에요. 그래서 속여서라도 파일럿 과정에 들어가려 했는데 잘 풀리지 않았습니다(웃음). 항공기를 타고 치르는 시험

(비행 적성검사)에서 떨어지고 말았거든요. 파일럿의 길은 그길로 끊기고, 생각에 없던 지상 근무를 하게 되었습니다.

제 직책은 요격 관제 간부라는 것입니다. 전국에 28개소의 레이더 기지가 일본 주변의 하늘을 감시합니다. 만일 영공에 접근하는 국적 불명의 비행기가 있으면 요격 전투기를 긴급 발진시켜 그 비행기를 유도합니다. 레이더를 보면서 파일럿과 교신을 하고 지시를 내립니다. 그런 일입니다.

파일럿이 될 수 없다는 걸 깨달았을 때 솔직히 말해 마음이 좀 흔들렸습니다. 앞으로 어떡해야 하나 고민했습니다. 그러나 이런저런 생각 끝에 파일럿이 아니더라도 내가 갈 길이 있을 것이라 믿었고, 그후로 계속 이 일로 나아가게 된 것입니다.

첫 임지는 이시카와 현의 노토 반도 와지마에 있는 레이더기지였습니다. 처음에는 대체로 그런 부대에 배치됩니다. 계급은 3등 공위, 옛날로 치면 소위죠. 육 년간 거기서 근무했습니다.

그 당시는 아직 냉전 체제였던데다 한국해를 마주 보는 지역이었기 때문에, 매일 국적 불명의 비행기가 영공을 침해했습니다. 당연히 긴급 발진시켜야 했지요. 임지에 도착한 것이 1980년이니까 소련의 아프가니스탄 침공 당시였거든요. 그때는 꽤 긴장하고 지냈습니다.

부임한 지 얼마 되지 않아 소련기가 일본 영공을 침범한 사건이 있었습니다. 레이더 화면으로 그것을 보고서야 비로소 국제사회의 냉엄한 현실을 깨달았습니다. 나라의 주권이 침범당한다는 것이 과연 무엇인지 실제 체험을 통해 알게 된 것이지요. 침범하기 직전의 상대 비행기를 향해 "이대로 진행하면 영공 침범이니 기수를 돌려라" 하고 통고해도 들었는지 못 들었는지 변경하지 않는 것입니다. 점점 접근하더니 기어코 영공을 침범해버렸습니다. 그때의 무력감이란 말로 할 수 없었습니다.

와지마라는 지역은 벽지입니다. 여름은 그런대로 견딜 만합니다. 관광객이 찾아오니까요. 젊은 여자도 많습니다. 그러나 겨울이 되면 초등학생, 중고등학생, 그리고 노인 들만 남습니다. 정말 외로운 곳입니다. 휴일에도 할 일이 없습니다. 다른 매체를 통해 많은 정보를 접하지만 주위에는 아무것도 없습니다. 독신이라서 더 스트레스를 받습니다. 게다가 이 일은 선배로부터 실질적인 지도를 받고 배우는 일종의 도제 시스템이라, 거기에서 오는 정신적인 스트레스도 심합니다. 여름에는 다이빙이나 운전으로 스트레스를 풀 수 있지만 겨울에는 아무것도 없습니다. 저는 오사카에서 태어났기 때문에 추운 겨울에 익숙하지 않습니다. 처음에는 그런 환경에 적응하기 위해 꽤 고생을 했습니다. 그렇지만 와지마라는 동네는 좋은 곳입니다. 저에게는 제2의 고향이나 마찬가지죠.

거기서 육 년간 근무한 후에, 갑자기 도쿄로 발령이 났습니다. 네, 그렇습니다. 대단한 전환이었지요(웃음). 그 이후로 줄곧 롯폰기의 방위청 항공 막료감부* 등의 중앙 기구에서 근무했는데, 그사이 이치가야(당시)에 있는 간부 학교의 지휘막료과정(구 육군대학, 해군대학에 상당)에 들어가 그후로 외무성에서 근무하게 되었습니

* 일본 방위청 장관의 막료 기관. 막료는 사령관 직속의 참모장교를 말한다.

다. 그로부터 얼마 동안 롯폰기에 있다가 이번에는 프랑스의 종합 국방대학으로 유학을 가라고 하더군요. 일 년 칠 개월의 유학 생활이었습니다.

—대단한 엘리트셨군요.

아, 아닙니다. 우연히 그런 기회를 얻었을 뿐입니다(웃음). 수업이 전부 프랑스어였기 때문에 어학 공부를 하느라 고생했습니다. 일상회화 정도는 그런대로 할 만했지만 유럽 경제니 통화 제도까지 공부를 하라더군요. 거기에다 논문까지 프랑스어로 써야 했습니다.

결혼은 십 년 전에 했습니다. 와지마에서 도쿄로 전출되고 얼마 후였죠. 친구의 친구였나, 소개로 만났습니다. 아이가 둘인데 남자애가 여덟 살, 여자애가 다섯 살입니다. 지금은 사이타마에서 살고 있습니다. 육 년 전에 집을 샀고요. 음, 거품경제의 흐름을 탄 것도 있었고…… 마침 매물이 나온 게 있었는데 추첨에 당첨된 덕에 사게 되었지요.

○○역에서 유라쿠초 선으로 갈아탑니다. 비만 오지 않으면 사쿠라다몬에서 내려 지상으로 올라와 가스미가세키까지 걸어갑니다. 그리고 히비야 선으로 롯폰기까지. 소요 시간은 한 시간 십오 분 정도입니다.

우리 자위관의 경우 근무 시간이 거의 정해져 있지 않기 때문에 각 부대는 줄곧 24시간 대기 상태입니다. 무슨 일이 있으면 바로 대응할 수 있도록 교대근무를 하고 있습니다. 그러나 현재 제가 소속된 부서는 구상이나 계획을 세우는 곳이라서 실제로 부대를 움직이는 일을 하진 않습니다. 근무 형태는 규칙상 8시 반과 9시 15분의 2교대제이기 때문에 출근은 어느 시간이건 괜찮습니다. 그러나 대체로 8시 반에서 9시에는 출근합니다. 회의가 9시 정도에 시작하니까요.

귀가는 늦어서, 대체로 밤 12시 가까워서야 집에 도착합니다. 아이들은 잠들어 있습니다. 하는 일이 무척 많습니다. 이후의 방위력 정비를 어떻게 할 것인가, 미일 협력 관계를 어떻게 촉진할 것인가, 그리고 국제연합 PKO에 어떤 식으로 공헌할 것인가 등등, 작은 안건에서 커다란 안건까지 하나하나 결론을 내려야 합니다. 작은 일을 예로 들자면 '복사기가 낡았으니 새것으로 바꿔주었으면 좋겠다' 라는 것도 있습니다. 큰 일이라면 '차기 지원 전투기로는 무엇이 좋은가' 라는 것이 있습니다. 복사기 하나라 해도 국유재산이기 때문에 아무렇게나 다룰 수 없습니다. 국민의 세금으로 구입하는 것이니까요.

3월 20일은 회계연도가 끝나는 시기라서 일 년 중에서 그나마 제일 한가한 때라 할 수 있습니다. 할 일이 평소보다 적습니다. 그래서 휴가를 가는 사람도 많습니다. 저도 좀 쉬고 싶었지만 모두가 한꺼번에 쉴 수는 없는 노릇이라 출근하게 되었습니다.

전차는 평소보다 덜 붐빈다 싶었습니다. 사쿠라다몬까지 줄곧 앉아서 간 것으로 기억합니다. 그날은 회의도 없어서 천천히 출근하면 된다는 생각에 기분이 느긋했습니다. 사쿠라다몬에 도착한 시각이 8시 20분쯤이었습니다. 거기서 가스미가세키까지 경찰청 앞을 걸어서 여기 입구(지도를 가리킨다. A2의 입구)에서 플랫폼으로 내려갑니다.

그러나 그날은 개찰구로 들어가려는데 팻말이나 안내판 같은 게 가로막고 서 있었습니다. '현재 폭발사건이 일어나 운행을 중지합니다' 라고 씌어 있었습니다. 자세히 읽어보지는 않았지만 아마 그런 내용이었던 것 같습니다. 그러나 아래로 내려가보니 플랫폼에는 많은 사람들이 전차가 출발하기를 기다리고 있었습니다. 사람들이 기다리고 있다는 것은 전차가 금방 움직인다는 뜻이리라 생각하고 저도 거기 서서 기다렸습니다. 그렇지만 전차는 움직일 기색이 없었습니다. 그래서 포기하고 지요다 선 플랫폼으로 향했습니다. 노기자카 역에서 내려 조금만 걸으면 방위청이 나오니까요.

그렇지만 플랫폼에 사람이 너무 많아 지요다 선 쪽으로 이동할 수가 없었습니다. 그때 우연히 건너편 플랫폼에 정차한 전차의 문이 열려 있어서 그 안을 통과했습니다. 나카메구로에서 와서 기타센주 방향으로 가는 히비야 선 전차였습니다. 글쎄요, 네번째 아니면 다섯번째 칸을 통과했던 것 같습니다. 전차 안에는 아무도 없었습니다. 저처럼 그 칸을 통과한 사람이 몇 있었습니다. 차 안을 걸어갈 때 이상한 느낌은 조금도 들지 않았습니다. 플랫폼에 수상쩍은 물건도 없었습니다. 선로 고장 따위로 정차한 듯한 그런 분위기였습니다. (이 전차는 맨 앞 칸에서 이물질이 발견되어 가스미가세키역에서 운행이 중지되었다. 플랫폼에 멈추어 선 채 문을 열어두었던 것 같다.)

지요다 선은 아무 탈 없이 움직이고 있었습니다. 운행 시간에 약간의 혼란이 있었지만 잠시 기다린 후에 바로 탈 수 있었습니다. 그러나 노기자카에 내리기 직전부터 이상한 답답함을 느꼈습니다. 왠지 몸이 노곤해지는 것입니다. 차에서 내리고부터 가슴이 두근거리기 시작했습니다. 계단을 올라가는 것도 힘들었어요. 그러나 바쁜 일과 때문에 만성 수면 부족에 시달리는데다 건강 상태를 정확히 체크하지 못하고 있기도 해서 수면 부족에서 오는 피로라고 생각했습니다. 그리고 왠지 주변이 어둡게 보였습니다. 아주 쾌청한 날이었는데 말이죠. 그래도 가볍게 고개를 갸웃거리기만 했습니다. 아무래도 이상하다고 생각하기 시작한 것은 방위청 건물에 들어서고 난 후였습니다. 처음에는 조명 점검 때문에 전깃불의 밝기가 어두워졌나 하고 생각했을 정도였습니다.

그러는 사이에 가스미가세키 역에서 난리가 났다는 텔레비전 뉴스가 흘러나왔습니다. 전차의 운행이 정지되고 심각한 소동이 났다고 말이죠. 무사히 도착했다고 집에다 연락을 해주라는 상사의 말을 듣고서 집으로 전화를 걸었습니다. 그때는 사린이라는 얘기는 나오지 않았습니다. 그런데 책상에 앉아 일을 시작하려는데 워드프로세서의 화면이 이상하게 어두웠습니다. 화면이 잘 보이지 않았습니다. 그러는 사이에 사린이 살포되었다는 뉴스가 들어왔습니다. 그 순간 나도 사린가스를 마셨다는 사실을 알게 된 것입니다.

아뇨, 자위관이라 해서 사린에 대해 구체적인 지식을 가지고 있는 것은 아닙니다. 외무성에서 일을 할 때 국제연합국의 군축과라는 곳에 소속되어 있었는데, 비록 제 담당은 아니었지만 그때 화학병기 금지 조약의 체결 교섭을 벌이는 중이었습니다. 그래서 저는 사린에 대해 어느 정도 지식을 갖고 있었습니다. 마쓰모토 사린사건도 물론 알고 있었지만 개인적으로는 아무런 관심이 없었습니다.

솔직히 말해 저는 그것이 정말로 사린이라고는 생각지 않았습니다. 아마도 뭔가 다른 종류의 독극물이라고 추측했습니다. 일본 국내에서 그런 화학병기가 만들어졌다는 것이 믿기지 않았기 때문입니다. 무엇보다 그리 간단히 제조할 수 있는 것이 아니니까요.

그래서 사린이라면 시야협착이 일어날 것이라 생각하고 세면대에 가서 눈을 씻고 거울을 보았습니다. 이미 제 눈동자는 점처럼 변해 있었습니다. 의무실로 달려가보니 몇 사람이 들어와 있더군요. 모두 사린 피해자들이었습니다. 방위청에 속한 사람도 꽤 피해를 당했더군요. 아마 한 집단 가운데서는 가장 많았을 것입니다. 업무 시작 시간이 다른 곳보다 조금 빠르고 히비야 선이나 지요다 선을 이용하는 사람이 많기 때문이죠. 그렇지만 제가 아는 한 지금까지 사린의 후유증으로 고생하는 사람은 없습니다.

(이시노 씨는 바로 세타가야의 자위대 중앙병원으로 옮겨졌다. 다행히 증상은 그리 심각하지 않아서 하루 만에 퇴원했지만 그후로도 얼마간 답답한 느낌은 지속되었다. 시야협착은 한 달 만에 원래대로 돌아왔다.)

유럽에서는 테러가 일상적인 일처럼 자주 일어납니다. 그렇지만 일본에서는 이제까지 그런 일이 거의 없었습니다. 그래서 프랑스에 살면서 역시 일본이 안전하고 좋다는 것을 절감했습니다. 그곳 사람들에게서도 그런 이야기를 자주 들었습니다. 그런데 귀국한 지 얼마 되지 않아 이런 일을 당했습니다. 무차별 테러에 화학병기인 사린이 사용되었다는 것은 커다란 충격이었습니다.

도대체 무엇 때문에? 하는 의문이 듭니다. 이를테면 IRA 같은 경우는, 그들이 어떤 수단을 쓰느냐는 제쳐두고라도 그들이 지향하는 목적은 그들 입장에서 생각해보면 어느 정도 이해는 할 수 있습니다. 그렇지만 이번 사린사건은 도무지 이해가 가지 않습니다. 저는 다행히 후유증도 없이 회복되었지만, 생명을 잃은 사람이나 심한 후유증으로 고생하는 사람들은 도저히 그 울분을 풀 데가 없을 것입니다. 죽으면 다 똑같다고 하지만 그래도 의미 있는 죽음이 있고 의미 없는 죽음이 있지 않습니까.

이번 사건은 여러 각도에서 철저히 규명되어야 한다고 생각합니다. 개인적으로 절대로 용서할 수 없습니다. 그러나 일본은 법치국가이므로 이번 기회에 납득할 수 있는 논의를 거쳐 이 사건의 책임 소재를 명시하고 하나의 기준으로 삼아야 할 것입니다. 인간이 범한 죄를 어떻게 처벌할 것인가, 그 처벌 기준을 어떻게 정할 것인가를 신중하게 생각해보아야 합니다. 세뇌에 의한 범죄의 전례가 없으므로 거기에 관한 명확한 기준도 마련해야 할 것입니다. 그것이 하나의 판례로 남을 것이기 때문입니다. 그리고 이러한 처참한 사건의 재발을 방지하기 위해서라도 국가의 위기관리에 관한 논의를 정책적으로 마련해야 할 것입니다.

우리 앞 세대가 힘들게 노력해서 이 나라를 풍족하고 평화로운 나라로 만들었으니 우리는 그것을 보전하고 발전시켜 다음 세대로 물려주어야 할 책임이 있습니다. 이번 사건을 통해 그것을 절실히 느꼈습니다. 지금 일본에 절실한 것은 마음의 풍요를 추구하는 일입니다. 지금처럼 물질만 추구한다면 일본의 미래는 없을 겁니다.

—그런 점에서 이시노 씨는 일본의 장래에 대해 낙관적입니까, 비관적입니까?

저는 굳이 말하자면 비관적인 편입니다.

또 하나, 이 사건 이후에 생각한 것은 이제 40대에 들어선 만큼 자신을 잘 관리해야 한다는 것입니다. 자기 자신의 생명을 보다 깊이 생각해보아야 하지 않을까요. 이번 사건을 통하여 '공포와 경건함'에 대해 생각하게 되었습니다. 여태까지 이 직업에 종사하면서도 이번만큼 내면적인 두려움을 느껴본 적이 없었습니다.

저는 그 아가씨를 부축하고 비틀거리면서 개찰구 쪽으로 갔습니다.

마이클 케네디 (당시 63세)

마이클 씨는 세계적으로 유명한 아일랜드 출신 기수다. 수많은 큰 경기에 출전해 우승한 경력이 있다. 은퇴 후 일본 경마협회의 초청으로 지바 현에 있는 경마학교에서 젊은 기수들에게 프로 승마법을 가르치고 있다.

더블린 교외에 있는 댄드로라는 마을에서 태어나 줄곧 더블린 교외에서 살았다. 3남 2녀의 자녀들은 모두 결혼해 마이클 씨의 집에서 십 마일 이내 거리에 살고 있다. 가족 간의 우애도 돈독해 "우리 집은 마치 본부 같은 곳이에요" 하고 말한다. 손자가 둘 있다.

작은 몸집이지만 건강하고 쾌활하다. 호기심이 왕성하고 사람들을 만나 이야기 나누기를 좋아하는 성격인 듯하다. 일본을 좋아해서 사 년간 아무 불만 없이 행복하게 생활해왔지만, 고향을 떠나 가장 아쉬운 것은 모국어로 '대화'를 나눌 수 없는 것이라 한다. 도심지에서 멀리 떨어진 시골에 살고 있기 때문에 주변에 영어로 이야기할 사람이 없어서 조금 쓸쓸한 듯했다.

나는 이번 취재를 통해 처음으로 이 경마학교의 존재를 알게 되었는데, 상당히 훌륭한 시설을 갖추고 있었다. 특히 레이스 트랙은 아주 근사하다. 그렇게 멋진 시설에서 유망한 젊은 일본인 기수들에게 자신의 경험을 전수하는 것은 그에게 무척 보람 있고 즐거운 일인 듯했다. 자신이 가르치는 학생들 이야기를 할 때면 얼굴 가득 웃음이 번진다.

이 인터뷰는 영어로 이뤄졌는데, 나중에 테이프를 재생해보니 일부 알아듣기 힘든 곳이 있었다. 사건 당일 지하철에서 일어난 일을 이야기한 부분이었다. 그 부분에 이르자 그의 말이 빨라지면서 불명확해졌고 아일랜드 사투리가 강해졌다. 그리고 여기저기 말끝을 얼버무린 곳이 많았다. 몇 번이나 테이프를 재생해도 알아들을 수가 없는 곳이 있었다. 그런 부분에 대해서는 아일랜드에서 자란 영국인 친구의 도움을 받았다.

아마도 이 사건은 그만큼 마이클 씨에게 충격적이었고 아직도 그는—본인이 그것을 의식하는지 않는지는 모르겠지만—정신적인 충격에서 완전히 벗어나지 못한 건지도 모른다.

이런 사건의 피해에는 물론 일본인과 외국인의 차이가 없다. 말도 잘 통하지 않는 이국땅에서 이런 처참한 사건에 휘말려든 마이클 씨를 동정하지 않을 수 없었다. 원망스러운 말을 전혀 입에 담지 않은 편이기는 했지만.

인터뷰가 끝나고 몇 주 후에 마이클 씨는 경마학교 일을 접고 아일랜드로 귀국했다.

*

일본에 온 지도 벌써 사 년이나 됩니다. 오래 떨어져 생활하다보니 역시 고향과 가족이 그리워요. 가족이 곁에 없는 건 외롭지요. 그러나 한 해에 두 번은 휴가를 얻어 고향에 가고 아내도 한 해에 한 번은 꼭 일본으로 오기 때문에 결국 한 해에 세 번 허니문을 가는 셈이죠, 하하하(웃음). 그것도 나쁘진 않아요.

저는 은퇴하기까지 고향에서 삼십 년간 경마 기수 생활을 했습니다. 제가 기수 훈련을 받기 시작한 것은 열네 살 때였어요. 그로부터 육 년 반 동안 견습 기수로 훈련을 받았죠. 보통은 오 년이면 끝나지만 저는 성적이 나빠서 "자네는 아직 어리고 장래성도 있으니까 조금 더 성실하게 배우도록 해" 하고 보스가 낙제를 시키더군요. 그래서 다른 사람보다 더 오래 견습 생활을 했습니다. 결과적으로는 그게 더 다행이었던 것 같아요. 그 덕분에 더 성숙한 프로 기수가 될 수 있었으니까요.

당시에는 이렇게 좋은 기수학교가 없었기 때문에 우리는 한 숙사에 모여 살면서 훈련을 받았습니다. 처음에는 똥 치우는 일만 했죠. 똥을 치우고 마구간 청소를 하고…… 그런 일들 말입니다. 이걸 해라, 저걸 해라…… 몸이 파김치가 될 때까지 일만 했습니다. 그런 일을 하다가 차차 말을 타게 되는 겁니다. 제가 속한 숙사에는 아주 뛰어난 기수가 몇 사람 있어서, 저는 그들로부터 귀중한 승마 지식을 얻을 수 있었습니다.

견습 기간 동안에는 월급이 없습니다. 오로지 일만 합니다. 밥만 주지요. 생활은 피곤하고 돈은 없습니다. 꼭 필요한 생필품이 가끔

주어질 뿐입니다. 셔츠는 두 장뿐입니다. 물론 옛날 이야기지만요. 지금은 그렇지 않습니다. 만일 그 시절에 당신이 기수가 되려 했다면 완전히 바닥 생활부터 시작해야 했을 겁니다.

왜 기수가 되려 했냐고요?

흠, 우리집 가까운 곳에 경마장이 있었어요. 그곳에 놀러 갈 때마다 나도 말 타는 사람이 되고 싶다는 생각을 했습니다. 기수를 동경하게 된 것이죠. 아일랜드에서는 경마가 아주 성행해요. 인구 대비로 따지면 세계에서 가장 경마장이 많은 나라일 겁니다. 작은 나라지만 경마장은 아주 많죠.

저는 견습생 시절부터 몇 개의 유명한 레이스에서 우승했고 스무살이 넘으면서 프로 기수가 되었습니다. 최초로 우승한 레이스는 지금도 생생하게 기억하고 있어요. 1949년, 열일곱이 되던 해, 수요일에 세 살짜리 말들을 모아 벌이는 경주였어요. 이게 참 재밌는 이야기예요.

제가 속한 숙사에는 네 명의 견습생이 있었는데 그 가운데서 제가 가장 어리고 서열로도 가장 아래였습니다. 모두들 나를 졸병 취급하고 깔보았지요. 그래서 설마 내가 그 레이스에 참가하게 되리라고는 꿈에도 생각지 않았어요. 꽤 큰 레이스였으니까요.

그런데 수요일 아침 일찍 평소 때처럼 말똥을 치우고 있는데 트레이너가 다가오더니 "너, 오늘 레이스에 나가야 되니까 준비해"라고 얼토당토않은 말을 하는 겁니다. 아닌 밤중에 홍두깨 같은 말이었습니다. 저는 깜짝 놀라 입만 멍하니 벌리고 있었습니다. "왜, 왜 내가 나가는 거죠?" 하고 모기만한 목소리로 겨우 물어보았습니다. 그랬더니 "이유는 몰라도 돼. 시키는 대로 해!"라고 고함을 치는 겁니다. 그들은 설명을 하는 법이 없습니다. 단지 명령을 내릴 뿐이지요. 저는 무릎을 달달 떨었습니다. 곁에 있는 견습생 동료들도 입만 멍하니 벌리고 있었습니다. 모두들 구석에 모여 "왜 저런 꼬맹이를……" 하고 수군거렸습니다.

그렇지만 저는 그 레이스에서 우승했어요. 그 꼬맹이가 멋지게 우승을 한 겁니다. 꼭 옛날이야기 같죠. 그건 죽을 때까지 절대로 잊을 수 없는 추억입니다. 옛날 옛적의 일이지만 마치 어제 일처럼 선명히 기억하고 있습니다. 동화 같은 이야기지요.

—이야기를 들어보니 마이클 씨는 기수로서 재능이 있었던 것 같은데, 기수의 가장 중요한 재능은 무엇이라고 생각합니까?

말과 커뮤니케이션을 할 수 있는 능력이죠. 그것이 기수로서 가장 중요한 재능입니다. 대체로 그런 능력은 선천적입니다. 말로 이러저러한 것이라고 설명할 수 없습니다.

저는 일본의 젊은 기수들에게 말에게 열심히 이야기를 걸라고 입에 침이 마르도록 강조하지만 실제로 그렇게 하는 사람은 거의 없는 것 같습니다. 특히 일본의 기수들은 힘을 중시하죠. 힘으로 말에게 명령을 내리는 경우가 많아요. 저는 이곳의 학생들을 좋아하고 또한 다들 훌륭한 자질을 가지고 있다고 생각하지만 이러한 경향에 대해서는 지적하지 않을 수 없어요.

물론 힘으로 말을 움직일 수도 있습니다. 말은 고통을 당하지 않기 위해 전력을 다하는 성격이 있으니까요. 예를 들면 불이 나면 말은 전력질주를 합니다. 자신에게 좋지 않은 무언가로부터 도망치기 위해서지요.

그러나 그것보다는 말을 설득하고 이치에 맞게 설명하는 것이 더 좋은 결과를 낳는다고 봅니다. 말과 친하게 지내면서 친구로서 공통의 목적을 위해 힘을 합하여 나아가는 겁니다. 말과 둘이서 팀을 짜는 것이죠. 뭐니뭐니해도 그게 제일입니다.

물론 개중에는 근성이 뒤틀린 말도 있어요. 그렇지만 그런 말의 경우는 지금까지 부당한 대우를 받아서 그렇게 된 것이고(예를 들면 조교사에게 폭력을 당하는 등), 처음부터 성격이 비뚤어진 말은 없습니다. 그렇기 때문에 참을성 있게 시간을 들이면 친구가 될 수 있습니다.

어떤 레이스건, 어떤 말이건 하나의 '브레이킹 포인트'라는 것이 있습니다. 거기에 이르면 말은 '이젠 틀렸다' 하고 포기해버립니다. 정신적 위기감 같은 거지요. 기수라면 그것을 알 수 있습니다. 그때 말은 '와가훗' 또는 '아아아우후'라는 소리를 냅니다(마이클 씨는 여기에서 말의 언어를 사용했기 때문에 유사한 발음으로 표기해둔다). 우리는 그 소리를 레이스를 벌이는 도중에 주변의 함성 속에서도 또렷이 알아듣습니다. 그때 기수는 말을 격려해주어야 합니다. 저는 말에게 말을 겁니다. 그래요, 레이스 중에서도 특히 최후의 골인 지점을 향해 달리는 순간 큰 소리로 마음을 담아 말에게 말을 겁니다. 내가 하는 말은 어김없이 말에게 전달됩니다. 말은 반드시 내 마음을 알아줍니다.

이것은 채찍보다 더 효과가 큽니다. 물론 채찍을 가하면 말은 본능적으로 골인 지점을 향해 내달립니다. 그렇지만 저는 말에게 이야기를 합니다. "자, 가자. 좋아. 그래! 함께 가는 거야!" 하고요. 그런 격려가 절대적으로 필요한 순간이 레이스 중에 반드시 한 번은 있습니다. 그것을 포착하는 것이 중요합니다. 저는 그럴 수가 있습니다.

젊은 시절부터 그럴 수 있었습니다. 아니, 무의식적으로 그렇게 된 거죠. 젊은 사람에게는 어떤 힘이 있습니다. 말에게 이야기를 걸면 그쪽에서 대답을 해와요. 그런 힘을 느꼈습니다. 드라이빙 파워죠.

저는 프로 기수가 되었습니다. 프로 기수의 생활은 여행의 연속이었습니다. 늘 여행을 합니다. 그것이 나의 라이프스타일이었습니다. 많을 때는 일 년에 이백오십 번이나 레이스에 나섰습니다. 정말 바쁘고 스트레스가 많은 생활입니다. 사람에게는 누구나 밝을 때와 어두울 때가 있지 않습니까. 이길 때도 있고 질 때도 있어요. 늘 위험에 직면해 있었지요.

큰 부상을 입은 적은 거의 없습니다. 행운이랄 수 있겠죠. 제 몸은 만신창이입니다. 곧잘 뼈가 부러졌어요. 어깨, 허리, 갈비뼈…… 그러나 다행히도 큰 부상은 한 번도 입지 않았어요. 레이스 가운데서 가장 기억에 남는 것은 미국의 수도 워싱턴의 빅 레이스에서 달린 일입니다. 저는 그때 아주 유명한 말을 탔습니다. 그리고 당시의 미국 대통령은 저와 같은 아일랜드 출신인데다 이름도 같은 케네디였습니다. 그때 대통령을 만날 수도 있었는데, 저는 너무 부끄러워서 가지 않았습니다. 이백 명의 기수들이 백악관에 초대를 받았지만 저는 혼자서 호텔 방을 지켰습니다. 그해 가을에 대통령은 암살당하고 말았습니다. 정말 슬픈 일이었어요.

1979년에 은퇴한 다음에는 아일랜드에서 말 트레이닝 센터의 매니저가 되었습니다. 천오백 마리의 말을 훈련하는 일입니다. 그리고 그 일을 겸해서 'RAC'라는 기수 양성 학교에 가서 일주일에 두 번 정도 젊은 기수들에게 승마를 가르쳤습니다. 기수로서의 경험을 그들에게 전하는 일이었죠. 거기서 저는 일본 경마협회에서 온 사람을 몇 명 만났습니다. 그들은 외국인 선생을 구하고 있었는데 제게 일본에 오지 않겠느냐고 하더군요.

저는 아일랜드에서 바쁘게 일을 하고 있었고 가족도 있었기 때문에 일본까지는 도저히 갈 수 없다고 웃으면서 거절했지만, 그냥 한 번 와서 학교를 둘러보기라도 하라고 열심히 권하는 바람에 일본에 가보았습니다. 교토 관광을 하고 경마장에도 가보았습니다. 그때 전 정말 감탄하고 말았어요. 아름다운 나라였고 사람들도 모두 친절했습니다. 이 주일 머물다 아일랜드로 돌아갔지만 그때는 이미 일본에 반하고 말았습니다. 지금도 그래요.

아일랜드로 돌아가서 "결정했어. 난 일본으로 갈 거야"라고 선언하자 모두들 눈을 동그랗게 뜨고 놀라더군요. 하하하(웃음).

사 년간 일본의 기수 수준은 몰라보게 발전했습니다. 제가 처음 일본에 왔을 때는 솔직히 말해 그들의 기술은 구닥다리였습니다. 그렇지만 최근의 젊은 기수들은 더 풍부한 상상력을 가지고 말을 타는 것 같아요. 이건 바람직한 현상입니다. 기술도 많이 진보되었습니다. 물론 저만의 공적은 아닙니다. 자만할 생각은 없어요. 물론 제가 몇 가지 기술을 소개하긴 했지만 학생들의 자질이 밑받침되었기 때문에 가능한 일이었습니다. 몇몇은 입이 닳도록 칭찬해도 지나치지 않을 만큼 뛰어난 재능을 가지고 있습니다.

그렇지만 아직도 개량할 점이 많아요. 아까도 말했듯이 좀더 많은 커뮤니케이션이 필요합니다. 말과 마음이 통해야 해요. 이것은 기술이 아닙니다. 그러나 그것은 말과 관계를 맺는 데 가장 아름다운 부분입니다.

사건이 일어난 3월 20일에 저는 도쿄에 머물고 있었습니다. 그 주말이 '성 패트릭의 날' 이었기 때문이죠. 그게 뭔지는 아시죠? 아일랜드 사람에게는 큰 축제일입니다. 도쿄에 사는 아일랜드인들은 17일 금요일에 오모테산도에 있는 '아일랜드 무역협회' 에 모여 댄스를 즐기고 성대한 연회를 벌입니다. 그날 밤 저는 거기서 잤습니다. 매년 그렇게 합니다. 도쿄로 나와서 파티에 참석한 다음 '아일랜드 무역협회' 에서 묵죠.

다음 날 토요일, 저는 친하게 지내는 야구치 씨 집에 갔습니다. 세타가야인데 거기서 하룻밤을 묵었습니다. 그다음 날 일요일에는 오모테산도에서 퍼레이드가 있어서 저는 아침에 야구치 씨의 집을 나서 도심지로 향했습니다. 아, 물론 그전에 교회에 가야 했습니다. 세타가야에는 성 프란시스코 교회가 있어요. 작은 교회인데 거기에 갔지요.

그러고 나서 나는 퍼레이드에서 아일랜드 대사를 만났습니다. 샤키라는 사람입니다. 그는 그날 밤 디너파티에 나오라고 권하더군요. 디너 모임은 롯폰기의 '하드록 카페' 에서 열렸습니다. 성대한 모임이었습니다. 모임이 너무 늦게 끝나 전철을 타고 지바까지 돌아가려니 난감하더군요. 대사는 나에게 "그러지 말고 우리집에서 자고 아침에 가는 게 어때요"라고 하더군요. 그의 집은 롯폰기에 있습니다. 결국 그날 밤은 대사의 집에서 잤습니다. 저는 술은 많이 못 합니다. 맥주 두 잔이면 족하죠.

다음 날 아침 6시 반에 일어나 "정말 고맙습니다. 이제 돌아가야겠습니다" 하고 인사했더니 대사가 "그렇게 서두를 것 없습니다. 아침이라도 들고 가세요"라고 권해서 함께 아침을 들었습니다. 오랜만에 느긋하게 시간을 보낸 셈이지요. 그러고 나서 다시 인사를 하고 대사의 집을 나서서 지하철 롯폰기 역으로 향했습니다. 히비야선으로 가야바초까지 가서 거기서 도자이 선으로 갈아탈 생각이었어요. 그래서 니시후나바시까지 간 거지요.

처음 도착한 전차는 너무 붐비더군요. 정확한 시각은 모르겠지만 아마 7시 반 정도였을 겁니다. 발 하나 들이밀 틈도 없을 만큼 빽빽해서 그 차를 그냥 보내버리고 다음 전차를 기다렸습니다. 그런데 앞차의 반도 안 찼을 정도로 거의 텅 비어 있는 겁니다. 믿을 수 없는 일이었어요. 이게 어떻게 된 걸까? 그렇지만 일단 한산하니 잘됐다 싶어 맨 앞 칸의 뒷문으로 올라탔습니다. 그런데 바닥 한 군데가 흠뻑 젖어 있고 그 곁에는 신문지가 떨어져 있더군요. 아마도 그 신문지로 액체를 닦아낸 것 같았어요.

'도대체 이게 뭘까?' 하고 저는 고개를 갸우뚱했습니다. 사람들은 그 물기를 피해 앞쪽에 몰려 있었습니다. 이상하다는 생각을 하면서도 영문을 몰랐기 때문에 그곳을 피해 비어 있는 자리에 걸터앉았습니다. 누군가가 창을 열었습니다. 이상한 냄새가 났어요. 그리 심하지는 않았던 것 같아요. 그러나 저는 후각이 예민한 편이죠.

정말 기분 나쁜 냄새더군요. 절대로 좋은 냄새는 아니었어요. 먼저 눈이 따끔거리기 시작했어요. 그러나 이미 문은 닫히고 전차는 움직이기 시작한 후였지요.

그런데 옆자리에 앉은 여자가 갑자기 흐느적거리며 무너지듯이 내려앉는 겁니다. 나이는 스물한둘 정도 될까요. 그후에 그 여자가 살았는지 죽었는지 모르겠어요. 전차가 가미야초에 도착했을 때 저는 비틀거리면서 플랫폼으로 나왔습니다. 승객들이 한꺼번에 마치 홍수처럼 밀려나가는 듯한 풍경이었지요. 공황 그 자체였어요. 그런 와중에서도 사람들은 서로를 부축하며 도와주더군요. 우리는 플랫폼에 그대로 퍼질러 앉았습니다. 몸을 낮추고 앉아 있으면 괜찮을 거라고 생각했어요. 그러나 그렇지 않았습니다. 이미 가미야초역은 가스로 오염되어 있었으니까요.

전차가 정지했을 때 몇 사람이 운전석으로 달려가 큰일났다면서 기관사를 데리고 오더군요. 기관사는 선두 차량의 차내 상황을 살펴보고 바로 무선전화로 본부에 긴급 연락을 했습니다.

몇 사람은 플랫폼에 그대로 드러누웠습니다. 저도 거기에 주저앉아버리고 말았습니다. 한 손으로 가방을 잡고 있었습니다. 그리고 다른 한 손으로는 아가씨의 머리를 받쳐주었어요. 그녀는 의식을 잃은 상태였어요. 제 눈에서 눈물이 줄줄 흘러내렸습니다. 마치 폭포처럼요. 시야가 좁아지더군요. 주위를 둘러보니 모든 사물에 구멍이 뚫린 것 같았습니다. 플랫폼 바닥에 깔린 타일을 보니 여기저기 구멍이 뚫려 있는 것 같았어요. 도대체 이게 무슨 일인지, 정말 영문을 모르겠더군요. 그때는 이미 눈이 독가스에 오염되어 있었던 겁니다.

저는 그 아가씨를 부축하고 비틀거리면서 개찰구 쪽으로 갔습니다. 비틀거리며 계단을 올라 개찰구 쪽으로 향했어요. 개찰구에는 사람들이 모여 있었습니다. 우리는 나가려는데 전차를 타려고 계단을 내려가려는 사람도 있었습니다. 누군가가 우리더러 개찰구 쪽에 대기하고 있으라고 하더군요. 그냥 거기서 기다리라고 말이죠. 저는 외쳤습니다. 몇 번이나 외쳤는지 모릅니다. "부탁합니다. 부탁합니다. 부탁합니다(일본어로)" 하고요. 저는 전차를 타러 내려가는 사람을 향해 그렇게 외쳤습니다. 우리는 서로 몸을 의지하면서 거기 가만히 있었습니다.

그때 손가방을 든 남자 한 사람이 다가오더니 제 손에서 그 아가씨를 잡아채고는 개찰구를 넘어서 계단 위로 데려가는 것이었습니다. 다른 사람들도 모두 서로에게 의지하면서 계단 위로 올라갔습니다. 저도 누군가의 부축을 받아 비틀거리며 계단을 올라 밖으로 나왔습니다. 신선한 공기! 그 공기를 마시는 순간 저는 살았다는 생각이 들었습니다.

그러나 곧바로 기분이 이상해졌습니다. 저는 그 자리에 주저앉고 말았습니다. 속이 안 좋아서 토했습니다. 많이 토했어요. 위가 텅 빌 정도로. 다른 사람 눈에는 위독하게 보였던 것 같아요. 많은 사람들이 내 곁으로 다가왔습니다. 주저앉은 사람, 쓰러진 사람 등 가지각색이었습니다. 대부분의 사람들이 손수건으로 눈을 닦고 있었습니다. 그러면서 모두들 영문을 몰라 멍하니 얼을 빼고 있었습니다.

"도와주세요. 구급차를 불러주세요" 하고 저는 외쳤습니다. 그때는 거의 공황상태에 빠져 있었지요. 구급차가 온 것은 그로부터 십 분 후였습니다. 여섯 대인가 일곱 대가 왔습니다. 그래요, 거기에는 약 삼사십 명의 사람들이 있었습니다. 모두 주저앉거나 누워 있었습니다. 저는 다른 몇 사람과 함께 가장 먼저 들것에 실려 병원으로 옮겨졌습니다.

그때 저는 어떤 가스가 원인일 거라는 생각을 하고 있었어요. 가스에 당하리라고는 꿈에도 생각지 못했는데 말이죠. 물론 처음에는 몰랐어요. 이상한 냄새가 나고 눈이 아픈 정도였으니까요. 그러나 점점 몸이 이상해지면서 가스라는 확신을 가졌습니다.

제가 탄 칸에 있던 승객들은 전부 가미야초에서 내렸는데, 사람들이 내리자 전차는 그대로 출발했습니다. 그 역에서 내린 사람들도 대체로 별로 대수롭지 않게 생각하는 것 같았습니다. 저도 다음 전차가 오면 그대로 타고 갈 생각이었으니까요. 지금 생각해보면 어처구니없는 일이지만 그때는 그런 생각을 했습니다. 실제로 다음 전차가 오기를 기다리는 사람도 있었어요. 사망자가 나올 정도로 심각한 사건이라고는 그때는 아무도 상상하지 못했을 겁니다. 그 전차에는 무슨 문제가 있었지만 다음 전차는 괜찮을 거라고 생각했지요.

그 이후로 그 아가씨는 어떻게 되었을까, 지금도 마음에 걸립니다. 가미야초에서 스물한 살짜리 아가씨가 죽었다는 보도를 보았는데 그때 그 아가씨였을까요? 키가 작고 몸집이 자그마한 아가씨였으니까 가스에 금방 피해를 입었을 겁니다. 정말 안됐어요. 그녀는 출근하는 차림새였습니다. 단정한 차림새에 야무져 보이는 사람이었어요. 그녀가 어떻게 되었는지 정말 궁금합니다.

병원에는 나흘간 입원했습니다. JRA(일본중앙경마회) 사람들이 저를 보살펴주었습니다. 마침 가미야초에 JRA 본부가 있었으니까요.

병원에 입원한 후로는 육체적인 고통이 거의 없었습니다. 이제 괜찮다는 생각이 들더군요. 심각한 정도는 아니라는 확신이 들었어요. 그러나 정신적인 충격은 무척 컸습니다. 처음에 느꼈던 이상한 감각이 내 속에서 점점 징그럽게 변해가는 것을 알 수 있었습니다. 지금 신선한 공기를 마시고 있는데도 그때의 고통스런 숨결이 점점 더 강하게 느껴지는 것입니다. 정말 두려웠습니다.

그러나 얼마 후에는 '이제 괜찮다. 아무 일도 없다'는 것을 스스로 확인하면서 안정을 되찾았습니다. 이윽고 안도의 한숨을 내쉰 거지요. 그렇게 되기까지 약간의 시간이 필요했습니다.

눈의 통증과 두통은 얼마 동안 남아 있었습니다. 완전히 없어지지는 않았습니다. 시간이 흐르면서 조금씩 사라져갔죠. 병원에서 퇴원한 후 저는 사나흘 정도 아일랜드 대사의 집에 머물렀습니다. 거기서 간호를 받았습니다. 대사의 친절을 결코 잊을 수 없습니다.

그렇지만 퇴원한 다음 저는 거의 잠을 이룰 수가 없었습니다. 삼 주일 동안 밤에는 아예 잠자기를 포기해버렸습니다. 잠에 빠져드는 것이 너무 두려웠기 때문입니다. 잠이 들면 반드시 꿈을 꿉니다. 늘 같은 꿈이에요. 누군가가 내게 다가와서 커다란 망치로 머리를 내리치는 겁니다. 그런 꿈이었어요.

그 꿈은 정말 이상했습니다. 처음에는 그 망치가 정말 아팠습니다. 그러나 날이 갈수록 차츰 부드러워지는 겁니다. 조금씩 그 충격이 약해져가는 거지요. 그리고 마지막에는 맞아도 마치 베개로 맞는 것처럼 아무렇지도 않은 기분이 들었습니다.

그러나 두렵기는 마찬가지였어요. 낯선 남자가 어둠 속에서 다가와서 망치로 내리치는 순간 놀라서 잠을 깹니다. 그런 꿈이 몇 번이나 이어지는 겁니다. 잠드는 게 두려웠습니다. 잠만 들었다 하면 그런 꿈을 꾸니까요. 저는 밤새도록 불을 밝혀두었습니다. 어둠이 두려웠습니다.

삼 주일 동안 밤에는 잠을 자지 못했습니다. 정말 한숨도 자지 못했습니다. 정말 고통스런 일이었습니다. 저는 그동안에도 학교 일을 계속했는데, 잠을 자지 못해서 때로 머리가 멍해지기도 했습니다. 그래서 정상적인 생활을 하지 못했지요.

그냥 시간이 가기만을 기다릴 수밖에 없었습니다. 지금은 아무렇지 않아요. 완전히 나았습니다. 아무런 문제도 없어요. (일본어로) 괜찮아요.

제가 쓰러진 모습이 텔레비전에 나온 모양입니다. 그 영상이 아일랜드에서도 방영되었더라고요. 친정에 와 있던 딸이 그 화면을 보고 놀라서 아내를 불렀다고 합니다. "어머니, 빨리 와보세요. 아빠가 도쿄의 지하철에서 사고를 당한 것 같아요" 하고요. 아내는 깜짝 놀라 달려와서 텔레비전을 보았습니다. "아빠가 아냐, 딴 사람이야!" 그랬다고 합니다. 어쨌거나 제가 연락하기도 전에 우리나라 사람들이 다 알게 된 것이죠. 많은 사람들이 내게 편지를 보내줬습니다. 정말 고마운 사람들입니다.

—도쿄는 세계에서 가장 안전하다고들 하는데, 거기서 이런 사건이 벌어지다니 정말 묘한 일입니다.

정말 그래요. 저는 여전히 그 의견에 찬성합니다. 도쿄는 세계에서 가장 안전한 곳이라는 것 말입니다. 일본은 좋은 나라입니다. 안심하고 거리를 걸을 수 있습니다. 이건 확실해요. 그래서 저는 여전히 지하철을 탑니다. 두렵지 않아요.

전 말입니다, 좀처럼 두려워하지 않는 타입입니다. 지금까지 살아오면서 두려움을 느꼈던 적은 거의 없습니다. 말을 타고 레이스를 벌인다는 것은 늘 위험을 동반하지만 저는 공포라는 것을 느껴보지 못했어요. 그런 자세로 인생을 살아왔습니다. 그런 성격은 지금도 변함이 없습니다. 나이를 먹긴 했지만, 그렇다고 느낌이 달라지는 건 아니에요. 저는 그런 사람입니다. 흠, 그게 오히려 더 위험한 일일지도 모르겠지만요(웃음).

—사건 후에 내면적으로 뭔가 변한 것은 없습니까?

글쎄요, 그 이후로 좀더 긴 안목으로 나 자신을 보게 되었다고 할까요. 저라는 인간은 이렇게 할까 저렇게 할까 하고 사소한 일에 대해 생각이 많은 편입니다. 그런데 갑자기 이런 일을 당하게 된 겁니다. 청천벽력이지요. '이건 뭘까?' 하고 생각해보았습니다. 그러니까 이 세상에는 온갖 일들이 일어날 수 있는 겁니다. 이런저런 생각을 해서 뭘 어쩌겠다고. 앞일은 알 수 없어요. 그렇잖아요?

나의 인생.

말을 타는 것이 내 인생의 모든 것이었어요. 세상에 눈뜨고부터 나는 말을 탔습니다. 세계의 대형 이벤트에 나가서 몇 번이나 우승을 했습니다. 그건 정말 멋진 일이었어요. 지금은 젊은 기수들을 가르치고 있습니다. 그들과 접하는 것은 그들과 더불어 말을 타는 것이나 다름없다고 생각합니다. 정말 멋진 일이죠. 이것이 지금의 내 인생입니다.

식사를 할 때 지독한 졸음이 왔습니다. 정신을 차릴 수 없을 정도였어요.

시마다 사부로 (당시 62세)

1932년(쇼와 7년) 7월 7일, 외우기 쉬운 생일이다. 7자로 가득하니 인생에 행운이 가득할 것 같은 느낌이 든다. "어떻습니까?" 하고 묻자 "글쎄요, 별다른 행운은 없는 것 같아요"라는 대답이 돌아왔다. 그 어감에는 '그렇게 나쁘지는 않다(영어로 하면 fair)'라는 뉘앙스가 들어 있었다.

시마다 씨는 나사를 전문으로 판매하는 회사를 60세 정년까지 다녔다. 자식들도 모두 독립했다. 이제 한숨 돌리고 시골에 새로 지은 집으로 들어가 안락한 은거 생활을 즐기자는 것이 이전부터의 계획이었지만, 사람 손이 부족하니 좀더 일해주지 않겠느냐는 회사의 요청으로 다시 회사에 나가게 되었다. 계획이 어긋난 것이다. 그리고 그 회사에 나가는 길에 불행하게도 지하철 사린사건을 만났다.

이치노바시에 있는 나사 판매회사의 창고 빌딩에 있는 한 사무실에서 점심시간을 이용해 이야기를 들었다. 마지막에는 한숨을 내쉬면서 "요즘 들어 갑자기 모든 것이 싫어지기 시작했습니다. 무엇 때문인지는 모르겠지만 이상하게……"라고 혼잣말처럼 중얼거리던 모습이 인상적이었다.

매일 만원 전차를 타고 선 채로 두 시간 반이나 걸려 직장으로 가야 하는 생활에 지쳤기 때문인지도 모른다. 시마다 씨의 그런 심경과 사린사건이 어떤 관련성을 가지고 있는지 단언할 수는 없지만 많은 피해자의 이야기를 종합해보면 '적잖은 관계가 있을 것'이라는 게 나의 추측이다.

*

우리가 취급하는 나사는 몇만 종류에 달합니다. 그것을 관리하면서 전국 영업소에서 주문이 오면 발송합니다. 이곳은 유통센터, 즉 회사 전체의 창고 같은 곳입니다. 제 머릿속에는 모든 나사의 종류가 전부 들어가 있습니다. 아주 신경이 쓰이는 일입니다. 새로 사람을 고용해도 일정 기간이 지나기 전에는 써먹을 수가 없습니다. 이곳 책임자는 오랜 지기인데 어느 날 연락이 와서 좀 나와달라 하더군요. 저는 예순으로 은퇴하고 쓰쿠바에서 느긋하게 지내고 있었는데 친구의 부탁을 거절할 수가 없어서 다시 근무하게 되었습니다. 정년 전에는 이곳이 아닌 마치다에 있는 본사에서 근무했습니다. 그곳을 그만둘 때도 저더러 남아달라고 했는데 거절했습니다. 제발 좀 그만두게 해달라고 부탁하고 싶은 심정이었습니다. 여기도 이제 떠나야 할 때가 온 것 같고요(웃음).

저는 학교를 졸업하고 여러 직업을 가졌습니다. 처음에는 도쿄볼

링센터에서 일했습니다. 1952년에서 53년, 도쿄에는 볼링장이라고는 한 곳밖에 없었습니다. 손님 대부분은 미군 관계자들이었습니다. 미국인 아니면 군인이었지요. 그 당시 한 게임에 250엔에서 300엔 정도였으니까 일본인은 도저히 즐길 수 없는 놀이였습니다. 그래서 그런지 약간 특이한 분위기였습니다. 저는 기계 조작을 담당했습니다. 지금처럼 자동이 아니었기 때문에 핀을 손으로 세팅해야 했습니다. 핀 보이라는 직업이지요.

급여는 나쁘지 않았습니다. 처음 응모할 때 응모자가 끝도 없이 늘어설 정도였습니다. 지금은 없어졌지만 가이엔의 럭비장이 바로 옆에 있었는데 그 앞까지 늘어설 정도였으니까요. 팁 말인가요? 네, 열심히 일을 하고 있으면 가끔 외국인이 볼 구멍에다 지폐를 넣어 굴려주기도 했습니다. 그게 팁인 셈이지요. 가끔 그런 팁을 받기도 했습니다. 당시의 일본은 가난했지요.

거기서 이 년간 일한 후 그만두고 뭔가 내 손으로 일을 하고 싶어서 사기노미야에서 양계장을 열었습니다. 그 당시만 해도 사기노미야는 온통 밭이었으니까 양계장은 간단히 만들 수 있었습니다. 도립 농업고등학교 출신이라 혼자서 양계장을 할 수 있을 거라고 생각했죠. 닭을 이백 마리 정도 키웠는데 땅은 한 선배에게 빌렸고 그 사람과 공동으로 경영했습니다. 알을 낳으면 팔아서 돈을 만들겠다고 했지요. 그런데 돈이 잘 안 모이더라고요(웃음). 이백 마리로는 무리였어요. 당시에도 천 마리 정도라야 수지를 맞출 수 있었습니다. 결국 일 년 만에 그만두고 말았습니다. 남은 닭은 모두 고기로 팔아버렸지요.

그다음에 숙부의 소개로 이 회사에 들어왔습니다. 옛날에 우리집은 공장을 가지고 있었는데(지금은 없지만) 숙부가 공장장을 맡고 있었습니다. 그때 제 나이는 스물서넛쯤이었습니다. 독신이었지요. 결혼한 것이 스물아홉, 회사에서는 대체로 영업 일을 맡았습니다. 차를 타고 밖을 도는 일이었지요.

회사에 근무하는 동안에는 도코로자와의 공단주택에 살았지만, 쓰쿠바에 땅을 사서 집을 지어 정년퇴직 후에 그곳으로 옮겼습니다. 자식은 둘 있고, 모두 결혼해서 독립했습니다. 그러나 사건 당시만 해도 딸아이는 집에 있었습니다. 아내도 도쿄에서 직장을 다녔는데 일을 더 하고 싶다고 해서 아내와 딸은 도코로자와에 남아 있었습니다. 그동안 저는 쓰쿠바에서 혼자 생활했고요. 아무도 살지 않으면 집이 망가질 염려가 있으니까 혼자라도 잠시 살기로 했던 거죠. 주말이면 아내가 청소와 세탁을 하러 쓰쿠바로 왔습니다. 점심은 회사에서 먹고 저녁은 주위에서 적당히 해결했습니다. 아침은 직접 만들어 먹었고요.

금요일에는 도코로자와에 가서 자고 토요일에는 아내가 운전하는 차를 타고 쓰쿠바까지 와서 일요일 밤에 다시 도코로자와로 갑니다. 그리고 월요일에는 도코로자와에서 히로오에 있는 회사까지 출근하는 불규칙한 생활을 했습니다. 작년 5월에야 아내도 도코로자와 생활을 청산하고 쓰쿠바로 옮겨왔습니다.

사건 당일은 월요일이라 저는 도코로자와에서 출근했습니다. 3월 20일은 샌드위치 휴일이라서 그냥 쉴 수도 있었죠. 저도 마음 같아서는 쓰쿠바의 집에서 느긋하게 있고 싶었습니다. 하지만 어차피 쓰쿠바로 돌아가는 길이니 겸사겸사 그냥 회사에 나가기로 했지요.

아내는 "오늘도 회사에 가요?" 하고 의아한 표정으로 묻더군요. 그냥 쉬어도 되지 않느냐고요. 그러나 저는 어차피 쓰쿠바로 돌아가는 길이니 회사에나 들렀다 갈 생각이라고 말하고 나왔습니다.

세이부 선으로 이케부쿠로까지, 거기서 마루노우치 선을 타고 가스미가세키, 히비야 선으로 갈아타고 히로오로 가는 루트입니다. 전차가 가스미가세키 역에 도착하기 전에 차내 방송에서 "히비야 선에서 약품 사고가 일어났습니다. 전차는 운행을 중지했습니다"라고 하더군요. 확실히 약품이라고는 했는데, 무슨 영문인지 알 수가 없었어요.

가스미가세키에 내리자 많은 승객들이 전화 부스에 줄을 지어 전화를 걸었습니다. 회사에 늦을 것 같다, 어떻게 가면 좋을지 모르겠다는 그런 전화였을 겁니다. 8시 반 정도였습니다. 별다른 혼란이나 공황상태는 없었습니다. 모두들 히비야 선이 움직이지 않으니 어떻게 출근해야 할지 역내에서 우왕좌왕하는 모습이었습니다. 저도 회사에 전화를 걸어 "히비야 선 운행이 정지되어 오늘은 회사에 못 갈 것 같다"고 했습니다. 그랬더니 이왕 거기까지 왔으니 가능하면 회사에 오라는 겁니다. 그럼 지요다 선으로 히비야까지 가서 도에이미타 선으로 갈아타고 다마치로 간 다음, 거기서 버스를 타고 가면 되겠다고 생각했습니다. 역무원이 환승 전차표를 하나 주었습니다.

지요다 선으로 가려면 히비야 선 플랫폼을 끝에서 끝까지 걸어가야 합니다. 히비야 선에서 내릴 때 경시청의 감식계 사람이 보였습니다. 사람 수는 네댓 정도였습니다. 우리는 함께 계단을 내려갔습니다. 그때만 해도 위기감 같은 것은 전혀 없었습니다. 뭔가 중대한 일이 벌어지고 있는 분위기가 아니었죠. 경찰들도 모두 가볍게 이야기를 하면서 걸어가고 있었습니다. 완장을 두른 감색 작업복 차림이고 가스마스크 같은 것은 착용하지 않았더군요.

플랫폼에는 기타센주 방면으로 가는 전차가 텅 빈 채 멈춰 서 있었고, 감식계 사람들이 맨 앞 칸으로 올라탔습니다. 승객이라곤 전혀 없었고 매점만 문을 열었는데 판매원 아가씨가 눈에 띄었습니다. 히비야 선 플랫폼에서 제가 본 사람은 그 아가씨뿐이었어요. 전차의 문은 모두 열려 있었습니다. 저는 걸어서 지요다 선 플랫폼까지 갔습니다.

지요다 선 플랫폼은 눈에 띄는 이상 없이 평소와 같았지만 사람은 별로 없었습니다. 다만 요요기우에하라 방면으로 가는 전차는 가스미가세키에서 멈추지 않았던 것으로 기억합니다. 그렇지만 기타센주 방면으로 가는 전차는 멈추더군요. 그래서 저는 그 전차를 탔습니다.

결국 회사에 도착한 것은 10시 반 정도였습니다. 그때부터 콧물이 흘러나오기 시작했습니다. "이상한데. 나도 드디어 꽃가루 알레르기가 생겼나" 하면서 그냥 일을 했습니다. 그 시기에 꽃가루 알레르기가 유행했으니까요. 그런데 책상 위의 물건이 점점 보이지 않는 겁니다. 보통 때에는 아무렇지도 않게 보던 것인데 초점이 안 맞았습니다. "갑자기 눈이 나빠졌나봐. 글자가 보이지 않아" 하고 옆 사람들에게 말하기도 했습니다. 그리고 밖으로 나와보니 사방이 어두컴컴한 겁니다. "어라, 갑자기 날씨가 나빠졌네"라고 했더니 다른 사람들은 "아니요, 날씨 좋은데요" 하더군요. 이상하다는 생각이 들었습니다.

점심때 텔레비전을 보고서야 대소동이 벌어졌다는 것을 알았습니다. 사람들의 권유로 히로오 병원으로 갔습니다. 콧물이 줄줄 흐르는데 아무리 닦아도 멈추지를 않는 겁니다. 병원으로 가는데 모든 사물이 흑갈색으로 보였습니다.

회사를 한 달간 쉬었습니다. 병원에 하루 입원했는데 수치가 정상으로 돌아왔다고 해서 집으로 돌아왔더니 그때부터 증상이 심해지기 시작했습니다. 특히 식사를 할 때 지독한 졸음이 왔습니다. 아침에 일어나서 식사를 하면 방금 잠에서 깨어났는데도 졸음이 오는 겁니다. 식사를 하고는 한 시간에서 두 시간 정도 또 잡니다. 도저히 참을 수 없는 졸음이었습니다. 정신을 차릴 수 없을 정도였어요. 하루에 세 번 식사를 하고 세 번 잠을 잡니다. 그만큼 잤으니 밤에는 잠이 오지 않아야 당연한데 그게 또 그렇지가 않습니다. 밤에는 또 잠이 오는 거예요. 덕분에 잠은 실컷 잤습니다. 의사가 한 달 정도는 쉬라고 하기에 쉬었습니다. 한 달이 지나자 그런 증상이 점점 사라져서 다시 회사에 나갈 수 있게 되었습니다. 회사도 일손이 부족해서 곤란한 지경이었으니까요.

후유증이랄 것까지는 없습니다. 기억력 말인가요? 확실히 나빠지긴 했지만 나이도 있으니까 떨어질 만도 하지요. 지금도 여전히 만원 전차를 타고 출근합니다. 우시구 역에서 히로오까지 꼬박 선 채로 두 시간 반. 피곤하지요. 이제는 그만둘 때도 된 것 같습니다. 특히 사건 이후 몇 달 동안 출근하는 게 정말 괴로웠습니다. 혹시 또 이상한 사건에 휘말리는 것은 아닌가 긴장했습니다.

전쟁 후에 사회적으로 많은 사건이 있었죠. 그러나 연합적군의 경우도 국가권력에 대한 공격이었지 결코 일반 시민에 대한 것은 아니었습니다. 그렇지만 이번 사건은 무차별 공격이었습니다. 화가 치밉니다. 그자들은 정말 악질이에요.

그런 공포는 아무리 잊으려 해도 잊히지 않아요. 평생 기억에서 지울 수 없을 겁니다.

이즈카 요코 (당시 24세)

도쿄에서 태어났다. 현재 대형 은행에 다닌다. 스포츠를 좋아하는 만큼 외향적인 성격이기도 하지만 이즈카 씨 본인은 '느긋한 성격'이라고 스스로 진단한다. 적극적으로 나서는 타입은 아니다. 한눈에 봐도 가정교육을 잘 받은 도시 아가씨라는 것을 알 수 있다.

그러나 이 인터뷰를 읽어보면 알 수 있듯이 결코 '느긋하게' 지내는 사람은 아니다. 이야기를 해보면 중심이 잡혀 있고 의지가 강한 사람임을 알 수 있다. 지기 싫어하는 성격으로 한번 정하면 절대로 물러서지 않는 직선적인 성격이다. 그와 동시에 그런 성격 때문에 상처받기 쉬운 섬세한 면도 있다는 인상을 준다.

이번 취재에서 몇 명의 20대 여성과 오랜 시간 마주 앉아 이야기를 나누었는데, 그녀들의 사고방식이나 삶의 태도는 저마다 다르지만 모두 총명하고 중심이 잡혀 있어서 감탄하지 않을 수 없었다. 물론 한정된 몇 사람의 예이므로 그걸로 전체를 판단할 수는 없겠지만.

남 앞에서 이렇게 오랜 시간 이야기하는 것이 그녀에게는 고통스러웠을 것이다. 떠올리기도 싫은 일을 억지로 생각하게 한 건지도 모르겠다. 그러나 그녀의 말대로 이번 인터뷰를 계기로 지금부터 긍정적인 방향으로 나아가기를 간절히 바란다.

*

사건이 있었던 3월 20일 전에 감기에 걸려 열흘 정도 열에 시달렸습니다. 39도까지 오른 열이 쉽게 내려가지 않았죠. 그 때문에 하루 회사를 쉬었던 것 같은데 잘 기억나지 않습니다. 아마 하루 정도 쉬었을지 몰라요. 그날 말고는 아파도 참고 회사에 나갔습니다. 한 사람이 쉬면 다른 사람에게 부담을 주게 되고, 다른 사람에게 빚을 지게 되니까 성격상 그러고 싶지 않았습니다.

그날도 열이 약간 있었습니다. 37도 정도는 되었을 테지만 그래도 많이 내린 편이었습니다. 미열이었죠. 기침도 나오고, 열이 오랜 시간 계속된 탓에 관절이 아팠습니다. 약도 많이 먹었습니다. 그 때문에 사린에 당했을 때도 증상을 판단하기가 어려웠죠……

그래도 식욕은 괜찮았습니다. 저는 꼭 아침식사를 합니다. 그러지 않으면 머리가 돌아가지 않아요. 멍해지지요. 그래서 5시 반에는 자리에서 일어나 여유를 가지고 움직입니다. 8시 전에 집을 나서니까 두 시간 넘게 여유가 있습니다. 그동안 책을 읽기도 하고 비디오를 보기도 합니다. 퇴근한 후에는 피곤해서 아무것도 할 수 없으니까요.

하지만 그날은 아직도 열이 있었기 때문에 조금이라도 더 잠을 자는 게 좋을 것 같아 6시 반에 일어났습니다. 평소보다 한 시간 정도 늦게요.

그 3월 20일은 저에게는 무척 중요한 날이었습니다. 마침 그날이 제가 하던 일을 인수인계하는 날이었거든요. 그래서 아침부터 꽤 긴장하고 있었습니다.

저는 ○○역에서 히비야 선을 타고 가스미가세키로 가서 거기에서 마루노우치 선으로 갈아탑니다. 앞쪽이 갈아타기에 편리하지만 너무 복잡해서 늘 첫번째 칸의 맨 뒤로 탑니다. 그러나 그날은 플랫폼에 내려서자마자 전차가 왔기 때문에 앞에서 두번째 문으로 올라탔습니다. 가운데 문이었죠. 그때는 맨 뒤까지 가지 못해서 조금 뒤로 물러서 있었습니다. 두번째 문과 세번째 문 사이였습니다.

아니요, 전 손잡이를 잡지 않습니다. 더러우니까요. 그냥 가만히 서 있죠. 어릴 때부터 아버지가 말씀하셨어요. 지하철 손잡이는 더러우니까 잡지 말라고요.

—그럴지도 모르겠군요. 내게는 아무도 그런 말을 해주지 않아 느끼지 못했지만요. 그렇지만 아무것도 잡지 않으면 불안하지 않습니까?

테니스를 해서 다리가 튼튼하기 때문에 괜찮습니다. 하이힐을 신고 출근하지만 서서도 잘 견딜 수 있어요.

전차는 8시 3분에 출발하는 도부동물원 행이었습니다. 늘 그 전차를 탑니다. 타는 장소도 같기 때문에 차 안에서 보는 사람의 얼굴도 대체로 정해져 있죠. 그날은 기침을 하는 사람이 많았습니다. 롯폰기까지 가는 동안 요즘 감기가 유행하는 모양이라고 생각했습니다. 이제 감기가 나으려 하는데 다시 전염되면 안 된다는 생각에 손수건으로 줄곧 입을 막고 있었습니다.

그런데 전차가 롯폰기 역에 도착했을 때 첫번째 칸에 타고 있던 사람 다섯 명 정도가 내리더니 진행방향으로 달려가 역무원에게 뭐라고 말하더군요. 롯폰기 역에는 늘 맨 앞 칸 위치에 역무원이 서 있는데, 그쪽으로 다섯 사람이 마치 문이 열리기를 기다렸다는 듯이 한꺼번에 달려가는 겁니다. 그걸 보고 '이상한데, 무슨 일일까?' 하고 생각했습니다. 그 사람들은 뭐라고 호소하듯이 역무원에게 말하고 있었습니다. 그리고 전차는 평소보다 좀 늦게 출발했습니다. 출발하긴 했는데…… 도대체 무슨 일인지 저로서는 알 수가 없었죠.

전차가 그렇게 롯폰기를 떠나 가미야초에 도착하기 직전에 옆 사람이 갑자기 "눈이 안 보여" 하고 말했습니다. 그리고 쓰러지는 사람도 있었습니다. 제 왼쪽에 서 있던 사람이, 즉 진행방향의 뒤쪽에 서 있던 사람들이 비틀거리면서 쓰러지는 겁니다. 그때부터 전차 안이 술렁이기 시작했습니다. 한 남자가 외쳤습니다. "여러분! 위험해요. 창문을 여세요. 열지 않으면 죽어요!" 하고요. 그래서 모두 창문을 열었고, 그 사람도 창문을 하나씩 열었습니다.

전차가 가미야초에 도착하자 "모두 내려야겠어" "내려요!" 하고 몇 사람이 한꺼번에 외쳤습니다. 저는 영문도 모르면서 일단 내리는 게 좋을 것 같아 내렸는데, 내리자마자 플랫폼에 그대로 주저앉고 말았습니다. 남자 한 사람이 운전석으로 가서 문을 쾅쾅 두들겼습니다. 가미야초의 플랫폼에는 역무원이 뒤편에 있었기 때문에, 기관사에게 이상을 알린 겁니다.

사린 봉지는 맨 앞 칸의 세번째 문 쪽에 놓여 있었습니다. 제가 늘 타는 위치의 문 옆이죠. 사람들이 모두 내리고 차량이 텅 비었을 때 저는 그것을 보았습니다. 사각형 봉지였습니다. 거기서 액체가 흘러나와 흥건하게 고여 있더군요. '저게 원인일까' 하고 생각했던 기억이 납니다. 그러나 사람들이 다 내리기 전에는 그런 것이 있는 줄은 아무도 몰랐습니다. 차 안이 복잡해서 아무것도 보이지 않았으니까요.

그 봉지 앞에 앉아 있던 할아버지는 목숨을 잃었다고 하더군요. 전차가 가미야초에 도착했을 때 할아버지는 입에 거품을 물고 있었습니다. 의식도 거의 없는 것 같았습니다. 주위 사람들이 할아버지를 안고 전차에서 내렸습니다. 앞 칸에 타고 있던 승객들은 전부 거기서 내렸습니다.

몇 사람이 가미야초의 플랫폼에서 쓰러졌습니다. 바닥에 늘어져 있는 사람도 몇 있었습니다. 쭈그리고 앉거나 벽에 손을 대고 서 있는 사람도 많았습니다. 그 가운데 한 사람에게 저는 "괜찮으세요?" 하고 말을 걸었습니다. 제 옆에 서서 눈이 보이지 않는다고 했던 그 사람이었습니다.

이상 사태라는 것을 깨달았습니다. 그러나 솔직히 그렇게 심각하게는 생각지 않았습니다. 보통 생각하기에 일본은 굉장히 안전한 나라잖아요. 권총이나 테러 같은 것이 거의 없는 나라니까요. 저는 지금까지 두려움에 떨 만한 상황을 경험한 적이 거의 없습니다. 그 때문에 제게 위험이 닥쳤다든가 여기서 바로 도망쳐야 한다는 생각은 들지 않았습니다. 왜, 평소에 길을 가다가 몸이 불편한 사람을 보면 "괜찮으세요?" 하고 물어보는 게 당연하잖아요. 바로 그런 느낌으로 "괜찮으세요?" 하고 물어본 거였습니다. 플랫폼에서는 승객들끼리 서로 간호를 해주고 있었어요.

전차를 타고 있을 때부터 뭔가 이상하긴 했습니다. 시너나 매니큐어를 지우는 아세톤 같은 냄새가 났거든요. 그러나 저는 별로 괴롭거나 이상하다는 느낌은 받지 않았습니다. 롯폰기에서도 가미야초에서도 그런 느낌은 없었습니다. 손수건으로 입과 코를 막고 있었기 때문에 전차 안에서는 가스의 영향을 많이 받은 것 같지는 않습니다. 그러나 쓰러진 사람 곁에서 말을 걸고 부축하는 사이에 눈 같은 데 영향을 받았는지도 모르겠습니다. 돌이켜 생각해보면요.

후발 전차가 전 역을 출발하자 제가 탔던 전차는 앞 칸만을 비운 채 역을 떠났습니다. "가스미가세키 역에 정차할 예정이니 첫번째 칸 이외의 승객은 빨리 타주시기 바랍니다. 후발 전차가 전 역을 출발했습니다"라는 방송이 흘러나왔습니다. 머릿속에 제일 먼저 떠오른 건 회사에 늦어서는 안 된다는 생각이었습니다. 시간 여유를 두고 집을 나서기 때문에 아직 지각할 정도는 아니었습니다. 하지만 아슬아슬하게 회사에 들어서기가 싫었기 때문에 시간이 신경 쓰였습니다. 쓰러진 사람들을 내버려두고 그냥 가는 게 마음에 걸렸지만 중요한 날이라는 생각이 더 강했습니다.

가능한 한 그 이상한 봉지에서 멀리 떨어지는 게 좋을 것 같아 네번째 칸에 올라탔습니다. 그러나 마루노우치 선으로 갈아탈 즈음에는 눈앞이 어두침침해졌습니다. 몸도 나른했습니다. 감기약 때문인지도 모르겠다고 생각했습니다. 그래서 그다지 신경 쓰지 않았습니다. ○○역에서 잠시 지상으로 나와 달리는데 웬일인지 바깥이 어두컴컴했습니다. 흑백이나 세피아톤처럼 마치 오래된 사진을 보는 것 같았어요. '이상하다. 오늘은 날씨가 좋았는데' 하고 고개를 갸우뚱거렸습니다.

출근 시각이 거의 다 되어 회사에 도착했습니다. 골인 지점으로 미끄러져들어가는 듯한 시각이었습니다. 서둘러 옷을 갈아입고 바로 업무에 들어갔습니다. 9시 반 정도에 업무를 인계하는데 몸이 점점 이상해졌습니다. 눈의 초점이 맞지 않아 글자를 전혀 읽을 수가 없었습니다. 속도 나쁘고 토할 것 같았습니다. 그러나 중요한 날이니 참아야 한다고 마음을 다잡았습니다. 힘을 내자고 말이죠. 그러나 누가 무슨 말을 해도 한쪽 귀로 듣고 한쪽 귀로 흘려버리고 말았습니다. 도무지 이해할 수 없었습니다. 그러나 계속 "예, 예" 하고 알아듣는 척하고 있었습니다. 점점 기분이 나빠지면서 식은땀이 흐르기 시작했습니다. 토할 것처럼 속이 메슥거렸지만 감기에 걸려도 그런 증상이 나타나기 때문에 구별을 할 수 없었습니다. 아니요, 실제로 토하지는 않았습니다. 그냥 속이 메슥거렸을 뿐입니다.

11시가 지나서 모두 점심을 먹으러 가는데 저는 도저히 먹을 기분이 아니어서 회사 진료실로 갔습니다. 거기서 비로소 '사린 중독'이라는 사실을 알았습니다. 정말 큰일났다고 생각했어요. 그길로 ○○병원으로 갔습니다.

(그후 회복은 순조롭지 못했다. 일주일간 눈이 잘 보이지 않았다. 구토감과 무력감이 심했다. 두통은 꽤 오래 지속되었다. 그러나 그동안 하루도 회사를 쉬지 않았다. 괴로웠지만 책임감 때문에 출근을 계속했다. 일 년이 지난 지금도 피로감은 그대로 남아 있다. 그

사건 이후로 좋아하는 테니스도 그만두었다. 몸을 움직이면 금방 숨이 차온다. 계단을 오를 때도 숨이 차다. 그런 상태가 조금 나아지긴 했지만 아직 계속되고 있다.)

평소에도 밖으로 잘 돌아다니지 않는 편이지만 사건 이후로는 주말에도 집에 있는 경우가 많아졌습니다. 돌아다니면 금방 피곤해지니까요. 평일에는 회사와 집을 오가면서 일하는 것만으로도 힘에 부칩니다. 집에 돌아오면 늘어질 정도입니다. 회사에서 일을 할 때도 오후 3시만 되면 피곤합니다. 피로를 절실히 느낍니다. 노곤해서 견딜 수 없을 정도예요. 이전에는 이런 적이 없었는데. 사건 후로는 이런 현상이 계속되고 있습니다.

어쩌면 정신적인 원인 탓인지도 모르겠습니다. 그 사건을 잊어버리려고 노력해왔습니다. 그러나 그런 공포는 아무리 잊으려 해도 잊히지 않아요. 평생 기억에서 지울 수 없을 겁니다. 내가 피해자라는 사실을 잊을 수 없을 것 같습니다. 어쩌면 잊으려고 애써 노력하는 만큼 더 생각나는지도 모르겠습니다. 그래서 마음먹기에 따라서는 조절할 수도 있다고 생각하기도 합니다.

—그러나 그것을 혼자서 컨트롤한다는 것은 힘든 일일지도 모르죠.

그렇습니다. 그것을 객관적으로 바라볼 때도 있고, 그 속에 빠져들어가서 나 자신을 잃어버릴 때도 있습니다. 제 안에 그런 파도가 있는 거예요. 저 자신도 그것을 잘 알고 있습니다. 갑자기 그때의 일이 머릿속에 떠오를 때가 있습니다. 그럴 때면 내가 내 안에 갇혀버리는 듯한 느낌이 듭니다.

꿈을 자주 꿉니다. 사건 직후엔 별로 꾸지 않았지만 최근 들어서 자주 꿔요. 그때의 정경이 그대로 꿈속에 나타납니다. 저는 그 정경을 너무도 생생하게 기억하고 있으니까요. 그러다 눈을 뜹니다. 한밤중이죠. 그럴 때는 정말 두렵습니다.

꿈이 아니라도 좁은 곳으로 들어가면 때때로 그런 공포감에 사로잡힐 때가 많습니다. 특히 지하, 그러니까 지하철이나 백화점의 지하 입구 같은 곳에서요. 전차를 타야 하는데 발이 빨리 움직여주지 않을 때가 있습니다. 올 2월부터 그런 현상이 나타나기 시작했습니다. 사건이 일어난 지 벌써 일 년이나 지났는데 말이죠. 사람들은 이런 것을 이해하지 못할 겁니다. 회사 사람들은 무척 세심하게 신경을 써줍니다. 그러나 제가 겪었던 두려움이 어떤 것인지는 사실 아무도 모릅니다. 알아주기를 바라지도 않지만……

그렇지만 직장의 상사나 가족이나 친구들이 그런 마음으로 저를 지켜봐준다는 것이 제게는 큰 힘이 됩니다. 그건 저도 잘 알고 있습니다. 게다가 저보다 심한 증상으로 더 고통스러워하는 피해자도 있으니까요.

부모님은 이 인터뷰를 받아들이는 걸 반대하시더군요. 이제 겨우 잊어버리려 하는데 다시 기억을 더듬으면 좋지 않다고 말이죠. 그러나 이 기회를 하나의 경계선으로 삼아보자고 생각했어요. 언제까지 이러고 있을 수는 없으니까요.

처음에 머리에 떠오른 건 '오늘은 학교에 안 가도 되겠다'는 생각이었습니다.

다케다 유스케 (당시 15세)

다케다 유스케 군은 막 고등학교 2학년이 되었다. 어머니와 함께 인터뷰 장소로 와주었는데, 몸은 어머니보다 훨씬 컸지만 얼굴에는 아직 어린 티가 남아 있다. 도쿄 중심지의 부잣집 아들들이 다니는 사립고등학교의 학생이라고 하면 대충 분위기를 짐작할 수 있을 것이다. 호기심은 왕성하지만 덤벙대지는 않는다. 평온한 가정에서 부모의 애정을 받으며 무럭무럭 자라고 있다는 것을 한눈에 알 수 있었다.

내 질문에 대해 두려워하지도 몸을 사리지도 않고 솔직하고 쿨하고 거침없이 대답해주었다. 오히려 동석한 어머니가 더 긴장하는 것 같았다. 유스케 군이 요새 고등학생의 일반적인 모습인지는 모르겠지만 이야기를 나누는 동안 정말 재미있었다. 근래에는 그만한 또래의 학생들과 이야기를 나눌 기회가 거의 없었기 때문에.

도쿄에서 태어나 지금은 히로오에 살고 있다. 동생이 하나 있다. 경찰관이 되는 것이 장래의 꿈이다. 왜 경찰관인지 어머니도 이유를 잘 모르겠다고 하는데, 본인은 이전부터 꽤 심각하게 생각하고 있었고 지금도 텔레비전으로 방영되는 경찰 관련 다큐멘터리를 열심히 본다고 한다. 어머니의 말에 따르면 어릴 적부터 열차 탈선 사고 같은 것이 일어나면 텔레비전으로 방영되는 현장검증이나 구조 활동 등을 화면에 빨려들어갈 듯이 열심히 보았다고 한다. 그러나 이번에 일어난 '대참사 중의 대참사'라 할 수 있는 지하철 사린사건에 관해서 유스케 군은 이상할 정도로 관심을 보이지 않는다. 자신이 직접 피해를 입었음에도 불구하고……

학교에서는 유도를 하고 있다. 취미는 철도 모형 만들기와 음악. 둘 다 아버지와 공통된 취미라서 아버지와 함께 즐긴다.

현재의 꿈은 빨리 18세가 되어 운전면허를 따는 것이다. 자동차도 무척 좋아한다. 지금도 시간이 나면 집의 차를 세차하고 왁스를 손수 바른다. 그러나 면허보다는 대학에 들어가는 것이 급선무라 어쩔 수 없이 일주일에 세 번 학원에 다니고 있다.

*

그 당시는 부속중학교에 다니고 있었는데, 학교는 오기쿠보 역에서 걸어서 십오 분 정도 거리였어요. 지금은 고등학생이지만 같은 재단의 학교로 진학하는 방식이라서 변한 건 없어요. 역에서 버스를 타도 되지만 학교에서는 되도록이면 걸어다니라고 하더군요. 무리하지는 않지만 기본적으로 걸어다녀요.

수업 시작은 여름과 겨울이 달라서 여름에는 8시 반, 겨울에는 8시 55분에 HR로 시작합니다. 3월은 겨울 시간이라 8시 55분에 시작하지만, 그날은 특별한 날이었기 때문에 등교 시간이 평소와 좀 달랐어요. 졸업식이 이틀 후인 22일이었기 때문에 예행연습을 하게 되어 있었거든요. 그래서 그날은 평소보다 조금 늦게 시작했습니다. 그래봐야 오 분 정도지만요.

집을 나서는 시각은 8시 정도. 그러면 대체로 9시에는 학교에 도착할 수 있습니다. 통학에 걸리는 시간은 지하철로 약 한 시간 정도예요. 현관을 나서서 히로오 역까지 오 분이면 충분해요. 예, 아주 가깝죠. 거기서 히비야 선으로 가스미가세키까지, 또 거기서 마루노우치 선으로 갈아타는 것이 제 통학길이에요.

사건 후에는 마루노우치 선을 타지 않고 에비스에서 JR을 이용하고 있어요. 아니요, 사건 때문에 바꾼 건 아니고 그쪽이 통학 시간이 짧으니까요. 사십오 분 정도면 도착합니다. 그 때문에 오히려 지각하는 경우가 더 많아졌어요. 이전보다 시간이 안 걸린다고 더 늦게 일어나서 그런 거죠. 고등학교에 들어가고부터 밤늦게까지 공부를 하기 때문에…… 그런 건 절대 아니고요(웃음).

졸업식이라 해봐야 그냥 한 반이 통째로 이웃 고등학교로 옮기는 것이라 딱히 감동할 것도 없어요. 그냥 시키는 대로 식에 참석할 뿐이죠.

그래서 8시에 집을 나섰는데 역에 도착하기 전에 뭘 놔두고 온 게 생각났어요. 고교 교과서 신청서와 대금을 가지고 오라고 했는데 그걸 잊었던 거예요. 그 사실을 깨달은 것은 집과 역의 중간쯤이었습니다. 그래서 그걸 가지러 집으로 돌아갔죠. 잘 잊어버리지 않는 편인데……

집으로 돌아가는 바람에 시간 여유가 거의 없어지고 말았어요. 히비야 선은 삼사 분 간격으로 운행하니까 그 때문에 전차 하나 정도를 놓쳤을 거예요. 전차는 그렇게 복잡하지 않습니다. 앉을 수는 없지만 서 있는 사람이 몇 안 되거든요.

그날 전차 안에는 기침을 하는 사람이 많았어요. 히로오를 나서서 롯폰기에 도착하기 직전부터였던 것 같아요. 그래서 오늘은 좀 이상한 날이구나 생각했지요.

저는 늘 앞에서 두번째 칸 맨 뒤편에 타요. 거기가 환승구와 가까우니까요. 그러나 그날은 역에 도착하자마자 전차가 오는 바람에 두번째 칸 한복판에 탔습니다. 문 가까운 곳에 그냥 서 있었는데 평소와 달리 뭔가 숨이 막히는 듯한 기분 나쁜 느낌이 들었어요. 그렇다고 실제로 호흡이 곤란한 것도 아니어서 뭘까 하고 고개만 갸웃하면서 그냥 있었습니다. 호흡이 곤란한 듯한 느낌은 들었지만 실제로 호흡은 정상적이었어요. 냄새 같은 것도 느끼지 못했습니다.

전차는 롯폰기를 나서서 가미야초에 도착한 다음 잠시 대기했어요. 도대체 무슨 일일까 이상하게 생각하고 있는데 "핫초보리 역에서 폭발사고가 있어서 잠시 정차하겠습니다"라는 방송이 흘러나오더군요. 폭발사고라니까 당분간 전차는 움직이지 않겠군 하고 멍하니 지하철 노선의 표지판을 보고 있는데, 갑자기 시야가 어두워지는 거예요. 그렇지만 별다른 생각은 하지 않았어요.

플랫폼에 있는 전화로 집에다 연락할까 했지만 사람들이 너무 몰려 있어서 어떡하면 좋을지 몰라 망설였죠. 그때 다시 방송이 흘러나왔어요. "이 역에서 사람이 쓰러졌습니다. 악성 이물질이 있는 것 같으니 모두 지상으로 대피해주시기 바랍니다"라고요.

— '악성 이물질' 이라는 말을 듣고 어떤 것을 상상했지?

글쎄요. 별로 신경 쓰지 않았어요. 원래 낙천적인 성격이라서요(웃음). 처음에 머리에 떠오른 건 '오늘은 학교에 안 가도 되겠다'는 생각이었습니다. 지하철이 멈추어버렸으니 어쩔 수 없잖아요.

그러나 실제로 그 전차는 멈추지 않았어요. 첫번째 칸에 탄 승객들만 내리게 하고는 그대로 다음 역까지 갔죠. "첫번째 칸에는 타지 마시기 바랍니다. 다음 열차가 곧 이어집니다"라는 안내방송만 남기고 출발했어요. 두번째 칸부터는 아마도 사람들이 탔을 거예요. 그러나 만일 그 차로 가스미가세키까지 가면 마루노우치 선으로 갈아타야 하고 그러면 학교에 가야 하니까 저는 전차에서 내려 그 자리에 남았죠.

집으로 전화를 걸려고 개찰구를 나와서 지상으로 올라갔습니다. 역 출구를 나서자마자 전화 부스를 발견하고 집으로 전화를 걸었어요. 지상으로 올라가는 계단에서 손수건으로 입을 가린 사람을 보았어요. 그제야 '아, 저건 악성 이물질 때문이구나' 라고 생각했습니다.

저도 호흡에 약간의 곤란을 느꼈지만 위로 올라갈 때는 증상에 대해서 별다르게 생각하지 않았어요. '잘됐다, 오늘 하루 땡땡이칠 수 있겠어' 하고 좋아라 했으니까요(웃음). 그런데 전화를 걸고 조금 지나니까 갑자기 속이 안 좋아지기 시작하는 거예요. 토할 것 같았어요. 그때는 시야가 많이 어두워져 있었을 테지만 가미야초에는 처음 내려보았기 때문에 실제로 그곳 풍경이 그래서 그런지 알 수가 없었어요. 집에 돌아와서도 시야가 어두웠으니까 아마 그때 시야협착이 일어났던 것 같아요.

(어머니) 처음에 전화를 해서는 "핫초보리에서 폭발사고가 일어나서 전차가 멈췄어"라고 하더군요. 그래서 "잠시 거기서 기다려봐. 학교에 연락해볼 테니까 조금 있다 다시 한번 전화해라"라고 말했습니다. 그날이 졸업식 연습날이고 교과서 대금도 납부해야 한다는 것을 알고 있었으니까요.

전화를 끊고 학교에 연락해보았더니 학교도 사정을 모르고 있더군요. "만일 몸에 아무 이상이 없다면 전차를 갈아타고 학교로 오라고 해주세요. 졸업식 연습은 학생들이 모두 참가해야 하니까요"라고 하더군요.

다시 아들에게서 전화가 왔습니다. "선생님이 몸만 괜찮으면 학교에 오라고 하더라"라고 말했습니다. 그랬더니 "속이 안 좋아" 하는 겁니다. 저는 마침 그때 텔레비전을 켜두고 있었는데 거기서 지하철 사건을 다루고 있었습니다. 그리고 무슨 독극물이 살포되었다는 이야기가 흘러나와서, "그럼 그냥 빨리 집으로 오도록 해라" 하고 말했습니다.

가미야초에서 택시를 탔습니다. 아마도 사고 소식을 들었기 때문인지 택시들이 많이 몰려왔어요. 택시 잡는 데는 어려움이 없었습니다. 집에 가는 동안 속이 나쁜 증상은 거의 없어졌어요. 단지 주위가 어두웠습니다. 어머니가 제 눈을 살펴보고 눈동자가 작아졌다고 하면서 바로 히로오 병원으로 데리고 갔습니다.

병원에는 아직 피해자가 많지 않았어요. 제가 세번째였죠. 병원에서는 벌써 사정을 알고 있었던 듯 지하철을 탔다고 하자 바로 긴급병동으로 옮기더군요. 그리고 진찰도 하지 않고 무조건 링거주사를 놓았어요. 아픈 데는 없었지만 긴박한 상황인 것 같아 덜컥 겁이 나더군요.

주사를 다 맞을 때까지 구석 자리에 가만히 앉아 있었습니다. 의사가 와서 큰 이상은 없으니까 다 맞으면 그냥 집으로 가라고 하더니, 조금 있다 눈을 검사하고는 시야협착이라면서 혹시 모르니 입원하라는 겁니다.

입원한 다음에도 링거주사를 몇 대나 맞았는지 몰라요. 정말 지겨워서 혼이 났습니다. 딱딱한 간이침대라 등이 아파 잠도 잘 수 없었어요. 보통 병실이 아니라 커다란 회의실을 정리해서 간이침대를 스무 개 정도 늘어놓은 그런 곳이었어요. 그렇다고 불평하는 건 아니고, 그 정도로 큰 사건이었다는…… 그런 말이죠.

식욕은 평소와 다르지 않았습니다. 병원 식사로 양이 차지 않아 아버지가 먹을 것을 가져다주었어요. 그리고 워크맨도요. 머리가 아프거나 속이 울렁이는 증상은 없었습니다.

(어머니) 남편과 제가 아들 곁에 있다가 점심 무렵에 마실 것을 사려고 복도로 나섰다가 죽은 사람을 보았습니다. 남편이 "죽었어"라고 하더군요. 곁에는 들것이 놓여 있고 그분은 이미 숨이 끊어진 상태였습니다. 이어서 그분의 부인이 달려오고, 의사가 "무슨 말씀을 드려야 할지……"라고 하자 부인은 울면서 주저앉았습니다. 복도에 놓인 긴 의자에 죽 늘어앉아서 링거주사를 맞고 있던 사람들

은 대부분 경상자였기 때문에, 정말 어처구니없는 일도 다 있다고 모두들 한마디씩 했습니다. 그런 광경을 지켜보고는 종이 한 장 차이로 우리도 저런 일을 당했을지도 모른다는 생각이 들어 등골이 오싹하더군요. 정말 무서웠습니다.

저도 그 자리에 있었지만 '하마터면 나도'라는 느낌은 없었어요. 원래 낙천적인 성격이라서……

다음 날 아침 7시 정도에 다시 한번 피검사를 받았어요. 그다음에 별실로 불려가 콜린에스테라아제 수치가 거의 정상으로 회복되었으니 퇴원해도 좋지만 한 달 정도는 심한 운동을 하지 말라는 얘기를 들었죠. 봄방학 때 가족들과 스키를 타러 앗피에 가기로 했거든요. 그래서 의사에게 "전 아무렇지도 않아요!" 하고 씩씩하게 말했지만 역시 콜린에스테라아제 수치가 낮아서 무리라고 하더군요. 전 아무런 증상도 느낄 수 없었는데도요. 결국 스키 여행은 취소되고 말았어요. 정말 기대하고 있었는데 아쉬웠죠.

사건 이틀 후의 졸업식에는 참석했어요. 그때 입었던 옷은 되도록 버리라고 의사가 말했지만 졸업식에 교복을 안 입을 수도 없고 해서 어머니가 목욕탕에서 손으로 빨아 말린 후에 입었습니다. 그 다음에 버렸어요. 맞춘 지 얼마 되지도 않았는데.

— 텔레비전 보도는 자주 보았니?

음, 조금…… 옴진리교, 저는 잘 이해 못 하겠어요. 정말 이상한 집단이더라고요. 종교 집단에서 왜 그런 일을 저질러야 했는지 도무지 이해할 수 없어요. 출가하여 전 재산을 바친다니, 도대체 무슨 생각일까요. 저는 종교 자체를 별로 좋아하지 않아서 그 사건에 대해서는 딱히 흥미를 느끼지 못해요. 다른 큰 사건의 범죄자라면 흥미를 가지겠지만요. 예를 들면 미야자키 쓰토무라든지……

지하철 사건에서 제가 피해자라는 사실도 거의 잊어버렸어요. 딱히 주위 사람이 그런 이야기도 하지 않으니까요. 사건 당시 모두들 "어때, 정말로 괜찮아?" 하고 걱정했지만 전 아무렇지도 않았어요. 선생님도 많이 걱정해주었지만 친구들은 텔레비전에 이름이 나왔다는 사실에 더 흥미를 느끼는 것 같았어요.

(어머니) 저 아이는 쿨하고 냉정한 면이 있어요. 주위의 소동에도 흔들리지 않죠. 그리고 이런 말을 하면 경솔할지 모르겠지만, 사건 이후에 친척들로부터 큰 고생 했다고 위로금을 많이 받았는데, 저 애는 그쪽에 더 마음이 끌리는 것 같아요. 고등학교 입학 축하금까지 겸해서 말이죠. 그리고 에이단 지하철로부터도 1만 엔의 위로금을 받았습니다. 지하철도 같은 피해자 입장일 텐데 힘들겠다고 생각했습니다.

네. 그걸로 모형 전차도 사고, 다 써버렸어요.

절박한 위기감이 없으면 많은 것을 놓치게 되는 것 같습니다.

나카지마 가쓰유키 (당시 48세)

나카지마 씨가 1995년 3월 20일에 지하철에서 경험한 것은 묘하게도 앞에서 증언한 이시노 고조 씨가 같은 날 경험한 것과 신기할 정도로 비슷하다. 두 사람 다 같은 경위로 가스미가세키 역에서 사린사건을 당해 비슷한 피해를 입었다. 나이차가 조금 나지만 둘 다 항공 자위대의 간부이자 방위대학을 졸업한 엘리트다. 제트 파일럿이 되고 싶었지만 조건이 맞지 않아 눈물을 머금고 지상 근무를 했다는 경력도 이시노 씨와 똑같다. 같은 시기에 같은 직장에 있었기 때문에 서로 아는 사이지만, 두 사람을 인터뷰하게 된 것은 어디까지나 우연의 결과다.

두 사람 다 몹시 깔끔하고 부드러운 성격에 어투는 명쾌하다. 인터뷰 자체도 귀중했지만 일선에서 근무하는 자위대 간부와 직접 얼굴을 마주하고 긴 시간 이야기를 나눌 수 있었다는 것도 내게는 흥미로운 경험이었다. 이런 말을 하면 실례가 될지 모르겠지만 그들의 이미지는 '군인' 이라기보다는 '체육 관련 테크노크라트' 쪽에 더 가까운 것 같다.

이렇게 취재를 하다보니 국가 공무원을 인터뷰한다는 것이 얼마나 어려운 일인지 절실히 느낄 수 있었다. 그들은 무척 입이 무겁고 무엇보다 익명성을 중요시한다. 요컨대 비밀을 지켜야 한다는 평소의 태도에서 비롯된 것이다. 가스미가세키 주변에서 일어난 사건인 만큼 피해자 중에는 관청 근무자가 다수 있었을 터이지만 애석하게도 그들의 이야기를 들을 기회는 없었다. 그러나 그 가운데서도 방위청 관계자만은 의외로 협조적이었고 기분 좋게 인터뷰에 응해주었다. 이 자리를 빌려 감사드린다.

근무지인 이루마 항공 자위대 기지의 널찍하고 밝은 사무실에서 이야기를 들었다. 나카지마 씨는 몸도 단단해 보이고 머리카락도 새카맣고 자세도 곧다. 도저히 49세로는 보이지 않는다. 막료장이라는 요직을 맡고 있다.

*

방위대학에 입학한 계기는 지망한 대학의 시험에 떨어졌기 때문이었습니다. 또 하나는 집안 대대로 군인이라는 것이었죠. 아버지와 할아버지도 육군사관학교를 나왔으니 제가 3대째인 셈입니다. 아버지의 동생, 그러니까 삼촌도 사관학교를 나와 전쟁 후에 육상자위대에 들어갔습니다. 지금은 벌써 정년을 맞이했지요. 그 삼촌의 권유도 있었습니다.

저는 원래 파일럿이 되고 싶었지만 훈련 도중에 탈락했습니다. 보통 처음에는 프로펠러 발진기를 탄 후에 단발로 간단한 제트 연습기를 탑니다. 그다음이 전투기인데, 저는 제트 연습기 단계에서 떨어졌습니다. 혼자서 날아올라 이착륙하는 것까지는 순조롭게 했는데, 편대 비행에서 대형을 만들 때 주위를 살피며 삼차원적 공간 위치를 유지하는 데 어려움을 겪었습니다. 결국 "자네는 지상 근무를 하도록" 하는 명이 떨어졌습니다. 그 비행은 거의 일 미터 간격으로 날아야 하는데 따라가기가 힘들더군요.

그때는 굉장한 충격을 받았습니다. 내친김에 그만둬버릴까 했죠. 그러나 그만둔다고 어디 갈 데가 있어야지요(웃음). 그것이 1972년의 일이었어요. 임관한 지 일 년째였습니다.

처음에 부임한 지상 근무지는 레이더기지였습니다. 지바 현의 기지에 일 년간 근무했어요. 옛날에는 '도쿄 급행'이라고 해서 소련기가 태평양을 빙 돌아서 다가오는 경우가 있었습니다. 일본의 전파 상황을 자세히 관찰하는 것이 그들의 목적이지요. 대형 폭격기나 정찰기로 말입니다. 그럴 때마다 긴급 발진을 시킵니다. 지금은 줄어들었지만 옛날에는 일 년에 수백 차례 그랬습니다.

그다음에 방위대학으로 다시 돌아와 기술 연구를 했습니다. 전공은 전자공학, 그중에서도 레이더였습니다. 이른바 석사과정에 해당하는 코스였죠. 그러고 나서 이루마 기지에 근무했습니다. 제가 하는 일은 새로 만든 지상 레이더가 어느 정도의 성능을 낼 수 있는지 평가하는 겁니다.

지금 자위대가 사용하는 레이더는 전부 국산입니다. 주로 미쓰비시와 니혼전기(NEC) 두 회사에서 만듭니다. 우리가 먼저 사양서를 만들어 거기에 맞게 납품을 받습니다. 그리고 제품이 납품되면 사양서대로 되어 있는지 확인합니다. 아니요, 다시 제작하는 일은 없습니다. 대부분 사양서대로 잘 만들어주니까요. 그러나 큰 결함이 발견될 때도 있는데, 예를 들면 소프트웨어에 버그(컴퓨터 프로그램의 에러)가 있다든지 하는 것들입니다.

그후에 여러 곳을 전전했습니다. 후추의 항공 총사령부, 이치가야의 간부학교, 롯폰기의 공막에서 인사과에 근무하기도 했습니다. 인사 일은 정말 힘들었습니다. 다른 사람의 이동과 전근, 승진을 결정하는 일이니까요.

그리고 항공막료감부의 기술과에 일 년, 다음에는 방위과에서 일 년, 방위연구소에서 일 년, 고치의 지방연락부에서도 이 년 근무했습니다. 거기서는 자위대원 모집 일도 했습니다. 모집요? 그렇게 힘들지는 않았습니다. 정원이 있는데 그때는 사람들이 너무 많이 모여들어 거절할 정도였으니까요. 마침 거품경제가 꺼져갈 때였어요. 거품 시대에는 모두들 경기가 좋은 기업 쪽으로 가고, 거품이 꺼지고 경기가 나빠지면 공무원 지향이 강해집니다. 게다가 고치라는 지역은 원래 자위대원이 비교적 모이기 쉬운 풍토죠. 그러나 가장 지원자가 많은 지역은 규슈입니다. 역시 무인의 전통 같은 것이 있는 곳이니까요.

그러고 나서 롯폰기로 돌아와 항공막료감부 기술1과장이 되었습니다. 여기서 사린사건을 만난 것입니다.

결혼은 스물네 살 학생 때 했어요. 방위대학은 요코스카에 있는데, 아내는 요코스카에서 태어나고 자랐습니다. 그래서 인연이 닿은 거죠. 아이는 둘 있습니다. 딸아이가 스물셋이고 아들 녀석이 스물한 살입니다. 딸은 내년에 결혼한다고 합니다. 아들은 아직 대학생이지만 자위대에 들어갈 생각은 없는 것 같습니다.

집은 세이부신주쿠 선의 히가시구루메에 있습니다. 1985년 마침 거품 소동이 벌어지기 전에 사둔 겁니다. 그때만 해도 조금만 노력하면 집을 살 수가 있었지요. 근무지는 이루마 기지 아니면 도쿄였으니까 그 한가운데쯤에 사고 싶었지만, 도쿄 시내는 너무 비싸서 조금 떨어진 히가시구루메에 집을 마련했습니다. 그 당시만 해도 그쪽은 정말 쌌지요. 산 지 일 년도 안 되었는데 부동산업자가 천만 엔을 얹어줄 테니 팔지 않겠느냐고 하더군요. 팔아도 되겠지만 다시 집을 사면 마찬가지니까 그만두기로 했습니다(웃음).

—이야기를 들어보니 단기간에 많은 부서에서 경험을 쌓은 것 같습니다. 이것 역시 제너럴리스트를 양성하기 위한 것인가요?

그럴 겁니다. 기술만으로는 아무래도 최고경영자가 될 수 없으니까요. 그렇지만 제 의지와는 상관없이 움직여야 하는 거니까 알 수 없는 일이지요(웃음).

작년 3월 20일 당시에는 히가시구루메에서 롯폰기까지 통근하고 있었습니다. 여느 때와 다름이 없었습니다. 그날은 평소보다 삼십 분 빨리 집을 나섰습니다. 상사인 기술부장에게 아침 일찍 보고해야 할 일이 있었기 때문에 부하가 삼십 분 빨리 출근해달라고 하더군요. 그래서 8시 30분에는 롯폰기에 도착할 예정이었습니다. 평소에는 9시 15분까지 근무지에 도착하면 됩니다.

통근은 집에서 세이부 선 구루메 역까지 걸어서 십 분, 이케부쿠로에서 마루노우치 선으로 가스미가세키, 거기서 히비야 선으로 갈아타고 롯폰기까지 갑니다. 두 시간 정도 걸립니다. 그렇게 다니는 건 정말 피곤하지만 그것도 매일 하다보면 익숙해집니다. 지금은 이루마 기지에서 근무하기 때문에 방향도 반대고 거리도 짧아서 편해졌지만, 그만큼 체력을 쓰지 않기 때문에 이러다 운동 부족이 되지 않을까 걱정될 정도입니다.

통근 때는 정장에 넥타이를 맵니다. 제복을 입고 통근해도 되지만 시내에서는 사복을 입으라고 권하고 있습니다. 지방에서는 제복을 입는 사람도 많지만 제복을 입고 모자를 쓰고 만원 전차를 타면 보기에도 좋지 않으니까요. 아니요, 반드시 넥타이를 매야 한다는 규정은 없습니다. 자유입니다. 넥타이를 매지 않고 통근하는 사람도 있습니다.

가스미가세키에서 마루노우치 선을 내렸더니 안내방송이 나오더군요. 가야바초에선가 사고가 있어서 언제 움직일지 모른다고 말이죠. 그것이 8시 10분 정도였던 것 같습니다. 그러나 직접 가보니 히비야 선 플랫폼에는 사람들이 꽤 많았습니다. 모두가 곧 전차가 올 거라 생각하고 기다리고 있었죠.

저도 다른 사람들과 함께 히비야 선의 플랫폼에서 오 분 정도 기다렸습니다. 제가 서 있던 장소는 나카메구로 방면으로 가는 맨 뒤편이었습니다. 그때 플랫폼에 서 있는 전차는 없었습니다. 그사이에 반대 선로에 텅 빈 전차가 들어왔습니다. 저는 나카메구로 행을 타야 하는데 반대편의 기타센주 행 전차가 들어온 것입니다. 그 전차는 정지한 채 창문을 모두 열고 "이 전차는 타지 마십시오"라고 방송을 했습니다. 반대방향이니 물론 제가 탈 차는 아니었지요.

그러나 아무리 기다려도 나카메구로 행 전차가 오지 않고, 지요다 선은 운행한다는 구내방송이 나왔기 때문에, 그렇다면 지요다 선으로 노기자카까지 가서 걸어가면 되겠다고 생각하고 지요다 선 역 쪽으로 걸어갔습니다. 저는 복잡한 플랫폼에서 사람들을 헤치고 걸어나갔습니다. 너무 복잡해서 서 있는 전차 안을 통과해서 걸어가기도 했습니다. 문이 활짝 열려 있었거든요. 그러나 전차 안으로 걸어간 거리는 얼마 되지 않습니다. 불과 몇 초 정도일까요. 지요다 선 플랫폼으로 마침 전차가 들어오기에 저는 그 차를 탔습니다. 그러나 전차를 탈 때 이상하게 기침이 나오더군요. 담배 연기의 매캐한 느낌과는 좀 달랐습니다.

아마도 공기의 흐름 때문이 아니었을까 생각합니다. 전차가 구내로 들어와서 공기의 흐름에 변화가 생겨 사린이 제게 날아온 게 아닐까요. 그러나 그 사린이 어디서 왔는지는 잘 모르겠습니다.

—확신할 수는 없지만 아마도 히비야 선의 플랫폼에서 전차를 기다리고 있을 때 마신 게 아닐까요. 나카메구로 발 전차로 가미야초에서 큰 피해가 발생한 시간이 8시 13분, 그것이 그대로 가스미가세키까지 온 것입니다. 그렇다면 첫번째 칸에 대량의 사린이 유출되었을 테죠. 가스미가세키에 도착했을 때 첫번째 칸은 비어 있었지만 다른 칸에는 승객이 타고 있었으니까요.

제 기억에는 전차가 텅 비어 있었던 것 같은데, 사실은 사람들이 타고 있었는지도 모르지요. 제가 히비야 선의 플랫폼에서 전차를 기다린 장소가 여기니까(손가락으로 지도를 가리킨다), 그렇군요, 나카메구로 발 전차의 가장 앞쪽, 즉 사린이 뿌려진 차량이 위치한 곳이네요.

—전차를 기다리는데 반대방향으로 가는 전차가 들어왔고, 문이 열리면서 사린이 누출되어 그것을 마셨다고 할 수 있겠군요. 그때는 아무렇지도 않았지만 걸어가는 사이에 증상이 나타났다는 것이 타당한 추론이 아닌가 싶습니다.

그렇다면 운이 나빴던 셈입니다. 하필 그 장소에서 전차를 기다렸다는 게요. 그러나 냄새 같은 건 전혀 맡지 못했습니다.

지요다 선으로 갈아타는 동안에는 특별한 이상이 없었습니다. 단지 국회의사당앞 역의 플랫폼에서 여자 두 사람이 벤치에 앉아 얼굴을 두 손으로 가리고 있던 광경이 기억에 남아 있습니다. 그 옆에서 역무원이 말을 걸고 있더군요. 그때는 빈혈일 거라고 생각했습니다. 역에서 여자들이 그런 모습으로 앉아 있는 광경을 더러 볼 수 있으니까요. 그러나 두 사람이 한꺼번에 그러는 게 좀 묘하다는 생각이 들더군요. 이상하다면 이상한 광경이죠. 그 외에는 아무런 이상이 없었습니다.

노기자카 역에서 내려서 지상으로 올라오자 사방이 좀 어둡다는 느낌을 받았습니다. 날이 흐린가 하고 하늘을 올려다보았지만 구름 한 점 없었습니다. 이상하다고 생각했습니다. 그러나 어둡다는 것 말고는 별다른 이상은 없었습니다. 걷는 데도 아무 불편이 없었습니다. 그래서 잠시 위화감을 느꼈을 뿐 깊이 생각하지 않았습니다.

사무실로 들어서니 텔레비전이 켜져 있고 이상하게 소란스럽더군요. 구급차가 줄을 지어서 달리는 장면이 방영되고 있었어요. 그때도 방 안이 좀 어둡다는 생각만 들었지 제가 그 사건과 관련되었다고는 조금도 생각하지 않았습니다. 컨디션도 괜찮았으니까요.

그날은 9시 반부터 모닝 리포트라는 보고회를 했는데, 회의가 시작되기 전에 부장이 사린 봉지를 봤다고 하는 겁니다. 눈을 다쳤는지 사물이 어둡게 보인다고 말이죠. 그래서 "저도 실은 그런데요"라고 했습니다. "그렇다면 자네도 당한 거야" 하는 겁니다. "아, 그렇군요"라고 했지만 그때는 그것이 중대한 사태라고는 꿈에도 생각지 않았습니다. 마쓰모토 사건은 물론 기억하고 있지만, 설마 내가 그렇게 당하리라고는……

저는 점심때가 지나 세타가야의 자위대 중앙병원에 갔습니다. 하루만 입원했습니다. 다음 날 퇴원했지만 시야가 어두운, 이른바 시야협착 증상은 한 달간이나 계속되었습니다. 그동안 줄곧 선글라스를 끼고 다녔습니다. 그 때문인지는 모르겠지만 그 사건 후로 갑자기 돋보기안경을 끼게 되었습니다.

그러고 보니 기억이 나는군요. 사린사건 일주일 전에 사쿠라다몬 입구, 마루노우치 선에서 히비야 선으로 가는 통로에서 수상쩍은 가방이 발견된 사건이 일어났는데, 저는 그것을 목격했습니다. 통로를 막고 소방대원이 호스를 들고 경관과 역무원이 멀리서 그것을 둘러싸고 있는 광경 말입니다. 예의 가방도 보았습니다. 그것이 아침 8시 반 정도였습니다.

그러나 그때도 별다른 신경은 쓰지 않았습니다. 만일 거기에 폭탄이라도 들어 있어서 폭발했더라면 거기 있던 사람들이 모두 피해를 입었을 겁니다. 물을 뿌린다고 폭발을 방지할 수 있는 건 아니니까요. 그때 위험하다고 피하라고 했지만 모두들 반신반의하는 표정이었습니다. 절박한 위기감이 없으면 많은 것을 놓치게 되는 것 같습니다.

이런 심각한 재앙이 일어났을 때 조직적으로 신속하고 효율성 있게 대응하는 시스템이 일본에는 없습니다.

신슈 대학 의학부장

야나기사와 노부오 (1935년생)

머리말에서 밝혔듯이 이 책에 수록된 모든 증언은 필자(무라카미)가 실제로 인터뷰와 면담이라는 형식을 통해 취재한 것이지만, 신슈 대학 의학부장인 야나기사와 교수의 경우만은 개인적인 사정으로 지정된 시간을 맞출 수가 없어서 다카하시 히데미네 혼자 나가노 현 마쓰모토 시까지 가서 이야기를 들었다.

처음에는 사건 당일의 사정을 배경으로 이야기만 들을 생각이었고 인터뷰 형식으로 수록할 예정은 아니었지만, 내용이 무척 흥미롭고 귀중하다는 판단이 들어 인터뷰의 하나로 수록하기로 했다. 신슈 대학 의학부의 학장실에서 한 시간에 걸쳐 이야기를 들었다. 물론 내용이나 문장 상의 책임은 모두 필자에게 있다.

*

지하철 사린사건이 일어난 3월 20일은 신슈 대학의 졸업식 날이었습니다. 저는 당시 병원장으로서 졸업식에 출석해야 했기 때문에 예복을 입고 있었습니다. 그리고 그날은 입학시험의 판정회의도 있었기에 다른 일정은 계획에 없었습니다. 그게 불행 중 다행이었습니다.

그리고 또 하나, 제가 책임자가 되어 마쓰모토 사린사건에 대한 보고서를 편집했는데 그게 마침 그날(3월 20일) 출판될 예정이었습니다. 우연히도 그렇게 되었지요.

그런데 바로 그날 아침, 〈시나노 마이니치 신문〉 기자가 제 비서에게 전화를 걸어 "지금 도쿄에서 이상한 사건이 일어나고 있습니다. 그게 아무래도 마쓰모토 사린사건과 유사한 것 같습니다"라고 하는 것입니다. 그 전화 내용이 제게 전달된 것은 9시경이었습니다. 대체 무슨 일인가 하고 텔레비전을 켰더니 사건 피해자가 모두 유기인제 급성중독 증상을 보이고 있었습니다. 구체적으로 말하면, 눈이 아프면서 안 보이고, 눈물이 나고, 콧물이 나고, 토하고…… 그런 증상입니다. 그러나 그것만으로는 사린 중독이라고 할 수는 없습니다. 다른 독극물도 그런 증상이 나타나는 경우가 있기 때문이지요.

그러나 피해자 중에는 시야협착을 호소하는 사람이 있었습니다. "거울을 보니 눈동자가 무척 작아졌다"라고 말하는 사람의 모습이 우연히 화면에 비쳤던 겁니다. 그것들을 종합하면 전문용어로 무스카린muscarine 작용, 즉 유기인제 중독입니다. 그리고 지하철에서 그렇게 많은 피해자가 나온 걸로 봐서 가스 상태일 테죠. 그렇다면 그것은 화학병기로 사용되는 유기인제, 즉 사린, 소만, 타분 종류 외에는 없습니다. 마쓰모토 사건의 경우와 마찬가지입니다.

제가 텔레비전 화면을 본 그 시점에서 백 명 이상의 피해자가 성누가 병원에 수용되었습니다. 그렇게 많은 환자들이 확실한 원인도 모른 채 갑자기 병원으로 밀려들면 병원 관계자들도 당황하여 우왕좌왕할지도 모른다는 걱정이 일었습니다.

우리도 마쓰모토 사린사건 때 무척 고생이 많았습니다. 까닭 없이 갑자기 밀려드는 환자의 증상을 보고 유기인제 중독이라 추측하고 치료를 했지만 그때는 사린이라는 말조차도 머릿속에 들어 있지 않았습니다. 그러나 유기인제 중독 치료에 대해서는 그런대로 경험을 축적하고 있었기 때문에 다행히도 중증 환자의 목숨을 구할 수 있었습니다. 그런 우리의 경험을 일단 다른 병원에 알리는 것이 좋으리라 생각했습니다.

그래서 저는 곧장 병원장실로 신경내과와 구명구급부의 의사 두 사람을 불러, 성누가 병원을 비롯해 환자가 수용되어 있는 곳이면 빠짐없이 연락을 보내라고 지시했습니다. 텔레비전을 보고 환자가 수용된 병원을 체크해 팩스로 정보를 보내라고 말이죠. '유산아트로핀과 팜이라는 해독제, 링거, 또는 디아제팜이라는 진정제를 치료에 사용하면 좋다' 는 내용이었습니다.

맨 처음에는 성누가 병원에 제가 직접 전화를 걸었습니다. 9시 10분에서 30분 사이였던 것 같습니다. 전화 연결이 안 되더군요. 그래서 휴대전화를 써서 걸어보았더니 바로 연결되었습니다. 아마 회선이 다르기 때문이겠죠. 그래서 구급 책임자와 이야기를 나누고 싶다고 했습니다. 전화를 받은 의사에게 어떻게 치료하면 되는가를 설명하고 자세한 내용은 팩스로 보내겠다고요. 원래는 원장을 통해야 하겠지만 워낙 긴급한 사태라 현장 의사와 직접 이야기하는 쪽이 빠를 것 같았습니다. 그러나 어디서 착오가 있었는지 나중에 성누가 병원의 신경내과 의사에게 이야기를 들어보니 11시경까지 그게 무슨 독극물인지 도서관에서 조사하고 있었다고 합니다. 팩스는 제대로 간 모양인데 말입니다.

팩스를 보내기 시작한 것은 10시가 넘어서였습니다. 저는 졸업식에 참석해야 했기 때문에 그 이후의 연락은 신경내과와 구명구급부의 의사에게 맡기고 병원을 나섰습니다. 마침 『마쓰모토 사건 보고서』의 최종 교정지가 병원장실 책상에 놓여 있었고 거기에 사린 중독의 증상이나 진료상의 요점 등이 잘 정리되어 있었기 때문에 그것을 팩스로 보내라고 했습니다. 그런 자료가 우연히도 책상 위에 놓여 있었다는 것이 나중에 생각해보니 큰 행운이었던 것 같습니다. 그러나 분량이 많아서 시간도 들고 손도 모자라고 해서 무척 힘들었다고 합니다.

이러한 집단 재해가 일어났을 경우에 가장 중요한 것은, 전문용어로 '트리아지triage'라고 하는데, 환자의 치료 우선순위를 결정하는 일입니다. 사린 중독의 경우 우선순위는 중상자입니다. 경상자는 어느 정도 내버려두어도 자연 치료되기 때문에 괜찮습니다. 그런 분류도 없이 빨리 온 사람부터 차례대로 치료하다보면 생명을 구할 수 있는 사람도 놓치고 맙니다. 경상자들에게 차례대로 주사를 놓다보면 중상자를 돌볼 여유가 없어집니다. 그러나 사정을 잘 모르면 눈이 보이지 않는다는 환자의 말 한마디에 현장 의사는 공황상태에 빠지고 맙니다. '숨이 막힌다' 고 말하는 환자와 '눈이 안 보인다' 고 말하는 환자 중 어느 쪽을 우선할 것인지 의사는 빨리 판단해야 합니다. 어려운 일이지요. 그런 위기상황에 처해서 신속하게 판단을 내리지 못한다는 건 의사로서 제일 곤란한 일입니다.

그러나 그 이전에 정확한 정보가 들어와 있다면, '지금은 안 보이지만 시간이 지나면 반드시 나아질 테니까 걱정하지 마세요. 마음 놓고 기다리세요' 하고 침착하게 지시할 수 있습니다. 그렇게 하면 환자도 마음을 놓을 수 있죠. 의사도 간호사도 순리대로 치료할 수 있는 것입니다.

—그런 집단 재해에 필요한 실천적 매뉴얼 같은 것을 의료현장에서 배울 수 있습니까?

아뇨, 전혀. 배울 수 없습니다. 우리도 마쓰모토 사건이 일어나기 전에는 거기에 관한 지식이라고는 거의 없었으니까요. 그러나 '트리아지' 라는 개념은 몹시 중요한 것이라 대학교 교육과정에서 배웁니다. 예를 들면 마쓰모토 시를 중심으로 한 광역 치료권에는 '닥터카' 라는 것이 있어서 의사가 당번제로 구급차를 타고 현장으로 달려갑니다. 그 사건이 일어났을 때는 뇌 전문의가 담당이라서, 그 사람을 불러 차를 타고 가보았습니다. 그리고 현장에서 트리아지를 행했습니다. 이미 숨을 거둔 사람은 내버려두고 구할 수 있다고 판단되는 사람들을 병원으로 옮겼습니다. 그게 중요합니다.

점심때쯤에 돌아와보니 전화가 쉴새없이 울리고 있었습니다. 여러 군데의 진료 시설로부터 정보를 보내달라는 연락이 들어온 것입니다. 백 개 이상의 병원에 환자들이 수용되어 있었으니까요. 그날 하루 종일 팩스로 자료를 보냈습니다. 바쁜 하루였습니다.

만일 그날이 졸업식이 아니고 평일이었다면 병원 스케줄이 아침 8시 반부터 빈틈없이 잡혀 있었을 테니까 누군가가 '도쿄에서 사건이 터졌다' 고 해도 이야기를 들을 여유가 없었을 것입니다. 고작해야 점심시간에 텔레비전을 통해 사태를 알아차렸겠지요. 아마 신속한 대응을 하지 못했을 것입니다. 그런 점에서도 상당히 운이 좋았다고 해야겠지요.

그러나 우리가 소방청에 연락하고 그 소방청에서 일괄적으로 병원에 정보를 전달했다면 더 효과적이었을 것입니다. 그렇지만 그간의 경험으로 보아 그런 정보를 과연 소방청이 수용할지 확신은 할 수 없습니다. 신슈 대학의 병원장이 전화를 걸어 무슨 말을 한다고 잘 들어주리란 보장이 없는 거지요. 그 때문에 이런 위급한 상황에서는 현장에다 바로 연락하는 것이 가장 효율적이라고 판단했습니다. 실제로 소방청에 연락을 하려고 전화를 걸었지만 도무지 연결이 안 되더군요.

이 지하철 사린사건이나 마쓰모토 사린사건을 보고 우리가 얻은 가장 큰 교훈은 '큰 사건이 일어났을 때 각 현장에서는 신속하게 대응하지만 전체적으로는 아직 멀었다' 라는 것입니다. 이런 심각한 재앙이 일어났을 때 조직적으로 신속하고 효율성 있게 대응하는 시스템이 일본에는 없습니다. 적절한 명령 계통이라는 게 없어요. 그래서 효율이 떨어집니다. 그것은 고베 대지진 때도 마찬가지였습니다.

마쓰모토의 경우나 지하철 사린사건의 경우에 의료기관들은 정말 신속하고 적절하게 대응했다고 생각합니다. 구급대원도 잘해주었습니다. 높이 평가해야 할 것입니다. 미국의 어떤 전문가의 말에 따르면 사린 중독으로 5천 명의 피해자가 나왔음에도 불구하고 사망자가 단 11명밖에 없었다는 것은 기적에 가깝다고 합니다. 그러나 그것은 어디까지나 현장 사람들의 노력 덕분이지 시스템이 유효하게 기능했기 때문은 아닙니다.

우리가 정보를 보낸 의료기관은 약 서른 군데였습니다. 그런데 다음 날 아침 7시 뉴스를 보니 중환자가 70명이나 된다고 했습니다. 사린 중독은 적절하게 치료만 하면 아무리 중환자라도 시간이 지나면 좋아집니다. '이것 참 큰일이다. 아직도 우리의 정보가 충분히 전달되지 않았구나' 라는 생각이 들어 도쿄의 위생국에 전화를 걸었습니다. 그러나 아무도 전화를 받지 않더군요. 결국 8시 반이 넘어 겨우 연락이 닿았지만 말이 통하지 않는 겁니다. 전화를 받은 사람은 "우리 쪽에서 담당하는 일이긴 한데요" 하고 어물거리더군요. 야간 당직도 없는 형편이니 뭔가 잘못되었다고 보아야겠지요.

그리고 소방청은 바로 지령차를 보내 상황을 전부 모니터하고, 트리아지 책임자를 두어 그 지시를 정확하게 내려줘야 합니다. 그러면 구급대원이 현장에서 적절하게 대응할 수 있습니다. 그리고 현장에서는 구급의료 전문가가 가담해야 합니다. 의학적인 관점에서 활동하는 것이 중요합니다. 그 분야의 전문가가 보면 금방 알 수 있는 일이지만 비전문가가 대처했다가는 치명적인 공황상태를 불러올 수도 있습니다.

그리고 지하철에서 이런 사고가 발생하면 현장에 파견되는 대원은 어떤 장비를 갖추어야 하는지, 어떤 일에 주의하면서 환자를 옮겨야 하는지, 책임자를 내세워 신속하게 지시를 내려야 합니다. 그렇게 하지 않으면 2차 피해도 발생할 수 있습니다.

솔직히 말해 우리 의사 세계에서는 상대편에서 요청하지 않는 한 자진해서 정보를 보내주는 일은 거의 없습니다. 쓸데없이 남의 일에 끼어들어 잘난 체한다는 소릴 들을 수도 있으니까요.

그렇지만 이번 사건에 대해서는 나름의 집념 같은 것이 있었습니다. 마쓰모토 사린사건 때 목숨을 잃은 일곱 사람 가운데 신슈 대학 의학부 학생이 하나 있었습니다. 여학생이었는데 성적도 아주 우수했어요. 만일 그 사건이 없었더라면 그날 졸업식에 참석했을 겁니다. 그 학생의 일이 제 마음속에 앙금처럼 남아 있었습니다.

히비야 선

기타센주 발 나카메구로 행

A720S

히비야 선 기타센주 발 나카메구로 행 전차에서 사린 살포를 담당한 사람은 하야시 야스오와 스기모토 시게로 팀이었다.

1957년 도쿄에서 태어난 하야시는 사건 당시 37세였다. 하야시 이쿠오를 제외하면 '과학기술성'에서 가장 연장자고 무라이 밑에서 부지도자 역할을 했다. 하야시 야스오는 이과계 출신이지만 하야시 이쿠오, 도요타, 히로세와 같이 순수 배양된 자연계 엘리트와는 달리 나름대로 인생의 고통이나 좌절을 경험한 사람이다. 아버지는 구舊국철 직원이었지만 이십 년 전에 세상을 떠났다. 생활은 그리 풍족하지 못했던 것 같다. 세 형제의 막내로 어머니의 귀여움을 독차지하면서 자랐다.

도쿄 시내의 고등학교를 나와 고가쿠인 대학 야간부에 들어가 인공지능을 연구했다. 졸업 후에는 취직하지 않고 여러 회사를 전전하면서 아르바이트를 하고 세계 각국을 여행했는데 인도에 갔을 때 종교에 깊은 관심을 가지게 되었다. 그러다 요가를 배우러 다녔고, 옴진리교를 알게 되어 아사하라 쇼코에 귀의하고 입문했다. 1988년에 출가했다. 하야카와 기요히데에게 중용되어 '과학기술성'의 세번째 서열에 오른다.

교단에서도 유수한 투쟁파로 알려져 있고, 그와 동시에 '고학생이면서 어머니를 위하는' 그의 인간적인 면모에 매력을 느낀 젊은이들이 형이라 부르면서 잘 따랐다고 한다.

3월 20일 이른 아침 제7사티암에서 벌어진 '실질 훈련'에서 모두 두 개씩의 사린 봉지를 받아들었을 때 하야시 야스오만 세 개의 봉지를 받았다. 그것은 무라이 히데오가 (혹은 아사하라가) 의도한 '확인' 의식이었다. '다섯 명 중에 누가 나머지 하나를 취할 것인가'를 지켜보기 위한 것이다. 하야시는 망설임 없이 앞으로 나섰고 그것을 본 무라이는 '역시' 하고 미소를 지었다. 그 자리에 있던 히로세는 그 모습을 보고 '필시 저희들끼리 내기를 했을지도 모른다'고 추측하고 머쓱한 기분이었다.

하야시 야스오는 예전에 아사하라로부터 외부에서 잠입한 스파이가 아닌가 하는 의심을 샀는데, 그것이 그의 마음에 상처로 남아 있었던 것 같다. 그런 개인적인 사정 때문에 그는 필요 이상으로 과격하고 열성적인 면이 있었다. 그리고 그런 성향 덕분에 그가 담당한 히비야 선 나카메구로 행 전차는 당일 범행의 무대가 된 지하철 노선 가운데 가장 많은 사망자와 피해자를 냈다. 세 개의 봉지에 든 사린액은 전부 누출되어 승객들에게 심각한 피해를 입혔다.

하야시 야스오는 스기모토 시게로가 운전하는 자동차로 히비야 선의 우에노 역으로 향했다. 도중에 세 개의 사린 봉지를 〈요미우리 신문〉으로 감쌌다. 그가 타기로 한 전차는 기타센주 오전 7시 43분발 전차다. 운행

번호는 A720S. 하야시는 우에노 역에서 그 전차의 세번째 칸에 올라 신문으로 싼 사린 봉지를 바닥에 놓았다. 그리고 전차가 아키하바라 역에 도착했을 때 날카롭게 갈아둔 우산 끝으로 수차례 찔렀다. 봉지에는 모두 구멍이 뚫렸다. 그가 봉지에 뚫은 구멍의 수는 실행범 다섯 명 중에서도 가장 많았다. 아키하바라 역에 하차한 하야시는 대기하고 있던 스기모토의 차로 시부야의 아지트에 돌아왔다. 임무는 완벽하게 수행했다. 아지트로 돌아온 것이 8시 반이었다.

전차가 아키하바라 역을 나서자마자 기화한 사린은 이상한 냄새를 풍기기 시작했고, 다음 역인 고텐마초에 도착했을 때에는 앞에서 세번째 차량에 타고 있던 승객들도 상당한 불쾌감을 느끼기 시작했다. 흘러나온 액체에 젖은 신문지가 승객들의 눈에 띄었다. 그 주변은 사린액으로 흥건했다. 분명 이것 때문이라고 생각한 승객 가운데 한 사람이 그 봉지를 발로 차서 고텐마초의 플랫폼으로 밀어냈다.

밖으로 나온 사린은 빠른 속도로 좁은 고텐마초 역을 오염시켰다. JT 사원인 와다 에이지 씨를 포함한 네 명이 여기서 목숨을 잃었다.

한편 바닥을 흥건히 적신 사린액을 실은 채 A720S 전차는 정해진 대로 운행을 계속했다. 닌교초, 가야바초, 핫초보리…… 각 역에 정차할 때마다 많은 피해자를 내면서 계속 앞으로 나아갔다. 그야말로 '지옥의 전차'였다. 차장이나 기관사는 세번째 칸에서 일어나고 있는 이상한 현상에 대해 전혀 모르고 있었다.

8시 10분, 핫초보리 역을 나서자마자 세번째 칸에서 비상벨이 울렸다. 견디지 못한 승객이 비상벨을 누른 것이다. 그러나 규정에 따라 터널 속에서는 정차할 수 없다. 전차는 가장 가까운 쓰키지 역에 멈춰 섰고, 문이 열리자 네댓 명의 승객이 플랫폼으로 뛰어나오면서 쓰러졌다. 쓰키지 역의 역무원이 달려왔다. 지하철 측은 이 시점에서 차내의 이상 현상을 알게 되었다. 전차는 바로 운행을 정지했고 구급대가 달려왔다. 쓰키지 역에서 지하철 운행 지령소로 들어온 최초의 연락은 '뭔가가 폭발해 흰 연기가 퍼져 다수의 피해자가 발생했다'라는 기관사의 보고였다. 그 결과 얼마 동안 사건은 '쓰키지 역 폭발사고'로 인식되었고, 그 정보가 그대로 전 노선의 각 역에 전달되었다.

그러나 쓰키지 역의 역무원은 그것이 독가스라는 사실을 인지하고 "독가스다!" 하고 외치며 승객들을 빨리 대피시켰다. 그러나 지하철 중앙 부서의 사태 파악은 훨씬 늦었다. 지하철 운송 지령소가 히비야 선의 '운행 정지'를 결정한 것은 그로부터 이십 분이나 지난 8시 35분경이었다. 이윽고 '전 승객을 역 바깥으로 대피시키고 승무원과 역무원도 지상에서 대기하라'는 지시가 내려졌다.

노선의 다섯 개 역에서 8명이 사망하고 2,475명이 중경상을 입는 비참한 사태가 발생했다.

'살인 머신' 하야시 야스오는 그후 모습을 감추고 지하철 사린사건 실행범으로서는 유일하게 오랜 도피 생활을 계속하다가, 1996년 12월 사건이 일어난 지 일 년 구 개월 만에 이시가키 섬에서 경찰에 체포되었다. 도주중에도 자신의 손에 목숨을 잃은 사람들의 명복을 빌기 위해 작은 불상을 지니고 다녔다고 한다.

◉—다음 글은 A720S '사린' 전차를 탄 승객들의 증언이다. 이 전차는 기타센주 역을 7시 43분에 출발해 예정대로라면 8시 5분에 쓰키지 역에 도착하게 되어 있었다. 앞서 말했듯이 이 전차에서 하야시 야스오는 사린 봉지에 구멍을 뚫고 아키하바라 역에서 내렸다. 전차는 쓰키지까지 가서 운행을 중단했다.

옴진리교를 다루는 보도는 말도 안 됩니다. 정말 어처구니없어요.

히라나카 아쓰시 (당시 51세)

히라나카 씨는 시내의 의류 관련 회사에 근무하고 있다. 직함은 경리총무. 경리 관계 전문가이기 때문에 옷을 만들고 파는 일에는 관계하지 않지만 복식 관계 일에 종사하는 사람답게 세련된 차림새다. 어투도 거침이 없어 어딘지 모르게 서민의 분위기랄까, 솔직하고 뒤끝이 없는 느낌을 준다. 모호한 구석이라고는 없다. 질질 끌거나 감추는 것을 싫어하는 성격인 것 같다.

가족은 부인과 자식이 셋. 사린사건을 일으킨 범인들에 대해 개인적으로도 사회적으로도 강렬한 분노를 느끼고 있다. 언론이나 경찰의 대응에 대해서도 상당히 신랄한 비판을 가한다. 성질이 급한 편이지만 정직하고 솔직한 인상이다.

눈이 내리는 2월의 토요일 오후에 아오야마의 한 호텔 커피숍에서 만났다. "일본처럼 치안이 좋은 나라에서 이런 일이 일어날 줄은 꿈에도 생각지 않았는데, 그게 실제로 일어나고 만 겁니다" 하고 어이가 없다는 듯이 고개를 가로젓는다.

*

도자이 선으로 ○○역에서 가야바초까지 가서 히비야 선으로 갈아타고 ○○역까지 갑니다. 거의 한 시간은 걸립니다. 전차는 정말 복잡하죠. 무라카미 씨도 한번 타보세요. 특히 도자이 선은 심해도 너무 심해요. 한번 손을 들면 내릴 수가 없죠. 도쿄의 지하철 가운데서도 가장 붐비는 선입니다.

평상시에는 8시 15분발 전차를 타지만 매주 월요일에는 미팅이 있어서 조금 이른 7시 55분발 전차를 탑니다. 가야바초에 도착한 것이 8시 전후, 전차를 갈아탄 게 8시 2분발 나카메구로 행이었습니다. 미팅은 9시 15분에 시작되지만 늘 삼십 분 정도는 여유를 가지고 회사에 갑니다.

히비야 선의 혼잡은 평소와 별다를 바 없었습니다. 물론 앉지 못했죠. 사린이 살포된 차량은 앞에서 세번째라고 하는데, 저는 한 칸 뒤에 있었고 그것도 가장 뒤편이었습니다. 저는 그 문 가까운 곳에서 손잡이를 잡고 서서 책을 읽고 있었습니다. 제목은 생각나지 않지만 아마도 역사소설이었을 겁니다. 그런데 그때 시너 냄새 같은 것이 풍겼습니다. 확실히 그건 시너 냄새였습니다. 핫초보리를 지날 즈음에 그런 냄새가 났던 것으로 기억합니다.

냄새는 앞 칸에서 몇 사람이 뒤 칸으로 옮겨왔기 때문에 난 것입니다. 그 사람들이 옮겨올 때 열린 문을 통해 바람이 들어왔어요. 그때 '아, 무슨 냄새가 나는데' 하고 생각했습니다. 전차에 앉아 매니큐어를 바르는 여자도 있지 않습니까. 그 때문이라고 생각했어요. 아세톤이나 시너 같은 그런 냄새였습니다. 아니요, 딱히 불쾌하지는 않았습니다.

전차가 쓰키지에 도착했는데 그때 누가 "도와줘요!" 하고 소리쳤습니다. 아주 큰 여자 목소리였습니다. 그것도 바로 곁에서 들렸습니다. 플랫폼 진행방향으로 사오 미터 정도 떨어진 위치에서였습니다. 즉 세번째 칸에서 들려오는 소리였죠. 그 소리를 듣고 무슨 싸움이라도 벌어졌나 하는 생각이 들었습니다. '도대체 어떤 사람이 아침부터 전차 안에서 싸움을 벌인단 말인가' 하고 말이죠. 플랫폼에는 사람들이 많이 서 있었기 때문에 누가 외쳤는지는 알 수가 없었습니다.

이윽고 방송이 나오더군요. "구급 환자가 발생해 잠시 정차하겠습니다"라고 했습니다. 그러는 사이에 바깥이 무척 소란스러워졌습니다. 그렇지만 저는 자리에 앉아 그냥 책을 읽고 있었습니다. 잠시 후 다시 방송이 흘러나왔습니다. "사고가 발생해서 이 차는 당역에 정차할 예정이니 승객들은 모두 내려주시기 바랍니다"라는 겁니다. 그 이상 자세한 설명은 없었습니다.

전차에서 내려서 보니 사람들이 모여 있었습니다. 그때도 아까와 같은 시너 냄새가 났습니다. 앞쪽, 사람들이 모인 곳에서 풍겨나왔습니다. 그리고 다시 한번 방송이 들리더군요. "유독가스가 발생했으니 신속하게 역을 나가주시기 바랍니다"라고요.

플랫폼 앞쪽에 사람들이 가득 모여 있었기 때문에 모두들 뒤쪽 가야바초 방향으로 걸어가기 시작했습니다. 그때도 시너 냄새가 났습니다. 그러나 인간의 코는 시간이 지나면 마비되어버리잖아요.

걸어서 뒤편 개찰구를 통해 바깥으로 나갔습니다. 개찰구 주변에는 곧 전차가 움직이지 않을까 하고 생각한 사람들이 하릴없이 기다리고 있었습니다. 저도 이러다가 늦겠다고 생각하면서 그 무리에 섞여 있었습니다. 역무원실과 매표구 앞쪽에는 몇 사람이 불편한 모습으로 앉아 있었습니다. 그들 외에는 별다르게 이상한 사람이 없었습니다.

개찰구를 나올 때 안경을 쓴 샐러리맨 풍의 남자가 "정말 속이 안 좋아. 왜 이러지. 어디 잠시 누울 곳이 없어!" 하고 화가 난 듯이 외쳤지만 저는 저 사람 갑자기 왜 저러나 하고 바라보았을 뿐입니다. 조그만 일만 있어도 그렇게 큰소리치며 호들갑을 떠는 사람도 있으니까요.

전차가 곧 움직일 건지 확실히 알고 싶어 모니터를 보러 갔습니다. 바로 곁에 모니터가 있었으니까요. 그런데 그 화면에 플랫폼에 쓰러져 있는 사람의 모습이 나오는 겁니다. 남자인지 여자인지 뚜렷하지 않았습니다. 그리고 한 사람은 벽에 몸을 기대고 있었습니다. 그러나 역무원은 보이지 않았습니다. 그 사람들 외에는 아무도 없는 겁니다. 기묘한 풍경이었습니다. 정말 이상하다는 생각이 들더군요.

그렇지만 긴박감은 없었습니다. 네, 조금도 없었습니다. 유독가스라는 말을 들었지만 그것 때문에 사람이 죽으리라는 생각은 조금도 하지 않았습니다. 어떻게 회사로 가나 하고 생각하는 사이에 순찰차인지 구급차인지는 모르겠지만 사이렌 소리가 들렸습니다.

저는 긴자로 나갈 수밖에 없겠다고 결론을 내리고 걷기 시작했습니다. 쓰키지의 교차로까지 어시장 쪽으로 걸어가서 오른쪽으로 굽어들면 가부키자 쪽으로 나갑니다. 그런데 쓰키지 역의 앞쪽 출구에 도착했을 때 저는 깜짝 놀라고 말았습니다. 출구 앞에 푸른 방수시트가 깔려 있고 거기에 많은 사람들이 앉아 있는 겁니다. 누워 있는 사람도 서넛 있었습니다. '어, 이게 무슨 일이람, 도대체 무슨 일이 벌어졌지' 하고 생각했습니다. 40대로 보이는 역무원 한 사람이 있었는데 불쌍해 보일 정도로 콧물을 질질 흘리고 있었습니다. 가스가 코의 점막을 손상시킨 겁니다. 그러나 처음에는 사정을 몰랐기 때문에, 그 모습을 보고서 콧물을 저렇게 질질 흘리고 다녀서야 되겠느냐며 혀를 찼지요.

그런데 그와 똑같은 현상이 나중에 저에게 일어났습니다. 그날 자금 조달 건을 마무리 짓고 점심 때 근처의 라면집에 갔는데, 콧물이 심하게 흐르는 겁니다. 추울 때 라면을 먹으면 콧물이 나오기는 하지만 그것과는 달랐습니다. 정말 대단한 콧물이었습니다. 아무리 휴지를 갖다대도 감당을 할 수 없더군요.

그러나 쓰키지 역 밖에 쓰러진 사람들 앞을 지나올 때는 별 이상이 없었기 때문에 '정말 안됐군. 이 사람들은 정말 운이 나빴어' 하고 생각한 정도였습니다. 그래서 무슨 착오로 화학약품이 조금 흘러나와서 주위 사람들에게 약간 영향을 끼쳤을 거라고 생각했습니다.

회사에는 9시 15분 정도에 도착했습니다. 회의에는 겨우 늦지 않을 수 있었습니다. 이건 나중에 들은 이야기인데 제가 이상할 정도로 빠른 어조로 회의에서 떠들어댔다고 합니다. 저는 지극히 정상적인 어투로 이야기했다고 생각하는데 말이죠. 그리고 이상하게 눈을 번득였다고 합니다. 그래서 모두들 '이 사람 오늘따라 되게 세게 나오네' 하고 생각했답니다. 평소와는 완전히 느낌이 달랐다고요. 그러나 제게는 아무런 자각증상이 없었습니다.

시야협착 증상도 나타났습니다. 회사에 들어서는 순간 왠지 좀 어둡다는 느낌이 들었습니다. 그러나 불편할 정도는 아니었습니다. 저는 문서를 작성하기보다는 도장 찍는 일이 더 많기 때문이지요. 게다가 그날은 읽어야 할 서류도 없었습니다. 그래서 아무 이상도 발견할 수 없었어요.

그렇지만 부하 직원들이 "사린이 살포되었다는데 정말 큰일났습니다. 병원에 한번 가보는 게 어떠세요" 하기에 별다른 증상은 없지만 만일을 위해서 한번 가볼까 하고 ○○병원으로 갔습니다. 오후 3시경이었습니다. 거기서 동공을 조사해보더니 "심하지는 않지만 만일을 위해서 하루 정도 입원하세요"라고 하더군요. 만일 밤에 무슨 일이라도 생기면 곤란하다고 말이죠. 또 '만일을 위해서' 링거주사를 맞았습니다.

그런데 7시 반이나 되었을까요, 일어서려는데 마음대로 되지 않는 겁니다. 뭔가 뒤에서 잡아당기는 듯 일어서지를 못했어요. 다리가 후들후들 떨리면서 금방이라도 쓰러질 것 같은…… 다음 날 아침에도 속이 좋지 않아 식사도 하지 못했습니다. 토할 것 같았습니다. 간신히 차나 마실 수 있는 정도였지요. 점심에도 아무것도 입에 대지 못했습니다. 게다가 혀도 잘 돌아가지 않았고요.

그리고 중화제의 부작용 때문인 것 같기도 한데, 기억이 잘 연결되지를 않아요. 입원 이틀째 아내가 병원으로 와서 이야기를 나누는데 문득 건네줘야 할 물건이 생각나서 가방을 열었는데 그러는 동안 뭐였는지 잊어버린 것입니다. 그제야 덜컥 겁이 났습니다. 아내도 무척 걱정하더군요.

또 하나, 소변이 마려워서 화장실에 들어가면 소변이 나오지 않았습니다. 보통 때에는 자연스럽게 나오는 게 말이죠. 한참 힘을 주고 낑낑거려야 소변이 나옵니다. 충격이었습니다. 다시 말해 이틀째가 되어서야 서서히 증상이 나타나기 시작한 것입니다. 처음에는 별다른 이상이 없었는데…… 이대로 회복되지 않으면 어떡하나 불안에 떨었습니다. 사흘째가 되니까 많이 좋아졌지만요.

사건 이후로 쉬 피로해지는 편입니다. 이전에는 전차를 타도 자는 일이 없었는데 최근에는 책을 읽으면서 그냥 자버린다든지 하는 일이 잦아졌습니다. 그러나 그게 사린 때문인지는 잘 모르겠습니다. 몇 년 전에 담낭 제거 수술을 받았는데, 사린이 간에 나쁜 영향을 끼친다고 해서 걱정입니다. 지금은 아무렇지도 않지만 앞으로가 걱정이죠.

옴진리교 신자들의 사고방식과 일반인들의 사고방식은 근본적으로 다른 것 같습니다. 우리는 그들이 저지른 일을 잘못이라고 생각하지만, 그들 쪽에서는 우리가 저지른 잘못에 대해 천벌을 내린 셈이지요. 극단적인 이야기지만 그들에게 우리와 같은 기준을 적용해서는 안 된다고 생각합니다. 그들은 아예 기준에서 벗어나버렸으니까, 그런 권리를 줄 필요가 없습니다. 자기 스스로 다른 권리를 주장하고 행동했으니까요. 재판 따위를 해서 뭘 어쩌겠습니까. 그런 데 시간을 들여도 아무 소용 없습니다.

—재판한들 의미가 없다고 생각하십니까?

그렇습니다. 의미가 없어요. 그들이 한 짓이 분명하니까요. 물론 법치국가이니 재판은 해야겠지만, 어쨌거나 빨리 결론을 내려서 구체적으로 실행해주기 바랍니다. 아사하라 같은 놈한테는 희생자 유족들의 손으로 사린 세례를 퍼부어버려야 합니다. 물론 극단적인 이야기지만 그 정도는 해줘야 해요.

텔레비전 보도를 보고 있으면 정말 화가 치밉니다. 옴진리교를 다루는 보도는 말도 안 됩니다. 정말 어처구니없어요. 실제로 피해를 입은 사람들을 신중하게 생각해주었으면 해요. 이틀간 병원에 있으면서 이대로 낫지 않으면 어떡하나 정말 걱정이 태산 같았다고요.

머리가 이상한 사람이 농약이라도 뿌린 건가 하는 생각이 뇌리를 스치더군요.

이지바 다카노리 (당시 39세)

이지바 씨는 의류업체에 근무하고 있다. 나는 의류업계의 사정은 잘 모르지만 그 업체의 직영점(카페테라스가 붙어 있는)이 아오야마의 내 사무실 근처에 있어서 업체명은 잘 알고 있다. 이전에 다른 직영점에서 넥타이를 산 기억이 난다. 지금도 그 넥타이를 자주 맨다. 인터뷰를 한 다음 세일하는 적갈색 치노바지를 하나 샀다. 내가 살 정도니 그렇게 최첨단 디자인의 옷을 파는 가게는 아니다. 무난한 취향의 정장이다.

의류회사에 근무하는 사람들은 이상하게도 한결같이 젊어 보인다. 이지바 씨도 이제 곧 40대에 접어들 나이지만 얼굴에는 아직도 청년 티가 남아 있다. 아저씨라는 인상을 주지 않는다. 아마도 늘 젊은 감각을 유지해야 하는 직업이기 때문이 아닐까 싶다. 얼굴에는 항상 기분 좋은 웃음을 띠고 있다(물론 늘 웃고 있는 것은 아니지만 전체적으로 그런 느낌을 준다).

그러나 쓰키지 역에서 차내 방송을 듣는 순간 '혹시 마쓰모토 사건 같은……' 이라고 느낄 정도로 날카로운 직감도 가지고 있다. 시부야 역 앞에서 쓰러진 동료를 병원으로 옮기는 행동도 신속하고 정확했다. 그런 비상사태에 직면해서 정확한 판단을 내린다는 것은 그리 쉬운 일이 아니다.

"저 같은 경상자의 이야기가 뭐 중요하겠습니까. 정말 심하게 다친 분들도 많지 않습니까. 제 경우는 당했다고 할 수도 없을 정도입니다" 하고 인터뷰를 거절했지만, 경중이 문제가 아니라고 설득하여 이야기를 들을 수 있었다.

*

사이타마 현 구마가야 출신입니다. 학교를 졸업하고 다른 의류업계에 들어갔다가 얼마 후 지금의 회사로 옮겼습니다. 당시에는 이른바 '아파트 회사' 였지요. 종업원이 열 명 정도였으니까 지금은 많이 성장한 셈입니다.

이런 사업은 간단히 시작할 수 있습니다. 회사를 만들기는 무척 쉽습니다. 아파트를 하나 빌려 시작해서 큰 업체로 성장하는 경우도 드물지 않습니다. 디자이너나 오너의 기획력, 즉 실력 하나로 일어설 수 있습니다. 그 대신에 기획력이 조금이라도 떨어지면 금방 망하고 맙니다. 정밀기계를 제작하는 업종이라면 기술 축적이 가능하겠죠. 결정적인 실수를 범하지 않는 한 갑자기 망하는 법은 없습니다. 그러나 기획력이나 창조력 같은 것은 축적되지 않기 때문에 결과적으로 운이 많이 작용합니다. 화려하게 일을 벌이다가 어느 날 갑자기 문을 닫는 회사가 많습니다.

저는 이 회사에 십이 년간 근무했는데, 회사가 어느 순간 갑자기 커버렸습니다. 지금은 직영점을 포함해서 종업원 수가 350명이나 됩니다. 본사에는 백 명 정도이지만…… 제가 속한 부서는 영업기획과 생산 부문입니다. 회사는 히로오에 있습니다.

집은 에도가와 구, 가까운 역은 니시가사이입니다. 십 년 전에, 그러니까 결혼한 지 사 년 만에 아파트를 샀습니다. 자식이 둘입니다. 위가 초등학교 6학년 여자애고 아래가 3학년 남자애입니다. 저는 도시의 변두리 지역이 좋습니다. 회사 사람들은 대부분 도요코 선 연변에 살고 싶어하는데 전 도쿄 중심부가 싫습니다. 어차피 촌놈이니까요(웃음). 지금 사는 데가 마음 편해요.

3월 20일경은 봄 상품의 매상이 절정에 달하기 때문에 꽤 바쁩니다. 춘분이 지나면 본격적인 봄이니까요. 그래서 샌드위치 휴일이니까 그냥 쉬자고 생각하는 사람은 없었습니다. 그리고 매주 월요일에는 아침 회의가 있습니다. 각 부서의 책임자가 모여 상호 연락을 위한 회의를 하는데 항상 8시 45분에 시작합니다. 즉 보통날보다 사십오 분 빨리 시작하는 셈이지요. 결국 그 때문에 사건에 휘말려들게 된 거고요.

가야바초에서 히비야 선으로 갈아타고 히로오까지 가는데, 전차를 탔을 때는 딱히 이상한 느낌은 없었습니다. 한복판이었으니까 아마도 여섯째 칸 정도였을 것입니다. 모든 것이 평소와 다름없었습니다. 전차가 핫초보리를 지난 후에 방송이 흘러나오더군요. 환자가 발생해서 쓰키지 역에 잠시 정차하겠다고 말입니다.

쓰키지에 정차한 후에 "환자가 한 사람 쓰러져서…… 아…… 두 사람 쓰러졌습니다"라는 이상한 방송이 나오더군요. 현장감 있는 생생한 안내방송이었습니다. 그러다 금방 "세 사람 쓰러졌다!"라는 소리가 들렸습니다. 차장도 당황해서 제정신이 아니었던 모양입니다. 처음에는 승객들에게 정보를 전달하는 내용이었는데 방송하는 본인도 점점 혼란에 빠져들었습니다. "이게 무슨 일이야!"라는 절규로 바뀌어버렸어요.

그 목소리를 듣고 큰일이 터졌다는 것을 알게 되었습니다. 그러나 차 안의 사람들은 그렇게 당황하지 않았습니다. 물론 그런 일이 눈앞에서 다시 벌어진다면 당연히 공황상태에 빠지겠지만 그때는 무슨 영문인지 도무지 몰랐으니까요. 그러나 제 머릿속에는 마쓰모토 사린사건이 퍼뜩 떠올랐습니다. '사린' 까지는 생각지 못했겠지만 마쓰모토 사건과 관련된 '독극물 살포' 라는 생각은 들었습니다. 머리가 이상한 사람이 농약이라도 뿌린 건가 하는 생각이 뇌리를 스치더군요. 아니요, 그때는 옴진리교까지는 생각하지 못했습니다. 사린과 옴진리교가 하나로 연결된 것은 훨씬 후의 일이었잖아요?

우리는 역 뒤쪽의 출구로 갔습니다. 앞쪽에서 이상 사태가 벌어져서 뒤로 가게 된 것이죠. 모두들 역무원의 지시에 따라 얌전하게 걸어서 핫초보리 쪽으로 향하는 출구로 나갔습니다. 저는 만일을 위해서 손수건을 꺼내 입과 코를 막았지만 다른 사람들은 그냥 걷고 있더군요. 조금이라도 위기감을 가졌던 사람은 저밖에 없었던 것 같습니다.

도대체 무슨 일이 벌어졌을까하는 호기심이 일어 개찰구에서 순서를 기다리는 동안 텔레비전 모니터를 보았습니다. 플랫폼의 맨 뒤에 붙어 있는 모니터 말입니다. 거기에 쓰러진 사람이 나오더군요. 한 사람만 비쳤습니다. 그 화면을 뚫어져라 바라보는데 역무원이 화를 내더군요. "뭘 봐요. 빨리 나가세요!" 하고. 완전히 구경꾼이 된 셈이죠.

밖으로 나가보니 여기저기 쭈그리고 앉은 사람들이 보였습니다. 드러누운 사람, 쓰러지는 사람도 있었습니다. 꽤 많은 사람들이 그랬습니다. 심각한 사태가 벌어졌다고 생각했습니다. 그런데 대부분의 사람들이 눈을 다친 것 같았습니다. 눈이 부시고, 사방이 어둡고…… 도대체 무슨 일이 벌어졌는지 직접 확인해보고 싶은 충동이 일더군요. 그대로 그 자리를 떠나고 싶지는 않았습니다. 그래서 육교로 올라가서 위에서 현장을 내려다보았습니다. 아침 전철에서 이런 일이 벌어졌으니 오늘 회의는 끝장이라고 생각했습니다.

구급차가 달려오고 길 한쪽은 통행이 금지되었습니다. 대형 구급차가 와서 텐트를 치고 피해자를 들것으로 열심히 옮기더군요. 구경꾼들도 점점 늘어나서 육교 위에는 발 디딜 틈도 없었습니다. 그제야 저는 자리를 떴습니다.

그런 후에 긴자에서 긴자 선을 타고 시부야로 가서, 거기서 회사까지는 신바시 행 버스를 탈 생각이었습니다. 가끔씩 이용하는 버스입니다. 그런데 히비야 선이 정지해서인지 버스 정류장이 평소보다 훨씬 붐볐습니다. 마침 거기서 우리 회사의 젊은 직원 하나가 길가에 쭈그리고 앉아 있는 모습이 눈에 띄었습니다. 스물네댓쯤 되는 젊은 직원입니다. 그 곁에서 우리 회사의 여직원이 돌봐주고 있더군요. 그러나 그녀는 히비야 선의 사고를 모르고 있었기 때문에 빈혈이라도 일으킨 줄 알았던 것 같습니다. 아침에는 그런 일이 자주 있으니까요. 괜찮으냐며 등을 문질러주고 있더군요. 그도 저처럼 도자이 선을 경유하여 히비야 선으로 통근하고 있었습니다. 아마 우라야스에 살고 있었을 거예요.

왜 그러느냐고 물었더니 "지하철에서……" 하고 신음하듯이 말하는 겁니다. 저는 쓰키지에서 사람들이 쓰러져 있던 모습을 보았기 때문에 그것이 빈혈 같은 간단한 일이 아님을 직감했습니다. 서둘러 병원으로 데려가야 할 것 같았습니다. 그래서 공중전화로 구급차를 불렀습니다. 그러나 "구급차가 모두 출동해버려서 그쪽으로 갈 수 없어요. 일단 기다려보세요"라고 하더군요. 쓰키지나 가스미가세키 쪽으로 출동한 것입니다.

그래서 역 앞의 파출소로 갔습니다. 도움을 받기 위해서 말이죠. 그러나 파출소는 아침의 소동을 아직 모르는지 지하철에서 어쩌고저쩌고 설명을 했더니 금시초문이라는 표정으로 상대도 안 해주는 겁니다. 그래서 할 수 없이 택시를 타고 병원으로 가기로 했습니다. 같은 회사의 여직원과 택시를 타고 히로오에 있는 닛세키 병원으로 가자고 했습니다. 그곳이 부근에서는 가장 큰 병원이니까요.

증상이 심했습니다. 똑바로 설 수도 없었으니까요. 무척 고통스러워하면서 말도 잘 못하는 겁니다. 스스로 경위를 설명할 수도 없는 상태였습니다. 그때 마침 저를 만나지 못했더라면 그렇게 빨리 병원으로 가지 못했을 것입니다. 사정을 모르는 사람은 그게 얼마나 심각한 상황인지 짐작도 못 했을 테니까요. 여자 혼자서 택시 타는 데까지 데리고 가기도 힘들었을 테고 말이죠.

닛세키 병원에 온 사린 환자는 우리가 처음이었습니다. 병원 사람들도 '1호다, 우리 병원에도 왔어' 하고 놀라는 기색이었습니다.

그때까지만 해도 제게는 아무 이상이 없는 줄 알았습니다. 이상하게 콧물이 자꾸 흘렀지만 감기에 걸렸겠거니 했죠. 그것 말고는 아무런 자각증상이 없었으니까요. 그 사람을 의사에게 인계하고 집에 전화를 걸어 부모님께 사정을 설명해주었습니다. 그 과정에서 전화 연결이 잘 안 되는 바람에, 부모님이 병원에 도착한 것은 오후 2시나 되어서였습니다. 벌써 그때는 그 병원도 사린 환자로 가득했습니다. 사람들이 복도에까지 나와서 링거주사를 맞고 있었습니다.

저는 아침부터 거기에 있었기 때문에 간호사들과도 친해졌습니다. 혹시 모르는 일이니까 검사라도 한번 받아보라고 하더군요. 그럼 나도 검사를 받아볼까 하고 권유에 따랐습니다. 그렇습니다. 아주 가벼운 기분으로. 혹시 밤에 갑자기 이상이 생기면 곤란하니까요. 저도 가능성은 충분히 있으니까 반나절이나 병원에 있으면서 검사를 안 받을 이유도 없다고 생각했습니다. 검사를 받아보니 역시 시야협착 증상이 나타나더군요. 물론 정도가 경미해서 주위가 어두워 보이는 정도는 아니었습니다. 그래도 만일을 위해서 한 시간가량 링거주사를 맞았습니다.

그 와중에 목수 한 사람이 손가락이 잘려 피를 흘리며 병원으로 들어왔습니다. 그런데 의사들이 일손이 달려 당장 봐주지를 않는 겁니다. 참 안됐다는 생각이 들었습니다. 사린사건 때문에 손가락은 문제도 아니라는 분위기였습니다. 그렇지만 나보다는 지금 저렇게 피를 줄줄 흘리는 사람이 더 위급할 텐데 하는 생각이 들었습니다.

링거주사를 맞고 나서 회사로 가서 일을 했습니다. 콧물은 여전히 흘러내렸지만 일에 지장을 초래할 정도는 아니었습니다. 일을 마치고 평소처럼 전차를 타고 집으로 돌아갔습니다. 아침에 제가 탄 차량은 사린이 살포된 차량에서 멀리 떨어져 있었기 때문에 경상에 그쳤던 것입니다. 우연히 심각한 피해를 입은 동료를 병원으로 옮겼다가 혹시나 하고 검사를 받았기 때문에 이름이 매스컴에 보도되었던 거죠. 그러니 제 이야기를 들어봐야 별 중요한 내용도 없을 것 같은데……

중상을 입은 젊은 동료는 현재 우리 회사에 다니지 않습니다. 일 년 전에 사직했습니다. 아니요, 사린사건과는 직접적인 관련이 없습니다. 그만둘 때는 완전히 건강을 되찾았습니다. 그후로는 뭘 하고 있는지 모릅니다.

정말 처참한 사건이었지만 아까도 말했다시피 저는 큰 피해를 입지 않았기 때문에 사건에 대해서는 일반적인 인상밖에 가지고 있지 않습니다. 물론 용서할 수 없는 일이라고 생각합니다. 하지만 그외에 딱히 개인적인 견해는…… 나중에 에이단 지하철에서 지하철 카드를 보내주었더군요. 지하철 회사도 피해가 막심했을 겁니다. 지하철 측의 잘못도 아닌데 말이죠.

이노우에 요시히로와 같은 학교를 다녔습니다.

야마사키 겐이치 (당시 25세)

야마사키 씨는 시부야 역에서 의식불명에 빠지기 직전 직장 상사인 이지바 씨에게 발견되어 병원으로 옮겨진 바로 그 사람이다. 우연한 경위로 그의 도움을 받게 된 것이다. 취재를 하다보니 여기저기 사람들의 인연이 얽히고설킨다.

우연히도 이 사람은 옴진리교의 간부인 이노우에 요시히로와 교토의 라쿠난 고등학교 동기였다. 텔레비전에서 얼굴을 보고 '저 친구 이노우에 아냐!' 하고 한눈에 알아보았다고 한다. 이노우에와는 고등학교 시절에 이야기를 한번 나눠보았지만 자신과 너무 맞지 않다는 것을 절실히 느꼈다고 한다. 야마사키 씨는 스노보드, 농구, 자동차를 무척 좋아하는 (지금은 좀 얌전해졌지만) 무척 외향적인 성격의 스포츠 청년이어서, 이노우에 요시히로의 어둡고 침울하며 내향적인 시적 세계와는 어떤 공통점도 없다. 통학 버스에서 이노우에를 본 순간부터 '이 친구와는 전혀 맞지 않겠구나' 하고 느꼈단다. 그리고 그때의 부정적인 첫인상은 그로부터 십 년 후에 고향에서 멀리 떨어진 도쿄의 지하에서 너무도 구체적인 공포의 형태로 그에게 덮쳐왔다. 인생이란 때때로 이렇게 묘한 것이다.

칠 년 전부터 스노보드에 푹 빠져 겨울이면 아무리 바빠도 일주일에 한 번은 시간을 내어 애인과 함께 스키장으로 간다. 사건 이후 개인적으로 번잡한 일이 계속 이어졌지만 덕분에 애인과의 관계만은 오히려 무르익었다. 둘이서 쓸데없이 싸우는 일도 없어졌고 미친 듯이 자동차를 타고 달리는 것도 이제는 그만두었다. 20대 중반은 많은 인생 경험을 통해 갑자기 성장해가는 시기인 모양이다. 이 노우에 요시히로가 앞으로 어떻게 변해갈지 관심을 가지고 지켜보고 싶다고 한다.

현재 신우라야스에서 부모님과 여동생과 함께 살고 있다.

*

대학을 졸업할 무렵 취업난이 심해서 응시하는 곳마다 떨어졌습니다. 처음부터 의류업계를 지망했습니다. 월드나 산요상회 같은 회사를 지망했지요. 그러나 취직이 어려우니 나를 받아주는 곳이면 아무데라도 가겠다는 심정으로 여기저기 원서를 냈습니다. 건축에서 전기까지, 식품 외에는 응시해보지 않은 곳이 없을 정도예요. 거품이 꺼지면서 정말 취직하기 힘든 세상이 되었으니까요.

우여곡절 끝에 의류 메이커에 취직을 해서 올해 3월까지 다녔습니다. 그만둔 이유 말인가요? 글쎄요. 그곳은 이른바 SPA라고 해서 제조와 소매를 동시에 하는 회사입니다. 저는 영업 일을 하고 있었는데, 영업이라고 외부로 뛰어다니는 것이 아니라, 우리 회사에서 직영하는 가게의 사원들과 관계를 맺고 있을 뿐이었습니다. 그래서 자기 힘으로 열심히 노력해서 개척하는 분위기는 아니었습니다. 그래서 자기 실적이 명확히 드러나는 일을 하고 싶었죠.

그런 이야기를 작년 10월에 여자친구에게 했더니 자기도 회사를 그만두겠다고 하더군요. 그래서 둘이서 회사를 그만두고, 그녀의 아버지가 경영하는 회사로 옮겼습니다. 바로 가까운 곳에 있어요(웃음). 그쪽에서도 오라고 하고 저도 가고 싶고 그랬죠. 작은 회사입니다. 사원이 열다섯 명인데, 남자 넥타이를 주로 생산하는 회사예요. 이탈리아 회사와 라이센스 계약을 맺었고, 소매점은 도쿄에 세 군데 있습니다.

영업을 맡고 있는데 너무 재미있어서 미칠 지경입니다. 이 정도 규모의 회사는 일을 하면 금방 실적이 드러나니 보람도 있습니다. 밖으로 돌면서 하나하나 실적을 쌓아가는 것이 눈에 들어오니까요. 완전히 가족 회사입니다. 입사할 때 사장(그녀의 아버지)과 식사를 하면서 이야기를 나누었는데 "우리 딸과 결혼할 생각 있나?" 하고 묻더군요. 저는 실적을 좀 올린 다음에 정식으로 청혼해야겠다고 생각하고 있던 참이라 잘됐다 싶었습니다(웃음). 그래서 "물론 그렇습니다. 내일이라도 당장이요" 하고 말했더니 "그렇게 서두르지 말고, 일단 우리 회사로 와서 일을 도와주게"라고 하시더군요.

예전 회사는 신우라야스에서 게이요 선으로 핫초보리까지, 거기서 히비야 선을 타고 히로오까지 가는 통근 루트였습니다. 8시에 집을 나서면 9시에 회사에 도착합니다. 앉지는 못하지만 견딜 만합니다. 서서는 보통 책을 읽죠. 일에 관련된 책이 많습니다. 예를 들면 『뇌내혁명』 같은 책이요. 퇴근해서 집에 도착하면 너무 피곤해서 책을 읽을 생각도 나지 않아요. 그래서 영업을 하느라 차를 타고 다닐 때는 반드시 책을 한 권 지참합니다. 전차로 이동하는 시간이 꽤 많으니까요.

사건이 일어난 3월 20일 말입니까? 글쎄요, 그때 바빴는지 어땠는지 잘 모르겠는데. 잠깐만요. 그때 일이라면 수첩에 적혀 있을 텐데…… (방으로 가서 수첩을 가져온다.) 흠, 새로 오픈한 가게가 몇 개 있어서 꽤 바빴네요. 귀가 시간은 밤 11시에서 12시. 그래요, 마침 이때 자동차 운전 교습을 받고 있었습니다.

—그때까지 면허가 없었습니까?

아니요. 실은 면허를 취소당해서요. 그래서 다시 따려는 참이었죠. 세 번 면허정지를 당했어요. 홋카이도에서 두 번 속도위반을 했거든요. 면허 취소를 당하면 처음부터 다시 시작해야 합니다. 단 한 번에 합격하기가 힘들죠. 교습소에서 가르치는 대로 하지 않으면 통과하기가 어려워요. 운전을 아무리 잘해도 붙여주지 않습니다. 어처구니가 없지만 어쩌겠습니까. 할 수 없이 교습소를 다녔지요.

3월 20일은 평소보다 삼십 분 빨리 집을 나왔습니다. 월요일에는 주말 매상을 집계해야 하고 미팅도 잡혀 있습니다. 그래서 그날은 8시 반까지 회사에 가야 합니다. 그 덕분에 사린사건을 만난 거지요. 월요일이 아니었다면 피할 수 있었을 겁니다.

그날 아침은 왠지 피곤해서 멍하니 서 있었습니다. 주말 다음은 늘 그렇습니다. 전날은 일요일이었는데도 밤에 일을 했습니다. 마치다의 백화점에 있는 점포에 갔지요. 레이아웃이나 상품의 전시 방식을 어떻게 바꿀 것인지 가게의 스태프들과 의논하기 위해서였습니다. 그런 이야기를 나누려면 백화점이 문을 닫고 난 시간이어야 하거든요. 백화점 매장은 경쟁이 치열합니다. 백화점 쪽에서는 '당신들 요즘 좀 별로던데. ○○ 쪽이 당신들 자리를 넘보고 있는데 알기나 해요?' 하는 식으로 겁을 줍니다. 실적이 안 좋으면 반년 결산 후에 위치가 나쁜 곳으로 매장이 밀려나기도 하고 심하면 쫓겨나기도 합니다. 봐주는 게 없습니다. 그래서 필사적이죠.

다음 날은 춘분이지만 일을 해야 했습니다. 긴자의 백화점 매장이 그날 새로 오픈하게 되어 있어서 가봐야 했거든요. 의류업계 일은 겉보기에는 화려하고 재미있을 것 같지만 실상은 그렇지 않습니다. 정말 힘들어요. 그렇다고 급료가 좋은가 하면 그렇지도 않아요. 늘 정장을 입고 더운 여름에 에어컨도 없는 매장 뒤편의 창고로 들어가 땀을 흘리며 짐을 옮기는 경우도 많습니다. 수첩을 보니 이 당시는 정말 바빴군요. 기억으로는 그렇게 바쁘지 않았던 것 같은데 말이죠.

저는 히비야 선의 첫번째 칸 아니면 두번째 칸에 탑니다. 핫초보리에서 갈아타자마자 차내 방송이 나오더군요. '응급환자가 발생했다'는 내용이었습니다. "승객 가운데 응급환자가 발생하여 다음 쓰키지 역에서 잠시 정차하겠습니다"라고요. 빈혈을 일으켜 쓰러지는 사람이 가끔 있으니 그런가보다 했습니다. 전차가 쓰키지 역에 멈추자 문이 열렸습니다. 그러자 네 사람 정도가 한꺼번에 쓰러지더군요. 문 밖으로 동시에 쓰러진 것입니다. 제가 탄 차량의 바로 뒤인 세번째 칸에서요. 그래서 응급환자가 생겼다는 게 바로 저거로구나 하고 생각했지요. 저는 문 가까이 서 있어서 문이 열리면 일단 밖으로 나와야 했기 때문에 그 광경을 잘 볼 수 있었습니다.

역무원이 다가왔습니다. 빈혈을 일으킨 것쯤으로 생각하는 눈치였습니다. 그러나 쓰러진 사람을 일으켜세우는 과정에서 뭔가를 느꼈는지 당황해하더군요. 마이크를 든 역무원이 "구급환자, 구급차, 구급차!" 하고 소리쳤습니다. 그리고 곧이어 "독가스다!" 하고 외쳤습니다.

—독가스라고 말했습니까?

네, 분명히 그렇게 말했어요. 이상한 냄새가 난다고, 모두 대피하라고 말이죠. "전차에 타고 있는 승객 여러분! 즉시 피신하시기 바랍니다. 개찰구로 나가서 즉시 지상으로 올라가주세요"라고 방송하더군요. 역무원이 쓰러진 승객을 간호하면서 이상한 냄새를 맡았을 테고, 또 피해자로부터 이야기를 듣기도 했겠지요. 속이 울렁거린다는 말 같은 거요.

저는 도망치지 않았습니다. 왜였는지 몰라도 그냥 멍하니 있었던 것 같습니다. 일단 플랫폼으로 내려섰다가 다시 차에 올라탔습니다. 앉을 자리가 있을 것 같아서 말이죠. 딱히 심각한 생각은 들지 않았습니다. 저처럼 도망치지 않고 자리를 지키는 사람도 있었습니다. 전차가 운행하지 않을 것이라는 방송도 없었으니까요. 결국 사람들이 모두 내리는 것을 보고 나도 내려야 하나 하고 자리에서 일어서서 밖으로 나왔습니다. 아마 마지막으로 내렸을 겁니다.

사람들도 그렇게 서두르거나 당황하는 기색은 보이지 않았습니다. 여유롭게 걸어가더군요. 오히려 역무원들이 빨리 걸어서 밖으로 나가라고 재촉할 정도였으니까요. 눈에 보이는 뭔가가 없었기 때문일 겁니다. 폭발이 일어난 것도 아니고요. 역무원들은 모두 공황상태에 빠져 있었지만 승객 쪽은 그렇지 않았습니다. 아직도 나가야 할지 전차를 기다려야 할지 망설이면서 플랫폼에서 서성이는 사람도 있었으니까요.

쓰러진 사람은 손가락 하나 꼼짝하지 않더군요. 그냥 축 늘어져 있을 뿐이었습니다. 즉사한 것 같았어요. 다리는 전차 안에, 몸은 플랫폼에 쓰러져 있는 걸 몇몇이서 밖으로 끌어내고 있더군요. 그러나 그런 광경을 보면서도 별다른 위기감을 느끼지 않았습니다. 왜 그랬는지 이유는 모르겠습니다. 나중에 모두들 이상하게 생각하더군요. 왜 그때 위기감을 느끼지 않았는지. 하지만 실제로 그런 위기감이 없었습니다. 주변 사람들 모두 그랬습니다.

저도 사람이 쓰러져 있는 쪽으로 가지 않고 앞쪽 출구를 향해 걸어갔습니다. 그런데 앞쪽에서 갑자기 달콤한 냄새가 났어요. 코코넛 같은 달콤한 냄새였습니다. 아주 달착지근한 냄새. 그 달착지근한 냄새가 계단 쪽으로 훅 올라오는 겁니다. 어디서 이렇게 달콤한 냄새가 나는 걸까 하고 계단을 오르는데 숨이 점점 가빠왔어요. 우선 회사에 전화를 걸어야겠다고 생각했습니다. 지각은 기정사실이니까요. 출구 쪽에 24시간 편의점이 있어서 거기서 전화를 걸었습니다. 회사에 전화를 해봐야 아무도 없을 테니까 우선 집에다 전화를 했습니다. 어머니에게 "무슨 영문인지는 모르겠지만 전차가 쓰키지에 서버려서 8시 반까지 회사에 가지 못할 것 같아요" 하고 말했습니다.

전화를 거는 동안에도 숨이 가빴습니다. 목과 코가 꽉 막히는 듯한 느낌이었습니다. 정상적으로 숨을 쉬는데도 왠지 산소가 부족한 듯한, 숨을 아무리 들이쉬어도 폐가 제 기능을 다하지 못하는 듯한 느낌이었습니다. 이상했습니다. 왜 이런 현상이? 굉장히 심한 운동을 하고 났을 때 가끔 느낄 수 있는 그런 느낌이었습니다.

그제야 비로소 이상하다고 생각했습니다. 혹시 이것이 플랫폼에서 쓰러진 사람들과 관련된 건가 하고 말이죠. 전화를 끊고 나서 제가 올라온 계단 아래를 바라보았습니다. 저도 괴로웠지만 도대체 저기서 무슨 일이 벌어지고 있는가 싶어서요. 그랬더니 자위대인지 뭔지 모르겠지만 가스마스크를 쓴 특수부대로 보이는 사람들이 계단을 내려가고 있었습니다. 그때 들것에 실려나오는 역무원이 있었는데 이미 제정신이 아닌 것 같았습니다. 침을 질질 흘리고 눈을 허옇게 까뒤집고 있었습니다. 아무런 반응을 보이지 않는 사람도 있었습니다. 그리고 다른 역무원 한 사람이 몸이 마비되었는지 똑바로 걷지도 못하고 괴로운 신음을 뱉어내고 있었습니다. 그때 이미 도로 양쪽에 통제선을 치고 경찰과 소방대가 역으로 밀려들고 있었습니다.

유라쿠초까지 걸어가서 JR을 타고 시부야까지 가서 거기서 버스로 히로오로 가려고 했습니다. 걸어가는 동안 점점 상태가 악화되더군요. 야마노테 선을 탔을 때는 '이제 틀렸어, 괴로워서 견딜 수 없어' 하고 생각했습니다. 옷에도 냄새가 배어 있었습니다. 그게 좋지 않았던 모양입니다. 그러나 시부야까지는 가야 한다고 생각했습니다. 시부야의 버스 정류장까지 가면 틀림없이 우리 회사 사람들을 만날 수 있을 것이라고 말이죠. 우리 회사에는 시부야에서 버스를 타고 출근하는 사람이 꽤 있었으니까요. 만일 여기서 쓰러지면 아무도 도와주지 않을 것이란 생각이 들었습니다.

쓰키지에서 구급차를 탔더라면 좋았을 텐데. 그러나 그때는 대수롭지 않게 생각했습니다. 큰일 났다는 생각이 들었을 때는 병원으로 갈 힘도 없었습니다. 아무튼 시부야의 버스 정류장까지는 기어서라도 가야 했습니다.

시부야 역에서 내려 간신히 교차로를 건너 버스 정류장에 도착하자마자 그대로 주저앉아버렸습니다. 신바시 행 버스 정류장에요. 저는 길 위에 주저앉아 가드레일에 등을 기대고 다리를 죽 뻗은 채 늘어져 있었습니다. 아침부터 그렇게 주저앉는 사람은 드물죠. 술주정뱅이가 아니고서야.

그래서 그런지 주위 사람들은 아무도 눈길을 주지 않더군요. 시부야에서 밤새도록 마시고 쓰러진 놈이라고 생각했을 겁니다.

그때 회사의 동료가 지나다가 나를 발견한 겁니다. 그러나 저는 말도 잘 못 하는 형편이었습니다. 숨이 가빠서 목소리가 나오지 않았어요. 목소리가 감겨들어가는 겁니다. 술 취한 사람처럼 혀가 꼬부라져버렸어요. 그리고 목이 말랐어요. 머릿속의 생각이 말로 표현이 안 되더라고요. 말을 하긴 하지만 상대방에게 전해지지가 않아요. 난 설명을 할 수 없어, 그러니 제발 병원에 데려다줘. 그런 심경이었지만 남이 어떻게 그걸 알겠습니까. 몸은 점점 더 차가워졌습니다. 너무 추웠어요. 그때 선배 직원이 나타났습니다. 다행히 그 사람도 저와 같은 히비야 선 전차를 타고 왔더군요(앞에서 증언한 이지바 씨). "자네 혹시 쓰키지에서 사고를 당한 것 아냐?" 하고 묻더군요. 사정을 알고 있었던 겁니다.

저로서는 참 다행이었습니다. 만일 그렇지 않았다면 아무도 사태의 심각성을 알지 못했을 테죠. 그 선배는 곧장 구급차를 부르러 갔지만 구급차가 없다고 해서 택시에다 저를 태웠습니다. 회사 동료 두 사람도 도와주었습니다. 그리고 모두 함께 그 택시를 타고 히로오의 닛세키 병원으로 갔습니다. 그 사람들은 택시 속에서 뭔가 달착지근한 냄새가 나지 않냐고들 하더군요. 가스가 옷에 잔뜩 묻어 있었던 것입니다.

숨이 가쁜 것이 가장 고통스러웠고, 몸은 그냥 축 늘어져 있는 상태였습니다. 눈을 뜰 수가 없었어요. 온몸에서 힘이 쭉 빠져나간 듯한 느낌이었습니다. 그냥 그대로 잠들어버릴 것처럼요. 이제 나는 죽는구나 하고 생각했습니다. 몸이 움직이지 않고, 도통 힘이 들어가지 않았습니다. 그러나 두렵지는 않았습니다. 그저 '아, 이제 죽는구나. 어떡하면 좋지' 하고 생각했습니다. 늙어서 죽음을 맞는 사람도 이런 느낌일까 하는 생각도 했지요. 죽기 전에 애인의 얼굴이나 한번 보고 싶다는 생각이 들었습니다. 부모보다는 애인이 더 보고 싶더라고요. 보고 싶다는 한마디라도 전하고 싶었습니다.

—버스 정류장에서 쓰러진 다음 선배에게 발견되기까지 시간이 오래 걸렸나요?

잘 모르겠습니다. 그러나 쓰러진 저를 보고도 모른 체하며 지나

치던 사람들에게 화가 치밀더군요. '바보 놈들!' 하고 욕을 해주었습니다. 인간이 어쩌면 이렇게 냉혹한가 하는 생각이 들었습니다. 쓰러져 고통스러워하는 사람에게 말 한마디 걸어주지 않다니. 모두들 모른 척 그냥 스쳐갈 뿐입니다. 제가 그런 사람을 보았더라면 반드시 말을 걸었을 겁니다. 전차에서도 몸이 불편해 보이는 사람이 있으면 반드시 괜찮으냐고 묻고 자리에 앉으라고 합니다. 그러나 세상 사람들은 그렇지 않다는 것을 그제야 절실히 느꼈습니다. 다른 사람은 나처럼 그러지 않는다는 것을 말이죠.

저는 이틀 만에 퇴원했습니다. 더 있으라고 했지만 내가 무슨 이상한 병에 걸린 실험동물이 되어버린 듯한 느낌이 싫어서 병원을 나와버렸습니다. "병원에 좀더 있어주면 이런 사태가 벌어졌을 때 좋은 참고가 될 수 있는데요"라고 의사가 말하더군요. 전차를 타고 집으로 돌아가는데 그때도 숨 쉬는 소리가 귀에 들릴 정도로 숨이 가빴습니다. 그래도 집에 가고 싶었습니다. 맛있는 음식을 먹고 편안히 누워 있고 싶었습니다. 그렇습니다. 이상하게도 식욕에는 아무런 이상이 없었습니다. 술, 담배는 오랫동안 삼가야 했지만요.

몸이 노곤한 느낌은 그로부터 한 달이나 지속되었습니다. 사건 후 일주일 동안 쉬긴 했지만 그후에도 심한 피로를 느꼈습니다. 숨도 가쁘고, 일에도 집중할 수 없었습니다. 영업 일이니까 말을 많이 해야 하고, 말을 하는 만큼 부족한 산소를 들이마셔야 합니다. 계단을 오를 때는 정말 힘들었습니다. 중간에 몇 번이나 쉬어야 했습니다. 이래서는 영업을 할 수가 없죠.

쉬엄쉬엄 일을 하면 견딜 수야 있었겠지만, 회사에서는 거기까지 신경을 써주지 않습니다. 잔업까지 해야 하는 형편이었어요. 나는 고통스러워하는데 정작 다른 사람들은 흥미로워하는 눈치였습니다. 재미있고도 이상한 일이라고 말이죠. 거래처에 가면 "야마사키 씨, 사린 때문에 고생했다면서?" 하고 말합니다. 모두들 알고 있습니다. 하긴 조금 꺼내기 힘든 말을 할 때는 "사실 제가……" 하면서 화제를 돌릴 수도 있지만요. 게다가 그나마 살아 있으니 그렇게 물을 수도 있는 거겠죠. 되도록이면 그 일에 대해 깊이 생각하지 않기로 했습니다. 그러나 주변 사람들이 제 처지를 이해해주지 않아 무척 고통스러웠습니다. 아니요, 회사를 옮긴 것은 사린사건과는 직접 관계가 없습니다. 다른 이유 때문이에요.

지금도 격한 운동은 못합니다. 옛날에는 스노보드를 두 시간 정도 탔는데 지금은 한 시간 반 정도면 한계에 이릅니다. 가장 힘든 것은 농구입니다. 지금도 클럽을 만들어서 활동하는데 아주 힘들어요.

병원에서 퇴원한 후에 얼마 동안은 간이 산소호흡기를 준비해서 숨이 가빠지면 사용했습니다. 도쿄 돔에서 야구선수들이 가끔 사용하는 그런 것 말입니다. 살충제 정도의 크기에 노즐이 붙어 있는 것 있잖습니까. 애인이 몇 개 사다주었는데 아주 편리하더군요. 덕택에 편하게 지낼 수 있었습니다. 침대 곁에 놓아두고 숨이 가쁠 때마다 사용하고 회사에 갈 때는 가방 안에 넣고 갑니다. 두 달 정도 그런 생활이 계속되었습니다.

사린사건 이후 한 가지 좋은 일도 있었습니다. 여자친구와 마음이 잘 통하게 되었다는 겁니다. 그전에는 자주 싸우는 편이었어요. 상대의 마음을 이해하지 못하는 부분이 있었기 때문이죠. 그녀가 과연 나를 어떻게 생각하는지 잘 몰랐습니다. 그래서 그녀가 울먹이면서 병실로 뛰어들어왔을 때는 정말 놀랐습니다. 죽으면 어떡하나 걱정했다더군요. 그때 상사가 문병 와 있었는데, 그 상사가 보는 앞에서 제 손을 잡고 놓지를 않는 겁니다. 매일 병원에 와서 저를 돌봐주었습니다. 제가 퇴원해서 집으로 돌아갈 때도 함께였습니다. 그때까지 회사 내에서 우리 관계는 비밀이었는데 말입니다. 사람들이 보는 앞에서는 서로 모른 척하고 지냈습니다. 그런데 상사가 보는 앞에서 제 손을 꼭 쥐어주는 겁니다(웃음). 그 때문에 완전히 탄로나고 말았어요. 오래전부터 어렴풋이 짐작하는 사람도 있었던 모양이지만.

교토의 라쿠난 고등학교 시절 저는 이노우에 요시히로와 같은 학교를 다녔습니다. 같은 반이었던 적은 없지만요. 라쿠난은 교토에서 꽤 유명한 인문계 고등학교입니다. 저와 그는 같은 버스로 학교에 다녔습니다. 한큐의 오미야 역에서 학교까지 말이죠. 반은 달랐지만 같은 버스를 타고 다니다보면 친해지는 것이 보통이죠. 이노우에와 나는 반은 달랐지만 저랑 친하게 지내는 애가 이노우에와 같은 반이었기 때문에 자주 만나기도 했습니다. 그러나 친밀하게 이야기를 나눈 적은 한 번도 없었습니다.

—그렇지만 뚜렷이 기억하고 있다는 말인가요?

기억하고 있습니다. 아주 뚜렷이 기억하고 있지요. 왠지 어두운 느낌을 주는 친구였습니다. 그것이 첫인상이었어요. 비뚤어져 있다는 인상을 받았습니다. 처음부터 마음에 들지 않았습니다. 그래서 말을 걸지 않았습니다. 첫인상이나 간단한 대화 몇 마디로 자기랑 맞을지 안 맞을지 금방 판단되지 않습니까. 도무지 맞지 않았어요. 친구들과 이야기를 나누는 이노우에의 모습을 곁에서 지켜보고 있자니, 직접 이야기를 나누지는 않았지만 나와는 맞지 않으리라는 것을 알 수 있었습니다. 저는 그 학교에서 이 년간 다니다가 도쿄로 전학을 갔습니다. 나중에 친구들의 이야기를 들어보니 교실 안에서 다리를 꼬고 앉아 좌선을 한다더군요. 제가 직접 본 적은 없습니다.

저는 친구가 많은 편이었습니다. 오토바이에 빠져서 친구들과 함께 스피드를 즐겼습니다. 밖으로 나가는 것을 좋아했지요. 이노우에와는 정반대였습니다.

사린사건 이후에 옴진리교 관계자가 언론에 보도되기 시작했을 때, 그 교단의 간부 이노우에라는 인물이 화면에 나온 것을 보고 어디서 많이 본 듯하다고 생각했습니다. 사건 발생 이 주일 정도 후의 일입니다. 그래서 라쿠난 고등학교 시절의 친구에게 전화를 걸어보았습니다. 아직도 그 시절 친구들과 많이 알고 지내거든요. "혹시 그 자식 이노우에 아냐?" 하고 물어보았더니, "그래, 그놈이야" 하더군요. 그래서 그의 구체적인 이력이 소개되기 전에 그의 존재를 알게 된 것입니다.

화가 났습니다. 정말 화가 났습니다. 그것은 고교 시절에 느꼈던 불쾌감과는 아무런 관계가 없는 다른 종류의 분노였습니다. 무조건 화가 치밀었습니다. 저는 그 학교를 졸업하지는 않았지만, 그래도 그곳에 대한 자부심 같은 것을 가지고 있었습니다. 적어도 그 학교를 나온 친구들 중에는 그런 터무니없는 짓을 할 사람은 없을 거란 생각이 있었던 겁니다. 그래서 충격적이고, 실망스러웠어요.

그렇지만 최근 들어 이노우에 요시히로가 아사하라 쇼코에게 대항하는 자세를 보이고 있다고 하니 관심 있게 지켜보고 있습니다. 그에 대한 보도는 놓치지 않고 보고 있습니다. 어디까지 대결할 건지 두고 보고 싶습니다. 네놈의 진심은 도대체 어떤 것인가 하고요.

중년 남자 하나가 "사린이다, 사린" 하면서 걸어오는 것이었습니다.

마키다 고이치로 (당시 34세)

마키다 씨는 영상 제작 일을 하고 있다. 학생 시절부터 밴드를 했기 때문에 원래는 음악 관계 일을 하고 싶었지만 나이를 먹으면서 점점 영상 쪽으로 관심이 옮겨갔다. 1988년부터 1994년까지는 스스로 회사를 만들어서 독립해보기도 했으나 경기가 나빠지자 회사를 정리하고 현재의 회사에 취직했다. 게임 소프트 영상 부문을 담당하고 있다.

나는 인터뷰를 할 때 한 사람에 한 번, 즉 추가 취재를 하지 않는다는 원칙을 정해두었지만 예외도 있었다. 마키다 씨도 그중 한 사람이다. 사실은 녹음 상태가 너무 좋지 않아서 첫 인터뷰를 잘 활용할 수 없기도 했지만 다시 한번 만나 좀더 많은 이야기를 나누면 좋을 텐데 하는 아쉬움이 있었다. 녹음 상태가 나빴던 것도 하나의 상징적인 메시지였을지도 모르겠다. 그런 사연으로 마키다 씨와는 두 번에 걸쳐 긴 이야기를 나누게 되었다.

마키다 씨는 입이 무거운 편은 아니지만 자진해서 개인사를 이야기하는 타입은 아니다. 질문을 하면 거기에 대답할 뿐 대부분의 경우 그외의 이야기는 하지 않는다. 나 또한 억지로 무리한 질문을 해서 상대방의 프라이버시를 밝히기를 좋아하는 그런 타입이 아니다. 사린사건의 구체적인 상황은 말할 것도 없고 가정의 복잡한 내부사정에 이르면 얼굴을 마주 보고 질문을 던지고 이야기를 듣기가 곤란할 때가 많다. 그러나 경우에 따라서는 질문자가 몸을 사리고 있어서만은 안 된다는 생각을 하게 되었다.

이야기의 많은 부분은 본인의 사정에 의해 게재하지 못했지만, 두 번의 인터뷰는 무척 소중한 것이었다.

*

통근은 히비야 선을 이용합니다. 전차는 굉장히 붐비죠. 특히 히비야 선의 환승객이 많은 기타센주 역은 구내 공사까지 겹쳐서 늘 사고의 위험이 도사리고 있습니다. 설령 사망사고가 일어난다 해도 아무도 놀라지 않을 겁니다. 누군가가 조금만 밀어도 선로에 떨어질 수 있으니까요.

어느 정도냐 하면, 차 안으로 들어갈 때 한번은 가방이 승객들 사이로 끼어들어가서 행방을 알 수 없었을 때도 있었습니다. 잃어버리면 안 된다고 손잡이를 꼭 쥐고 있었지만 더이상 쥐고 있다가는 팔이 떨어져나갈 것 같아 손을 놓아버리고 말았습니다. 가방은 어딘가로 사라졌지요. 정말 불안했습니다. 이대로 어디론가 가버려서 두번 다시 못 만나는 거 아닐까 하고요(웃음). 나중에 승객들이 많이 내린 다음에 찾긴 했습니다다만.

그래도 요즘은 좀 나은 편입니다. 냉방이 되니까요. 옛날에는 이른바 '터널 냉방'이라고 해서 아주 약했기 때문에 여름에는 정말 굉장했습니다. 아침부터 죽을 맛이었어요.

아키하바라에서 사람들이 조금 내려야 겨우 한숨을 돌립니다. 고덴마초에 이르면 사람들끼리 몸을 부비지 않아도 될 정도가 되고, 가야바초에서는 운이 좋으면 자리에 앉을 수도 있습니다. 긴자를 지나면 잡지를 읽을 수 있고요.

가족은 아내와 네 살배기 딸아이가 있습니다. 오 년 전에 결혼했습니다.

임대주택에서 삽니다. 원래 거기서 어릴 적부터 가족과 함께 살았는데 부모님과 동생이 제가 아직 학생일 때 연달아 세상을 떠나는 바람에 지금은 그 집에서 제가 가족을 이루어 살고 있습니다. 이어받은 듯한 느낌이죠.

주택지라서 생활에는 불편이 없지만 좁은 게 흠입니다. 다다미 세 평짜리 방이 두 개, 두 평짜리 부엌이 다예요. 집을 세운 지 삼십 년이 다 되어가는군요. 지금도 임대료는 싸지만 옛날에는 훨씬 쌌습니다. 거품경제 때 약간 개조해 임대료가 올랐고, 이 년에 한 번 오르는 꼴입니다.

원래는 음악 일을 할 생각이었습니다. 대학 시절부터 밴드를 했고, 졸업 후에도 삼 년 정도 밴드 활동을 했습니다. 마이너한 장르의, 굳이 말하자면 테크노 밴드였습니다. 지금도 밴드 활동을 하고 싶긴 하지만 방이 너무 좁아서 힘듭니다. 악기를 세팅할 장소가 없어요.

처음에는 대학을 나와서 평범한 회사원이 되고 싶었습니다. 그렇지만 회사 일이 맞지 않은지 정말 하루하루가 고통스러웠습니다. 다닌 곳은 컴퓨터 관련 회사였습니다. 인문계를 나왔지만 고등학교 시절부터 프로그래밍 수업을 받았습니다. 그리고 밴드 활동에서 신시사이저를 맡았기 때문에 그 방면에 대해 어느 정도 지식을 가지고 있어 SE(시스템 엔지니어)로 입사했습니다.

그 당시에는 컴퓨터가 아직 일반화되지 않아서 아무나 할 수 있는 일이 아니었습니다. 일이 너무 많았습니다. 휴일도 거의 없었죠. 잔업, 철야, 게다가 주말에도 근무했습니다. 공장의 생산 관리 일이기 때문에 제가 만들고 싶은 것을 만들 수 없었습니다. 이대로 있다가는 아무것도 할 수 없다는 생각이 들어 일 년 반 만에 그만두었습니다.

그리고 잠시 음악과 영상 관련 회사에 몇 년 근무하다가 독립했습니다. 딱히 회사를 만들 생각은 없었지만 세무 관계 때문에 하는 수 없이 회사를 만든 거죠. 직원 수는 많을 때가 세 명이었습니다. 그러나 경기가 나빠져서 일감이 점점 줄어드는 바람에 마지막 일 년간은 저 혼자서 했습니다.

3월 20일은 월요일이었죠. 저는 토요일에는 잠을 많이 잡니다. 그날을 경계로 하루의 리듬이 바뀌어버립니다. 금요일 밤 늦게 잠자리에 들어서 토요일은 오후 4시 정도까지 일어나지 않습니다. 그래서 일요일은 아침에 잠을 잡니다. 그러다가 저녁에 일어나 그대로 밤을 지새우고 회사에 가는 경우가 많습니다. 최근에는 많이 줄였지만 한 달에 두 번 정도는 그럽니다.

일주일에 다섯 시간도 못 자는 경우가 많기 때문에 토요일은 낮에도 잠을 잡니다. 저녁까지 자죠. 여전히 바쁩니다. 6시 반에 하루 일정이 끝나고 그 뒤로 잔업을 합니다. 휴일 출근을 합하면 잔업만 한 달에 백 시간은 됩니다. 많은 사람은 삼백 시간이나 됩니다. 사원들이 대부분 20대라 젊기 때문에 일을 많이 해요. 그런 만큼 주말에 휴식을 취하지 않을 수 없습니다.

그때도 일요일 밤을 새우고 그대로 회사에 갔습니다. 잠을 자고 싶어도 잠이 오지 않았고, 상사와의 약속도 있어서 빨리 회사에 가야 했습니다.

기타센주 역에서 전차를 몇 대 그냥 보내면 앉을 수 있긴 하지만, 그러려면 십오 분 정도 기다려야 하기 때문에 그대로 전차에 올라탔습니다. 앉아 있어도 서 있는 사람과 얼굴이 마주칠 정도로 복잡하니까 앉는다고 편한 것도 아닙니다. 그날도 전차는 변함없이 붐볐습니다. 월요일은 평소보다 더 붐빕니다.

저는 늘 앞에서 네번째 칸 가장 뒤에 탑니다. 시간도 거의 일정하기 때문에 주변에는 늘 낯익은 얼굴들이 있는데, 그날은 다른 시간에 타서 그런지 낯선 사람들뿐이었습니다. 전차를 타고서 평소와는 좀 다른 기분을 느꼈던 기억이 납니다.

쓰키지까지 서 있어야 했습니다. 약간 특별한 경우지요. 대체로 가야바초에서는 앉을 수 있는데 말입니다. 쓰키지에서 겨우 자리를 잡고 앉았는데 차내 방송이 흘러나오더군요. "한 사람이 쓰러진 관계로 잠시 정차하겠습니다"라고 하더군요. 저는 그대로 앉아서 기다리고 있었는데, 방송한 지 채 일이 분도 안 되어 '세 사람이 쓰러졌다'는 내용으로 바뀌는 겁니다.

저는 앞에서 네번째 칸에 타고 있었는데, 플랫폼 앞쪽에 사람들이 웅성거리며 모여 있었습니다. 그 위치가 바로 사린사건이 일어난 문제의 차량 앞이었습니다. 뭘까 하고 창문으로 고개를 내밀어 보았지만 정확한 사정은 알 수 없었습니다.

그런데 그쪽에서 중년 남자 하나가 "사린이다. 사린" 하면서 걸어오는 것이었습니다.

—사린이라고 말한 사람이 있었습니까? 그때 벌써.

그렇습니다. 확실히 '사린' 이라고 했습니다. 술 취한 사람이 투정을 부리는 듯한 목소리였습니다.

그 소리를 듣고 몇 사람이 자리에서 벌떡 일어서더군요. 그러나 딱히 당황하는 기색은 없었습니다. 달음박질치면서 도망치는 분위기도 아니었습니다.

그로부터 얼마 후 "독가스가 발생했습니다. 지하는 위험하므로 지상으로 피해주십시오"라는 방송이 흘러나왔습니다. 그 방송을 듣고 승객들은 모두 자리에서 일어나 전차에서 내렸습니다. 공황상태에 빠지지는 않았습니다. 약간 빠른 걸음으로 밖을 향해 걸어가는 정도였습니다. 사람들을 밀치거나 하지도 않았어요. 개중에는 손수건으로 입과 코를 막고 기침을 하는 사람도 있었습니다.

전차에서 내렸을 때 역 구내의 바람은 뒤에서 앞으로 불고 있었습니다. 그래서 저는 '사건이 일어난 것은 앞쪽이고 이쪽은 바람 반대편이니 그나마 다행이다' 라고 생각했습니다. 그리고 피난하는 방향은 바람을 받지 않는, 즉 전차의 뒤편에 있는 개찰구 쪽으로 향했습니다. 그렇게 걸어가는 동안 목 안이 껄끄럽다 싶더군요. 마치 치과의사가 뿌린 마취액이 목으로 조금 넘어간 듯한 그런 느낌이었습니다. 솔직히 말해 겁이 났습니다. 이대로 가스 때문에 죽지나 않을까 하는 위기감을 느꼈습니다. 만일 진짜로 사린이라면 큰일이잖습니까. 마쓰모토 사린사건을 매스컴 보도에서 보았기 때문에 마시면 치명적이라는 것을 알고 있었거든요.

저는 개찰구를 나와 계단을 통해 밖에 나와서 담배를 한 대 피우려 했습니다. 그런데 연기가 목 안으로 들어가지도 않고 기침만 나오는 겁니다. 그래서 가스를 마신 모양이라고 생각했습니다. 일단 회사로 연락을 해야겠다고 생각했는데 공중전화 부스에 사람들이 길게 줄을 서 있어서 십오 분인가 이십 분 정도 기다려야 했습니다. 아직 업무 시작 시간이 아니었지만 전화를 받은 동료 직원에게 "지하철에서 테러를 당해 좀 늦을 것 같다"고 말해두었습니다.

전화를 끊고 주변을 둘러보니 많은 사람들이 여기저기 쭈그리고 앉아 있는 게 보였습니다. 의식을 잃고 계단 위로 옮겨지는 사람도 있었습니다. 그 사람들은 들것에 실려 가만히 누워 있었습니다. 전화를 걸기 전에는 몇몇 사람이 쭈그리고 앉아 있었는데 이십 분 정도 지나니까 점점 더 많은 사람이 쓰러지기 시작했습니다. 주위도 시끌벅적해졌습니다. 텔레비전에 비쳤듯이 아수라장으로 변한 것입니다.

형사 한 사람이 나타나서 "독가스를 뿌린 범인을 본 사람 없습니까?" 하고 큰 소리로 외치고 다녔습니다. 잠시 후 구급차가 왔습니다.

처음에는 지하철 입구가 봉쇄되지 않아 안으로 들어가는 사람도 많았는데, 그래도 괜찮을지 무척 걱정되더군요. 그러나 잠시 후 역무원이 와서 역 입구를 봉쇄한 걸로 기억합니다.

저도 가스를 마신 것을 자각했기 때문에 좀 걱정이 되더군요. 그대로 그 자리를 떠나도 괜찮을지 몹시 망설였습니다. 만일을 위해 검사를 받아보는 것이 좋지 않을까. 다른 차편으로 회사에 가는 도중에 쓰러지면 곤란하니까요.

그래서 이런저런 생각을 하다가 다른 사람들과 비교해보니 나는 아직도 걸을 수 있으니 괜찮을 것 같다는 생각이 들었습니다. 그래서 "이상이 있는 사람은 구급차를 타세요" 하는 소리를 듣고서도 구급차를 외면해버렸습니다. 괜찮을 거라 생각했지요.

신도미마치까지 걸어가서 거기서 유라쿠초 선을 타고 회사로 갔습니다. 회사에 도착하자 총무부에서 연락이 왔습니다. 괜찮다고 사정을 설명했더니 틀림없이 사린에 당했을 거라며 빨리 병원에 가서 검사를 받아보라더군요.

가까운 곳에 ○○병원이 있어서 검사를 받아보았습니다. 사실은 신도미마치에 들어서면서부터 주위가 어둡게 보이기 시작했습니다. 그러나 그때는 햇빛 때문에 눈이 부셔서 그런 줄 알았습니다. 나중에야 사린 때문이라는 사실을 알았지만요. 목에서 느꼈던 이질감도 사라지고 담배도 평소처럼 맛있게 피웠습니다. 어쨌든 검사나 한번 받아보자 싶어 병원에 갔습니다.

그러나 그 병원에서는 사린 검사가 불가능하다고 했습니다. 그 병원 사람들은 아직 텔레비전 뉴스를 보지 않았던 겁니다. 무슨 일이 벌어졌는지 모르고 있더군요. 그때 시간은 대충 10시 반 정도였습니다. 사린을 다뤄본 적이 없으니 무엇을 어떻게 검사해야 하는지 모르는 게 당연한 일일 겁니다. 그렇지만 몸을 여기저기 살펴보긴 했습니다.

한 시간 정도 기다렸더니 "이건 농약의 일종이니까 물을 많이 마셔서 배출시켜버리면 됩니다"라고 하더군요. 일단 괜찮은 것 같다고요. 괜찮다니까 다행이라 생각하고 돈을 지불하려고 수납처로 갔습니다. 바로 그때 텔레비전을 보고 사건을 알게 된 간호사가 다가오더니 "여기서는 사린 치료가 안 됩니다. 성누가 병원에서 정식으로 치료를 한다고 합니다. 거기라면 약도 있고 검사를 할 수 있으니 가보시는 게 좋을 것 같아요" 하고 말했습니다.

다시 불안해져서 병원 앞에 있는 파출소로 가서 사린 검사를 할 수 있는 병원을 가르쳐달라고 하자, 경찰관은 제가 심각한 상태인 것으로 판단했는지 구급차를 불렀습니다. 저는 그 구급차를 타고 ○○병원까지 갔습니다. 이십 분 정도 구급차를 탔을 겁니다.

중상자라고 미리 연락해두었는지 의사가 셋이나 대기하고 있었습니다. 괜히 미안스러웠죠. 검사를 해보고 "심하지는 않으니까 오늘 하루 괜찮으면 아무 이상 없을 겁니다"라고 하더군요. 링거주사도 맞지 않고 약도 먹지 않았습니다.

그래서 바로 회사로 돌아왔습니다. 시야협착도 심하지 않았기 때문에 하던 일을 계속했는데 어느 틈엔가 시야협착도 나아버렸습니다.

사건 이후에 경찰은 아무래도 저를 범인으로 의심한 것 같습니다. 사건이 일어난 그 주인가 그다음 주인가, 아무튼 토요일에 형사

두 사람이 나타나서 상황 이야기를 듣는다는 명목으로 조사를 했습니다. 형사 하나가 제 얼굴을 보면서 "평소에도 머리 모양이 이렇습니까?" 하고 묻더군요. 그날의 일정을 자세히 이야기하자 "이 가운데 사건 당일 본 얼굴이 있습니까?" 하고 물었습니다. 그 가운데 한 사람이 저와 닮았더라고요. 본 적이 없다고 말했지만 그들의 언동에는 저를 의심하는 기색이 역력했습니다. 형사의 말로는 범인도 피해를 입고 병원에서 치료를 받고 있을 가능성이 높다는 겁니다.

그로부터 이삼 주일 후, 역시 토요일이었는데 외출했다가 집에 들어서자마자 전화벨이 울리더군요. "마키다 씨지요?" "네." "경찰입니다. 지금 들어오셨죠. 잠깐 경찰서까지 오셔서 조서를 꾸며주셔야겠습니다." 저는 그 순간 감시당하고 있거나 미행당하고 있다는 것을 알았습니다. 아직 옴진리교의 소행이라는 것이 밝혀지기 전이었으니까 긴장하지 않을 수 없더군요. 마쓰모토 사건의 예도 있었으니까요.

옴진리교에 대해서는 분노라기보다는 혐오감을 느낍니다. 그런 종교에 맹목적으로 빠지는 사람들에 대한 혐오감이라 해야겠죠. 특히 조직을 강화하거나 넓히려는 욕망이 강한 사람을 저는 아주 싫어합니다.

저는 대학 시절에 부모와 동생을 잇달아 잃었습니다. 아버지는 이전부터 몇 번이나 입원을 반복했기 때문에 돌아가셨을 때도 별로 놀라지 않았습니다. 평소에도 거의 음식을 드시지 못할 정도였으니까요. 그러나 어머니는 사정이 달랐습니다. 심장천식이란 병으로 잠깐 입원했다가 병원에서 이틀 만에 세상을 뜨고 말았습니다. 수

술도 받지 못했습니다. 정말 허무하더군요. 아무도 예상치 못한 죽음이었습니다. 그냥 천식이라고만 생각했으니까요.

그리고 동생이 사고로 목숨을 잃었습니다. 부모님이 돌아가셨을 때는 물론이고 특히 동생이 사고로 죽은 후로는 '인간이란 언제 어디서 죽을지 모른다'는 생각을 하게 되었습니다. 도저히 혼자서는 견딜 수 없었습니다. 삼 년 동안 해마다 가족을 한 사람씩 잃었으니까요. 다음 해는 혹시 내 차례일지도 모른다는 생각이 들더군요.

그때는 거의 매일 잠만 잤습니다. 열두 시간 넘게 잤어요. 오래 잘수록 점점 잠이 얕아지더군요. 그리고 꿈이 많아집니다. 그렇게 자고 나면 힘이 납니다. 오래 자는 버릇은 그때부터 생긴 겁니다.

주변 사람들에게는 외아들이라고 말합니다. 숨기려는 것은 아니지만 전후 사정을 이야기하면 길어질 테고 또 그런 이야기를 하다 보면 분위기가 어두워지니까요.

거의 절망의 나락에 빠져 있을 때, 저는 어떤 신흥종교의 유혹을 받은 적이 있습니다. 외판원 같은 사람이 찾아와서 "그렇게 불행한 일이 연달아 일어나지 않도록 이 시점에서 운명을 바꾸어야 합니다" 어쩌고…… 그런 말을 듣고 얼마나 불쾌했는지 모릅니다. 제가 종교에 대해 불쾌감을 느끼는 것은 그 때문인지도 모릅니다.

책임을 반드시 물어야 합니다. 그런 후 갱생의 길을 걷게 하든지 해야 합니다.

요시아키 미쓰루 (당시 54세)

요시아키 씨의 집을 방문한 것은 1996년 8월 15일 종전기념일이었다. 믿을 수 없을 정도로 무더운 오후였고, 도쿄의 기온은 무려 38도를 기록했다. 사이타마 현 사기노미야는 도쿄에서 꽤 멀리 떨어져 있어서(이번 인터뷰에 응한 사람의 거주지 중 가장 먼 곳이었다), 여유를 가지고 일찌감치 도착해서 역 앞에서 조금 시간을 죽일 생각이었지만 역 앞에는 커피숍 하나 없었다. 할 수 없이 앉을 만한 곳을 찾느라 염천 속의 거리를 돌아다니다보니 머리가 멍해졌다. 요시아키 씨의 말에 의하면 그가 처음 이곳에 이사 왔을 때에 비해서는 그래도 많이 번잡해졌다.

그래도 공기는 맑았고 햇빛도 눈부셨다. 구름의 모양도 또렷이 눈에 들어온다. 어디선가 본 듯한 풍경, 어쩐지 그리움을 불러일으키는 거리다 싶었는데, 불현듯 '그렇다, 이건 50년대 후반의 일본 풍경이다' 라는 생각이 떠올랐다. 피부를 스치는 바람, 반짝이는 여름 햇살, 풀 냄새, 그 모든 것이 내 어린 시절의 경험과 흡사했다. 과장된 표현일지 모르겠지만 마치 타임머신을 탄 듯했다.

요시아키 씨가 "이곳은 통근하기에는 불편하지만 정말 좋은 곳입니다"라고 말하는 기분을 알 것도 같다. 이런 데까지 나오지 않으면 도심을 벗어난 기분이 들지 않을 것이다. 그러나 요시아키 씨의 말 그대로 통근하기에는 정말 불편한 곳이다.

요시아키 씨는 50대 중반이지만 테니스를 즐기는 사람답게 무척 건강하고 몸도 단단해 보였다. 몸짓 하나하나에 힘이 넘쳐흐른다. 전원생활을 마음껏 즐기고 있다는 분위기가 말 속에서 그대로 드러난다. 부인도 함께 이야기를 나누었는데 밝고 명랑한 가족이라는 인상을 받았다. 테니스 외에 취미는 스키와 컴퓨터다.

지하철 사린사건을 만나지 않았더라면 아마도 아무 문제 없이 평온한 가정생활을 꾸려나갔을 것이다. 그러나 인터뷰 내용을 읽어보면 알 수 있듯이 요시아키 씨는 사건 후 얼마간 중증으로 고생했고 지금도 후유증 때문에 고통받고 있다. 그렇지만 당사자는 모든 것을 긍정적인 방향으로 생각하려고 노력하고 있었다. 마주 앉아 이야기를 나누는 두 시간 내내 적극적인 자세를 보여주었다.

*

1972년에 결혼해 이곳으로 이사 왔습니다. 그때까지는 도쿄의 아사쿠사바시에서 살고 있었습니다. 태어난 곳도 거기입니다. 옛날에는 무코야나기하라라고 했는데, 서민들이 사는 동네였습니다. 아버지는 목수였습니다. 원래는 야마구치에서 목수 일을 하고 있다가 간토 대지진 전에 도쿄로 나왔습니다. 사실 아버지는 사찰 건물 전문 목수가 되고 싶어 교토로 갈 생각이었다고 합니다. 도구를 모두 챙겨서 시모노세키를 나섰는데 도중에 도쿄로 가는 다른 목수를 만나, 이제부터는 도쿄의 시대라는 말을 듣고 갑자기 방향을 바꾸었다고 합니다(웃음). 충동적으로요.

아버지는 후에 작은 건설업체를 만들었습니다. 점점 번창해서 빌딩 공사를 수주할 정도가 되었습니다. 그러나 제가 대학 시험에 떨어져 재수를 할 때 갑자기 세상을 떠나고 말았습니다. 열아홉 살 때의 일입니다. 어머니는 그보다 훨씬 이전에, 제가 두 살 때 세상을 떠났습니다.

아버지가 돌아가시고 마무리가 안 된 공사 현장이 그대로 남아서 어떻게 해야 하나 당황스러웠지만, 결국 제가 그 뒤를 이을 수밖에 없다고 생각하고 진로를 바꾸었습니다. 그래서 열아홉부터 스물다섯이 될 때까지 건설 일을 했습니다. 좋은 기술자들이 있어서 그들이 많이 도와주었습니다. 그러나 경영이 어려웠지요. 처음에는 잘 풀려나갔지만 점점 회사의 자본을 까먹어가는 겁니다. 이건 역시 경영방식이 틀렸기 때문이라는 결론을 내리고 단호하게 경영 일선에서 물러나버렸습니다. 단골 고객은 모두 전문 기술자에게 맡겨버리고 저는 나머지 일들을 정리했습니다.

그후 무얼 하면서 살아야 하나 고민했습니다. 이제 와서 대학 입시 공부를 하기도 뭣해서 학원에 가서 영어와 상업부기를 배웠습니다. 그 학원에서 전문대학에 추천해줄 테니 들어가지 않겠느냐고 하기에 그 전문대학에 갔지요.

그다음에는 세무사 사무소에 들어갔고 다음에는 전기회사, 음료수 용기 회사 같은 데에서 일을 했습니다. 용기 회사에서 지금의 아내를 만나 결혼했습니다. 지금 다니는 회사에 들어간 게 서른세 살 때였습니다. '니혼 곤포'라는 곳인데 처남의 소개로 들어갔습니다. 1953년에 세워진 회사로, 그때는 사원 수가 천 명 정도밖에 되지 않는 소규모였습니다. 지금은 3천6백 명 정도가 근무합니다. 원래는 혼다 오토바이를 전문으로 운송하는 회사였지만 점점 여러 종류의 물품 운송과 보관으로 영역을 넓혀갔습니다.

왜 이곳에 집을 마련했느냐고요? 시내는 너무 비싸 어려웠어요. 그래서 여기저기 찾아다니다가 이곳에 와보니 공기가 너무 좋은 겁니다. 지금보다 더 좋았어요. 하늘이 맑은 게 정말 아름다웠지요. 그래서 가지고 있는 돈을 모두 쏟아부어서 더 생각할 것도 없이 사버렸습니다. 소위 충동구매죠. 36평에 집까지 합해서 6백만 엔이었습니다. 당시로서도 무척 싼 편이라 제 능력으로 살 수 있었습니다. 십오 년 상환으로 한 달에 2만5천 엔씩 넣었습니다.

그때는 장시간 통근이 얼마나 힘든 일인지 생각지 못했습니다. 통근 시간이야 삼십 분이나 한 시간이나 한 시간 반이나 모두 마찬가지라고 생각했거든요. 원래 살던 집은 아사쿠사바시의 JR 부근이라 전차도 금방금방 오니까 통근에 대한 감각이 무뎠어요. 그런 감각이 몸에 배어 있었습니다. 그런데 여기 오고 보니 전차가 한 시간에 두 대밖에 없는 겁니다. 깜짝 놀랐습니다. 상황이 그러니 전차 시간에 맞춰 행동할 수밖에 없게 되었죠.

이사 왔을 때는 장을 볼 수 있는 곳까지 삼 킬로미터나 떨어져 있었습니다. 처음에는 개구리 울음소리가 시끄럽게 느껴질 정도였습니다. 특히 참개구리가 많아요. 주변은 갈대숲 천지이고 겨울이 되면 아카기 쪽에서 차가운 바람이 휘잉 불어옵니다. 도심지에 살았던 터라 그런 바람 소리를 들으면 겁이 나기도 했어요. 그러나 최근 들어 그런 바람 소리도 작아졌습니다. 온난화 탓인가봐요.

아침에는 기타센주까지 대체로 앉아서 갑니다. 다음 역인 구키에서 JR로 갈아타는 사람이 많아 자리를 잡을 수 있거든요. 집을 나서는 시각은 6시 10분입니다. 6시 20분발 사기노미야 역 출발 전차를 타면 회사에 도착하는 건 8시 10분 정도가 됩니다. 거의 두 시간의 통근 거리죠. 4시 반에 눈을 떠 5시면 일어납니다. 이십삼 년간 조금도 변함없는 생활입니다. 아내도 같은 시간에 일어나 밥을 지어 줍니다. 저는 꼭 아침을 먹고 출근하거든요.

통근은 역시 힘들죠. 아침 일찍 일어나야 하는 게 너무 힘들어요. 일요일에는 7시까지 자는데 두 시간만 더 자도 정말 몸이 개운합니다. 그래서 늘 하루에 한 시간만 더 잘 수 있으면 좋을 텐데 하고 아쉬워합니다.

사건이 있었던 3월 20일 말인데, 그 전날 저는 딸 둘을 데리고 후쿠시마의 다카쓰에 고원으로 하루치기로 스키를 타러 갔습니다. 나이 때문인지 하루 만에 스키를 타러 다녀오기란 힘들더군요. 아내는 몸이 좋지 않아 집에 남았습니다. 딸 둘과 셋이서 갔지요. 아이들은 몇 번이나 스키를 타면서 즐거워했지만 오랜만에 스키를 타서 그런지 근육이 견디지 못해 사십 분 정도 앉아 있었습니다. 그래도 즐거웠습니다. 일찍 일어나서 전차를 탔기 때문에 9시 반부터 꽤 오래 즐길 수 있었습니다.

다음 날에도 별 피곤한 줄 몰랐습니다. 스키를 탈 때는 너무 힘들었지만 자고 일어나니 별 이상이 없었습니다. 아침 5시에 자리에서 일어나 밥을 먹고 집을 나섰습니다. 평소처럼 6시 28분발 전차를 탔는데 다테바야시 근처에서 안개가 발생해 전차가 사 분 정도 늦게 역으로 들어왔습니다. 다테바야시는 도네 강 건너편인데 이른 봄 3, 4월이면 안개가 많이 낍니다. 안개가 끼면 전차는 반드시 서행을 하기 때문에 늦어지죠.

기타센주에 도착했을 때는 예정보다 오 분이 늦었습니다. 그 때문에 기타센주 역은 꽤 붐볐고 평소보다 좀 늦게 히비야 선을 타게 되었습니다. 아마 기타센주 발 7시 45분 전차였을 겁니다. 운명이란 참 재미있습니다. 안개 덕분에 사린사건을 만난 거니까요.

제가 탄 칸은 앞에서 세번째였습니다. 늘 같은 장소에서 타지요. 세번째 칸의 맨 뒤에서 세번째 자리, 그게 제 지정석입니다(웃음). 전차가 아키하바라를 지날 때쯤 이상을 느끼기 시작했습니다. 차 안이 갑자기 소란스러워졌습니다. 그 순간 무슨 냄새가 코를 찔렀습니다. 처음에는 누군가 시너를 흘렸나 생각했습니다. 그러나 시너보다는 강렬한 냄새였습니다. 페인트에 부어넣는 시너보다 더 자극적이었습니다.

그때를 전후해 주위 사람들이 쿨럭쿨럭 기침을 하기 시작했습니다. 그러더니 어디선가 "창문을 열어!"라는 소리가 들려왔습니다. 아직 코트를 입어야 하는 계절이어서 창문을 모두 닫아두고 있었지만 자극적인 냄새에다 눈이 따끔거려서 창문을 열지 않을 수가 없었습니다. 차량 한복판에 문제의 물건이 놓여 있었기 때문에 사람들은 그것을 피해서 차량 뒤편으로 몰렸습니다. 저는 뒤쪽 자리에 앉아 있었습니다. 다시 말해 바람이 불어오는 쪽이지요.

고덴마초에 도착해서 전차 문이 열리자 많은 사람들이 내리더군요. 그러나 저는 그냥 앉아 있었습니다. 제 주위에 앉아 있던 사람들은 거의 자리를 뜨지 않았던 것으로 기억합니다. 겨우 자리를 잡고 앉았는데 굳이 일어나서 이동하는 것이 싫었겠지요. 그러나 그 물건 가까이 앉아 있던 사람들은 자리에서 일어나 다른 칸으로 옮겨 갔습니다.

누군가가 그 신문지 포장을 고덴마초 역의 플랫폼으로 차버렸습니다. 사람들이 내리기 전까지는 너무 복잡해서 제가 앉은 자리에서는 그것을 볼 수 없었습니다.

—요시아키 씨는 그때 전차에서 내릴 생각을 하지 않았습니까?

물론 생각했죠. 자리에서 일어나 내리는 게 좋을 것 같다고 생각했습니다. 망설이는데 플랫폼에서 전차를 기다리던 사람들이 차 안으로 들어왔어요. 그중 여자 승객 한 사람이 빈자리에 앉으려고 바닥에 고인 사린을 피해 폴짝 뛰더군요. 그러나 발을 잘못 디뎌 그만 엉덩방아를 찧고 말았습니다. 벌렁 나자빠졌지요. 그 여자는 겸연쩍게 웃으면서 바닥에서 일어나 빈자리에 앉았습니다. 몸이 통통한 여자였습니다. 저는 멍하니 그 모습을 지켜보고 있었습니다. 그러다 '아, 내려야 하는데' 하고 생각하는 순간 문이 닫혀버렸습니다(웃음). 쓸데없는 데 정신 팔지 말고 내렸어야 했는데 말입니다. 미끄러진 여자를 구경하다가 그만 기회를 놓쳐버리고 말았습니다.

여전히 눈이 아팠습니다. 코는 막히고 냄새가 나고 정말 견디기 힘들었습니다. 그래도 자리에 가만히 앉아 있었습니다. 나중에 생각해보니 앉아 있었던 게 이상해요. 그래도 쓰키지까지는 그리 멀지 않으니까 거기까지만 참고 가자고 안이하게 생각했던 모양입니다. 또는 사린 작용으로 판단력이 떨어졌는지도 모릅니다.

저는 사린이 고인 곳을 바라보았습니다. 저게 뭘까 궁금해하면서요. 그 고인 물 위에 작은 병뚜껑이 보였습니다. 나중에 형사의 말을 들어보니 그런 건 없었다고 하더군요. 그러나 저에겐 병뚜껑이 보였습니다. 혹시 사린을 담고 있던 비닐봉지의 흔적일지도 모르겠습니다. 아무튼 그것이 액체 위로 이렇게 불쑥 튀어올라 있었습니다. 그래서 유리병이 깨진 건가 하고 생각했습니다.

아마도 머리가 몽롱해졌던 것 같습니다. 그로부터 몇 개의 역을 지났는지 전혀 기억나지 않습니다. 그렇게 앉아 있는데 가까이 있던 남자가 전차의 비상벨을 눌렀습니다. 그때가 어느 역쯤인지 모르겠습니다. 나중에 이야기를 들어보니 핫초보리 역이었다고 합니다. 역에 도착했을 때 그 사람이 벨을 눌렀는데 전차는 그대로 출발하고 말았다고 합니다. 그렇습니다. 벨을 눌렀는데도 전차는 출발해버렸습니다.

이윽고 몸이 마비되기 시작했습니다. 특히 허리 아래쪽이 뻐근해지더군요. '이거 이상하다' 하고 생각했습니다. 그러는 사이에 몸에서 힘이 쭉 빠지는 겁니다. 그렇지만 전차가 쓰키지에 도착한 후에 겨우 자리에서 일어서서 전차에서 내렸습니다. 그제야 위험하다는 생각이 들었습니다. 전차에서 내려 가방을 끌어안고 있는 힘을 다해 핫초보리 방향의 개찰구 쪽으로 걸어갔습니다. 도중에 그만 힘이 빠져 벤치에 주저앉고 말았습니다. 그러나 그건 제 생각일 뿐이었습니다. 벤치에 앉았다고 생각했는데 정신을 차려보니 병원이더군요.

"요시아키 씨!" 하는 소리에 눈을 떴습니다. 멍하니 바라보니 의사의 얼굴과 천장이 보였습니다. 아직도 전차에 타고 있는 줄 알았기 때문에 그것이 전차의 천장이라고 생각했습니다. 병원에 도착했을 때는 완전히 정신을 잃었기 때문에 옷을 벗길 수 없어 가위로 잘라냈다더군요. 심장은 뛰고 있었다지만 지금 생각하면 등골이 오싹합니다.

9시 27분에 병원(일본 의과대학 부속병원)으로 옮겨져서 산소 호흡기를 단 지 십 분 후에 정신을 차렸다고 기록되어 있더군요. 저와 함께 그 병원으로 옮겨진 사람은 얼마 전에 숨을 거둔, 지바에 산다던 그 사람입니다. 오랫동안 의식불명으로 있다가 그대로 세상을 떠나고 만 오카다라는 분 말입니다. 정말 안됐습니다.

(요시아키 씨의 부인 이야기)

경찰에서 전화가 와서 바로 병원으로 달려갔습니다. 사건을 보도하는 텔레비전을 보고 회사로 전화를 걸었더니 아직 도착하지 않았다고 하더군요. '혹시' 하는 생각으로 안절부절못하면서 집에서 기다렸습니다. 텔레비전 화면에 요시아키라는 이름이 나오는 것과 거의 동시에 경찰에서 전화가 왔습니다.

병원에 도착한 것은 11시가 넘어서였습니다. 벌거벗은 채로 병원 침대에 누워 온몸에 복잡한 장치를 달고 있는 남편을 보는 순간 기가 막히더군요. 누워서 "추워, 추워" 하고 울부짖고 있었는데 도무지 사람 소리 같지가 않았습니다. 그후로도 오랫동안 말을 제대로 하지 못해서 필담을 나누었습니다. 그러나 글자가 너무 비뚤거려서 읽을 수가 없었습니다. 한자도 잘 기억하지 못하고 말입니다.

첫날 밤에는 대기실에서 잤습니다. 그다음은 집에서 매일 병원을 오갔는데 오카다 씨의 가족도 와 있었습니다. 하루 세 번 면회 시간 이외에는 주차장 곁의 대기실에서 기다렸습니다. 그 방에 전화가 한 대 있었는데, 벨이 울릴 때마다 혹시 무슨 일이 있을까봐 가슴이 덜컹 내려앉았습니다. 특히 첫날은 오카다 씨 가족과 함께 거기 있으면서 계속 안절부절못했습니다.

엿새째가 되어서야 목욕을 할 수 있게 되었고, 그제야 한숨 돌릴 수 있었습니다. 간호사의 도움을 받으면서 남편을 목욕시키는데 며칠 사이에 너무 여위어서 깜짝 놀랐습니다. 살이라는 살은 다 빠져서 뒤에서 보니 그냥 노인이더군요. 본인에게 그런 말을 하면 충격을 받을 것 같아 그때는 아무 말도 하지 않았습니다. 원래는 군살 하나 없는 근육질이었는데 무슨 영문인지 살이 쪽 빠져버린 것입니다.

단 엿새 만에 그렇게 극단적으로 몸에 변화가 일어나다니, 전 그만 할 말을 잊고 말았습니다. 엉덩이 쪽은 살이 있는지 모를 정도로 밋밋해져버렸습니다. 오랫동안 테니스를 했기 때문에 다리도 다른 사람보다 굵었는데 거기도 살이 다 빠져버렸습니다. 정말 놀랐습니다.

사흘 동안이나 위에 관을 꽂고 있었습니다. 가래로 목이 막히고, 위에서는 경련이 일어나고, 위액이 심하게 분출되고. 움직이면 속이 울렁입니다. 나중에 들은 이야기지만 처음에는 십 분마다 긴급 사태가 벌어졌다고 합니다. 겨우 목숨을 구했다고 할 만큼 위험한 상황이었습니다. 그때는 콜린에스테라아제 수치가 59밖에 되지 않았습니다. 500 정도가 정상치라니 10분의 1 수준이었죠.

관을 빼내고야 겨우 침대에서 몸을 일으킬 수 있게 되었습니다. 나흘째에는 관자놀이 뒤쪽으로 머리가 아프기 시작했습니다. 그 두통은 지금도 계속되고 있습니다. 몸의 마비도 아직 남아 있습니다. 물론 그때보다는 훨씬 좋아졌지만 지금도 몸이 무겁습니다. 눈도 쉬 피로해집니다. 그땐 거울에 비친 얼굴이 삼각형으로 보였습니다. '내 얼굴이 왜 이래' 하고 이상하게 생각할 정도로 말이죠. 눈은 일 년이 지난 최근에야 거의 정상으로 돌아왔습니다. 그러나 사건 전에 쓰던 안경은 아무 소용이 없습니다. 사건 후 세 번이나 안경을 바꿨습니다.

입원해서 일주일 동안은 하룻밤 사이에도 몇 번이나 꿈을 꾸었습니다. 아주 멋진 꿈과 아주 무서운 꿈, 두 가지가 오락가락했습니다. 멋진 꿈은 이렇습니다. 침대에 누워 눈을 감으면 구름이 뭉게뭉게 피어오릅니다. 처음에는 흰색이었다가 점점 분홍색, 노란색, 파란색으로 바뀌어갑니다. 그다음에 구름이 걷히면 건너편에서 총천연색 세계가 펼쳐집니다. 뭔가를 타고 밀림을 뚫고 섬과 바다가 있는 곳으로 나아가면 사방에 열대지방의 꽃들로 가득하고 새들이 날아다닙니다. 색깔이 너무 아름답습니다. 일종의 환각 증상이죠. LSD의 환각도 이럴 것이라는 생각이 들었습니다. 그런 꿈을 꾸면서도 '이것은 환각이다, 환각이다' 하고 생각했습니다.

무서운 꿈은 뭔가가 뒤에서 잡아당기는 것입니다. 눈앞에 전차가 멈춰 서 있는 꿈도 꾸었습니다. 그럴 때마다 뭔가가 나를 끌어당기는 듯한 느낌이 듭니다. 뒤에서 누군가가 미는 듯한 기분 나쁜 느낌도 듭니다. 그래서 손을 힘껏 뿌리쳐요. 그러면 사라지고 맙니다.

같은 상황인데 이번에는 뒤에서 누군가가 부르는 소리가 들립니다. 아주 으스스한 꿈입니다. 그것도 손을 흔들어 뿌리치면 사라지죠. 그래서 꿈속에서 '오른손만 있으면 괜찮다'라고 생각했습니다. 아무리 무서운 꿈이라도 오른손만 있으면 물리칠 수 있다고 말이죠.

—테니스를 하셨으니 오른손이 특별히 강하겠군요.

아마 그럴 겁니다. 그렇지만 그 오른손도 마음먹은 대로 잘 움직여주지를 않아요. 있는 힘을 다해야 겨우 움직입니다. 그렇게 애를 써서 일단 손을 내밀면 그 환상은 사라져버립니다. 경험을 통해 그런 사실을 깨닫고부터 꿈에 대한 두려움도 한층 줄어들었습니다. 그런 꿈은 간단히 퇴치할 수 있다는 것을 알았으니까요.

그러나 그렇다 해도 오랫동안 숙면을 취할 수 없었습니다. 때로 천장이 빨갛게 변하고 내 몸이 빨갛게 보이기도 했습니다. 그래서 간호사를 불러 "저길 봐, 천장이 저렇게 빨갛게 변했는데 무슨 일이지?" 하고 묻기도 했습니다. 사흘 정도 지나고부터 쓸데없이 간호사를 부르는 일도 없어졌지요.

일주일간 중환자실에 있다가 겨우 일반병동으로 옮겼습니다. 그즈음에는 이상한 꿈도 꾸지 않게 되었습니다. 참 이상하지요.

5월의 연휴가 끝난 다음부터 회사에 나가기 시작했습니다. 많이 좋아졌다 싶었지만 역시 뭔가 이상했습니다. 그러나 판단력만은 다행히 정상이었습니다. 아무런 이상이 없었어요. 회사에서도 걱정했지만 여러 가지 일을 처리하면서도 별 이상이 없자 안심하는 것 같았습니다. 그래서 저도 한시름 놓았지요. 머리가 이상해지면 어떡하나 걱정을 많이 했거든요.

그러나 기억력은 많이 떨어졌습니다. 기억을 떠올리는 데 시간이 많이 걸립니다. 이를테면 사람 이름이 금방 떠오르지 않습니다. 있는 힘을 다해 생각하면 삼십 초에서 일 분 후에야 기억이 납니다. 아마도 뇌 속의 회로 어딘가가 손상된 것 같습니다. 먼 길을 돌아 이름이라는 목적지에 도달하는 것 같은 느낌입니다. 우회하는 셈이죠. 그래서 시간이 걸리는 겁니다. 그러나 결코 잊어버린 것은 아닙니다.

그 대신 판단력은 빨라졌습니다. 이전보다 더 빨라진 것 같습니다. 저는 원래 쓸데없는 걱정이 많고 조심스러운 편인데 최근 들어 결단이 빨라졌습니다. 결정을 내릴 때는 단호합니다. 이것도 아니고 저것도 아니고 하면서 생각에 생각을 거듭하는 행동이 완전히 사라져버렸습니다. 사고방식이 대범해졌다고나 할까, 속으로 이렇게 저렇게 망설이는 것이 없어졌습니다. 시원스럽게 결정을 내립니다. 회사에서도 사람이 변했다고들 합니다. 그런 만큼 성질이 급해졌다고 할 수도 있습니다. 누가 쓸데없는 소리를 하면 집어치우고 빨리 결론부터 이야기하라고 하죠.

결단력이 좋아졌다는 것이 그 사건의 긍정적인 효과라고 할 수 있습니다. 하지만 한때 기억력과 지속력, 그리고 집중력이 떨어졌었습니다. 집중력이 오래 지속되질 않습니다. 어느 정도 시간이 흐르면 전지가 닳은 것 같은 상태가 되고, 일단 그렇게 되면 아무것도 하기 싫습니다. 조금만 더 힘을 내자고 속으로 다짐하지만 그게 안 됩니다. 끈기가 없어요. 머리가 지끈거리고 두통이 일어납니다. 그건 제 힘으로는 도저히 어쩔 수 없는 일입니다.

그렇습니다. 이렇게 이야기를 하고 있을 때는 괜찮습니다. 그러나 복잡한 서류를 정리할 때는 몹시 피곤합니다. 문장을 읽어도 도무지 이해가 안 갑니다. 머리에 들어가지를 않아요. 단지 표면적으로 글자를 따라 눈을 이동시킬 뿐이지 의미 파악이 안 되는 거죠. 사고하는 데 필요한 에너지를 탕진해버린 듯한 느낌입니다.

한때는 도대체 앞으로 어떻게 될까 걱정이 태산 같았지만, 지금은 회복해서 지속력도 생기고 괜찮은 편입니다.

걷는 것도 힘들어요. 금방 비틀거리고 맙니다. 의식적으로 노력해야 똑바로 걸을 수 있습니다. 마치 술 취한 사람 같아요. 똑바로 걷는 것 같지만 비틀거리는 겁니다. 지금도 그런 증상이 조금 남아 있습니다. 운전은 되도록 하지 않습니다. 금방 피곤해지니까요. 퇴원 후에 재활치료를 겸해 운전을 해보았는데 삼십 분마다 휴식을 취하지 않으면 계속할 수 없었습니다. 장시간 차를 몰고 집으로 온 날은 녹초가 되어버립니다. 나중에 치료를 도와주었던 간호사에게 그런 이야기를 했더니 "그렇게 무리하면 안 돼요" 하고 몹시 나무라더군요.

지금도 테니스를 하고 있지만 역시 악력이 많이 떨어졌습니다. 그리고 옛날보다 빨리 피로해집니다. 오전에 테니스를 치면 오후 내내 쉬어야 합니다. 아내는 예전보다 끈기가 없어졌다고 하는데, 끈기라기보다는 쉬 피로해지니까 그런 것 같습니다. 그것도 서서히 오는 게 아니라 눈 깜짝할 사이에 덮쳐버립니다. 거의 꼼짝도 못할 정도의 피로감입니다.

(부인의 이야기)

최근 들어 눈이 좀 달라졌습니다. 아마 본인은 느끼지 못했겠지만 얼마 전까지만 해도 정면에서 바라보면 지금의 눈과 좀 달랐습니다. 초점이 맞지 않는 것과는 달라요. 눈이 아주 작아져서 나를 바라보고 있지만 보지 않는 것 같은 그런 눈길이었습니다. 나를 보면서도 먼 곳을 보는 듯했어요. 아마 그이는 변화를 눈치채지 못했을 겁니다. 지금은 정상적인 눈길입니다. 그러나 올 초만 하더라도 완전히 느낌이 달랐습니다. 늘 눈이 부신 듯한 표정을 짓고 있었어요.

집에서의 변화라면, 말수가 적어졌다는 것을 들 수 있습니다. 몸 상태가 나빠지면 입을 다물어버립니다. 물론 옛날에도 그러긴 했지만 느낌이 다릅니다. "다녀올게" "다녀왔어" 하고 간단한 인사만 하고는 입을 꾹 다물어버립니다.

본인이 얼마나 심각하게 고민하는지, 두통이 어느 정도인지 알 수가 없고, 귀에서 웅웅거리는 소리가 들린다는데 그게 어떤 건지 우리로서는 알 길이 없습니다. 실제로 얼마나 고통스러운지 이해할 수 없습니다. 그것은 본인밖에 모르는 일이지요. 최근에 들어서야 몸이 불편할 때 과묵해진다는 사실을 겨우 알아차렸습니다.

남편이 집 안에서 아무 말도 하지 않고 있으면 집 분위기도 어두워지고, 아이들도 걱정을 많이 합니다. 요즘 들어서 조금 적극적인 생활 태도를 가지려고 노력하는 것을 느낄 수 있습니다.

만사가 귀찮습니다. 아무 말도 하고 싶지가 않아요. 그럴 때는 잠을 자는 게 좋습니다. 조금이라도 잠을 자면 편해집니다.

정신과 의사에게 가서 PTSD 치료를 받고 약도 먹고 있습니다. 약을 먹으면 눈이 편해져요. 그러나 그 대신에 몸의 마비는 심해집니다. 부작용인 것 같습니다. 이제는 그 약도 끊을 생각입니다. 자연스럽게 치료해보고 싶습니다.

지하철을 타고 있으면 의식이 몽롱해질 때가 가끔 있습니다. 숨이 가빠지기도 하고요. 이래서는 안 된다고 주먹을 불끈 쥐고 배에 힘을 모으고 견디려고 애씁니다. 그렇게 한참 애를 쓰면 괜찮아집니다. 올해 들어 그런 현상도 사라졌지만 작년만 해도 하루에 몇 번이나 그랬습니다. 지하철을 안 탈 수는 없습니다. 그러면 회사에 갈 수 없으니까요. 이제는 공포도 고통도 사라졌습니다. 어쩔 수 없는 거니까요. 단 세번째 칸에는 절대로 타지 않습니다.

예순 살이 정년인데, 그후에는 영어 실력을 살려서 자선활동을 하고 싶습니다. 스키와 테니스와 골프도 마음껏 즐기고 싶습니다. 그리고 컴퓨터 공부도 열심히 해보고 싶고요. 경리 업무의 노하우를 가르쳐보고 싶습니다. 서예도 해보고 싶고 아내와 둘이서 여기저기 여행을 다니고도 싶습니다. 하고 싶은 일이 너무 많아요. 욕심이 너무 많죠(웃음).

어쨌든 정신을 바짝 차려야 할 것 같습니다. 인간은 반드시 한 번은 죽어요. 죽으면 모든 게 끝이지요. 죽어버리면 나는 존재하지 않습니다. 그러므로 더욱 자신에게 책임을 져야 한다고 생각합니다. 그런데 옴진리교 사람들은 과연 책임이란 것을 생각이나 하고 있을까요? 그들이 과연 피해자의 심정을 이해할 수 있을까요?

조금이라도 자신들이 저지른 죄악을 깨닫기 바랍니다. 정말로 간절히 바랍니다. 그들에게 사회적인 책임을 반드시 물어야 합니다.

그런 후 갱생의 길을 걷게 하든지 해야 합니다. 결코 죽어버리라고 말하는 것은 아닙니다. 자신이 저지른 잘못은 스스로 바로 세워야 합니다. 저는 그렇게 생각합니다. 이것이 기본입니다.

저도 이과계 출신인데, 맹목적인 경향이 있는 것 같습니다.

가타야마 히로시(당시 40세)

회색 슈트에 하얀 셔츠, 짙은 초록색 반코트, 세련된 넥타이를 맨 차림새가 무척 청결하고 산뜻하다. 쓸데없이 장식적인 메시지가 거의 없다. 첫인상을 한마디로 표현하자면 우수한 '이과계' 출신 회사원이라고나 할까. 그러나 이과계라고 해도 '이론 제일주의'를 신봉하는 냉랭한 분위기는 이 사람에게는 없다.

나이로 보아도 한창 정력적으로 일할 때이고, 보통 키에 보통 체격에 혈색이 좋다. 조용한 몸짓에 건강한 분위기가 감돌고 자신감이 가득하다. 이야기에 조리가 있고 말이 막히는 법이 없다. 한 시간 반 정도 이야기를 나누면서 무척 신뢰감이 가는 사람이라는 인상을 받았다. 좋은 시민이면서 성실한 연구자, 그리고 따스한 가장이라는 느낌을 준다. 가족은 부인과 딸 셋. 어디까지나 상상에 지나지 않지만 이웃 부인들에게도 인기가 있을 것 같다.

고등학교에 다닐 때 "『잡어를 찾아서』라는 책을 읽고 물고기 연구가의 길을 걷게 된 사람이 있다"라는 선생님의 말을 듣고 '물고기가 그렇게 재미있는 걸까?' 하는 흥미를 느끼게 되어 도쿄 수산대학에 진학했다. 인생이란 정말 신비로운 것이다. 그때부터 오로지 물고기 연구자의 길을 걸었다. 대학에서는 수산물의 식품가공을 전공하였고 졸업 후에는 큰 수산식품회사에 입사해 연구소에서 수산물과 축산물 상품 개발을 담당했다. 현재는 연구직을 떠나 생산부 과장직을 맡고 있다. 물고기를 다루다가 사람을 상대로 하는 관리직으로 옮긴 셈이다.

수산식품 관련 회사는 어시장이 있는 쓰키지 부근에 모여 있는데, 가타야마 씨도 그곳으로 출근하는 도중에 사린사건을 만나게 되었다.

*

아침 7시에 집을 나서서 미타카 발 7시 25분 도자이 선을 탑니다. 늘 정해진 시간에 탑니다. 시발역이라 앉을 수 있습니다. 회사에 도착하면 8시 20분 정도. 업무 시작이 9시니까 사십 분 정도의 여유가 있습니다. 그동안 사무실을 정리하거나 바로 일에 들어가기도 합니다. 윗사람에게 보고를 하거나 잠깐 미팅을 갖는 건 이른 아침 시간이 좋습니다. 정상적인 시간에 출근해서는 회의나 바쁜 업무 때문에 사람을 만나기가 힘듭니다.

퇴근 시간은 딱히 정해진 것은 아니지만 늦을 때는 10시가 넘기도 합니다. 평균 8시 정도라고 할까요. 물론 밤 10시를 넘길 때도 있지만 가능하면 넘기지 않으려고 노력합니다. 그 시간을 넘기면 아이들 얼굴도 보지 못하니까요.

사건 오 개월 전에 고가네이로 이사 왔습니다. 그때까지는 사택이 있는 고엔지 쪽에 살았는데, 처음 아파트를 사서 이곳으로 이사를 왔습니다. 그때는 막내가 곧 태어날 예정인데다 이사도 해야 하고 큰아이의 중학교 입학시험도 있고 해서 아무튼 바빴습니다.

고가네이는 이전부터 좋아하던 곳입니다. 살기에는 안정적이거든요. 게다가 아내의 친정도 다치카와이고 처남도 마침 같은 시기에 고가네이에 집을 마련해서 여러 가지로 좋은 점이 많을 것 같았습니다. 사택도 독채였기 때문에 살기에 불편하지 않았지만 건물이 너무 낡은 것이 흠이었습니다. 제 월급으로는 도저히 집을 살 수 없는 형편이었지만, 마침 가격이 적당한 집이 나온데다 제 나이도 벌써 마흔이라 집에 대한 욕심도 생겼기에 무리해서 아파트를 구입했습니다. 거품이 가라앉으면서 집값도 내리고 금리도 내렸으니까요. 결과적으로 그때보다 지금 더 내렸지만 말입니다.

월요일 아침 8시 반에는 항상 미팅이 있지만 그날은 다음 날이 휴일이고 해서 미팅이 없었습니다. 회사를 쉬는 사람도 있었습니다. 그러나 저는 쉴 엄두를 내지 못했습니다. 3월 결산을 앞두고 처리해야 할 일이 많아서 회사에 나가야 했어요. 그날의 통근 복장은 지금과 거의 마찬가지였습니다. 똑같은 코트와 슈트, 똑같은 가방. 오늘 차림새와 같았습니다. 사건 후에 사린이 배어 있으니 버리라고 했는데 세탁해서 입으면 괜찮다고 해서 지금도 입고 다닙니다. 세탁소에 맡겨 클리닝을 했는데, 코트나 구두나 산 지 얼마 안 된 거라…… 그후로도 변함없이 애용하고 있지만 별다른 부작용은 없습니다.

그날도 도자이 선에선 자리를 잡고 앉았습니다. 가야바초에서 히비야 선으로 갈아탔죠. 역은 가야바초, 핫초보리, 쓰키지 순입니다. 히비야 선은 정말 복잡합니다. 특히 도자이 선에서 환승하면 더하죠. 도자이 선 맨 앞쪽이 환승하는 곳과 제일 가까운데 나가면 히비야 선 끝부분으로 이어집니다. 역이 L자 모양으로 연결되기 때문에 그쪽 개찰구가 가장 붐빕니다.

그래서 저는 가능하면 히비야 선 끝부분을 피해서 플랫폼 앞쪽으로 나갑니다. 뒤쪽은 말 그대로 콩나물시루니까요. 손가락 하나 까딱할 수 없습니다. 게다가 제가 이용하는 쓰키지의 역 출구는 플랫폼의 맨 앞쪽이니까 그런 의미에서도 앞쪽이 더 편리합니다.

되도록이면 플랫폼의 앞쪽으로 나아가서 적당한 곳에서 기다렸다가 전차가 들어오면 탑니다. 시간이 있으면 맨 앞쪽까지 걸어가고, 시간이 없으면 적당한 위치에서 타죠. 전차가 들어오는 타이밍에 따라 승차 위치가 결정되는 겁니다. 앞쪽으로 갈수록 편합니다. 통근 시간은 일정하기 때문에 대체로 어느 정도 위치에 도착했을 때 전차가 들어올지 가늠할 수 있습니다. 그래요, 대체로 전차의 중간쯤에 타게 됩니다.

그날은 전차가 좀 늦어져서 평소보다 앞까지 걸어가서 훨씬 앞쪽에 탔습니다. 전차는 여느 때와 비슷하거나 그보다 붐비는 정도였습니다. 연휴 사이에 낀 날이라 한가할지도 모른다고 생각했는데 오히려 더 붐비더군요. 제가 탄 전차가 몇 번째 칸인지는 정확히 기억나지 않지만, 나중에 따져보니 대충 앞에서 네번째 정도였던 것 같습니다.

평소와 다른 점은 차 안에서 기침을 하는 사람이 많았다는 겁니다. 저도 기침이 나와서 아마 목감기에 걸렸나보다 했습니다. 그런데 저뿐만 아니라 다른 사람들도 기침을 하는 겁니다. '이상하다. 감기 걸린 사람이 많군' 하고 생각했던 기억이 납니다. 왠지 숨이 턱 막히는 듯한 느낌이었습니다. 빨리 쓰키지에 내려서 신선한 공기를 마음껏 들이켜고 싶었습니다. 그 정도로 가슴이 답답했습니다. 그래서 쓰키지에 도착하자마자 서둘러 출구 쪽으로 갔습니다. 세번째 칸 앞을 지나가는데 차내에 한 사람, 플랫폼에 두 사람이 쓰러져 있는 것을 보았습니다. 모두 승객이었습니다.

그냥 쓰러져 있는 것이 아니라 경련을 일으키고 있었습니다. 완전히 손을 벌리고 널브러진 모습이었습니다. 얼굴을 위로 하고 몸을 떨고 있는 겁니다. 한눈에 그 사람이 위험하다는 것을 알 수 있었습니다. 그러나 저도 숨이 가빠서 거기서 우물쭈물할 여유가 없었습니다. 그 사람들에게 눈길을 흘깃 주고는 잰걸음으로 출구 쪽으로 나아갔습니다. 그 정도로 정말 숨 쉬기 힘들었습니다.

승객 중에는 그런 광경을 곁에 서서 내려다보는 사람도 꽤 많았습니다. "도대체 무슨 일이죠?" 하고 묻는 사람도 있고, 역무원을 부르러 가는 사람도 있었습니다. 바로 그때 역무원 한 사람이 달려왔습니다. 저는 그 역무원과 플랫폼에서 스쳐 지나갔습니다.

쓰키지에서 밖으로 나와 신선한 공기를 마시니까 가슴이 탁 트이더군요. 그래서 별 생각 없이 회사로 갔습니다. 사무실에 들어서면서 오늘따라 실내 조명이 왜 이렇게 어둡나 생각했습니다. 전등이 제대로 켜져 있나 천장을 올려다보았던 기억이 납니다. 전체적으로 밝기가 덜한 느낌이었습니다. 그러나 다른 사람들은 아무렇지 않다고 하더군요. 머리가 아프다는 사람이 있었지만 그때만 해도 별다른 생각은 하지 않았습니다.

그러고 있는데 창문 밖으로 헬리콥터가 빙글빙글 도는 모습이 보였습니다. 우리 회사의 빌딩은 높고 창이 긴자 쪽으로 나 있는데, 창밖으로 헬리콥터가 아래로 내려가는 겁니다. 그리고 좀 늦게 출근한 사람이 지하철이 이상하다고 하더군요. 그래서 텔레비전을 켰는데 아직 그 사건에 관련된 보도를 하고 있지 않았습니다. 정보가 없었죠. 그래도 텔레비전을 그대로 켜두었습니다.

올 시간이 지났는데도 출근해야 할 사람들이 오지를 않아서, 이건 정말 이상하다, 무슨 일이 생겼나 하고 생각했습니다. 도착하고도 남을 시각인데 대다수가 오지 않았습니다. 그러는 사이에 출근이 늦어질 것 같다는 전화가 속속 걸려오더군요. 텔레비전 자막에 사건에 관한 보도가 나오기 시작한 것은 대충 8시 50분에서 9시경이었습니다. 그제야 심각한 사태가 벌어졌음을 알게 된 것입니다.

서무과에서 조사를 해보더니 저 외에도 사고에 휘말린 사람이 몇 사람 더 있다고 했습니다. 함께 병원에 가보라고 하더군요. 전부 여섯 명이었던 것 같습니다. 정확한 숫자는 기억나지 않지만 여섯 명 내지 일곱 명이 두 대의 회사 차에 나눠 타고 쇼와 의대 병원으로 갔습니다. 그때만 해도 저는 별다른 몸의 이상을 느끼지 않았습니다. 눈이 아픈 것도 아니고, 기침은 벌써 그쳤으니까요. 단지 주변이 약간 어두워 보일 뿐이었어요.

병원에 도착하니 우선 링거주사를 놓더군요. 사린이라는 것을 병원에서도 이미 알고 있었고, 사린 중독자의 응급 처치에 관한 내용이 팩스로 전달되는 상황이었습니다. 팩스로 증상을 알리면 어떤 조치를 취해야 하는지 병원에서 가르쳐주고 있었어요. 그 팩스를 통해 동공이 줄어드는 시야협착이라는 증상이 있다는 것을 알았습니다. 병원에서는 혈액, 소변, 시력 검사를 받았습니다. 그러고 나서 여섯 명이 한 방에 누워 두 시간 정도 링거주사를 맞았습니다.

증상이 심한 사람은 병원에 남고, 저는 증상이 가벼워서 그냥 회사로 돌아왔습니다. 병원에 남은 사람들도 입원할 정도는 아니어서 그날 밤에 귀가했습니다. 회사로 돌아오자 상사가 오늘은 일찍 집에 가서 쉬라고 하더군요. 회사에 남아 있으면 오히려 주위 사람에게 방해만 될 것 같아 저녁이 다 되어갈 무렵 퇴근했습니다.

처음에는 증상이 가벼웠기 때문에 금방 나을 줄 알았는데 의외로 오래갔습니다. 그로부터 일주일간은 이상하게 기분이 좋지 않고 머리가 아팠습니다. 이유는 모르겠지만 개운치가 않았습니다. 눈은 그리 걱정할 정도는 아니었지만 머리가 지끈지끈했어요. 하루 쉬면 낫겠지 했는데 그리 간단치만은 않더라고요.

물론 사린을 살포한 행위에 대해서는 분노를 금할 수 없습니다. 그러나 무엇이 악인가 하는 본질적인 문제를 생각할 때, 범행을 저지른 본인에게 책임을 묻는다고 모든 게 해결되는가, 그건 잘 모르겠습니다. 제가 고등학교에 다닐 때는 학원분쟁 이후의 '삼무주의三無主義'의 계절이었습니다. 왠지 풀이 죽어 있었지요. 스포츠를 즐기는 것도 아니고 그렇다고 클럽 활동을 열심히 하는 것도 아닌 아이들이 그냥 모여서 자기가 하고 싶은 일을 적당히 즐기는 정도였지요. 거기까지는 좋았지만 정신적인 위기를 맞이했을 때 의지할 곳이 없어요. 인간이란 약한 존재여서 늘 기댈 곳이 필요한 법입니다. 그럴 때 해답을 던져주는 것이 있으면 한결 편해지지요.

회사 일을 처리하는 과정에서 어려운 문제에 봉착했을 때 상사가 이렇게 하라고 말해주면 정말 편하지요. 무슨 일이 벌어지면 모두 윗사람이 책임을 져야 하니까요. 자신은 책임지지 않아도 됩니다. 특히 우리 세대 사람들은 그런 특징을 가지고 있습니다. 옴진리교 신자들이 왜 마인드컨트롤이 당했는지 이해가 갑니다.

저도 이과계 출신인데, 옴진리교의 엘리트 가운데 이과계 출신이 많지 않습니까. 제게도 자신의 일에 대해 아무 반성 없이 내달려버리는 맹목적인 경향이 있는 것 아닐까요…… 자신이 하는 연구가 무기로 사용되든 말든 지금 하는 일을 끝까지 밀고 가는 경향이 무척 강합니다. 그런 의미에서 종합적인 판단력이 약하다고 하지 않을 수 없습니다. 좋은지 나쁜지 판단을 내리지 않고, 오로지 이론적인 관심만으로 '이 방향으로 해보고 싶다' '이렇게 하면 어떤 결과가 나올까?' '그럼 이 방향으로 실험을 해보자'라는 식으로 앞으로만 나아가는 것 같습니다. 그런 심리는 충분히 이해할 수 있습니다.

우리 같은 사람들은 늘 물질과 접촉하면서 일하기 때문에, 논리적인 것은 괜찮지만 비논리적인 문제에 직면해 판단을 내려야 할 때는 어떻게 해야 좋을지 난감할 때가 많습니다. 연구직에 종사하다가 현재 관리직에 앉고 보니 인간관계 같은 게 정말 묘해서 생각하면 생각할수록 수수께끼입니다. 늘 주변 사람들의 의견을 듣고 종합해갈 수밖에 없는 것 같습니다.

"냄새가 심하군요. 고덴마초에 도착하면 플랫폼으로 차버립시다"라고 그 사람과 이야기했습니다.

마쓰모토 도시오 (당시 44세)

이렇게 많은 사람들을 만나 인터뷰를 하다보니 점점 몇 가지 유형이 있음을 알게 되었다. 마쓰모토 씨는 그중 어디에도 속하지 않는 독특한 느낌을 주는 사람이었다. 특이하다고까지는 할 수 없어도 마이 페이스적인 부분과 톡톡 튀는 답변 때문에 파악하기 힘든 구석이 있다. 사회나 조직에서 요구하는 가치관이나 사고방식과는 다른 개인적인 세계를 지니고 있는 듯한 분위기를 풍긴다. 그 때문인지는 모르겠지만 40대를 훌쩍 넘겼음에도 어딘가 청년 같은 분위기가 감돌고 있다.

사린사건에만 말려들지 않았더라면 아마도 자기 페이스를 유지하면서 편안하고 우아한 독신생활을 계속했을 것이다. 친구들과 함께 골프를 즐기고 술을 마시는 유쾌한 생활을. 그러나 사린 중독의 후유증 때문에 마쓰모토 씨의 생활은 크게 바뀌고 말았다. 무슨 일에든 의욕이 나지 않는다는 것이 그에게 있어 가장 괴로운 일이다. 분노나 슬픔 이전에, 그는 자신의 그런 변화에 당혹스러워하고 있다는 것이 정확한 표현일 것이다.

자동제어용 기기를 판매하는 회사에 근무하고 있다. 담당은 영업이다. 학교에서는 전자공학을 전공했다. 처음에는 수학 선생님이 되고 싶었지만 여러 사정으로 지금의 회사에 근무하게 되었다. 그러고 보니 영업사원보다는 학교 선생님이 더 어울릴 것 같기도 하다. 키가 크고 체격도 좋다.

*

쭉 니가타의 영업소에서 근무하다가 십 년쯤 전에 도쿄로 왔습니다. 본사 근무 발령을 받아서요. 그러면서 마쓰바라 단지의 연립주택을 임대했습니다. 두 평짜리와 세 평짜리 방이 두 개 달린 평범한 연립주택입니다. 우에노에 있는 부동산에서 제가 가지고 있는 돈에 맞는 방을 구할 수 있느냐고 물었더니 마쓰바라 단지를 소개해주더군요. 저야 어디든 상관이 없었습니다. 회사는 고탄다였는데 실제로 다녀보니 정말 멀더군요. 한 시간 반이나 걸렸습니다. 환승하기 편한 곳을 찾아보면 있을 것도 같았지만 하는 수 없죠. 급하게 정해버린 거니까요.

영업직이지만 잔업 같은 것은 거의 없습니다. 옛날에는 있었지만 지금은 있어도 하지 않습니다. 젊은 사람들에게 맡겨버리죠. 대체로 6시 반이면 바로 퇴근합니다. 우리 업계는 영업부라 해도 그렇게 많은 사람을 만나지는 않습니다. 특수한 공업제품이라서요. 일반인에게는 기기를 보여줘도 뭔지 모르죠. 고객도 고정되어 있습니다.

취미는 골프예요. 대체로 한 달에 한두 번 필드에 나갑니다. 이웃 사람들과 함께 가죠. 모두 마쓰바라 단지의 술집에서 알게 된 사람들입니다. 전 술을 꽤 많이 마시는 편이라서요. 도쿄에서 술을 마시고 집으로 가는 경우는 거의 없고, 마쓰바라 단지에 와서 술집에서 만난 친구들과 마십니다. 저와 비슷한 나이대도 있고 열 살에서 열다섯이나 많은 사람들도 있습니다. 여기로 이사 와서 친구가 많이 생긴 편입니다. 여름에는 스무 명 정도 모여서 골프 여행을 가기도 합니다.

골프는 잘 치는 편이 아닙니다. 100에서 위아래로 왔다 갔다 하는 정도죠. 골프는 돈이 많이 들어요. 골프 용구에 그리 돈을 들이는 편은 아니지만 휴일에 코스를 돌면 5만 엔 정도는 없어집니다. 골프를 마치고 한잔하는 돈까지 합쳐서요. 제 형편에는 한 달에 한 번 정도가 적당해요.

요코하마에서 태어나 대학도 거기에서 다녔는데, 마쓰바라도 살기에는 좋습니다. 서민들이 사는 곳이라 궁색하긴 하지만 정들면 고향이라고 하지 않습니까. 단 장마철이 문제예요. 길거리까지 물이 철철 넘치죠. 그것도 모르고 이사를 와버린 거예요. 알았더라면 오지 않았을 텐데(웃음). 그렇다고 일부러 다른 곳을 찾아 이사하는 것도 귀찮은 일입니다. 이사를 하면 다시 그곳에서 새 친구들을 찾아야 하니까요. 그런 생각을 하면 그냥 여기서 사는 게 좋습니다.

집을 나서는 건 7시 15분 정도. 마쓰바라 단지 역까지 걸어가는데 칠팔 분. 기타센주에서 히비야 선으로 갈아탑니다. 닌교초에서 도에이 선으로 다시 갈아타고 고탄다까지 갑니다. 아침에는 아무것도 먹지 않고 나와서 고탄다에 도착하면 역 앞에서 우동 같은 것을 먹습니다. 집에서는 세수만 하고 그대로 나옵니다. 양복을 입고 가방을 들고…… 가방을 한번 보실래요? 그때 가지고 있던 가방인데.

—한번 보고 싶습니다. 꽤 무거워 보이네요. 늘 그렇게 짐을 많이 넣고 다닙니까?

그래요, 이것저것 많이 넣어 다니는 편입니다. 이것은 전기 관련 책입니다. 일을 하는 데 필요한 책이지요. 그리고 이것은 보통 책하고 문고본. 전차를 타면 늘 책을 읽습니다. 아침에는 복잡해서 읽을 수 없지만 말이죠. 지금 읽고 있는 책은 『암흑의 마술사 타무르』, SF 환상소설이지요. 추리소설을 많이 읽어요. 시리즈물 같은 거요.

그리고 이것은 가짜 1만 엔짜리 지폐(웃음). 사실은 주소록 겸 계산기지요. 술집에서 이것을 여자에게 내밀면 깜짝 놀라면서 받습니다. 그러나 허탕이죠. 이건 우산이고, 또 이건 복권. 이번에 추첨할 겁니다. 이것은 약, 이것도 약. 사린 피해를 당하고 나니까 친구들이 한번 먹어보라고 이것저것 권하더군요. 이 약에는 '히로시마 현 노인클럽연합회 추천' 이라고 적혀 있습니다. 식초를 정제로 만든 거랍니다. 효과가 있냐고요? 잘 모르겠어요.

이것은 워크맨. 이건 설명서예요. 왜 설명서를 가지고 있느냐고요? 혹시 작동이 안 되면 봐야 하니까 가지고 있으면 마음이 놓여요. 테이프에는 요한 슈트라우스의 왈츠가 들어 있습니다. 〈비엔나 왈츠〉를 들으면서 통근하면 마음이 가라앉아요. 물론 아침에는 듣지 않죠. 아침부터 이런 음악 들었다가는 머리가 멍해져서 일을 할 수 없으니까(웃음). 나머지는 펜, 수첩, 정기권 케이스, 손수건, 종잇조각 등등이군요.

그날도 세번째 칸 한가운데 문 근처에 서 있었습니다. 이상한 냄새가 나기 시작한 것은 아키하바라쯤부터였어요. 아키하바라 역에 도착하면 승객들이 많이 내립니다. 승객들이 내리고 난 후에 이상한 냄새가 나더라고요. 그래서 아래를 내려다보니 신문지로 싼 이 정도(손으로 크기를 그려 보인다) 크기의 물건이 놓여 있는 겁니다. 냄새의 원흉이 그것인 것 같아 밖으로 차버릴까 생각했습니다. 그러나 그러기 전에 승객들이 밀고 들어와서 기회를 놓쳐버렸어요. 그 덕분에 고덴마초 역까지 고스란히 냄새를 즐기면서 가야 했지요. 분명히 화학물질 냄새였지만 그렇게 위험한 것이라고는 생각지 않았습니다. 신문지가 흠뻑 젖어 있었습니다. 라이터 기름 냄새와 비슷하더군요. 왜 지포 같은 것 있잖습니까. 그래서 독극물이라기보다는 폭발물일 거라고 생각했습니다. 불이 붙으면 위험하겠다고 말이죠.

주변 사람들도 모두 냄새가 난다고들 하더군요. 다들 그렇게 말했습니다. 아키하바라를 지나면서 많이 새어나왔던 모양입니다. 고덴마초 역에 도착하면 이놈을 밖으로 차버리겠다고 생각하고 있었는데, 제 옆에 선 사람이 그 일을 해주었습니다. 그 사람이 하지 않았더라면 제가 했을 겁니다. 사실은 고덴마초 역에 거의 다 와서 "냄새가 심하군요. 고덴마초에 도착하면 플랫폼으로 차버립시다"라고 그 사람과 이야기했습니다. 그러니 누가 해도 할 일이었습니다. 그 사람과 저는 비슷한 연배였는데 키는 저보다 좀 작았습니다.

회사원 같아 보였지만 얼굴은 잘 기억나지 않아요.

전차가 고덴마초를 나서면서 주변 사람들이 심하게 기침을 하기 시작하더군요. "창문을 여세요"라고 말하는 사람들이 많아졌습니다. 열차 바닥에는 액체가 흥건히 고여 있었습니다. 저는 아무 생각 없이 그것을 밟아버렸습니다. 일부러 그랬다기보다는 전차가 붐벼서 밀려다니다보니 그렇게 된 거죠. 신문지로 싸인 물건을 밟은 게 아니라 거기서 흘러나온 액체를 밟은 거예요. 저는 고덴마초 역에서 다른 칸으로 옮기려 했는데 시간이 없어서 뒷문 쪽으로 조금 옮겨가는 게 고작이었습니다. 한번 플랫폼으로 나왔다가 문 하나 뒤로 옮긴 데 지나지 않습니다. 다른 칸으로 옮겨갈 만한 시간적인 여유가 없었어요.

닌교초에서 도에이 선으로 갈아탈 때 주변이 무척 어둡게 느껴졌습니다. 그래서 전차의 조명이 이상하다고 생각했습니다. 그렇지만 주위를 둘러보니 신문을 읽는 사람도 있고 해서 내 눈이 이상해진 건가 생각했죠. 도에이 선은 닌교초에서 고탄다까지 아홉 정거장 정도 떨어져 있는데, 그동안 몸에 특별한 이상은 없었습니다. 그냥 주위가 어두컴컴하게 보였을 뿐입니다.

회사에 도착한 다음에 목이 좀 칼칼해 화장실에 가서 눈을 씻고 물 양치를 했습니다. 목 안이 말라붙은 듯한 느낌이었어요. 기침은 나오지 않았습니다. 저는 별 이상이 없었지만 회사에 있는 다른 사람들에게 이상한 증세가 나타나기 시작했습니다. 제 옷에 밴 사린가스를 마셨기 때문이죠. 저보다 다른 사람들이 먼저 반응을 보인 셈이에요. 모두들 입을 모아 갑자기 세상이 어두워졌다고 하더군요.

병원으로 간 것은 차 라디오에서 흘러나오는 뉴스를 듣고 나서입니다. 차를 타고 고객을 만나러 가는 도중에 찹쌀떡을 사러 도라노몬에 들렀습니다. 그 고객이 찹쌀떡을 좋아한다는 게 떠올랐거든요. 도라노몬에 찹쌀떡을 잘 만드는 가게가 있으니까 그거라도 하나 사가자 생각했죠. 그런데 라디오에서 다급한 목소리로 뉴스가 흘러나오는 겁니다. 사린이 살포되었다고요. 깜짝 놀라서 회사로 돌아왔다가 간토 데이신 병원에 갔습니다. 만일 그대로 차를 몰고 도메이 고속도로를 달렸더라면 사고를 냈을 겁니다. 우리 회사의 다른 직원과 함께 병원에 가서 하루를 입원했습니다. 저와 같이 간 두 사람도 하루나 이틀 만에 퇴원했습니다. 아마 구두에 묻은 사린 때문일 겁니다.

퇴원 후에도 시야가 좀 어두웠지만 다른 이상은 없었습니다. 휴일이 끝나고 출근을 하긴 했지만 몸은 노곤하고 눈은 어두컴컴하고, 뭐 그런 상태였습니다. 운전을 할 수 없을 정도였죠. 눈은 그로부터 이 주일이나 그런 상태였습니다.

여러 가지 증상이 나타나기 시작한 것은 사건 발생 일주일 후부터였습니다. 밤에 잠을 잘 수 없었습니다. 잠들었다가는 금방 깨버립니다. 잠이 얕아서 눈을 감자마자 떠버리는 거지요. 4시 정도나 되어야 피로에 지쳐 잠에 빠져들지만, 이번에는 일어나기가 힘들어요. 그 때문에 수면부족으로 고생이 말이 아니었습니다. 그런 상태가 몇 달이나 계속되었습니다.

아침에 눈을 떠도 자리에서 일어나기가 싫습니다. 혈압이 낮으면 아침에 잘 일어나지 못한다던데, 아마 그것과 비슷하지 않을까요. 눈은 뜨이지만 몸이 말을 듣지 않습니다. 일어나려고 노력하려는 마음도 일지 않습니다. 노력할 마음 자체가 없어요. 눈을 뜨고서도 한동안 그대로 누워 있다가 겨우 자리에서 일어납니다. 그래서 지각도 많이 했습니다. 한낮에 출근하는 날이 많았습니다.

병원에 가봐야 소용이 없어요. 무슨 말을 하면 약만 주니까요. 머리가 아프다면 두통약, 배가 아프다면 복통약, 요컨대 대증요법으로 일관할 뿐입니다. 그럴 바에는 내 손으로 아스피린을 사 먹는 게 나아요. 물론 그들도 어떻게 대처해야 할지 방법을 모르기 때문일 겁니다. 그래서 병원에 가고 싶지도 않습니다.

사건 일주일 후에 골프를 치러 갔지만 도대체 내가 뭘 하고 있는지 모를 정도였습니다. 도중에 몸이 안 좋다고 말하고 그만두었습니다. 그런 피로감이 일 년하고 사 개월이 지난 지금도 계속되고 있습니다. 금방 피곤해집니다. 아침에 일어나기는 이전보다 조금 나아졌지만 이번 5월과 7월처럼 날씨가 불규칙할 때는 특히 고생이 심했습니다.

주말이 와도 너무 피곤해서 아무 데도 가고 싶지 않아요. 밖에 나가고 싶지도 않고요. 친구들이 골프 연습을 가자고 부르지만 않는다면 아무것도 하지 않고 집에 틀어박혀 있었을 겁니다. 그 정도로 피곤합니다. 한동안 술도 마시지 못했습니다. 마시면 이상해지니까요. 맥주 한 잔만 마셔도 가슴이 두근거립니다. 그러나 그보다 술맛이 없어요. 예전처럼 술을 마실 수 있게 된 것은 아마 이번 여름부터일 겁니다. 예전처럼이라고는 하지만 물론 똑같지는 않습니다.

건망증도 심해졌습니다. 마치 치매 노인 같아요. 조금씩 나아지는 것 같지만 방금 한 말이 기억나지 않을 때가 많습니다. 갑자기 십년에서 십오 년을 살아버린 듯한 기분이 듭니다. 치매에 걸린 게 아닌가 싶기도 하고. 시간이 지나면 이런 증상도 조금씩 나아질지 모르겠지만 원래 상태로는 돌아가지 않을 것입니다. 완전히 회복되지는 않을 것 같아요. 그건 확실히 느낄 수 있습니다.

증상의 성격을 알 수 없다는 게 괴롭습니다. 계절이 바뀔 때면 몸이 노곤해지지만 그게 감기에 걸렸을 때의 증상과 너무 비슷해서 과연 원인이 무엇인지 알 수가 없습니다. 병원에 가도 설명해주지 않습니다. 지금의 내 상태를 알고 싶다면 나보다 열 살 정도 많은 사람을 보면 될 것 같습니다. 골프를 해보면 나보다 열 살 이상 많은 사람들과 이야기가 들어맞습니다. 피로를 느끼는 정도도 거의 비슷하니까요. 예전에는 그들이 피곤하다 하면 돌아가는 길에 제가 운전대를 잡았지만 지금은 운전은 엄두도 못 냅니다. 젊을 때는 날씨만 좋으면 사흘이고 나흘이고 계속 골프를 칠 수 있었지만 지금은 이틀이면 그만두고 싶어집니다. 그리고 정어리를 싫어하게 되었습니다. 무척 좋아하던 생선이었는데 도저히 먹을 수가 없습니다. 먹었다 하면 두드러기가 나서요. 그리고 시력도 많이 떨어졌습니다. 나이 탓도 있겠지요. 노안이 되어버린 것 같습니다.

이런 것들을 일일이 생각하면 자꾸 화가 나니까 되도록 생각을 안 하려고 합니다. 그러나 일도 해야 하고…… 작년 한 해 동안은 회사에 나가긴 했어도 제대로 한 일이 없습니다. 우리 같은 영업 파트는 반년 후, 일 년 후를 염두에 두고 일을 해야 하는데 말입니다. 솔직히 말해 그런 것을 생각할 여유가 없었습니다. 앞을 내다볼 수 있는 안목이 없는 겁니다. 생각하고 싶어도 힘이 솟지 않아요. 적어도 작년 일 년 동안은 그랬습니다.

일에서만 그런 것이 아니에요. 노는 것도 마찬가지입니다. 의욕이 생기질 않습니다. 회사도 그런 나의 사정을 알고 있어서 일 년 정도는 참고 지켜보았지만 일 년이 지난 지금은 다를 겁니다. 정상적인 활동을 요구하고 있고 저도 그렇게 하지 않으면 안 됩니다. 지금부터 힘을 내야 한다고 굳게 마음을 먹고 있습니다.

아사하라는 빨리 재판에 회부해 사형시켜야 합니다. 재판을 질질 끌어봐야 아무 소용이 없어요.

◉—사린을 실은 A720S의 뒤를 이은 세 대의 전차 A621T(기타카스카베 발), A785K(기타센주 발), A666S(도부동물원 발)는 핫초보리, 가야바초, 닌교초에서 운행을 정지했다. A720S가 쓰키지에 정차해버렸기 때문에 이들 전차도 줄줄이 그 전 역에서 정차해야 했던 것이다. 그 세 대의 열차에 다음 두 사람이 타고 있었다.

경찰은 여태 뭘 했나.

미카미 마사유키 (당시 30세)

프랑스 차를 취급하는 회사에 근무하고 있다. 애프터서비스를 주로 담당하고 대리점에 기술 지도를 한다. 미카미 씨가 이 회사에 들어온 것은 일 년 반 전, 그때까지는 독일 차를 취급하는 딜러로 일했다. 사린사건 이후 프랑스에 가서 한 달간 기술 연수를 받았다. 말할 것도 없이 자동차를 좋아한다. 일의 성격상 고장이 많으면 바빠지고 고장이 적으면 한가하다.

30세지만 아직 청년의 분위기가 감돈다. 물론 특수한 형태의 인터뷰여서 그렇겠지만 적극적으로 말하기 좋아하는 타입은 아닌 것 같다. 점심때 회사 근처의 찻집에서 커피를 마시면서 한 시간 정도 조용히 이야기를 들었다. 대답은 냉철하다. 그러나 사린사건에 대한 국가기관의 대응방식에 대한 이야기에 이르러서는 조금 흥분하기도 했다. 가족은 부인과 두 살 반 된 아이가 하나. 사이타마 현에 산다.

취미는 자동차와 로큰롤 음악. 밴드를 결성해 휴일에 스튜디오를 빌려 연습을 한다. 다른 멤버도 모두 27, 8세 정도라 한다. "아무래도 서른이 넘으면 대체로 밴드 활동을 그만두는 모양입니다" 하고 말하면서도 그 자신은 밴드 활동을 계속하고 있다. 좋아하는 밴드는 '레인보우'. 가끔 라이브하우스에도 출연한다. 도박이나 담배는 하지 않는다. 술은 조금. 기본적으로 일하는 것을 좋아한다.

*

아침에 집을 나서는 시각은 7시 15분 정도입니다. 니시가와구치역에서 게이힌도호쿠 선으로 우에노까지 가서 히비야 선으로 갈아타고 히로오까지 갑니다. 도어 투 도어로 따지면 한 시간 십오 분 정도죠.

전차는 모두 붐빕니다. 통근할 때는 아무것도 하지 않습니다. 가끔 이어폰을 꽂고 카세트테이프를 듣는 정도입니다. 8시 반경에 회사에 도착하고 9시에 일을 시작합니다. 여유를 가지고 출근하니까 지각하는 일은 거의 없습니다.

우에노에서 히로오까지는 늘 앞쪽 칸에 탑니다. 첫번째 칸 아니면 두번째 칸에요. 그날은 어느 칸에 탔는지 잘 기억이 나지 않습니다. 경찰도 그걸 물어보았지만 기억이 나지 않더군요. 전차가 어느 역에선가 정차해버리는 바람에 내려서 택시를 타고 회사까지 갔죠. 어느 역에서 내렸는지 기억이 안 납니다. 가야바초, 아니면 핫초보리 같습니다.

폭발물이 있다는 방송과 함께 전차가 멈춰버렸습니다. 운행을 재개할 가능성이 없다고 해서 전차를 내려 택시를 탄 겁니다. 택시에서 흘러나오는 라디오 뉴스에서도 폭발물이라는 말을 하더군요.

그런데 전차를 내렸을 때 부근에 두세 사람이 쓰러져 있었습니다. 아침부터 몸이 아픈 사람이 있구나 하는 정도로 그냥 스쳐 지나갔지요. 역무원들이 그 사람을 안고 옮기는 것을 보았습니다. 저는 별로 상관 않고 서둘러 역을 빠져나와 택시를 탔습니다. 지금 생각하면 그러길 잘했던 것 같습니다. 그 직후에는 택시를 잡기가 힘들었다고 합니다. 덕분에 9시 전에 회사에 도착할 수 있었습니다.

그때만 해도 전 별다른 이상이 없었습니다. 그러나 회사에 도착한 다음부터 어딘가 이상하다는 느낌이 들었습니다. 주위가 어두컴컴하고 기분이 무척 언짢았습니다. 속이 메슥거리는 그런 기분이었습니다. 조금 후에 회사 사람들이 모두 텔레비전을 보고 독가스라고 웅성거리더군요. 가스를 마시면 주위가 어두워 보이는 증상이 나타난다는 보도도 있고 해서 저도 그런 증상에 속하는 모양이라고 생각했습니다. 모두들 빨리 병원에 가보라고 해서 가까운 히로오 병원으로 갔습니다.

병원에 간 게 10시 반 정도인데, 그때는 이미 백 명도 넘는 사람이 밀려들어 북새통이었습니다. 먼저 혈액검사를 했는데 콜린에스테라아제 수치가 낮다고 바로 입원하라고 했습니다. 잘 기억나지 않지만 60에서 70 사이였던 것 같습니다. 정상치가 140 정도라고 하던가? 링거주사를 맞았습니다. 아니요, 다른 주사는 맞지 않았습니다. 약이 없다고 하더군요.

그래서 결국 사흘을 입원했습니다. 입원실은 4인실, 중환자도 있었지만 사린 피해자는 저 혼자뿐이었습니다. 불안해할 정도는 아니었지만 아내에게 연락해서 오게 했습니다. 갑자기 사린 중독이라니 도대체 무슨 영문인지 알 수가 없었습니다.

증상은 그저 눈앞이 캄캄한 것뿐이었습니다. 입원실에 그냥 누워 있으면 별 지장이 없었습니다. 식욕도 정상적이었던 것 같습니다. 퇴원할 때는 콜린에스테라아제 수치가 130~140 정도로 회복되었습니다. 동공은 여전히 작고 시야가 어둡긴 했지만 그 정도는 금방 익숙해져서, 어두운지 밝은지 저도 잘 구별이 안 됐습니다. 딱히 별다른 통증도 없었지만 빠르게 걷거나 뛰면 금방 숨이 찹니다.

그 주일은 계속 회사를 쉬었고 다음 월요일부터 출근했습니다. 동공은 평소보다 작았지만 일상생활에는 아무 지장이 없었습니다. 후유증 같은 것도 현재는 없습니다. 사건 후에도 지하철을 타는 데 별다른 저항감을 느끼지 않습니다. 어떤 것이 후유증인지 확실치 않아서 뭐라고 말할 수 없습니다. 그게 불안이라면 불안이랄 수 있지만요.

사형을 시키는 것도 좋지만 죽어버리면 그걸로 끝이니까, 그보다는 철저하게 책임을 지게 하는 편이 나을 것 같습니다. 그건 정부에 대해서도 마찬가지입니다. 범인에 대한 분노야 당연하지만 그런다고 뭐가 나아지겠습니까. 옴진리교가 나쁜 것은 물론이지만, 그런 위험한 집단을 이 지경이 될 때까지 방치한 정부의 책임도 큽니다. 이런 말을 해도 괜찮을지 모르겠지만, 미치광이는 어디에나 있습니다. 다만 그런 위험에서 시민들을 보호하는 것이 치안을 책임진 정부의 일이고, 그걸 하라고 우리가 세금을 내는 겁니다. 경찰뿐만이 아닙니다. 도지사의 허가 없이는 종교법인을 낼 수도 없었을 테니까요. 협박에 못 이겨 허가를 내준 게 아닐까요?

사카모토 씨 사건이나 마쓰모토 사린사건에 대한 사실관계가 보도될 때마다, 도대체 경찰은 여태 뭘 했나 싶습니다. 옴진리교보다 오히려 그쪽에 더 격한 분노를 느낍니다.

곁에 있던 회사원은 피를 토하고 있었습니다. 그런 기억이 납니다. 피를 본 것 같은……

히라야마 신코 (당시 25세)

도쿄 도심에서 태어나 자랐으나, 부모가 사이타마 현의 주택단지에 집을 사서 중학교 2학년 때 그곳으로 이사를 갔다. 할머니 집이 근처에 있었기 때문이기도 했다. 부모와 여동생 네 가족이다.

대학을 나와 어느 중소기업에 취직했지만 불행히도 근무한 지 삼 년 만에 회사가 망하고 말았다. 어느 날 회사에 갔더니 도산했다는 청천벽력 같은 소식을 들었다.

그후 석 달 정도 집에서 쉬다가 평소부터 환경문제에 관심을 가지고 있기도 해서 리사이클 관련 회사에 재취직했다. '도라바유'에 난 구인정보를 보고 찾아갔다. 사장 비서였다. 명칭은 그럴듯하지만 눈코 뜰 새 없이 바쁜 업무였다고 한다.

지금 다니는 회사로 옮긴 지 채 일 년도 안 되어 사린사건에 휘말려 심한 충격과 육체적인 타격으로 결국 직장을 계속 다닐 수 없게 되고 말았다. 그로부터 반년간, 그녀는 자택에서 요양 생활을 하며 온갖 후유증과 싸워야 했다.

현재는 많이 회복되어 모 관청에서 아르바이트를 하는 한편 시민 단체에 가입해 자선활동을 하고 있다. 히라야마 씨는 무슨 일이건 적당히 넘어가지 못하는 철저한 성격이다. 어떤 명확한 목적을 갖고 주체적으로 관계해야 보람을 느끼는 타입이다.

성격도 시원하고 책임감이 강하며 총명한 여성이라는 인상을 받았지만, 인내심이 너무 강해 모든 고민을 혼자서 끌어안고 살아가는 듯했다. 최근에 들어서야 그 사건으로 얼마나 고통을 받았는지 다른 사람에게 이야기할 수 있게 되었다. 아마도 정확하게 남에게 전할 수 없는 답답함도 있을 것이다.

*

그 당시 ○○역에서 도부 이세사키 선으로 기타센주로 가서 거기서 히비야 선으로 갈아타고 다녔습니다. 공포의 러시아워죠. 이러다 사람 틈에서 압사하는 사건이라도 일어나지 않을까 걱정이 될 정도입니다. 늑골이 부러진 사람이 있다는 이야기도 들었습니다. 언젠가는 반드시 이 연선에서 이사를 가고야 말겠다는 생각을 할 때도 있습니다. 한두 번 그런 생각을 하는 게 아닙니다. 모두들 어쩔 수 없어 그냥 참고 지내는 모양이지만, 만일 제게 선택의 기회가 주어진다면 절대로 이 연선에는 살지 않을 거예요.

치한도 가끔 있습니다. 요즘은 어디 여자들이 가만있나요. 좀 떨어진 곳에서 "그만두지 못해!" 하는 소리가 들려올 때도 있습니다. 소리치지 않는 사람은 손을 뿌리치거나 꼬집거나 합니다. 그러나 정말로 복잡할 때는 모두들 정신이 없어서 치한 짓을 할 여유도 없습니다. 그런 사람도 목숨부터 부지해야 하니까요.

—치한 짓도 할 수 없을 정도로 복잡하다……

그렇습니다. 전차를 타는 것 자체로 힘이란 힘이 모두 빠져버리니까요. 기타센주에서 아키하바라까지 약 십오 분간은 정말 대단해요. 아키하바라에서 사람들이 내린 다음에야 겨우 한숨 돌립니다.

저는 그날(3월 20일)을 기준으로 앞뒤 기억이 뚜렷하지 않습니다. 머리에 안개가 낀 것처럼……

그날 제가 탄 전차는 사린이 살포된 문제의 전차 바로 다음 전차였습니다. 앞 전차의 승객 한 사람이 사린이 든 봉지를 고덴마초의 플랫폼으로 차버렸습니다. 제가 탄 차량이 그 봉지와 가까운 곳에 정차하는 바람에 사린가스를 마신 모양입니다. 전차를 타고 가는데 점점 속이 메슥거리기 시작했습니다.

그때 고덴마초 플랫폼에서 약간의 소동이 벌어졌습니다. 봉지를 발로 차버린 승객에게 다른 사람들이 "어이, 네가 이걸 놓아뒀지?" 하고 추궁을 하는 바람에 싸움이 벌어졌던 것입니다. 그 사실을 나중에 신문을 보고 알았습니다.

그런데 사실 저는 그 현장을 보았습니다. 한 사람이 도망치고 두 사람이 그 뒤를 추격했다고 합니다. 그 기억을 되살린 것은 사건 후 삼 개월이나 지난 다음입니다. 그때까지는 기억하지 못했습니다. 처음 경찰의 조사에 응했을 때는 도무지 기억이 나지 않았는데, 두 번째 조사를 받을 때 그런 일이 있었던 것 같다고 말했습니다.

그날의 일에 대해서는 시간감각도 거의 없고 기억도 단편적인 것들뿐입니다. 지금은 거의 기억을 되찾았습니다.

그 당시는 회사 일이 무척 바빴습니다. 비서로 해야 할 일이 무척 많은데다 사장 개인의 사무도 처리해줘야 하기 때문에 정말 정신이 없었습니다. 하루도 쉴 틈이 없었습니다.

하지만 그날은 그냥 집에서 쉬어버릴까 생각했습니다. 아침에 일어나는데 이상하게 예감이 좋지 않았거든요. 누가 소매를 뒤에서 잡아당기는 듯한 느낌이었습니다. 움직이려 해도 몸이 제대로 말을 들어주지 않았습니다. 세수를 하는데 평소와는 감각이 달랐습니다.

저…… 사실은 이런 말을 해봐야 아무도 믿어주지 않을 것 같아 지금까지 입을 다물고 있었지만, 돌아가신 할아버지가 꿈에 나타나서 방 안을 마구 헤집고 다녔습니다. 내 주위를 빙글빙글 돌면서, 마치 가면 안 된다고 말리는 듯했습니다. 저는 잠시 손가락 하나 까딱할 수 없었습니다. 할아버지는 살아 계실 때 저를 끔찍이 위해주셨거든요.

그렇지만 애써 그런 느낌을 떨쳐버리면서 집을 나섰습니다. 절대로 쉴 수는 없다, 어쨌든 회사에는 가야 한다는 생각이 강했던 것입니다. 솔직히 말해 그 당시 저는 하던 일에 좀 회의적이었기 때문에 회사를 그만두고 싶은 마음이 점점 강해지고 있었습니다. 그렇지만 그날 아침에 제가 체험한 일은 그것과는 완전히 다른 것이었습니다. 너무도 불길한 예감이 들었습니다.

그 때문에 엉거주춤하느라 평소에 타는 전차를 놓쳐서 다음 차를 타야 했습니다. 결과적으로는 그게 불행 중 다행이었습니다. 만일 늘 타던 전차를 탔더라면 사린이 놓여 있던 전차에 탔을 테니까요. 저는 항상 앞에서 세번째 칸에 타는데, 그 차량이 바로 사린이 놓여 있던 문제의 차량이었어요. 나중에 그 사실을 알고 등골이 오싹하더군요.

그날 입었던 옷은 또렷이 기억합니다. 코트와 스웨이드 부츠. 아가일 체크 스웨터와 회색 스커트예요. 회사에서는 회의 때를 제외하면 딱히 정장을 입을 필요는 없습니다.

앞에서도 말했듯이 고덴마초 역에서 사린가스를 마신 탓인지 전차가 고덴마초 역을 출발한 후로 점점 속이 안 좋아지기 시작했습니다. 그래서 손잡이를 잡고 가만히 눈을 감고 억지로 버티고 서 있었습니다. 속이 울렁거려서 견딜 수가 없었습니다. 욕지기를 느낀 게 아니라 위장 위 가슴께가 메슥거렸습니다.

머릿속이 마비되어가면서 뭔가 얇은 막을 덧씌운 느낌이었습니다. 하얀 베일이 뇌를 감싸버린 것 같다고 할까요. 무슨 생각을 하려 해도 머리가 움직이지 않았습니다. 처음에는 심한 빈혈인가 싶었습니다. 그쯤부터 기억이 군데군데 끊겼습니다.

제가 탄 전차는 그대로 핫초보리까지 갔습니다. 역은 고덴마초, 닌교초, 가야바초, 핫초보리 순입니다. 핫초보리 역에서 벨이 울리면서 전차가 멈췄습니다. 그때까지 저는 손잡이에 몸을 기댄 채 그냥 멍하니 서 있었습니다. 도중에 내렸더라면 좋았겠지만, 그런 생각은 아예 하지도 못했습니다. 그냥 가도 지각할 가능성이 많았으니까요. 속이 약간 메슥거린다고 중간에 그냥 내려버릴 수는 없는 노릇이었어요.

빈자리는 없었습니다. 점점 몸에서 힘이 빠져나가는 것 같았습니다. 그러나 서 있지 못할 정도는 아니었습니다. 머릿속이 점점 텅 비어가는 느낌이었습니다. 전차는 핫초보리에 급정차한 채 가만히 멈춰 있었습니다. 너무 오래 멈추어 있기에 플랫폼에 내려서 보니 거기에 사람이 쓰러져 있었습니다. 남자였습니다. 천장을 바라보고 대자로 누워 있는 겁니다. 심장의 박동이 멈췄는지, 구급대원이 심장마사지를 하고 있었습니다. 사람들이 그 주위를 둘러싸고 있었습니다.

쓰러진 사람은 하나였지만 상태가 좋지 않아 보이는 사람은 꽤 많았습니다. 그리고 방송이 흘러나왔습니다. "앞 역에서 승객이 약품이 든 병을 떨어뜨려 그것을 처리하는 관계로 전차가 늦어지고 있습니다"라는 내용이었습니다. 그러나 곧 "여러분 빨리 역에서 나가주시기 바랍니다. 빨리 지상으로 나가주시기 바랍니다"라는 방송으로 바뀌었습니다.

전차에는 여전히 많은 사람들이 타고 있었습니다. 이러다 움직이겠지 하고 말입니다. 플랫폼에 있는 전화 부스에는 회사원들이 가득 몰려 있었습니다. 저도 그 뒤에 줄을 서서 기다렸다가 회사에 전화를 걸어, 전차 운행이 중지되고 속도 좋지 않아서 늦을 것이라고만 말해두었습니다. 전화를 끊고 난 직후 갑자기 무거운 공기를 들이마신 듯한 느낌이 들었습니다. 쿨럭쿨럭 기침도 나왔습니다. 그런데 제 뒤에 선 사람도 기침을 하더군요. 악취가 여기까지 퍼졌나 생각했습니다. 그즈음에는 이미 몸이 말을 듣지 않았습니다. 플랫폼의 벤치로 가서 털썩 주저앉았습니다.

그때는 역무원이 어느 정도 사태를 파악하고 몸에 이상을 느끼는 사람은 플랫폼의 중앙에 모여달라고 외치고 다녔는데, 꽤 중증인 사람들이 많았기 때문에 나 정도는 괜찮겠지 하고 가지 않았습니다. 움직일 수 있으니까 내 일은 내가 처리하자고 말입니다. 그러나 벤치에 앉아서 쉬는 동안 점점 더 상태가 나빠졌습니다. 숨을 제대로 쉴 수 없을 정도가 돼버렸습니다.

그래서 저도 겨우 역무원이 지정한 장소로 갔는데, 이윽고 몸을 움직일 수 없는 지경에 이르고 말았습니다. 처음에는 나무판자 위에 앉으라고 하더군요. 역무원이 플랫폼 전체를 둘러보기 위해 만들어둔 목제 받침대 같은 것이었습니다. 조금 지나자 앉아 있을 수도 없을 지경이었습니다. 몸이 점점 아래로 꺼지는 것 같았습니다. 그래서 그냥 드러누워버렸습니다.

그러나 저는 다른 사람에 비해 비교적 의식이 뚜렷한 편이었습니다. 경찰이 다가오더니 여러 가지 질문을 했습니다. 무슨 일이 있었느냐고 말이죠. 그때 제가 무슨 말을 했는지 기억나지 않습니다. 아마도 이름과 주소 따위의 간단한 질문을 했을 겁니다.

움직일 수 있는 사람은 벌써 지상으로 피신했기 때문에 그때 플랫폼에는 우리밖에 없었습니다. 전부 열세 명입니다. 모두 회사원이었고 여자도 하나 있었습니다. 저와 함께 전화 부스 앞에 줄을 서서 뒤에서 기침을 하던 여자입니다. 곁에 있던 회사원은 피를 토하고 있었습니다. 그런 기억이 납니다. 피를 본 것 같은……

우린 처음에는 플랫폼의 바닥에 그대로 누워 있었지만 잠시 후 역무원들이 전차의 시트를 들고 와서 그 위에 눕혀주었습니다. 그런 다음 역무원들이 그 시트를 들어서 밖으로 옮겼습니다. 그대로 지하에 머물러선 안 된다고 판단했기 때문이죠. 전차의 시트를 들것 대신으로 사용했습니다. 역무원은 모두 세 명이었습니다. 한 사람씩 시트에 눕혀 계단을 올랐으니 무척 힘들었을 거예요.

밖으로 나와보니 바닥에 비닐이 깔려 있었고 그 위에 시트를 내려놓았습니다. 이어서 구급차가 오고 모포로 몸을 감싸주었습니다. 몸이 오들오들 떨렸습니다. 이상할 정도로 추웠습니다. 손발이 점점 차가워졌습니다. 춥다고 하자 모포를 한 장 더 덮어주더군요.

그때는 벌써 구급차가 몇 대나 와 있었지만 중환자부터 수송해야 했기 때문에 저는 좀 뒤로 밀렸습니다. 나중에 이야기를 들어보니 저는 핫초보리에서 병원으로 옮겨진 스물다섯 명 가운데 맨 마지막 환자였다더군요.

도대체 무슨 일이 벌어졌는지 영문을 알 수 없었습니다. 그러나 부족한 구급차 대신 피해자를 옮기던 승용차 운전사가 "이건 사린이다!"라고 하는 말을 들었습니다. 쓰키지 역 부근에는 피해자가 너무 많아 구급차로는 도저히 처리할 수 없어서 민간인들이 승용차로 피해자를 실어 날랐다고 합니다. 그 사람들이 경상자들에게 그런 말을 했다고 합니다. "이건 사린이다!"라고요.

그 말을 들으니 바로 마쓰모토 사린사건이 떠올랐습니다. 사린 때문에 많은 사람이 목숨을 잃었지 않습니까. 그렇다면 옴진리교의 소행일지도 모른다는 생각을 했습니다. 1월 1일에 보도된 〈요미우리 신문〉의 특종 기사가 떠올랐습니다.

그로부터 얼마나 시간이 흘렀는지 모르겠습니다. 손목시계를 보고 싶었지만 손을 들어올릴 수 없었습니다. 도쿄 의대 병원에 도착했을 때 벽에 걸린 시계를 보고 '아, 벌써 11시가 되었구나' 라고 생각한 기억이 납니다.

기다리는 시간은 고통스럽다기보다는 추웠다는 기억밖에 없습니다. 의식은 있었습니다. 이대로 의식을 잃어버리면 모든 게 끝장이라는 생각으로 있는 힘을 다해 의식의 끈을 붙들고 있었습니다.

'이제 어떻게 될까' 하는 두려움이 없었다면 거짓말이겠지요. 그러나 도대체 뭐가 어떻게 돌아가는지 몰라 혼란스러웠다는 쪽이 맞을 거예요. 생명이 위험하다고는 생각지 않았습니다. 그보다는 머릿속이 멍해서 아무 생각도 할 수 없었다고 할까요.

그날 밤은 병원에서 한숨도 자지 못했습니다. 누군가가 나를 죽이러 오는 꿈을 꾸었습니다. 1인실이었지만 눈을 뜨면 사람 그림자가 보이는 것 같아 정말 무서웠습니다. 잠깐 눈을 붙였다가는 뜨고, 또 눈을 붙였다가는 뜨고, 몇 번이나 반복했는지 모르겠습니다.

입원해서 링거주사를 맞고 있는 동안은 별다른 이상이 없었습니다. 오히려 힘이 솟구칠 정도였습니다. 손의 마비증상과 한기는 그날 밤에 거의 없어졌습니다. 다음 날도 약간 속이 메슥거릴 정도였습니다. 결국 병원에서 이틀을 보냈는데, 사흘째에 '아, 이제 괜찮아. 후유증도 없고' 라는 생각으로 퇴원했습니다. 의사도 콜린에스테라아제 수치가 회복되었으니 걱정할 것 없다고 하더군요. 그러나 집에 돌아와서 상태가 악화되었습니다. 집에 도착한 후 갑자기 그렇게 되더군요. 호흡은 괜찮았지만 이상하게 불쾌하고 속이 메슥거렸습니다. 그런 증상이 일주일이나 계속되었습니다. 속이 메슥거리고 식욕이 없고 몸의 좌반신이 마비되는 듯했습니다.

손을 마음대로 움직일 수 없었습니다. 몸의 반쪽 신경이 마비되어버린 것 같았습니다. 움직일 수 없는 정도는 아니었지만 물건을 집거나 들 수 없었습니다. 악력이 4 정도밖에 안 되었습니다. 나중에 10 정도로 회복되었지만 그 이상은 좋아지지 않았습니다. 손뿐만 아니라 얼굴에서 다리까지 마음대로 움직일 수 있는 게 없었습니다.

물론 병원에 가보았습니다. 그렇지만 수치가 돌아왔으니 별다른 이상이 없다는 말만 반복할 뿐이었습니다. 속이 메슥거리는 것은 위장 상태가 좋지 않아서 그렇다면서 위장약을 주었습니다. 마비 증상이 나타나는 이유에 대해서는 아무런 대답도 들을 수 없었습니다. 입을 열었다 하면 '수치'라는 한마디뿐이었습니다.

도저히 일을 할 수 있는 상태가 아니었습니다. 그래서 회사를 그만두고 육 개월이나 그냥 집에서 쉬었습니다. 사람들이 "그만두지 말고 잠시 상태를 살펴보는 게 어때. 산재 대상이 될 수도 있으니까"라며 말렸지만, 그런 상태에서 회사에 다녀봐야 다른 사람에게 피해만 줄 뿐이라는 생각이 들어 그만두었습니다. 그러고 나서는 집에서 요양을 했습니다.

그 반년 동안, 하루 외출을 하면 다음 날은 피곤해서 몸을 움직일 수가 없었습니다. 5월에는 사소한 일로 편도선이 부어올라 근 한 달 동안 누워 지냈습니다. 근처 병원에 가서 한 달에 한 번 링거주사를 맞았습니다.

도쿄 의대 병원으로 가서 현재 이런 지경이라고 호소라도 해보고 싶은 심정이었지만 도저히 거기까지 갈 엄두가 나지 않았습니다.

일 년이 지난 지금은 좌반신 마비 증상은 거의 없어졌습니다. 그러나 여전히 피곤하면 발가락이 저려요…… 오른쪽 가운뎃발가락과 새끼손가락이 그렇습니다. 저릿저릿해요. 피곤하면 아무것도 하지 않아도 그런 저림과 마비가 일어납니다.

그리고 기억이 확실치 않습니다. 그 일이 일어났을 때와 그후의 일이 마치 안개 속의 풍경처럼 뿌옇습니다. 내 힘으로 의식을 애써 붙잡지 않으면 거의 다 잊어버리고 말 것 같습니다.

때로는 지금 하고 있는 일을 왜 하는지 잊어버리기도 합니다. 뭔가를 찾다가 지금 내가 뭘 찾는지 모를 때도 많습니다. 원래 기억력이 좋은 편인데 최근 들어 건망증이 심해졌습니다. 사건 몇 달 후에 회사에 내 물건을 가지러 갔다가 뭘 가지러 왔는지 잊어버리기도 했습니다.

아까도 말했지만 사건에 대한 기억도 단편적입니다. 아무런 관계도 없는 일을 하다가 '아, 그랬었지' 하고 그때의 일이 생각나기도 합니다. 마치 퍼즐 조각들이 하나씩 빈자리를 메워가는 듯합니다. 대충 기억이 되살아난 것이 사 개월 후부터입니다. 그때부터 서서히 머리가 맑아지기 시작했습니다.

지금도 피곤하면 두통이 심해집니다. 육체적으로 피곤하면 어김없이 나타납니다. 지금은 아르바이트를 하는데, 회의 준비를 돕고 있으면 갑자기 머리가 아픕니다. 두통은 한 시간에서 두 시간가량 지속됩니다. 그럴 때면 서서 일을 하기가 어렵고 아무 생각도 할 수 없습니다. 심할 때는 일손을 놓고 가만히 앉아 있어야 합니다. 그런 증상이 일주일에 한두 번은 나타납니다.

최근 들어서야 겨우 깊은 잠을 잘 수 있게 되었습니다. 그러나 이전에는 악몽을 많이 꾸었습니다. 가까운 곳에서 누군가가 토하고 쓰러지면서 "살려줘!" 하고 외치는 그런 꿈입니다. 사건을 재현하는 꿈인 것 같습니다. 늘 같은 꿈은 아니지만 패턴은 동일합니다. 의식이 또렷해질수록 두려움도 커집니다. 사건 직후에는 머리가 멍해서 별로 많은 생각을 하지 않았습니다. 그러나 조금씩 안정을 되찾아 이런저런 생각을 하게 되면서 공포를 느끼게 되었습니다. 꿈이 많아지고 잠도 얕아졌습니다.

시력도 떨어졌습니다. 정확한 시력을 알면 실망할 것 같아 검사를 받지 않고 있지만 꽤 나빠진 것만은 분명합니다. 안경이나 콘택트렌즈는 아직 사용하지 않습니다. 사건 후 삼 개월 동안은 어두운 곳에 들어가면 왼쪽 눈이 보이지 않았습니다. 한쪽 눈이 완전히 보이지 않게 된 것입니다. 이상한 것들이 보이기도 하고요. 지금은 괜찮아졌습니다.

그런 후유증으로 고생을 하면서도 가족에게는 아무 말도 하지 않았습니다. 그래서 가족들은 제게 그런 증상이 있는지 모릅니다.

—가족에게 이야기하지 않았습니까? 그건 왜죠?

이야기할 수 없었다고 할까요…… 사실은 어머니가 편찮으셔서 더욱 그랬던 것 같습니다. 모든 고민을 가슴에만 묻어두고 있었습니다. 이야기할 상대가 없었어요.

저는 원래가 개인적인 일을 다른 사람에게 이야기하는 성격이 아닙니다. 사교적이지 않다는 뜻은 아닙니다. 친한 친구도 있습니다.

그렇지만 옛날부터 다른 사람의 고민 따위는 열심히 들어주지만 내 얘기는 별로 하지 않는 편입니다. 그러나 사건 이후 감정의 기복이 심해졌습니다. 조금만 슬퍼도 눈물을 흘리고, 그러다 갑자기 이상할 정도로 명랑해지고, 가라앉을 때는 한없이 가라앉고, 자주 그럽니다. 생각해보면 아주 사소한 일들에 영향을 받죠. 옛날에는 그러지 않았는데요.

작년 10월부터 모 관청에서 아르바이트를 하고 있습니다. 일주일에 나흘 일을 하는데 사이사이에 쉬기 때문에 피곤이 덜합니다. 회사에 다닐 때와 달리 스트레스도 없고요.

이제부터는 일 말고 자선활동을 많이 하고 싶습니다. 지금 하고 있는 봉사활동은 동물실험 폐지를 요구하는 시민운동입니다. 알아보니 세상에는 쓸데없는 동물실험이 너무 많습니다. 여기저기서 동물을 희생물로 삼아 아무 쓸모도 없는 실험을 행하고 있습니다. 예를 들면 일부러 새끼 원숭이의 눈꺼풀을 꿰맨 후에 어미의 태도에 어떤 변화가 일어나는지 살펴보는 일도 있답니다. 정신병에 걸린 쥐가 어떻게 행동하는가, 그리고 화장품 회사에선 샴푸를 토끼 눈에 넣으면 어떤 현상이 일어나는가 따위의 실험도 하고요. 그런 사진을 보면 정말 비참합니다. 얼마 전에도 길거리에서 홍보물을 배포했습니다.

사건 후에는 생명이 얼마나 소중한 것인지 절실히 생각하게 되었습니다. 생명이 얼마나 소중한 것인가를요.

◉— 네 대의 전차는 각각 쓰키지, 핫초보리, 가야바초, 닌교초에 정지해 있었다. 그다음에 A750S(기타센주 발)가 도착했다. 여기에서 증언한 다마다 미치아키 차장이 탄 전차다. 이 전차는 잠시 고덴마초 역에 정차하고 있다가 뒤이은 전차가 아키하바라 역과 고덴마초 역 사이에 정차하는 바람에 타고 있던 승객 전원을 내리게 하고 앞으로 조금 나아가 고덴마초와 닌교초 사이에 정지했다.

그다음에 들어온 것이 A738S(다케노즈카 발)이다.

고덴마초 역에서 운행을 정지한 이 두 대의 전차에서 내린 승객들은 플랫폼에 가득 찬 사린가스를 마시고 광범위하게 피해를 입게 되었다. 이하는 A750S 전차에 탄 사람들의 증언이다.

걸어가는데 지면이 물결처럼 출렁이는 겁니다. 파도처럼 흐느적흐느적……

도키타 스미오 (당시 45세)

도키타 씨는 효고 현 유무라 온천에서 태어났다. 유무라 온천은 기노사키 서쪽이며 한국해와 가깝다. 학교를 졸업하고 간사이 지방의 모 슈퍼마켓 체인에 취직했고 십 년 전에 도쿄로 전근했다. 그때까지는 대체로 오사카 부근에서 근무했다.

컴퓨터 전문으로 입사 이래 계속 그 분야에서 일했다. 컴퓨터와 슈퍼마켓 체인은 떼려야 뗄 수 없는 관계이다. 각 점포는 매상에서 재고까지 센터의 컴퓨터에 연결된 단말기로 관리하고 있다. 컴퓨터가 정상적으로 움직이지 않으면 영업을 할 수 없다. 늘 긴장해야 하는 일이다.

도키타 씨는 40대 후반이지만 군살 하나 없는 단단한 몸매를 유지하고 있다. "좀 여윈 편이군요"라고 했더니, "네, 실은 삼 년 전에 위를 삼분의 일이나 절제하는 수술을 받았습니다"라고 말한다. 원인은 스트레스. 그렇지만 편도 두 시간에 가까운 통근에도 별 피로를 느끼지 않는다고 한다.

취미는 운동. 휴일에는 두 딸과 함께 소프트볼 연습을 한다. 딸들은 모두 소프트볼 클럽에서 선수로 활동하고 있고, 가족 모두가 소프트볼을 좋아한다. 이야기만 들어보면 꽤 즐거운 생활인 듯하다. 일은 바쁘고 늘 긴장해야 하지만 그와 별도로 만족스러운 삶을 보내고 있다는 인상을 받았다.

*

회사에 들어오기 전까지는 컴퓨터에 대해서 하나도 몰랐습니다. 만져본 적도 없었습니다. 회사에 들어오니 컴퓨터를 하라더군요. 하지만 컴퓨터란 물건은 훈련만 받으면 누구라도 할 수 있습니다. 두세 달이면 충분합니다. 단계적으로 방법을 배우면 프로그램을 만들 수도 있고, 여러 가지 시스템 설계도 가능합니다.

역시 사고는 피할 수 없습니다. 언젠가 도쿄전력이 컴퓨터 센터와 가까운 곳에서 공사를 하다가 전기 케이블을 잘라버려서 컴퓨터가 꺼진 적도 있었습니다. 그렇게 되면 아무것도 할 수 없습니다. 완전 정지 상태에요. 그러면 비상이 걸리지요. 24시간 대기 상태에 들어갑니다.

그러나 작년 10월 인사이동에서 자회사로 옮겼기 때문에 좀 편해졌습니다. 이번에는 컴퓨터 시스템 제작이 아니라 제작을 의뢰하는 쪽이 되었습니다. 정말 편합니다. 이건 이렇게, 저건 저렇게, 빨리 해달라는 둥 잔소리만 하면 되니까요(웃음). 지금은 그렇게 요청하는 입장에 놓여 있지만, 이전에는 그런 요청을 받고 식은땀을 흘릴 때가 한두 번이 아니었습니다.

집은 사이타마 현 삿테에 있습니다. 도부 이세사키 선의 도부동물원 역에서 두 정거장을 더 갑니다. 당시에는 회사가 있는 고탄다까지 두 시간 걸렸습니다. 네, 먼 편입니다. 지금은 다이몬으로 옮겼기 때문에 한 시간 반 정도 걸립니다. 그래도 멀지요. 삿테에서 기타센주까지는 앉아서 갑니다. 그렇지만 기타센주에서 목적지까지는 정말 복잡합니다. 기타센주 역에서 전차 두 대 정도를 그냥 보냅니다. 사람들이 너무 많아 도저히 탈 수가 없습니다. 두 대를 보내고 타도 자리에 앉지 못합니다.

왜 그렇게 먼 삿테에 사느냐구요? 집값이 싸니까요. 이유는 그것뿐입니다. 그쪽이 확실히 싸더군요. 저는 그때까지 가족과 떨어져 요코하마에서 혼자 살고 있었는데 간사이 지방에 사는 가족을 불러들이려면 집을 사야겠다고 생각했습니다. 그렇지만 요코하마에 집을 살 엄두가 나지 않았습니다. 액수의 단위가 다르니까요. 그래서 주택정보지를 살펴서 살 만한 곳을 찾았습니다. 팔 년 전의 일입니다. 거품이 끼기 전이지요. 소비세도 없던 때였습니다.

통근은 힘들긴 하지만 집을 살 때까지는 그런 생각을 해보지 않았습니다. 우선 급한 불부터 끄자 싶어서…… 게다가 시골이라서 살기에는 좋습니다. 우리 가족은 넷입니다. 딸 둘인데 큰아이가 스물셋, 둘째가 스무 살입니다. 둘째는 학생이고요. 언젠가 또 간사이 지방으로 돌아갈 가능성도 있습니다. 실제로 그런 이야기가 나오기도 했습니다. 작년 3월에 간사이 쪽으로 직장을 옮길 예정이었습니다. 저 혼자 가는 거죠. 그런 참에 그쪽에 지진이 일어나서…… 그 영향으로 그냥 도쿄에 남게 되었습니다. 그쪽에 가봐야 일이 안 되니까요. 그러니까 만일 지진이 없었더라면 간사이 지방으로 갔을 테고, 사린사건을 당하는 일도 없었을 겁니다. 얄궂은 운명이라 해야겠지요.

밤늦게 도쿄에서 집까지 가는 것은 정말 힘들어요. 택시를 타면 2만 엔이나 나옵니다. 그래서 집에 돌아가지 않는 날도 많습니다. 그럴 때는 사우나에서 잠을 잡니다. 당시에는 일이 끝나면 밤 9시, 10시는 보통이었으니까요. 그러면 12시나 되어야 집에 도착합니다. 너무 바빠서 정신을 차릴 수 없을 정도였습니다. 고탄다의 회사에서 시스템을 만들 때였습니다. 잠은 하루에 두세 시간이 고작이에요. 그래서 주말에는 열심히 잡니다. 휴일에는 대낮까지 푹 자버립니다. 하지만 이상하게도 전차에서는 잠을 자지 않습니다. 무엇 때문인지 몰라도 옛날부터 그랬습니다. 긴장해서 그럴까요? 술을 마신 날은 자기도 하지만 보통 때는 잠이 오지 않습니다. 아이들 얼굴을 보는 것도 일주일에 한 번이었죠.

사건이 있었던 3월 20일은 아침에 좀 늦게 일어나 전차를 두세 대 놓쳐버렸습니다. 전날 늦게 자서 제때 일어나지 못한 것입니다. 지각할지도 모를 시간이었습니다.

히비야 선 전차가 고덴마초의 플랫폼에 멈추더니 방송이 흘러나오더군요. "쓰키지에서 폭발물이 발견되어 이 전차는 회송하게 되었습니다. 내려주세요"라는 방송이었습니다. 그래서 전차에서 내려 플랫폼에 서서 기다렸습니다. 다들 불평을 하고 있었죠. 그때 전차가 한 대 플랫폼에 멈추었습니다. 그 전차도 승객들을 모두 내리게 하는 겁니다. 그래서 플랫폼은 몹시 붐볐습니다.

잠시 기다리면 다음 전차를 탈 수 있겠지 하고 일단 플랫폼에서 기다려보기로 했습니다. 위치로는 뒤에서 두번째 칸 정도였습니다. 그런데 갑자기 플랫폼의 앞쪽에서 여자의 비명이 들려왔습니다. 찢어지는 듯한 비명이었습니다. 무슨 일인지 알 수가 없었습니다. 그리고 어느 노신사가 역무원에게 뭐라고 말을 하고 있었습니다. 이상한 냄새가 나지 않느냐고 말입니다. 그랬더니 역무원은 어제 바닥을 세제로 청소했기 때문일 거라고 대답하더군요. 그러는 사이에 저도 이상한 약품 냄새 같은 것을 맡았습니다. 플랫폼 전체가 술렁이고 있었습니다.

이윽고 방송이 흘러나왔습니다. 플랫폼의 공기가 오염되었으니 모두 지상으로 올라가라고 말입니다. 그때부터 주변에는 이상한 분위기가 감돌기 시작했습니다. 그래서 저도 밖으로 나가기 위해 개찰구 쪽으로 걸어갔습니다. 그런데 앞쪽에서 중년 여성이 들것에 실려 옮겨지고 있지 않겠습니까. 그제야 이상한 느낌이 들어 서둘러 개찰구 밖으로 나왔습니다. 개찰구 앞에는 역무원 하나가 쭈그리고 앉아 있었습니다.

지상으로 올라와보니 정말 굉장하더군요. 이삼십 명의 사람들이 땅바닥에 쓰러져 있었습니다. 쭈그리고 앉은 사람, 벌렁 드러누운 사람, 어떤 사람이 누워 있는 사람의 입에 손수건을 물려주기도 하고요. 뭐가 뭔지 도대체 영문을 알 수 없었습니다. 이게 무슨 일인가 하고 구경하고 있는데 저편에서 구급차가 달려오더군요.

그렇지만 저는 출근이 급선무라 닌교초 쪽으로 발길을 재촉했습니다. 그때는 아무런 이상이 없었습니다. 그러나 걸어가는데 지면이 물결처럼 출렁이는 겁니다. 파도처럼 흐느적흐느적…… 그래서 지진이라고 생각했습니다. 그래서 일단 멈춰 서서 쭈그리고 앉아 손을 지면에 대보았습니다. 아무렇지도 않았습니다. 그렇다면 파도치는 건 대체 뭔가 하고 당황했습니다. 그때 비로소 두려워지더군요.

그리고 두통이 나기 시작했습니다. 눈도 이상했습니다. 모든 것이 어둡게 보이는 겁니다. 걸음을 떼니까 다리가 후들후들 떨렸습니다. 그러나 그런 증상들이 고덴마초 역에 쓰러져 있던 사람들과 어떤 관련이 있으리라고는 상상도 하지 못했습니다. 겨우 닌교초 역까지 걸어가서 도에이 선을 탔는데 차 안이 너무 어두웠습니다. 이상하다, 불도 켜져 있는데, 하고 의아해하는데 머리가 점점 심하게 아팠습니다. 평소에 두통으로 고생한 일이 거의 없는데 정말 이상하다 싶어 아픈 머리를 두 손으로 감싸고 있었습니다.

도고시 역에 내렸을 때도 도로는 파도처럼 흐느적거리고 있었습니다(손으로 파도 모양을 그려 보인다). 회사에 들어선 시각은 9시 10분 정도였던 것으로 기억합니다. 지각한 셈이지요. 그러나 도저히 일이 손에 잡히지 않는 겁니다. 일을 할 수 있는 상태가 아니었습니다. 그러고 있는데 누군가가 텔레비전을 보고 "지하철에서 큰 사고가 터졌다. 사린일지도 모른다고 하더라"라는 말을 전했습니다. 그제야 저는 근처의 병원을 찾아갔습니다. 고탄다에 있는 간토 데이신 병원입니다. 택시를 타고 갔습니다. 회사에서 여사원이 만일을 위해 저와 동행해주었습니다.

병원에는 하루 입원했습니다. 그날 병원에서 있었던 일은 기억나지 않습니다. 화창한 날이었다는 것 말고는 아무 기억도 없습니다. 아무래도 거의 인사불성이었던 모양입니다. 아니면 잠을 많이 잤던가. 잠결에 "맥박이 50밖에 안 되는군" 하는 의사의 말을 들은 기억은 납니다. 매우 낮았나봐요. 100 정도가 보통인데 말입니다. 의사도 무척 당황해하더군요. 가족을 부르는 게 좋겠다고 했으니까요.

다음 날 아침에 깨보니 두통이 말끔히 가셨습니다. 눈이 조금 이상한 정도였습니다. 그주는 회사를 쉬고 토요일부터 출근했습니다.

시력은 그후로 여전히 좋지 않습니다. 얼마 전에 건강진단을 받았는데 예전에는 1.5, 1.2였던 것이 0.6밖에 안 되더군요. 운전을 해보면 시력이 떨어진 것을 금방 알 수 있습니다. 일의 성격상 컴퓨터 화면을 보는 일이 많은데, 역시 눈이 쉬 피로해집니다. 아니요, 몸이 이전보다 빨리 피로해지는 일은 없습니다. 시력만 그렇습니다.

곁에 앉아 있던 젊은이에게 물어보았습니다. "좀 이상하지 않습니까? 냄새가 나지 않아요?" 하고요.

우쓰미 데쓰지 (당시 61세)

우쓰미 씨가 근무하고 있는 인쇄회사는 게이요 선의 역 앞에 위치한 '인쇄단지' (역의 안내판에는 '프린트 시티' 라고 되어 있다) 안에 있다. 많은 인쇄회사가 그곳에 몰려 있다. 그런 전문적인 직종이 모여 있는 장소가 있는 줄은 미처 몰랐다.

역의 계단을 내려서면 어디서도 찾아볼 수 없는 독특한 풍경이 펼쳐진다. 정확히 말하면 일반적인 거리의 모습이 아니다. 거기에는 생활의 냄새라고는 없다. 가게도 없고 식당도 없고 버스 정류장도 없다. 모퉁이에 음료수 자동판매기가 달랑 서 있을 뿐이다. 사람 그림자도 거의 찾아볼 수 없다. 거리를 걸으면 인쇄 자재에서 풍기는 시너 냄새가 바람을 타고 떠돌아다닌다. 정말 이상한 곳이다. 거기에 서 있으면 내 주위에서 현실감이 하나씩 사라져버리는 느낌이 든다. 물론 그것은 단순한 습관의 문제일 것이다. 익숙해지면 그렇고 그런 일상적인 공간으로 변해버릴 것임을 잘 알고 있지만……

우쓰미 씨는 예순을 넘은 나이지만 겉모습은 무척 젊어 보인다.

아무리 먹어도 살이 찌지 않는다는 몸매도 그렇고 동작이나 말투에도 군더더기 하나 찾아볼 수 없다. 그리고 몸집이 작고 여윈 사람이 일반적으로 그러하듯이 동작이 민첩하고 자립심이 강하고 어딘가 완고한 인상을 준다.

학생 시절에는 만 미터 육상선수로 활약했다. 중학교 때는 히로시마 현 오노미치에서 열린 역전대회에서 우승하기도 했다. 지금은 뛰지 않지만 사린사건의 공포에서 벗어나기 위해 조금씩 러닝을 해볼까 생각중이라 한다. 몸을 움직여서 후유증이 없다는 것을 스스로에게 증명해 보이고 싶은 것이다.

점심때 한 시간 반 정도 회사의 응접실에서 이야기를 들었다. 옴진리교의 실행범에 대한 분노는 강력하고 명확했다.

*

인쇄회사는 도심에서 점점 밀려나고 있습니다. 이제는 제가 살고 있는 사이타마 현 부근에도 큰 인쇄회사가 옮겨오는 실정입니다. 이곳은 도청에서 처음부터 의도적으로 조성한 공업지대입니다. 그래서 인쇄 관계자들이 그룹을 지어 이곳으로 들어온 것입니다.

아니요, 이곳은 거품경제라고 해서 땅값이 오르는 곳이 아닙니다. 인쇄 공장에는 큰 기계가 필요하기 때문에 도심지에서는 공장을 확장할 수 없습니다. 교통 사정도 나쁘고 도로도 좁아서 커다란 차가 오갈 수가 없으니까요. 이곳으로 들어오는 차는 거의 다 인쇄 관계 차량입니다. 그리고 같은 업종의 회사가 한곳에 모여 있으니까 편리한 점이 많습니다.

우리 회사는 인쇄 관계의 일이라면 종이 외에는 다 취급합니다. 주된 품목은 감광재입니다. 인쇄판을 짜는 재료죠. 요즘은 인쇄업계 전체에 기술혁신의 바람이 불어서 기계가 많이 좋아져서, 처음부터 기계 자체에 인쇄에 필요한 모든 것을 달아둡니다. 그리고 자재의 질도 고도로 향상되었습니다. 그 때문에 우리 회사가 취급하는 물품의 양도 점점 줄어들고 있습니다.

그리고 거품경제 직전부터 이런 업종에는 거의 젊은이들이 오지 않습니다. 결코 재밌어 보이는 일이 아니니까요. 그 정도로 매력이 없나 싶습니다.

회사는 전쟁 직후인 1946년에 설립되었고 저는 1961년부터 이곳에 근무했습니다. 삼십오 년 근속이죠. 저는 히로시마 출신이지만 잘 아는 사람이 이곳을 소개해서 과감하게 고향을 떠나 도쿄로 나온 겁니다. 여기 오기 전까지는 오사카에서 식료품 도매상을 하는 누님 일을 돕고 있었지만 젊은 기분에 도쿄에서 살아보고 싶더군요.

그 당시 회사는 지요다 구 소토간다에 있었습니다. 우에노 마쓰자카야와 가까운 곳이지요. 처음 일 년은 회사 건물의 3층에서 살다가 지바 현 이치카와에 있는 회사 기숙사로 옮겨서 육 년간 거기서 살았습니다. 서른두 살에 결혼하여 1972년 들어서야 겨우 사이타마 현 ○○시에 집을 지었습니다. 자식이 둘 있습니다.

60세 정년이 될 때까지는 영업 일을 했고, 정년 후에는 지방으로 발송하는 물품 구매 일을 도우면서 계속 근무하고 있습니다. 삼십 년이나 인쇄 자재를 다뤄왔으니 물품을 사들이는 데는 이골이 나 있습니다.

집에서 소카 역까지 십오 분가량 걸어갑니다. 기타센주에서 히비야 선을 타고 핫초보리까지, 거기서 게이요 선으로 갈아탑니다.

기타센주에서 핫초보리까지는 이십이 분, 혹은 이십삼 분 정도 걸립니다. 이 선은 엄청나게 붐벼요. 특히 아침에는 대단합니다. 손가락 하나 까딱할 수 없을 정도입니다. 그래서 저는 몇 대를 놓치더라도 앉아 가는 것을 원칙으로 합니다. 그러나 자리를 잡으려면 대여섯 대는 그냥 보내야 합니다. 줄을 섰다가 그냥 타버리면 자리 잡으려고 기다리는 동안에 핫초보리에 도착하지만, 시간을 낭비하더라도 혼잡한 차보다는 기다렸다가 타는 게 훨씬 낫습니다.

고덴마초에 도착하기 전에 차내 방송이 나왔습니다. 핫초보리 다음 역인 쓰키지에서 폭발사고가 일어났다는 겁니다. 전차는 고덴마초에 도착해 가만히 문만 열어두고는 얼마나 대기할지 알려주지도 않았습니다. 그래서 저는 다음 방송이 나오기만을 기다리고 있었습니다. 만일 전차가 여기서 정지해버리면 내려서 걸어가든지 다른 차로 갈아타든지 해야 하니까요.

고덴마초 역에서 문이 열렸을 때 이상한 냄새가 차 안으로 밀려들어왔습니다. 사린 냄새였습니다. 그러나 그게 어떤 냄새였는지 지금으로서는 설명할 수 없군요. 사건 후에 어떤 냄새가 나더냐는 질문을 많이 받았지만 도저히 설명할 재주가 없습니다. 병원에 수용된 다른 사린 피해자와 그 점에 대해 이야기를 나누어보았는데 그 사람은 크레용이 녹는 것 같은 냄새였다고 하더군요. 한마디로 특별히 심한 냄새는 아니었다는 겁니다. 그렇게 자극적이지도 않았습니다. 아무튼 공기를 타고 냄새가 확 풍겨왔습니다. 그대로 가만 앉아 있을 수 없는 냄새이긴 했지만, 불쾌했느냐 하면 딱히 그렇지만도 않았습니다. 그냥 냄새가 확 풍겨왔을 뿐입니다.

—이건 좀 심한 질문일지도 모르겠지만, 만일 똑같은 냄새가 다시 풍겨온다면 그것을 식별해낼 수 있겠습니까?

글쎄요, 알아차릴 수 있을 것 같기도 합니다. 뭐라고 할까요, 그렇게 불쾌하지만은 않은 부드러운 느낌의 냄새였습니다. 약간 달착지근하고, 어쨌든 불쾌한 냄새는 아니었습니다. 하지만 신경을 건드리는 그런 느낌은 있었습니다.

옆에 앉아 있던 스물두셋쯤 되어 보이는 젊은이에게 물어보았습니다. "좀 이상하지 않습니까? 냄새가 나지 않아요?" 하고요. 그랬더니 그 젊은이도 "그렇네요. 냄새가 납니다" 하고 대답했습니다. 그렇지만 아무도 움직이지 않았습니다. 꼼짝도 않고 앉아 있는 겁니다. 저는 도저히 견딜 수 없어 자리에서 일어나 플랫폼으로 나왔습니다. 그리고 좌우를 둘러보았습니다. 그러나 플랫폼에는 아무도 없었습니다. 움직이는 사람이 없고 텅 비어 있었어요. 다른 역에서처럼 엉덩이를 밀면서 차량 안으로 들어오려는 사람도 없었습니다. 정말 이상한 풍경이었습니다.

저는 개찰구 쪽으로 걸어갔습니다. 어쨌든 이곳을 벗어나자고 말입니다. 순간적인 판단이었습니다. 나중에 집사람도 물어보더군요. "당신은 어떻게 그렇게 빨리 역에서 나와야겠다고 생각했어요? 플랫폼에는 아무도 없었다면서요" 하고요. 저도 이유를 모르겠습니다. 냄새에 민감했기 때문인지도 모르겠습니다. 만일 그것이 좀더 자극적인 냄새였더라면 모두 서둘러 지상으로 대피했을 것입니다.

그러나 달착지근한 냄새여서 다들 가만히 앉아 있었을 겁니다. 개찰구에 서 있는 역무원도 별다른 기색을 보이지 않고 가만히 자리를 지키고 있었습니다.

그러나 개찰구를 나설 때부터 이상하게 몸이 부들부들 떨리기 시작했습니다. 비틀거리면서 계단을 올라 지상으로 올라온 다음 깜짝 놀랐습니다. 세상이 너무 어둡게 보여서요. 잠시 발걸음을 옮기다가 어떤 빌딩 앞에 그만 주저앉아버리고 말았습니다.

이삼 분을 그렇게 가만히 앉아 있었습니다. 주위에는 많은 사람들이 오갔지만 아무도 왜 그러느냐고 묻지 않았습니다. 저도 그냥 가만히 앉아 있었습니다. 그때까지는 아직 소동이 벌어지지 않아서 거리는 평소와 조금도 다를 바가 없었습니다. 아마 사람들은 저를 보고 술주정뱅이라고 생각했을 겁니다. 저는 그렇게 앉아서 이건 분명히 어떤 가스에 중독된 게 틀림없다고 생각했습니다. 그 냄새가 이런 증상의 원인이라고 말이죠.

자리에서 일어나 다시 조금 걸어가니 우체국이 하나 보였고, 거기서 어떤 사람이 창문을 닦고 있었습니다. 물론 그 시간에 아직 우체국 문은 열려 있지 않았습니다. 저는 그 사람에게 "구급차 좀 불러주세요" 하고 말했습니다. 거기까지는 기억이 납니다. 그러고는 의식을 잃어버린 거죠. "구급차가 안 오면 택시라도 불러주세요"라는 말을 하려고 입을 움직인 것까지도 기억합니다.

퇴원 후에 그 자리로 가서 조사해보니 저는 고덴마초 교차로에서 우체국까지 약 백 미터를 걸어갔더군요. 비틀거리면서 겨우 그곳까지 간 모양입니다. 저는 구급차로 병원으로 옮겨졌습니다. 료고쿠 역 앞 다지마 병원입니다. 잠시 후 그곳으로 많은 피해자가 옮겨지게 되었는데, 그 가운데서도 제가 가장 중증이었어요. 의식이 회복된 것은 12시경이었습니다. 링거주사를 맞으며 누워 있었는데, 회사의 회장이 온 것 같았습니다. 또 목소리를 듣고 우리 큰아들도 왔다는 것을 알 수 있었지요.

의사인지 경찰인지 모르겠지만 이름과 주소, 그리고 전화번호를 알려달라고 하더군요. 의식이 회복되었는지 알아보기 위해 그렇게 물어본 것입니다. 그래서 제 이름을 가르쳐주었지만 아무리 애를 써도 주소와 전화번호가 생각나지 않는 겁니다. 그때는 머리가 멍해서 아픈 것도 몰랐습니다. 그리고 점심때쯤에 전문 치료를 받기 위해 세타가야에 있는 자위대 중앙병원으로 옮겨졌습니다. 아들과 딸이 곁을 지켜주었습니다.

일주일간 입원했습니다. 자위대 병원은 화학병기 연구를 하고 있어서 치료받기에는 가장 좋은 곳이었습니다. 이삼 일 해독제 주사와 링거주사를 맞았습니다. 그동안 이상한 꿈을 많이 꾸었습니다. 전차 안에 그대로 앉아 있었더라면 어떻게 되었을까 하는 꿈이었습니다. 특별히 기묘한 꿈은 아니었어요.

3월 말에 퇴원했지만 두통은 그후에도 육 개월이나 계속되었습니다. 회사에서 일할 때도 두통이 났습니다. 입원한 동안에는 하루 종일 머리가 아팠습니다. 퇴원한 후로는 조금 낫긴 했지만 오후만 되면 역시 두통이 났습니다. 점심때쯤이 되면 머리가 지끈거리기 시작했습니다. 견딜 수 없을 정도로 격렬한 통증은 아니지만 미열이 나면서 속이 메슥거렸습니다. '사린 피해자의 모임' 사람들이 텔레비전에 나와서 하나같이 이야기하는 그런 증상입니다.

열은 그리 높지 않아요. 37도가 약간 넘는 미열입니다. 일을 할 수 없을 정도는 아니지만 정말 기분이 좋지 않습니다. 항상 불쾌합니다. 그러나 저녁 6시경이 되면 마치 물이 빠져나가듯이 미열도 사라져버립니다. 정말 이상한 증상입니다.

자위대 병원의 선생은 "우쓰미 씨, 반년만 참으세요. 반년 후에는 반드시 좋아질 겁니다"라고 하더군요. 자위대는 마쓰모토 사린사건도 경험했으니까요. 정말 그 말대로 반년이 지나니까 두통도 거의 사라지더군요. 그렇지만 눈은 쉽사리 낫지 않았습니다. 결국 10월까지 병원을 오가며 통원 치료를 받아야 했습니다.

지금도 가끔 아무것도 보이지 않을 때가 있습니다. 글자를 쓰거나 하면 갑자기 눈앞이 캄캄해져요. 그러나 잠시 휴식을 취하면 금방 원래대로 돌아옵니다. 정말 이상하죠. 딱히 시력이 떨어지지는 않았습니다. 원래 안경을 끼고 있었지만 도수를 높이지도 않았습니다. 단지 간혹 사물이 보이지 않을 때가 있을 뿐입니다. 퇴원하고 나서부터 그런 증상이 가끔 일어납니다.

회사에서 집으로 돌아오는 시각은 대체로 4시 아니면 4시 반이고, 주말에는 집에서 가만히 누워 지냈습니다. 7월까지는 죽 그런 생활을 했습니다.

병원에서 집으로 돌아온 다음에도 얼마간은 잠을 이루지 못했습니다. 그래서 할 수 없이 술의 힘을 빌려 잠을 청하는 수밖에 없었습니다. 그런 불면증은 내과 치료가 끝나던 8월까지 계속되었습니다. 저는 아침에는 일찍 일어나는 편인데 잠을 못 자니 정말 고통스러웠습니다.

일주일간 입원하고 일요일에 집으로 돌아와서 월요일부터 출근했습니다. 그러나 첫날은 지하철을 탈 수 없더라고요. 지하로 내려가는 것이 너무 무서웠습니다. 기타센주에서 지하철을 탔는데, 나카오카치마치로 가면서 더이상 지하철을 타고 싶지 않다고 생각했습니다. 히비야 선은 미나미센주까지는 지상으로 달리고 미노와에서 지하로 내려갑니다. 지하로 내려가니 갑자기 기분이 나빠졌습니다. 그래서 도저히 참을 수 없어 나카오카치마치에서 내려서 JR로 갈아탔습니다. 거기서 도쿄 역까지 가서 게이요 선으로 갈아탔습니다.

하지만 그것도 하루뿐, 다음 날부터는 원래대로 지하철을 탔습니다. 여전히 기분은 나빴지만 통근하는 데는 그쪽이 편하니까요.

실행범 하야시 야스오는 아직 체포되지 않았습니다. 저는 지하철 사린 피해자 모임에 참석하고 있는데, 목숨을 잃은 분의 유족들이나 아직 의식불명인 아들을 둔 아버지의 이야기를 들을 때마다 무차별 살인을 계획한 그들에게 극형을 내려 마땅하다고 생각합니다. 아사하라나 실행범은 절대로 용서할 수 없습니다. 그들에 대한 증오심은 절대로 없어지지 않을 겁니다. 평생 그들을 잊지 못할 겁니다.

돈을 빌려 선수금을 치른 것과 아내의 배 속에 있는 아이를 생각하니 절대 죽을 수 없었습니다.

데라시마 노보루 (당시 35세)

데라시마 씨는 복사기 회사의 기술자로 소카 역에서 히비야 선으로 히가시긴자에 있는 회사까지 출근하고 있다. 자사의 기계를 정기적으로 점검하고 고장을 수리하는 일이다. 주요 업무 지역은 가스미가세키 관청가 주변이다.

삿테에 있는 집에서 분가한 이후로 줄곧 소카 시의 연립주택에서 혼자 살다가 사건 반년 전에 결혼했다. 주택자금을 융자받아 소카 시내에 있는 아파트를 구입했고, 사건 당시 부인은 임신중이었다. 인생의 전환점—청년에서 중년으로 접어들면서 책임감도 무거워지는—에서 지하철 사린사건을 만난 것이다.

고덴마초 역에서 사린을 마시고 몸이 이상해진 순간 앞으로 태어날 아기와 주택 융자금 생각이 뇌리를 스쳤다고 한다. 뭐가 뭔지 영문도 모른 채 긴자 거리를 비틀거리며 돌아다니면서 '이제 나는 어떻게 되지' 하는 위기감과 공포에 사로잡혔다. 그날의 행동에 대한 기억도 군데군데 구멍이 뚫려 있다. "어떤 부분은 도무지 기억이 나지 않습니다. 아무 생각도 안 납니다."

우리는 화창하게 갠 일요일 오후 소카 시내의 찻집 2층에서 만났다. 창을 통해 내려다보니 역 앞을 걸어가는 젊은 부부와 가족들의 모습이 눈에 들어왔다. 대부분 어린아이의 손을 잡고 걸어가고 있었다. 모두들 평화롭고 안온한 표정이었다. 휴일의 주택가다운 풍경이었다.

데라시마 씨는 질문을 하면 기억을 더듬으며 천천히 입을 열었다. 대답은 명확했다. 그러나 적극적으로 나서서 이야기를 하고 행동하는 타입은 아닌 것 같은 인상을 받았다.

*

저는 사실 유화 공부를 하고 싶었습니다. 그래서 그 길로 나가려고 공부도 하고 있었는데 고등학교를 졸업할 당시 아버지가 돌아가셔서 경제적으로 어려워졌습니다. 형이 대학을 다니고 있었는데 하나만이라도 대학을 졸업시키자는 게 우리집 분위기였습니다. 저는 대학 시험에 떨어져서 전문학교에 등록금을 낸 상태였는데 갑자기 직장을 구해야 할 처지가 되고 말았죠.

처음에는 부동산회사에 들어가 영업 일을 했습니다. 고도의 전문성을 요하는 힘든 일이었습니다. 일도 험하고 문제도 많았습니다. 그래서 회사를 그만두고 일 년 가까이 여기저기 직장을 옮겨다니다가 결국 지금의 회사에 자리를 잡게 되었습니다. 기획이나 광고 관련 도구 제작 일을 하고 싶었지만 경험이 없고 운전면허가 없다는 이유로 원하는 부서로 갈 수 없었습니다. 그래도 이 회사는 이름도 있고 안정적이어서 좋습니다. 요컨대 안정을 원했던 셈이죠.

지하철 사린사건이 일어나기 한 해 전에 결혼해서 소카에 아파트를 구입했습니다. 9월에 계약해서 4월에 이사를 하기로 되어 있었습니다. 그때까지는 소카의 임대 아파트에서 살았습니다. 사건이 일어난 3월 20일경은 조금씩 이사 준비를 하고 있었습니다. 근처의 슈퍼마켓에서 박스를 얻어다 짐을 조금씩 싸고 있었죠.

아니요, 전 딱히 아파트를 살 생각은 없었습니다. 어디에서 살든 별로 상관하지 않는 타입입니다. 어느 날 모델하우스를 보러 갔다가 부동산 관계자의 말을 듣고 계약하게 된 겁니다. 금리가 바뀌는 중이라서 여태까지는 4퍼센트였지만 지금은 3.9퍼센트로 가능하다는 부동산업자의 말을 믿고 충동구매한 거죠. 이십오 년 상환 융자입니다. 큰일이에요. 집을 사는 게 아니었는데 말입니다.

소카에 집을 산 이유는 어머니가 사이타마 현 삿테에 살고 있고 장모님이 시나가와에 살고 있기 때문입니다. 중간쯤에 살면 좋긴 하지만 시내는 집값이 이만저만이 아니어서 도저히 엄두를 낼 수 없었습니다.

자식은 여자애 하나입니다. 정말 시끄럽습니다. 바로 이 년 전까지만 해도 혼자서 편안히 지냈는데, 결혼해서 아이에다 빚까지 짊어지다보니 갑자기 궁색하기 짝이 없는 신세로 전락하고 말았습니다. 제가 쓸 돈이라고는 한 푼도 없어요(웃음).

서른다섯까지 결혼하지 못하면 포기할 생각이었습니다. 점점 귀찮다는 생각이 들더군요. 그렇지만 서른넷에 결혼하고 말았습니다. 아내와는 윈드서핑을 하다가 알게 되었습니다. 같이 다니던 무리 중 한 사람이었거든요. 세 살 연하죠. 윈드서핑은 스물다섯 때부터 정말 열심히 했습니다. 지금은 겁이 나서 할 수 없지만 그때만 해도 혈기왕성해서 일부러 쇼난의 자이모쿠자까지 가곤 했습니다. 매주 한 번 아침 5시에 일어나 세 시간 걸려 그곳으로 갔습니다. 힘이 넘치던 시절이었죠. 그 당시만 해도 윈드서핑은 그리 대중적인 스포츠가 아니었습니다. 친구와 둘이서 중고 보드를 하나 사서 그곳에 맡겨두었는데 지금은 어떻게 되었는지 모르겠습니다.

최근에는 시간이 나면 파칭코나 하는 정도입니다(웃음). 아니요, 그림은 그리지 않습니다. 한번 시작하면 푹 빠져들기 때문에 시간이 없어 엄두를 내지 못합니다.

3월은 꽤 바쁜 시기입니다. 제가 담당하는 지구가 가스미가세키의 관청가 주변이어서 예산 관계로 기계를 일괄 구입하는 등 큰 납품이 들어오기 때문입니다. 관청에서 3월 말까지 남은 예산을 모두 써버리려고 이런저런 일에 손을 대거든요. 그래서 일 년 중에 이 시기가 가장 바쁩니다. 샌드위치 휴일이었지만 연휴를 즐길 형편이 아니었습니다.

아침에는 거의 식사를 하지 않고 커피와 빵 한 조각으로 적당히 때우고 집을 나섭니다. 자리를 잡으려고 기타센주에서 히비야 선 전차를 몇 대 보내고 세번째 칸 앞문 쪽으로 탔습니다. 그날은 7시 53분발 전차였을 겁니다. 자리에 앉으면 눈 깜짝할 사이에 곯아떨어집니다. 신문도 안 읽습니다. 그리고 히가시긴자 직전에 퍼뜩 눈을 뜹니다. 일 년에 세 번 정도는 내려야 할 곳을 지나칩니다(웃음). 정신을 차리고 보니 가미야초까지 와버렸다든지 하는 식이죠.

그날은 고덴마초에서 눈을 떴습니다. 전차가 거기서 정차해버렸기 때문입니다. 쓰키지에서 폭발사고가 일어나서 잠시 정차하겠다는 방송이 나오더군요. 자리에 앉아 가만히 기다리는데 신속하게 복구가 안 될 것 같다는 방송이 다시 나오기에 할 수 없이 차에서 내렸습니다. 그때 이소프로필알코올과 비슷한 약품 냄새가 풍겼어요. 그 약품은 우리 회사에서 복사기 유리 부분을 닦아낼 때 자주 사용하는 것이기 때문에 잘 알고 있습니다. 일을 나갈 때는 늘 지참하고 갑니다.

전차에서 내리자 오른쪽 기둥 아래에 신문지로 둘둘 만 물건이 하나 놓여 있는 게 보였습니다. 그쪽에서 이소프로필알코올 냄새가 풍겨나오는 것 같았지만 그때는 별로 마음에 두지 않았습니다. 그렇지만 좀 이상한 냄새라고 생각하면서 아래를 내려다보았던 기억이 납니다. 코를 풀 때 공기를 깊이 들이마시기도 했습니다. 이소프로필이라는 약품은 인체에 별 해가 없기 때문입니다.

고덴마초 역에 한 사람이 쓰러져 있었습니다. 남자였습니다. 개찰구를 빠져나오면서 흘끗 쳐다보았는데 기둥 쪽에 벌렁 누워서 게거품을 물고 있었습니다. 손을 부들부들 떨면서 말이죠. 그러나 한 사람뿐이었기 때문에 그냥 몸이 안 좋은가보다 하고 지나쳐버렸습니다.

역을 나서서 니혼바시 쪽으로 걸어갈 생각으로 밖으로 나오는 순간 몸에 이상을 느꼈습니다. 눈이 빙글빙글 돌고 토할 것 같았습니다. 앞이 잘 보이질 않아 안경을 썼지만 여전히 잘 보이지 않았습니다. 초점이 맞지 않는 겁니다. 모든 게 흐릿하게 보이고 머리도 아프기 시작했습니다. 방향감각이 없어져서 어디로 가야 할지 알 수가 없었습니다. 그렇지만 다른 사람들이 걸어가는 방향으로 가다보면 어딘가는 나오겠지 하고 사람들의 흐름에 몸을 맡기고 무작정 발걸음을 옮겼습니다.

걸어가는 도중에 몇 번이나 주저앉았습니다. 기분도 좋지 않고 몸은 말을 안 듣고요. 집으로 돌아가고 싶었지만 회사 가까이 왔기 때문에 어쨌든 회사에는 가야겠다고 생각했습니다. 걷고는 있었지만 과연 내가 어느 방향으로 가는지 도무지 알 수 없어 같은 길을 두세 번씩 오가기도 했습니다. 걸음을 옮기기도 힘들 지경이었습니다. 심한 빈혈이 계속되는 듯한 느낌이었습니다. 그래서 편의점에서 지도를 하나 사서 살펴보려고 했지만 도저히 지도를 볼 형편이 아니었습니다.

혹시 혈관이 터져버린 것은 아닌가 하는 생각이 들었습니다. 최근에는 30대에도 그런 사람이 많다고 하니까요. 그 당시는 집을 사기 위해 선금을 지불하고 은행에서 융자 수속을 밟고 있는 중이었던데다 아내가 임신중이어서 내가 이래서는 안 된다는 생각이 들었습니다. 이대로 죽어버리면 어떡하나 하는 생각이 문득 뇌리를 스치더군요.

안개 속을 헤매듯 오락가락하다가 어찌어찌 니혼바시에 도착했습니다. 니혼바시에서 긴자 선을 타고 긴자에서 내려 거기서부터 걸어서 회사까지 갔습니다. 그러나 그사이 내가 어떻게 움직였는지 하나도 기억이 나지 않습니다. 회사에 도착하니 8시 45분, 이미 아침 조례가 시작되었더군요. 작업복으로 갈아입고 조례에 나갔는데 도저히 서서 이야기를 들을 형편이 아니었습니다. 그래도 옷은 갈아입었습니다. 일을 할 생각은 있었던 모양입니다(웃음). 습관이라고 할까요. 보통 사람 같으면 그 상태로는 절대로 회사에 가지 않았을 텐데요.

그러나 참을 수가 없어 결국 병원으로 갔습니다. 히비야 병원에요. 병원에 도착한 것이 9시 반에서 10시 정도입니다. 그때는 벌써 많은 사람들이 병원으로 밀려와 있었습니다. 텔레비전 뉴스를 보고 있는데 쓰키지에서 정차한 전차의 세번째 칸 앞쪽 문이라는 말을 듣고 무언가 생각나는 게 있더군요. 그래, 고덴마초에 내렸을 때 기둥 아래 놓여 있던 신문으로 둘둘 만 물건이 있었지, 하고요. 저는 괜히 뭘까 싶어 내려다보다가 가스를 더 마셔서 다른 사람보다 증상이 심해진 것입니다.

병원에는 하루 입원했습니다. 링거주사를 맞고 나니까 통증도 없어지고 눈도 점점 좋아졌습니다.

지금은 별 이상이 없습니다. 음, 건망증이 좀 심해진 것 같은 느낌이 듭니다. 잊어버린다기보다는 기억 자체가 완전히 없어져버리는 때가 있습니다. 통째로 빼버린 것처럼요. 무슨 일을 하다가 때로 '지금 내가 뭘 하고 있지?' 하고 의아해하는 경우를 누구든 경험해보았을 겁니다. 그러나 제 경우는 다릅니다. 무슨 일을 하려고 할 때 건망증이 일어나는 게 아닙니다. 처음부터 아예 쑥 빠져버린 듯한 느낌입니다.

누군가가 무슨 말을 했다면 그게 무슨 말이었더라 하는 정도가 아니라 아예 무슨 말을 했다는 사실 자체를 기억하지 못하는 겁니다. 대개는 나중에 생각을 더듬다가 '아, 그러고 보니 그런 말을 했었지' 하고 기억을 떠올리지만, 내 경우엔 '그런 말을 들은 적이 없는데' 하고 고개를 갸우뚱하는 겁니다.

그래서 가능하면 들은 장소에서 바로 메모하려고 애를 씁니다. 그렇게 하지 않으면 금방 잊어버리니까요.

—그후로 이소프로필알코올 냄새를 맡으면 속이 안 좋아진다거나 하지는 않습니까?

그렇지는 않습니다. 십 년이 넘도록 그 냄새를 맡아왔으니까요(웃음). 그러나 나중에 텔레비전 뉴스를 보고 사린을 제조할 때 실제로 이소프로필알코올이 사용되었다는 사실을 알았습니다. '역시 그랬군' 하고 고개를 끄덕였습니다.

높은 곳에서 떨어지는 꿈을 꾸곤 합니다.

하시나카 야스지 (당시 51세)

하시나카 씨는 가고시마 출신으로 지금은 사이타마 현 우라와 시에 살고 있다. 가야바초에 있는 인쇄 관련 회사에서 여러 가지 인쇄물을 취급하고 있다. 예를 들면 사내 신문이라든지 달력이나 소책자, 전표 등이다. 정사원 130명 규모의 이른바 중견기업이다.

학교를 졸업하고 삼 년 정도 오사카에 있는 철강 관련 회사에 근무했는데, 현장에서 일하다가 그라인더에 손을 다쳤다. 그 일을 당하고 이런 일을 더 하다가는 손이 남아나지를 않겠다 싶던 중에 마침 잘 아는 고향 사람이 자기네 회사로 오지 않겠느냐고 권하여 지금의 회사로 옮기게 되었다. 그후로 삼십 년간 이 회사에 다니고 있다. 그때 직장을 바꾼 것을 다행으로 생각하고 있다.

자식은 없고 아내와 둘이서 생활하고 있다. 옛날에는 하루에 1.5리터짜리 소주 한 병을 비웠는데 혈압이 높아져서 술을 자제하고 있다고 한다. 스모를 한 사람답게 몸매가 탄탄하다. 지금도 텔레비전으로 스모 경기를 보는 게 낙이라고 한다.

*

기타 구에 살았을 때는 회사까지 사십오 분밖에 걸리지 않았지만 지금은 한 시간 반이나 걸립니다. 역시 좀 먼 것 같아요. 집에서 버스를 타고 우라와 역까지 가서 JR로 우에노까지 간 다음, 거기서 히비야 선으로 갈아타고 가야바초까지 갑니다. 우라야스에서 우에노까지는 무척 복잡합니다. 그렇습니다. 육체적으로 고통을 느낄 정도지요. 신문을 펼쳐 읽는 것은 꿈도 꾸지 못합니다. 집에서 회사에 도착할 때까지 자리에 앉을 생각은 아예 하지 않습니다. 아침은 물론이고 저녁에도 앉지 못합니다. 통근이 힘들지 않냐고요? 흠, 지금이야 몸에 뱄으니까요.

우라야스 발 7시 27분 전차를 탑니다. 대부분 정확히 이 전차를 탑니다. 늘 자명종 시계를 두 개나 머리맡에 두고 자니까요(웃음). 아침에 잘 못 일어나는 편은 아닙니다. 그 대신 휴일에는 늦게까지 잠을 잡니다. 집에서 뒹굴거리며 누워서 신문을 읽거나 텔레비전을 보기도 합니다. 그런 저를 아내는 대형 쓰레기라고 하죠.

사건이 일어난 3월 20일은 평소보다 약간 늦게 집을 나섰습니다. 버스 한 대가 지나갈 만큼, 그러니까 십 분 정도 늦었습니다. 일요일과 춘분 사이에 낀 날이라 전차가 한산할 거라고 생각해서죠. 보통 7시 3분경에 집을 나서지만 그날은 13분에 집을 나섰습니다. 그 덕분에 사린사건에 휘말린 겁니다.

우에노에서 고덴마초까지는 아무 일 없이 왔습니다. 그런데 전차가 고덴마초에 정차하자마자 방송이 흘러나왔습니다. 그 내용은 잘 기억하지 못합니다. '쓰키지'와 '폭발사고'라는 말을 들었습니다. 그 언저리에서 기억이 뚜렷하지 않습니다. 다친 사람이 있다는 말을 들었습니다. 지금 그 조치를 취하는 중이라 잠시 고덴마초 역에 정차해야 한다고 말입니다.

문을 열어둔 채 전차는 잠시 플랫폼에 정차해 있었습니다. 잠시 후 전차가 이대로 회송한다는 방송이 나왔는데, 그때까지 저는 가만히 자리에 앉아 있었습니다. 십 분 정도 멈춰 서 있었던 것 같습니다. 회송한다는 방송이 나오자 사람들이 전차에서 내렸습니다. 그때만 해도 별다른 이상은 없었고 사람들의 움직임도 평소와 전혀 다르지 않았습니다.

아마 바로 앞 전차였던 모양인데, 누군가 사린 봉지를 플랫폼으로 차버렸다고 합니다. 그 봉지가 플랫폼의 기둥 아래 놓여 있었습니다. 저는 세번째 칸에 타고 있었기 때문에 그 봉지와 비교적 거리가 가까웠습니다. 대략 사 미터 정도요. 물론 그때는 그런 사실을 몰랐습니다.

고덴마초에서 제가 내리는 가야바초까지는 두 구간입니다. 전차가 움직이지 않으니 그냥 걸어가려고 개찰구 쪽으로 나갔습니다. 그런데 벽과 자동정산기 사이를 덜덜 떨면서 걸어가는 사람이 보이더군요. 가방을 메고 있었습니다. 그 사람은 온몸을 떨면서 걷다가 갑자기 쓰러져버렸습니다.

그런데 이번에는 그 사람과 반대쪽에 있던 사람이 갑자기 괴성을 질렀습니다. "악!" 하는 소리였습니다. 와다 에이지라는 사람인데 결국 목숨을 잃었다고 합니다. 부인이 임신 구 개월째였다더군요.

누군가가 가까이서 "구급차, 구급차!" 하고 외쳤습니다. 저는 아까 그 사람 때문에 그러려니 했습니다. 그러나 그 사람 말고도 쓰러진 사람이 또 있었던 겁니다. 어떤 남자가 와다 씨를 끌어안고 괜찮냐고 물어보았는데, 괴로움에 발버둥치는 그의 힘에 밀려 똑바로 일으키지도 못하더군요. 식수대에 부딪힐 뻔했다가 안경과 가방이 땅바닥에 떨어져버렸습니다. 그리고 그 곁에 여자 한 사람이 쭈그리고 있었습니다. 머리카락이 길었습니다. 저는 무슨 영문인지를 몰라 고개만 갸우뚱거리고 두리번거리면서 계단을 올라갔습니다. 그때 전차가 한 대 들어왔습니다.

—이야기를 들어보니 평소와는 다른 광경이 눈앞에서 연속적으로 펼쳐졌던 것 같은데, 그래도 이상하다는 생각을 하지 않았습니까? 여기서 아주 심각한 사태가 벌어지고 있다는 생각을요.

그 얼마 전에 고베 대지진이 있었기 때문에 사람들이 조그만 일에도 겁을 먹게 된 모양이라고 생각했습니다. 폭발사고가 있다는 말을 듣고 공포에 질려버린 게 아닌가 하고 말입니다. 이때만 해도 눈은 정상이었습니다.

막 플랫폼으로 들어온 다음 전차는 아키하바라와 고덴마초 사이에 잠시 정차해 있던 차였습니다. 제가 탔던 전차가 회송으로 바뀌어 떠나버린 다음에 고덴마초 플랫폼으로 들어온 것입니다. 그래서 마침 잘됐다 싶어 그 전차에 올라탔습니다. 그러나 그 전차도 결국 회송으로 바뀌고 말았습니다. 바로 그때쯤부터 눈이 어두워지기 시작했습니다.

저는 혈압이 높습니다. 정기적으로 진찰을 받고 혈압강하제를 먹고 있습니다. 의사는 그때마다 술과 소금기를 줄이고 체중을 줄여야 한다고 말합니다. 쉬운 일은 아니지만요(웃음). 그래서 혈압 때문에 갑자기 눈이 어두워졌다고 생각했습니다. '아침부터 큰일이군, 어떡하지' 하고 당황하면서 개찰구를 나와 손잡이를 잡고서 계단을 올라 밖으로 나왔습니다. 회사 쪽으로 걸어가는데 머리는 지끈거리고 콧물에 기침에 영 말이 아니었습니다. 몸을 앞으로 숙이고 비틀거리면서 닌교초까지 걸어갔습니다.

가는 도중에 손수건으로 입을 막고 길가에 앉아 있는 사람을 여럿 보았습니다. 구급차도 보았습니다. '도대체 무슨 일일까? 무슨 사고라도 난 걸까?' 쓰키지에서 폭발사고가 있었다더니 그 연기가 여기까지 흘러온 것인지도 모른다고 생각했습니다. 쓰키지는 고덴마초와 멀리 떨어져 있긴 하지만요.

닌교초의 교차로 부근에서 택시를 타고 회사로 갔습니다. 회사에 들어서자마자 여사원이 "하시나카 씨, 왜 그러세요? 얼굴이 새파랗게 질렸어요" 하더군요. 그래서 몸이 좋지 않아서 그렇다고 대답했습니다. 2층으로 올라가서 코트를 옷걸이에 걸어두고 상사에게 몸이 아파 병원에 가야겠다고 양해를 구하고 교바시 병원으로 갔습니다. 걸어서 오 분 거리인데 그때도 역시 비틀걸음이었습니다. 차례를 기다리는데 고덴마초 역에서 몸이 이상해졌다는 사람들이 줄줄이 병원으로 오는 겁니다.

그때까지만 해도 병원에는 아직 사건 소식이 들어오지 않았습니다. 저는 혈압이 갑자기 올라 진찰을 받으러 왔다고 이야기했습니다. 그때만 해도 혈압 때문이라고 생각했으니까요. 차례를 기다리는데 갑자기 속이 메슥거려서 화장실에 가서 토해버렸습니다. 그런 다음 의사에게 진찰을 받았더니 혈압이 155~200이나 나왔습니다. 의사는 약을 처방해주고 잠시 누워 있으라고 했습니다. 사린가스의 영향으로 제 경우에는 혈압이 오른 것 같습니다. 혈압 상승이 사린의 일반적인 증상인지 아닌지는 모르겠습니다.

그후에 사린 중독이란 사실을 알게 되어 시야협착을 치료하는 약과 콜린에스테라아제 수치를 회복시키는 약을 한꺼번에 복용했는데, 이번에는 혈압이 50~70으로 떨어져버렸습니다. 한두 시간 간격으로 말입니다. 두통도 얼마간 계속되었습니다. 콧물과 눈물이 나왔습니다. 여전히 시야는 어두웠습니다.

결국 사흘간 병원에 입원했습니다. 밤에는 잠을 이루지 못했습니다. 옆 사람이 텔레비전 뉴스를 틀어두었는데 보지는 못하고 아나운서의 목소리만 들었습니다. '정말 심각한 사태가 벌어졌군. 까딱 잘못했더라면 죽었을지도 몰라' 라는 생각이 들었습니다. 그런 생각을 하다보니 도저히 잠이 오지 않았습니다. 육체적인 고통보다는 정신적인 영향 때문일 것입니다.

퇴원한 다음 날부터 다시 일을 시작했습니다. 그러나 눈의 이상은 오래 지속되었습니다. 가끔 눈앞이 뿌옇게 흐려지기도 합니다. 베일에 가려진 듯한, 또는 담배 연기가 자욱하게 깔린 것 같은 느낌입니다. 그리고 조금이라도 긴장을 풀면 저도 모르게 침을 흘립니다.

높은 곳에서 떨어지는 꿈을 꾸기도 합니다. 예전에는 그런 꿈을 꾼 적이 없습니다. 그러다 한밤중에 퍼뜩 눈을 뜹니다. 그 순간 아, 꿈이었구나 하고 안심합니다. 입원중에도 그런 무서운 꿈을 꾸었습니다. 이틀 동안은 특히 심했습니다. 길을 걸어가는데 갑자기 길이 내려앉아버린다든지, 길 위에 고인 물 위를 아무 생각 없이 걸어가는데 갑자기 바다로 변해버린다든지 하는 꿈이었습니다. 저는 헤엄을 못 치기 때문에 공포에 질려 벌벌 떨었습니다. 최근에는 잡다하고 단편적인 꿈들을 많이 꿉니다. 이것도 사린 때문인지는 알 수 없군요.

우리 회사는 예순 살이 정년입니다. 글쎄요, 정년퇴직 후에는 고향 가고시마로 돌아가 여생을 보내고 싶어요. 아내도 가고시마 출신이니까 함께 고향으로 돌아가려고 합니다. 도쿄에는 아무 미련이 없으니까요.

이런 긴급 사태가 발생하면 관청이나 공공기관은 아무 도움이 안 된다는 것을 절실히 느꼈습니다.

오쿠야마 마사노리 (당시 42세)

오쿠야마 씨에게선 '조용한 사람' 이라는 인상을 받았다. 처음 만나 고작 몇 시간 이야기를 나눈 게 전부니 실제로는 다를지도 모른다. 그러나 이렇게 많은 사람들을 만나다보면 일종의 감식안 같은 것이 생겨서 첫 대면이라도 몇 시간 이야기를 나눠보면 대충 성격을 파악할 수 있다. 그런 내 눈에 오쿠야마 씨는 '조용한 사람' 으로 비쳤다.

도호쿠 지방의 작은 마을에서 태어나 가까운 대학에 진학했다. 삼형제의 맏이이며 본인의 말을 빌리자면 성실하고 말 잘 듣고 스포츠를 좋아하는 아이였다. 고등학생 때는 핸드볼을 해서 전국 대회에도 나갔다.

위로 중학교 3학년, 아래로 초등학교 6학년 아이가 있다. 입시 공부를 하느라 고생이 심하겠다고 하자 그런 일에는 별로 관심이 없다고 한다. 엄격한 아버지가 아닌 것이다. 자식들에게 싫은 소리 한마디 하지 않는 성격이다.

인테리어 제품 회사에서 영업을 담당하고 있다. 백화점, 대형 슈퍼마켓 등에 도매로 제품을 넘기는 일이다. 영업이라고는 하지만 오쿠야마 씨의 경우는 접대를 할 필요가 없다. 거래처가 회사와 유착하는 걸 방지하기 위해 그런 개인적인 관계를 엄하게 제한하기 때문이다. 그런 면이 일하기에 편하고 깔끔해서 좋다고 말한다.

휴일에는 집에서 텔레비전을 보기도 하고 가끔 컴퓨터를 만지기도 한다. 사람들과 어울리는 술자리를 그리 즐기지 않는다. 꽤 마시는 편이지만 하루에 맥주 한 병 정도만 마신다. 자신의 페이스대로 살아가는 타입임을 알 수 있다.

히비야 선으로 가야바초까지 통근한다.

*

3월 20일은 그렇게 바쁘지는 않았지만 역시 분기 말이라 할 일이 많았습니다. 다음 날이 휴일이기도 했고 말입니다. 그래서 평소보다 한 시간가량 빨리 집을 나섰습니다. 조금 일찍 가서 자료를 정리할 생각이었습니다. 아마 기타센주 발 7시 50분 전차였을 겁니다. 대체로 앞에서 두번째 칸에 탑니다.

전차가 고덴마초에 도착하자 모두 내려달라는 방송이 나왔습니다. 앞 전차에서 폭발사고가 있었다고 말이죠. 그래서 모두들 차에서 내렸습니다. 네, 한 사람도 빠짐없이. 저는 플랫폼에 서 있었습니다. 다음 전차는 탈 수 있겠지 하고 말입니다. 아마 일이 분 정도 기다렸을 겁니다. 짧은 시간이었습니다. 그러고 서 있는데 갑자기 가까운 곳에 서 있던 남자가 이상한 비명을 질렀습니다. 이십 미터 정도 떨어진 곳에서 괴성이 들려왔습니다. 어딘가 몸에 이상이 있는 사람일 거라고 생각했습니다. 그 사람은 누군가에 의해 즉시 다른 곳으로 옮겨졌습니다.

그것을 전후로 '어, 이상한데, 숨쉬기가 힘든 것 같아' 하고 생각했습니다. 그래도 별로 마음에 두지 않았습니다. '왜 이럴까?' 하는 정도였지요. 그다음에는…… 그래요, 어떤 여자가 쭈그리고 앉아 있었어요. 그것도 어딘가 불편해서 그럴 거라고 생각했습니다. 그런데 잠시 후 지상으로 피난하라는 방송이 나왔습니다. 그 이유에 대해서도 언급했겠지만 기억이 나지 않습니다. 무조건 빨리 역 구내를 벗어나라는 내용이었습니다.

고덴마초의 개찰구는 플랫폼 한가운데쯤에 있었기 때문에 앞쪽에 있던 저는 역의 뒤쪽을 향해 걸어가야 했습니다. 그때를 전후로 기억이 뚜렷하지는 않지만 아마도 플랫폼이 혼잡해서 전차 속으로 들어갔다 나온 것 같습니다. 그러나 기억이 확실치 않습니다. 걸어가는 노중에 쓰러진 사람을 본 기억은 납니다. 그건 분명히 사실입니다.

기둥 아래에 물 같은 것이 흥건히 고여 있던 정경이 어렴풋이 떠오릅니다. 그리고 무슨 냄새가 났습니다. 공사 현장이나 새 집에서 나는 그런 냄새였습니다. 그리고 숨이 막히는 듯한 느낌이 들었습니다. 저는 어릴 적부터 천식을 앓았기 때문에 그 탓이라고 생각했습니다. 승객들은 당황하거나 서두르는 기색 없이 천천히 개찰구 쪽으로 움직이고 있었습니다.

밖으로 나와 주위를 둘러보니 땅바닥에 드러누워 게거품을 물고 있는 사람이 보였습니다. 그 사람을 끌어안고 돌봐주는 사람도 있었습니다. 길가에 쭈그리고 앉은 사람도 많았습니다. 어떤 이는 콧물이나 눈물을 흘리기도 했습니다. 무척 기이한 풍경이었습니다. 도대체 무슨 일이 벌어진 건지 영문을 알 수 없었습니다. 짐작조차 불가능했습니다. 막연한 위기감이 엄습했습니다. 출근이 문제가 아니라는 생각이 들더군요. 다른 곳으로 움직이기보다는 여기서 잠시 기다려보기로 했습니다.

그래서 저는 그 자리에 가만 멈춰 서 있었습니다. 그러나 잠시 후에는 땅바닥에 앉아버렸습니다. 시야가 어두워지기 시작했습니다. 갑작스런 증상이었습니다. 게다가 의식도 몽롱해졌습니다. 너무 이상하다고 생각했습니다. 폭발사고, 괴상한 비명을 지르는 사람, 쓰러지는 사람…… 일련의 단편적인 현상들이 머릿속에서 하나로 연결되지가 않는 겁니다. 또한 그것들을 저 자신과 연관시켜 생각하지도 못했습니다. 그냥 주변을 한번 둘러보고는 본능적으로 아무데도 가지 않고 여기 있어야겠다고 생각한 겁니다.

—지금까지 많은 사람들의 이야기를 들어보았는데 이상을 느끼면서도 회사에 가야겠다고 생각하는 사람이 대부분이었습니다. 몸을 움직일 수 없다면 어쩔 수 없겠지만, 움직일 수 있으면서도 그냥 그 자리에 머물러 있는 게 좋겠다고 생각한 사람은 거의 없습니다. 오히려 기어서라도 회사에 가야 한다고……

그렇습니다. 몸에 이상한 증상이 일어나는데도 대다수의 사람들이 회사로 가려고 했습니다. 아무튼 어딘가로 가야 한다고 말입니다. 그런 모습을 보면서 참 이상하다는 생각을 했습니다. 걸음을 제대로 뗄 수 없는데도 기어서라도 회사에 가겠다고 말하는 사람이 곁에 있었습니다. 그러나 저는 회사를 가고 안 가고의 문제가 아니라고 생각했습니다. 생명에 관계된 문제라고 판단했기 때문입니다.

제 주위에는 쭈그리고 앉은 사람이 많았습니다. 아니요, 곁에 있는 사람들과 이야기를 나누지는 않았습니다. 단지 한 여자가 고통스러워하면서 서 있기에 무리하지 말고 앉는 게 좋지 않겠느냐고 권했을 뿐입니다.

—저는 그 현장에 없었기 때문에 그 분위기를 알 수 없지만, 무슨 일인지 영문을 모를 이상 상황이 벌어지고 있었을 겁니다. 그럴 경우에는 주위 사람과 "무슨 일일까요?" 하고 이야기를 나누는 게 보통 아닐까요?

저는 아무 말도 하지 않았습니다. 겨우 말 한마디 거는 정도였습니다. 다른 사람들은 어땠는지 잘 모르겠습니다. 그렇지만 이게 도대체 무슨 일일까 의아해했습니다. 거기 있는 사람 전부가 이상한 증상을 보이고 있었으니까요. 그러나 곁에 있는 사람과 이야기를 나누지는 않았습니다. 그냥 아무것도 하지 않고 그 자리에 가만 앉아 있었을 따름입니다. 제 경우에는 고통스럽다거나 속이 메슥거리거나 하는 증상은 없었습니다.

구급차가 올 때까지 꽤 시간이 걸렸습니다. 한참 후에 겨우 한 대가 나타나더군요. 제가 본 구급차는 그게 전부였습니다. 결국 사람들은 택시를 탔습니다. 택시를 세워서 여자와 중환자를 우선 병원에 보냈습니다. 승객들이 서로 힘을 합해서 그렇게 했습니다. 그때 저는 이런 긴급 사태가 발생하면 관청이나 공공기관은 아무 도움이 안 된다는 것을 절실히 느꼈습니다.

저는 비교적 증상이 가벼운 쪽이라 좀 늦게 택시를 타고 병원으로 갔습니다. 네 명이 합승을 했는데 모두 증상이 가벼워서 긴박감은 없었습니다. 다른 세 명도 모두 회사원 같아 보였습니다. 차 안에서 무슨 이야기를 나눈 것 같은데 내용은 기억나지 않습니다. 무엇 때문인지 모르겠지만 기억이 안 납니다.

아키하바라에 있는 미쓰이 기념 병원으로 갔습니다. 무슨 이유로 그 병원에 가게 되었는지도 기억나지 않습니다. 그 가운데 누군가가 그 병원에 가본 적이 있었을 겁니다. 도착한 시각은 10시 정도. 병원에서 회사에 전화를 걸었습니다. 회사에서도 사건에 관한 뉴스를 들어 알고 있었습니다. 우리 회사에서도 나 외에 두 사람이 더 피해를 입었더군요. 저처럼 가벼운 증상이었습니다.

이틀간 입원했습니다. 동공을 넓히는 약을 사용했는데 오히려 동공이 너무 열려서 세상이 밝게 보이기는 했지만 덕분에 일주일가량 원시안이 되었습니다. 입원중에도 다른 신체적인 고통은 없었습니다. 그러나 아마도 사린이 원인이었겠지만, 천식이 재발하여 그 때문에 입원하게 되었습니다. 천식은 무척 고통스럽지만 어릴 때부터 익숙한 일이라 견딜 만했습니다.

피로감…… 물론 느끼지만 그게 사린 때문인지는 잘 모르겠습니다. 피로를 느낄 나이도 되었으니까…… 네, 최근 들어 건망증이 심해진 것 같습니다. 그러나 무엇 때문인지는 모르겠습니다. 또 최근 들어서 어깨가 많이 결립니다. 물론 이전에도 그런 증상이 있었지만 최근 들어 심해진 편입니다. 하지만 중년이라서 그럴 수도 있는 거니까요. 이런 증상이 왜 일어나는지 확실한 이유는 모르겠습니다. 모두가 안개 속에 묻혀 있는 것 같습니다.

그리고 매스미디어란 정말 무서운 존재라는 것을 절실히 느꼈습니다. 정보, 특히 텔레비전 정보는 극히 부분적인 것밖에 보여주지 못합니다. 그런 보도는 항상 사실의 한 면에 편중되기 때문에 일부분이 전체인 양 시청자들이 착각하게 만듭니다. 그게 정말 무서운 일입니다.

제가 있던 고덴마초 역 앞에서 확실히 그런 일이 벌어지긴 했습니다. 그러나 그 주변은 아무 이상 없이 일상적인 생활이 지속되고 있었습니다. 도로에는 변함없이 차가 달리고요. 지금 생각해보면 이상한 느낌이 들 정도입니다. 그러나 텔레비전 화면에는 이상 사태의 일부분만 보이더군요. 실제 인상과는 완전히 달랐습니다. 그것이 텔레비선의 무서운 점이라고 생각했습니다.

매일 전차를 타며 익숙해졌던 냄새와 뭔가 달랐습니다.

다마다 미치아키 (당시 43세)

다마다 씨는 에이단 지하철 나카메구로 역 차장구에 근무하고 있다. 에이단에 입사한 것은 1972년 4월. 이 사건이 일어났을 당시 근속 이십삼 년째였다. 직함은 차장 주임. 베테랑이다.

다마다 씨가 지하철에 근무하게 된 동기는 좀 특이하다. '일반 회사 근무와는 달리 자유시간을 가질 수 있어서 좋다'는 것 때문이었다. 다시 말해 회사원은 매일매일 정해진 시간에 출근해서 저녁에 집으로 돌아오지만, 지하철 근무는 보통 낮에 자신만의 시간을 가질 수 있다는 이유로 택한 것이다. 과연 그렇다. 지하철 직원의 근무시간은 일반 회사원과는 상당히 달라서 그것이 본인에게 잘 맞기만 하다면 더없이 좋은 직장이다.

이야기를 나눠보니 '개인'을 중시하는 사람이라는 인상을 받았다. 확실한 근거는 없지만 왠지 그런 느낌이 들었다. 일을 떠나서 유유자적 자신의 시간을 즐길 줄 아는 사람이 아닐까 하는 생각이 들었다.

스키를 좋아하지만 육 년 전에 크게 다친 후로는 타지 않는다. 그 외에는 딱히 취미라고 할 만한 것이 없다고 한다. 휴일에는 아무것도 하지 않고 그냥 쉰다. 혼자서 차를 몰고 무작정 어디론가 가기도 한다. 혼자 있는 시간을 즐기는 편이다.

애당초 술을 그리 즐기는 편은 아니었는데, 사린사건 후로는 아예 끊어버렸다고 한다. 사린에 중독되면 간장이 나빠진다는 의사의 말이 마음에 걸려 술을 마실 수 없게 되었단다.

자신의 증언으로 사건이 망각 속에 묻히는 것을 막을 수 있다면 보람 있는 일이 아니냐면서, 바쁜 가운데서도 시간을 내어 흔쾌히 인터뷰에 응해주었다.

*

고등학교를 나와 입사한 것은 스물한 살 때였습니다. 처음에는 역에 근무하면서 차표를 끊어주기도 하고 플랫폼에서 전차를 보내는 일을 하면서 이타바시 역에서 일 년, 다케바시 역에서 이 년을 근무했습니다. 그러고 나서 마루노우치 선 나카노 역의 차장구로 옮겼습니다.

역무구에서 차장구로 옮기기 위해서는 시험을 쳐야 합니다. 그리고 기관사가 되고 싶으면 또다른 시험을 치러야 합니다. 기관사 시험은 무척 어렵습니다. 적성검사도 있고, 보통의 학과시험에 건강진단, 면접 등 여러 가지가 있습니다. 우리 때는 너무 많은 사람이 응시하는 바람에 우수한 사람들도 많이 떨어졌습니다. 제가 역무에서 승무 쪽으로 바꾸고 싶어했던 것은 그쪽이 근무 시간이 짧기 때문입니다. 지금은 거의 비슷하지만 당시만 해도 그랬습니다.

1975년에 나카노 차장구에 들어가 그 이후로 십사 년간 마루노우치 선을 탔습니다. 그러고 나서 지요다 선의 요요기 차장구로 옮겼다가 작년 11월에 히비야 선으로 옮겼습니다.

다른 선으로 옮기면 처음부터 새로 익혀야 할 게 많습니다. 역 하나하나의 동향이라든지 형태라든지 구조상의 문제라든지 그런 것을 전부 머릿속에 넣어두지 않으면 안전을 확인하기가 어렵습니다. 무엇보다도 안전이 우선이니까요. 우리는 늘 그것을 염두에 두고 일합니다.

일하다 가슴이 철렁한 적이 한두 번이 아닙니다. 심야에는 취객들이 많아서 달려오는 전차 쪽으로 비틀거리며 다가서기도 하고…… 특히 갑자기 기둥 뒤에서 앞쪽으로 쓰러지면 도저히 막을 수가 없습니다. 또 러시아워에는 모든 사람이 전차에 바싹 붙어 걸어가기 때문에 아주 위험합니다.

히비야 선에서는 기타센주가 제일 긴장됩니다. 그곳에는 승객이 너무 많아요. 모두 줄을 서서 승차하면 안전한데 뒤편으로 걸어갈 수가 없으니까 줄을 선 중간을 뚫고 지나가야 합니다. 그때가 위험합니다.

고맙게도 저는 지금껏 큰 사고를 만난 적은 한 번도 없습니다.

사건이 일어난 3월 20일에 전 사실 휴일이었습니다. 그러나 사람 손이 부족해서 그냥 나오게 된 것입니다. 부득이 휴가를 쓴 사람이 있으니 대신 나와주지 않겠느냐고 하더군요. 그런 일은 서로 협력해야 하니까 그러겠다고 했습니다.

그날은 아침 6시 46분부터 근무였습니다. 우선 나카메구로로 가서 6시 55분 전차에 편승해 미나미센주 역까지 갔습니다. 편승이란 요컨대 자신이 담당하는 전차를 타기 위해 다른 전차를 타는 것을 말합니다. 그리고 미나미센주 역에서 반대편 전차를 담당해 돌아오게 됩니다. 그 전차의 출발 시각은 정확하게 기억나지는 않지만 7시 55분경이었던 것 같습니다.

그날도 무척 붐볐습니다. 평소와 다름없었어요. 별다른 기색도 없었습니다. 종합지령소에서 '쓰키지 역에서 폭발사고가 있었으니 전차를 멈추도록 하라'는 연락이 들어오기까지는……

—다마다 씨의 전차에 그런 지령이 내려온 거로군요.

아니요, 제가 탄 전차만이 아니라 운행중인 모든 전차에 전달되었습니다. 모든 전차가 그 자리에 멈춰 서야 합니다. 무선으로 내리는 지령이 차장인 저와 기관사에게 동시에 전달됩니다.

제가 탄 전차는 가장 가까운 고덴마초 역에 멈췄습니다. 그리고 저는 승객들에게 방송을 했습니다. 알려야 할 내용은 반복해서 방송합니다. 구체적으로는 이런 말이었습니다.

"방금 쓰키지 역에서 폭발사고가 있어서 잠시 정차하겠습니다. 사고 이유는 소식이 들어오는 대로 알려드리겠습니다. 그때까지 잠시 기다려주십시오."

고덴마초 역에서는 문을 그대로 열어두었습니다. 전 차장실 밖으로 나와서 플랫폼 위에 서 있었습니다. 무슨 이상이 없는지 살펴보려고요.

몇몇 승객이 "얼마나 걸릴까요?" 하고 물었습니다. 자세한 정보가 들어오지 않아 사정을 몰랐기 때문에 "폭발사고니까 좀 오래 걸릴지도 모르겠습니다"라고 대답할 수밖에 없었습니다.

아침의 고덴마초 역은 내리는 사람은 있지만 타는 사람은 거의 없기 때문에 플랫폼은 텅 비어 있었습니다. 전차에서 내려서 어떻게 할까 망설이는 사람도 있었습니다. 그러나 대부분의 사람들은 전차 안에서 기다렸습니다.

얼마나 거기 멈춰 있었는지 잘 기억나지 않습니다. 이십 분 정도였을 겁니다. 그런데 제가 담당하고 있던 전차 가운데 하나가 아키하바라 역과 고덴마초 역 사이에 멈춰 서 있었습니다. 제가 탄 전차가 고덴마초 역에 서 있었기 때문에 앞으로 올 수가 없었던 것입니다.

잠시 후 지령소에서 연락이 들어왔는데, 전차의 승객을 전원 내리게 하고 앞으로 가라는 겁니다. 다음 전차가 고덴마초 역으로 들어올 수 있게 하려고요. 그때는 지령소에서도 얼마 동안 전차 운행이 불가능하다는 것을 알고 있었던 것이죠. 그래서 "이 전차는 당역에서 회송하게 되었습니다. 승객 여러분께 불편을 끼쳐드려 죄송합니다. 내려서 다른 교통기관을 이용해주시기 바랍니다" 하고 방송했습니다. 지령소에서 좀 오래 걸릴 것 같다는 연락이 있었기 때문에 그 말도 덧붙였습니다.

쓰키지 역이 어떻게 되었는지 정보가 전혀 들어오지 않았습니다. 그렇지만 쓰키지 역에 멈춰 있던 전차의 승무원과 지령소의 교신 내용은 무선을 통해 우리도 들을 수 있었습니다. 그러나 아무리 들어보아도 무슨 영문인지 모르겠더군요. 이해가 안 되었습니다. 그것이 폭발사고였는지, 어느 정도의 피해가 발생했는지도 알 수 없었습니다. 단지 현장에서 상당한 혼란이 일어나고 있다는 것만 추측할 따름이었지요. 뭐가 어떻게 돌아가는지 도무지 알 수 없었습니다. 쓰러진 승객이 있다는 말도 들렸습니다.

지하철 내에는 폭발할 만한 장치는 없으니까 누군가가 폭발 장치를 설치했을 것이라고 생각했습니다. 테러가 아닐까 하는 생각이 들더군요. 어쨌든 간단한 사건은 아닌 것 같았습니다.

방송으로 승객을 모두 내리게 한 후 저는 역의 조역과 계원들과 함께 전차 안을 점검해보았습니다. 눈이 닿는 곳은 모두 확인하고 이상이 없다는 결론을 내리고 문을 닫고 차를 출발시켰습니다.

네, 역시나 불평을 늘어놓는 사람이 있었습니다. "여기 내려서 어떡하란 말이야!" 하고 말이죠. 그래서 사정을 설명하고 양해를 구했습니다. 뒤에 전차가 정차하고 있는데 그 전차의 승객들을 내리게 해야 하기 때문이라고, 죄송하다고 말입니다.

전차를 고덴마초 역과 닌교초 역 사이에 정차시켰습니다. 전차에는 기관사와 저밖에 없었습니다. 저는 전차를 멈추게 한 후에 다시 전차 안을 점검해보았습니다. 눈에 띄는 이상은 없었습니다.

단지 차 안이 좀 이상하다는 느낌은 들었습니다. 평소에 맡는 냄새라는 게 있잖습니까. 그런데 두번째, 세번째 칸이 좀 이상하다는 느낌이 들었습니다. 딱히 이상한 냄새가 나는 것은 아니었지만 뭔가가 다르다는 느낌이었습니다.

매일 전차를 타다보면 땀 냄새, 옷 냄새 따위에 익숙해집니다. 그런데 뭔가 달랐습니다. 우리는 그런 차이를 금방 느낄 수 있습니다. 감각적으로요.

저는 거기서 삼십 분 정도 대기했습니다. 그동안에도 현장과 지령소의 교신을 계속 듣고 있었습니다. 도중에 폭발사고가 아니라는 사실을 알게 되었습니다. 이야기 내용이 조금씩 바뀌어가기 시작했던 것입니다.

"승무원 가운데 속이 메슥거리는 등 이상한 증상을 느끼는 사람이 있으면 연락하라"는 방송도 나왔습니다. 저는 그때만 해도 아무런 이상을 느끼지 못했지만 그 방송이 사건과 연관된 것임을 짐작할 수는 있었습니다.

그때 벌써 고덴마초 역에서는 큰 소동이 벌어지고 있었습니다. 그러나 전 앞쪽에 있었기 때문에 아무것도 몰랐습니다. 히비야 선 고덴마초 역에서 모두들 지상으로 대피하라는 방송이 들려와서 무슨 일이 벌어진 모양이라고는 생각했지만요.

—다마다 씨가 타고 있던 전차가 고덴마초 역에서 멈춰 서 있을 동안 역에서 이상 사태가 발생하지는 않은 거죠?

네, 저는 전혀 눈치채지 못했습니다.

차장실은 차량의 맨 뒤에 있고 사린은 차량 앞쪽에 뿌려졌기 때문에 꽤 거리가 있었습니다. 정확히는 모르겠지만 백 미터 정도는 될 겁니다. 그러나 플랫폼을 줄곧 살펴보았기 때문에 만일 쓰러진 사람이 있었더라면 눈에 띄었을 겁니다. 그리고 문을 닫고 전차가 출발할 때도 플랫폼을 보고 있었는데 아무 이상도 발견할 수 없었습니다.

몸에 이상을 느끼는 승무원이 있으면 연락하라는 방송이 나간 지 얼마 후에 제게도 이상한 증상이 나타나기 시작했습니다. 주위가 어둡게 보이는 겁니다. '이상하다. 불이 켜져 있는데?' 하고 생각했습니다.

그러다 콧물이 나오고 맥박이 빨라지기 시작했습니다. 감기에 걸리지도 않았는데 이상하다고 생각하면서 지령소에 연락해 몸에 이러저러한 이상이 생겼다고 보고했습니다. 그랬더니 전차를 닌교초로 이동시켜 내리게 하더군요. 닌교초에 정차하고 있던 전차는 앞으로 이동하고요. 순서대로 내보내는 거죠.

역의 지정 병원이 있기 때문에 우리는 그곳으로 갔습니다. 그랬더니 그 병원에서는 손을 쓸 수 없다고 하면서 성누가 병원으로 가라고 했습니다. 그래서 저는 닌교초 역 사무실에 누워 교대할 승무원이 올 때까지 기다려야 했습니다. 저를 대신할 사람이 없으면 전차가 움직일 수 없기 때문입니다.

기다리고 있는 동안에도 몸 상태에는 거의 변화가 없었습니다. 콧물이 더 많이 나오고 시야가 더 어두워졌다는 것 말고는요. 그러나 몸이 떨리거나 다른 데가 아프거나 하지는 않았습니다. 교대할 사람이 온 다음에 저는 구급차를 타고 점심때쯤에야 병원으로 갈 수 있었습니다.

다지마 병원으로 갔는데 그곳은 피해자로 가득 차서 세타가야의 자위대 중앙병원으로 가야 했습니다. 우리집은 마치다여서 세타가야 쪽이 더 편했죠.

병원에는 딱 하루 있었습니다. 시야협착 같은 건 아직 낫지 않았지만, 다음 날이 되니 콧물은 거의 멎었고, 집에 가도 된다고 하더군요.

딱히 후유증이랄 건 없지만 그후로 잠을 잘 못 잔다는 건 확실히 느낍니다. 옛날에는 일곱 시간 동안 깨지 않고 푹 잤는데, 요즘은 거의 네다섯 시간 만에 눈이 뜨입니다. 꿈을 꾸다가 깨거나 하는 건 아닙니다. 그냥 번쩍 깨는 겁니다.

그럴 때는 다시 잠들려고 노력하는 수밖에 없습니다. 삼십 분 정도 고생하면 다시 잠을 잘 수 있습니다.

두려웠냐고요? 저는 지하철 직원이 아닙니까. 지하철 직원이 지하철을 두려워해서는 말이 안 되죠. 좀 꺼림칙하기는 하지만 의식하지 않으려고 노력합니다. 생각하지 않으려고 말입니다. 일어난 일은 이미 일어난 일이고, 다시 그런 일이 일어나지 않게 하는 것이 중요하다고 생각합니다.

그래서 저는 범인들에게도 개인적인 원한을 품지 않으려고 노력합니다. 원망한다고 이미 벌어진 일을 돌이킬 수는 없으니까요. 동료들이 목숨을 잃은 일에 대해서는 그 당시 말할 수 없는 분노를 느꼈습니다. 동료의식이나 가족의식 같은 게 특히 강한 직장이니까요. 그러나 우리가 생각해야 할 것은 남은 가족들에게 무얼 해줄 수 있는가 하는 것입니다. 그러나 현재로서는 아무것도 해주지 못하고 있습니다.

다시는 이런 일이 일어나서는 안 됩니다. 그런 의미에서도 이 사건을 잊지 말아야 합니다. 제가 이렇게 이야기한 내용이 활자로 남아서 여러분의 기억을 되살리는 데 작은 도움이나마 될 수 있다면 좋겠습니다. 그뿐입니다.

사린사건을 전후로 많은 것들이 변한 것 같습니다.

나가하마 히로시 (당시 65세)

나가하마 씨는 미나미센주 역 근처의 상점가에서 아들과 둘이서 생활하고 있다. 오랜 세월 동고동락해온 부인은 작년 7월에 세상을 떠났다. 남자 둘만의 생활이라 어려움이 많은 것 같다. 집을 방문했을 때 차를 어디 뒀는지 몰라 한참을 찾다가 결국 밖에 나가서 사온 캔 음료를 마시면서 이야기를 나누었다.

서민 동네에서 태어난 전형적인 도쿄 사람의 분위기를 풍겼다. 열다섯 살 때부터 동네의 가까운 철공소에서 일했지만 석유파동 이후에 훗날을 생각하여 빌딩 관리로 일을 바꾸었다. 철공소에 다닐 때 야학에 다니면서 전기 면허를 따놓았기 때문에 전직이 가능했다.

이번 취재를 통해 수많은 사람을 만났지만 나가하마 씨를 만나고서 한 사람의 인격 형성에 태어나고 자란 지역의 풍토가 얼마나 큰 영향을 끼치는가를 절실히 느꼈다. 첫인상부터가 서민적이었다. 말투에 수사라고는 하나도 없고 비틀어서 말하는 법도 없다.

하이킹 클럽에 들어 매주 장거리 여행을 하기 때문에 혈색도 좋고 건강해 보인다. 그러나 부인을 잃은 탓인지 외로움과 피로의 기색이 엿보인다.

"바로 곁에 롯데 구장이 있을 때는 자주 갔지만 그것도 없어지고 나니까 갈 곳이 없군요" 하고 바로 최근의 일처럼 그리운 듯이 회상한다. 롯데 오리온스가 가와사키 구장으로 옮겨간 것은(거기서 다시 지바로 옮겼다) 꽤 오래전 일로 기억하고 있는데……

*

남자 둘만의 생활이니까 요리 같은 것은 하지 않습니다. 가끔 아들놈이 하지만 거의 안 하는 거나 다름없어요. 뭐든 슈퍼마켓에 가서 사오지요. 요즘 슈퍼마켓에는 밥부터 반찬까지 없는 게 없으니까요. 내 연배 사람들은 가사에 대해서는 전혀 문외한이에요. 아내가 죽고 없으니 고생하는 게 당연합니다.

저는 예순부터 연금을 받고 있긴 하지만 아내가 죽고 난 다음 소일거리로 빌딩 관리 회사에서 파트타임으로 일을 시작했습니다. 지금은 고토 구에 있는 어느 미술관에서 파견근무를 하고 있습니다. 그 미술관이 완공된 것이 작년 3월, 사린사건 직후입니다. 우리는 미술관이 개관도 하기 전인 10월부터 근무하고 있었습니다. 3월 18일 토요일에 개관했는데, 그 이틀 후인 월요일 출근길에 사린사건을 만나게 된 것입니다.

집에서 히비야 선으로 가야바초까지 가서 도자이 선으로 갈아타고 두번째 역에서 내립니다. 전차를 타고 가는 시간은 전부 이십 분 정도입니다. 그러나 기바 역에 내려 미술관까지는 꽤 멀어서 다시 이십 분 정도 걸어야 합니다. 8시 반까지는 직장에 도착해야 하니까 도자이 선 기바 역에 내리는 시각은 대체로 8시 10분 정도입니다.

그날 히비야 선 열차를 타고 가는데 전차가 고덴마초에서 멈춰버렸습니다. 그리고 쓰키지 역에서 폭발사건이 일어나 전차가 당분간 움직이지 않는다는 방송이 나왔습니다. 문이 열려 있었지만 대부분 승객들은 곧 움직이겠거니 하고 그냥 전차에 타고 있었습니다.

제가 탄 칸은 앞에서 네번째였는데, 마침 눈앞의 플랫폼에 벤치가 있기에 전차에서 내려 거기에 앉았습니다. 잠시 멈춰 서 있을 동안 앉아 있을 요량이었어요. 그런데 앞쪽 칸에 탄 사람들이 쿨럭쿨럭 기침을 하면서 뒤로 걸어와 제 앞을 지나가더군요. 손수건으로 입을 막은 사람도 있었습니다. 왜 저럴까, 꽃가루 알레르기인가, 하고 생각했습니다. 저는 아무 냄새도 맡지 못했고 기침도 나오지 않았습니다. 그래서 가만히 앉아 기다렸습니다.

잠시 후 대체 차표를 줄 테니 다른 교통기관을 이용해 목적지까지 가라는 방송이 있었습니다. 그래서 우리는 줄을 지어 개찰구를 나서서 차표를 받아들고 밖으로 나왔습니다. 저는 도로로 나와 어디로 가야 할지 잠시 생각해보았습니다. 고덴마초 역에서는 긴자 선 미쓰코시마에 역이나 도에이 신주쿠 선의 바쿠로요코야마가 생각보다 가깝습니다. 그래서 저는 일단 미쓰코시마에 역 쪽으로 향했습니다. 그러나 잠시 걷다가 왠지 거꾸로 돌아가는 것 같은 기분이 들어 다시 원래 지점으로 와서 바쿠로요코야마 역 쪽으로 향했습니다. 그런데 히비야 선 지하철 출구쯤에 왔을 때 눈이 좀 이상한 것 같은 느낌이 들더니 몸이 부들부들 떨리는 겁니다. 게다가 두통까지 왔습니다.

주위를 보니 도로 주위의 가로수 곁에 많은 사람들이 쭈그리고 앉아 있는 모습이 눈에 들어왔습니다. '도대체 이 사람들은 뭘까?' 하고 생각했습니다. 꽤 많았습니다.

거기서 널찍한 횡단보도를 건넜는데 거기도 많은 사람들이 쭈그리고 앉아 있는 겁니다. 그 가운데 두 사람 정도가 다리를 덜덜 떨고 있었습니다. 옆에 있던 사람들이 그 사람들을 진정시키려고 이렇게 손으로 잡고 있었습니다. 그냥 몸을 떨 뿐만 아니라 다리까지 버둥거리는 겁니다. '무슨 일일까? 간질 환자인가?' 하고 생각했습니다. 그렇지만 아무리 간질이라도 저렇지는 않을 거라는 생각이 들더군요. 그 많은 사람들이 소동을 벌이고 있는데 구급차 한 대 보이지 않는 것도 이상했습니다. 역무원이라든지 경찰관의 모습도 보이지 않았습니다. 승객들끼리 서로 도와주고 있었을 뿐입니다.

그래서 저도 뭔가 해야 할 것 같았습니다. 거들어주는 거 말이죠. 그러나 그랬다가는 지각을 할 것 같고 눈도 아파서 포기하고 말았습니다. 아무튼 바쿠로요코야마 역까지 걸어가서 도에이 선을 타고 기쿠가와까지 갔습니다. 기쿠가와에서 미술관까지는 기바에서 미술관까지와 거의 같은 거리입니다. 기쿠가와에 내려서 이러면 아픈 눈이 좀 나아지지 않을까 해서 수돗물로 눈을 씻기도 했습니다. 폭발할 때 발생한 연기가 눈에 들어갔을 거라고 생각했기 때문입니다. 차내에서 폭발이 일어나면 여러 가지 가스가 분출될 테니까요.

결국 십오 분에서 이십 분 정도 늦었습니다. 그러나 눈이 따끔거리고 머리도 아파서 대부분의 일을 다른 사람에게 부탁하고는 전화기 앞에 그냥 멍하니 앉아 있었습니다. 형광등이 어둡게 보였고 시

야도 점점 좁아졌습니다. 정말 이상한 느낌이었습니다. 눈이 이대로 그냥 찌부러져버리는 게 아닐까 싶을 정도였습니다. 그래서 윗사람에게 몸이 아파서 전화조차 받을 수 없을 것 같다고 상태를 얘기하고는 바로 병원으로 갔습니다.

보쿠토 병원의 응급실에서 링거주사를 맞으며 이틀간 입원했습니다. 첫날 밤은 정말 괴로웠습니다. 소변이 나오지를 않았어요. 소변기를 가져오게 하고 아무리 기다려도 오줌이 나오지 않는 겁니다. 누고 싶지만 나오지가 않았습니다. 정신상태도 점점 이상해져서 간호사들과 싸움을 벌이기도 했습니다. 집으로 가겠다고 짐을 챙겼다가 말리는 간호사들과 싸움을 벌인 것입니다. 흥분했던 모양입니다. 그러나 그때의 기억은 뚜렷하지 않습니다. 거의 기억나지 않습니다. 아침이 되어서야 겨우 소변을 보고 조금 안정을 되찾았습니다.

그제야 응급실에서 일반병실로 옮겼지만 시끄러워서 안 되겠다며 다른 환자들이 나를 쫓아내버렸습니다. 밤중에 혼자 일어나 짐을 정리했다는 겁니다. "이걸 가지고 가야 해" 하고 혼자말로 중얼거리면서요. 링거주사를 팔에 꽂은 채 짐을 챙긴 거죠. 머릿속에서 혼란을 일으켰던 모양입니다. 그래서 시끄러워서 잠을 못 자겠다고 해서 다른 방으로 쫓겨났습니다. 쫓겨나고 보니 텔레비전도 있고 해서 더 좋긴 하더군요(웃음). 병원에는 3박 4일간 입원했습니다.

어떤 승객이 고덴마초 역에서 차내에 있던 사린 봉지를 바깥으로 차버렸습니다. 그 봉지가 플랫폼에 오랜 시간 방치되어 있었던 것입니다. 제가 앉았던 벤치가 바로 그 곁에 있었습니다. 그 벤치에 앉은 시간이래봐야 고작 이삼 분 정도였는데 말입니다.

—집으로 돌아간 후 이상한 증세가 나타나지는 않았습니까?

뭐라고 해야 할지 모르겠습니다. 몸의 특정 부위가 아픈 그런 증상이 아니니까요. 정신적으로는 별다른 충격이 없었던 것 같습니다. 그렇지만 그후로 갑자기 나이를 먹어버린 것 같은 느낌이 들었습니다. 조금만 무슨 일이 생겨도 두려움이 앞섭니다. 이상한 냄새만 나도 마음에 걸리고, 연기만 보아도 무슨 사고가 터진 것은 아닌가 싶고 말이죠. 생활 속에서 흔히 볼 수 있는 현상들에 대해서도 두려움을 느끼게 되었습니다. 일상생활 속에서 말입니다. 무슨 일을 하든 '아, 위험해' 하고 겁을 먹습니다.

그리고 물건을 잡으려고 손을 내밀 때 물건과 부딪치는 일이 많아졌습니다. 찻잔을 잡으려 하다가 그만 찻잔을 엎어버리기도 합니다. 눈앞에 걸리는 물건을 피해가지 못할 때가 많습니다. 그런 이상한 일이 많습니다. 나이 탓일지도 모르겠지만, 사린 때문에 이전보다 여러 가지로 이상해진 것만은 분명한 것 같습니다. 건망증도 심합니다. 지금 막 하려던 일조차 잊어버릴 때가 많습니다. 아내를 잃었기 때문인지도 모르겠습니다. 그러나 제 느낌으로는 사린사건을 전후로 많은 것들이 변한 것 같습니다.

또 토했습니다. 더 토할 것도 없었습니다. 토사물에 피도 섞여 있었던 것 같습니다.

미야자키 세이지 (당시 55세)

니가타 현 다카다 출생. 눈이 많은 지방의 농가에서 여섯 형제 중 셋째로 태어났다. 전쟁 직후의 생활은 몹시 궁핍했다. 벼농사를 지으면서도 흰 쌀밥을 제대로 먹지 못했다. 어린 시절은 청어가 가장 좋은 생선이라고 생각했다고 한다.

지방의 공고에 진학할 예정이었지만 농사 일을 이어받기로 한 큰형이 건축 현장에서 일하다 사고를 당해 한쪽 팔을 잃게 되자, 아버지가 "형은 팔이 하나 없어서 수확을 제대로 못 할 테니 네가 농사를 짓도록 해라" 하고 농사를 권했다. 그래서 농고로 진로를 바꾸었다. 그런데 형이 결혼하면서 한 팔로라도 농사를 짓고 싶다고 하는 바람에 어쩔 수 없이 집을 떠나게 되었다. 이불 하나만 달랑 들고 도쿄로 나와 일자리를 얻었다. 아다치 구에 있는 제지공장이었다.

성격이 느긋하고 낙천적이다. 무슨 일이든 별로 걱정하지 않는다. 이야기를 들으면서, 실례가 될지도 모르겠지만 '인생이란 흘러가는 대로 가만 내버려두어도 제대로 되는 모양이구나' 하는 느낌이 들었다. 물론 본인이 정신을 똑바로 차려야 한다는 것을 전제로 해야겠지만.

미야자키 씨는 무엇보다 건강과 집중력이 중요하다고 말한다. 그 두 가지만 있으면 웬만한 고난은 모두 넘어설 수 있다고 한다. 이불 하나만 가지고 자신의 힘만으로 경력을 쌓고 가정을 만들었다는 자부심 같은 것을 느낄 수 있었다. 그런 만큼 자신의 건강과 집중력에 결정적인 타격을 가한 사린가스에 대한 분노는 컸다.

*

처음 취직한 제지공장에서 칠 년 정도 일하다가 야근과 사고의 위험이 싫어서 그만두었습니다. 그때가 스물다섯이었습니다.

안전사고가 많은 직장이었습니다. 두꺼운 골판지 같은 것을 만들 땐 손으로 기계를 돌려야 하기 때문에 조금이라도 삐끗하면 손을 다치고 맙니다. 제지공장에서는 손가락을 잃는 것을 경력으로 봐줄 정도입니다. 안전을 위해서 규정상 기계에 커버를 씌워야 하지만 그렇게 하면 작업하기가 무척 불편합니다. 그래서 벗겨버립니다. 그러니 사고가 날 수밖에요.

제가 아는 사람 중 일부러 손가락을 밀어넣은 사람도 있었습니다. 그 사람은 정말 스키를 좋아했습니다. 그러나 돈이 없어 스키를 탈 수 없으니까 손가락을 밀어넣어 보험금을 받았습니다. 새끼손가락 두번째 관절이 잘려나갔습니다. 사고는 일상 다반사라 요령을 터득하고 있었던 거지요. 벨트에 살짝 집어넣으면 간단히 잘려나가 버립니다. 어느 손가락의 몇 번째 관절이 잘려나가면 보험금이 얼마 하는 식으로, 상처 부위에 따라 금액이 정해져 있습니다. 입원해서 치료받고 보험금을 타서 스키를 타고…… 새끼손가락은 일하는 데 영향이 적기 때문에 보험금도 가장 적습니다.

제지공장을 그만두고 긴자의 '아케보노'라는 제과점에서 숙식하며 근무했습니다. 긴자 욘초메에 있는 제과점에서 과자와 빵을 팔았습니다. 남자 직원은 가게에서 일하는 것보다 요정 같은 데서 주문이 들어오면 배달을 갈 때가 많습니다. 상자에 넣어 포장한 것을 배달하는 거죠. 저 같은 남자 직원이 세 명, 여자가 아홉 명이었습니다. 여자들은 가고시마나 오키나와처럼 먼 곳에서 온 사람이 대부분이었습니다.

그곳은 전통 있는 가게라서 규칙도 엄하고 근무 조건이 까다로웠습니다. 메이지자의 뒤편에 있는 주인집에서 숙식하고 있었는데, 저녁에 목욕을 할 때도 꿇어앉아서 "미야자키는 지금부터 목욕을 하겠습니다" 하고 보고를 해야 합니다. 주인이 있건 없건 그렇게 해야 합니다. 주인이 첫번째로 목욕을 하기 때문에 막내 직원은 밤늦게까지 기다려야 목욕을 할 수 있습니다. 머리를 감는 날도 정해져 있어서 남자는 수요일과 토요일에만 해야 합니다. 어떤 자유도 없습니다. 머리를 깎을 때도 이런저런 간섭이 많습니다. 숨이 막혔죠. 당시 제 나이도 벌써 스물다섯이었으니까 말입니다.

그 무엇보다 고통스러운 것은 식사였습니다. 하루에 세 번 먹는 밥이 모두 찬밥입니다. 거기서 일하는 동안 단 한 번도 따뜻한 밥을 먹어본 적이 없습니다. 그러던 어느 날 지금 제가 근무하는 '아즈마지업사'에 근무하는 제지공장 시절 선배가 한번 놀러 오라고 하는 겁니다. 가보니 기숙사의 아주머니가 매일 새로 밥을 지어서 양껏 먹게 해주더군요. 먹어보니 정말 맛있어서……(웃음) 그래서 이 회사로 옮겼습니다. 월급 따위는 얼마라도 좋다, 단지 따뜻한 밥을 마음껏 먹을 수만 있다면 된다고 말입니다.

여기서는 제조는 하지 않고 오로지 판매만 하기 때문에 손가락이 잘릴 위험도 없습니다. 야근도 없습니다. 그래서 이십팔 년간 일하고 있습니다. 영업 업무입니다.

서른에 결혼해서 자식을 둘 뒀습니다. 딸은 스물넷, 아들은 스물하나. 둘 다 졸업하고 직장에 나가고 있습니다. 딸은 같이 살고 있지만 아들놈은 부모와 같이 살면 잔소리가 심하다고 기숙사 생활을 하고 있습니다. 그다지 잔소리가 많은 편도 아닌데 말이죠(웃음). 자식의 눈에 부모란 다 그런 모양입니다.

집은 가시와에 있습니다. 마흔에 집을 지었습니다. 조반 선으로 기타센주까지 가서 거기서 히비야 선으로 갈아타고 쓰키지까지 갑니다. 환승 시간을 포함해서 한 시간 정도 걸립니다. 기타센주에서 전차를 몇 대 보내고 앉아서 갑니다. 집을 나서는 시간은 7시 10분 정도.

회사 업무는 8시 55분에 시작되지만 영업부는 8시 20분이면 모두 나옵니다. 왜 그렇게 빠르냐고요? 별 이유는 없고 그냥 옛날부터 전통이 그렇습니다. 회사가 스미다 강 건너편에 있을 때부터, 일찍 나와서 회사 앞에 물을 뿌려 먼지가 나지 않게 해야 한다는 무언의 규칙 같은 것이 있었던 모양입니다. 지금은 물을 뿌리거나 하지는 않지만 일찍 출근하는 습관은 남아 있습니다. 또 거래처인 중소기업이나 사무실 쪽이 일찍 문을 열기 때문이기도 합니다. 영업부는 가능한 한 빨리 출근해서 마침 일찍 걸려오는 주문전화도 받아야 한다는 선배들의 가르침이 있었거든요.

사건이 일어난 3월 20일을 전후로 무척 바빴습니다. 결산기였기 때문에 영업부의 책임도 막중했어요. 판매량이나 이익이 어느 정도인지 파악해두어야 하기 때문입니다. 다른 업체와 여러 가지 교섭도 해야 합니다. 일 년 중에 가장 바쁜 기간입니다. 귀가 시간이 점점 늦어져서 거의 11시가 돼야 집에 갈 수 있었습니다. 그런 건 괜찮습니다. 일찍 집에 가서 뒹굴거리는 것보다 차라리 편합니다. 그런 생활에 익숙해져버렸으니까요.

우리 회사는 월요일에 반드시 회의를 엽니다. 회의는 늘 아침 8시에 시작합니다. 다른 월요일처럼 움직였다면 사린사건을 당하지 않았을 겁니다. 훨씬 빨리 회사에 가야 하니까 말입니다. 그런데 그날은 회의를 하지 않기로 했어요. 다음 날이 춘분 휴일이었기 때문입니다. 우리 회사는 20일이 수금일인데, 그날 수금한 수표를 집으로 가지고 갔다가 분실이라도 하면 큰일입니다. 그래서 20일은 회의를 하지 않고 수금한 돈을 저녁시간까지 회사에 납입하도록 하라는 것이었습니다. 이것은 영업부만의 결정입니다. 다른 부서는 회의를 했죠. 그 때문에 그쪽에서는 아무도 피해를 입지 않았습니다.

그리고 그때 마침 홋카이도에 사는 처제 부부가 와서 우리집에 머물고 있었습니다. 개척지에 갔다가 사십 년 만에 본토로 나왔던 겁니다. 그래서 21일에 제가 도쿄를 안내하기로 했습니다. 스모를 좋아해서 국기관이나 야스쿠니 신사를 보고 싶다고 하더군요. 오늘은 바쁘니까 내일 안내하겠다고 약속하고는 집을 나섰습니다. 결국 그러지도 못하고 말았지만요.

전차가 고덴마초 역에 멈추자마자 쓰키지에서 폭발물로 보이는 게 발견되었다는 방송이 나왔습니다. 문을 열어둔 채 그런 방송을 했습니다. 쓰키지였던가? 폭발물로 보이는 물건이 발견되어 앞차가 움직이지 못해서 정차해야 한다는 내용이었던 것 같습니다. 저는 전차를 탄 채 기다리기로 했습니다. 앞에서 세번째 칸 맨 뒤쪽이었습니다. 그런데 어디선가 이상한 냄새가 풍겨왔습니다. 고무를 태우는 것 같은 냄새였습니다. 앞에 앉은 여자는 타월로 입을 막고 자리에서 일어나더니 밖으로 나가버렸습니다. 서 있던 저는 그 여자가 일어선 자리에 앉았습니다.

앉자마자 속이 메슥거리기 시작했습니다. 전날 밤에 처제 부부와 술을 많이 마셨던 터라 숙취 때문이라고 생각했습니다. 가슴이 울렁거리고 토할 것 같았습니다. 이것 큰일이다, 사람들 앞에서 토하면 안 된다는 생각이 들더군요. 혹시나 나를 아는 누군가가 토하는 모습을 보면 얼마나 창피하겠어요.

그래서 저는 전차에서 내려서 달렸습니다. 토하더라도 역 밖으로 나가서 토해야 한다, 여기서 토하면 안 된다는 생각밖에 없었습니다. 개찰구를 빠져나왔지만 계단 중간쯤 이르렀을 때 갑자기 다리가 휘청거렸습니다. 속이 이상해지면서 더는 달릴 수 없었습니다. 빨리 전차에서 벗어난 것이 다행이었습니다. 역 바깥으로 나오고 싶어했던 것이 얼마나 다행이었는지 모릅니다. 전날 술을 많이 마셔서 목숨을 구한 거라는 생각도 들고요.

밖으로 나오자마자 역 출구 주위의 관목 덤불에다 토해버렸습니다. 토한 후에는 자리에서 일어날 수가 없었습니다. 일어나려 해도 무릎이 움직여주질 않아 그대로 드러누워버렸습니다. 그러고 나서도 몇 번이나 토했는지 모릅니다. 토하고 또 토했지만 속이 편하지 않았습니다. 들고 있던 가방을 베개 삼아 그 자리에 드러누웠습니다. 몹시 추웠지만 식은땀이 흘러내렸습니다. 여전히 속이 메슥거렸습니다. 이 도표로 보면 1번 출구 쪽이네요. 거기에 드러누웠어요. 너무 추워서, 갑자기 날씨가 이럴 수가 있나, 어처구니없는 날씨가 다 있다고 생각했습니다. 하늘이 점점 어두워졌습니다. 아침에는 날씨가 좋았는데 참 이상했습니다. 저는 그때까지 병 한번 앓은 적이 없었기 때문에 몸이 아프다는 것이 어떤 건지 잘 몰랐습니다.

—주위에는 쓰러진 사람이 없었습니까?

잘 모르겠습니다. 정신없이 누워 있었으니 살펴볼 겨를도 없었을 겁니다. 어떤 사람이 괜찮으냐고 물었습니다. 그래서 그냥 좀 쉬고 싶다고 말했습니다. 그랬더니 그 사람은 이 상태로는 안 된다고 하면서 저를 자동차에 태웠습니다. 보통 승용차였습니다. 그 사람들은 길을 지나는 차라는 차를 다 세워서 쓰러진 승객들을 태웠다고 합니다. 트럭에 탄 사람도 있었습니다. 저는 그냥 좀 쉬면 나아질 거라고 했지만 그 사람은 안 된다면서 차 안으로 밀어넣었습니다. 무서울 정도로 한기가 들고 땀이 났습니다.

차를 탔더니 운전하는 사람이 어디로 가면 되느냐고 내게 물었습니다. 그래서 '쓰키지'라고 대답했습니다. 그래도 회사에는 갈 생각이었던 것입니다. 다른 사람도 타고 있었기 때문에 제 사정은 문제가 아니었겠지만, 그 당시로서는 다른 사람에게 신경 쓸 여유가 없었습니다. 어쨌든 회사에는 가야 한다는 생각밖에 없었습니다.

속이 메슥거린다고 하자 운전하던 사람은 잠깐 기다리라고 하면서 트렁크 속에 든 새 타월을 꺼내주었습니다. 저는 그 타월로 입을 틀어막았습니다. 차를 더럽혀서는 안 된다고 생각했기 때문입니다. 땀이 줄줄 흘러내렸습니다. 그 차에는 나 말고도 두 사람이 더 탔습니다. 남자 하나와 여자 하나. 여자가 앞에 타고 남자 둘이 뒤에 탔습니다.

전후 사정은 모르겠지만 그 차는 핫초보리에서 멈추었고 저는 구급차에 옮겨 탔습니다. 차에서 내려 저는 "토하고 싶어요. 잠깐만 기다리세요" 하고는 또 토했습니다. 더 토할 것도 없었습니다. 토사물에 피도 섞여 있었던 것 같습니다. 속이 너무 좋지 않아 파란 시트 위에 줄곧 누워 있었습니다.

그런데도 의식만은 또렷했습니다. 구급차의 응급대원이 제 이름과 주소와 전화번호를 몇 번이나 집요하게 물었습니다. 한 번 들으면 메모를 해둘 일이지 몇 번이나 반복해서 "이름은…… 주소는……" 하는 거예요. 요컨대 내가 의식이 있는지 확인하려는 것이었습니다. 그때는 화가 치밀더군요. 이렇게 고통스러워하는데 같은 말을 몇 번이나 반복해서 물을 것 있나 해서요.

주변의 정황은 기억하지 못합니다. 그 정도로 고통스러웠습니다. 다른 사람에게 신경 쓸 여유가 없었습니다. 내 몸 하나 추스르기도 힘들었으니까요. 숨을 내쉬기는 하지만 들이쉬기는 힘들었습니다. 어딘가가 꽉 막혀서 도무지 공기가 몸속으로 들어오지 않는 겁니다. 힘들어서 땀을 뻘뻘 흘렸습니다. 숨을 들이쉴 수도 없습니다. 아아, 이대로 모든 게 끝나고 마는구나 하는 생각이 들었습니다.

제가 수용된 곳은 교바시 병원이었습니다. 그 병원에서는 내가 사린환자 1호였습니다. 산소 마스크를 씌우고 링거주사를 세 대나 꽂았습니다. 그날은 저녁때까지 구토를 했습니다. 링거주사를 맞으면서 토했습니다.

밤이 되었지만 도통 잠이 오지 않았어요. 할 수 없이 책을 읽었죠. 추리소설을요. 밤새 읽었습니다.

—밤새 책을 읽었다고요? 눈이 아프지 않았습니까?

아니요, 눈은 하나도 아프지 않았습니다. 저는 눈이 나쁜 편이라 작은 글자를 잘 읽지 못하는데 이때만은 무슨 영문인지 아주 잘 보이더군요. 정말 이상하다, 왜 이렇게 잘 보일까 의아했습니다. 게다가 평소라면 책을 조금만 읽어도 금방 잠들어버리는데, 그날만은 아무리 읽어도 잠이 오지 않았습니다.

나흘간 입원했습니다. 자는 게 좋다고 해서 하루 종일 잤습니다. 머리가 아프지는 않았습니다. 목이 좀 이상한 정도였습니다. 단지 눈동자가 점처럼 작아져서 좀처럼 원 상태로 돌아오지 않았습니다.

사건 후에 집중력이 떨어진 것만은 확실합니다. 무슨 일을 하든 금방 질려버립니다. 저는 원래 집중력이 남달리 뛰어난 편이었습니다. 무슨 일을 하든 그랬습니다. 그러나 그것이 최근 들어 약해졌습니다. 왠지 머리가 탁해져서 같은 부분을 몇 번이나 반복해서 읽지 않으면 머리에 들어오지 않습니다. 눈은 글자를 따라가지만 머릿속에 들어오지 않습니다. 지금껏 많은 책을 읽었는데 이제 와서 읽는 속도가 느려지다니 정말 화가 치밀더군요. 건망증도 심해졌습니다. 듣는 순간 메모해두지 않으면 곧 잊어버리고 맙니다. 그러나 이건 나이 탓일지도 모르죠.

골프를 해도 금방 피로해집니다. 한 홀을 돌고 나면 다리에 힘이 없어 아무 데나 걸터앉습니다. 회사 동료들은 벌써 노인네가 되었다고 놀려대요. 이전에는 운동을 좋아했고 스테미너 하나만은 자부심을 가지고 있었는데 말입니다. 최근 들어 쉬 피로를 느끼게 되었습니다. 사린가스를 마신 탓인지, 나이가 들어 자연스럽게 그리된 건지 모르겠습니다.

원한을 가진 사람에게 공격을 받았다면 모르겠지만, 그런 어처구니없는 가스 때문에 목숨을 잃어야 한다는 것은 말도 안 됩니다. 정말 화가 납니다. 죽지 않는다 하더라도 가령 사고 때문에 결재를 못해 회사가 망하기라도 하면 어떡합니까. 얼마 동안 제가 행방불명되는 바람에 회사에서는 일손을 놓고 저를 찾았다고 합니다. 서른 명 정도밖에 안 되는 작은 회사지만 모두들 거래처 전화도 끊고 저를 찾아나섰죠. 그런 업무상의 피해도 만만치 않습니다. 보상이 나온다 해도 그런 손실에 대한 보상이 나올 리 없습니다. 정말 화가 날 따름입니다.

◉— 이하는 A738S 전차(다케노즈카 발)에 탔던 승객들의 증언이다.

맞은 사람은 몸이 아프지만, 정말로 마음이 아픈 사람은 때린 쪽입니다.

이시하라 다카시 (당시 58세)

이번 지하철 사린사건 피해자를 취재하면서 알게 된 사실은 간토 북쪽과 동쪽 지방 출신의 피해자가 많다는 것이다. 남쪽과 서쪽 사람은 손으로 꼽을 정도에 지나지 않는다. 어쩌면 지하철 노선과 어떤 관련이 있을지도 모르겠다. 특히 간사이 지방 출신자는 무척 적었다. 그래서 오사카 출신의 이시하라 씨와 이야기를 나누는 동안 나 역시 간사이 지방 출신인지라 고향 생각이 났다. 간사이 지방 사투리는 없었지만 이야기하는 톤은 기본적으로 '간사이' 적이다. 물론 이야기는 진지했지만 아주 무난하고 자연스럽게 술술 흘러갔다. 성격 탓도 있을 것 같다.

이시하라 씨는 같이 입원했던 사람들에게 깊은 인상을 남기기도 했다. 코를 무척 크게 골았기 때문이다. 본인도 그 사실을 잘 알고 있었다. "저는 원래 코를 크게 고는 편이라 다른 사람들이 꽤 잠을 설쳤을걸요"라고 싱글거리며 얘기한다. 어딘지 모르게 대인의 풍모를 가진 사람이다.

예순 가까운 나이지만 젊고 힘이 넘쳐 보인다. 무슨 일을 하든 전력을 다하는 타입으로 취미도 다양하다. 골프는 최고 점수 77까지 내보았다. 회사 일에 대해서도 '지금까지 누구에게도 지지 않을 정도로 잘해왔다'는—비록 입 밖으로 내지는 않았지만—자부심 같은 것이 풍겨나온다. 사린사건으로 인생의 쓴맛을 톡톡히 보고 많은 생각을 하게 되었다고 한다.

일을 하면서 한국을 열성적으로 좋아하게 되어 요즘에는 열심히 한국어를 배우고 있다. 한국어 이야기만 나오면 만면에 웃음이 가득해질 정도다. 마음이 젊은 것이리라.

*

교토에서 대학을 나와 지금의 회사(섬유업)에 들어왔습니다. 저는 기술 파트여서 본사와는 별로 관련이 없기 때문에 일 년 정도 연수를 마치고는 도쿠시마에 있는 공장에 파견되었습니다. 대학을 졸업한 해가 1956년인데, 당시만 해도 섬유 관련 업체의 경기가 아주 좋았습니다. 그야말로 일본의 기간산업이었죠. 대학에서는 화학섬유를 전공했습니다. 마침 테트론이나 나일론 같은 화학섬유가 화려하게 등장했을 때라 저도 그에 이끌려 과를 택했습니다. 도쿠시마에서는 줄곧 연구 개발에 관여했습니다. 정말 재미있었어요. 회사 일이라 자세한 내용을 이야기할 수는 없지만 우리가 연구 개발해서 제품으로 나온 것도 많이 있습니다.

도쿠시마에서는 인생의 절반을 보냈지요. 아내도 거기서 '현지채용'했어요(웃음). 우리 가족이 넷인데 나 말고는 모두 거기서 태어났습니다. 도쿠시마 산이 아닌 사람은 나뿐입니다. 한때는 모두 도쿄에서 살았지만 딸이 그쪽 사람과 결혼해서 거기로 돌아가 자리를 잡았습니다. 도쿠시마는 정말 좋은 곳입니다. 따스한 인정이 있고 시간도 천천히 흐르는 듯하고, 도시와는 완전히 다른 곳입니다. 제가 거기 있을 때 11번 국도가 있었는데 차가 한 대 지나가면 한 십 분이나 있어야 다음 자동차가 나타납니다. 그 정도로 한산한 곳입니다. 젊은 시절이었지만 시골생활의 외로움 같은 것은 느끼지 않았습니다. 도시에서 갑자기 시골로 옮겼으니 처음에는 당연히 위화감을 느꼈지만, 성격상 적응이 빨라서 금방 그 지방의 분위기에 녹아들었습니다. 예민한 성격은 아니거든요. 스물다섯에 결혼했습니다. 도쿄 올림픽 때 딸애가 태어났고, 지금은 손자가 둘입니다.

—손자가 있다기엔 너무 젊어 보이시는군요.

그렇습니다. 나이보다 다섯 이상은 젊게 봐주니까요. 아직도 오 년은 더 주택 융자금을 납부해야 하니까 빨리 늙을 수가 없지요(웃음). 사이타마 현의 미사토라는 곳에 아파트를 하나 샀는데, 융자금을 갚느라 고생이 심합니다.

1985년에 도쿄로 왔습니다. 본사로 전출되었지요. 이곳으로 나온 지 삼 년 후에 천황이 세상을 떠났습니다. 결국 도쿠시마에는 이십육 년간 있었던 셈입니다. 아들은 이치카와에서 태어났습니다. 컴퓨터 시스템 엔지니어이고 여기로도 손자가 하나 있습니다. 그쪽 일은 정말 바쁜 것 같아요. 매일 10시, 11시나 되어야 집으로 돌아옵니다. 아직 젊으니까 바쁜 게 당연할 테지만……

도쿠시마를 떠난 게 그다지 섭섭하지는 않습니다. 같은 곳에 너무 오래 머물러 있었고 내가 개발한 제품도 세상에 나왔고 해서 떠날 때도 되었다는 생각이 들던 참이었습니다. 게다가 자식 둘이 당시 모두 도쿄에서 생활하고 있었습니다. 딸은 스튜어디스로 일하고, 아들은 대학에 다니고 있었기 때문에 아파트를 하나 빌려 둘이 생활하도록 했습니다. 그래서 우리도 도쿄로 가는 데 별다른 저항감은 없었습니다. 아파트를 구입한 것은 육 년 전입니다. 거품이 가라앉은 직후였지요. 가격이 좀 내려서 3천만 엔짜리 물건이 나와서, 그 정도면 우리 같은 월급쟁이도 손을 댈 수 있을 것 같다는 생각이 들더군요.

통근 때는 지요다 선의 가나마치에서 타서, 기타센주에서 히비야 선으로 갈아탑니다. 7시 20분에 집을 나서서 닌교초에 있는 회사에 도착하면 8시 20분, 일은 8시 30분에 시작합니다. 전차가 들어오면 바로 타기 때문에 절대로 앉을 수 없습니다. 한 해에 한 번 정도 운이 좋으면 앉을까 말까, 거의 기적에 가까운 일이에요. 서서 가도 별로 힘들지 않습니다. 그렇지만…… 그렇군요. 최근 들어 자리에 앉고 싶다는 생각이 자주 들기 시작했습니다. 질문을 받고 보니 그런 것 같네요. 흠, 나는 아직 젊다고 생각하는데 역시 나이는 어쩔 수 없는 모양입니다. 그렇지만 그때는 전차를 타도 앉고 싶다는 생각은 들지 않았습니다.

도쿠시마에 살 때는 걸어서 십 분 거리에 사택이 있었기 때문에 통근이랄 것도 없었지요. 그러다가 갑자기 처절한 통근 전쟁의 소용돌이에 말려들게 되었습니다. 그러나 금방 익숙해지더군요. 적응력이 뛰어난 편이라서 뭘 하든 금방 익숙해집니다. 게다가 학생 시절에도 도시의 복잡한 전차를 타고 통학을 했으니까 생전 처음 겪는 일은 아니었던 셈입니다. 그래서 그런지 그리 부담스럽지는 않았습니다. 어느 쪽이든 괜찮습니다. 도시 감각도 시골 감각도 모두 갖춘 셈이니까요.

사건 당일의 일 가운데 하나만은 또렷이 기억납니다. 평소에는 아내가 차로 역까지 바래다줍니다. 도중에 좁은 급커브 길이 있습니다. 대형차의 출입이 금지된 곳이죠. 그런데 그날 아침따라 대형 트럭이 길을 딱 가로막고 있는 겁니다. 길을 잘못 들어서 그 차는 오도 가도 못하고 있었습니다. 그래서 초조하게 길을 비켜주기를 기다렸어요. 제 뒤에는 스무 대 정도가 길이 트이기를 기다리고 있었습니다. 그 덕분에 오 분 정도 늦게 전차를 타게 되었지요. 만일 그런 일이 없었더라면 아마도 저는 하야시라는 남자가 사린 봉지를 터뜨린 그 전차를 탔을 겁니다. 제가 탄 전차와 불과 한 대 차이였으니 말입니다. 행운이었지요. 이렇게 피해를 입기는 했지만 그전 전차를 탔더라면 직접 물질에 노출됐을 테니까요. 불행 중 다행이라고 해야 할지……

전차는 아키하바라와 고덴마초 사이에서 멈추었습니다. 그리고 쓰키지에서 폭발사고가 있었다는 방송이 흘러나왔습니다. 그리고 잠시 후에 고덴마초 역에 도착하자 승객들을 모두 내리게 하더군요. 할 수 없이 전차에서 내렸습니다. 저는 앞에서 두번째 칸에 타고 있었기 때문에 개찰구로 나가려면 플랫폼 뒤쪽으로 걸어가야 했습니다. 그런데 사오 미터 간격으로 두 사람이 쓰러져 있는 겁니다. 한 사람은 남자, 다른 한 사람은 여자였습니다. 저는 그냥 지나칠 수가 없어 여자 쪽으로 가서 보살펴주었습니다. 각각 승객 두세 사람이 붙어서 보살피고 있더군요. 그때까지는 역무원도 나타나지 않았습니다. 어떤 남자가 간질 발작 같다면서 손수건을 입에 물리더군요. 두 사람 다 거의 몸을 움직이지 못하고 그냥 축 늘어져 있었습니다.

나중에 여러 사람에게 사린 봉지를 봤느냐는 질문을 받았습니다. 그 부근으로 누군가가 사린 봉지를 차버렸다고요. 그러나 봉지는 보이지 않았습니다. 액체가 고여 있었다는 것을 어렴풋이 기억하고 있을 뿐입니다. 바닥이 미끈미끈했다는 느낌이 기억 속에 남아 있습니다. 어디까지나 어렴풋한 기억이지만…… 아니요, 냄새는 느끼지 못했습니다.

거기에 이 분에서 사 분 정도 있었을 겁니다. 저는 역무원을 불러야겠다고 생각했습니다. 그래서 개찰구 쪽으로 가는데 마침 역무원이 지나가기에 승객 두 사람이 쓰러져 있다고 말했습니다. 역무원이 그쪽으로 가는 것을 보고 저는 개찰구 쪽으로 향했습니다. 그때쯤 속이 이상하다는 느낌을 받았습니다. 그래서 서둘러 계단을 올라 지상으로 나와보니 화단과 보도에 몇 사람이 쓰러져 있었습니다. 그 광경을 바라보면서 공중전화 부스로 들어가 지하철 사고 때문에 늦어질 것 같다고 회사에 전화를 했습니다. 그런데 전화를 하는 도중에 점점 더 속이 메슥거리는 것입니다. 그리고 한기가 들었습니다.

그날은 처음으로 겨우내 입었던 코트를 벗은 날이었습니다. 저는 성질이 급한 편이라 항상 다른 사람보다 먼저 코트를 벗어버립니다. 그러면 봄이라는 느낌이 드니까요. 후회막심이었지요. '하필이면 오늘같이 추운 날에 코트를 벗어버리다니 너무 일렀어' 하고 말이죠. 체온이 떨어져서 그런 것도 모르고 날씨가 추워졌다고 생각한 겁니다. 전화 부스에서 나와 도로를 보니 평소에는 하얗게 보이던 풍경이 분홍빛이 약간 섞인 옅은 갈색으로 보이는 겁니다. 도로 중간의 흰 선이 그렇게 보였습니다. 게다가 몸은 오들오들 떨리고요.

지금 생각해보면 이상한 일이지만, 그때는 플랫폼에 쓰러져 있던 승객이라든지 도로 주변의 화단에 널브러져 있던 사람들, 계단을 올라오면서 기침을 하던 많은 사람들이 하나로 연결되지 않았습니다. 조금만 냉정하게 생각했더라면 눈치챘을 텐데, 그때는 내가 뭔가에 당했다는 의식이 도무지 없었습니다. 왜 이렇게 추운 날에 코트를 입지 않았을까라는 생각뿐이었습니다.

몸이 노곤하고 힘이 들었습니다. 그러나 벌써 정신이 몽롱해져서 얼마나 힘들었는지는 기억이 나지 않습니다. 구급차 사이렌 소리를 들은 것 같은데, 기억이 흐릿합니다. 어쨌든 회사에 갈 생각으로 닌교초 쪽으로 걸어가다가 도중에 멈춰 서 있는 경찰의 소형버스를 발견하고 경찰에게 제 상태를 설명했더니 차에 타라고 하더군요. 구급차가 부족해 경찰차로 길거리에 쓰러진 사람들을 태워 병원으로 수송하고 있었던 겁니다.

그 차를 타기까지 이백 미터 정도 걸었을 겁니다. 이미 회사 가까운 곳까지 와 있었습니다. 몸은 비틀거리고 도로는 갈색으로 보이는 등 모든 것이 이상했지만 아직도 사태의 심각성을 파악하지 못하고 있었습니다. 그래서 무작정 회사에는 가야 한다 싶어 있는 힘을 다해 걸었습니다. 용케도 참고 걸었다는 생각이 들 정도입니다.

그러나 경찰차를 보는 순간 더는 견딜 수 없더군요. 걸음을 옮기면서도 계속 누군가 도와주었으면 좋겠다고 생각하고 있었습니다. 그냥 이 자리에 주저앉고 싶다, 이 자리에 그냥 드러누워버리고 싶다고 생각했습니다. 정말 괴로웠습니다. 그렇지만 이 모든 것이 아침에 코트를 입지 않고 나왔기 때문이라고, 조금 춥다고 길가에 쓰러져서는 말이 안 된다고 이를 꽉 깨물었던 것입니다. 코트 하나 입지 않았다고 이렇게 추위를 타다니 정말 기가 찰 지경이었습니다. 인간이란 참 묘한 것 같습니다. 그렇게 심각한 상태인데도 코트를 입지 않았기 때문이라고 생각하다니 말입니다.

저는 건강에는 자신이 있었습니다. 몸도 튼튼하고 병 한번 앓은 적이 없으니까요. 회사를 쉰 적도 없습니다. 그래서 코트 하나 입지 않았다는 것 때문에 이렇게 타격을 받는다는 사실 자체가 충격이었습니다.

—이런 경우에는 오히려 평소 건강에 자신이 없는 사람이 더 조심하는 경향이 있죠. 자신이 있는 사람은 무리를 하게 되니까요.

그렇습니다. 내가 왜 이러는지만 생각하게 되니까요. 저는 모든 것이 코트 때문이라고 여겼습니다. 코트만 입었더라면 하고 말이죠. 경찰차 안에는 일고여덟 명이 타고 있었는데 모두 심각한 상태였습니다. 어떤 사람은 창밖으로 얼굴을 내밀어 토하고 있었습니다. 젊은 부부가 있었는데 여자 쪽은 거의 숨이 넘어갈 것 같아 보였습니다. 남자가 여자를 보살피고 있었는데 상당히 중증이었습니다. 저는 아직 앉아 있을 수 있는 정도는 되었습니다. 그제야 뭔가 큰일이 벌어졌다는 것을 깨달았습니다.

지금 제가 하는 이야기는 그렇게 기억하는 것뿐이지 사실은 그렇지 않았을지도 모릅니다. 누군가에게 그런 이야기를 듣고서 마치 제 기억인 것처럼 생각하는지도 모르겠습니다. 병원에서 다른 사람과 자주 그런 이야기를 주고받으니까요. 다시 말해 현실과 나중에 듣고 알게 된 내용을 정확히 구별할 수 없다는 겁니다. 제가 이야기를 하면서도 자신이 없습니다. 전반적으로 기억이 흐릿해요. 확실히 기억하는 것은 전차가 고덴마초 역에 들어갔을 때 묘한 비명을 지르며 발광하는 젊은이의 모습을 창을 통해 보았다는 겁니다. 굉장한 소리를 지르면서 펄쩍펄쩍 뛰고 있었습니다. 그것만은 뚜렷이 기억하고 있습니다. 병원에서 경찰에게 그 이야기를 했더니 그 사람도 피해자라고 하더군요. 저는 혹시 그자가 범인이 아닐까 생각했더랬습니다.

세타가야의 자위대 중앙병원에서 눈 검사를 받았더니 "여기 온 사람 중에 당신 눈이 가장 상태가 나빠요"라고 하더군요. 동공이 일 밀리미터도 안 된다고요. 핀 포인트라는 말로 표현하면 정확할 것 같습니다. 입원한 지 사흘째가 되었지만 신문의 큰 제목을 일 초도 보고 있지 못했습니다. 일 초 정도만 지나면 머리가 지끈지끈합니다. 머리가 아파서 더는 볼 수가 없어요. 사고 후 사흘째부터 링거주사를 뽑고 식사를 하게 되었지만 먹을 때도 음식을 제대로 볼 수 없었습니다. 밥을 먹으면서도 밥과 반찬을 볼 수 없는 겁니다. 이렇게 눈을 옆으로 돌리고 밥을 먹었습니다. 일주일 후에 회사에 출근했지만 십 초도 한곳을 집중해서 볼 수가 없었습니다. 정말 고통스럽더군요. 그래서 한 달 동안은 도장 찍는 일밖에 하지 않았습니다. 콜린에스테라아제 수치가 정상으로 돌아오기까지 한 달이 걸렸습니다. 오후 서너시가 되면 일찍 퇴근해야겠다고 그냥 회사를 나와버립니다. 그리고 일주일에 며칠은 집에서 쉬었습니다.

지금은 풀타임으로 근무하고 있습니다. 그렇지만 쉬 피로해집니다. 이전에는 일 관계로 자주 고베, 시코쿠, 규슈 등으로 출장을 갔지만 지금은 그러지 못합니다. 완전히 그만둬버렸습니다. 이전에는 일부러 가겠다고 하던 출장도 이제는 대신 가달라고 여기저기에 부탁하고 다닙니다. 끈기도 없어졌습니다. 통근하는 것도 피곤합니다. 지금까지는 이런 일이 없었습니다.

저는 벌써 정년에 가깝기 때문에 회사에서도 관대하게 봐주는 편입니다. 좀 게으름을 피워도 대충 넘어갑니다. 거기에 대해서는 정말 감사하게 생각하고 있습니다. 그러나 그렇지 않은 사람들, 또는 중증 환자는 정말 큰일입니다. 그런 사람에 대해 정부가 무슨 배려를 해줘야 할 것입니다. 에이즈도 중요한 사안이지만 마찬가지 차원에서 사린 피해자를 봐야 하지 않을까요. 저는 그렇다 쳐도, 다른 사람들을 위해서 꼭 한번 짚고 넘어가야 한다고 생각합니다.

오른쪽 눈의 시력은 원래 시력에 비해 반 이하로 떨어졌습니다. 0.8이었던 것이 지금은 0.4밖에 되지 않습니다. 그러나 저는 그것이 사린 때문이라고 생각하기 싫습니다. 그렇게 인정하고 싶지 않아요. 인정하는 순간 그놈들에게 지고 말기 때문입니다. 그래서 되도록이면 그런 생각을 안 하려고 노력합니다. 기본적으로는 나이 탓이라고 생각하고 있습니다.

저는 코를 심하게 골기 때문에 빨리 잠들면 다른 사람들에게 피해를 줍니다. 그래서 늘 복도에 나와 한국어 회화 테이프를 들으면서 시간을 죽이다가 다른 사람들이 다 잠든 다음에 조용히 잠자리에 들었죠. 그렇지만 아침이 되면 "이시하라 씨, 잠버릇이 대단하더군요"라는 감탄의 소리를 들어야 했습니다. 모두들 잘 알고 있더군요.

그렇지만 덕분에 한국어 실력은 많이 늘었습니다. 눈이야 아프지만 머리는 괜찮으니까 테이프를 들으면서 공부를 한 겁니다. 그나마 이것이 이번 사건에서 얻은 거라면 얻은 거죠. 그때 배운 한국말 중에 이런 것이 있습니다. "맞은 놈은 발을 뻗고 자지만 때린 놈은 몸을 움츠리고 잔다." 즉 맞은 사람은 몸이 아프지만 정말로 마음이 아픈 사람은 때린 쪽이라는 것입니다. 물론 고생하는 분들께 이런 말을 하면 화를 내겠지요. 각자 입장도 사고방식도 다르니까요. 그러나 오해를 무릅쓰고 말하자면 한국의 그 속담이 현재의 제 심정입니다. 한동안은 죽일 놈들이라고 욕을 했지만 지금은 모든 것을 객관적으로 보게 되었습니다.

지금까지는 회사원으로서 열심히 일했지만 이제는 삶의 페이스를 다시 생각해봐야 할 것 같습니다. 남은 인생을 어떻게 보내야 할지 일 년간 많이 생각해보았습니다. 다른 각도에서 내 모습을 바라보는 기회를 가졌던 것입니다. 이것도 이번 사건에서 얻은 점이라 할 수 있겠습니다.

그들이 한 짓을 잘 이해할 수가 없고, 이해할 수 없으니까 증오심이 일지 않는 모양입니다.

하야미 도시미쓰 (당시 31세)

하야미 씨는 닌교초에 있는 식품 원료 도매상에 근무하고 있다. 설탕이나 전분과 같은 원료를 사들여 그것을 일반 소매점에 파는 중개업무를 하는 회사이다. 쌀이나 기름 같은 것도 취급한다.

하지만 하야미 씨 자신은 그러한 물품을 어딘가로 사러 가거나 팔러 가지는 않는다. 그가 소속되어 있는 곳은 '상품 선물거래'라는, 회사 내에서도 가장 바쁜 부서다. 고객의 돈을 맡아두었다가 시세를 보고 눈에 안 보이는 것을 전화 한 통으로 거래한다. 때로는 억 단위의 돈이 들어왔다 나갔다 한다. 간단한 일이 아닌 것이다.

"업계에는 질이 나쁜 인간도 꽤 있습니다. 그런 사람은 눈만 봐도 대충 알 수 있어요"라고 그는 말한다. 하야미 씨는 견실한 타입이니까, 물론 그런 험악한 눈을 갖고 있지 않다. 가끔 단호한 눈빛을 보이기는 하지만 맑은 눈이다.

짧은 머리에 다부진 체격이다. 검은 피부에 용모며 태도, 말씨가 '운동부' 같은 느낌인데, 실제로 중고등학교 시절에 야구를 했다고 한다.

사건 당시 부인은 임신 삼 개월이었다. 첫 아이는 그해 10월에 건강하게 태어났다. 사건이 임신 전에 발생하지 않은 게 다행이라고 그는 말한다. 사린가스의 유전적 영향을 염려했던 것이다. 가족을 매우 소중히 여기는 사람이라는 인상을 받았다. 지금은 아마도 세 가족이 새로운 보금자리를 마련했을 것이다.

*

상품 선물거래는 상당히 특수한 분야고 구조도 꽤 복잡한데, 주식이 상품으로 나와 있다고 생각하면 이해하기 쉬울지 모르겠습니다. 이 부근에는 선물거래를 하는 곳이 상당히 많아요. 닌교초에서 조금만 걸어가면 도쿄곡물거래소라는 곳이 있는데, 그곳이 중심이니까요.

어쨌든 분초를 다투는 거래이기 때문에 상당히 긴장합니다. 저희는 고객과 전화를 통해 입회인을 두고 분초를 다투며 사고팔기를 합니다. 그 수수료가 우리의 수입이 되는 것이죠. 하지만 곡물 도매상 중에 선물거래 부서를 두는 가게는 드문 편입니다. 대개는 '전업'이라고 해서 상품 거래만 하는 회사가 대부분입니다. 그 안에 업무부도 있고 총무부도 있는데, 우리 회사는 특수한 경우죠. 하지만 주력은 어디까지나 도매업입니다.

그러니까 같은 회사에서도 우리 쪽은 다른 부서와는 성격이 상당히 다릅니다. 다른 부서 사람은 그야말로 보통 식품회사의 영업사원이라 고객이 있는 곳을 찾아가기도 하고 물건을 운반하는 그런 일을 합니다. 그러나 우리 일은 전화 판매예요. 전화 한 통으로 눈에 보이지 않는 물건을 이쪽에서 저쪽으로 팔기도 하고 사기도 하죠.

거래 시작은 아침 9시부터고, 마감 시간은 오후 3시 반경입니다. 저는 외무원이라는 자격을 가지고 있기 때문에 거래가 열려 있는 시간 동안 일을 합니다. 외무원이라는 것은 업계에서 주는 자격인데 이러한 자격증이 나와요(플라스틱 케이스에 끼운, 사진이 붙은 자격증을 꺼낸다). 이 년에 한 번씩 갱신하는데, 이게 없으면 손님을 뺏깁니다. 이것만 있으면 어느 정도 외근도 가능하죠.

다만 이건 일반적인 거래와는 다르기 때문에, 이를테면 콩 같은 상품을 들고 '이거 어떠세요?' 하고 주문을 받으러 가지는 않습니다. 고객으로 하여금 나를 신용하게 만들어 돈을 맡기게 한 다음, 그것을 고객이 원하는 대로 회전시켜 이익을 내는…… 그런 거래이기 때문에, 제가 돌아다니며 애를 쓴다고 잘되는 일이 아닙니다. 고객은 외무원 개인에게 딸려 있는 경우가 많습니다. 저는 벌써 십사 년간 이 일을 했기 때문에 나름대로 고객을 확보하고 있습니다. 매매를 통해 발생하는 중개료는 고스란히 회사로 들어갑니다. 일단 회사에 귀속되는 거죠. 그리고 저는 일반사원들처럼 월급을 받습니다. 벌어도 그 이득은 거의 없습니다. 미국 같은 곳과는 달라서 성과에 따른 보너스가 없어요. 다른 회사에는 어느 정도 그런 시스템이 되어 있지만 우리 회사에는 없어요. 저는 어디까지나 회사원이죠.

우리 회사는 식품 도매업이라는 어엿한 간판을 내걸고 있기 때문에 절대로 부정한 짓은 하지 않습니다. 완고하죠. 예를 들어 고객에게 음성적인 이익을 제공할 수 없어요. 그러니까 고객들도 '돌아오는 게 없다면 다른 데로 가지' 하는 마음이 돼버리죠. 이런 거래를 하는 회사가 예순 군데는 되니까 쉽게 다른 곳으로 가버립니다. 단 우리 회사에도 독립된 외무원이 있어요. 독자적인 행동을 하는 거죠. 일단 회사에 책상과 전화를 두고 있지만 회사에서 월급을 받는 사원은 아닙니다. 퇴직금도 보증금도 아무것도 없어요. 그 대신 중개료의 35퍼센트를 가져갑니다. 회사는 65퍼센트의 이익을 위해 책상과 전화를 내주는 거죠. 딱 한 명이지만 우리 회사에도 그런 사람이 있습니다.

이 세계의 경쟁은 치열합니다. 특히 최근에는 큰 회사가 앞장서서 직접 가게를 내고 콩 같은 것을 팔고 있어요. 그러니까 지금까지 우리가 독점해서 취급하던 것이 다른 곳으로 분산되어버리는 거죠. 우리가 받는 수수료 비율도 명확히 정해져 있었지만 지금은 그것도 무너져서 있으나 마나입니다. 극단적인 예로 우리는 '수수료를 절대 받지 않는다'는 곳도 있어요. 수수료 없이 어떻게 이익을 내는가 하면, '우리 가게는 대형 회사의 주식을 가지고 있습니다. 미쓰비시 주식도 들어와 있습니다. ○○물산의 주식도 있습니다'라는 식으로 정보의 이점을 활용해 손님을 끌고 거기서 수수료를 챙기는 것입니다. 대형 회사에 대해서는 '댁은 수수료를 내지 않아도 됩니다. 필요 없어요' 하고 제안합니다. 누구라도 수수료를 받지 않는 쪽으로 갈 게 뻔하지 않겠습니까.

—저처럼 아무것도 모르는 사람이 선물거래를 해보겠다고 몇 백만 엔을 가지고 와서, '난 잘 모르니까 적당한 게 있으면 사주세요' 하는 일

은 없겠군요.

좀처럼 없습니다. 솔직히 말해 일반인에게는 무척 어려운 일입니다. 일전에 어느 손님이 제가 있는 곳으로 와서 5백만 엔을 투자했다가 순식간에 날려버렸어요. 650만 정도에서 발을 뺐는데, 부족한 150만이 수중에 없으니 어떻게든 분할해달라고 하더군요. 그러니까 이런 거래를 하는 사람은 지금까지 대충 한두 번은 주식투자에 손을 대본 적이 있다고 보면 됩니다.

예를 들어 콩을 사려고 주문했는데 갑자기 폭락해버리면 가지고 있어도 소용이 없어요. 결산을 해야 하는데 그러면 막대한 손해를 입죠. 하지만 물건으로 받을 수는 없는 노릇입니다. 예를 들어 물건을 산 사람이 두부 가게를 한다면 콩을 현물로 받아서 소비할 수가 있습니다. 투자하는 셈 치고 사두었다가 정기적으로 조금씩 판다든가 나중에 일괄해서 판다든가 하는 겁니다. 그러니까 아무래도 특수한 분야라고 봐야 합니다.

그러나 한번 움직였다 하면 돈의 액수가 엄청납니다. 요즘 옥수수가 가장 잘 움직이는데, 일반 고객 가운데 3천만 엔의 보증금을 걸어두고 10억, 20억을 버는 사람도 있습니다. 그것도 겨우 반년 만에요. 그만큼 거친 세계입니다. 물론 그 정도로 버는 사람이 있다는 것은 그만큼 손해 보는 사람도 있다는 것이죠. 선물거래로 재산을 탕진했다는 얘기는 썩어날 만큼 많아요. 거품 경기가 한창일 때 안 좋은 일이 하나 터지면 반드시 '선물로 자금이 흘러들었다' 라는 뉴스가 나오죠. 정치권에 줄이 닿은 사람이라든지…… 그래서 상당히 부정적인 이미지가 강합니다. 지금은 그런 뉴스는 꽤 줄었지만 실제로는 어떤지 저도 잘 모릅니다. 수면 아래 숨어 있는지도 모르죠. 거래액 자체는 거품 시절보다 더 증가한 것 같습니다.

일 자체는 재미있어요. 아뇨, 딱히 좋아서 이 세계에 들어온 것은 아닙니다. 회사에 들어와서 우연히 이 부서로 전출되었을 뿐입니다. 하지만 그때까지 아무것도 모르는 세계였기 때문에 저로서는 매우 신선했어요. 회사에 들어오기 전에 예상하던 샐러리맨의 일과와 완전히 달랐으니까요. 하루 종일 책상 앞에서 사무만 보거나 영업을 했고 바깥을 돌아다니는 일은 지금까지 한 번도 해보지 않아서 비교해볼 수 없지만, 처음에 가졌던 그런 신선한 느낌 같은 것이 지금도 변함없이 계속되고 있습니다.

독립하고 싶은 생각이 없는 것은 아니지만, 그렇게 되면 미래에 대한 아무런 보장도 없으니까요. 혼자라면 몰라도 저는 처자가 있는 몸입니다. 회사를 그만두면 수입도 불안정해지고 보너스도 나오지 않죠. 집사람도 이대로가 좋다고 합니다. 집사람도 같은 회사에 근무했기 때문에 제가 하고 있는 일의 내용을 잘 알고 있습니다.

아침 8시 20분 정도까지는 회사에 나가려 하고 있습니다. 거래처가 9시에 문을 여니까 그전에 조금 여유를 가지고 가는 것이죠. 회사의 출근 카드는 8시 40분으로 되어 있지만…… 9시가 되면 거래처에서 전화가 오기 시작합니다.

집은 사이타마 현의 미나미사이타마 군 시라오카라는 곳에 있습니다. 도호쿠 선(우쓰노미야 선)의 시라오카라는 역이죠. 삼 년 전에 결혼해서 그쪽으로 옮겼습니다. 그곳에 처가가 있어요. 전 도쿄 태생이지만 도쿄는 집세가 엄청났고, 어차피 멀리 갈 바에는 아는 곳이 좋을 것 같아서요. 시라오카에는 거의 아무것도 없습니다. 주위는 온통 밭입니다. 공기는 정말 깨끗하지만 겨울에는 너무 추워요. 온도도 도심과 비교해 사오 도나 차이가 납니다. 처음에 통근하면서는 좀 멀다 싶었지만 일이 년 지나니 익숙해지더군요.

전차가 시라오카로 들어올 때는 자리가 없지만 오미야에서 내리고 타는 사람이 많아 거의 교체됩니다. 그때부터 말 그대로 미어터집니다. 우라와, 아카바네, 오쿠쯤 되면 발 디딜 틈이 없을 정도로 꽉 찹니다. 손가락 하나 까딱할 수 없어요. 자칫 잘못하면 아카바네 부근에서는 내리고 싶어도 내리지 못하기도 합니다. 전차가 우에노에 도착하는 것이 8시 2, 3분, 그곳에서 히비야 선으로 갈아타고 닌교초까지 갑니다.

아침 5시 반경에 일어납니다. 그리고 12번 채널로 6시 15분부터 시작하는 시카고 곡물 정보 뉴스를 봅니다. 꼭 봐야 하는 것은 아니지만 정보니까 일단 봐둡니다. 그리고 7시에는 집을 나옵니다.

잠자리에 드는 시간이 대개 12시 정도니까 수면 시간은 좀 부족한 듯하지만, 익숙해지면 별로 힘들지 않습니다. 일단 몸은 건강하니까요. 5시 반에 회사가 끝나면 바로 돌아오기 때문에 7시 조금 넘어 집에 도착합니다. 컴퓨터 고장과 같은 돌발사고만 아니면 잔업은 거의 없어요. 우리 일은 정해진 시간에 시작과 끝이 명확하기 때문에 퇴근 시간도 정확합니다.

사건이 있던 날 아침은 휴일 사이에 낀 날이어서 우리 부서에서도 두 명이 유급휴가를 받고 쉬었습니다. 그런 만큼 지각하거나 결근해서는 안 된다는 생각이 머릿속에 박혀 있었죠. 일곱 명 중 두 명이 쉬니까 말입니다.

우에노 역에서 내렸을 때 우연히 회사의 다른 부서 사람과 만나 가볍게 인사를 나누고 함께 히비야 선을 탔습니다. 그리고 뒤 칸에서 앞 칸을 향해 죽 옮겨갔어요. 우에노에서 갈아탈 때는 맨 뒤 칸이 가깝지만 닌교초의 개찰구는 앞쪽이기 때문에 조금씩 앞으로 이동해갈 필요가 있어요. 전차가 설 때마다 플랫폼에 내려 하나씩 앞으로 가는 거죠. 아키하바라 역에서도 그러고 있는데 또다른 회사 사람을 만났어요. 세 명이 된 거죠. 그런데 아키하바라에서 플랫폼으로 나왔을 때 전차가 멈춰버렸습니다. 방송이 흘러나오더군요. '쓰키지에서 폭발사고가 있어서' 라고 했습니다. 두세 번 같은 방송이 나왔는데 그 이상의 자세한 사정은 몰랐습니다.

이윽고 "앞 전차 승객은 고덴마초에서 모두 내렸습니다. 플랫폼이 비었으므로 이 전차도 고덴마초에 정차하겠습니다"라는 방송이 나왔습니다. 이 앞 전차는 벌써 멈춰 선 것 같으니까, 그렇다면 회사까지 걸어가는 수밖에 없다고 생각했죠. 한 구역만 걸으면 되니 그리 먼 거리는 아니고요.

고덴마초 역의 개찰구는 뒤쪽에 있었고 우리는 앞에서 세번째 칸까지 옮겨왔기 때문에 다시 거꾸로 뒤로 돌아가야 했습니다. 플랫폼은 몹시 붐볐습니다. 걸어가는데 한 여자가 간질을 일으킨 듯 플랫폼 벽 근처에 쓰러져 있는 것이 보였습니다. 몸을 떨며 경련을 일으키고 있었어요. 고개를 젖혀 위를 보며 쓰러져 있었죠. 젊은 여자였습니다. 그것을 젊은 남자가 놀라서 당황해하며 부축하고 있었습니다.

그것을 보고도 '왜 저러지' 하고 잠깐 생각했을 뿐 그냥 스쳐 지나갔습니다. 아니요, 그것이 폭발사고와 관계가 있을 거라고는 생각지도 않았습니다. 아마도 너무 혼잡한 전차를 타다보니 속이 불편해졌을 거라는 정도로만 생각했습니다.

그러고는 조금 걸어가는데 이번에는 쉰 정도의 남자가 플랫폼 노선 쪽에 쓰러져 있었어요. 그 사람은 앞의 여자보다 훨씬 더 심하게 벌벌 떨고 있는 겁니다. 서너 명이 주위를 둘러싸고 무슨 일인지 살펴보려 했습니다. 저는 쓰러져 있는 여자를 한 번 보고 다음에 남자를 보았습니다. 왜 치한 격퇴용 스프레이라는 게 있잖아요. 순간 혹시 그게 아닐까 생각했죠. 여자가 그것을 남자에게 뿌렸고 그때 자신도 그것을 마셔서 둘 다 쓰러진 게 아닐까 하고요.

그 남자의 발밑에 젖은 신문지가 떨어져 있었어요. 뭐가 뭔지 도무지 영문을 알 수 없더군요. 그 남자가 실례라도 해서 누군가가 그 위에 신문지를 덮은 것인가 생각했습니다. 하지만 거의 무색투명한 게 마치 물 같았어요. 오줌이라면 조금 노랗지 않습니까. 이런 생각들도 걸어가면서 한 거고, 저는 한 번도 멈춰 서지 않았습니다. '대체 뭘까?' 하고 이상하게 생각하면서도 그냥 곁을 지나쳤습니다. 그 일에 대해서 다른 두 사람과 얘기를 나누기도 했어요. 셋이서 나란히 걸어갔는데, 제가 선로에 가장 가까운 쪽으로, 그러니까 사린이 묻은 신문지 바로 곁을 아슬아슬하게 걸어갔던 겁니다. 거리로 치면 삼십 센티미터 정도였어요.

쓰키지 역에서 폭발사고가 있었다는 이야기는 들었지만 쓰키지와는 멀리 떨어져 있으니 문제없다고 생각했죠. 하물며 젖은 신문지가 문제가 되리라고는 생각지도 않았어요. 일손이 부족하니까 지각하지 않도록 빨리 회사에 가야 한다는 생각밖에 없었습니다. 서

둘러 가면 8시 반까지는 힘들어도 9시에는 도착할 수 있을 것 같았습니다. 고덴마초 역에서 회사까지는 서두르면 십 분이나 십오 분만에 갈 수 있으니까요.

고덴마초의 개찰구에서 나와 계단을 올라갔더니 그 주변은 사람으로 북적거리고 있었어요. 전차가 운행하기를 기다리거나 공중전화를 찾거나 하는 사람들로 가득했죠. 하지만 밖으로 나온 순간 내 앞에서 걷던 사람이 현기증이 일어난 듯 비틀거리더니 풀썩 쓰러져 버리는 겁니다. 근처에 있던 사람이 부축해 일으켜서 어딘가에 앉혔죠. 그 사람이 쓰러진 사람의 동료였는지 아니면 아무런 관계도 없는 사람이었는지는 모르겠습니다.

세 명이 거의 동시에 눈앞에서 쓰러진 거예요. 그러나 그때는 이상하다거나 어떤 사건과 관련이 있다고는 생각지 않았습니다. 플랫폼의 두 사람은 아마 치한 사건일 것이고 이번에는 속이 안 좋은 모양이라고 여겼지요. 단지 제가 기억하는 것은 플랫폼을 걸어갈 때 무슨 냄새가 났다는 겁니다. 사린은 무취라고 하지만, 냄새가 났어요. 어떤 냄새인지 설명은 잘 못하겠지만…… 그때 손수건을 꺼내 코를 닦은 기억이 납니다. '뭐지, 이 냄새는' 하고 말이죠. 어쩌면 치한 격퇴용 스프레이를 떠올렸는지도 모르겠습니다.

밖으로 나오니 토할 것 같았어요. 가장 나이 어린 직원이 "하야미 씨, 눈이 아프지 않아요?" 라고 묻더군요. 그때까지 저는 눈은 아무렇지도 않았기 때문에 "눈은 안 아픈데 왠지 속이 좋지 않아" 하고 말했어요. 나머지 한 명도 "눈이 아파요. 눈 안쪽이 아무래도 이상해요" 라고 했습니다. 저는 눈이 이상하다는 느낌은 들지 않았지만요.

어쨌든 걸어서 회사까지 갔습니다. 그리고 9시에 첫번째 거래부터 일을 시작했어요. 그런데 방 안이 어두웠어요. 조명은 켜져 있는데 주위가 어두운 겁니다. 메모도 흐릿해서 잘 읽을 수 없었어요. 이상하다고는 생각했지만, 그때는 동공이 줄어든 것은 몰랐으니까 '이상하다. 왜 이렇게 어둡지?' 하고 의아해하는 정도였어요. 그보다는 속이 몹시 울렁거렸죠. 상사에게 그렇게 말하니 화장실에 가서 얼굴을 씻어보라고 하더군요.

그런데 역에서 만나지는 못했지만, 총무과 사람이 같은 전차에 탔고 또 얼마 동안 고덴마초 플랫폼에서 전차가 운행하기를 기다렸던 모양입니다. 그 사람도 저처럼 목이 아프고 토할 것 같다고 했습니다. 총무과의 윗사람에게 이야기했더니 "누가 병원에 좀 데리고 가게" 하더군요. 그래서 몸에 이상을 느꼈던 우리도 회사 차로 병원에 가게 되었습니다.

우리가 보쿠토 병원에 도착했을 때 아직 사린 피해자는 한 사람도 오지 않았습니다. 우리가 처음이었던 것 같아요. 기다리는 동안 병원 로비에서 텔레비전 뉴스를 봤더니 지하철 직원이 눈을 누르며 앉아 있는 화면이 나오더군요. 그래서 "아, 바로 저거였어" 하고 이구동성으로 외쳤습니다. 그사이에 사린 피해자들이 속속 병원으로 들어오기 시작했습니다.

결국 이틀 입원했습니다. 제가 느끼는 신체적 감각으로는 그렇게 심하지 않은 것 같았는데, 혈액의 무슨 수치하고 시야협착 때문에 집에 가서는 안 된다고 하더군요. 마침 집사람이 임신중이라 걱정을 끼치고 싶지 않았지만 입원하게 되었으니 알리지 않을 수도 없었어요. 저녁때 중환자실에서 나와 일반병실로 옮겼을 때에는 집사람과 부모님, 장인, 장모님까지 모두 병원에 와 있었어요. 그날 밤에는 도저히 잘 수가 없었습니다. 태어나서 입원 같은 것은 해본 적도 없는데다 온갖 것들이 마음에 걸려서 말입니다. 코에는 산소 튜브가 꽂혀 있어서 도저히 편히 잘 수 없었어요.

그후 별다른 후유증은 없습니다. 하지만 전차에 타는 것이 두려워서 얼마 동안은 시간대를 바꾸거나 차량을 바꾸거나 했죠. 똑같은 일이 다시 일어나지 않을까 걱정했습니다. 그런 공포는 시간이 지나면서 점점 사라졌지만 지금도 환승 계단은 다른 곳을 이용합니다. 일상생활에는 아무 지장이 없기 때문에 증오심 같은 것은 거의 없습니다. 분노도, 사건을 겪었다는 현실감 같은 것도 없습니다. 종교에는 아무 관심이 없으니까 그들이 한 짓을 이해할 수 없고, 이해할 수 없으니까 증오심도 일지 않는 모양입니다. 만약 또다시 제 몸에 뭔가 문제가 생기면 그때는 심한 분노를 느끼겠지만 지금은……

그 사건과 관련해 가장 걱정스러운 것은 둘째 아이입니다. 그 사건을 당한 후 둘째, 셋째 아이를 낳아도 과연 괜찮을까, 몸에 뭔가 이상이라도 생기는 건 아닐까 싶어서 말이죠. 퇴원할 때 의사에게 물어봤더니 "이제까지 예가 없는 것이라서 백 퍼센트 이상이 없다고 단언은 못 하겠다"고 하더군요. 그 점이 걱정이라면 걱정입니다.

올가을에는 이사할 예정입니다. 역시 시라오카에 땅을 샀습니다. 아직 집을 짓지는 않았지만, 가을에는 완성될 겁니다.

누군가가 "시간이 없어요. 구급차만 기다리고 있다가는 목숨이 위험해요"라고 말했습니다.

오가타 나오유키 (당시 28세)

오가타 씨는 주로 컴퓨터 소프트웨어를 유지하고 보수하는 일을 하고 있다. 이 책에서 인터뷰를 한 피해자 가운데는 컴퓨터 소프트웨어 쪽 일을 하는 사람이 꽤 많았다. 오가타 씨의 말에 따르면 컴퓨터 소프트웨어에 관련된 회사는 히비야 선 주변에 많은데 그 이유는 불분명하다. 아마도 우연일 것이다.

컴퓨터 소프트웨어 관련 일을 하는 사람들의 공통점은 무엇보다 '굉장히 바쁘다'는 것, 그다음으로 '전직이 많다'는 것이다. 그러나 오가타 씨는 학교를 졸업하고 취직한 회사에서 지금까지 계속 근무하고 있다. 이런 예는 이 업계에서는 무척 드문 일이라고 친구들도 감탄한다고 한다. 그러나 전직의 유무에 관계없이 일이 바쁜 것은 마찬가지라 '이제 넌더리가 난다'고 토로한다. 얘기를 들어보니 정말 불쌍할 정도로 바쁜 것 같다. 샐러리맨 치고 '우리는 한가해. 정말 편해'라고 말하는 사람은 없겠지만……

컴퓨터 관련 일을 한다면 왠지 '마니아'적인 분위기를 연상하기 쉬운데, 이번에 만난 사람 중에는 딱히 그런 타입은 없었다. 오가타 씨도 깔끔한 말투를 쓰는 올곧고 호감이 가는 청년이다. 인터뷰 당시 벌써 서른의 나이였지만 동안이라 훨씬 어려 보여서 '청년' 이라는 호칭이 딱 들어맞을 것 같다. 사회 문제에도 적극적으로 나서는 타입이다.

어쩌면 그런 성격 탓일지 모르지만, 통근 도중 고덴마초 역 현장에서 참상을 목격하고 '어떻게든 손을 써야 한다' 싶어 장시간에 걸쳐 피해자 구조에 뛰어들었다가 자신도 사린가스를 마시고 말았다. 그와 같이 구조 활동에 참가했던 많은 사람들(지나가던 사람)도 역시 같은 운명에 처했다. 아무리 기다려도 구급차는 오지 않았다. 경찰도 거의 도우러 오지 않았다. 당연히 긴급 사태에 대응하지 못하는 시스템에 대해 불만을 갖고 있었다.

*

아다치 구에서 태어나 그곳에서 살았습니다. 도쿄라고 하지만 거의 사이타마 현에 가까운 곳이죠. 가족은 부모님과 여동생 하나, 네 명이서 살고 있어요. 여동생은 벌써 결혼했습니다. 일은 바쁩니다. 나 혼자서 맡아 하는 일도 있어서 정말 폭발하기 일보 직전입니다. 위에다 계속 불평을 하고 있지만, 좀처럼 들어주지 않아요. 바쁠 때는 하루에 열두세 시간 일하는 것도 당연하게 여기는 세계입니다. 잔업도 하지만 너무 많이 하면 위에서 좋아하지 않아요. 그러나 잔업을 하지 않으면 언제까지고 일이 끝나지 않으니까 안 할 수도 없어요. 어쩔 수 없는 노릇입니다.

주말은 쉬지만 어디론가 놀러 가는 것은 기껏해야 연말 정도입니다. 이 시기(8월 18일에 이 인터뷰를 했다)에는 쉬어본 적이 없어요. 오봉 명절 때가 가장 바쁘죠. 다른 회사들이 모두 쉬니까 그 틈에 전원을 끄고 컴퓨터 시스템을 일제히 전환하거든요. 그래서 그 시기에 일이 집중됩니다. 연말연시만은 쉬지만 평소에는 휴일 출근도 예사죠.

아마도 회사 간의 경쟁이 극심하기 때문에 더 바쁠 겁니다. 요즘은 시스템을 하나 팔려고 하면 다른 회사들도 비슷한 것을 들고 옵니다. 그러니까 멍하니 있을 수 없어요. 그래요, 아마도 같은 세대의 샐러리맨보다는 더 바쁠 겁니다. 우리 정도의 연배가 되면 보통 여러 명의 부하 직원을 거느리고, 제일선은 그쪽에 맡기고 지시를 내리는 것으로 그만인데, 제 경우에는 지시도 하고 간섭도 하고 몸도 최대한 움직여야 하기 때문에 정말 바쁩니다. 아무튼 사람이 부족해요. 좀처럼 인원이 우리에게 배정되지 않죠.

주말에는 잠을 자거나 근처 친구들에게로 놀러 가는 정도예요. 집에도 컴퓨터가 두 대 있어서 그것으로 또 일을 합니다. 그래요, 휴일에 말이죠. 하고 싶지는 않지만, 하지 않으면 일이 빨리 끝나지 않아요(웃음). 부모님도 질려서 "이제 좀 그만해라" "너만 왜 그렇게 일을 해야 해?" 하고 말씀하시죠. 그런 말을 들어도 어쩔 수 없이 또 합니다. 어쩔 수 없어요. 정말로.

컴퓨터 일은 서른을 넘기면 내리막입니다. 새로운 시스템이나 매뉴얼이 계속 나오는데 머리가 따라가지 않아요. 시스템의 기본적인 아이디어가 크게 바뀌어가는데 그것을 응용할 수가 없어집니다. 우리 회사 같은 데서도 스물둘, 셋 정도가 절정이에요. 그 나이 또래가 수적으로도 가장 많아요. 그 시기를 지나면 회사를 그만두는 사람이 많습니다. 그만두고 무엇을 하는가 하면, 글쎄, 시골로 이사 가는 경우가 많아요. '싫어졌다' 며 갑자기 그만둬요. 아마 0과 1로 이루어진 컴퓨터 세계가 지긋지긋해진 걸 테죠. 그래서 직종을 바꾸거나 고향으로 돌아가거나 합니다. 그러니까 오래 하는 사람이 없어요. 급료는 나쁜 편은 아니지만 업계의 다른 사람 얘길 들으면 그렇게 엄청나게 좋은 것 같지도 않아요.

회사는 롯폰기에 있어요. 아침 7시에 버스를 타고 고탄노 역까지 갑니다. 그리고 7시 42분 아니면 47분발 히비야 선 메구로 행 전차를 탑니다. 엄청나게 붐빕니다. 타지 못할 때도 있어요. 그렇지 않아도 복잡한데 거기에다 기타센주에서 또 사람들이 왕창 탑니다. 정말 꾹꾹 눌러서 오징어포를 뜨는 지경이에요. 생명의 위협을 느낀 적도 있어요. 이대로 눌리다가는 터져 죽지 않을까 하고요. 허리를 삔 적도 있습니다. 이상하게 몸이 뒤틀려서 통증이 일어나더군요. (직접 행동으로 보여주며) 이렇게 올라타서 몸이 이렇게 되었다가 발만 이쪽에 남은 거죠. 뒤틀린 겁니다.

—마치 프로 레슬링 기술 같은데요. 그렇게 붐비는 전차를 타고 매일 회사에 가는 것이 싫어지지 않나요?

그야 당연하죠. 매주 월요일만 되면 늘 '이제 회사를 그만둘까' 하고 생각합니다(웃음). 그러나 '아, 싫다. 오늘은 가기 싫어' 하고 생각하면서도 몸은 자연스럽게 회사로 향하고 있죠.

개인의 컴퓨터를 회사로 연결해 그걸로 일을 하면 굳이 본사까지 통근하지 않아도 될 텐데 말입니다. 지금도 하려고만 하면 불가능한 일은 아닙니다. 회선을 사용하면 회의도 가능하고요. 그러니까 회사는 주 1회만 나가면 되는 거죠. 그렇게 되면 좋겠어요, 몇 년 후에라도. 앞으로는 반드시 그렇게 될 겁니다.

사건이 있던 3월 20일, 그날은 도네 강에서 안개가 피어올라 전차가 늦어졌어요. 그래서 타지 못하고 전차를 몇 대 보냈지요. 아마 오십몇 분발 전차였을 겁니다. 늦어진 탓에 엄청나게 붐볐어요. 대단했습니다. 그전 주 금요일에 감기에 걸려 열이 나는 바람에 회사를 쉬었습니다. 하지만 토요일은 일이 있어 나왔어요. 고객 시스템을 바꾸는 일을 하기 위해서죠. 그래서 일요일에는 집에서 계속 잠을 자면서 쉬었습니다. 월요일에도 몸이 나른해서 사실은 쉬고 싶었지만, 출근하겠다고 윗사람에게 말해두었기 때문에 안 갈 수도 없었어요.

우에노 역에서 사람들이 많이 내려서 겨우 한숨 돌렸습니다. 어찌어찌 손잡이를 잡을 수 있을 정도는 되었습니다. 전차에 타고 있는 동안 뭘 하느냐고요? 아무것도 안 합니다. 그냥 '아, 앉고 싶어라' 라는 생각뿐이죠(웃음). 우에노를 지나면서 '이 사람은 곧 내릴 것 같다' 라고 짐작하고 그 앞에 서 있었습니다. 오랜 세월 통근을 하다보면 내릴 것 같은 사람의 분위기를 대충 알게 되죠. 경력이라고 할까…… 앉으면 금방 잡니다. 푹 자요. 하지만 아무리 깊게 잠들어도 롯폰기 앞 역 가미야초에 오면 반드시 눈을 번쩍 뜹니다. 대단하죠.

하지만 그날은 전차가 아키하바라와 고덴마초 사이에서 멈춰버렸어요. 그리고 쓰키지에서 폭발사고가 났다는 방송이 나왔습니다. "고덴마초에서 일단 전차를 정지하겠습니다"라고요. 난감하더군요. '처음에는 안개, 이번에는 사고라니, 정말 재수가 없군' 하고 생각했습니다. 꼼짝없이 지각이었죠.

전차는 잠깐 멈추었다가 고덴마초 역으로 들어갔어요. 저는 곧 움직이겠지 하고 전차 안에 얼마 동안 남아 있었어요. 하지만 조금 뒤에 "이 전차는 운행을 중지합니다. 언제 움직일 수 있을지 확실치 않습니다"라는 방송이 나와서 어쩔 수 없이 전차에서 내렸습니다. 좌우지간 택시라도 잡아타고 회사로 갈 수밖에 없구나 했죠. 그리고 개찰구를 나와 계단을 올라 3번 출구를 통해 지상으로 나왔습니다. 그랬더니 그곳에는 엄청난 광경이 펼쳐져 있었습니다. 주위에 사람들이 쓰러져 있는 거예요.

전 뒤에서 세번째 칸에 타고 있었기 때문에 플랫폼 앞쪽에서 일어난 비상사태를 그때까지 모르고 있었어요. 주위 사람들도 마찬가지였을 겁니다. 평소 때처럼 투덜투덜 불평을 하며 개찰구를 빠져나와 지상으로 나왔는데, 느닷없이 세 사람이 게거품을 물고 눈앞에 쓰러져 있는 겁니다. 손발을 버둥거리면서요. '대체 왜 이래?' 하며 바라보았습니다.

저와 가장 가까이 있던 사람은 남자였어요. 손발을 떨고 있었고 몸이 부들거렸죠. 입에는 게거품을 물며 경련을 일으키고 있었어요. 저는 멍하니 그것을 보고 있다가 문득 이래서는 안 된다고 생각하고 "왜 그러세요?" 하고 말을 걸었어요. 돌봐주어야 한다고 생각했습니다. 그랬더니 주위에 있던 같은 피해자지만 움직일 수 있는 사람이 "뭔지 잘 모르겠지만, 거품을 내뿜으면 위험하니까 입에 신문지를 물리는 게 좋을 것 같아요"라고 하기에 둘이서 그 사람을 간호했죠. 그후로도 아래쪽 개찰구에서 올라온 사람들이 모두 축 늘어져 그 주변에 계속 쓰러졌어요. 무슨 일이 있었는지 짐작도 할 수 없었습니다. 그때까지는 주저앉아 있었지만 이제는 푹 고꾸라져 드러누워버리는 거예요.

이상한 광경이었어요. 제 옆의 빌딩 한구석에는 나이 든 할아버지가 숨도 쉬지 않고 맥박도 거의 없이 쓰러져 있었습니다. 쓰러진 채 꼼짝도 않았어요. 구급차를 불렀느냐고 주위 사람에게 물어보았더니 불렀지만 아직 오지 않는다고 하더군요. 그러자 누군가가 "시간이 없어요. 구급차만 기다리고 있다가는 목숨이 위험해요. 지나가는 차를 세워서 모두 병원으로 실어 날라야 해요"라고 말했습니다.

마침 빨간 신호등이 켜지기에 바로 차를 잡아서 "병원에 데려가 주세요. 부탁합니다" 하고 사정했죠. 화물차를 집중적으로 노렸습니다. 대여섯 명이 그 일을 했던 것 같아요. 모두 세워주었습니다. 사정을 설명하니까 알았다고 하며 태워주었어요.

그렇게 한 시간 정도 그곳에 있었어요. 축 늘어져 지상으로 올라온 사람을 들쳐 업고 다른 사람에게 맡겼습니다. 사람을 옮기는 일과 차를 세우는 일로 역할을 나누었는데 저는 옮기는 일을 했어요. 차에 태우고 "성누가 병원으로 가주세요" 했죠. 성누가 병원이 주위에서 가장 큰 병원이었기 때문입니다.

구급차는 좀처럼 오지 않았습니다. 겨우 한 대 온 것이 삼십 분이나 지나서였습니다. 그것도 다른 먼 곳에서 온 것 같았어요. 구급차는 모두 쓰키지 쪽으로 가버린 것 같았습니다. 쓰러진 사람을 하나씩 부축해 지나가는 차를 잡아 태우고, 혼자 걸을 수 있는 사람들은 택시를 잡으려고 애를 쓰고 있는데, 겨우 구급차 한 대가 왔습니다.

저도 택시로 병원까지 갔습니다. 사람들을 간호하고 있을 때는 아무렇지도 않았는데 다 끝난 다음에 증상이 나타났어요. 첫번째 원인은 플랫폼으로 내려갔기 때문일 겁니다. 플랫폼에 역무원이 쓰러져 있다며 다른 역무원이 위로 올라와서 "누가 좀 도와주세요"라고 하는 겁니다. 그래서 전 다른 사람들과 같이 아래로 내려갔고, 거기서 사린을 마신 거예요. 사린이 가득한 곳에 태연스럽게 내려갔으니……

쓰러져 있던 역무원은 비틀거리면서도 "아니, 나는 여기 있어야 해" 하고 중얼거리더군요. "그런 말 할 상황이 아니에요. 위험해요" 하고 우리는 말했죠. 그 사람은 아직 의식은 있었지만 몸을 가누지 못했고 곧 쓰러질 것 같은 상태였어요. 개찰구 안에 주저앉고 말았습니다. 그래도 아직 "여기 있어야 하는데"라고 하더군요. 그래서 여럿이서 힘을 합해 억지로 끌어냈습니다.

쓰키지에서 폭발사고가 있었다고 하니 아마도 산소 결핍 상태에 빠진 게 아닌가 하고 생각했어요. 그래서 게거품을 물고 있는 거라고 말입니다.

—플랫폼으로 내려가는 게 두렵지 않았습니까?

아니요, 그때는 필사적이었습니다. 무섭고 안 무섭고 그런 의식도 없었습니다. 우선 구해야 한다는 생각뿐이었어요. 현장에서 움직일 수 있는 사람은 셀 수 있는 정도였기 때문에 제가 나서지 않을 수 없었습니다. 아래로 내려갔을 때 시너 냄새 같은 것을 맡은 기억이 납니다. 그리고 플랫폼으로 내려가 역무원이 있는 곳까지 가는 동안 주위가 어두워 이상하게 생각했던 기억이 나요. 이미 동공이 줄어들었던 겁니다.

쓰러져 있는 사람들을 거의 다 옮기고 겨우 한숨 돌리고 나서 이제 택시를 잡아타고 회사에 가야지 하는 순간 속이 안 좋아졌습니다. 머리가 아팠어요. 토할 것 같았고 눈도 따끔거렸습니다. '어, 나도 이상해졌나' 하고 생각했습니다. 주위 사람에게도 '조금이라도 이상하면 병원에 가는 게 좋다'는 말을 들었기 때문에 병원에 가기로 했어요.

택시는 세 명이서 함께 타고 갔습니다. 한 명은 나고야인지 오사카에서 출장을 왔다고 했는데, "오늘 막 도착했는데 왜 이런 일을 당해야 하나" 하고 투덜거렸습니다. 저는 앞자리에 앉았는데 뒤의 두 사람은 축 늘어져서 창문을 열어두었어요. 도로는 굉장히 막혔습니다. 쓰키지도 봉쇄되어 샛길로도 갈 수 없어 하루미 거리를 직진했는데 너무 막혀서 고생했습니다.

병원에서 눈 검사를 받고 곧 링거주사를 맞았습니다. 병원은 정말 전쟁터 같은 분위기였습니다. 링거주사의 받침대가 복도에 죽 늘어서서는…… 링거주사를 두 대 맞은 후에 증상이 그리 심하지 않아서 입원도 않고 그냥 집으로 돌아왔습니다. 의사는 '집에 갈래요, 아니면 입원할래요?' 하는 식으로 물었습니다. 그때는 전장에서 막 돌아온 것처럼 흥분해 있었기 때문에 피곤하다거나 나른한 느낌은 없었습니다.

하지만 집에 와서부터 눈이 아파서 견딜 수가 없었어요. 그주에는 제대로 자지도 못했습니다. 눈을 감고 있었는데, 가만 감고 있어도 아팠습니다. 아침부터 계속 그런 상태가 계속되는데…… 정말 괴로웠습니다. 그래서 다시 한번 병원에 가서 검사를 받았더니, "콜린에스테라아제 수치가 아주 낮군요. 사린의 영향이 나타나고 있어요"라고 하더군요. 처음부터 그렇게 말해주었더라면 좋았을 텐데. 마쓰모토 사건을 겪었으니까 그때 이미 사린 피해를 당하면 이런 증상이 나타난다는 것은 알았을 테고 검사법도 알고 있었을 텐데 말입니다. 그래도 성누가 병원은 좀 나은 편입니다. 자체적으로 연구해서 어느 정도 알고 있었으니까요. 다른 병원은 말이 아니었다고 해요.

그리고 검사를 통해 간 기능이 급격하게 저하되었다는 것을 알았습니다. 위험할 정도라고 하더군요. 저뿐만 아니라 다른 사린 피해자 중에도 그런 사람이 몇 명 있었던 모양입니다. 사린 해독제에 알코올 계통의 약품이 섞여 있어서 영향을 준 모양이에요. 간이란 침묵의 장기란 말도 있듯이 본인은 상태를 잘 모릅니다. 통증도 없어요. 술은 절대 마시지 말라고 해서 그때부터 끊었습니다.

그래서 결국 일주일 정도 회사를 쉬고 그후로 삼 개월 정도는 잔업을 하지 않고 정해진 시간에 퇴근했습니다. 윗사람도 잘 이해해주어서 저로서는 아주 다행이었죠.

경찰이나 소방서의 구조 시스템에 대해서는 솔직히 의구심을 느낍니다. 쓰키지 역에서 맨 먼저 일이 터졌다는 것은 잘 압니다. 하지만 아무리 그렇다고 해도 고덴마초 현장에 대한 구조 활동이 너무 늦었습니다. 잊어버릴 때쯤에야 겨우 도착했으니 말입니다. 현장에 있던 사람들이 자발적으로 행동하지 않았더라면 과연 어떻게 됐을까 싶습니다. 현장에 있던 경찰도 그런 경험이 없었으니까 어쩔 수 없었겠지만, 도무지 갈피를 잡지 못하더라고요. 어느 병원에 데리고 가면 좋은지 물어보았더니 갈팡질팡하면서 십 분이나 무선으로 연락만 하고 있는 겁니다. 어느 병원이 좋은지 묻느라고 말이죠.

경찰이 제대로 움직이기 시작한 것은 구조가 거의 종료된 후의 일입니다. 구급차가 오고 교통정리가 시작되고 거의 잊어버릴 때쯤에야 움직이기 시작했지요. 일본의 위기관리가 대체 어떻게 되어 있는지 의심스러워요. 마쓰모토 사건 때 그렇게 많은 사린 희생자를 냈는데도 경찰이나 병원은 그 교훈을 도무지 살리지 못했습니다. 그런 정보가 좀더 활용되었더라면 지하철 사린사건도 일어나지 않았을 것이고, 설령 일어났어도 가벼운 피해로 끝났을 겁니다.

고덴마초 역에서 함께 피해자를 구조했던 사람들의 모습을 병원에서 몇 명이나 보았습니다. 침대에 누워 있는 사람도 있었습니다. 모두들 구조할 때 사린가스를 마시고 몸이 상한 거지요. 그런 사실을 그냥 침묵해버리고 싶지 않아요. 가만히 있어서는 안 됩니다. 사람들은 이 사건을 점점 망각해가고 있습니다. 그러나 저는 절대로 잊어서는 안 된다고 생각합니다.

또 PTSD의 치료 시스템이 아직도 확립되어 있지 않다는 것, 정부가 피해자가 처한 상황을 정확하게 파악하지 못하고 있다는 것에 대해 강력하게 항의하고 싶습니다.

눈이 안 보이게 되었을 때, 이렇게 죽는구나, 너무 억울하다고 생각했습니다.

미쓰노 미쓰루 (당시 53세)

미쓰노 씨는 도치기 현 오야마 시의 농가에서 태어났다. 1941년, 태평양전쟁이 시작된 해이다. 학교를 졸업하고 아는 사람의 소개로 가야바초의 인쇄회사에 들어갔다. 당시는 가야바초에 아직 마차가 다니던 시대였다. 빨래를 널러 올라가면 멀리 도쿄를 바라볼 수 있었다. 열두 살까지 회사 기숙사에서 살았다. 그 시절엔 즐길 만한 놀이라고 해야 영화 아니면 몇몇이서 산을 오르는 정도였다.

1969년 오사카 만국박람회 전해에 스물여덟의 나이로 결혼했다. 친구들과 해수욕을 가서 알게 된 여자였다. 그는 "'도라 씨 시리즈'가 시작된 해였어요" 하고 회상한다.

자녀는 스물네 살이 된 딸과 열두 살 난 아들이 있고, 사이타마 현 소카 시에서 살고 있다. 몸은 건강한 편이라 여태 병에 걸린 적이 없다. 폭음, 폭식을 삼가는 것이 건강의 기본이라 한다. 예를 들어 술을 마신 다음 날은 무슨 일이 있어도 술을 마시지 않는다. 아내가 저녁식사 때 무심코 맥주병을 따도 절대 입에 대지 않는다. 의지가 꽤 강한 편이다.

지금은 일주일에 두 번 수영장에 가서 한 시간 정도 수영을 한다. 옴 사건 이후에 체력이 많이 약해진 것 같아 분발하고 있다.

취미는 분재. 분재 이야기만 하면 얼굴에 생기가 돌고 끝도 없이 이야기하고 싶어진다. 그러나 사린사건을 당한 후로 미쓰노 씨는 주위의 모든 것이 싫어져서, 팔십 개나 되는 소중한 분재를 모두 처분해버릴까 하는 생각까지 했다. 결국 마음을 고쳐먹고 버리지는 않았지만 큰 화분 열 개 정도는 아는 사람에게 주어버렸다. 사린사건은 이 사람에게 그만큼 격렬한 충격을 주었다.

*

우리 회사는 주로 전표 종류를 인쇄하고 있습니다. 그렇게 큰 회사는 아니지만 옛날부터 이 일을 하고 있기 때문에 오래된 단골이 많습니다. 저는 삼십구 년간 일하고 있습니다. 1957년부터 계속해서. 달리 갈 곳도 없고 해서요(웃음).

요즘 경기가 좋지 않아요. 우리뿐만 아니라 업계 전체가 모두 어렵죠. 세상이 전부 컴퓨터화된 덕에 아무래도 장부나 전표의 수요가 줄어들었습니다.

옛날에는 청구서 한 장도 사무원이 직접 손으로 썼습니다. 그런데 지금은 컴퓨터에 입력해서 키만 누르면 몇 월 며칠 어디에서 팔았다는 것이 전부 인쇄되어 술술 나옵니다. 그것을 쫙 뜯어서 봉투에 넣어 우편으로 보내면 됩니다. 간단하죠. 그러니까 청구서나 납품서의 수요가 없어질 수밖에요. 앞으로도 상황은 더 어려워질 겁니다.

직원은 전부 여덟 명입니다. 옛날에는 스물다섯 명이었어요. 옛날에는 활판으로 했는데 지금은 오프세트라 일손이 그렇게 많이 필요하지 않습니다. 저는 제판 일을 하고 있습니다. 맨 처음에 그쪽으로 배치된 후부터 줄곧 기술 분야 일을 하고 있습니다.

5시 반이면 일어납니다. 일어나면 우선 분재에 물을 줍니다. 제 입에 음식을 넣기 전에 분재에 물부터 주지요. 겨울에는 사흘에 한 번이면 되지만 여름에는 매일 줘야 합니다. 분재가 팔십 개 정도 되니까 꽤 힘듭니다. 삼십 분은 걸리죠. 그런 다음 식사를 하고 옷을 갈아입고 7시에 집을 나섭니다. 집에서 마쓰바라 단지 역까지 걸어가서 7시 1분발 전차를 탑니다. 정해져 있어요. 하지만 그날(3월 20일)만은 사정이 있어서 우연히 다른 전차를 탔습니다.

분재 말고도 계류낚시 취미가 있어서, 낚시하러 간 다음 날에는 대개 휴식을 취합니다. 계류낚시를 아십니까?

—아니요, 전혀 모릅니다.

계류낚시에는 정말 많은 도구가 필요합니다. 장화에 낚싯대, 그 밖에도 여러 가지가 있습니다. 그런 도구들을 내 손으로 정리하지 않으면 개운치가 않아요. 성격이 그래요. 그래서 다음 날은 쉬는 겁니다.

대개 토요일 저녁에 동료와 함께 가와구치에서 차를 타고 니가타 부근까지 갑니다. 자지 않고요. 그리고 낚싯줄이 보일 만큼 날이 밝으면 골짜기로 내려가 낚시를 시작해서 오후 1시 정도까지 하류에서 계속 위쪽으로 올라갑니다. 그러고는 다시 하류로 내려가 돌아오는 겁니다. 간에쓰 도로는 몹시 붐벼서 집에 도착하면 밤 9시에서 10시쯤 됩니다. 그래서 다음 월요일은 무슨 일이 있어도 특별 휴가를 얻어 쉬는 거지요. 한 달에 한 번 정도니까요. 그때(3월 18, 19일)는 나가노 현의 다이몬 강에 갔습니다. 시라카바 호수 바로 아래쪽이지요. 그리고 일요일 8시쯤에 집에 도착했습니다.

그러나 다음 날 월요일은 우연찮게 일이 바빠서 휴가를 얻고 싶어도 얻을 수가 없었습니다. 그래서 아침부터 큰 도구는 뒤로 미루고 일단 정리만 했는데, 그 덕에 평소보다 집에서 십 분 정도 늦게 나오게 되었습니다. 늦잠 잔 것이 아닙니다. 전 늦잠은 자지 않아요.

다케노즈카에서 히비야 선 시발 전차로 갈아탑니다. 기타센주에서 갈아타도 되지만, 거기는 엄청나게 붐벼요. 칠팔 년 전에는 안경이 깨진 적도 있어요. 갈아타면서 짓눌려버렸지요. 그때부터 절대로 기타센주에서는 갈아타지 않습니다. 시발 전차는 70퍼센트 정도의 확률로 자리에 앉을 수 있어요. 자리를 잡고 앉으면 분재 책이나 주간지 등을 읽습니다.

그날은 늦었기 때문에 다케노즈카에서 평소 타는 것의 다음 전차를 탔습니다. 앉았습니다. 앞에서 세번째 가운데 문에서 진행방향으로 오른쪽에서 두번째 자리였어요. 형사가 몇 번이나 물어봤기 때문에 잘 기억하고 있습니다. 평생 잊지 못할 겁니다(웃음).

그때의 일은 에이즈 약해藥害 문제에 관련된 것이었죠. 어느 약품회사에서 쓸 약품 라벨을 우리가 인쇄했어요. 2색판 라벨을 그 제품에 붙이는데 그것을 25일 토요일까지 끝내야 했습니다. 22일 아침부터 인쇄를 시작하지 않으면 납품 시간을 맞출 수가 없어서 20일에는 제가 회사에 나와 판을 만들어야 했습니다. 그래서 쉴 수가 없었지요.

도중에, 아키하바라 직전이었던 것 같은데, 전차가 한 번 멈춰 섰습니다. "쓰키지 역에서 사고가 있어 잠깐 정차하겠습니다"라는 방송이 나왔어요. 하지만 그때는 오래 정차하지 않아서 저는 특별히 마음에 두지 않았습니다. 종종 그런 일이 있으니까요. 아키하바라와 고덴마초 사이에서도 또 한 번 멈추더니 같은 방송이 나왔어요. 쓰키지 역에서 가스 폭발이 있었다고요. 그런 방송이 두 번 정도 나왔습니다. 차내가 조금 소란스러워지기 시작했습니다.

정확한 것은 모르겠지만 오륙 분 후에 제가 탄 전차는 느릿느릿 고덴마초 플랫폼으로 들어갔습니다. 바로 그때 비명이 들렸어요. 마치 앵무새 울음소리 같은 '으앗!' 하는 격한 신음이었어요. 여자의 목소리 같았습니다. 전차 밖에서 들려오는 소리 같았고요. '대체 무슨 일이지?' 하고 생각했습니다. 하지만 플랫폼은 혼잡해서 도대체 무슨 일이 있었는지 전차 안에서는 볼 수가 없었습니다.

"이곳에 잠시 정차하겠습니다"라는 차내 방송이 나온 후로 승객의 삼분의 일 정도는 하차했지만 저는 자리에 그대로 앉아 있었어요. 과거의 경험으로 보아 이럴 경우에는 움직이지 않는 게 좋습니다. 대체로 금방 발차하거든요. 섣불리 다른 전차로 가려고 움직이거나 하면 손해를 봅니다.

삼사 분 그렇게 기다리고 있었어요. 그러는 사이에 '이 차는 당분간 운행할 수 없다'는 방송이 나왔습니다. 이제는 어쩔 수 없다고 생각해 나도 일어섰습니다. 고덴마초에서 가야바초까지는 두 구역이니까 걸어서 삼십 분에서 사십 분 정도 걸립니다. 서두르면 9시 조금 지나서 회사에 도착할 수 있습니다. 선반 위에 올려놓은 서류봉투를 집어들고 플랫폼으로 갔습니다. 그런데 진행방향 쪽 기둥 부근에 남자가 위를 올려다보며 바닥에 쓰러져 있는 것이 보였어요. 손발을 부들부들 떠는데, 금방이라도 숨이 끊어질 것 같았습니다.

저는 서류봉투를 벽에 세워두고 발버둥치고 있는 그 사람의 다리를 잡아 눌렀습니다. 하지만 아무리 눌러도 안 될 정도로 심하게 떨고 있었어요. 눈을 꼭 감은 채로 말입니다. 육칠 분 동안 그 사람을 누르고 온몸을 문질렀지요. 결국 그 사람은 죽고 말았습니다. 열한번째 사망자입니다. 우라와에 사는 다나카 씨. 나이는 저와 같은 53세라고 하더군요.

저는 원래 남의 일이라도 그냥 보고 있지 못하는 성격입니다. 무슨 일이 있으면 금방 끼어드니까 쓸데없는 참견 말라는 소리를 자주 들어요(웃음). 하지만 못 본 척할 수가 없습니다. 또 한 명의 여자가 그 근처에 쓰러져 있었는데, 열 명 정도가 주위를 에워싸고 있더군요. 여자라서 선불리 만질 수도 없었습니다. 남자끼리라면 주저 없이 만지겠지만 말입니다. 그래서인지 모두 빙 둘러서서 그냥 보고만 있었습니다. 저는 쭈그리고 앉아 있었기 때문에 서 있는 사람들의 다리 사이로 크림색 옷이 보여서 '아, 여자구나' 하고 생각했습니다. 이와타 씨라는 32세의 여성인데 이틀 후에 죽었습니다.

저는 플랫폼을 걷고 있는 사람을 향해 이 사람 저 사람 가리지 않고 "여기 환자가 있으니까 누가 역무원 좀 불러줘요!" 하고 소리쳤습니다. 하지만 아무리 둘러봐도 플랫폼에는 역무원이라고는 한 명도 없었습니다.

곧 역무원이 왔는데 내 쪽으로는 오지 않고 여자 쪽으로 갔습니다. 저는 "여기에도 환자가 있어요" 하고 외쳤습니다. 그러자 역무원은 "사람이 없어서 이쪽저쪽 한꺼번에 갈 수가 없어요"라고 말했습니다. 이 역무원도 심하게 중독되어 간신히 목숨을 건졌다고 나중에 들었습니다.

저는 여전히 그곳에 웅크리고 앉아 남자의 다리를 주무르고 있었습니다. 그런데 왠지 양파 냄새 같은 것이 났어요. 이상한 냄새였지요. 차내 방송에서 가스 폭발이 있었다고 들었기 때문에 가스 냄새라고 생각했죠. 아마 도시가스 같은 것이겠지 하고 일어나서 바닥에 놓아둔 서류봉투를 집어들고(이렇게 잘 기억하고 있다니 저 자신도 감탄할 정도입니다) 달려가서, 정기권 집어넣는 시간도 아까워 개찰구를 뛰어넘어서 좁은 계단을 쏜살같이 뛰어올라갔습니다. 뛰어가면서 "가스다! 피해라!" 하고 소리쳤습니다.

모두들 천천히 계단을 걸어올라가고 있었습니다. 긴박감은 조금도 없었습니다. 게다가 많은 사람들이 전차에 타기 위해 계단을 내려오고 있었습니다. 역무원의 모습은 어디에도 보이지 않았습니다. 물론 아무도 내려오는 사람을 저지하지 않았지요. 제가 큰 소리로 외치자 위쪽에 있는 사람이 "허둥대지 마요, 서두르지 마"라고 하더군요. 공황상태에 빠지면 안 된다고 생각했던 모양입니다.

하지만 저는 개의치 않고 사람들을 헤치고 밖으로 달려나왔습니다. 그리고 그대로 오륙 미터 앞에 있던 좁은 도로로 달려나갔습니다. 넓은 거리는 위험하다는 생각을 했기 때문입니다. 차가 겨우 지나갈 정도의 도로였습니다. 저는 거기에 세워져 있는 차 안으로 들어가려고 했습니다. 하지만 차 문은 잠겨 있었습니다. 당연한 일이죠. 하지만 그런 것도 모를 정도로 당황했습니다.

그래서 다시 뛰기 시작했습니다. 이번에는 빌딩 안으로 도망가려고 했습니다. 가스 폭발이 두려웠습니다. 하지만 문이 열리지 않았어요. 이른 시각이라 아직 문을 열지 않은 겁니다. 그래서 다시 반대편으로 가려고 했습니다. 그런데 눈이 갑자기 따끔거리기 시작했어요. 불꽃을 보고 있으면 눈이 따끔따끔하지 않습니까. 그런 느낌이었습니다. 아, 이상하다, 하고 있는데 십 초 정도 아무것도 보이지 않는 겁니다. 그날은 날씨도 좋아서 바깥은 밝았습니다. 그런데 흐릿해지더니 아무것도 보이지 않는 겁니다. 하나도 보이지 않았습니다.

물체가 보이지 않으면 달리지도 도망치지도 못하잖아요. 하지만 어쨌든 도로 건너편까지는 가야 한다고 생각해서 거의 반사적으로 그쪽으로 달려갔습니다. 좁은 도로였으니 바로 코앞입니다. 하지만 도로의 튀어나온 부분에 발이 걸려 푹 하고 쓰러졌습니다. '아, 이제 죽는구나' 하고 생각했습니다. 죽고 싶지 않다는 생각이 들었어요.

어떤 남자가 "왜 그러세요, 왜 그러세요?" 하고 두 번 물었습니다. 회사가 어디냐고 물었던 것도 기억납니다. 정기권을 꺼내는 것 같은 느낌이 들었어요. 그 속에 사원증이 들어 있으니까요. 하지만 확실한 기억은 아닙니다. 꺼낸 것 같았다는 거지요. 그게 다예요. 나머지는 아무것도 기억나지 않아요.

정신을 차린 것은 대여섯 시간 후 병원 침대에서였습니다.

저는 정말 간발의 차로 목숨을 건졌습니다. 다행스런 것은 세 가지입니다. 하나는 우선 저 자신이 냄새를 느꼈다는 것, 그리고 서둘러 도망쳤다는 것, 세번째는 구급차가 오기 전에 도로에 쓰러져 있던 저를 어떤 사람이 병원으로 데려다주었다는 것. 이 세 가지가 겹쳐서 구사일생으로 목숨을 구했던 겁니다.

지금 와서 생각해보니 그 순간에 이상한 냄새를 느낀 것은 돌아가신 다나카 씨가 "나는 이제 틀렸으니 빨리 도망가요" 하고 가르쳐주었기 때문인 것 같습니다.

밖으로 나온 사람들이 푹푹 쓰러진 것은 제가 병원으로 옮겨진 뒤의 일입니다. 저는 그전에 가장 빨리 치료를 받을 수 있었습니다. 사린 중독은 조금이라도 빨리 산소 공급을 받는 것이 무엇보다 중요합니다. 병원에 들어온 사린 피해자로는 제가 세번째였습니다. 나중에 들은 이야기지만 제가 플랫폼에 쓰러져 있는 사람을 돌보고 있을 때 거기서 십 미터 정도 떨어진 곳에 사린 봉지가 있었다고 합니다.

점심때가 지나자 눈앞이 밝아지기 시작했습니다. 보이지는 않았지만 조금은 밝아졌습니다. 하지만 마치 어린아이가 비눗방울을 불고 있는 느낌이었습니다. 눈이 말이죠. 비누 거품이 눈에 붙은 것처럼 물체가 이중 삼중으로 보였습니다. 일렁이고 있었습니다. 가족들이 왔을 때도 어렴풋이 거기 있는 것은 알지만 누구인지 식별할 수 없었습니다. 목소리를 듣고 '아, 누가 왔구나' 하고 아는 정도였습니다.

정말 괴로웠습니다. 계속 토했지만 아무것도 나오지 않았어요. 먹은 것은 벌써 다 소화되어 물 같은 것이 조금 나올 뿐이었죠. 그리고 다리가 부들거렸습니다. 경련이 일어나는 겁니다. 다리 근육이 당기는 듯한 느낌이었는데, 간호사와 처제가 주물러줘서 나아졌지요. 그런 상태가 저녁때까지 계속됐어요. 그것은 분명 내가 역에서 간호해주었던 사람과 같은 증상이었던 것 같습니다. 그 사람은 그때 말도 제대로 할 수 없었던 걸로 보아 엄청나게 고통스러웠을 겁니다.

가족들은 제 모습을 보고 '아버지는 어려울지도 몰라' 하고 각오를 하고 있었다 합니다. 하지만 사흘째 들어 고비를 넘기자 괜찮을 것 같다고 생각했다고 합니다. 처음의 심각한 상태에 비해 의외로 쉽게 회복하여 빨리 퇴원할지도 모른다고요. 그러나 나흘째에 갑자기 열이 39도까지 올라서 이틀 동안 내려가지 않았습니다. 간 기능도 뚝 떨어졌습니다. 그래서 도저히 퇴원할 수 없다고 판단했다고 합니다. 매년 직장에서 정기검진을 받으면 모두 최상이었어요. 어디 하나 나쁜 곳이 없었습니다. 그래서 간 기능이 떨어졌다는 말을 듣고서 정말 깜짝 놀랐습니다.

결국 병원에는 십삼 일간이나 입원했습니다. 입원중에는 계속 링거주사를 맞고 있었습니다. 체액을 교체했던 거죠. 가장 곤란했던 것이 소변이었습니다. 오 분 간격으로 화장실에 가고 싶었어요. 그러나 누고 싶은데 나오지를 않아요. 찔끔 나오는 게 다예요. 하지만 마려운 느낌은 계속되어서 밤에는 제대로 잘 수가 없었습니다.

입원한 지 나흘째부터 환상 같은 것도 보기 시작했습니다. 매일 같은 꿈이었습니다. 잠에 빠져드는 순간 환상을 봅니다. 새하얀 방에서 자고 있는데, 천장에서 하얀 천 같은 것이 아래로 늘어뜨려져 있습니다. 그것이 흐느적거리며 움직입니다. 거추장스러워서 잡아서 잘라버리려고 합니다. 하지만 손이 닿지 않습니다. 높아서 손이 닿지 않는 게 아닙니다. 바로 위에 있는데 닿지 않아요. 그 꿈을 매일 밤 반복해서 꾸었습니다. 늘 똑같은 꿈이었습니다.

그리고 그 꿈을 꾸고 있을 동안 누군가가 나를 꾹 누르고 있는 것 같은 강한 압박감을 느꼈습니다. 그러면 무서워서 눈을 떠버립니다. 사린의 후유증인 악몽이라고 하더군요. 꿈이라고 하지만, 정확하게 말하면 꿈이 아닙니다. 머릿속에 공포가 남아 있으면 그런 반응이 나옵니다. 그럴 때는 정말 무서웠어요. 꿈 때문에 밤에 서너 번이나 자리에서 벌떡 일어나곤 합니다. 정말 고통스러웠습니다.

하지만 꿈을 꾸다가 벌떡 일어나는 간격이 점점 길어져서, 두 시간이 두 시간 십 분으로, 또 두 시간 반으로…… 그러다 완전히 없어지기까지는 무려 한 달 반이나 걸렸습니다. 퇴원할 때 수면제를 받았지만 약이 아예 듣지를 않는 겁니다.

후유증으로 시력이 상당히 떨어졌습니다. 저는 안경을 삼 년 간격으로 바꾸는데 이번 사린사건으로 이 년 정도 눈을 사용한 것만큼 더 나빠졌어요. 어쩔 수 없죠. 작업할 때 작은 것을 줍기가 어려워졌어요. 판 밑의 먼지나 구부러진 것을 빈틈없이 봐야 하는데 그게 좀처럼 되지 않아요.

회사는 일주일 쉬었습니다. 사실은 의사에게 집에서 삼 주간 요양하라는 말을 들었는데, 그렇게 쉬면 회사가 망해버리죠(웃음). 제가 하는 제판 일은 다른 사람이 대신할 수 없어요. 이삼 일간은 어떻게든 움직이겠지만 그 이상은 무리입니다. 그래서 입원 나흘째부터 일감을 병원으로 가져와서 로비 같은 데서 전화로 지시를 내렸습니다. 입원했다고 그냥 멍하니 있을 수는 없었습니다. 하지만 그것이 결과적으로 회복에 도움이 되지 않았을까 하는 생각이 듭니다.

그 일을 하면서 잠도 잘 자게 되었고 몸도 상당히 가뿐해졌어요. 저는 성격상 팔자 편하게 늘어져 있지를 못합니다. 그래서 지하철도 같은 전차, 같은 자리, 같은 시간에 타고 다닙니다. 제가 쓰러진 장소도, 현장조사를 할 생각은 아니었지만 일주일 쉰 뒤에 가보았습니다. 꽤 멀리 도망갔다고 생각했는데 얼마 되지 않더군요. 기껏해야 오십 미터 정도나 될까요.

사건 후, 얼마간 저는 모든 것을 버리고 싶어졌습니다. 허탈감 탓이라고 생각해요. 저는 대개 물건을 오래 쓰는 편입니다. 초등학교 때 쓰던 셀룰로이드 필통까지 소중히 간직하고 있을 정도니까요. 학생 모자 같은 것도요. 하지만 전부 버리고 싶어졌어요. 그로부터 벌써 일 년이 지났으니까 그런 기분은 없어졌지만, 그때는 '이제 소중한 것이란 아무것도 없어' 하는 생각이 들었습니다. 가장 소중하게 여긴 분재도 사람들에게 모두 줘버릴까 하고 생각했습니다.

눈이 안 보이게 되었을 때, 이렇게 죽는구나, 너무 억울하다고 생각했습니다. 실제로 병원에서 "난 죽고 싶지 않아!" 하고 큰 소리로 외쳤던 모양입니다. 나중에 그런 얘기를 다른 사람에게 들었어요. 그 목소리가 응급실에서 대기실까지 들렸다고 합니다. 대기실에서 그 소리를 들은 사람은 소름이 돋을 정도로 오싹했다고 합니다. 지금도 귀에 쟁쟁하다고 해요. 저는 여섯 살 때 강에서 물놀이를 하다가 빠져 죽을 뻔한 적이 있는데, 그 순간에 그때 일이 문득 떠올랐습니다. '그때 겨우 살아났는데 이제 여기서 눈도 안 보이는 상태로 죽는구나.' 그리고 그때의 격심한 공포가 뇌리에 박혀버리고 말았습니다. 가족들 생각도 나지 않았어요. 단지 죽고 싶지 않다. 억울하다는 생각만 머리에 떠올랐습니다. 이런 곳에서 죽고 싶지 않다고.

그렇게 큰 소리를 지를 만큼 생명에 대한 집착이 강했나봅니다. 뭐가 뭔지 사정은 몰랐지만 그런 식으로 죽어야 한다는 것이 너무 억울했습니다. 그때 기분은 지금도 또렷이 기억하고 있습니다.

옴진리교의 실행범에 대한 증오심은 이제 없습니다. 처음에는 정말 흥분했습니다. 화가 치밀었습니다. 하지만 그런 분노도 비교적 빨리 사라졌습니다. 사형시켜야 한다. 죽여야 한다는 생각도 버렸습니다. 늘 증오하고 분개하다가는 후유증에서 벗어날 수 없다고 생각했어요. 제 경우는 두통 같은 심한 증상이 남지 않았던 탓도 있을 테지만……

아사하라는 저와 같은 세대입니다. 그래서 그런지 몰라도 생각할수록 화가 치밀어오릅니다.

가타키리 다케오(당시 40세)

가타키리 씨는 니가타 현 도카마치 시에서 태어났다. 그곳은 눈이 많은 지방이다. 요즘은 옛날처럼 눈이 많이 내리지 않지만 그래도 삼 미터는 가볍게 쌓인다고 한다. 농가의 다섯 형제 중 셋째로, 고등학교를 졸업하고 도쿄로 나와 자동차 판매 회사에 들어갔다. 자동차를 좋아했고 기계에 관련된 일을 하고 싶었기 때문이다. 차를 만지는 일은 무척 즐거웠다. 그러나 십 년 정도 기계를 만지다가 회사의 방침에 따라 영업 쪽으로 자리를 옮기게 되었다.

햇볕에 그을린 얼굴에 눈길이 날카롭다. 유능하고 숙달된 자동차 판매원 분위기가 풍긴다. 그렇지만 결코 말솜씨가 유창하다든지 강압적으로 밀어붙이는 쪽은 아닌 듯하고 자신이 할 일을 성실하게 하며 업적을 쌓아가는 타입인 것 같다. 한마디 한마디에 그런 착실한 성품이 엿보인다. 이런 사람에게 차를 사면 마음을 놓을 수 있을 것 같다.

"영업직이 자신의 성격에 잘 맞는 것 같습니까?" 하고 물어보았더니 잠시 생각에 잠겼다가 "오랜 세월 이 일을 하고 있으니 잘 맞는다고 해야겠죠" 라고 마치 남의 일처럼 담담하게 대답한다.

사린사건으로 입원한 후에 특히 두통에 시달렸다고 한다. 잠을 잘 수 없을 정도로 시달려서 일주일 정도는 몸을 추스르지 못했다. 그러나 한창 바쁜 때였기 때문에 다음 날부터 회사에 나와 일을 했다. 그 당시 이야기가 나오면 얼굴 표정이 다소 어두워진다.

저녁 시간에 인터뷰를 마친 다음 새로 산 듯한 크림색 승용차를 타고 집으로 돌아가는 그 모습은 구름 한 점 없이 밝았다. 덧붙여서, 직접 차를 몰고 병원으로 간 사람은 내가 아는 한 이 사람뿐이었다.

*

옛날에는 기계만 만지면 그만이었지만 영업 일은 인간을 상대로 해야 합니다. 분야가 완전히 달라요. 처음에는 도대체 어떻게 하면 좋을지 몰라 당황했습니다. 물론 팔지 못했죠. 한 대도 못 팔았습니다.

그럭저럭 차를 팔 수 있게 되기까지 삼 년이란 세월이 흘렀습니다. 삼 년 동안 여기저기 인사를 하러 돌아다녀야 했습니다. 아무 면식도 없는 곳에 들어가서 "잘 부탁드립니다" 하고 머리를 숙이고 인사를 했습니다. 그런 짓을 삼 년간 했어요. 자동차 영업 일은 한 삼 년을 그렇게 하지 않으면 불가능합니다. 제 주위 사람들은 삼 년 사이에 거의 다 그만두어버렸습니다. 그렇지만 그 반대로, 삼 년만 참으며 열심히 인사를 하고 다니면 십 년은 먹고 살 수 있습니다. 상식에서 벗어난 짓만 하지 않고 참기만 하면 잘 풀리게 되어 있어요.

제가 담당하는 구역은 시나가와 구 히가시고탄다인데, 고탄다에서도 야마노테 선 안쪽입니다. 다카나와, 시로카네, 메구로, 가미오사키 주변 지역이죠. 인사를 하러 다닐 때는 별로 자동차 이야기를 하지 않습니다. 팔고 사는 목적의식으로 일을 시작하면 반드시 실패하고 맙니다. "다음번에는 잘 부탁드립니다" "가벼운 기분으로 언제든 연락주십시오"라고 인사하면서 얼마나 고객들 속을 파고드느냐가 문제입니다. 그냥 세상 돌아가는 이야기를 나누면 됩니다. "요즘 자이언츠 팀이 꽤 잘하더군요"라는 식으로 말입니다. 그다음에는 고객의 이야기를 들어주는 겁니다. 자동차 이야기는 별로 안 해도 됩니다. 명함만 건네주어도 상대방은 제가 뭘 하러 왔는지 잘 알 테니까요.

제가 담당하는 지역에서 누가 무슨 차를 타고 있는지 정도는 대체로 머릿속에 넣어두고 있습니다. 그냥 지역을 돌다보면 자연스럽게 머리에 들어옵니다. 어떤 사람이 언제쯤 차를 바꿀 것인가 하는 것도 머리에 넣어둡니다. 그러나 가장 중요한 것은 상대방에게 나를 기억하게 하는 것입니다. 거리를 걸어가다가 마주쳤을 때 '저 친구는 ○○사의 가타키리군' 싶을 정도로 알아볼 수 있게 인식시켜두어야 합니다. 그러나 거품경제가 가라앉으면서 고탄다 부근의 풍경도 많이 바뀌었습니다. 옛날에는 공장도 많았지만 그 시기에 많이 쫓겨나고 말았습니다. 마치 이빨 빠지듯이 단골 고객들이 줄줄이 그곳을 떠나버렸어요.

집은 고시가야 시에 있습니다. 아이가 커가면서 넓은 집이 필요해졌어요. 아이는 셋입니다. 큰애가 중학교 2학년, 둘째가 중학교 1학년, 막내가 초등학교 4학년입니다. 하루가 다르게 덩치가 커지니까 징그러워지더군요. 그때까지는 마쓰바라 단지의 임대 공단주택에서 살았지만 좁아서 견디기가 힘들었습니다.

아침 7시에 집을 나서서 닌교초 역에서 환승해 도에이 선 도고시 역에 도착하면 8시 30분 정도가 됩니다. 기타센주에서 갈아타지만 일부러 전차를 몇 대 보내면서까지 앉을 생각은 하지 않습니다. 전차가 오면 아무리 복잡해도 그냥 타버립니다.

3월은 자동차가 잘 팔리는 시기입니다. 결산기이기 때문이죠. 세무 신고를 2월 14일 정도에 하지 않습니까. 그게 끝나면 수지타산이 명확히 드러납니다. 이익이 많을 때는 이번 기에 사용할 것인가 다음 기에 사용할 것인가 결정하게 됩니다. 게다가 자동차 딜러도 자신의 수지타산을 맞추어야 하기 때문에 있는 힘을 다해 차를 팔려고 합니다. 그래서 이 시기에 자동차를 사면 득이 많습니다. 우리 같은 영업 전문가에게는 눈코 뜰 새 없이 바쁜 시기죠.

특히 우리 자동차 판매 회사는 3월 31일까지 번호판을 따야 합니다. 계약을 맺는 것만으로는 실적에 반영되지 않아요. 등록을 하고 차를 인계해야 비로소 판매 대수에 포함됩니다. 지난달 자동차 판매가 전년비를 넘어섰다는 둥 하는 기사가 신문에 나지 않습니까. 그것도 모두 등록 대수를 기준으로 환산한 겁니다.

고객이 차를 샀다고 금방 등록이 되는 것은 아닙니다. 차고등록 같은 여러 가지 서류를 만들어야 하거든요. 특히 차고증명 같은 것은 경찰서에 가지고 간다고 금방 '예, 알았습니다' 하고 증명서를 발부해주는 게 아닙니다. 차고를 확인한 다음에 차고증명을 발부해줘요. 그게 사나흘은 걸립니다. 토요일과 일요일은 경찰도 근무를 하지 않기 때문에 31일부터 거꾸로 계산하면 3월 20일이 피크에 해당합니다. 월말까지 등록을 마치고 차를 건네주기 위해서는 20일이 한계점이라 할 수 있습니다. 저는 그때 31일까지 아슬아슬하게 끝낼 수 있는 계약 건을 몇 개 들고 있었습니다. 그래서 정말 한눈 팔 틈이 없는 때였습니다.

게다가 금토일에는 회사의 젊은 사원들을 데리고 스키 여행을 갔다왔습니다. 원래 눈이 많은 지방 출신이라 스키를 좋아하는 편이에요. 장시간 운전을 했기 때문에 사건 당일인 3월 20일 아침은 너무 피곤해서 그날만은 지하철을 타고 회사에 가기로 했습니다.

—그렇다면 보통 때는 승용차로 출근하신다는 말인가요?

아닙니다. 그땐 반반 정도였습니다. 바쁠 때일수록 승용차를 이용하는 편이었어요. 하지만 사린사건 후로는 전차를 타기 싫어서 매일 승용차를 이용하고 있습니다.

그날은 기타센주 역에서 7시 52분경에 전차를 탄 것으로 기억합니다. 평소처럼 앞에서 세번째 칸이었습니다. 그 전차가 아키하바라 역과 고덴마초 역 사이에서 멈춰 서더니 차내 방송을 하더군요. 쓰키지 역에서 폭발사고가 일어나 피해자가 발생한 것 같으니 잠시 정차해야겠다는 내용이었습니다. 그로부터 몇 분 후에 전차가 고덴마초 역으로 들어간다는 방송이 나왔습니다. 히비야 선은 운행을 정지해야 하니까 고덴마초 역에서 내리라고 말입니다.

고덴마초 역이라면 닌교초 역까지 한 구역에 불과하니까 걸어가는 것이 가장 빠릅니다. 시간도 충분하니 지각할 염려도 없었습니다. 그래서 닌교초 역까지 걸어가서 개찰구로 들어가는데, 아래쪽에서 전차가 도착하는 소리가 들려왔습니다. 그래서 계단을 바삐 내려가서 마침 도착한 니시마고메 행 전차를 탔습니다. 그때까지는 아무 일도 없었습니다. 그러나 그다음이 문제였습니다.

계단을 뛰어내려왔으니 숨이 가쁜 것은 당연했죠. 손잡이를 잡고 가만히 서 있었습니다. 차내는 그다지 복잡하지 않았습니다. 그런데 갑자기 뒤통수가 몹시 아프기 시작했습니다. 그리고 숨이 가빠오면서 눈이 핑 돌았습니다. 심한 빈혈로 쓰러질 때의 그런 감각이었습니다. 저는 그래도 참고 손잡이를 잡은 채 필사적으로 서 있었습니다.

그냥 보통의 통증이 아니었습니다. 격통이라고 할까요, 견딜 수 없이 아팠습니다. 뒤통수 어딘가의 혈관이 터진 것은 아닌가 하는 생각이 들 정도로 아팠습니다. 아는 사람 중에 뇌일혈로 쓰러진 사람이 있는데, 그때 들었던 이야기와 흡사한 증상이었습니다. 큰일이라고 생각했어요. 왜 이렇게 갑자기 아픈가 싶어 식은땀을 흘렸습니다. 들고 있는 가방을 선반 위에 올려놓고 두 손으로 손잡이를 꼭 쥐고 있는 힘을 다해 버티고 서 있었습니다. '안 된다. 이 상태로는 도저히 안 된다' 라는 생각이 들었습니다. 다행히도 앞에 앉은 사람이 두번째 역에서 내려서 그 자리에 앉을 수 있었습니다. 정말 고마웠습니다. 서 있는 것보다는 훨씬 나으니까요.

그러나 지하에서 지상으로 나오는 순간 '이거 이상하다' 하는 생각이 들었습니다. 세상이 어두컴컴한 겁니다. 모든 것이 어두침침하게 보였습니다. 이상하다, 그렇게 날씨가 좋았는데 하고 의아하게 생각했습니다. 거기서 회사까지 겨우 걸어가긴 했지만 다리가 후들거려 제대로 발걸음을 뗄 수가 없었습니다. 머리는 터질 듯이 아프고 숨은 막히고 속은 울렁거렸습니다. 가슴이 답답하고 쓰렸습니다. 마치 심하게 마신 다음 날의 숙취 현상 같았습니다.

회사에 도착해서 갑자기 몸이 이상하다고 말했지만 아무도 귀를 기울여주지 않았습니다. 동료들도 "자네는 사흘이나 스키를 타서 피곤한 거야" 하고 놀려대기만 했어요(웃음). 그래서 체조를 하고 조례에도 참가하고……

—체조? 체조까지 했습니까, 그런 상태로?

네, 체조를 했습니다. 월요일은 전원이 모여 아침 체조를 하게 되어 있습니다. 그러나 정말 괴로웠습니다. 체조가 제대로 될 리가 없지요. 대충 하는 흉내만 냈을 뿐입니다. 그런 상태로 차를 몰고 밖으로 나가는 것은 무리일 것 같아 오전중에는 회사에서 사무나 처리하자고 생각했습니다. 그래서 10시부터 10시 30분까지 회사에 있었습니다. 그러나 오전중에 꼭 시나가와 법무국에 들러야 할 일이 있었습니다. 그래서 그냥 괜찮겠지 하고 차를 몰고 회사를 나섰습니다. 눈앞이 캄캄했지만 운전하는 데 그렇게 지장은 없었습니다. 평형감각이 이상해진 것 같지는 않았습니다. 두통도 처음보다는 조금 나아진 것 같은 기분이 들었고요.

그런데 라디오에서 이상한 방송이 나왔습니다. 쓰키지 역에서 큰 혼란이 일어났다며, 사린가스가 어쩌고저쩌고 하는 겁니다. 회사에 있을 때는 뉴스를 듣지 못하다가 카 라디오를 통해 비로소 사건 소식을 접할 수 있었던 거죠. 일단 법무국에 가서 서류를 제출한 다음 더는 견딜 수 없어서 그길로 고탄다에 있는 간토 데이신 병원에 갔습니다.

병원에 도착한 것은 11시 반 정도입니다. 그때는 이미 병원 수납 창구에 지하철 사건 피해자를 위한 전용 창구가 마련되어 있었습니다. 경찰서, 소방서, 지하철에서 담당자도 파견되어 나와 있었고요. 의사는 순서대로 진찰을 하면서 '입원' '이상무' 하는 식으로 선별하고 있었습니다. 저는 콜린에스테라아제 수치가 낮아서 입원하게 되었습니다. 그 자리에서 입원했죠. 영업부의 차를 몰고 왔기 때문에 차를 돌려주고 다시 오겠다고 하자 지금 농담하냐며 화를 내더군요(웃음).

입원하고 있는 동안에도 여전히 머리가 아팠습니다. 지끈거리는 통증입니다. 밤에 잠을 잘 수 없을 정도였습니다. 그런데 사린이 어떤 종류의 독가스인가에 대해 병원 측에서 아무런 설명도 해주지 않는 겁니다. 그래서 한 가지 실수를 하고 말았습니다. 옷을 벗고 샤워를 하라는 지시를 받고 샤워는 했지만 머리를 감지 않았던 것입니다. 샴푸도 하라는 말 한마디만 해주었더라면 좋았을 텐데, 도무지 사정을 모르는 저는 몸만 열심히 씻었습니다. 사린이란 놈이 머리카락에 묻어 있는 것도 모르고 말입니다. 그걸 씻어내지 않으면 이차적인 피해를 입을 수도 있었던 겁니다. 물론 간호사도 처음 당하는 일이라 어떻게 처리해야 할지 몰랐을 테지만……

눈은 좀처럼 원 상태로 돌아오지 않았습니다. 일주일간 그 상태였습니다. 어두컴컴하고 눈알이 충혈된 상태였지요. 네, 지금은 사건 이전보다 시력이 많이 떨어졌습니다. 병원에서는 사린이 다 빠지면 아무 걱정 없다고 했지만 그렇지 않더군요. 역시 떨어졌습니다. 그해 2월에 한 검사에서 시력이 1.2였는데 지금은 0.8에서 0.9

밖에 안 됩니다. 눈이 가장 마음에 걸립니다.

게다가 금방 피로해집니다. 일 년간 늘 그랬습니다. 집중력도 저하되었습니다. 몸이 노곤하고 집중력이 떨어질 때가 많습니다. 영업 일이란 고객과 이야기를 하는 동안 집중할 필요가 있습니다. 상대가 하는 말을 듣고 그 표정을 주의해서 살펴봐야 합니다. 그렇게 하지 않으면 중요한 이야기를 놓치거나 엉뚱한 대답을 하는 경우도 있습니다. 상대의 말을 들어주면서 다음 내용으로 들어가야 하니 잡담을 한다고 긴장을 풀어서는 안 되지요. 그런데 사건 후로는 그게 잘 안 됩니다. 다시 말해 집중력이 약해진 거죠. 저 스스로 그걸 절실히 느끼고 있습니다.

이런 일을 회사에서 함부로 이야기할 수는 없습니다. 일을 하는데 긍정적인 요소는 아니니까요. 일 년간 아무 말 없이 계속 참으면서 일을 했습니다. 정말 힘든 세월이었습니다. 일 년이 지난 지금에는 거의 원 상태를 회복한 것 같습니다.

고덴마초 역을 조금 걸은 것만으로도 이 정도니 정말 대단한 위력이죠. 어린 자식도 있고 주택 융자금도 이제 막 내기 시작했는데 앞으로 내 신세가 어떻게 되나 하는 걱정이 앞섰습니다. 물론 가족들도 많이 걱정했고요.

아사하라는 저와 같은 세대입니다. 그래서 그런지 몰라도 생각할수록 화가 치밀어오릅니다. 피해자 모임에 가입해 손해배상 청구서에 이름을 올려두었지만 돈을 바라고 그런 것은 아닙니다. 소송에 참가함으로써 저의 분노를 정면으로 표출하기 위해서입니다. 정말 화가 납니다. 이런 사건은 두 번 다시 일어나서는 안 됩니다.

사건 이틀 전에 첫 아이가 태어났습니다.

나카타 야스시 (당시 39세)

태어난 곳은 스이텐구와 가까운 니혼바시 가키가라초, 전형적인 서민 동네 출신이다. 이야기를 하는 동안에도 그런 분위기가 전해져온다. 담백하고 말이 빠르다. 그리고 어딘지 모르게 살아가는 일에 대해 부끄러움을 타는 듯한 분위기를 느꼈다.

로큰롤을 좋아하는 소년이었고 뮤지션이 되고 싶었다. 샘 앤 데이브의 〈홀드 온 아임 커밍〉을 듣고 감동했다고 한다. 중학생 때 영화 〈우드스톡〉을 보았다. 벌써 마흔을 바라보는 나이지만 간단히 어른이 되어버리고 싶지 않은—또는 될 수 없는—분위기가 감돈다. 원래부터 살이 찌지 않는 체질인지 홀쭉한 몸 때문에 더 그렇게 보이는지도 모른다.

나카타 씨는 컴퓨터 소프트웨어 회사에 근무하면서 영업 일을 하고 있다. 취미는 테니스. 운동을 하다 만난 아홉 살 연하의 여성과 몇 년 전에 결혼해 사건 이틀 전에 아이를 얻었다.

사린사건으로 텔레비전에 나온 것을 본 옛 친구가 전화를 걸어왔고, 그것이 계기가 되어 다시 밴드 활동을 시작했다. 스튜디오를 빌려 한 달에 두 번꼴로 연습을 하고 있다. 물론 취미활동이다. "취미로 하기 때문에 아무리 틀려도 즐거워요" 하고 말한다.

지금은 사이타마 현 마쓰바라 단지에 살고 있다. 소카 역 가까운 찻집에서 일요일 낮에 만나 이야기를 들었다. 티셔츠에 찢어진 청바지 차림이었지만 회사에 갈 때는 반드시 양복을 입는다고 한다.

*

우리 집안은 메이지 시대 때부터 가키가라초 부근에서 살았다고 합니다. 아버지는 평범한 회사원이었습니다. 장사는 하지 않았고요. 저도 그 동네에서 태어나 거기서 자랐습니다. 거품경제가 극성을 부릴 때니 아마 1987년경이었을 텐데, 땅값이 오르자 등가 교환이란 명목으로 우리집을 내주고 하마초에 아파트를 얻었습니다. 처음에는 우리집 자리에 빌딩을 세운다고 했는데, 지금은 그냥 주차장으로 변했습니다.

지금은 컴퓨터 소프트웨어 회사에 근무하고 있는데 대학을 졸업하고 사 년 정도는 그냥 놀면서 밴드 활동을 했습니다. 스물여섯 살까지 놀았죠. 지미 헨드릭스 계통의 음악을 했어요. 블루스 계열이요. 처음에는 기타를 쳤고 그다음에 베이스로 바꾸었는데 마음만 먹으면 아무 악기나 다룰 수 있습니다. 부모님도 제가 도를 넘으니까 포기하더군요. 외아들이라 그때까지 부모님과 살고 있었습니다. 하고 싶은 대로 하고 사는 그런 타입이었죠.

그렇지만 록 음악으로는 먹고살기가 힘들어서 할 수 없이 돈을 벌기 위해 가요라든지 민요까지 했는데, 이래서는 장래가 어둡다는 생각이 들어서…… 재능이 있는 동료 가운데는 꽤 돈을 만지는 녀석도 있었지만 저는 재능이 없었어요. 그래서 그만두었습니다(웃음). 그 당시는 카바레라도 일거리만 들어오면 어디든 갔습니다. 아직도 그런 일을 하는 친구도 있습니다. 가요 코러스 밴드에서 같이 일해보지 않겠느냐는 제의도 있었지만 역시 그건 좀……

저보다 먼저 그만둔 동료가 컴퓨터 프로그래머로 일하고 있었는데, 그 친구를 따라 그 회사에 들어갔습니다. 그때만 해도 컴퓨터에 대해서는 아무것도 몰랐습니다. 당시에는 컴퓨터 업계에 일손이 너무 부족해서 원하기만 하면 누구든 받아주었습니다. 그 회사에서 저는 영업 일이 아니라 프로그래머 일을 했습니다. 처음 일 년 동안은 뭐가 뭔지도 모르면서 말입니다.

하지만 누구든 마음만 먹으면 할 수 있는 일입니다. 보통의 사칙연산만 할 수 있으면 말이죠. 그렇지만 고차원적인 일을 하려면 역시 머리가 좋아야 합니다.

일단 견실한 직장인이 되긴 했지만 정말 힘들더군요. 철야에 또 철야. 프로그래머는 급료가 아주 낮습니다. 그때는 특히 그랬죠. 그러니 잔업해서 수당을 받는 수밖에 없어요. 거기서 삼 년 반을 일하다가 결국 머리가 나빠 기술직을 포기하고 영업 쪽으로 바꾸기 위해 다른 회사로 옮겼습니다. 마찬가지로 컴퓨터 소프트웨어 회사입니다. 같은 업종이라 일하기가 쉬울 것 같아서였습니다.

영업이 성격에 맞느냐고요? 글쎄요, 잘 모르겠군요. 사람들은 잘 맞는다고들 하지만. 그보다는 영업밖에 할 일이 없다는 편이 정확할 것 같습니다(웃음).

우리 일은 어떤 계약에 의해 진행된다기보다는 제품을 만들어놓고 고객 속으로 뛰어들어 판매하는 쪽입니다. 일단 전화로 약속을 받아놓고는 제품을 들고 찾아가서 어떠냐고 들이밉니다. 개인 상대가 아니라 기업을 상대로 업무용 패키지를 판매합니다.

경기는 좋지 않습니다. 잘 팔리지 않아요. 기업이 투자를 하지 않으니까 소프트웨어도 안 팔리는 거죠. 거품경제 시절보다 세 배는 더 일하지만 그때에 비해 매상은 절반도 안 됩니다. 정말 힘듭니다. 외국회사는 기본적으로 급료가 낮고 실적에 따라 수당이 붙는 게 일반적인데 경기가 좋지 않아 무척 힘들어요. 그 대신 하나만 팔아도 수당이 많습니다. 올해 수입은 전년도에 비해 2~300만 엔은 떨어졌습니다. 저는 거품이 가라앉을 때 결혼까지 한 최악의 케이스입니다(웃음).

독신 시절에는 매일 술을 마셨습니다. 특히 거품경제 시절에는 수입도 좋아서 돈도 잘 썼지요. 그때 저축을 해두었어야 하는데 말입니다. 경기가 아무리 나빠져도 컴퓨터 업계는 괜찮을 거라는 안이한 생각에 빠져 있었어요. 그래서 마구 써버렸습니다.

사건이 일어난 3월 20일, 그 이틀 전에 아이가 태어났습니다. 여자아이입니다. 아내는 미노와의 친정에서 쓰키지에 있는 산부인과를 오가고 있었고 저는 마쓰바라 단지의 집에서 혼자 생활했습니다. 아니요, 애가 태어나서 특별히 기뻤다든지 그런 느낌은 별로 없었습니다. 아, 나도 아버지가 되었구나 하는 정도였습니다(웃음).

그날은 회사에 가서 견적서를 하나 만들 예정이었습니다. 거래처에 제출할 견적서였지요. 그리 복잡한 서류는 아니지만 그날 꼭 만들어두어야 했습니다. 그 일을 하고 나서 산부인과에 들를 생각이었습니다. 일단은 가봐야 하지 않겠어요?

이틀 전 토요일에 처갓집에 갔더니 병원에 갔다고 합니다. 그래서 병원으로 갔더니 오후 3시가 넘었다고 '면회 불가'라는 것입니다. 할 수 없이 집으로 돌아왔는데 금방 전화벨이 울리는 거예요. 아이가 태어났다고 말이죠. 간단하더군요. 눈 깜짝할 사이에 태어나 버렸습니다.

일요일에야 비로소 아이의 얼굴을 보았습니다. 흠, 별다른 감동은 없었습니다. 자식을 꼭 두어야겠다는 생각도 없었으니까요. 하지만 아내가 자식을 원해서요. 그래서 할 수 없이……

월요일에는 회사 일이 끝나면 병원에 들러볼 생각이었습니다. 전해줄 물건도 있고 해서 말입니다. 그런데 그 사건에 휘말려버렸습니다. 아내는 무척 화가 났다고 합니다. 분명히 어디서 술을 마시고 있을 거라며 말이죠(웃음). 병실에 텔레비전이 없었기 때문에 사건에 관한 소식을 모르고 있었던 것입니다. 그날 하루 종일 제게서 아무 연락도 없었으니까요.

그날 아침도 다케노즈카에서 전차를 탔습니다. 늘 그렇듯이 앞에서 세번째 칸에요. 자리에 앉아 평소 때처럼 졸았습니다. 잠에 빠졌다가 문득 눈을 떠보니 전차가 역이 아닌 곳에 멈춰 서 있는 겁니다. 아키하바라와 고덴마초 사이였습니다. 차내 방송이 나오더니 쓰키지에서 폭발사고가 있어 고덴마초에서 전차를 돌려야 하니 내려달라고 했습니다.

전차가 고덴마초 역에 도착하자 승객들은 모두 내렸습니다. 문을 나서는데 바로 눈앞에 사람이 쓰러져 있었습니다. 앞에서 세번째 칸 바로 앞이었습니다. 한 사람은 여자인데 아직 숨은 쉬고 있었습니다. 다른 한 남자는 드러누워 부들부들 떨고 있었습니다. 누군가가 간질이라고 하더군요. 남자는 서른다섯, 여자는 서른 정도로 보였습니다. 나중에 안 사실이지만 그 여자는 우리집 바로 옆에 사는 사람이었습니다. 저보다 하나 앞의 전차를 탔던 겁니다.

저는 그냥 개찰구로 향했습니다. 쓰러진 사람을 돕고는 싶었지만 다른 사람들이 곁에 붙어서 간호를 해주고 있으니 괜찮겠지 해서…… 개찰구를 나와서 잠시 거기서 기다리고 있었습니다. 오 분에서 십 분 정도 기다렸을 겁니다. 꽤 많은 사람들이 저처럼 전차가 다시 움직이기를 기다리고 있었습니다. 그런데 눈을 문지르는 사람도 있고 손수건으로 입을 막고 있는 사람도 있는, 좀 이상한 분위기였습니다.

다시 방송이 흘러나왔습니다. "공기가 오염되었으니 밖으로 나가주십시오"라고 말입니다. 그래서 계단을 올라가는데 그때부터 점점 이상해지기 시작하더군요. 다리가 후들후들 떨리는 것 같았습니다. 어쨌든 지상으로 올라갔습니다. 밖에도 남자 한 사람이 경련을 일으키고 있고…… 내가 본 것만 해도 벌써 세 사람째였습니다. 이건 정말 이상하다고 생각했습니다. 옆으로 방향을 틀었더니 거기도 주저앉은 사람, 입에 게거품을 문 사람이 있었습니다. 이거 큰일났다, 여기 있다가는 나도 당하게 생겼다고 생각했습니다. 원인은 모르겠지만 아무튼 멀리 떨어져야 한다고요.

하마초의 집과 그리 멀지 않은 곳이라 일단 그곳으로 가자고 생각했습니다. 걸어서 이십 분 정도의 거리입니다. 택시를 탈 정도의 거리는 아니라서 그냥 걸어가기로 했습니다. 그러나 그때부터 사물이 이중으로 보이기 시작했습니다. 초점이 맞지 않았습니다. 한기도 들었고요. 그제야 뭔가 나쁜 공기를 마셨다는 것을 깨달았습니다. 그러나 병원에 갈 정도로 심각하게는 여기지 않았습니다. 조금 누워 있으면 괜찮아질 걸로 생각했지요.

부모님 집에 가서 드러누웠습니다. 부모님은 영문도 모르고 일단 누우라고 자리를 펴주었습니다. 회사에는 도중에 사고를 당해 상태가 좋지 않으니, 집에서 좀 쉬었다가 나중에 다시 연락하겠다고 해두었습니다.

부모님 집에는 아직 제 방이 그대로 남아 있어서 그 방에 이불을 깔고 누웠습니다. 잠시 후에 무슨 일이 있었을까 하고 텔레비전을 켰더니 쓰키지 역 부근이 화면에 나오고 있었습니다. 그때가 아마 9시 반 정도나 되었을 겁니다. 독가스가 살포되었다고 했어요. 머리가 아프고 목이 아프고 눈이 아팠습니다. 머리가 지끈거리고 심장 박동도 격해졌습니다. 게다가 사물이 이중으로 보였습니다. 그제야 큰일 났다고 생각했습니다.

가나가와 부근에서 병원을 하는 숙부가 있어서 전화로 물어보았더니 빨리 눈을 씻고 병원으로 가라고 하더군요. 그래서 미쓰이 기념병원에 갈 생각으로 택시를 타고 닌교초 부근을 지나는데 운전사가 저기 경찰차가 있으니 그쪽에 이야기하는 것이 더 좋지 않겠느냐고 했어요. 닌교초 부근에는 경찰이 쫙 깔려 있었습니다. 경찰차와 구급차도 보였습니다. 그래서 거기에 내려 경찰에게 사정을 설명했더니 구급차를 타라고 해서, 그길로 료고쿠의 다지마 병원으로 갔습니다.

(나카타 씨는 다지마 병원에서 세타가야의 자위대 중앙병원으로 이송되어 팔 일간 입원했다. 콜린에스테라아제 수치가 정상의 5분의 1까지 내려가서 회복하기까지 시간이 걸렸기 때문이다. 두통과 눈의 통증은 꽤 오랫동안 지속되었다. 콜린에스테라아제 수치는 지금도 정상으로 회복되지 않고 있다.)

그후로 눈이 좋지 않습니다. 몸도 쉬 피로를 느끼고요. 컴퓨터를 다룰 때가 가장 고통스러웠습니다. 초점을 잘 맞출 수가 없었습니다. 원래 시력이 나빴지만 지난번에 검사를 해보니 왼쪽 눈의 시력이 더 나빠졌더군요. 오른쪽 눈은 별 이상이 없지만요. 그리고 눈 안쪽이 욱신거리는 증상이 가끔씩 일어납니다. 지금도 가끔 눈 안쪽 깊숙한 곳이 아픕니다.

그후로 한동안은 지하철 타는 것이 무서웠습니다. 지난번 아사하라의 첫 공판 때는 회사를 쉬었습니다. 아내도 쉬는 게 좋겠다 해서 회사에다 이유를 설명하고 쉬었습니다. 통근 루트를 바꿀까도 생각했지만 어디를 가나 마찬가지 아니겠습니까. 결국은 지하철을 타야 하니까요.

—무사히 퇴원해 아기 얼굴을 보고 어떤 감회 같은 것은 없었습니까?

별다른 감회는 없었습니다(웃음).

이전 회사에 있을 때의 일인데, 몇 번이나 신흥종교단체를 찾아가 소프트웨어를 팔려고 했던 적이 있습니다. 아무리 불황이라도 종교단체만은 돈이 넘쳐나니까요. 전화 한 통화 하지 않고 무작정 찾아가서 제품을 들이밀었습니다. 꽤 잘 사주더군요. 패키지 규모가 커서 신도가 백만 명 정도나 돼야 채산이 맞습니다. 그래서 많이는 팔 수 없습니다. 아무 데나 팔 수 있는 제품이 아니니까요. 그렇지만 하나만 팔아도 컸습니다. 옴진리교에는 가지 않았지만요.

직업이 컴퓨터 관련 일이지만 저는 개인적으로 컴퓨터를 좋아하지 않습니다. 이것저것 가리지 않고 무조건 컴퓨터로 처리하려는 태도를 전 좋아하지 않아요. 컴퓨터 만능주의는 좀…… 찾아가서 한마디 하면 되는데 굳이 전자메일을 띄우는 건 문제가 아닐까요. 현실과의 접속을 잃어버리고 마니까요. 옴진리교에도 그런 경향이 있고요.

누군가 "심장이 멈췄어"라고 말하는 것을 들었습니다.

이토 다다시 (당시 52세)

이토 씨는 도쿄 주오 구의 이리후네에서 태어나 미나토에서 자랐다. 앞에서 증언한 나카타 씨와 마찬가지로 서민 동네에서 태어나고 자랐다. 아버지는 철물점을 경영했다. 그러나 그의 본가도 거품경제 시대의 어마어마한 땅값 상승 덕에 지금은 다른 곳에 살고 있다.

땅값이 오르기 전의 미나토는 인쇄와 제본업이 성행하던 거리로 작은 공장이 죽 늘어서 있었는데, 지금은 공터가 많은 삭막한 곳으로 변해버렸다. 자동차는 거의 없는데 주차장만 많은 그런 동네가 되었다.

그러나 이토 씨는 뎃포즈 신사 축제일이 되면 아직도 친구와 아는 이웃이 많은 미나토에 가서 가마를 메기도 한다. 그때만 되면 고향을 떠난 사람들도 모두 돌아와 옛정을 새로이 한다. 그러한 지연은 지금도 계속 이어지고 있다.

이토 씨는 몬젠나카초에 있는 인쇄회사에 근무하고 있다. 직원이 일곱 명인 작은 회사다. 그의 직함은 영업부장. 마쓰바라 단지 역에서 다케노즈카까지 가서, 거기서 출발하는 전차로 갈아타고 가야바초까지 간다. 가야바초에서 몬젠나카초까지는 도자이 선으로 한 정거장이다. 긴 출퇴근 시간 동안 읽은 책 덕분에 이십 년간 상당한 독서가가 되었다. 가방 안에는 언제나 두세 권의 책이 들어 있다.

일요일 오후, 소카 역 근처의 찻집에서 이야기를 들었다. 마침 경마가 있는 날이어서 이토 씨는 장외마권을 사러 가는 길이었다. "어때요? 이길 것 같습니까?" 라고 묻자, 그는 웃으며 "아뇨, 아마 질 겁니다" 하고 말한다. 꽤 오랫동안 경마를 하고 있지만 '경마만은 잘 알아버리면 안 되는 것' 이라고 한다.

원래 술을 즐기는 편이었지만 사린사건 후로는 왠지 마음에 걸려 한 달 정도 술을 끊었다.

*

사이타마 현에서 벌써 이십 년간 살고 있지만 솔직히 말해 그다지 애착은 없어요. 아무래도 마음은 옛날 살던 곳에 가 있습니다. 역시 내가 자란 서민 동네가 그리워요. 이른바 사이타마에 사는 도쿄 사람이죠.

이곳에 오기 전에는 쓰키시마에 살았습니다. 결혼한 후 잠시 동안이었어요. 아이가 생긴 뒤로 넓은 집에 살고 싶어 이쪽으로 이사 왔습니다. 마침 공단주택을 신청해둔 것이 당첨되기도 해서요. 아, 분양이 아니라 임대입니다. 적은 월급으로 비싼 집세를 낼 수는 없으니까요. 쓰키시마를 떠날 때는 정말 섭섭했어요. 어쨌든 처음 전차로 출퇴근이란 것을 해보니 참 힘들더군요. 그래요, 익숙해지는 데 반 년 정도 걸렸어요.

큰아이가 대학교 2학년, 아들이고요. 아래가 고등학교 3학년짜리 딸이에요. 네 가족입니다. 돈이 꽤 들지요. 요즘이 제일 많이 들어요. 큰애가 사립대학생인데다 내년에는 딸도 전문대학에 들어갈 테니 앞으로 삼사 년은 여유가 없을 겁니다. 다행히 우리 회사는 영세기업이기 때문에 정년이란 것이 없어요. 스스로 그만두겠다고 말하기 전까지는 일을 계속할 수 있습니다. 뭐, 그런 점이 작은 회사의 장점이겠지요.

7시 39분 다케노즈카에서 출발하는 나카메구로 행 전차를 탔습니다. 여느 때와 마찬가지로 앞에서 세번째 칸 뒤쪽 문이었습니다. 그쯤에 서서 기둥에 몸을 기대고 책을 읽었지요. 단행본은 무겁기 때문에 문고본만 읽습니다. 역사소설을 좋아해서 그런 유의 책을 열심히 읽습니다. 최근에 죽은 도요다 조 씨 작품이나, 미즈카미 쓰토무 씨의 작품이나……

사건이 있었던 3월 20일에 어떤 책을 읽고 있었는지 확실히 기억이 나진 않습니다만, 아마 요시카와 에이지 씨의 『다이코키太閤記』를 다시 읽고 있었을 겁니다. 그전에도 몇 번인가 읽었지만 마침 드라마로 방영되고 있기도 해서 한 번 더 읽고 있었을 거예요. 같은 책을 몇 번이나 다시 읽곤 하거든요. 직업상 오자 같은 것이 나오면 그냥 넘기질 못하고 읽으면서 체크하곤 합니다(웃음).

그날은 전차가 아키하바라와 고덴마초 사이에서 멈춰 서더니 "쓰키지 역에서 폭발사건이 일어나 잠시 정차하겠습니다"라는 안내 방송이 나왔습니다. 그곳에 십 분 정도 서 있었을 겁니다.

고덴마초 역에 도착했을 때 제가 내린 문 왼쪽에 여자가 쓰러져 있는 것이 보였습니다. 오른쪽을 보니 거기에도 남자 한 사람이 쓰러져 있었습니다. 저는 그 남자 쪽으로 가보았습니다. 다시 말해 오른쪽으로 간 것이죠. 나중에 안 사실이지만 바로 그쪽에 사린 봉지가 놓여 있었어요.

흠뻑 젖은 신문지로 싼 꾸러미가 보였습니다. 기둥 뒤에 있었습니다. 저는 확실히 그것을 보았어요. 도시락의 두 배 크기 정도의 꾸러미였어요. 꽤 깔끔하게 싸여 있더군요. 아무렇게나 되는 대로 싼 꾸러미는 아니었습니다. '어, 저게 뭐지? 좀 이상한데, 부자연스러워' 하고 생각했던 기억이 납니다.

저는 그를 좀 돌봐주어야겠다 싶어 "괜찮아요?" 하고 남자에게 말을 걸었습니다. 심하게 경련을 일으키고 있었는데 꼭 간질처럼 보였어요. 주위에는 역무원이 두 명, 그리고 저처럼 마침 그곳을 지나는 승객이 네댓 명 있었을까요. "머리를 높게 해요" "잠들면 편해질 텐데"라며 모두 한마디씩 하고 있었죠. 그 남자는 고개를 젖혀 위를 향하고 눈은 반쯤 뜬 상태였어요. 새파랗게 질린 얼굴로 몸을 발작적으로 움직이고 있었습니다.

남이야 어떻든 상관하지 말고 그냥 지나쳤다면 아마 아무 일도 없었을 겁니다. 허나 저는 태생이 그래서인지 붙임성도 좋고 허물없이 사람을 대하는 성격이라 수수방관할 수는 없었습니다.

모두 힘을 모아 그 사람을 들어올려서 개찰구까지 옮겼습니다. 그러는 중에도 이상한 증상을 보이는 사람이 두셋 눈에 띄었습니다. 괴로운 듯이 쭈그리고 앉는 것입니다. 저는 '어, 이상하다. 대체 어떻게 된 거지?' 하고 의아하게 생각했습니다. 몇 사람이나 갑자기 상태가 이상해져버렸으니까요. 먼저 역무원 한 사람이 비틀대며 쓰러졌어요. 저와 함께 남자를 메고 옮긴 역무원이었습니다. 오랜 시간에 걸쳐 플랫폼에 깔린 가스를 많이 마셨을 겁니다. 개찰구 부근에서 머리를 감싸며 그대로 주저앉아버렸습니다. 눈이 안 보이는 것 같았습니다. 이건 보통 일이 아니라는 생각을 했습니다. 그때부터 저도 숨이 막혀오더군요. 무슨 가스 종류인 것 같았습니다. 기침이 나왔어요. 냄새는 느낄 수 없었어요.

아무튼 어서 빨리 밖으로 나가야 한다며 모두 나왔습니다. 그런데 나와보니 바깥에도 엄청난 상황이 벌어져 있었습니다. 굉장했어요. 여기저기 사람들이 웅크리고 있고 정도가 심한 사람은 코피를 흘리고 있었습니다. 젊은 사람이었습니다.

구급차가 와서 우리가 옮긴 남자를 들것으로 실어갔습니다. 하지만 그는 이미 죽었던 것 같아요. 누군가 "심장이 멈췄어"라고 말하는 것을 들었습니다. 구급대가 그 사람을 맨 먼저 옮겼지만 애석하게도 때를 놓친 듯했어요. 저도 그를 메고 옮기면서 속으로 '이미 늦은 건지도 몰라' 하고 생각했지만요.

그때는 제 다리도 부들부들 떨리기 시작했어요. 눈도 이상했고요. 주위가 어두컴컴해졌습니다. 마치 저녁 어스름이 내린 것 같았습니다. 그러나 하늘은 분명히 개어 있었어요. 구름 한 점 없었습니다. '이게 대체 어떻게 된 거람' 하고 생각했습니다.

저는 출구 가까운 화단에 비틀거리며 주저앉아버렸습니다. 심장의 고동도 점차 빨라졌어요. 불안에 벌벌 떨었습니다. 빨리 병원에 가고 싶었습니다. 하지만 구급차가 부족했습니다. 경찰도 도착했지만 그때는 이미 모든 게 엉망진창이어서 손쓸 방도가 없었습니다. 지시를 내려야 할 역무원도 모두 쓰러져버렸기 때문에 극도로 혼란스러웠습니다. 사람들은 모두 그 주변에 쓰러져 있거나 웅크리고 있었습니다. "어서 구급차를!" 하고 많은 사람들이 소리를 질렀습니다.

마침 그 주위에서 공사를 하고 있었어요. 그곳 공사 현장에 있던 사람이 지나가는 차를 닥치는 대로 세워주었죠. 승용차건 업무용 차건 무조건. 헬멧을 쓰고 있었으니 아마도 공사 현장 사람이었을 겁니다. 그리고 멈춘 차에 차례로 피해자들을 태워 병원까지 싣고 가게 했습니다. 왜건 같은 차가 오면 차곡차곡 짐을 쌓듯이 밀어넣었습니다. 고덴마초에서는 일반 차가 많은 도움을 주었다고 생각합니다.

저는 지나가던 택시에 태워졌습니다. 제가 앞에 타고 세 명은 뒤에 탔죠. 누군가 택시를 세우더니 밀어넣듯이 태웠습니다. 제가 앞자리에 탄 것은 네 명 가운데 상태가 제일 가벼웠기 때문이었죠.

그런데 택시 운전사도 불안한 겁니다. 누가 요금을 지불할지 모를뿐더러 어디로 가면 좋을지도 몰랐을 테니까요. 운전사는 주위에 있는 경찰관에게 "어디로 가면 됩니까?" 하고 물었습니다. 경찰관은 무선으로 연락을 취하더니 "성누가 병원으로 가세요" 하고 말했습니다. 나중에 생각해보니 위치상으로는 미쓰이 기념병원 쪽이 가까웠어요. 고덴마초니까 조금 돌아가기만 하면 됩니다. 하지만 경찰관이 '성누가' 라고 하니까 그쪽으로 가게 되었습니다.

행선지는 알았지만 과연 누가 요금을 지불할 것인지 불안했던 것 같습니다. 중년의 운전사는 잠시 망설였습니다. 뒷자리 사람들은 상태가 심해서 벌써 웩웩거리며 토하고 있었어요. 저는 주머니에서 2천 엔을 꺼내 "이거 받으세요. 지금 큰일이 벌어졌어요"라고 말했습니다.

성누가 병원은 아카시초의 제가 다녔던 학교 옆에 있습니다. 그래서 운전사보다는 제가 그쪽 길을 더 잘 알았어요. 교통 정체가 심했기 때문에 지름길을 알려주었습니다. "신오하시 쪽으로 가지 말고 옆길로 가서 신카와로 빠진 다음에 반대편으로 가면 돼요" 하고 말이죠.

운전사도 비상사태라는 것을 알고 있었어요. 그 사람도 허둥대더군요. 뒷좌석 사람이 웩웩대며 토해도 아무 말 하지 않았습니다. 그러나 정체가 심해 도저히 앞으로 나가질 못했어요. 거리로 치면 고작 이 킬로미터 정도인데 미터기는 도중에서 2천 엔을 넘기고 말았습니다. 제가 추가 요금을 지불하려 했더니 운전사는 괜찮다며 손사래를 치더군요.

뒷좌석에 탄 사람들은 딱했습니다. 도저히 봐줄 수 없을 정도였습니다. 세 명 가운데 두 명이 특히 심했습니다. 처음에는 끙끙대는 신음소리라도 냈지만 그 사이에 축 늘어져버리더군요. 도중에 신카와의 다카바시라는 곳의 파출소에 들러 위급한 사람들이니 병원까지 선도해달라고 부탁했지만 그쪽도 공황상태에 빠져 그럴 여유가 없었습니다. "빨리 성누가로 가세요"라고만 하더군요.

가까스로 병원에 도착했습니다. 상태가 심한 뒷좌석의 두 사람은 발도 뗄 수 없었기 때문에 간호사가 휠체어를 갖고 왔습니다. 남은 한 사람에게는 제가 어깨를 빌려줬지요. 저도 휘청대고 있었지만 그 사람보다는 좀 나았습니다.

병원에서 하루를 지낸 다음 날은 휴일이라 쉬고 그다음 날부터 다시 회사에 나갔습니다. 두통 같은 것은 없었어요. 밤에는 잘 보이지 않아 운전을 할 수 없었기 때문에 회사에 앉아 전화 받는 일 같은 것을 했습니다. 회사가 병원과 가깝기 때문에 집에 있는 것보다 오히려 마음이 놓였습니다. 무슨 일이 생기면 바로 병원에 갈 수 있으니까요. 일주일 정도 약간 속이 안 좋을 때도 있었지만 큰일은 없었습니다. 제가 피해를 입은 것을 알고 거래처에서 염려해서 전화를 건 사람이 있었는데, 제가 전화를 받으니 깜짝 놀라더군요(웃음).

정말로 기분이 상한 것은 경찰의 끈질긴 조사였습니다. 아무래도 제가 사린 꾸러미를 놓은 범인이 아닌가 의심하는 것 같았습니다. 경찰은 우리 회사 사장에게 나의 종교적인 배경이라든지, 그때 제가 입은 코트며 어떤 신발을 신고 있었는지 따위를 꼬치꼬치 캐물었다고 합니다. 제게는 이야기하지 말라고 하면서요. 우리 회사 사장도 화가 나서 경찰에게 호통을 쳤다고 하더군요. "우리 이토 씨는 사람을 구해 간호하고 택시비까지 지불했소. 그런 일을 할 리가 없지 않소!"라고 말이죠. 이쪽도 피해를 입기는 마찬가진데 왜 제게 그런 혐의를 두는지 정말 울화가 치밀더군요.

병원까지 함께 택시를 타고 갔던 사람들이 그후 어떻게 되었는지는 저도 모릅니다. 어떻게 되었을까요. 걱정됩니다.

닌교초로 가는 길에도 또 두 사람이 쓰러져 있었어요.

안자이 구니에 (당시 53세)

안자이 씨는 대형 인쇄회사에 근무하고 있다. 이번 취재에서는 어떻게 된 연유인지 인쇄 관련 회사에 근무하는 사람이 많았다.

후쿠시마의 농가 출신으로 칠 형제 중 넷째다. 학교를 졸업하면 집을 떠나 스스로 생계를 해결해야 하는 처지였다. 스무 살 때 혼자 도쿄로 나와 신문에 난 제본소의 구직 광고를 보고 그곳에 취직했다. 거기서 좀 큰 데로 옮기고 싶어서 이 년 후에 이 업계에서는 알아주는 지금의 회사로 옮겼다.

한마디로 인쇄라고는 해도 그 안에는 여러 전문 분야가 있다. 안자이 씨는 현재 제본 전문가지만 이전에 했던 일은 상자 제작이었다. 상품을 넣을 상자, 즉 초콜릿 상자라든가 비누 상자 같은 것을 만드는 일이다. 그 일을 십이 년 정도 하고 나서 제본으로 바꾸었다. 단행본보다는 잡지 제본이 더 많다. 회사의 진열장 안에는 눈에 익은 잡지가 상품 견본으로 죽 놓여 있다. 만드는 사람 입장에서도 매번 똑같은 상자를 만드는 것보다는 매호마다 변화가 있는 잡지를 만드는 쪽이 즐겁다고 한다. 그 기분은 알 것 같다.

자그마하고 깡마른 체격에 빠릿빠릿한 행동거지는 전형적인 '일본의 근면한 아버지'라는 느낌을 주었다. 아무리 먹어도 살이 찌지 않는다고 한다. 지금은 예전만큼 달릴 수 없지만 이십 년 정도 매일같이 뛰었다. 구에서 개최하는 달리기 대회에도 자주 출전했다. 이 회사 팀은 대회에서 몇 번이나 우승했다고 한다.

이렇게 매일 습관적으로 달리기를 하는 사람이 많았던 것도 이번 취재의 특징 중 하나였다. 아침저녁의 혼잡한 출퇴근 시간과 바쁜 생활 가운데서도 꾸준히 짬을 내어 달렸다는 사실에 감복하지 않을 수 없었다. 책임감이 강하고 일처리가 정확한 사람이라는 인상을 받았다. 앞으로도 더욱 분발해 훌륭한 책을 만들어달라고, 글을 쓰는 사람의 입장에서 머리를 숙이고 돌아왔다.

*

인쇄소는 24시간 움직이기 때문에 대부분의 부서에서는 교대근무를 하지만 우리가 속한 가공 부문은 그냥 일근을 합니다. 그래서 우리 부서는 모두 아침 8시 반에 일을 시작합니다. 저는 삼십 분 전인 8시경에 직장에 도착합니다.

집이 소카라서 8시에 고탄다에 있는 회사에 도착하려면 아침 6시 25분경에는 집을 나서야 합니다. 일어나는 시간은 새벽 5시 반, 겨울에는 아직 어두운 시간이죠. 그래서 아내는 잘 안 일어나요(웃음). 아침은 빵을 먹고 버스로 다케노즈카 역까지 갑니다. 역까지 십 분 정도 걸립니다.

소카에 집을 산 것은 이십 년 전쯤입니다. 딱히 그곳에 지연이 있거나 친지가 있어서 그런 것은 아닙니다. 단지 그 부근 집값이 쌌기 때문입니다.

역시 멀긴 멀죠. 잔업이라도 하면 버스가 끊기고 맙니다. 그렇게 되면 택시로 돌아가야 해요. 택시비까지는 회사에서 내주지 않으니까 제 주머닛돈으로 지불합니다. 용돈에서 찔끔찔끔 말이죠(웃음). 힘들어요. 하지만 그곳 외에는 집을 살 만한 곳이 없으니 어쩔 수 없죠.

사건 당시에는 일이 바빠 매일같이 잔업을 했습니다. 어차피 귀가가 늦어지니까 교대근무 식으로 동료와 조를 짜서 한 사람은 8시부터, 다른 한 사람은 9시 반부터 하는 식으로 시차를 두고 출근을 했습니다. 회사에는 잔업 규칙 같은 것이 있어서 그 시간을 초과할 수 없습니다. 그래서 출근 시간을 늦추기로 한 겁니다. 잔업 시간의 상한선을 지키기 위해서지요. 저는 늦은 시간에 출근하게 됐습니다. 운이 나빴다면 나빴다고 할 수 있죠.

그런 이유로 평소보다 훨씬 늦은 다케노즈카 발 7시 47분 전차를 탔습니다. 항상 앞에서 네번째 칸에 탑니다. 아키하바라와 고덴마초 역 사이에서 차내 방송이 나오더군요. "가스미가세키에서 차량 고장이 생겨 잠시 이곳에 정차하겠습니다"라는 내용이었습니다. 그러고는 약간 움직이다 이내 멈추고, 그 상태로 꽤 시간이 흘렀습니다. 고덴마초 역에 도착하기까지 이십 분 정도 걸린 것 같습니다.

전차가 고덴마초에서 멈춘 다음 어떻게 할까 망설였지만, 곧 움직일지도 몰라서 잠시 그곳에 앉아 있었습니다.

그런데 플랫폼 앞쪽에서 갑자기 "꺄!" 하는 젊은 여자의 비명 소리가 들렸습니다. 소리를 지르며 개찰구 쪽으로 달려갔습니다. 그 여자뿐만 아니라 모두들 그쪽으로 달려갔어요. 고덴마초 역의 개찰구는 플랫폼 중간쯤에 있습니다.

저는 '이상한 사람도 다 있군. 대체 무슨 일이지?' 하고 생각했습니다. 하지만 '뭔지는 모르지만 별일 아니겠지. 내가 상관할 바 아니야' 싶어 신경도 쓰지 않고 그대로 앉아 있었습니다. 닌교초까지는 한 정거장만 더 가면 되는데 허둥댈 필요 없다고 말이죠. 걸어가려니 좀 억울하기도 하고. 그후에는 별다른 일은 없었습니다. 그냥 잠잠했습니다.

그로부터 오륙 분 정도 가만히 앉아 있었어요. 그러다 더는 안 되겠다 싶어 포기하고 밖으로 나왔습니다. 한 사람 나가고 두 사람 나가고, 주위에 사람들이 없어지니까 괜히 허하더군요(웃음). 이상하다. 어떻게 된 걸까, 불안해지기 시작했습니다. 그래서 전차에서 내려 닌교초까지 걷기로 했습니다.

개찰구를 빠져나와 계단을 올라 밖으로 나왔습니다. 개찰구에는 역무원 한 사람이 아무 일도 없는 양 앉아 있었어요. 평상시와 다른 점은 없었습니다. 그런데 지상으로 나오니 바로 앞 교차로 모퉁이에 사람이 쓰러져 있더군요. 두 사람 정도 가로누워 쓰러져 있고, 주위 사람들이 열심히 등을 쓰다듬고 있었습니다. 쓰러진 사람은 경련을 일으키고 있었습니다. 몸을 떨면서 말입니다. 빈혈인가 했죠.

그런데 닌교초로 가는 길에도 또 두 사람이 쓰러져 있었어요. 건물 아래쪽에 쓰러져서 덜덜 떨고 있는 겁니다. 남자 두 명이었어요. 한 사람은 체격이 좋았기에, 이건 빈혈이 아니라고 판단했습니다.

닌교초에서 도에이 선으로 갈아타고 '대체 무슨 일일까?' 하고 머리를 갸우뚱거리면서 생각해보았지만 도무지 알 수 없더군요. 몇 사람이 동시에 빈혈로 쓰러지는 우연은 없으니까요. 하지만 저도 출근 시간에 쫓겨 더는 깊게 생각하지 않았습니다.

회사에 도착한 얼마 후에 텔레비전에서 사린사건에 대한 뉴스를 방송하기 시작하자 총무가 전화로 "안자이 씨, 큰일 났습니다. 병원에 가셔야겠어요"라고 해서 별 생각 없이 병원에 가기로 했습니다. 그것이 오전 11시쯤이었어요. 별다른 이상은 느끼지 않았습니다. 원래 감기 기운이 있기도 해서 몸에 특별히 이상이 있다고는 생각지 않았습니다.

어쨌든 간토 데이신 병원에 갔습니다. 그랬더니 눈에 증상이 나타나고 있다고 하더군요. 그때까지 저는 느끼지 못했습니다. 주위가 어두워 보인다는 느낌도 없었어요. 하지만 동공이 작아졌다고 해서 곧 링거주사를 꽂고 입원했습니다. 눈을 씻어내고 목욕을 한 다음 가운 같은 것을 입었는데 속옷이 없으니 바람이 숭숭 들어오는 게 영 기분이 안 좋더군요. 그래서 속옷을 가져오라고 집에다 전화를 걸었더니 마누라는 노래방에 가버리고 없는 거예요(웃음). 딸아이가 회사에서 가까운 직장 기숙사에 있어서 그쪽으로 전화를 걸었습니다. "속옷 좀 사가지고 오너라" 했더니 남자 속옷은 사본 적이 없다고 싫다는 겁니다. 병원으로 바로 달려오긴 했지만 말입니다.

병원에는 하루 입원하고 다음 날 집으로 돌아갔습니다. 아침에 아내가 갈아입을 옷을 가지고 왔습니다. 제가 입고 있던 옷은 모두 오사키 경찰서에서 가져가버렸거든요.

음, 병원에 있는 동안은 식욕도 있고 잠도 잘 잤고 특별히 몸 상태가 나쁘지 않았습니다.

그런데 집에 오고 나서 갑자기 열이 올랐습니다. 저녁 무렵부터 뭔가 이상하다는 느낌이 들더니…… 체온을 재어보진 않았지만 아마 38도쯤 되었을 겁니다. 계속 누워 있었습니다. 꽤나 힘들었지요. 그런 상태가 이틀간 계속되었습니다. 식욕도 하나도 없고요. 그날과 그다음 날인 수요일까지 계속 누워 있었습니다. 아마 사린 때문일 거라고 생각했습니다.

열은 수요일 밤부터 점차 떨어지고 몸도 편해졌습니다. 저는 평소 거의 병치레를 하지 않기 때문에 식구들 모두가 놀랐죠. 영양 드링크를 사다주기도 하고 여러 가지로 신경을 쓰며 간호해주었습니다. 딸아이가 "아빠, 걱정되니까 병원에 가요" 하고 권했지만 전 병원을 별로 좋아하지 않아서 그냥 버텼습니다.

달리 후유증 같은 것은 없습니다. 하지만 옴진리교 수배자 가운데 아직 잡히지 않은 자가 있으니 후유증보다는 오히려 그쪽이 더 두렵습니다. 그 잔당들이 여기저기 어슬렁거리고 있고, 재판정에서도 입을 다물고 있으니까 말입니다.

괴로웠죠. 굉장했어요. 그런 증상에 시달리는 사람은, 전쟁이라면 차라리 죽는 편이 낫겠다고 생각했을 겁니다.

하쓰시마 마코토(당시 59세)

하쓰시마 씨는 도치기 현 우쓰노미야 시에서 태어났다. 고등학교를 나와 재벌 그룹에 속한 대형 생명보험회사에 입사했다. 지하철 사린사건에 휘말렸던 경위와는 별도로 생명보험회사의 업무 내용에 대해서도 여러 가지 이야기를 들었는데 매우 흥미로웠다. 덕분에 꽤 긴 시간 대화를 나누게 되었다. 그것까지 기록하면 끝이 없을 것 같아 생략한다.

하쓰시마 씨는 젊은 시절에는 말주변이 없어 사람들 앞에서 제대로 말을 못해 속을 태웠다 한다. 그러나 회사에 들어가고 나서부터는 피나는 자기 훈련 덕분에, 지금은 그런 흔적은 조금도 보이지 않고 유창하게 술술 이야기를 풀어간다. 인터뷰어로서는 아주 편한 상대다. '아, 그렇군요' 하고 고개를 끄덕이며 재미있게 이야기를 듣다보니 나도 모르게 긴 시간이 지나고 말았다.

헤어지고 나서 '말투가 누구와 닮았는데, 누구더라?' 하고 한참 생각하다가 겨우 도치기 출신의 고 와타나베 미치오 씨와 닮았다는 것을 알았다. 하쓰시마 씨는 택시를 타면 "손님, 로쿄쿠*를 하십니까?" 라는 질문을 자주 받는다고 한다.

3월에 60세로 정년퇴직해 지금은 자회사에서 고문직을 맡고 있다. 한창 일할 나이에 고도경제 성장기를 보낸 사람이 대부분 그러하듯, 그의 말투와 태도에는 자신이 할 일은 빈틈없이 해왔다는 확신이 넘쳐나고 있다.

*

출퇴근에는 한 시간 이십오 분 걸립니다. 하스다에서 우에노까지 가서 그곳에서 히비야 선으로 갈아탑니다. 그 전차는 항상 붐벼요. 그냥 붐비는 정도가 아닙니다. 사람을 꽉꽉 우겨넣어서 잡을 곳도 없어요. 게다가 사십오 분 동안 그대로 선 채로 타야 합니다. 정말 힘들어요. 갈수록 점점 더 심해져서 오미야, 우라와, 아카바네에서는 전철을 못 타고 밀려나는 사람도 있을 정도입니다. 우에노 역에서 갈아탈 때도 대단해요. 맨 앞쪽 계단이 특히 심합니다. 지하철을 갈아타려는 사람들이 우르르 한꺼번에 몰려들어 서로 밀고 밀리게 됩니다. 히비야 선의 개찰구까지 가는 데만도 칠 분 정도 걸립니다.

(하쓰시마 씨가 탄 히비야 선 전차는 아키하바라와 고덴마초 사이에서 잠시 정차한 후 고덴마초 플랫폼으로 들어갔다.)

* 浪曲, 의리 인정 따위의 서민적인 주제를 엮은 창.

출근까지는 아직 시간이 있었지만 생각보다 전차가 오래 멈춰 있어서 가만히 있다가는 지각할 것 같더군요. 솔직히 좀 늦었다고 회사에서 뭐라 하지는 않습니다. 오히려 너무 일찍 나와 어슬렁대지 않는 편이 좋을 정도니까요(웃음). 그래도 지각하는 게 싫어서 고덴마초에서 내리게 되면 역 앞에 있는 관련 회사에 들러 그곳에서 회사에 전화로 연락할 생각이었습니다.

저는 그때 전차의 맨 앞 칸에 타고 있었어요. 전차가 고덴마초에 도착했을 때 앞에서 대략 두번째 칸 위치에 있는 기둥 부근에서 남자 두 명이 무슨 일로 다투고 있는 듯했습니다. 아니, 그것보다는 흠칫 놀라며 당황하는 사람을 다른 사람이 진정시키고 있는 것처럼 보였습니다. 그것이 어떤 일이었는지 지금도 잘 모르겠습니다. 아무튼 그 사람들을 지나쳐 전차는 플랫폼에 멈춰 섰습니다.

고덴마초의 개찰구는 뒤에서 세번째 칸 위치에 있습니다. 그래서 전차에서 내려 뒤쪽으로 돌아가려는데 어떤 여자가 바닥에 쓰러져 있는 겁니다. 두번째와 세번째 칸 연결부 근처였어요. 나이는 스물아홉이나 서른 정도로 보였습니다. 저는 틀림없이 간질이라고 생각했습니다. 입에 손수건이 물려 있었어요. 누군가가 물려준 것이겠죠. 딱하다고 생각했습니다. 주위에는 사람들이 서서 지켜보고 있었어요. 돌봐주고 싶긴 하지만 어쩔 줄 몰라 하면서요. 그저 '어떻게 됐어?' 하고 살펴보고 있는 것입니다. 여자는 몸을 바르르 떨기만 하고 꼼짝을 못하는 상태였습니다.

저는 그냥 출구를 향해 걸어갔는데, 이번에는 세번째 칸 부근에 남자 한 명이 쓰러져 있었습니다. 여자로부터 사오 미터쯤 떨어진 곳에, 서른다섯 정도의 남자였습니다. 옆으로 쓰러져 있었던 것 같습니다. '오늘은 참 이상한 날이로군' 하고 생각했죠. 다시 오륙 미터 걸어가니 이번에는 쉰 살가량의 남자가 쓰러져 있는 겁니다. 그게 세 명째였죠. 희끗희끗한 머리가 내가 알고 있는 사람과 닮았기에 혹시나 하는 생각에 살짝 들여다보았습니다. 그런데 그 옆에 도시락을 싼 듯한 신문지 뭉치가 있고, 그것이 흠뻑 젖어 있는 겁니다. 하얀 접착제처럼 생긴 게 질척거렸습니다.

저는 다시 그대로 나아갔는데, 개찰구 바로 앞에 왔을 때 냄새가 확 풍겼습니다. 플랫폼에 가득 차 있던 가스가 바람에 날려 그 부근에 모여 있었던 거죠. 주위에 있는 사람들이 모두 콜록콜록 기침을 하고 있었어요. 마치 기름 같은 것이 타는 듯한 냄새였습니다. 저는 '이건 또 뭐야?' 라고 생각하면서 개찰구를 통과했습니다.

—세 명이 연달아 그곳에 쓰러져 있는 것을 보고 뭔가 이상하다고 생각지 않으셨습니까? 우연이라고 하기에는 너무 지나친데요.

그걸 잘 모르겠습니다. 처음 체험한 일입니다만, 인간이란 예견할 수 있는 자료가 없으면 쉽게 순간적인 판단을 내릴 수 없나봅니다. '오늘은 이상하게 간질 같은 발작을 일으키는 사람이 많은 날이군' 하는 정도였습니다. 그런 상황에서 제가 상상할 수 있는 것은 간질 증상 정도고 그 이상은 아니었어요. 뭔가 이상하다는 의심은 들었지만 말입니다.

목을 찌르는 듯한 느낌이 들었어요. 아플 정도는 아니었지만 기침이 나올 정도의 자극이었습니다. 주위 사람들도 모두 기침을 했어요. 손수건을 꺼내 콜록거리고 있었습니다. 그리고 말이죠, 계단을 올라 밖으로 나오니 하늘이 검붉게 보이는 겁니다. 해가 진 후 아직 붉은 기운이 남아 있는 그런 저녁노을 말입니다. 붉지만 어두운 색을 띤, 그런 하늘이었어요. 주위는 벌써 해가 지고 있는 것 같았습니다. 깜짝 놀랐습니다. 대체 이게 무슨 일인가 해서 주위를 둘러보고는 더 놀랐습니다. 사람들이 여기저기 픽픽 쓰러져 있는 겁니다. 백 명이 넘었습니다. 쭈그린 채 웩웩거리며 토하고 있는 사람도 있었고, 완전히 드러누워버린 사람도 있었습니다.

그때 저한테는 이미 사고능력이 없었어요. 뭐가 뭔지 모르겠고, 생각하려 해도 할 수가 없었습니다. 머리가 띵했어요. 어쨌든 저쪽에 있는 가게까지 가자고 생각했습니다. 여기서 주저앉을 수는 없다고 말입니다. 아직은 움직일 수 있으니까 움직일 수 있는 한 저쪽으로 가야 한다고. 가까웠습니다. 걸어서 이삼 분 되는 거리죠. 거기 도착하기만 하면 어떻게든 되겠지 했습니다.

그곳에 도착하니 남자 직원들은 모두 와 있었습니다. "이봐, 뭔가 큰일이 일어나고 있어. 나도 당했으니 쉬게 해줘" 하고 말했습니다. 머리는 아프고, 기분도 나쁘고, 눈도 아팠습니다. 특히 머리가 아팠어요. 욱신욱신거리면서요. 소파에 누워 쉬면서 수건으로 머리를 식혔어요. 삼십 분 정도 지나 텔레비전을 통해 그게 독가스라는 것을 알았습니다. 그래서 친구의 부축을 받아 고덴마초 역 앞까지 되돌아갔습니다. 구급차를 타는 편이 좋을 것이라고 생각했죠. 그곳으로 가면 구급차가 있을 테니까요. 제가 갔을 즈음에는 이미 피해자들 대부분이 옮겨졌더군요. 마지막으로 역무원을 태우고 있을 무렵이었는데 그 구급차에 저도 탔습니다.

그때는 속이 무척 좋지 않은 상태였습니다. 뭐랄까, 빈혈을 일으킨 것 같은 기분이었습니다. 앉아 있을 수도 없을 정도였어요. 그래서 구급차가 출발하자마자 좀 눕혀달라고 말했습니다. 그리고 그대로 뻗어버렸습니다.

병원(니혼 의과대학 부속병원)에는 이틀 동안 있었습니다. 눈이 아팠어요. 눈을 감으면 아픈 거예요. 그리고 똑바로 위를 향해 누우면 괜찮은데 조금만 옆으로 누워도 눈동자가 욱신거리고 아팠습니다. 간호사를 부르니 스포이트로 눈에 안약을 넣어주더군요. 눈을 감고 누울 수 없다는 것이 괴로웠습니다. 일어서면 머리가 아파 화장실에도 갈 수 없었어요. 그래서 첫날은 계속 요강을 사용했습니다.

사흘째가 되어도 여전히 몸도 나른하고 상태도 좋지 않았지만 콜린에스테라아제 수치가 정상으로 돌아왔기에 퇴원했습니다. 병원에 있어도 별다른 치료도 해주지 않으니, 그냥 집에 돌아가서 쉬는 게 좋겠다고 생각했어요.

퇴원할 당시는 속도 괜찮았습니다. 역에서 택시를 타고 집에 돌아와, 어쨌든 나는 직장인이니까 이 정도라면 내일부터 회사에 나갈 수 있을지도 모른다고 생각했습니다. 그래서 그날 밤 충분히 잔 후 다음 날 아침 일어나 세수를 하고 막 출근하려는 순간 갑자기 머리가 무거워졌어요. 머리가 무겁고 순식간에 기분이 나빠지는 겁니다. 구역질 비슷하고, 말로는 표현할 수 없는 기분이었습니다.

아무래도 안 되겠다 싶어 다시 자리에 누웠습니다. 누우면 편해지거든요. 그날은 그렇게 누워 보냈습니다. 이런 상태로는 무리니까 결근하기로 작정한 겁니다. 눈을 감으면 여전히 통증이 일어났습니다. 그래서 텔레비전에서 방영되는 스모를 멍하니 보고 있었습니다.

텔레비전을 보고 있는 동안에는 그다지 아프지 않아요. 눈을 반쯤 뜨고 멍하니 보고 있으면 말이에요. 하지만 일어서면 십 분도 안 되어 속이 울렁거립니다. 심하게 메슥거립니다. 그것이 나흘 동안이나 계속되었어요. 괴로웠습니다. 대단했죠. 그런 증상에 시달리는 사람은 전쟁이라면 차라리 죽는 편이 낫겠다고 생각했을 겁니다. 싸울 기력도 없으니 그 편이 나아요. 대포를 맞는다 해도 그게 더 나아요. 이렇게 말하는 것은 뭣하지만, 정말 대단한 가스입니다(웃음).

다음 날 월요일에는 출근을 했지만 역시 속이 좋지 않았습니다. 조퇴를 했지요. 출퇴근도 괴로웠습니다. 오륙 일 동안은 이래저래 그런 증상이 계속되었어요. 지금은 꼬집어서 딱히 이런 증상이라고 할 만한 것은 없습니다. 이따금 목이 아릿해지는 것은 사린의 후유증인지도 모르겠습니다. 가끔 빈혈 증상 같은 것이 나타날 때도 있습니다. 그런 것들이 조금 남아 있는 것 같아요. 하지만 노화 현상도 일어나니까 같이 뒤섞여서 구별하기가 어렵죠.

아사하라는 극형에 처해야죠. 도대체 무슨 생각인 겁니까. 용서할 수 없습니다. 재판 따위는 볼 마음도 나지 않아요. 보면 울화통이 터집니다. 파괴활동방지법 적용에 대해 이러쿵저러쿵 말하는 사람이 있는데 자기가 직접 피해자가 되어보라고 말해주고 싶어요. 죽은 사람들과 그 유족들의 심정을 생각해보십시오. 그런 놈들에게 동정적인 말을 하는 사람도 있는데 당치도 않습니다. 법은 인간을 대상으로 하는 것인데, 그들은 인간의 감정을 지니고 있지 않기 때문에 인간으로 봐서는 안 되죠. 어서 결말이 났으면 좋겠어요.

퇴원한 후에도 잠 못 이루는 날들이 계속되었습니다. 한 달 정도는 잘 수 없었어요.

가네코 아키히사 (당시 32세)

가네코 씨는 사이타마 현 고시가야 태생이다. 사 년 전에 결혼해 소카 시로 이사했다. 도쿄 쪽으로 다섯 정거장 정도를 이동한 셈이다. 당시에는 거기서 닌교초에 있는 OA기구 회사에 다니고 있었다. 업무는 복사기 관리와 유지이고, 담당 구역은 주로 고덴마초와 바쿠로초인데, 그 부근에는 소규모 사무실이 많다. 혼자서 백오십 대 정도의 기계를 담당하고 있는데 항상 어딘가에서 호출이 오기 때문에 휴식을 취할 여유가 없다. 매일 휴대전화를 한 손에 들고 여기저기로 뛰어다닌다. 상당히 바쁘다. "오늘 오후에 가겠다고 해놓고 아직 가지 못했어요"라고 머리를 긁적이며 말한다. 그런 와중에 인터뷰에 응해주어 무척 감사했다.

"가끔 어처구니없는 일도 있습니다. 전원이 들어오지 않는다고 해서 달려가보면 전류 차단기가 내려가 있고, 화면이 지저분하다고 해서 가보았더니 유리가 더러운 거예요." 그 정도는 나도 저지를 만하니 주의해야겠다.

그의 얼굴에는 어딘지 모르게 천성적인 '상냥함'이 감돌았다. 본인도 "낙천적인 편입니다. 사물을 그다지 나쁜 쪽으로 생각하지 않아요"라고 한다. 고덴마초 플랫폼에 쓰러져 있던 사람 곁에 끝까지 남아 돌봐줄 정도로 친절하고 상냥한 성격이다. 그러나 그것 때문에 그도 심하게 중독되고 말았다. 한 달 정도 후유증으로 고생했다. 밤에도 낮에도 거의 잠을 이루지 못한 것이다. 게다가 범인이 아닌가 하는 의심을 받아 신문에 나기도 했다. 재난 그 자체다. 그런데도 "다행이었어요. 이렇게 무사하니까요"라고 말한다.

*

사건이 있었던 날은 3월 20일 월요일이죠. 저는 그전 주에 일주일 동안 휴가를 얻어 아내와 둘이서 괌에 놀러갔습니다. 우리 회사는 십 년 근무를 기준으로 오 일간의 휴가를 얻을 수 있는 제도가 있습니다. 그리고 패밀리 보너스라고 해서 10만 엔이 지급됩니다. '가족을 위해 가끔은 푹 쉬세요'라는 뜻으로 말이죠. 그래서 토요일에 여행에서 돌아왔습니다.

—아주 좋은 회사군요.

글쎄요, 항상 바쁘고 유급휴가도 없고, 잔업도 업무시간으로 쳐주지 않으니까요(웃음). 어쨌든 아내와 둘이서 한가로운 시간을 보냈습니다. 한가롭긴 했지만 아침에 일어나 여기저기 다니고 쇼핑도 하고 꽤 바빴습니다.

토요일에 일본으로 돌아와 일요일 하루 쉬고 월요일부터 다시 출근했습니다. 일주일 동안 편히 쉬었으니 상쾌하고 기운도 넘치고……라고 말하고 싶습니다만, 역시 일하러 가긴 싫더군요(웃음). '아아, 벌써 휴가가 끝나버렸구나' 하는 기분이었습니다.

그날은 평소보다 십 분 일찍 집을 나섰습니다. 기타센주에서 전차를 갈아탄 것이 7시 50분쯤이었을까요. 평소보다 빨리 출근한 이유는 여행지에서 산 선물을 가지고 가야 했기 때문입니다. 물건을 들고 사람들이 가장 몰리는 시간에 전차를 타면 힘들 테니 좀 빨리 가기로 한 거죠. 기타센주에서 출발하는 히비야 선은 무척 복잡하거든요. 그리고 제가 쉰 지난 일주일 동안에 있었던 업무도 점검해야 했고요.

선물요? 아주 평범한 해외여행 선물이죠. '올드 파' 나 '비프 저키' 같은 거요. 결국 사건 후에 경찰에 몽땅 몰수당해버렸지만 말입니다. 그것을 한손에 들고 또 보조가방 같은 것을 하나 들고 있었습니다.

전차는 아키하바라와 고덴마초 사이에서 멈추더니 "쓰키지 역에서 가스 폭발이 나서 고덴마초에서 열차 운행을 중단합니다"라는 방송이 나왔습니다. 그리고 잠시 후 전차가 움직이기 시작해서 고덴마초 역으로 들어갔습니다. 저는 앞에서 세번째 칸에 타고 있었습니다.

문이 열리고 전차에서 내리는데 바로 앞 벤치에 한 여자가 앉아 있었어요. 상반신을 앞으로 구부리고 있어서 얼굴은 잘 보이질 않았습니다. 하지만 젊은 여자 같았어요. 그 옆에는 다른 여자가 "괜찮아요?"라며 그녀를 돌보고 있었어요. 바로 정면에 그 두 여자가 앉아 있었던 거죠. 아마 빈혈인가보다 생각했습니다.

그러고 나서 플랫폼을 걸어가는데 마흔 살가량의 남자가 쓰러져 있었습니다. 샐러리맨 같았는데, 위를 향한 채 똑바로 누워 있더군요. 간질 같다고 생각했습니다. 사람들이 모여들었어요. 누군가 "간질이야" 하고 말했습니다. 그대로 지나쳐버려도 됐을 텐데 저는 멈춰 서서 그 사람을 계속 보고 있었어요. 마침 볼펜이 있기에 그 사람 입에 물려주었습니다. 그러고 나서 제 손수건을 입에 물렸습니다.

—가네코 씨가 가지고 있던 볼펜을 물렸습니까?

아뇨, 아마 다른 사람에게 빌렸을 겁니다. 그것을 제가 쓰러져 있던 사람 입에 물린 거죠. 그리고 손수건도 물렸습니다. 아니, 손수건을 먼저 물렸던가? 주위에는 처음에 다섯 명 정도가 모여 있었는데 그러다 모두 가버리고, 마지막에는 저 혼자만 남게 되었어요. 역무원이 다가오자 누군가 구급차를 불러달라고 말했는데 "구급차는 이제 없어요"라고 하더군요. 그것도 당황하면서 말하는 게 아니고 그저 담담하게 없다고 하는 겁니다.

없다고 딱 잘라 말한들 무슨 말인지 이해가 안 됐어요. 무슨 일이 일어나고 있는지 하나도 몰랐기 때문이었죠. 없다면 어쩔 수 없지 싶어 십 분 정도 그곳에 남아 괜찮을까 걱정스럽게 지켜보고 있었습니다.

이제 주위에는 아무도 없고 출근 시간도 다 되어서 어쩔 수 없이 그 사람을 남겨둔 채 걸어갔습니다. 결국 나중에는 그 사람 혼자 남겨진 셈입니다. 역무원은 잠깐 얼굴을 내밀었다가는 어디론가 가버렸습니다.

플랫폼은 한 사람도 남지 않고 텅 비어 있었습니다. 걸어가는데 무슨 냄새가 났습니다. 목에 걸리는 듯한 냄새라 할까, 찡한 자극이 오는 겁니다. '뭐지 이 냄새는?' 하고 생각했죠. 소독제 냄새 같았어요. 지금도 그 냄새라면 분간해낼 수 있습니다. 또렷이 기억하고 있어요. 아뇨, 꾸러미 같은 거나 바닥이 젖은 건 보지 못했습니다.

개찰구를 나오는데 머리가 핑 돌았습니다. 금방이라도 쓰러질 것 같아서 주머니에서 정기권도 꺼내지 못했죠. 그대로 개찰구를 확 밀치고 나와버렸습니다. 속이 너무 메슥거려서 한시라도 빨리 그곳에서 나오고 싶었어요. 역무원이 그곳에 있었던가…… 그건 기억이 나질 않는군요.

계단은 텅 비어 있었는데 위로 꺾이는 곳에서 몇 명인가 계단을 오르고 있었습니다. 빨리 밖으로 나가고 싶어서 빠른 걸음으로 계단을 뛰어오르려 했는데 웬일인지 발밑이 후들거려 옆 사람한테 쾅 부딪치고 말았습니다. "밀지 마세요!" 하더군요. 부딪친 상대는 여자였습니다.

고개를 들자 하늘이 보였습니다. '아아, 하늘이 보인다' 라고 생각한 것까지는 알겠는데 그다음 기억은 뚝 끊어져버렸습니다. 여자에게 한마디 듣고 그다음에 하늘을 본 것이 마지막입니다. 하늘은 파랬습니다. 그것만은 지금도 확실히 기억하고 있어요.

저는 여자 의과대학 부속병원으로 옮겨졌습니다. 의식이 돌아온 것은 오전이었는데, 영문도 모르고 아내가 병원으로 불려왔더군요.

의식불명의 중태였습니다. 기도 확보를 위해 산소 튜브를 폐까지 넣었어요. 그 정도로 심각했습니다.

그러는 사이에 점차 주위의 사물이 보이더군요. 그때는 저 자신도 뭐가 뭔지를 몰랐습니다. 무엇 때문인지 그곳을 세관이라 생각했던 모양입니다. 괌에서 이제 막 돌아왔잖습니까. 그 영향이었나 봅니다. 속은 메슥거리고 영 엉망인데 사람들이 둘러싸고 "괜찮습니까?" 라고 물었습니다. 혹시 내가 면역검사라도 받고 있나 하고 생각했죠(웃음).

중환자실에서 의식을 되찾고 대체 어떻게 된 건가 의아해했습니다. 몸에는 여러 가지 기구가 붙어 있었어요. 링거주사, 튜브, 심전도 기기 같은 것들이. 마침 아내가 들어오는 것이 보였습니다. 중환자실에 들어오는 사람은 흰 가운을 입고 마스크를 하고 모자를 써야 합니다. 그런 차림으로 들어왔어요. 저는 그렇게 침대에 누워 있는데 아내는 멀쩡한 겁니다. 왜 이렇게 돼버린 걸까? 영문을 몰랐습니다. 그래서 이건 분명히 괌에서 돌아오는 비행기가 추락해서, 아내는 구조되고 저는 큰 부상이라도 입은 거라고……

— 여행을 다녀와서 병원에 실려오기까지의 기억이 사라진 거군요?

그렇습니다. 일본에 돌아와 전차를 타고 회사에 간 기억이 완전히 빠져버렸어요. 아무것도 생각나질 않아요. 그래서 아내에게 "당신 괜찮아?" 하고 물었더니 "무슨 말을 하는 거예요"라고 이상한 얼굴로 쳐다보더군요(웃음).

중환자실에는 나흘 동안 있었는데 그동안 정말 몸이 나른했습니다. 손발이 제대로 움직이지 않는 거예요. 눈도 제대로 보이지 않았습니다. 모든 것이 뿌옇고 침침했습니다. 눈동자가 오그라들어 눈앞이 새까맣게 변한다는 이야기를 자주 들었는데 제 경우는 그런 증상이 없었어요. 단지 뿌옇게 변했을 뿐입니다.

통증 같은 것도 없었습니다. 마비되어서 늘어져버린 듯한 느낌이었습니다. 그대로 죽어도 아무것도 몰랐을 겁니다. 아무 느낌도 없었을 거예요. 임사체험 같은 것도 전혀 없었습니다. 그냥 픽 하고 쓰러졌을 뿐입니다. 죽음이 임박하면 자신의 모습을 본다고들 하지 않습니까. 그건 거짓말인 것 같아요. 후에 들은 이야기로는 저는 그때 꽤 몸부림을 쳤던 것 같은데, 곁에서는 대단히 괴로워 보여도 본인은 의식이 없으니 알 수 없지요.

병원에 때마침 팜이 비치되어 있어서 즉시 주사를 맞을 수 있었습니다. 덕분에 살아났죠. 콜린에스테라아제의 수치가 형편없이 낮았던 것 같은데 약 덕택에 순조롭게 회복했습니다. 어떻게든 계단을 올라가 지상 가까운 곳에 쓰러진 것이 다행이었던 것 같습니다. 만약 역내에서 쓰러졌더라면 그렇게 빨리 병원으로 실려갈 수 없었을 겁니다. 안에서 쓰러진 사람들이 많이 죽었으니까요.

나흘 후 중환자실을 나와 다른 병원으로 옮겨 그곳에서 또 나흘 동안 있었습니다. 총 여드레 동안 병원에 있었습니다. 병원에 있는 동안 거의 잠을 잘 수 없었어요. 신경이 날카로워져서 도저히 잠을 이룰 수 없었습니다. 잠에 빠져드는 순간 쿵 하고 떨어져내리는 거예요. 무서워서 심장이 딱 멈춰버리는 것 같습니다. 그다음부터는 잘 수가 없죠. 괴로웠습니다. 가슴이 답답했습니다. 심전도 기기가 달려 있어 그것을 보고 있었는데 그럴 때에는 역시 변화가 생기더군요. 두통 같은 것은 없었습니다. 통증 같은 것도 없었어요.

기억도 점차 회복되었습니다. 사건 당일 밤에는 '그래, 코트를 입고 아침에 집을 나섰지' 하는 기억이 띄엄띄엄하게나마 되살아나더군요.

퇴원한 후에도 잠 못 이루는 날들이 계속되었습니다. 한 달 정도는 잘 수 없었어요. 병원에 있을 때는 긴장 때문에 자지 못했으니까 집에 돌아와 가족과 함께 있으면 푹 잘 수 있을 것이라고 생각했는데 쉽사리 그렇게 되질 않더군요.

—한 달 동안이나 계속 잠을 자지 못했습니까?

네, 잘 수 없었어요. 자리에 누워도 잠이 오지 않습니다. 아무리 자려 해도 제대로 잘 수 없는 겁니다. 일종의 불면증이죠. 잠이 안 와서 뒤척거리다 퍼뜩 정신을 차리면 벌써 아침입니다. 그런 일이 매일 밤 계속되었습니다. 누워도 도무지 졸리지가 않아요.

밤에 잠을 잘 수 없으니까 낮 시간이 괴로운가 하면 이상하게도 그렇지 않습니다. 그것이 단순한 불면증과 다른 점이죠. 졸리지도 않아요. 일을 하고 있으면 바빠서 거기다 신경을 쓸 수 없기 때문입니다. 그렇게 한 달을 보냈습니다. 그동안 거의 잠을 안 잤다고 해도 과언이 아닐 정도예요.

아뇨, 달리 몸이 괴롭진 않았습니다. 잠을 잘 수 없다는 것 자체는 싫었지만 별다른 지장은 없었습니다. 제 경우 후유증은 잠이 안 온다는 것뿐이었습니다. 그런 의미에서 증상이 심했던 사람들에 비해서는 행운인지도 모르겠습니다.

그러나 '무섭다' 라는 기분은 쉽사리 사라지지 않았습니다. 회사에서 집으로 돌아올 때도 어두운 골목길을 지나기가 두려웠습니다. 물론 옴진리교도 두려웠죠. 하지만 그것보다는 '누군가 나를 노리는 게 아닐까' 하는 생각 자체가 두려웠습니다. 너무 무서워서 호신용 경찰봉을 샀습니다. 쇠로 되어 쑥 늘어나는 거 있잖습니까. 그것을 한 달 정도 지니고 다녔습니다. 그러다 갖고 다니기가 무거워 그만뒀어요(웃음).

그리고 이전에 비해 몸이 쉬 피로해지고 기억력이 나빠졌다는 것을 자주 느낍니다. 나이가 드니까 당연하다고 하면 할 말은 없지만요. 그러나 일상생활에는 아무 지장이 없습니다. 그건 단언할 수 있어요.

나중에 신문 1면에 저에 관한 기사가 실렸다는 것을 알고 놀랐습니다. 사린을 살포한 용의자라고 말이죠. 계단을 달려 올라가다가 여자를 밀쳤기 때문입니다. 그리고 그곳에서 쓰러져버렸죠. 그것 때문에 '범인으로 보이는 남자가 고덴마초 역에서 쓰러져 입원중' 이라고 보도되었던 거죠. 그때는 아무것도 몰랐지만 그게 바로 저였던 겁니다. 신문에는 저희 어머니의 담화도 실려 있었습니다. "휴가를 얻어 해외여행을 다녀오자마자 출근했는데 범인 취급이라니 너무하지 않습니까"라고 분개하고 있어서, '아, 이건 나를 두고 하는 말이구나' 하고 생각했지요.

신문의 남자는 선글라스를 끼고 있었다고 하는데, 퇴원 후 회사에 갔더니 "자네는 선글라스 끼고 출퇴근하나?" 하더군요. 선글라스를 끼고 지하철로 출퇴근할 이유가 없지 않습니까(웃음). 결국 터무니없는 헛소문일 뿐입니다.

나중에 생각해보니 그때 하루 더 쉬었더라면 좋을 뻔했습니다. 쉬는 김에 융통성을 발휘해서 말이에요. 어차피 그다음 날은 휴일이니까. 그랬더라면 사린 피해를 입지도 않았을 것입니다. 주위 사람들은 "자네는 다행히 별탈 없이 귀중한 체험을 했어"라고 말하기도 하지만…… 그렇지 않습니다.

이미 한 번은 죽었다고 생각할 때가 있습니다. 그러면 뭔가 말끔해진 느낌이 들어서 '그래, 무슨 일에도 흔들림 없이 앞을 보고 걷자'라는 생각을 합니다.

하필이면 중요한 일이 있는 오늘 이런 사고가 일어나다니.

오누마 요시오 (당시 62세)

오누마 씨는 니혼바시 가키가라초에서 혼자 포목 도매업을 하고 있다. 백발에 안경을 낀 온화한 인상의 소유자다. 탐욕스럽게 남을 해치면서까지 장사를 하는 타입으로는 보이지 않는다. 고등학교 국사 선생님이라 해도 통할 것 같은 느낌이었다.

고향은 시가 현 히코네. 학교 추천으로 도쿄의 한 포목상에 취직했다. 오미는 예로부터 포목 관련업이 성행했기에 그런 경로로 많이 취직했다고 한다. 근무했던 가게의 종업원 수는 서른 명 정도였는데 그 대부분이 시가 현 출신이었다 한다. 삼십 년 이상 그곳에서 근무한 후 독립하여 지금의 회사를 만들었다.

최근에는 기모노를 입는 사람이 많이 줄어들어 포목 관련업은 끝도 없는 '구조 불황' 상태에 빠져버렸다. 오누마 씨도 한숨 섞인 말로 "이제 이 장사는 틀렸어요" 하고 말한다. 전망이 보이지 않는다. 많은 업자들이 다른 직종으로 바꾸어버렸다. 원래 말투가 그런지는 모르겠지만 말꼬리에 힘이 없다.

안 그래도 기운이 없는 참에 사린 피해까지 입었다는 푸념도 따라나온다. 개인사업을 하는 사람은 몸이 안 좋다고 대신해줄 사람도 없을 테니 힘들 것이다. 딱하다.

*

우리 업계는 거품경제 시기에도 그저 그랬습니다. 역시 오일 쇼크 때가 제일 피크였죠. 그때는 앞으로는 기모노를 만들 수 없을 거라는 소문이 돌았습니다. 아무 근거 없는 이야기였지만 사람들이 놀라서 물건을 사두려고 소매점에서 주문이 밀려들었습니다. 간사이 지방 쪽에서 그런 소문이 나 도쿄까지 물건을 사러 왔습니다. 하지만 그러고는 그만입니다. 이제 이 업종을 유지하기도 힘듭니다.

쉰 살 때 독립했습니다. 그때는 임원으로 근무하고 있었는데 임원 전원이 사직하게 돼서 회사를 그만두었습니다. 그리고 그 가게에 같이 있던 다섯 명이 모여 지금의 회사를 만들었는데 다들 차례로 그만두고 결국 저 혼자 남았습니다. 타산이 맞지 않았기 때문입니다.

이제 더는 기모노 붐은 없을 겁니다. 붐이 일어나면 얼마나 좋겠습니까만, 현실적으로 힘들겠죠. 생활 속에서 기모노를 입을 기회가 점차 적어지고 있을 뿐만 아니라, 자기 손으로 기모노를 제대로 입을 수 있는 사람도 손가락으로 꼽을 정도니까요.

살고 있는 곳은 신코이와입니다. 역에서 걸어서 십 분 정도 거리죠. 지금은 아내와 딸 하나, 이렇게 셋이 살고 있습니다. 아이는 세 명입니다만 둘은 독립했고 남은 딸아이도 직장에 다니고 있습니다. 아니요, 아직 은퇴할 형편이 아닙니다. 편안하게 지낼 처지가 못 돼요.

JR 소부 선으로 아키하바라까지 가서, 그곳에서 히비야 선으로 갈아타고 닌교초까지 갑니다. 평소에는 회사에 9시에 도착하도록 출근하는데 그날(3월 20일)은 여느 때보다 한 시간 빠른 7시 45분에 집을 나섰습니다. 한 시간 빨리 나온 것은 어느 단골손님에게서 처음으로 특별 염색 주문을 받았기 때문입니다. 그게 끝나고 20일이 가게 마감일이었기에 그날 납품할 생각이었지요. 그 사장은 언제나 아침 일찍 나오는 분이어서 10시까지는 회사에 상품을 가져가고 싶었습니다. 그 자리에서 완성된 물건을 보이고 납품할 생각으로요. 염색 공장은 네리마에 있습니다. 그래서 일단 회사에 갔다가 네리마까지 가서 염색공장 사장과 함께 이타바시의 회사로 가려고 했죠.

보통 때는 일일이 염색공장 사장과 함께 가진 않지만, 그때는 첫 거래여서 앞으로의 일도 고려해 염색을 맡은 사람과 함께 이야기를 듣는 것이 좋을 것 같았어요. 그래서 평소보다 한 시간 빨리 집을 나왔습니다. 앞으로 큰 주문이 들어올지도 모를 중요한 거래였습니다. 물건이 상대방 마음에 들면 앞으로도 우리에게 주문할 테니까요.

저는 언제나 히비야 선 맨 앞 칸에 탑니다. 아키하바라 역 플랫폼에서 평상시처럼 재빨리 앞 칸에 탔습니다. 그 전차는 붐벼요. 언제나 그렇죠. 그런데 전차가 아키하바라를 떠나서는 곧 멈춰버리더군요. 차내 방송으로 "쓰키지 역에서 폭발사건이 있어 잠시 정차하겠습니다"라고 했어요. '핫초보리에서 무슨 일이 있었다'는 방송도 있었던 것 같습니다. 어쨌든 꽤 오래 정차해 있었습니다. 십 분에서 십오 분 정도였을 겁니다. 앞 전차가 멈춰서 나아갈 수가 없었던 거죠.

정말 안절부절못했습니다. 하필이면 중요한 일이 있는 오늘 이런 사고가 일어나다니 하고 말이에요. 잠시 후 다시 방송이 나오더니 "고덴마초에 정차해 있는 전차의 승객들이 내린 후에 역내로 들어가겠습니다. 당 열차의 운행은 고덴마초 역까지이므로 모두 내려주시기 바랍니다"라고 하더군요. 그제야 겨우 전차가 움직이기 시작했습니다. 저는 고덴마초에서 내려 스이텐구 앞까지 걸어가고, 스이텐구 앞에서 한조몬 선을 타리라 마음먹었습니다. 그러려면 시간이 걸리므로 초조했지요. 어떻게든 빨리 가야 하는데 말입니다.

그런데 전차가 고덴마초 역에 도착하는데 플랫폼에 심상치 않은 소동이 벌어진 것입니다. 앞 전차에서 내린 듯한 승객이 아직 플랫폼에 남아 있고 그중에는 벽 쪽에서 몸부림치고 있는 사람도 있었습니다. 그런 광경이 전차의 창문을 통해 보였습니다. 젊은 남자였죠. 대체 무슨 일일까 생각했습니다. 아주 이상했어요. 그 사람은 큰 소리를 지르고 있었는데 지금 생각하면 필경 매우 괴로웠을 겁니다. 동료로 보이는 사람이—진짜 동료인지는 모르겠지만—그를 달래는 듯했어요.

아까도 말씀드렸듯이 저는 맨 앞 칸에 타고 있었습니다. 고덴마초의 출구는 뒤쪽에 있으니 걸어서 되돌아가야 합니다. 그래서 걸어가는데, 지금도 확실하게 기억하고 있습니다만, 앞에서 세번째 칸 위치쯤에 있는 기둥 아래에 신문지에 싸인 이 정도 크기의 물건이(손으로 B5 정도의 크기를 그려 보인다) 놓여 있는 겁니다. 플랫폼 바닥까지 흠뻑 젖어 있었습니다. 그 옆을 지나는데 냄새가 나더군요. 확실히 냄새가 났습니다.

틀림없는 약품 냄새였어요. 이제까지 몇 번이나 질문을 받았지만 이제껏 맡아본 적이 없는 냄새라 말로 표현하기가 힘듭니다. '무엇과 비슷하다' 라는 식으로 말할 수도 없어요. 그때는 별로 신경 쓰지 않았거든요. '아, 여기서 나는 냄새로구나' 하고 언뜻 생각해본 정도였어요.

개찰구 부근은 전차에서 내린 승객들로 붐벼서 빨리 지나갈 수 없었습니다. 저는 조금이라도 빨리 나갈 생각만 했기 때문에 다른 것에는 신경도 쓰지 않았습니다. 어쨌든 급했으니까요. 조금 전 몸부림치던 남자의 모습도 어찌된 영문인지 보이지 않았습니다.

계단을 올라 지상으로 나온 다음 옆 사람에게 "대체 무슨 일이 일어났습니까?" 라고 물어보았습니다. 바로 그 순간 몸이 휘청하더군요. 기절할 정도는 아니었지만 가벼운 현기증 같은 느낌이 들었습니다. 몸이 휘청거리고…… 그러나 그 순간뿐이었어요. 이내 괜찮아지더군요. 저는 담배에 불을 붙이고 잠시 그 낯선 사람과 이야기를 나누며 걸어갔습니다.

스이텐구 앞까지 걸어가는 사람들이 꽤 있었습니다. 모두 함께 걸어간 셈이죠. 고덴마초 역에서 십 분 이상 걸리지만 걷는 것이 힘들진 않았습니다. 여느 때처럼 걸을 수 있었어요. 그런데 가게에 도착해 자물쇠를 열고 안으로 들어가는데 사방이 컴컴한 겁니다. 그 날은 날씨가 좋았는데 이상하게 어둑어둑했어요. 약간 색이 들어간 선글라스를 썼을 때처럼 말이죠. 저는 양치질을 했습니다. 가게에서 양치질 같은 건 한 적이 없는데 이상한 냄새를 맡기도 해서 그러기로 한 겁니다.

일단 염색공장으로 가야 했습니다. 한조몬 선은 움직이고 있어서 오테마치까지 가서 거기서 마루노우치 선으로 이케부쿠로까지 간 다음, 거기서 다시 세이부 선을 탈 생각이었습니다. 저는 지하철을 타면 늘 신문을 읽는데 그때는 눈앞이 침침해서 읽기가 힘들었습니다. 읽지 못할 이유가 없는데 역시 어두웠어요. 이상하다고 생각했죠. 하지만 별다른 증상은 없었기에 그대로 염색공장까지 가서 물건을 들고 둘이서 이타바시로 향했습니다. 염색공장의 차로 말입니다. 지하철이 마음에 걸려 차의 라디오를 켰죠. 그러자 벌써 뉴스로 크게 보도되고 있었습니다. 그제야 사건의 개요를 알았지요. 하지만 이미 여기까지 왔으니 거래처에 가서 일을 마치고 그길로 병원에 가리라 생각했습니다.

하지만 가보니 거래처의 사장이 걱정하며 바로 병원에 가보는 게 좋겠다고 하더군요. 결국 일 이야기를 중단하고 병원으로 갔습니다. 돌아오는 중간에 긴시초 역에서 내려 전차를 타고 보쿠도 병원으로 갔어요. 의사 선생이 제 눈을 보더니 바로 입원시키더군요. 이틀 동안 병원에 있었습니다. 하지만 두통 같은 것은 없었어요. 밤에도 잘 잤습니다.

저는 여태 병치레 한 번 한 적이 없었습니다. 혈압도 정상입니다. 그런데 지금은 오른쪽 다리가 가끔 저리곤 해요. 그것이 사린 때문인지는 모르겠어요. 하지만 전에는 그런 일이 없었습니다. 그리고 눈물이 많이 나옵니다. 확실히 그래요. 하지만 이것도 어쩌면 나이 탓일지도 모르죠. 원인을 간단히 특정할 수 없어요.

정신적인 것 말인가요. 글쎄요, 사업 문제로 불안하긴 하지만 이건 다른 문제일 테죠(웃음). 저처럼 혼자서 일하는 사람이 사흘 동안이나 계속 입원해버리면 뒤처리가 힘들어요. 내가 없는 동안 누가 대신해줄 수 없기 때문이죠. 게다가 월말에 그런 일이 일어났으니 피해가 컸습니다. 여유를 가지고 사업을 하면 몰라도 저는 간신히 운영하는 입장이라서 말입니다. 운이 나빴다고나 할까, 뭔지는 모르겠지만 이것도 결국 내 마음가짐이 나쁜 탓인가보다 하고 생각해버렸어요(웃음). 고맙게도 그때의 특별 염색 거래는 지금도 계속되고 있습니다. 그것 하나만은 다행이죠.

옴진리교 무리들에 대해서는 말로 다할 수 없는 분노를 느낍니다. 제일 화가 치미는 것은 그들이 시치미를 뗀다는 사실입니다. 말할 수 없을 정도로 화가 납니다.

◉— 이하는 열차 번호에 관계없이 고덴마초 역에서 피해를 입었던 사람들의 (혹은 피해를 입었던 사람들에 대한) 증언이다.

3월 20일생이니까, 사린사건이 있던 날이 바로 예순다섯번째 생일이었습니다.

이시쿠라 게이치 (당시 65세)

이시쿠라 씨는 55세에 타월 제조회사를 퇴직해 지금은 닌교초에 있는 고무줄 만드는 회사에 근무하고 있다.

인터뷰를 위해 도부이세사키 선 야쓰카 역 근처에 있는 집으로 찾아갔는데, 방이나 정원이 너무 잘 정돈되어 있어 감탄하지 않을 수 없었다. 눈에 띄는 모든 것이 반짝반짝 빛나고 먼지 하나 없었다. 집 안팎 모든 것이 이렇게 윤기가 나는 곳도 드물 것이다. 이시쿠라 씨는 새벽 3시 반에 일어나 빈틈없이 집 청소를 하고 목욕을 한 다음 회사에 출근한다고 한다. 정말 놀랍다.

청소를 특별히 좋아하는 것은 아니지만 뭔가 한 가지만이라도 다른 사람보다 뛰어난 것을 가지자고 결심했고, 그것이 청소가 되었다고 한다. 그러니까 청소만은 자신이 있다고 한다. "저는 성격상 마음먹으면 그대로 해버려야 합니다. 전후 사정을 일일이 따지지 않아요" 하고 말하지만, 꼼꼼하고 견실한 성품을 타고난 것 같은 인상을 받았다.

이시쿠라 씨는 플랫폼이나 열차 안에서 직접 사린의 피해를 당한 것은 아니다. 우연히 고덴마초 역 근처를 걷다가 길가에 쓰러져 있는 사건 피해자를 목격하고 무슨 일이 있나 하고 역 입구에서 안을 들여다봤다가 그 때문에 중독되어버린 희귀한 케이스였다. 지금도 몇 가지 후유증으로 고생하고 있다.

그리고 이시쿠라 씨가 탔던 전차는 아키하바라에서 운행을 정지했다고 하는데, 전차 번호는 확인할 수 없었다.

*

3월 20일생이니까, 사린사건이 있던 날이 바로 예순다섯번째 생일이었습니다.

태어난 곳은 후쿠이 현 오노 시, 에헤지 부근에서 산 쪽으로 차를 타고 이십 분 정도 들어간 곳입니다. 우리 집은 우유를 생산했어요. 우유 짜는 곳이었는데 이름은 '이시쿠라 목장'입니다. 집에 소가 일고여덟 마리가 있어서 매일 아침 우유를 짜고 그것을 처리해 병에 넣고 배달했어요. 일고여덟 마리라면 적을 것 같지만 그래도 마을과 산촌을 합해 약 팔백 가구에 배달을 했습니다. 한 번에 한 마리의 소에서 약 한 말을 짭니다. 그것을 아침저녁으로 하니까 꽤 양이 많죠.

저는 일곱 형제 중 셋째입니다. 형이 열여섯 살 때 육군공과학교에 들어간 뒤로 제가 집안일을 도왔습니다. 학교를 졸업할 때까지 줄곧 우유 가게 일을 했습니다. 저는 젖을 짜지 못했기 때문에 배달을 전문으로 했어요. 젖을 짜는 것은 아버지와 어머니 역할이었죠. 중노동이에요. 새벽 4시에 일어나 젖을 짜고 그것을 처리하면 내가

5시경에 일어나 배달을 했습니다.

하루에 두 번 젖을 짜주지 않으면 소의 젖이 탱탱하게 불어버려요. 그러니까 아무데도 갈 수 없죠. 집을 떠날 수가 없어요. 춘하추동, 무슨 일이 있어도 그 일만은 절대로 빠뜨리지 않아야 합니다. 설날이건 휴일이건 쉴 틈이 없습니다. 우리집 우유는 정말 맛있었어요. 전 지금도 이 근처에서 파는 우유 따위는 도저히 마실 수가 없어요. 마실 만한 게 못 돼요. 너무 묽고, 금방 배탈이 나버립니다. 막 짠 신선한 우유는 아무리 마셔도 배탈이 나지 않습니다.

하지만 다른 사람 손을 빌리지 않고 우리 일가족만으로 꾸려나가자니 정말 힘들었어요. 낮에는 낮잠을 한차례 자고, 2시부터 풀을 베러 가서 저녁 7시에 돌아옵니다. 그때까지 어머니는 또 젖을 짜야 합니다. 풀 베는 것도 힘들었어요. 겨울철에 대비해 여름에 풀을 베어 말려두어야 합니다. 집 안이나 지붕에 풀을 올려놓고 건조시키는 거죠.

그 일을 도우며 학교에 다니느라 고생스러웠지만 저는 하루도 쉬지 않았습니다. 졸업할 때 개근상을 받았죠. 형은 더 대단해서 우등상을 받았습니다. 아버지는 바빠서 자식들 일에 신경 쓸 겨를이 없었기 때문에 "학교에 가서 놀고 오너라"라고 하셨죠. 그러니까 일을 도울 수 없는 어린 시절에는 학교에 가서 놀았습니다. 집에서 공부한다는 것은 불가능한 일이라 학교에서 공부를 했어요.

부모님은 꽤나 잔소리가 많았어요. 음식을 먹을 때 젓가락을 올렸다 내렸다 하는 것까지 일일이 일러주셨죠. 특히 아버지는 말을 끄는 병사였기 때문에 고생이 심했던 모양입니다. 전 아버지와 잘 맞지 않았어요. 집을 나와 도쿄로 가려고 생각한 것도 아버지가 내 말을 도무지 들어주지 않았기 때문입니다. 그래서 심하게 반발했습니다. 형이 만주에 가 있었기 때문에 나가고 싶어도 집을 나갈 수가 없었어요. "형도 없는데 네가 집을 나가면 우리 일은 어떻게 되겠니. 형이 살았는지 죽었는지 확실히 알 때까지 집에서 일을 돕거라" 하고 말씀하셨죠.

형은 전쟁이 끝난 뒤 만주에서 우크라이나의 타슈켄트로 가서 강제노역을 했어요. 기술자여서 트랙터 운전을 할 줄 아니까 빨리 보내주지 않았던 겁니다. 시베리아의 수용소와는 달라서 대우는 좋았나봐요. 쓰루가로 돌아온 것이 패전 후 팔 년이나 지난 1953년이었습니다. 1950년에 형에게서 편지가 한 통 도착하기까지 도대체 살았는지 죽었는지 그것조차 몰랐습니다.

그 때문에 저는 완전히 발이 묶여 집을 나갈 수가 없었죠. 우유 배달 일은 정말 싫었습니다. 그때는 사춘기라 성에 눈을 뜨기 시작했는데 여드름투성이 얼굴로 배달할 때 여학생이라도 만나면 부끄러워서 얼굴을 숙이고 걸었습니다.

1950년에 형이 살아 있다는 것이 확인되자 아버지도 일단 안심하셨고 "그럼 네가 가고 싶은 데로 가거라" 하고 말했습니다. 형이 돌아오면 전 필요 없을 테니까요. 그래서 곧장 도쿄로 나왔어요. 1951년의 일이었습니다. 스물한 살 때였어요.

딱히 연고가 있어서 도쿄로 나온 것은 아닙니다. 매사를 그다지 깊게 생각하지 않는 성격이죠. 앞뒤를 생각지 않아요. 당연히 실패도 많았습니다. '아, 이런 일은 하지 않았어야 했는데, 이런 말은 하지 않는 것이 좋았을 텐데' 하고 후회하는 일이 좌우지간 많아요. 마음먹은 일을 바로 해버리지 않으면 성이 차지 않습니다. 그때도 도쿄에서 우연히 타월 가게를 하는 고향 사람을 만나 일을 하게 된 것입니다. 견습점원으로요.

도쿄로 나올 때, 창피한 얘기지만 수금한 우유대금 3천 엔을 슬쩍 했어요(웃음). 지금이니까 얘기할 수 있지만요. 그 당시 3천 엔은 꽤 큰돈이었죠. 후쿠이에서 우에노까지 기차 삯이 아마 8백 엔 정도였을 겁니다. 대략 열두셋 집의 수금액이었어요. 그걸 고스란히 주머니에 넣고 집을 나왔습니다.

결국 니혼바시에 있는 그 타월 가게에서 오래 일하게 됐어요. 정년이 되어 그만둔 것이 1984년 3월이니까 꼬박 삼십삼 년을 있었군요. 거기서 저는 출장 판매 일을 했습니다. 밖으로 나와 주문을 받았죠.

결혼이요? 그게 공창이 없어진 해였으니까…… 그러니까 1959년인가요?

—그렇게 말씀하시면 잘 모릅니다(웃음).

59년이었을 겁니다. 이치가와 후사에 씨가 억지로 국회에서 통과시켰는데(1956년 공포, 다음해 4월에 시행된 매춘방지법을 말한다)…… 아마도 1958년 3월 10일, 육군기념일이었을 거예요. 그날 결혼했습니다. 후쿠이의 시골집에 잠깐 들렀을 때 이웃 아주머니가 "이런 아가씨가 있는데 어때?" 하고 말을 건네기에 "좋습니다" 하고 간단히 정해버렸습니다. 저도 슬슬 다른 사람처럼 가정을 꾸려보고 싶기도 해서 좋다고 했죠. 그래서 그다음 날 첫 대면을 하기로 했어요.

얘기를 듣고 아버지가 노발대발했어요. 제가 앞뒤를 가리지 않고 무슨 일이든 단번에 결정해버리는 성격이라는 것을 알고 계셨으니까요. "아무리 그래도 그렇지, 한 번도 만난 적이 없는 상대와 간단하게 결혼 같은 것을 하는 게 아니야" 하고 말입니다. "너 하나만의 문제가 아니다. 가족들 얼굴도 있지 않니." 그래서 또 대판 싸움이 벌어졌습니다. 하지만 이제 와서 생각해보니 아버지 말씀이 맞는 것 같습니다. 저 역시 부모가 되어 딸을 결혼시키려니까 그런 생각이 들더군요.

그리고 다음 날 만났는데, 한 번밖에 만나지 않았고 얼굴도 똑바로 보지 않았어요. 얘기라고 할 만한 것도 없었어요. 상대 쪽 부모가 계속 얘기했고, 이쪽은 저 혼자뿐이었으니까요. 집사람은 잠깐 나와서 인사하고 그것으로 끝이었죠. 술이 나오기에 계속 마시기만 했어요. 특별히 마음에 들지도 안 들지도 않았습니다. 지금보다 훨씬 말랐고 내 눈에는 예뻐 보였어요. 그래서 그대로 결혼하기로 마음먹었습니다. '뭐, 괜찮군' 하는 정도였어요. 하지만 아버지와 옥신각신하느라 실제로 식을 올린 것은 그로부터 반년 후였습니다.

여기에 땅을 산 것은 1962년이었습니다. 그래요, 아버지가 돌아가신 해였으니까, 1962년일 겁니다. 결혼하고 얼마간은 지바의 나카야마 경마장 근처의 다다미 세 장과 두 장짜리 방이 달린 성냥갑 같은 집을 빌려 살았는데, 거래하던 동업자가 싼 땅이 있는데 살 생각 없느냐고 하더군요. 마침 아이가 자라 학교에 들어갈 때가 되었고 둘째를 임신중이라 이쯤에서 번듯한 집으로 이사를 해야겠다고 생각해서 사기로 했습니다. 그때는 이 주변의 토지가 쌌으니까요. 집 주변에는 농가가 드문드문 있을 뿐이었습니다. 야쓰카 역 앞도 가게 하나 없이 썰렁했습니다. 하지만 인심이 좋은 곳이었어요. 이웃 농사꾼들도 친절하게 대해주었고요.

대지는 75평이고 평당 2만 엔이었어요. 당시로서도 아주 싼 값이었습니다. 토지를 사고 부족한 건 후쿠이에 있는 집에서 백만 엔을 빌려 4백만 엔으로 맞춰 그걸로 38평 이층집을 지었습니다. 아니요, 이 집은 그때 지은 것이 아닙니다. 나중에 다시 지은 거죠. 백만 엔은 어머니가 힘들게 마련해주셨어요. "아무 때나 돌려줘도 된다. 이자는 필요 없어" 하시면서요. 당시 제 월급이 4만 8천 얼마였는데, 갚는 데 오 년 걸렸습니다.

사린사건 얘기를 하죠.

이날은 다케노즈카에서 기타센주까지 평소보다 시간이 더 걸렸어요. 계속 서행 운전을 했고요. 대체 어떻게 된 건지 의아했습니다. 앞 전차가 막힌 건가 하고 말입니다. 기타센주에 도착하자 "쓰키지 역에서 폭발사고가 있어 전차의 운행이 불확실합니다"라는 차내 방송이 나왔어요. "대체운행을 하고 있으니 바쁘신 분은 그 편을 이용해주십시오"라고요. 하지만 전 서두를 것도 없을 것 같아 그대로 타고 있었죠. 갈아타는 것도 귀찮았고 업무 시작 시간은 9시라 시간은 충분히 있었으니까요.

기타센주 역에서 전차는 십 분에서 이십 분 정도 계속 멈춰 있었습니다. 그리고 겨우 움직이기 시작했지만 움직였다 멈췄다를 반복했습니다. 움직일 때도 거의 소걸음이나 다름없었어요. 미나미센주나 미노와 등에서도 한동안 문을 연 채 정차했습니다. 도중에 "가스미가세키 역에서 환자가 발생해서……"라는 방송이 나왔습니다. 아니요, 고장이 아니라 환자라고 했습니다. 그때까지 저는 독가스 소식을 못 들었기 때문에 '환자'라는 말을 들어도 무슨 소린지 감이 오지 않았어요.

그래요, 우에노 역에서 꽤 오래 정차했죠. "전차 운행이 확실치 않으니 바쁘신 분은 당역에서 갈아타주십시오. 대체운행을 하고 있습니다"라는 방송이 나왔습니다. 그때쯤 전차는 거의 텅 비어 있었죠. 모두 도중에 내려버렸으니까요. 그래도 어찌어찌해서 아키하바라까지는 왔습니다. 그런데 아키하바라에서 완전히 멈춰버렸어요. "이것으로 운행을 중지하겠습니다" 하고요. 그것이 8시 30분인가 40분의 일이었습니다.

그래서 이제는 걸어가야겠다고 생각했어요. 아키하바라에서 닌교초까지는 두 정거장이니까 그렇게 먼 거리는 아닙니다. 그런데 걸어서 고덴마초 역 앞까지 오니 구급차가 서 있었고 사람들이 여기저기 길바닥에 쓰러져 있었습니다. 도대체 무슨 일이 있었나 하고 지하철 입구에서 잠깐 안쪽을 들여다보았습니다. 계단을 두세 개 내려가서요. 그러자 계단을 베고 사람들이 누워 있더군요. 모두들 기대 있거나 버둥거리고 있었습니다. 역무원 한 명이 모자를 내던지며 "아이고 아이고" 하면서 목 부위를 문지르고 있었습니다. 어떤 샐러리맨은 "눈이 이상해. 눈이 이상해요. 어떻게 좀 해줘요" 하고 소리치고 있었습니다. 뭐가 뭔지 도무지 알 수가 없었죠.

그러고는 길 위로 나와보니 산와은행과 그 주변의 큰 은행 건물 주변에 사람들이 쓰러져 있고, 어떤 여자분이 그들을 돌보고 있는 겁니다. 구급차는 두세 대 와 있었지만 그것만으로는 감당할 수 없었습니다. 여기저기 수도 없이 쓰러져 있었으니까요. 주저앉아 있다기보다는 완전히 쓰러져 있다는 느낌이었습니다. 괴로운 나머지 이렇게 넥타이를 잡아당겨 느슨하게 풀고 있었어요. 토하는 사람들도 있었죠. 한 여자가 토하고 있었는데 부끄러워하며 손수건을 꺼내 닦으려 했지만 손수건을 제대로 꺼내질 못했어요. 창피하다는 표정을 짓고 있었습니다.

대체 무슨 일이 일어난 걸까 싶었어요. 무슨 사건이 있었나. 하지만 모두 괴로워하며 버둥대고 있어서 '무슨 일이 있었나요?' 하고 물을 수도 없었습니다. 구급대원들도 들것을 들고 우왕좌왕하고 있었으니까 얘기를 건넬 수도 없었어요.

한 여자가 도로에서 고통스러워하고 있었어요. "도와주세요" 하고 말하더군요. 그래서 "무슨 일이 있었나요?" 하고 물었지만 대답이 없었습니다. "누굴 좀 불러주세요"라는 말밖에 하지 않았어요.

경찰관도 보이지 않았습니다. 구급대원이 들것을 들고 올라와서 움직이고 있을 뿐이었습니다. 뭔가를 하려고 해도 영문을 알아야지요. 사정을 물어도 모두 아무 말도 하지 않았습니다. 그래서 전 일단 회사로 가기로 했죠.

닌교초 길을 죽 걸어 회사까지 갔습니다. 그날 아침은 날씨가 좋았는데도 눈앞이 어둡고 흐릿했어요. 그날은 날씨가 좋아 걸으면서 땀을 흘릴 정도였습니다. 그런데 회사 근처까지 오니 태양이 시커멓게 보이는 겁니다.

회사에 도착하자마자 토했어요. 회사에 들어갈 때도 어두운 것 같았습니다. 텔레비전을 켜는 순간 속에서 신물이 올라오더군요.

그래서 화장실로 가서 그대로 토했습니다. 꽤 많이 토했죠. 배 속이 완전히 빌 정도로요. 텔레비전 뉴스가 사건의 속보를 전했습니다. 회사 동료가 "이시쿠라 씨, 좀 이상한 것 같은데 병원에 가보는 게 좋겠어요" 하기에 병원으로 갔습니다. 그러자 의사는 단순한 감기 증세라고 하더군요. 그래서 "농담하지 마세요. 텔레비전에 사건이 보도되고 있단 말입니다" 하고 말했지요. 의사는 텔레비전을 켰지만 그때까지 NHK는 그 사건을 보도하지 않고 있었습니다. "뉴스에 아무것도 나오지 않잖아요. 괜찮습니다. 이건 그냥 감기예요. 머리가 아프시면 점심때 한 알 더 드세요" 하고 두통약을 두 알 더 주었습니다.

—머리도 아팠습니까?

아팠지요. 하지만 두통은 기본이라 그건 신경 쓰지 않았습니다. 회사로 돌아와 병원에서 받은 두통약을 먹자마자 또 토했어요. 웩웩거렸죠. 하지만 이제 토할 것이 없었으니까 물밖에 안 나오더군요. 삼킨 약도 그대로 나왔고요.

그동안 뉴스를 통해 자세한 사정을 알게 되었습니다. 고덴마초에서 두 명이 죽었고, 성누가 병원에 여든 몇 명이 실려갔다는 등등의 내용이었습니다. 경찰에 전화해서 어느 병원에 가야 하느냐고 물어보았더니 료고쿠에 있는 다지마 병원으로 가라더군요.

그때 이상해진 눈은 지금까지도 낫지 않았습니다. 왼쪽 눈으로만 보면 태양이 흐릿한 막으로 덮인 것 같습니다. 뿌연 게 꼭 일식이나 월식이 일어난 것 같아요. 아무 일 없던 눈이 작년 3월 20일을 기점으로 그렇게 되었습니다. 지금 쓰고 있는 것은 자외선 차단용 돋보기안경인데, 이걸 쓰지 않으면 밖을 나다닐 수가 없어요. 텔레비전도 잘 볼 수 없습니다.

쉬 피로를 느끼게 되었습니다. 무릎에 힘이 들어가지 않는다고 할까요. 관절이 나른해서 견딜 수가 없어요. 반나절 정도 서 있으면 힘이 빠져버립니다. 굉장히 나른해요. 그렇게 말하면 의사는 "그것은 사린 탓이 아닙니다. 나이 탓이에요"라고 합니다. 하지만 그렇게 갑자기 나이를 먹지는 않잖습니까. 저도 이건 정말 이상하다고 생각해요. 하지만 원인관계를 증명할 수가 없습니다. 할 수 없이 만금고라는 한방약으로 찜질을 하면서 겨우 견디고 있어요. 그걸 붙이고 있으면 어떻게든 하루는 버티니까요.

—건망증은 어떤가요?

잠깐만요. 우리 집사람에게 물어봐야 알아요. (물어보러 갔다가 되돌아온다.) 건망증이 심해졌다고 합니다. 늘 뭔가를 잊고 다닌다는군요. 뭔가를 하려는 순간 뭘 하려고 했는지 생각이 안 나는 일이 많습니다. 무엇을 어디에 넣었는지 모르는 일도 많아요.

그 사건 이후로 얘기에 조리가 없다는 말을 듣습니다. 내가 무슨 말을 하면 가족들도 슬그머니 꽁무니를 빼버립니다. 얘기가 지루하대요. 이전에도 그런 경향이 있었지만, 최근에 그것이 심해졌습니다. 사건 후 주량도 늘었죠. 그때까지는 청주만 마셨는데 사건 후에는 위스키만 마시게 되었어요. 2리터짜리 병을 일주일 만에 비워버립니다. 혼자서 말이죠. 좀처럼 잠을 잘 수가 없어요. 잠이 잘 안 오니까 위스키를 마시는 겁니다.

술을 마시고 자면 2시경에 소변을 보러 한 차례 일어납니다. 8시 정도에 자서 그 시간이 되면 자연스럽게 눈이 뜨이죠. 그리고 3시 반까지 꾸벅꾸벅 조는데 그때 꿈을 자주 꿉니다. 같은 꿈을 자주 꿔요. 어딘가를 걷고 있는데 사람들이 제게 부딪쳐옵니다. 부딪친 다음 '아, 불쌍해' 하고 생각하는데 오히려 내가 먼저 쓰러져버려요. 그러고는 병원으로 옮겨집니다. 부딪친 사람은 제게 '죄송합니다' 하고 말하죠. 그런 꿈입니다. 그런 꿈을 반복해서 꿉니다. 잠에서 깨면 식은땀이 흐르고 있어요.

사람들 앞에서는 말하지 않지만 아사하라는 사형시켜야 합니다. 그런 놈은 가타부타 따질 것 없이 사형시켜야 해요. 재판이 오래갈 것 같다고 하지만, 어떻게든 내가 살아 있는 동안에 결정이 났으면 좋겠습니다. 나이가 들어 내가 먼저 죽으면 어처구니없지 않겠습니까. 재판에 관한 제 생각은 그것뿐입니다.

"어쨌든 피하세요, 피해요!" 하고 그 역무원은 큰 소리로 거듭 외쳤습니다.

스기모토 에쓰코 (당시 61세)

스기모토 씨는 우리에게 최후의 증언자였다. 12월 25일 오후에 핫초보리 역 근처의 호텔 커피숍에서 했던 인터뷰의 녹음테이프에는 처음부터 끝까지 떠들썩한 캐럴송이 배경음악으로 깔려 있었다.

스기모토 씨는 윤기 나는 피부에 건강해 보여 도무지 예순을 넘은 사람 같지가 않다. 어쩌면 매일 약간의 긴장이 필요한 직업을 가지고 있는 것과 관계가 있는지도 모르겠다. "결코 튼튼하다고는 할 수 없지만 병도 없습니다"라고 말한다. 적극적이라고 할까, '번거롭게 말을 돌리는 것을 좋아하지 않는' 인상을 받았다.

근무처는 재단법인 '지하철 상조회'이고, 역 매점의 판매원으로 파견되는 이른바 '지하철 매점 아줌마'이다. 근무는 오전 근무와 오후 근무로 나뉘어 일주일 단위로 교대한다. 오전 근무는 아침 6시 반에서 오후 3시 반까지다.

무사시노에 있는 집에서 오카치마치 역까지 통근해야 하기 때문에(사건 당시는 고덴마초 역에 근무했다), 새벽 4시 조금 넘어서 일어나 5시 18분발 시발 전차를 타야 한다. 물론 아침을 제대로 먹을 여유도 없다. 그리고 거의 서 있어야 하므로 무척 고된 일이라 할 수 있다.

세 명의 자녀는 모두 독립했다. 손자가 다섯 있다. 지금은 중학교 교사를 하고 있는 장남 가족과 함께 산다. 무역회사를 경영하던 남편을 병마로 잃기까지 일이라고는 해본 적이 없었지만, 그후로 마음을 바꿔먹고 열심히 일하게 되었다. 구 년째 지하철 상조회의 일을 해오고 있다. "일을 하지 않으면 먹고살 수 없잖아요" 하고 웃으며 말하지만, 생활을 위해 일한다기보다는 아직 몸이 건강한 이상 일하는 것이 당연하다고 생각하는 듯한 인상을 받았다.

고덴마초에서 스기모토 씨가 당시 담당하고 있던 매점은 기타센주 행 플랫폼의 개찰구를 나와 바로 오른쪽에 있었다. 그러니까 '사린 열차'가 정차한 반대편 플랫폼이다. 역내에 충만한 사린가스는 건너편 매점까지 퍼져나갔던 것이다.

*

먼저 아침 6시 반에 가게 셔터를 올리고, 아시다시피 진열대에 신문을 늘어놓거나 잡지를 꽂거나 해요. 그때는 남자분이 와서 도와줍니다. 잡지나 신문은 꽤 무거우니까 혼자서는 할 수 없어요. 식사 시간 같은 때에도 교대해주는 사람이 와줍니다. 하지만 나머지는 저 혼자 다 해야 해요. 큰 역은 두 사람이 근무하기도 하지만 고덴마초 역의 경우는 혼자서 근무합니다.

가게를 열고 잠시 동안은 한가하지만 아침 8시부터 9시 사이는 정말 바쁩니다. 러시아워니까요. 이때는 정말 대단합니다. 히비야 선은 타고 내리는 손님이 엄청나요. 손님들끼리 말싸움, 몸싸움이 끊이질 않아요. 밟고 밀치고…… 더러는 치한을 만나는 여자도 있습니다.

3월 20일 사린사건이 있던 날, 8시 10분 정도에 비상벨이 울렸어요. 지금부터 드디어 본격적인 러시아워구나 하고 마음의 준비를 하는데, 갑자기 버저가 삐삐 하고 크게 울리는 겁니다. 소리 한번 요란하더군요.

대체 무슨 일인가 해서 주위를 둘러보니 역무원이 달려와서는 역 게시판에 뭔가를 쓰기 시작했어요. 읽어보니 '쓰키지 역에서 폭발사건이 있어서 지금 히비야 선이 전면 운행을 중지했습니다' 라는 내용이었습니다.

그때 저는 '지금부터 겨우 장사가 될 참인데' 하고 생각했어요. 러시아워에 대비해 여러 가지로 준비를 갖추고 '자, 힘내야지' 하고 기다리고 있던 참이었는데 그걸 읽는 순간 맥이 좀 빠지더군요. 잔뜩 긴장하고 있었는데 '이게 뭐야' 싶은 기분이었어요.

그래서 일단 좀 쉬기로 하고 의자를 가져와 앉아 있었습니다. 가게 앞으로 몸을 약간 내밀어보니 반대편 플랫폼에 전차가 멈춰 있는 것이 보였어요. 문을 연 채 계속 멈춰 있었죠. 그런데 남자 한 명이 비틀거리며 걸어나왔어요. 꼭 술 취한 사람 같았어요. 가까운 자동판매기 모퉁이에 이렇게 기대어 있었습니다.

역무원이 다가가 "손님, 왜 그러세요? 왜 그러십니까?" 하고 물었지만 대답이 없었습니다. 이상하다 싶더군요. 아침부터 그렇게 술에 취한 사람은 보기 어렵잖아요. 갈색의 얇은 코트를 입은 남자였습니다. 결국 경찰을 불러 그 사람을 데려가게 했지요.

어떤 사람이었는지 지금도 모릅니다. 혹시 그 사람이 옴진리교 관련자가 아닐까 하고 생각했지만요.

그리고 얼마 안 있어 주위의 불이 어두워졌어요. 그래서 지나가는 역무원에게 "지금 조명의 전압을 낮추고 있나요?" 하고 물어보았습니다. 전압을 낮추다니 그런 일이 있을 리 없지만, 바보처럼 그렇게 물었습니다. 그러자 그 역무원도 멈춰 서서 고개를 갸웃거리며 "그래요. 그러고 보니 확실히 불빛이 어두운 것 같네요" 하고 말했어요.

그때 이미 동공이 줄어들기 시작한 것입니다.

그리고 문득 역 안을 보니 건너편 플랫폼에 승객 몇 명이 쓰러져 있었어요. 대체 무슨 일인가 하고 의아해했습니다. 그런 일은 태어나서 처음이었어요. 무슨 일인지 상상도 할 수 없었습니다. 완전히 이해의 차원을 넘어선 일이었습니다.

우왕좌왕하는 사이에 다른 역무원이 갑자기 이쪽으로 달려와서 "아주머니, 피하세요!" 하고 소리쳤어요. "네? 왜요? 대체 무슨 일이에요?" 하고 나는 물었습니다. 갑자기 그런 말을 들으니 어리둥절했습니다.

"어쨌든 피하세요, 피해요!" 그 역무원은 큰 소리로 거듭 외쳤습니다.

그런 말을 듣고야 큰일 났구나 싶어 얼른 의자에서 일어났어요. 그런데 일어서는 순간 다리가 후들후들 떨리는 것을 알았습니다. 어쩌면 공포심 탓도 있었는지 몰라요. 하지만 공포라기보다는 역시 사린의 증상이었을 겁니다. 모르는 사이 사린가스를 마시고 있었던 거죠.

하지만 매점이란 닫고 싶다고 금방 닫을 수 있는 것이 아닙니다. 여러 가지 물건이 밖으로 나와 있고 이것저것 튀어나와 있으니까요. 그런 것들을 안쪽으로 마구 던져넣기 시작했어요. 신문이건 잡지건 그냥 던져넣었습니다. 그리고 가게 문을 대충 닫고 필사적으로 계단을 올라 지상으로 나왔는데, 그때는 벌써 다리에 상당한 반응이 나타나고 있었습니다. 후들거리는 겁니다. 그리고 기침이 잦아지기 시작했습니다.

가까이 있는 낯익은 역무원의 눈은 빨갛게 충혈되어 있었습니다. 내 눈도 빨개져 있었고요.

아래쪽에서 쓰러진 승객 몇 명이 실려 올라왔어요. 역무원들은 직업상의 의무 때문에 자기 몸도 좋지 않은데 모두 아래로 내려가 구내에서 쓰러진 승객들을 구해내고 있었어요. 그 때문에 상당수의 고덴마초 역무원들이 쓰러져 입원했습니다. 그중에는 심장이 멈춘 사람도 있었습니다. 심폐소생술로 구해내긴 했지만요.

저는 공중전화로 핫초보리의 영업소에다 전화를 걸었습니다. 여차저차한 사정으로 역무원이 대피하라고 지시해서 어쩔 수 없이 매점 문을 닫고 역 밖으로 나왔다고 보고하려 했죠. 하지만 영업소의 전화는 계속 자동응답기만 틀어놓고 있었습니다. 아무리 걸어도 받지 않았습니다. 할 수 없이 녹음테이프에 메시지를 남겼습니다. '고덴마초 역의 스기모토인데요. 여차저차한 사정으로……' 하고 말입니다.

그때는 지상으로 나온 많은 승객들이 그 주변에 앉거나 쓰러져 있었습니다. 저도 몸이 비틀거렸지만 간신히 참으며 그곳에 가만히 있었어요. 그러는 사이에 회사에서 남자 직원 두 명이 왔습니다. 제 모습을 보더니 "아, 있다, 있다" 하면서 다가왔습니다. "핫초보리 역 구내의 영업소는 폐쇄되었으니까 역 위에 있는 ○○커피숍으로 가세요. 그곳에 모두 모여 있어요"라고 하더군요. 그 사람들은 역을 돌며 모두의 안전을 확인하고 앞으로의 일정에 대한 지시를 내리고 있었던 겁니다.

저는 택시를 타고 혼자서 핫초보리 역까지 갔어요. 그리고 그 찻집에 들어서자 영업소 남자 직원이 "스기모토 씨, 좀 이상하네요"라고 하더군요. 그래서 많이 이상해 보이느냐고 물었지요. "예, 정말 이상해요. 눈도 이상하고요. 저쪽에 구급차가 서 있으니까 그걸 타고 병원에 가는 게 좋겠어요" 하는 겁니다. 그때까지 병원에 간다는 건 생각지도 않았는데, 그 말을 듣고는 영문도 모른 채 구급차에 탔습니다.

성누가 병원은 이미 꽉 차서 오차노미즈의 나구라 병원이라는 곳으로 실려갔습니다. 정형외과였습니다. 가까운 안과 병원에서 의사 선생님이 와서 눈을 검사하더니 동공이 일 밀리미터 정도밖에 안 된다고 했습니다. 다리가 후들거리고 머리가 아프고 기침도 계속 나왔어요. 혈액검사 결과 (콜린에스테라아제) 수치가 상당히 낮다는 것을 알았습니다.

링거주사를 여러 종류 맞고 주사도 몇 대 맞았어요. "하룻밤 입원하는 게 좋겠는데 어떡하시겠어요?" 라고 하기에 어차피 입원할 바에는 집과 가까운 곳이 좋겠다고 병원을 나와버렸습니다. 처음엔 그대로 돌아갈 생각이었지만 가만히 생각해보니 다카다노바바 역에서 세이부 선으로 갈아타려면 계단을 한참 올라가야 하는데 도저히 그럴 자신이 없었습니다. 그래서 가까운 오차노미즈 역에서 주오 선을 타고 후추에 있는 딸네 집으로 가기로 했습니다.

전차에 탄 것이 5시 넘어서였습니다. 러시아워였기 때문에 물론 자리에 앉을 수 없었어요. 정말 괴로웠어요. 그렇게 절실히 앉고 싶다는 생각을 한 적은 없습니다. 다리가 후들거렸습니다. 온몸이 아팠습니다. 그야말로 죽을 것 같은 심정으로 손잡이에 매달려 있었죠. 정말이지 앞에 앉아 있는 사람에게 사정이라도 해볼까 하는 생각이 들 정도였습니다. "지금 너무 힘들어서 견딜 수가 없어요. 죄송하지만 자리 좀 양보해주세요" 하고 말이죠. 하지만 결국 아무 말도 못하고 그대로 무사시사카이까지 서서 갔습니다.

딸네 집에 들어서자마자 딸이 나를 보고 "엄마 좀 이상해"라고 하더니 그 길로 교린 병원으로 데리고 갔습니다. 혈액검사를 했더니 콜린에스테라아제 수치가 아직 정상으로 돌아오지 않았더군요. 바로 입원했죠.

결국 그곳에서 사흘간 입원했어요. 퇴원한 후에도 사오 일간 쉬면서 집에 있었어요. 그후로는 변함없이 일을 계속하고 있어요. 그래요, 사건 후 얼마 동안은 정말 피곤했습니다. 그 직후에만 그런 것이 아닙니다. 사건을 당한 후로는 피로를 느끼는 정도가 완전히 달라요.

그리고 건망증이 심해진 것 같아요. 아들에게 물어보면 "나이 탓이야"라고 하지만, 그건 아닌 것 같아요. 그것과는 좀 달라요. 일전에 사건 당시 고덴마초 역에 있다가 쓰러져 한 달간 입원한 역무원의 얘기를 들어보니 그도 기억력이 나빠졌다고 하더군요. 그래서 저도 "그래요. 사실은 나도 그래요" 하고 말했지요.

때때로 약속한 것도 잊어버려요. 기억이 사라져버립니다. 여태 이런 일이 없었습니다. 실제로 경험해보지 않으면 이게 어떤 느낌인지 이해할 수 없을 겁니다. 하지만 이렇게 말하면 주위에서는 나이 탓이라고 해요.

—사린 피해를 입은 분들은 모두 그런 이야기를 합니다. 사건 후 급격하게 기억력이 저하됐다고요. 그러니까 결코 나이 탓이 아닐 겁니다.

그래요. 단지 일을 하는 데는 아무런 지장이 없다는 게 다행이라면 다행이라고 할까요. 물건 값 같은 것은 전부 정확하게 기억하고 있고, '이것하고 이것하고 저것 주세요' 라고 한꺼번에 말을 해도 머릿속에서 척척 계산할 수 있어요. 그것만 할 수 있으면 아직 괜찮죠. 참 다행입니다.

그리고 책을 읽을 수 없게 되었습니다. 저는 원래 책 읽기를 좋아하는데 그후로 글을 오래 읽을 수가 없게 되었어요. 눈으로 글자를 따라가기는 하지만 집중력이 금방 떨어져버려요. 지치는 거죠. 그런 것도 '나이 탓' 이라고들 합니다. 하지만 그렇지만은 않은 것 같아요.

때때로 비상벨이 울립니다. 역이란 곳은 차량 장해나 자살 사고 같은 것이 있으면 금방 벨이 울려요. 그 역에서 일어난 일이 아니어도요. 그래서 사린사건 전에는 '아, 또 울리네. 고장일까, 사고가 났나' 하는 정도로 지나쳐버렸습니다. 남의 일로 여겨서 그런 것은 아니지만 딱히 심각하게 걱정하지는 않았어요. 하지만 사건 후로는 벨만 울리면 온몸이 딱딱하게 굳어버려요. 온몸으로 그 소리를 느끼는 겁니다. 쾅 하고 뭔가 다가오는 거예요. 그리고 하반신이 굳어버립니다. '또 사린이 아닐까!' 싶어서요.

그것이 한 가지 큰 변화라 할 수 있죠. 그 버저가 울리면 참을 수 없이 숨이 막히는 기분에 빠지고 말아요.

키우기 힘들지 않은 아이였어요. 정말 힘들지 않았어요.

고 와다 에이지 씨의 부모

와다 기치로(64세) · 사나에(60세)

와다 기치로 씨 집은 우에다 시 교외에 펼쳐진 농촌 지대의 한가운데에 있다. 시오다다이라, 좀더 가면 벳쇼 온천이 있는 곳이다. 내가 와다 씨 집을 방문했을 때는 단풍이 절정을 조금 지났을 즈음이었다. 산은 울긋불긋 물들었고 도로를 따라 펼쳐진 사과밭에는 새빨간 열매가 실하게 여물고 있었다. 정말이지 신슈다운, 아름다운 가을 풍경이었다.

예전에 이 일대는 양잠이 중심이었다. 밭에서 뽕잎을 재배해 그것으로 누에를 쳤다. 그러나 패전 후 경지정리로 인해 밭이 논으로 변했고, 양잠 대신에 벼농사를 하게 되었다. 그러나 요즘 들어서는 '쌀이 너무 많아 골치 아프니 벼농사를 그만두자' 는 분위기로 바뀌었다.

"이렇게 작은 농촌에는 정부정책이 어울리지 않아요"라고 와다 기치로 씨는 체념한 듯 담담하게 말한다. 침착하고 말수가 적은 성격이었다. 그러나 가슴속에 묻어둔 하고 싶은 말도 많고 논리도 명쾌하다. 그에 비하면 부인 사나에 씨는 말솜씨가 능란하고 정이 넘쳐흐르는 '어머니' 타입이었다.

논이 약 3천 평 있고 그에 더해 채소밭과 150평의 사과밭이 있다. 돌아올 때 밭에서 막 딴, 알이 굵은 사과를 한아름 선물로 받았는데 정말 맛있었다. 와다 씨가 일 년 동안 열심히 기른 것이라고 가슴에 새기면서 매일 한 알씩 먹었다.

결혼 후 얼마 동안은 농사만 지어도 먹고살 수 있었지만 점점 살기 어려워져 그후로는 부부가 '반농반근' 생활을 해왔다. 공장에서 일하고 짬을 내서 농사일을 하는 생활이었다. 몸에 상당한 무리가 갔다. 솔직히 말해 녹초가 되었다. 아들 에이지가 지하철 사린사건으로 죽었을 때, 기치로 씨는 한동안 쇼크에서 벗어나지 못해 공장 일을 그만두고 말았다.

에이지 씨의 어린 시절이 어땠는지 물어보니 기치로 씨는 "나는 아이를 키우는 데 별로 관여하지 않아서 잘 모르니까 집사람한테 물어보세요"라고 말했다. 아마도 그럴 것이다. 아이를 돌보기에는 너무나도 고된 노동이었다. 그러나 그와 동시에 '너무 가슴이 아파 에이지 이야기를 할 수 없다'는 인상이 강했다.

몸집이 작고 호리호리한 에이지 씨는 아버지를 닮았고, 몸이 통통한 두 살 위의 장남은 어머니를 닮았다고 한다.

이야기하는 도중에 "키우기 힘들지 않은 아이였어요"라는 말을 몇 번이고 되풀이했다. 남에게 의지하지 않고 무엇이든 스스로 척척 해치우는 자립심이 강한 둘째 아이였다. 부모에게 조금도 걱정을 끼치지 않는 아이였다. 어느 날 말없는 시체가 되어 돌아오기 전까지는……

*

(아버지) 저는 1932년생입니다. 결혼한 것이 1961년이고, 첫째는 63년에, 둘째 에이지는 65년에 태어났습니다. 집사람은 우에다 부근의 도부마치에서 태어났는데, 처갓집 역시 농가입니다.

처음 얼마 동안은 농사일만 했지만 마흔이 될 무렵부터 농사만으로는 생활이 점점 어려워져서, 현금 수입을 얻으려고 방적공장에 나가게 되었습니다. 이 근처에는 옛날부터 커다란 방적공장이 있었습니다. 방적공장은 24시간 쉬지 않고 조업해야 합니다. 한번 기계를 멈추면 온도가 내려가 실에 얼룩이 지기 때문입니다. 그래서 3교대제로 일했는데, 그 근무 시간 사이를 이용하면 충분히 농사를 지을 수 있었습니다.

1교대는 아침 5시부터 낮 1시 30분까지, 2교대는 1시 반부터 밤 10시까지, 3교대는 10시부터 아침 5시까지였습니다. 밤 10시부터 5시까지 일하고 돌아와 오전에 자고 오후 한나절 농사일을 했습니다. 농사는 낮에만 지을 수 있으니까요. 솔직히 몸에는 조금 무리였습니다. 특히 농번기 때는 고됩니다. '지금은 농번기니 좀 쉬게 해주십시오' 라고 할 수도 없습니다. 교대제이고 일하는 사람 대부분이 농부였기 때문입니다. 한 사람만 쉴 수는 없으니까요.

그 공장에서 이십이 년 동안 일했습니다. 농업과 공장 근무를 번갈아 하느라 너무 바빠서 아이를 키우는 데 그다지 관심을 가질 수 없었습니다. 아이 둘은 그렇게 어른이 되었습니다. 어린 시절의 일은 저보다 집사람에게 물어보는 것이 좋을 겁니다.

(어머니) 에이지는 4월 1일 아침 5시 40분에 태어났어요. 아무래도 아침에 낳을 것 같아 새벽녘에 산파에게 갔지요. 4시경이었나. 일 킬로미터 정도 떨어져 있는 곳에 산파가 있었거든요. 거기에 도착하자마자 바로 낳았어요.

체중이 2.7킬로그램밖에 나가지 않아 분만은 수월했어요. 첫째 아이는 3.75킬로그램이었는데, 그에 비하면 아주 작았지요. 1킬로그램 이상 차이가 났으니까요. 한 시간 반 정도 고생하다가 자연분만했는데 의사를 부를 필요도 없었어요. 첫애는 무척 힘들었지만요.

그런데 에이지는 분유를 먹지 않아 고생했습니다. 모유만으로는 턱없이 모자라서 분유를 먹이려고 했지만 전부 토해냈어요. 여러 방법을 써봐도 모유밖에 먹지 않아 정말 난처했어요. 큰애 때는 분유를 먹여도 아무런 문제가 없었거든요.

할 수 없이 집에서 양을 길렀습니다. 주위에 풀이 많이 있었으니까요. 그래서 제가 그 양의 젖을 마시고 모유를 많이 내서 에이지를 길렀습니다. 그 덕분에 에이지는 무럭무럭 자랐어요. 그렇게 건강한 건 분명 모유만으로 자란 덕분일 거예요. 몸은 말랐지만 한 번도 큰 병에 걸린 적이 없었어요. 병원에 입원한 적도 없었고요.

어렸을 적부터 계속 신문배달을 했어요. 근처 〈아사히 신문〉 판매점에서 아들이 둘이니 신문배달을 도와주지 않겠느냐는 요청이 들어왔어요. 그랬더니 에이지가 "제가 갈게요" 하고 나서더군요. 그 사람은 사실 형에게 부탁하려고 왔는데 말이에요. 열두 살인지 열세 살인지 그 무렵이었어요.

사 년간 하루도 쉬지 않고 했어요. 아침 6시에 벌떡 일어나 이 부근의 40호 정도를 돌았지요. 〈아사히 신문〉과 〈시나노마이니치 신문〉을 배달했어요. 그래서 매년 신문사에서 표창장을 받았고요. 그래요, 이게 그 표창장이에요. 아직 갖고 있어요. '아사히 신문사 도쿄 본사 판매부장' 이라고 적혀 있지요.

그걸로 용돈을 벌어 비싼 무선 조종 글라이더를 사기도 했습니다. 그런 기계를 옛날부터 매우 좋아했거든요. 아무튼 손재주가 좋아서 조립 완구로 늘 뭔가를 만들고 있었습니다. 우리는 일하기에 바빠서 시부모님께서 아이들을 봐주셨어요. 시부모님은 언제나 집에서 손으로 물건을 만드는 일을 하셨는데, 그걸 지켜보는 사이에 그런 손재주가 생겼는지도 모르겠어요.

키우기 힘들지 않은 아이였어요. 정말 힘들지 않았어요. 무슨 일이든 스스로 척척 해냈으니까요. 전매공사의 도쿄 기계제작소에 면접을 보러 갈 때 "따라가지 않아도 괜찮겠니?" 라고 했더니, "뭐 하러 따라와요. 혼자 갈 수 있어요" 라며 화를 냈지요(웃음). 도쿄에 혼자 살 때 "가서 청소라도 해주련?" 하고 물으면 "청소 정도는 내가 할 수 있어요" 라고 했습니다. 십 년간 제가 에이지를 위해 어딘가로 나간 것은 단지 세 번뿐이었어요. 며느리를 만나러 갈 때와 결혼할 때, 그리고 에이지(시체)를 맞으러 갔을 때뿐이지요.

큰애는 얌전한 편이지만 에이지는 활동적이어서 혼자서 뭐든 척척 해냈지요. 요리도 제 손으로 하고요. 그래서 키우는 데 아무 어려움이 없었어요. 무엇이든 스스로 결정하니까요.

고등학교에 진학할 때도 우리가 인문계로 가서 대학에 진학하는 게 좋지 않겠느냐고 말했지만 "나는 전기 다루는 걸 좋아하니까 전문학교에 갈 거예요. 진학은 안 해요" 라고 하면서 스스로 전기 전문학교를 선택했어요. 그래서 두 아이에게 앞으로의 진로에 대해 의논해보라고 했더니 큰애는 "나는 집에서 농사일을 하는 편이 더 재미있으니까 여기에 남아 뒤를 이을게요"라고 했고 작은애는 "나는 별로 도움이 되지 않으니까 집을 나갈게요"라고 했어요. 둘이서 상의해서 정했죠. 그래서 에이지는 지쿠마 고등학교 전기과에 들어갔어요.

큰애는 도쿄의 대학에 합격했지만 "역시 나는 그렇게 어수선한 곳에서는 못 살겠어"라며 돌아왔어요. 도시 사람은 되기 싫다면서요. 그래서 결국 이 부근의 농대에 들어갔습니다. 에이지는 그렇지 않았습니다. 그애는 어디를 가도 적응할 수 있었어요. 도시 생활에도 곧 익숙해졌죠.

이렇게 완전히 성격이 다른 형제였지만 사이는 좋았어요. 싸움 한번 하지 않았으니까요. 저도 바깥일을 했기 때문에 너무 바빠 아이들을 돌볼 여유가 없었습니다. 전부 할아버지, 할머니에게 맡겼죠. 아이들을 목욕탕에 넣고 저녁식사를 주고, 재우고…… 그런 다음 저는 누에에게 뽕잎을 주었어요. 그런 모습을 보면서 아이들은 잠이 들고요. 공장은 1교대였기 때문에 새벽 4시 30분에는 준비를 하고 나가야 합니다. 그래서 아이들은 제가 자는 모습을 거의 본 적이 없습니다. 그래서 아이가 학교에서 "우리 어머니는 한숨도 자지 않고 일을 하십니다"라는 작문을 할 정도였어요(웃음).

아이들을 꾸짖은 적은 거의 없습니다. 장난도 하지 않았고, 귀찮게 하지도 않았으니까요. 저도 잔소리를 하지 않았어요. 공부하라고 하지도 않았어요. 말하지 않아도 잘했으니까요. 아이를 자랑하는 것은 아니지만 에이지는 수학 성적이 좋았습니다.

전기과를 나와 JT에 취직했습니다. 니가타 현의 나가오카에서 일 년간 연수를 받았죠. 그때는 아직 '일본전매공사' 였어요. 거기 들어간 것이 1983년입니다.

—전매공사에 들어간 것도 에이지 씨가 스스로 정한 것입니까?

(어머니) 우리 친척 중에 사촌과 형부 등 세 명이 전매공사에 근무하고 있었어요. 우에다에 전매공사 공장이 있었기 때문이죠. 조카사위가 "나는 이제 슬슬 퇴직할 나이가 되었지만, 어떠냐, 에이지 전매공사에 들어오지 않겠나"라고 말했어요. 마침 기계도 점점 컴퓨터화되는 시기여서 면접을 볼 때 그런 컴퓨터 관계 일을 하고 싶다고 해서 후한 점수를 받은 것 같습니다. 시험은 굉장히 어려웠다고 해요. 나가오카에서 연수받을 때도 전부 대졸이고 고졸은 두 사람밖에 없었다고 했어요. 정확히 열두 명이 있었는데, 그중에서 두 명뿐이었다고요.

나가오카에 갔더니 눈이 일 미터나 쌓이더라고 합니다. 그래서 스키를 시작하고 싶으니 돈을 보내달라고 해서 보내주었죠. 그후 스키에 푹 빠져 스키만 열심히 탔다고 해요. 요시코를 만난 곳도 스키장이라고 했어요.

에이지는 처음으로 집을 나가 나가오카에서 혼자 생활을 시작했지만, 딱히 외로움을 타지는 않았던 것 같습니다. 친구가 많이 생겼고 자기가 번 돈으로 자유롭게 놀 수 있으니까 아주 즐거웠던 것 같아요. 우리도 그즈음에 어르신들 몸이 좋지 않아 보살피느라 힘이 들어 아들을 떠나보낸 외로움을 느낄 틈이 없었습니다. 시부모 모두 장수해서 아흔다섯 살, 아흔세 살이기 때문에 손이 많이 갔습니다. 일하러 나가고 농사를 짓는 사이에 노인 두 분이 아이를 돌봐주셨어요. 매우 힘든 일이었죠. 하지만 어떤 노인 시설에도 들어가지 않고 아이를 돌보시면서 노년을 보내신 겁니다.

에이지가 죽었다는 말을 들었을 때 정말로 눈앞에 아무것도 안 보이더군요. "눈앞이 캄캄해진다"라는 말을 많이 들어보았는데 정말로 그랬습니다. 아무것도 생각할 수 없었어요.

그때 집에는 아무도 없었습니다. 회사(JT)와 경찰이 우리집에 연락을 했지만 모두 집에 없었어요. 그전에 저는 된장을 만들었어요. 언제나 4월에 콩을 샀지만 에이지 처의 출산을 도와줘야 하기 때문에 한 달 앞당겨서 만들어두자고 생각했던 거죠. 그래서 18일에 사서 19일에 그것들을 씻고 정리하느라 바빴어요. 20일은 날씨가 좋아서 밀린 빨래도 하고 볼일도 봤습니다. 남편은 아침부터 사과밭에 가지치기를 하러 갔고, 저는 혈압 때문에 약을 타러 병원에 가는 바람에 집에는 아무도 없었던 거예요.

겨우 언니와 연락이 되었는데 "아무리 전화해도 안 받더라. 텔레비전 보지 못했니?"라고 하더군요. 저는 병원에서 돌아와 히간*에 쓸 꽃을 사러 가야 했기 때문에 그전에 집에 잠깐 들렀어요. 그때 전화벨이 울렸던 거죠.

"이렇게 좋은 날씨에 텔레비전은 왜? 비가 온다면 몰라도 바빠서 그럴 수가 없어. 뭐가 그렇게 한가해?"라고 대꾸했지요. 그랬더니

* 彼岸, 춘분이나 추분의 전후 각 삼 일간을 합한 일주일간.

"너, 놀라지 마. 정신 똑바로 차려"라고 하더군요. "정신을 똑바로 차리라니. 도대체 무슨 일인데?"

"지금 텔레비전에서 에이지가 죽었다는 뉴스가 나왔어"라는 거예요. 갑자기 눈앞이 깜깜해지더군요. 그다음에는 아무것도 생각나지 않았어요. 큰일이지요. 그 충격으로 모두 잊어버리고 말았어요.

지금은 조금씩 생각이 나요. 할머니(기치로 씨의 어머니)가 일기를 매일 정성 들여 썼는데 그것을 보고 '아, 그러고 보니 이런 일도 있었구나' 하고 떠올리면서 어젯밤도 12시경까지 남편과 둘이서 이야기했어요. 일기를 써두는 것도 좋겠다고도 했고요.

아마 결혼하기 일 년 전이었던가, 요시코를 집에 데리고 왔어요. 겨울이었습니다. 에이지가 집에 오는 것은 추석과 연말 두 번인데 그때는 겨울이었어요. 월동 준비를 하러 왔으니까요. 그때 요시코는 집에는 머물지 않고 그날로 돌아갔죠.

저는 이전부터 며느리는 시골(신슈)에서 얻는 편이 좋지 않겠냐고 말해왔습니다. 이쪽으로 올 때도 고향이 같으면 오기 쉽지 않겠냐고요. 그랬더니 에이지는 "아녜요. 시골이라고 다 좋진 않아요. 제가 스스로 찾을 테니까 어머니는 걱정하실 거 없어요. 제 일은 제가 알아서 할게요"라고 말했어요. 무엇이든 스스로 하는 아이였으니까요.

그래서 "스스로 찾는 것도 좋지만 주위의 눈도 있으니 데리고 올 적마다 상대가 바뀌어선 안 된다. 그 사람과 반드시 결혼하겠다는 확신이 서지 않으면 데리고 오지 말아라"라는 말만은 확실히 해두었습니다.

요시코를 데리고 오기 전에 결혼하고 싶은 사람을 데리고 가겠다는 연락이 있었습니다. 상대가 외동딸이라고 해서 걱정이 되어, 형제가 있는 쪽이 좋지 않겠냐고 했더니 "혼자도 깔끔하고 좋아요"라고 하더군요. 스스로 선택한 사람이니 저희가 이러쿵저러쿵 말한들 소용없는 일이지요.

(아버지) 본인만 좋다면 난 그걸로 좋습니다. 좋아서 선택했다면 결혼해야죠. 아이들 결혼은 부모들이 간섭하지 말고 자신들이 스스로 정하는 게 좋습니다.

(어머니) 결혼식은 아오야마 교회에서 했습니다. 조촐한 식이었어요. 몇십 명 와봐야 식장에 들어갈 수도 없다고 해서 우리 친척은 아홉 명만 참석했습니다. 정말로 가까운 친척뿐이었죠. 시골에 와서 한 번 더 식을 올릴 거냐고 물었더니 "전 둘째인데다 형이 뒤를 이을 거고 언제 고향에 갈 수 있을지도 모르니까 별도로 그런 격식을 갖출 필요는 없어요"라고 하더군요. 큰애한테 어떻게 하면 좋겠냐고 의논했더니, "지금은 그런 시대니까 절약하는 게 좋지 않겠어요?"라고 말했습니다.

정월에 요시코가 아이를 가졌다고 하더군요. 4월이나 5월이면 태어날 것 같다고요. 몸 상태가 좋지 않다고만 말했어요. 그러나 지난 8월에 어렴풋이 짐작은 하고 있었습니다. 그때 안색이 그다지 좋아 보이지 않아 혹시나 하는 느낌이 들었습니다. 그래서 요시코에게 물어보니까 "생겼을지도 몰라요"라고 하더군요.

(아버지) 3월 20일은 아까 집사람이 말한 것처럼 저는 집 뒤편의 밭에서 사과나무 가지치기를 하고 있었습니다. 아침부터 줄곧 그걸 했습니다. 3월쯤에는 언제나 가지치기를 하거든요. 3월 말까지 끝내야 합니다. 우리 밭의 사과나무는 전부 사십 그루 정도입니다. 처음에는 팔십 그루 정도 심었습니다만 너무 거추장스러워서 한 그루씩 잘랐습니다.

가지치기는 햇빛이 고루고루 비치게 하기 위한 겁니다. 열매를 맺지 않는 가지를 자릅니다. 5월에 꽃이 피니까 그전에 필요 없는 가지를 잘라 영양이 충분히 미치게 해야죠. 사다리를 타고 나무 위쪽까지 자릅니다. 매우 힘든 일이지만 우리집은 나무가 적어서 과수원이랄 것도 없어요.

장남은 함께 살지만 집은 따로입니다. 식사도 따로 합니다. 그쪽에도 며느리와 손자가 있습니다. 그래서 집에서 전화가 울려도 그쪽까지는 들리지 않습니다. 어쨌거나 큰며느리도 마침 임신중이어서 산부인과에 약을 타러 가서 집에 없었습니다.

그러나 장남은 그때 라디오를 듣고 있었습니다. 농협에 근무하면서 농가를 대상으로 과수 전문 지도원으로 일하기 때문에 늘 밭에 나가 있거든요. 라디오를 들으면서 일을 하고 있었다고 하더군요. 그랬더니 '와다 에이지'라는 이름이 나오더랍니다. 그래서 집으로 뛰어왔습니다. 아무리 전화를 해도 안 받기에 밭에 나가 있는 것이 아닌가 해서요. 그러나 장남보다는 집사람이 먼저 집으로 돌아와서 전화를 받았습니다.

경찰도 연락이 닿지 않자 파출소로 연락을 해서 직접 찾아가게 했다고 합니다. 집사람이 전화를 받고 있는데 경찰이 찾아왔습니다.

(어머니) 갑자기 그런 말을 했다가는 밭에서 쓰러질지도 모르니까, 저는 사과밭까지 가서 남편에게 잠깐 이리 오라고 했습니다. 그래서 현관까지 억지로 끌고 들어왔죠. 그리고 중앙경찰서에서 온 전화를 받았어요. 그랬더니 영문을 몰라하더군요.

"도쿄의 중앙경찰서에서 전화가 왔는데 나는 뭐가 뭔지 모르겠어. 바보가 된 것 같아. 뭘 어떻게 적어야 할지 모르겠으니 당신이 적어봐. 어디로 가야 하는지도 적어봐"라고만 했어요. 그래서 경찰관이 대신 중앙경찰서의 지시를 받아 적어주었습니다.

그때는 지하철에서 약물사건에 휘말려 호흡곤란으로 쓰러졌다가 그대로 숨을 거두었다고 했습니다. 그때는 사린 같은 게 뭔지도 몰랐어요. 그러나 '죽었다'라는 사실은 처음부터 알 수 있었습니다.

그러나 아무리 그렇게 말해도, 실제로 가서 두 눈으로 보지 않고서는 도저히…… 동성동명일 수도 있으니까요. 직접 가서 봐야 한다고 생각했죠. 네 명이 갔습니다. 남편과 저와 큰애와 에이지가 전매공사에 들어가도록 권한 형부, 그렇게 넷이요. 우에다 발 2시 전차를 타서 우에노 역에 도착한 것은 5시경이었습니다. 아직 날이 밝았습니다. JT에서 마중 나온 사람이 택시로 중앙경찰서까지 데려다주었습니다. 가는 도중 모두 아무 말도 하지 않았어요. 계속 침묵하고 있었습니다. 말없이 택시를 탔고, 내리자고 해서 내렸어요.

그러나 그때는 벌써 유해를 경찰서에서 도쿄 대학 법의학과 쪽으로 옮기고 난 뒤였어요. 그래서 결국 그날은 에이지와 대면하지 못했고 JT의 숙소에 머물렀습니다. 그날 밤은 잠이 오지 않았어요. 다음 날 아침 9시에 도쿄 대학병원에 가서야 겨우 만날 수 있었습니다. 무심결에 에이지를 만졌다가 꾸중 들었어요.

그러나 정말로 만져보지 않으면 알 수 없었습니다. 그렇게라도 하지 않으면 견딜 수 없었습니다. 그래서 만졌더니 매우 화를 내더군요. 요시코도 만졌다가 야단을 맞았습니다. 그러나 부모란 손으로 만져보고 차가워진 것을 알고 나서야 비로소 '소용없구나' 하고 포기하는 거지요. 그러지 않으면 받아들일 수 없으니까요.

머리가 텅 비어 뭐가 뭔지 알 수 없었습니다. 그리고 긴장해서인지 눈물도 나오지 않았어요. 머리는 텅 비어 마치 바보가 된 것 같았지만 몸만은 움직일 수 있었습니다. 죽은 사람을 위해 장례를 치러야 하니까요. 머리가 텅 비면 눈물 흘리는 것도 잊어버리는 모양입니다. 정말로 그랬습니다. 머리가 텅 비면 눈물도 나오지 않아요.

이상하게도 농사 준비에 관한 일만 머릿속에 떠올랐습니다. 두 아들의 손자도 보아야 하고, 모내기도 해야 하고, 이것도 해야 하고 저것도 해야 하고…… 그렇게 계속 신경이 곤두서 있었습니다. 그래서 논에 못자리 준비를 하고 있는데 텔레비전 방송국에서 취재를 하러 온 겁니다.

(아버지) 전 취재에 아무런 대답도 하지 않았습니다. 시끄럽기도 하고, 그런 취재는 정말 화가 났습니다. 그 사람들은 화장터까지 왔습니다. 출산하는 것까지 찍었고요. 돌아가라고 해도 돌아가지 않았고 이웃집까지 몰려갔습니다. 사람들이 "말 좀 해달라고 하는데, 와다 씨, 어떡하지?"라고 묻기에 아무 말도 하지 말아달라고 부탁했습니다.

딱 한 번, 트랙터를 몰고 있을 때 "와다 씨 한마디만요" 하며 마이크를 들이밀기에 대답한 적이 있습니다. "살인을 저지른 놈은 즉시 사형시켜야 한다. 일본 헌법을 개정해야 한다. 이상이다. 이제 돌아가라"라고요. 더는 상대하지 않고 못자리를 만들었습니다. 방송국 사람들은 집 앞에 카메라를 설치하고 제가 돌아오기만을 기다리고 있었습니다. 그래서 자전거를 타고 뒷문으로 살짝 들어갔죠. 당시는 정말로 여러 분야 사람들이 취재하러 왔습니다. 잡지에 무엇을 써야 한다면서요.

모내기만은 해야 하니까 겨우 정신을 차렸습니다. 그 생각밖에 없었습니다. 모내기가 끝나자 맥이 풀렸습니다. 머릿속에서 온갖 생각이 떠오르는 겁니다. 그러나 아무리 생각한들 무슨 소용이 있겠습니까. 생각한들 죽은 사람이 돌아올 리가 없으니까요. 언제까지고 그런 생각을 할 수는 없다고 스스로를 타일렀지만 그래도 잊을 수 없었습니다. 생각하면 생각할수록 속이 뒤집히는 겁니다.

전 주량이 그다지 세지 않지만 술은 좋아합니다. 큰애도 마십니다. 에이지도 큰애 정도는 아니지만 잘 마셨어요. 에이지가 집에 오면 부자 셋이서 늘 술을 마셨습니다. 그렇게 마시는 술이 가장 맛있습니다. 술이 들어가면 이야기도 활기를 띱니다. 하룻밤에 한 되 정도는 마십니다. 우리 가족은 사이가 좋았어요. 싸움 한 번 하지 않았습니다.

(어머니) 착한 아이였어요. 첫 월급을 받았을 때 우리 둘에게 시계를 사주었습니다. 또 집에 돌아올 적마다 언제나 조카들에게 줄 선물을 들고 왔습니다. 아이를 좋아해서 일 관계로 미국과 캐나다에 출장을 가면 꼭 선물을 사 가지고 왔습니다.

그애는 아직 태어나지도 않은 아스카를 위해 선물을 사왔어요. 저번에 아스카가 놀러 왔을 때도 에이지가 미국에서 사온 옷을 입고 있었어요. 아이가 태어나기를 그렇게나 기다리고 있었던 겁니다. 정말 손꼽아 기다리고 있었어요. 그런데…… 그런 터무니없는 작자들의 손에 죽었다고 생각하니 너무 억울해요.

(아버지) 마쓰모토 사린사건이 일어났을 때 왜 나가노 현 경찰은 좀더 철저하게 수사를 하지 않았는지. 제대로 조사만 했더라면 이런 일은 일어나지 않았을 겁니다. 저는 그렇게 생각합니다. 그때 좀더 힘을 쏟았다면 하고요.

(어머니) 그래도 며느리들이 모두 건강해서 튼튼한 손자를 낳은 건 정말 다행이라고 생각합니다. 내가 끝도 없이 훌쩍거리고 있으면 손자에게도 좋지 않을 테니 정신을 바짝 차려야 한다고, 그렇게 생각하며 여태 잘 버텨왔습니다.

(아버지) 꼭 해야 하는 농사일 때문에 겨우 이겨낸 것 같습니다. 못자리를 만들고 모내기를 하고, 모내기가 끝나면 사과가지를 쳤습니다. 그다음에는 꽃가루를 묻혀주고…… 그렇게 쉴새없이 일을 계속했습니다. 그래서 마음을 딴 데 쏟아부어 시름을 잊고 살 수 있었던 것 같습니다. 몸을 움직이면 피곤하고, 피곤하면 푹 잘 수 있습니다. 노이로제나 수면제 같은 것은 우리와 상관없습니다. 농부란 원래 그런 거니까요.

무척 상냥한 사람이었습니다. 죽기 전에는 더 그랬던 것 같습니다.

고 와다 에이지 씨의 부인

와다 요시코(31세)

와다 씨는 임신중에 남편을 잃고 그후에 딸 아스카를 출산했다. 와다 씨에 대해서는 매스미디어에 자주 보도되었기 때문에 알고 계신 분도 많을 것이다. 나도 만나기 전에 그런 잡지와 신문기사를 대충 훑어보았다. 그러나 실제로 만나보니 각종 보도를 통해 자연히 형성된 이미지와 많이 달라 순간 당혹스러웠다. 물론 그것은 내 마음대로 머릿속에서 만든 것이고 누구의 탓도 아니지만, 매스미디어의 행태에 대해 많은 것을 생각하게 하는 부분이 있었다. '결국 자신들이 만들고 싶은 이미지를 만들어낸 것이 아닌가' 라고.

실물의(하긴 실물 이외에는 아무것도 존재하지 않지만) 와다 요시코 씨는 밝고 의사전달이 확실한, 젊고 머리가 좋은 여성이었다. 머리가 좋다는 건 무척 센스 있다는 뜻이기도 하다. 살아가는 센스, 무엇을 선택할 때의 센스, 말을 할 때의 센스…… 그런 것이 뛰어나다고 느꼈다. 정직한 사람이다. 물론 나는 죽은 와다 에이지 씨를 만난 적은 없었지만 이런 여성이 선택한 남자라면 필경 성실하고 좋은 사람일 것이라는 생각이 든다.

그런 만큼 남편을 잃은 충격은 컸을 것이다. 거의 회복이 불가능할 정도로. 그러나 그녀는 세 시간에 걸친 긴 인터뷰 동안 시종 웃음을 잃지 않았다. 어떤 질문에도 흔쾌히 시원스럽게 답해주었다. 마지막에 이르러 참고 참았던 눈물을 한 번 보였을 뿐이다. '이제 울어도 괜찮죠' 라고 말하는 듯이. 괴로운 생각을 떠올리게 해서 죄송했다.

헤어질 때는 아스카를 안고 가까운 역까지 배웅해주었다. 뜨거운 여름날, 길은 텅 비어 있었다. 바깥을 걷고 있으면 교외 주택지의 어디서나 볼 수 있는 젊고 행복한 부인으로 보인다. 헤어질 때 무슨 말을 하려 했지만 "건강하시고 행복하게 사십시오"라는 말밖에 나오지 않았다. 아마 그렇게 말한 것 같다. 말이란 것이 얼마나 무력한가를 절실히 느꼈다. 그러나 작가인 나는 그런 무력한 말에 의지해 일할 수밖에 없다. 돌아오는 전차 속에서 혼자서 여러 가지를 생각했다.

요시코 씨는 요코하마 토박이여서 말을 그대로 문장으로 옮기면 약간 딱딱한 느낌일지도 모르겠다. 그러나 실제의 뉘앙스는 좀더 자연스럽고 부드러우며, 수줍은 유머로 가득 차 있다. 그것 때문에 오히려 내면에 깔린 고통의 깊이를 더 뼈저리게 느낄 수 있었다.

*

제가 태어난 곳은 가나가와 현 사가미하라이지만 초등학교에 들어갈 때 요코하마 시내로 이사해서 그후로 줄곧 시내에서 살았습니다. 학교도 요코하마, 회사도 요코하마에 있었습니다. 요코하마 토박이고 물론 이곳을 대단히 좋아합니다. 작년에 아이를 출산해서 남편의 집이 있는 나가노에서 긴 시간을 보냈습니다. 우에다는 공기도 좋고 지금까지 살던 곳과는 환경도 달라 좋았지만 다시 요코하마로 돌아와 '미나토미라이'를 보니 기뻐서 눈물이 주르르 흘렀어요.

친구들도 대부분 요코하마에 있습니다. 고교 때의 친구, 직장 친구, 스키 친구, 모두 오랜 관계예요. 십 년이 넘은 친구…… 역시 친구들 덕에 견딜 수 있었습니다. 모두 결혼했지만 때때로 모여 바비큐 파티를 하거나 볼링을 칩니다.

고등학교를 졸업하고 요코하마의 신용금고에서 일했습니다. 창구 직원으로요. 결혼한 지 얼마 안 되어 그만두었지만 그때까지 구 년 십일 개월 동안 일했습니다. 한 달만 더 있었다면 근속 십 년이고, 만약 채웠더라면 휴가와 금일봉을 받을 수 있었는데…… 일하는 건 좋아합니다. 무슨 일이든 맡기면 기꺼이 했고, 상사들도 잘한다고 칭찬해주었습니다. 무척 재미있었습니다.

결혼 전에는 부모님과 같이 살았습니다. 형제도 없이 저 혼자였지만 부모님과는 늘 싸웠습니다. 특히 아버지와는 대단했습니다. 원인은 대개 사소한 것이었지만요. "이렇게 말했잖아" "아냐, 말 안 했어!" 하는 식으로(웃음). 그런 수준의 싸움이었습니다. 틀림없이 제가 멋대로 굴었을 겁니다. 그렇게 생각해요. 지금은 아버지와 함께 생활하고 있지만 그렇게 심하게 싸우지는 않습니다. 그러나 그때는 자주 싸웠습니다. "나가라" "죽어라!" 하고요. 그렇게 심각했던 때도 있었습니다. 그러나 제가 정말로 집을 나가려고 아파트를 찾아다니면 아버지가 먼저 화해를 요청했습니다. 나가버리면 안 되니까요(웃음). 저도 겁을 주려고 그렇게 말하기도 했지만요.

남편과는 스키장에서 만났습니다. 마침 직장 친구가 전매공사에 근무하는 사람과 사귀고 있었습니다. 그 사람이 때때로 남편을 데리고 나와서 알게 되었죠. 1991년 2월이었습니다. 어느 스키장이더라? 많이 다녀서 기억나지 않네요. 아마도 나가노 현이었는데……생각나지 않습니다.

전부 스무 명 정도라 버스 절반은 우리 그룹이 차지했습니다. 남편은 스키를 좋아해서 한 시즌에 한 달 동안은 스키장에서 살았습니다. 토요일은 반드시 갔고요. 저는 스무 살 때 막 시작했기 때문에 실력 차이가 심했지요. 그러나 저도 한 시즌에 다섯 번은 스키장에 갔습니다. 부모님이 좀처럼 못 나가게 해서 싸웠지만요. 위험하니까 그렇게 자주 가면 안 된다고요(웃음). 우리집은 과보호였어요. 한 달에 두 번은 괜찮지만 세 번은 안 된다고 했죠. 이젠 나도 어른인데 잔소리가 심했습니다. 스물다섯 살까지는 밤 10시로 귀가 시간이 정해져 있을 정도였으니까요.

—잘 지켰습니까?

절대로 안 지키죠(웃음). 늦어지면 집에 못 들어오게 했습니다. 문을 닫아버렸죠. 그래서 친구 집에서 자기도 했어요. 그게 오히려 더 나쁠 것 같은데 말입니다(웃음).

저를 소중하게 생각하기 때문에 그만큼 잔소리도 많이 하신 거겠죠. 그러나 다른 친구 집에 비하면 역시 엄했어요. 지금 생각하면 제가 나빴어요. 저도 아이를 낳고 보니 그 심정을 알 것 같습니다. 어머니도 잘잘못을 확실히 구별하는 타입이셨기 때문에 저와 많이 싸웠어요. 어머니가 화를 내면 아버지가 사이에 끼어서 언제나 이렇게 말씀하셨죠. "다 네가 소중하고 걱정이 되니까, 이렇게 화를 내는 거야."

그렇다고 해도 역시 잔소리는 성가신 일이었어요. 그래서 이 아이(아스카)에게는 절대로 잔소리를 하지 않을 생각입니다. 그러나 저도 어머니와 닮은 점이 있을지도 몰라요. 모든 것을 자기 생각대로 하는 것도 그렇고, 때로 말투도 닮은 것 같다는 생각이 듭니다. 조심해야겠지요.

어머니는 사 년 전에 돌아가셨습니다. 유방암이 온몸에 전이되어서…… 아버지는 일을 그만두시고 한시도 곁을 떠나지 않고 어머니를 간병하셨어요. 매우 힘드셨을 겁니다. 그럴 때에도 저는 아버지와 계속 싸웠습니다. 아버지를 슬프게 했다는 생각이 들어요. 아마 여유가 없어서 그랬을 겁니다. 그러나 바꿔 생각하면 그때 그만큼 싸웠기 때문에 지금 이렇게 사이좋게 지낼 수 있는 것 같아요. 지금도 말다툼을 하곤 하지만 그건 싸움 축에도 끼지 않습니다.

최근에 아버지께서는 자주 이런 말씀을 하십니다. "너도 많이 변했구나"라고. 조금 순해진 거죠. 어른이 되었기 때문일지도 모릅니다. 그리고 아기가 있는 것도 큰 이유겠죠. 아이를 보고 있노라면 싸웠다가도 무심결에 웃어버립니다.

스키장에서 만났을 때 남편이 전화번호를 가르쳐달라고 했지만 가르쳐주지 않았습니다. 남편은 어디서 알아냈는지 전화를 걸어왔어요. 친구의 애인이 JT에서 근무했기 때문에 정보가 바로 누설되었을 테지요. 그러는 사이에 거의 매일 전화를 하게 되었고, 한 달 정도 뒤에 같이 스키를 타러 가자고 했습니다. 그때는 여섯 명 정도가 함께 갔습니다. 다른 멤버는 모두 JT의 남자들이었어요. 여자는 저 하나뿐이었고요. 그때 간 곳이 도가리 스키장이었습니다…… 아, 생각났어요. 맨 처음 갔던 곳은 쓰가이케예요.

—남편의 첫인상은 어땠습니까?

스키를 탈 때는 쌀쌀맞은 편이었습니다. 붙임성이 전혀 없었어요. 큰 고글 속에 검은 테 안경을 끼고 있었죠. 몇 마디 이야기를 나눠보고는 '이 사람 왜 이래?'라고 생각할 정도로 무뚝뚝했습니다. 스키 타는 데 정신이 팔려 다른 사람은 신경도 쓰지 않았습니다. 자기가 맨 앞에서 달리지 않으면 성에 차지 않는 것 같았습니다. 거의 입도 뻥긋하지 않았어요.

그런데 뒤풀이 시간에 술이 들어가면 갑자기 말이 많아져요. 농담도 곁들여서요. 이 사람이 그 사람인가 싶을 만큼 차이가 아주 심해서 재미있었습니다. 2박 3일이었지만 그때는 특별히 개인적으로 친해졌다는 느낌은 없었습니다. 그렇지만 아마도 서로가 마음에 두고 있었던 것 같아요.

사실 저는 처음 만나는 순간 '나는 이 사람과 사귀게 될지도 몰라. 어쩌면 결혼할지도'라고 직감적으로 느꼈습니다. 여자란 그런 감이 있잖아요. 그래서 '전화번호를 가르쳐주지 않아도 될 거야'라고 생각했습니다. 분명히 그 사람이 연락을 할 거라는 확신 같은 것이 있었습니다.

우리는 스물여섯 동갑이었습니다. 둘이서 술을 자주 마셨죠. 맥주, 위스키, 소주, 와인, 어느 것이나 다 잘 마셨어요. 그는 모여서 왁자지껄 노는 것을 좋아했습니다.

스키 여행 후 둘이서 자주 만났습니다. 그는 가와구치의 독신자 기숙사에 있었기 때문에 대체로 한가운데 지점인 도쿄에서 만나는 경우가 많았습니다. 유라쿠초 정도요. 영화를 자주 보러 갔습니다. 매주 만났습니다. 남편의 사정만 괜찮으면 토요일도 일요일도 만났습니다. 남편의 회사가 바쁠 때는 못 만났지만 여유가 생기면 일주일에 이틀 휴가를 얻었습니다. 휴가를 얻지 못하면 제가 오지에 있는 그의 회사까지 만나러 갔습니다.

이상하게 우리는 정말 너무나 잘 맞았습니다. 운명적인 것이 작용하는 것 같다는 생각이 들었습니다. 일 년 정도 사귀었는데 재미없다고 생각한 적은 한 번도 없었으니까요. 영화를 보고 난 뒤 술을 마시면서 여러 가지 이야기를 나누었습니다. 영화를 보는 것보다 이야기를 나누는 게 더 즐거웠습니다.

그해 1991년 7월에 우리집에 정식으로 인사를 왔습니다. "결혼을 전제로 사귀고 싶습니다"라고 부모님께 말했어요. 가나가와에 출장 온 김에 들른 거였죠. 그리고 부모님과 이야기를 나누고 아버지와는 술도 마셨는데 아버지가 마음에 들어하시면서 "괜찮은 녀석이다"라고 말씀하셨습니다. 무엇이 그렇게 마음에 드셨을까요? 아마 정직해 보였던 게 아닐까요(웃음).

솔직히 말하면 저는 5, 6월쯤에 헤어지려고 했습니다. 남편이 저를 만나기 전부터 사귄 여자와 옥신각신하고 있는 것 같았기 때문입니다. 그래서 화가 나서 "이제 됐어"라고, 그러면 사귀지 않겠다고 말했습니다. 그러고 나서 두 달 만에 전화가 와서 "오늘 만날까?"라고 하더군요. "좋아" 하고 마지못한 태도로 만났더니 그때 집에 인사를 하러 가고 싶다고 말했습니다.

결혼 문제는 제게 말하기 전에 먼저 아버지에게 말했습니다. "요시코와 결혼을 전제로 사귀고 싶습니다"라고요. 저는 그를 좋아했지만 만나지 않은 사이에 둘 다 여러 가지 일이 있어 조금 화가 나 있기는 했습니다. 그러나 너무 좋아했기 때문에, 그 말을 듣는 순간 결혼하리라 마음먹었어요.

혼인신고는 이듬해 6월에 했습니다. 그해 2월에 어머니께서 돌아가셔서 식은 그다음 해 3월에 올렸죠. 아무래도 웨딩드레스를 입어 보고 싶어서요.

결혼한 다음 혼모쿠에 있는 집에서 아버지와 함께 살게 되었습니다. 아버지를 홀로 지내게 할 수 없으니 같이 모시고 살자는 게 남편의 제안이었습니다. 그래서 혼모쿠에서 오지의 회사까지 통근했습니다. 가는 데만 두 시간 정도 걸렸습니다. 매일 아침 6시에 집을 나갔습니다. 그즈음에 저는 아버지와 싸움만 했는데, 남편이 그 사이에서 잘 중재해주었습니다. 무척 힘들었을 겁니다. 돌아오면 밤 11시나 12시라 녹초가 되었습니다.

아버지와 같이 산 것은 십 개월 정도였습니다. 결혼식 후 4월에 둘이서 기타센주의 사택으로 이사했습니다. 기타센주를 선택한 것은 JT의 사택 중 비어 있는 곳이 거기밖에 없었기 때문입니다. 그래서 이번에는 제가 기타센주에서 요코하마까지 한 시간 삼십 분 정도 걸려 통근하게 되었습니다. 그게 너무 힘들어 결국 일 년 후에 그만두었죠. 너무 붐벼서 나중에는 신칸센으로 통근하기까지 했습니다. "그렇게 피곤해하면서 힘들게 다닐 필요는 없어. 당신 좋을 대로 해"라고 했습니다.

그래서 전업주부가 되어, 비록 일 년뿐이었지만 그를 보살펴준 것이 다행이었다고 생각합니다. 전업주부요? 세 끼 밥에 낮잠도 달려 있어서 좋았습니다(웃음). 아침부터 텔레비전을 볼 수 있고요. 그전까지는 점심때 텔레비전을 본 적이 없었습니다. 그래서 처음에는 기분이 좋았습니다. 그러는 사이에 7월경에 배가 불러왔습니다. 모두들 일을 그만두면 아이가 생긴다고 말했는데, 정말 그 말대로였습니다.

기타센주는 살기 편한 곳입니다. 상점도 많았고 역도 가까웠고, 특히 사택이 컸습니다. 좋은 위치에 나란히 열세 동 정도가 있었습니다. 요코하마에서 왔어도 특별히 위화감 같은 것은 없었습니다. 동료와 친구들도 있어서 즐거웠습니다. 단지 아저씨가 헐렁한 잠방이 차림으로 길을 걸어다니는 것을 보고 조금 놀라긴 했지만요(웃음). 요코하마에는 그런 사람이 없거든요.

1994년 11월에 남편은 오지의 공장에서 당시 시나가와에 있던 본사로 이동했습니다. 그래서 미나토 구 도라노몬의 본사 신사옥 공사 현장에서 일하게 되었습니다. 1995년 4월 완공 예정이던 빌딩의 정비와 관리 일을 했습니다. 남편의 전문은 전기 분야였습니다.

엘리베이터와 조명, 냉난방 등의 시스템 관리를 하는 것이었습니다. 35층 빌딩이지만 "아직 엘리베이터가 설치되지 않아 꼭대기까지 걸어서 가야 돼"라고 했습니다. 책상에서 일하는 것보다 몸을 움직이는 일을 더 좋아하는 사람이었습니다.

집에 돌아오면 맥주를 마시면서 일 이야기를 해주었습니다. 저는 회사 이야기를 듣는 것이 가장 재미있었습니다. 동료의 이야기라든지, 여러 가지 이야기를 해주었습니다. '이런 인간이 있는데 어떻게 하면 좋을까' 라고 말이죠.

남편은 평소에는 잘 웃기기도 하지만 여차하면 '자, 덤벼라' 하는 적극적인 타입으로 바뀝니다. 일이든 무엇이든 진지한 자세로 금방 집중합니다. 그래서 저도 안심하고 의지했죠.

—스키 말고 남편에게는 어떤 취미가 있었습니까?

말해도 괜찮을까 몰라, 파칭코예요(웃음). 바쁠 때도 억지로 시간을 내 가는 것 같았습니다. 잘 따는 편이냐고요? 그건 저도 잘 모릅니다. 아마 스트레스를 해소하기 위해서였을 겁니다. 주말에는 집에서 잠을 자든지 파칭코하러 가든지 했어요. 여행을 간 적은 없습니다. 여행은 싫어했어요. 스키 타러 가는 거라면 좋아했지만 관광여행 같은 건 싫어했습니다. 휴일에는 집에서 빈둥거리는 걸 더 좋아하는 사람이었습니다.

만들어준 음식은 가리지 않고 먹었습니다. 특히 좋아하는 음식이라면…… 그래요, 감자 샐러드. 이상하지요. 감자 샐러드라면 아이들이 좋아하고 성인 남자는 별로 좋아하지 않잖아요. 아무튼 감자 샐러드를 무척 좋아했고 그것을 만들어놓으면 잘 먹었습니다. 저도 요리하는 건 좋아합니다. 솜씨가 좋은지 어떤지는 잘 모르지만 식성이 좋아서인지 제가 만든 것이라면 즐겁게 먹어주었습니다. 그러나 아무리 먹어도 살은 찌지 않았습니다. 그런 체질이었어요. 결혼해서 오히려 체중이 줄 정도였으니까요. 키 165센티미터에 몸무게는 50킬로그램이 될까 말까 하는 정도였습니다. 스키를 해서 근육이 꽤 붙었지만 그래도 마른 편이었습니다. "설마 집에서 제대로 안 먹여서 그렇다고 생각하는 건 아니겠지" 하고 제가 농담을 하기도 했어요.

우리는 아이를 빨리 가지고 싶었습니다. 세 명 정도면 좋겠다고 생각했어요. 특히 저는 외동딸이었기 때문에 아이가 많길 원했죠. 제가 임신했다고 하자 좋아하는 것 같았습니다. 수줍음을 잘 타는 사람이라 얼굴에는 나타나지 않았지만…… 실은 딸 이름은 벌써 지어놓았습니다. 그 이름이 꿈에 나왔거든요. 꿈속에서 아이가 마구 달려갔습니다. 그애를 제가 뒤쫓아가면서 계속 이름을 불렀습니다. 저는 그 이름이 생각나지 않았는데 남편이 제 잠꼬대를 들었더군요. 제가 "아스카, 아스카"라고 외치더라고 했습니다. 그럼 그 이름으로 하자고 정했습니다. 전 별로 꿈을 꾸지 않는 편이에요. 더구나 확실히 기억하는 꿈은 정말 드물었어요.

싸움은 거의 하지 않았지만 임신했을 때는 제가 괜히 신경질을 부리곤 했습니다. 별것도 아닌 일로 따지면서 그를 괴롭혔습니다. 그러나 그는 대수롭지 않게 받아넘길 뿐이었습니다. 그릇이 다르다고 느꼈습니다. 한아름 정도 달랐어요. 그래서 처음부터 아예 싸움이 안 되는 겁니다. 결국 웃어버리는 경우가 많았으니까요. 무척 상낭한 사람이었습니다. 죽기 전에는 더 그랬던 것 같습니다.

회사에서 돌아와 식사 준비가 잘 돼 있지 않아도 화내지 않았습니다. "괜찮아, 근처에서 뭘 좀 사올게" 하고 말했습니다. 회사 사람에게 임신한 아내의 심리와 대처방법에 대해 물어본 것 같았습니다. 나름대로 신경을 쓰고 있었던 겁니다. 그리고 제가 입덧 때문에 샌드위치와 그레이프프루트 젤리 정도밖에 먹을 수 없던 시기가 있었는데, 언제나 회사에서 돌아오는 길에 그것을 사다주었습니다. 전화를 걸어 "사갈까" 하고 물었죠.

사건이 있었던 3월 20일 전날 일요일에 둘이서 함께 장을 보러 갔습니다. 평소 때는 전혀 안 그러는 사람이었습니다.

그래요, 사실은 그전 금요일에 남편은 회사를 쉬었습니다. 아마 피곤했기 때문이었겠지요. 아침에 일어나 "오늘은 회사에 가기 싫어"라고 말했습니다. 저도 옆에 있어주길 바랐기 때문에 "그럼 회사에 전화를 걸어 쉰다고 하면 되잖아"라고 말했습니다. "집사람의 몸이 안 좋아서"라고 말했던 것 같습니다. 금요일은 하루 종일 푹 잤습니다. 그러나 토요일에는 피치 못할 볼일이 있어 오후에 잠깐 회사에 나갔습니다. 그리고 다음 날 일요일 오후에 함께 장을 보러 나간 것입니다. 그날 아침은 비가 내려서 점심때까지 푹 잤습니다. 오후부터 비가 멈춰 제가 장 보러 가자고 했더니 평소와 달리 "좋아"라며 따라왔습니다.

아이의 옷이나 기저귀를 빨 세제를 사러 간 거였어요. 그때는 벌써 배가 불러 걷기에도 괴로웠지만 너무 살이 쪘다고 늘 "움직여, 움직여!" 했거든요.

그래서 장을 보고 집에 돌아온 후 파칭코에 갔다오라며 군자금을 건네주었습니다. 2천 엔 정도였나…… 큰돈은 아니었지만. 그날은 흔쾌히 보내주었습니다. 평소에는 "또 파칭코야?" 하고 투정을 부렸지만요. 그날은 다녀오라며 기분 좋게 보냈어요.

그러나 그렇게 자비를 베푼 날은 잘 안 되고 몰래 숨어서 하면 성적이 좋은가봅니다. 돌아왔기에 "어땠어?" 했더니 "꽝이야" 하더군요. 그날은 아마 5시 정도부터 7시인가 7시 30분 정도까지 파칭코를 한 것 같습니다. 그리고 둘이서 밥을 먹는데 "자, 내일은 회사 가야지" 하고 힘이 넘치는 모습이었습니다. 금요일에 쉰데다 4월 1일에 사옥이 완성되니까 계속 쉴 수는 없었습니다. 그리고 그날 월요일에는 환영회 같은 것도 있어서 은근히 기다리는 것 같았습니다.

도라노몬의 사옥까지는 히비야 선 가스미가세키 역에서 내려서 갔던 모양입니다. 출구로 보면 도라노몬 역보다는 가스미가세키 역 쪽이 가깝다고 했습니다. 아침에는 대충 7시에 일어나 7시 30분에 집을 나갔습니다.

저는 그날 5시 30분 정도에 일어났습니다. 평소에는 아침을 짓지 않지만 전에 남편이 "가끔은 밥을 지어놓고 부드럽게 깨워줬으면 좋겠어" 라던 말이 생각나서요. 제게 응석을 부린 거죠. 그래서 아침을 지어야겠다고 애써 일찍 일어났습니다. 그날따라 웬일인지 굉장히 어리광을 부리더군요.

저는 배도 불렀고 아침잠도 많아 아침을 거의 짓지 않았습니다. 남편도 아침잠이 많아 언제나 아슬아슬한 시간에 일어나 서둘러 나갔습니다. 도중에 어딘가에서 가볍게 먹는 듯했습니다. 그러나 그날은 자명종 시계를 두 개나 머리맡에 두고 자다가 정확히 일어나 토스트와 달걀프라이와 커피를 만들어주었죠. 정말 좋아했습니다. "와, 아침밥이다!" 하고 소리치며 기뻐했어요.

무슨 예감 같은 것이 있었는지도 모릅니다. 아침을 준비해달라는 말 외에도 "만약 내가 없더라도 너 혼자 힘을 내서 살아야 해"라는 말도 했습니다. 불쑥 아무 상관 없이 그런 말을 했습니다. 그래서 깜짝 놀라 "왜 그런 말을 해?" 하고 물었습니다. 앞으로 새로운 직장에서 자신의 근무 시간이 이틀 숙직하고 사흘 쉬는 교대제 패턴으로 바뀌기 때문에, 집에 돌아오지 못하는 날도 생길 테니 자신이 없는 동안 힘을 내라는 말을 하고 싶었던 거였죠. 자기가 없을 때 아기가 감기에 걸리거나 하면 나 혼자서 전부 처리해야 한다는 것입니다.

그 대신 이틀 숙직하면 사흘을 쉬기 때문에 그때는 아기와 느긋하게 놀 수 있다고 기대하고 있었습니다. 그 때문에라도 운전면허를 따러 가야겠다고 했고요.

집을 나선 것은 7시 33분경이었습니다. 기타센주 발 37분 히비야선 전철을 탔을 것입니다. 남편을 배웅하고 그릇을 정리하고, 조금 꾸벅꾸벅 졸다가 텔레비전을 켜서 와이드쇼를 보았습니다. 그랬더니 텔레비전 자막에서 '히비야 선 쓰키지 역이 어쩌고저쩌고……' 하는 내용이 나왔습니다. 저는 남편이 마루노우치 선으로 갔기 때문에 관계없다고, 괜찮을 거라고 생각했습니다. 히비야 선을 탔다고는 생각지도 못했습니다.

9시 30분이 되어 회사에서 전화가 왔습니다. "사고를 당한 것 같습니다. 또 전화하겠습니다"라고요. 그리고 십 분 정도 있다가 병원으로 옮겼다는 전화가 왔습니다. "나카지마 병원인데 약도를 팩스로 보낼 테니 병원으로 연락하십시오." 그래서 병원에 전화를 걸었지만 상대방도 정신이 없는지 "그럴 형편이 아닙니다. 누가 어디에 있는지 모릅니다"라고 말했습니다. 전화를 끊고 계속 연락을 기다리고 있었습니다.

전화가 온 것은 10시 전이었습니다. 위독하니까 곧 병원으로 와달라는 내용이었어요. 준비하고 나가려는데 또 전화가 걸려왔습니다. "방금 운명하셨습니다"라고요. 아마 남편의 상사였던 것 같습니다. 그 상사가 병원에서 남편을 지켰던 것입니다. 우선 정신을 똑바로 차리라고 하더군요. "부인, 마음을 굳게 가지세요"라고도요. 사택 경비에게 남편이 사건에 휘말린 것 같아 나간다고 말했습니다.

집을 나서긴 했지만 장소를 몰랐습니다. 당황해서 어느 전차를 타야 할지를 몰랐습니다. 히비야 선도 마루노우치 선도 모두 정지해 있었던 것입니다. 역의 택시 정거장에 갔더니 오십 명 정도의 사람이 이미 줄을 서고 있었습니다. 이쪽은 안 되겠다 싶어 사택에 있는 택시 회사까지 뛰어갔지만 차는 모두 다 나가고 없었습니다. 회사 사람이 무선으로 불렀지만 좀처럼 오지 않았습니다. 그때 부근의 건널목에 빈 택시가 한 대 서 있었습니다. 택시회사 사람이 "부인, 저쪽에 한 대 있습니다"라고 해서 재빨리 달려가 그 택시에 탔습니다.

유해는 경찰 쪽으로 옮겨졌다고 해서 경찰서로 갔습니다. 니혼바시에 있는 중앙경찰서. 택시로 기타센주에서 니혼바시까지 갔습니다. 고속도로는 사고로 혼잡했어요. 10시 10분에 기타센주에서 출발해, 경찰에 도착했을 때는 11시 30분 정도였습니다. 택시 안에서 남편의 이름을 들었어요. '사망자'라고요. 죽었다는 것은 벌써 알고 있었지만…… 운전사도 계속 뉴스를 들었습니다. "죽은 사람이 내 남편이에요"라고 했더니 "라디오를 끌까요?" 하더군요. 저는 "아니요, 틀어놔주세요. 상황을 알고 싶으니까요"라고 말했습니다.

택시를 타고 있던 한 시간은 정말로 괴로웠습니다. 심장이 너무 크게 뛰어서 몸 밖으로 튀어나올 것 같은 느낌이었습니다. 이대로 아기라도 태어나면 어떻게 하나 생각했습니다. 그러나 얼굴을 확인할 때까지는 알 수 없는 일이라고 생각했습니다. 내 눈으로 얼굴을 볼 때까지는 믿을 수 없었습니다. '그런 일은 절대로 있을 수 없어, 사람을 착각했을지도 몰라.' '왜, 왜, 우리 남편이 죽어야 해.' 그런 생각만이 머릿속을 빙글빙글 돌았습니다. '울지 말자. 일단 확인하기까지는……' 하며 정신을 바짝 차렸습니다.

시신을 조사해야 한다는 이유로 1시 30분이 지나서야 시신을 볼 수 있었습니다. 그동안 경찰서 안에서 계속 기다렸죠. 전화가 쉴새 없이 울리고 모두 분주하게 이리저리 뛰어다녔어요. 굉장히 혼란스러웠습니다. JT의 상사와 경찰이 사정을 설명해주었지만, 그때까지는 아직도 자세한 상황을 모르고 있었습니다. 뭔가를 흡입하여 죽은 듯하다는 정도의 간단한 설명이었습니다.

저는 아버지에게 전화를 걸어 "무조건 빨리 오세요"라고 말했습니다. 아버지의 얼굴을 보자마자 마구 울었습니다. 남편의 집은 농가여서 날씨가 좋아 모두 밖에 나가 일하고 있었습니다. 그래서 좀처럼 연락이 닿지 않았습니다. JT의 상사가 끊임없이 전화를 걸어주셨지만 아무도 없었어요. 저는 빨리 시어머니를 만나고 싶었습니다. '어째서 내가 이런 곳에 있는 걸까' 라고 생각하면서 계속 거기에 앉아 있었습니다. 아무 말도 하지 않았습니다. 형사의 이야기를 단지 "네, 네" 하고 듣기만 하는 게 고작이었습니다.

남편과 대면한 것은 아래층 방에서였습니다. 2층부터가 경찰서고 1층에는 주차장과 함께 안치실이 있는데 거기서 대면했어요. 아주 작은 방이었습니다. 반 평 정도의 넓이밖에 되지 않았습니다. 거기에 남편이 누워 있었습니다. 새하얀 천을 덮어쓰고요. 옷을 모두 벗긴 후에 그 천을 씌운 겁니다. "만져서는 안 됩니다"라고 말하더군요. 가까이 가서도 안 된다고 했어요. 뭔가가 묻어 있으니까 만지거나 가까이 가지 말라고.

안 된다고 말하기 전에 저는 이미 남편의 몸을 만졌습니다. 그랬더니 아직 따뜻했습니다. 입술을 꽉 깨문 듯 피가 밴 흔적이 있었습니다. 세게 물면 입술에 딱지 같은 것이 생기잖아요. 그런 것이 있었고, 귀도 코도 피가 난 듯이 딱지가 굳어 있었습니다. 눈은 감고 있었습니다. 괴로워 보이는 얼굴은 아니었습니다. 그러나 그런 상처와 피의 흔적을 보니 아프고 괴로웠을 것 같아서……

거기에는 오래 있을 수 없었습니다. 위험해서 안 된다고 말했습니다. 일 분 있었나. 아니, 일 분도 못 있었던 것 같습니다. "왜 죽은 거야? 왜 나를 남겨두고 간 거야?"라고 저는 말했습니다. 그러고는 울며 쓰러져버렸습니다.

시신은 4시 30분에 도쿄 대학 법의학과로 옮겨졌습니다. 아버지가 위로해주었지만 그런 말은 하나도 귀에 들어오지 않았습니다. 아무것도 할 수 없었습니다. 아무것도 생각할 수 없었습니다. 이제부터 어떻게 하나, 이제부터 어떻게 하나. 그런 생각뿐이었습니다.

다음 날, 도쿄 대학에서 마지막 이별을 했습니다. 그때도 못 만지게 했습니다. 우에다에서 온 시어머니도 만지지 못해서 "만져보고 싶어, 만져보고 싶어" 하셨어요. 정말 만져보고 싶었을 겁니다. 그러나 만지지 못하게 해서 단지 바라만 보았죠. 이런 삭막한 곳에서 하룻밤을 잤구나 하고 생각했습니다. 차라리 경찰서가 더 나았다고요. 시부모님은 우에다에서부터 먼 길을 오셨는데 경찰서에서 남편의 유해를 대면할 수 없다고 하니 무척 애를 태우셨을 거예요.

남편의 유해는 남편의 형과 함께 차로, 시부모님과 숙부와 우리 아버지는 전차로 각각 우에다로 돌아갔습니다. 전차 속에서 에이지의 상냥한 모습을 떠올리며 내내 울었습니다.

'마음을 굳게 먹어야 해' 라고 저는 스스로를 타일렀습니다. 장례식이 끝나고 난 뒤에는 어떻게 되든 장례식이 끝날 때까지는 눈을 부릅떴습니다. 시부모님도 저렇게 기운을 내고 있으니까 나도 참아야 한다고. 나약하게 울면 부처님이 좋아하지 않을 거라고. 그러나 소용없었습니다. 아무 소용 없었습니다. 울면 안 된다는 걸 알면서도……

배 속에서 아기가 움직였습니다. 울거나 하면 꿈틀대며 움직였습니다. 장례식 후 불룩한 배가 아래로 내려가기 시작해서 주위 사람들이 무척 걱정했습니다. 조산하는 게 아닌가 하고요. 쇼크를 받으면 빨리 태어나기도 하니까요.

불단에 두는 작은 사진이 있잖아요. 그것을 분만실 머리맡에 두고 "으으, 힘을 내야지!" 하고 외쳤습니다. 산부인과에서 함께 분만실에 있던 여자의 남편은 요코하마에 있어 그때 올 수 없었습니다. 만약 그 사람의 남편을 보았더라면 괴로웠을 겁니다. 허전하고 외로웠을 겁니다. 부럽기도 했을 거고요. 그러나 그 사람도 혼자여서 저도 용기를 냈습니다. 시어머니와 남편 친구의 어머니들도 곁에서 힘을 북돋아주었습니다.

열세 시간 걸렸습니다. "그 정도는 보통이에요"라고 해서 '아니 이게 보통이라니?'라고 생각했습니다(웃음). 체중은 3.4킬로그램. 예상보다 무거웠습니다. 낳을 때는 너무 힘들어서 남편을 까맣게 잊어버렸습니다. 정신을 잃을 뻔했는데 시어머니께서 분만실까지 들어와서 뺨을 찰싹찰싹 때리며 "힘내!"라고 말해주신 것 같았습니다. 실신하면 안 되니까 때린 거죠. 저는 아무것도 기억할 수 없지만 낳은 다음에는 '피곤해' '무사히 태어났어' '빨리 자고 싶어'라는 생각뿐이었습니다. 보통은 '아, 다행이다'라든지 '불쌍한 아기'라고 생각하겠지만 그렇지 않았어요. 어쨌든 무사히 낳아야 한다고 생각했습니다. 조산해서는 안 돼, 만약 무슨 일이 있으면 안 돼, 하고 긴장한 때문인지, 아기를 낳은 뒤에는 완전히 맥이 빠지고 말았습니다.

저는 산후 회복이 늦어서 시어머니한테 폐를 많이 끼쳤습니다. 세탁 말고는 전부 다 해주셨습니다. 아스카도 잘 돌봐주셨고, 달래주기도 하셨습니다. 우리집에는 어머니도 없었기에 아버지 혼자서 어떻게 해야 할지 몰랐습니다. "그렇다면 우리집에 오렴" 하고 말씀해주셨습니다. 시어머니도 형님도 아이 기르기에 베테랑이라 마음이 놓였습니다. 혼자서 길렀더라면 육아 노이로제에 걸렸을지도 몰라요. 대가족이란 참 좋다고 생각했습니다. 저를 포함해 모두 아홉 명이나 되거든요.

형님에게는 아이가 둘 있어서(저와 같은 시기에 마침 셋째를 출산하였습니다), 제가 훌쩍훌쩍 울고 있으면 그 아이들이 와서 "작은 엄마 괜찮아?" 라고 말하는 겁니다. "에이지 삼촌, 죽었지" 라고요. 아이들이 있으니까 그렇게까지 울 수가 없었습니다. 정말 힘이 되어주었습니다.

요코하마에 돌아온 것은 그해 9월이었습니다. 반년 정도 남편의 집에 있었습니다. 내 집 같은 기분이었습니다(웃음). 지금도 자주 가지만 갈 때마다 즐거워요. 모두 따뜻하게 맞아주고, 남편의 묘도 그곳에 있으니까요.

사건 후 일 년이 지나 조금 마음의 정리가 된 듯한 기분입니다. 이젠 남편이 없다는 사실을 점점 뚜렷이 인식하게 되었습니다. 그 전까지는 아직도 뭔가…… 남편은 미국에 출장을 자주 갔기 때문에 이삼 개월 집을 비운 적이 많았습니다. 그래서 없어도 당연하다고 느끼는 부분이 있었기 때문에 죽은 뒤에도 '아, 출장 갔지' 라고 생각한 적도 많았습니다. 일 년 정도 계속 그랬습니다. 나는 출산 때문에 고향에 와 있는 거라고 생각하거나 갑자기 "다녀왔어" 하면서 나타나지 않을까 하는 기대도 합니다. 때로는 자리에서 벌떡 일어나 '아, 그이는 출장 갔지' 라고 생각하기도 하고요. 한참 생각하다가 위패를 보고는 '아, 그렇지. 그이는 죽었어' 라고 퍼뜩 정신을 차립니다. 알면서도 아직도 왠지 받아들일 수 없는 부분이 있습니다. 현실과 공상이 뒤섞여 있는 듯한 기분입니다. 그이가 돌아올 거라는 생각을 하며 성묘를 하는 그런 모순된 느낌입니다. 그러나 일 년이 지나 그가 죽고 없다는 것을 확실히 느끼게 되었습니다.

그건 정말 괴로웠습니다. 밖에 나갔다가 아버지가 아이를 목말 태우는 것을 보거나 하면 참을 수 없었습니다. 정말 참을 수 없었습니다. 젊은 부부의 대화를 듣거나 하면 고개를 돌리고 싶어집니다. 그 자리에서 사라지고 싶은 심정이에요. 그러나 다른 사람을 원망해서는 안 된다고 끊임없이 스스로 타일렀습니다. 그래서 지금은 태연해졌습니다. 다른 아버지가 아이를 달래는 것을 봐도 마음이 쓰이지 않게 되었습니다.

신문에 저에 대한 기사가 실렸지만 중요한 것은 하나도 적혀 있지 않았습니다.

조금 사정이 있어 텔레비전에도 한 번 나갔습니다. 거기 나간 다음에 방송국 사람이 "반향이 대단합니다" "편지가 많이 옵니다"라고 말했지만 저한테는 한 장도 보내주지 않았어요. 엉터리라고 생각했습니다(웃음). 텔레비전에는 이제 나가고 싶지 않습니다. 절대로 나가지 않을 겁니다. 진실을 전하지 않는걸요. 진실을 전해주길 바랐는데, 방송국은 자신들 형편에 좋은 것만 방송했습니다. 제가 정말 말하고 싶은 부분은 전하지 않았습니다.

예를 들면 사카모토 변호사가 실종되었을 때, 가나가와 현 경찰이 좀더 적극적으로 조사를 했다면 지하철 사린사건 따위는 일어나지 않았을 겁니다. 그렇게 많은 희생자를 내지 않았을 겁니다. 저는 그런 말을 했습니다. 그런데 전부 잘라내버렸습니다. 이유를 묻자, 그런 것을 방송하면 압력이 들어오기 때문이라고 했죠. 그것은 신문도 잡지도 마찬가지였습니다.

우에다로 관을 옮길 때도 텔레비전 방송국 사람과 카메라맨이 기다리고 있었습니다. 우리 사정은 조금도 생각해주지 않았어요. 정말 제멋대로라고 생각했습니다. 가만 내버려두기라도 하면 좋을 텐데……

혼모쿠로 돌아오자 사람들이 모두 저를 알아보고 길을 걸어가면 뒤에서 수군대며 손가락으로 가리켰습니다. '저기 저 사람, 그 사린 사건으로 남편을 잃었어' 라고요. 그것이 마음을 아프게 찔렀습니다. 등으로 그런 느낌이 전해져오는 겁니다. 도저히 견딜 수 없어 이사했습니다.

제가 처음으로 검찰청에 사건에 관한 개요를 들으러 갔을 때, 남편을 도와준 사람과 데리고 온 사람의 증언을 들었습니다. 지하철 직원도 증언했습니다. "남편이 죽을 때의 상태를 알고 싶습니까?" 라고 검사가 묻기에 "물론입니다" 하고 대답했습니다. 그들의 이야기를 듣고 '아니…… 그이가 그렇게 괴로워하며 죽었단 말인가?' 라고 생각했습니다. 그렇다면 상대에게도 똑같은 고통을 주고 싶었습니다. '왜 이렇게 질질 끌며 죽이지 않는지', 늘 그런 생각을 합니다. 하루라도 빨리 극형에 처하길 바랍니다. 재판을 보면 정말 화가 치밉니다. 남편은 도대체 무엇 때문에 살해되었을까요. 남편과 저와 아이의 미래를 망친 이 억울함을 어디에다 하소연하면 좋을지……

솔직히 아사하라는 제 손으로 죽이고 싶습니다. 만일 가능하다면 조금씩 천천히 죽이고 싶습니다. 히비야 선의 실행범인 하야시도 아직 잡히지 않았죠. 전 진실을 알고 싶습니다. 한시라도 빨리……

희생자가 거기에서 얼마나 괴로워하며 죽었는지, 매스컴은 조금도 보도해주지 않았습니다. 그런 사실은 조금도 알려지지 않았습니다. 마쓰모토 사린사건 때는 약간 보도되었지만, 지하철 사린사건에 대해서는 이상하게도 그러지 않습니다. 그래서 갑자기 픽 쓰러져 그대로 죽었을 것이라고 생각하는 사람이 많을 거예요. 신문기사도 이거나 저거나 모두 마찬가지죠. 저도 검찰청에 가서 검사가 읽는 조서를 통해서야 비로소 남편이 굉장히 괴로워하다가 죽었다는 사실을 알았습니다. 저는 사람들에게 진실을 알리고 싶습니다. 사람들은 그것을 모르고 있습니다. 어떤 마음으로 죽었는지. 얼마나 허망한 마음으로 죽어갔는지를……

결국 남의 일이 되어버리는 거죠. 저도 당사자가 아니었다면 그렇게 생각했을 겁니다. 그건 다른 사람 일이라고요.

역시 아이가 저를 기쁘게 해줍니다. 처음 말을 했을 때도 그랬고. 조그만 몸짓이나 음식 취향이 비슷한 것도 그래요. 아스카에게 "아빠는 이런 사람이었어"라고 늘 말해줍니다. 알아듣는지 어떤지는 모르겠지만 어쨌든 이야기합니다. 제가 가르쳐주지 않으면 아빠에 대해서 아무것도 모를 테니까요. 아스카에게 "아빠는 어디 있니?"라고 물으면 불단 위의 사진을 가리키며 "아빠, 아빠"라고 말합니다. 자기 전에도 아빠 사진에 인사를 합니다. 머리를 발끝까지 깊게 숙입니다. 그것을 보고 있노라면 가여워서 저도 모르게 눈물이 나옵니다.

비디오테이프가 약간 남아 있습니다. 스키 여행이나 신혼여행 때 찍은 것입니다. 거기에는 음성도 들어 있으니까 조금 더 크면 보여주려고 해요. 그래요, 비디오를 찍어놓길 정말 잘했다고 생각합니다. 저도 점점 그이의 얼굴 윤곽 등이 생각나지 않습니다. 그 사람은 눈썹뼈가 튀어나온 것이 특징입니다. 처음에는 이렇게 손으로 그려보면 또렷이 기억해낼 수 있었습니다. 그게 점점 희미해져서……

미안합니다. 왠지……

왠지…… 몸이 없으면…… 혈육이라도 기억이 흐릿해져요. 몸이 없으면요……

아스카에게도 스키를 가르치려고 합니다. 남편도 아이에게 스키를 가르치겠다고 입버릇처럼 말하곤 했으니까요. 남편이 입었던 옷을 입고 이 아이에게 스키를 가르쳐주고 싶습니다. 저와 남편은 체격이 비슷해서 부부 겸용으로 입을 수 있었습니다. 그래요, 올 시즌부터 가고 싶습니다. 남편이 제일 하고 싶었던 것을 제가 대신하고 싶어요……

아이가 어느 정도 크면 직업을 가질 생각입니다. 지금은 아버지의 수입도 있어서 충분하지만, 만약 무슨 일이 있어 우리 둘만 남게 되면…… 저도 아이만 바라보고 살다가는 돌아가신 어머니같이 될 것 같습니다. 그러면 아이도 답답해할 테죠. 이 아이가 초등학교에 입학하면 저도 어떻게 살아야 할지 결정할 생각입니다.

지표 없는 악몽

—우리는 어디로 가려 하는가?

무라카미 하루키

(1) 3월 20일 아침 도쿄의 지하에서 무슨 일이 일어났는가?

1995년 3월 20일 아침, 필자(무라카미)는 가나가와 현 오이소의 집에 있었다. 당시는 미국 매사추세츠 주에 살고 있었지만 내가 소속된 대학이 봄방학을 맞아 일시 귀국해 있었던 것이다. 이 주일 정도의 짧은 일정이었다. 집에는 텔레비전도 라디오도 없어서 도쿄에서 무슨 사건이 벌어지고 있는지 전혀 알 수 없었다. 방에서 음악을 들으면서 느긋하게 책 정리를 하고 있었다. 구름 한 점 없이 포근하고 기분 좋은 아침이었다. 그것을 또렷이 기억하고 있다.

오전 10시경에 매스컴 관계 일을 하는 지인에게서 전화가 왔다. "지하철에서 이상한 사건이 일어나서 많은 피해자가 발생했습니다. 독가스입니다. 이건 틀림없이 옴진리교의 소행이니 당분간 도쿄로 나오지 않는 게 좋을 것 같아요. 그놈들은 정말 위험하니까요" 하고 그는 긴장한 목소리로 말했다.

그때는 도대체 무슨 말을 하는 건지 도무지 알 수 없었다. 지하철에 독가스? 옴진리교? 오랫동안 일본을 떠나 생활한 탓에 여러 가지 정보가 잘 연결되지 않았다. 그해 정월 초하루 〈요미우리 신문〉의 특종 기사도 모르고 있었고(가미쿠이시키무라에서 사린 잔유물이 검출된 일), 마쓰모토 사린가스 사건이 옴진리교와 관련이 있다는 사실도 몰랐다. 옴진리교 교단이 범죄와 연관된 몇 가지 문제를 일으키면서 화제가 되고 있다는 사실도 몰랐다.

지금 와서 생각해보면 그 시점에서 적어도 매스컴 관계자들은 옴진리교 교단이 이런 대담한 테러 행위를 벌였다는 것을 딱히 부자연스럽게 생각지 않았음을 알 수 있다. 아무튼 그날은 도쿄로 나갈 생각도 없었기에 영문도 모른 채 "고마워요" 하고는 전화를 끊었다. 그리고 하던 책 정리를 계속했다. 사건의 놀라운 전모를 알게 된 것은 조금 뒤의 일이었다.

그것이 나의 3월 20일이었다.

그날 아침에 느꼈던 기묘한 당혹감, 또는 위화감은 공간이 뒤틀린 듯한 느낌으로 오랫동안 내 가슴에 남아 있었다. 내가 지하철 사린사건에 개인적으로 깊은 관심을 품게 된 것도 그 때문인지 모른다.

사건 후 한동안 각종 매스컴에는 지하철 사린사건과 옴진리교와 관련된 뉴스가 넘쳐났다. 텔레비전은 아침부터 밤까지 그에 관련된 정보를 거의 논스톱으로 흘려보내고 있었다. 신문, 각종 잡지, 주간지는 방대한 양의 페이지를 사건에 할애했다.

그러나 내가 알고 싶은 것은 거기에서 찾아볼 수 없었다.

1995년 3월 20일 아침에, 도쿄의 지하에서 정말로 무슨 일이 벌어졌는가?

그것이 바로 내가 품은 의문이었다. 아주 간단한 의문이다.

더 구체적으로 말하자면 '그때 지하철 안에 있던 사람들은 거기서 무엇을 보고, 어떤 행동을 하고, 무엇을 느끼고, 생각했는가?'라는 것이다. 나는 그것을 알고 싶었다. 가능하다면 승객 한 사람 한 사람에 관한 상세한 것까지, 심장의 고동에서 숨결의 리듬까지 구체적으로 극명하게 알고 싶었다. 지극히 평범한 시민(그것은 나일 수도 있었고 당신일 수도 있었다)이 도쿄의 지하에서 이런 생각지도 않은 기묘한 사건에 갑자기 휘말려들었을 때, 과연 어떤 일이 벌어질까?

그러나 이상하게도 (또는 그리 이상한 일도 아니겠지만) 내가 알고 싶어하는 것은 아무도 가르쳐주지 않았다.

왜 그럴까?

쓸데없는 장식만 걷어내버리면 매스미디어가 근거로 삼는 원리의 구조는 아주 간단하다고 할 수 있다. 그들에게 지하철 사건이란 요컨대 정의와 악, 제정신과 광기, 정상과 기형의 명백한 대립이었다.

사람들은 이 이상한 사건에 충격을 받고 입을 모아 말했다. "놈들은 정말 어처구니없는 일을 저질렀다. 이런 광기가 태연하게 자행되다니 도대체 이 나라는 어떻게 되어버린 건가. 경찰은 뭘 하고 있나. 아사하라는 무조건 사형이다."

그렇게 해서 사람들은 많든 적든 '정의' '제정신' '정상'이라는 커다란 승합마차에 올라탔다. 그것은 결코 어려운 일이 아니었다.

거기에는 상대성과 절대성이 한없이 근접하기 때문이다. 즉 아사하라 쇼코나 옴진리교 신자에 비하면, 또는 그들의 행위에 비하면 이 세상의 대다수 사람들은 분명한 '정의'이고 '제정신'이고 '정상'이라는 것이다. 이만큼 알기 쉬운 콘센서스(Consensus, 의견 일치)는 없다. 매스미디어는 하나같이 그 흐름을 타고 그 기세를 점점 가속시켰다.

이러한 거대한 흐름에 대항해 '범죄는 범죄로 단죄해야 마땅하지만 정의라든지 정상 같은 것은 또다른 문제다' 라고 주장하는 사람들도 개중에는 있었지만 대부분 여론의 공격 대상이 되어야 했다(그런 논의의 대부분은 부분적으로는 정론이었지만 보기에 따라서는 거만하고 계몽적이었다).

그러나 이같은 거대한 콘센서스의 흐름 끝에, 사건 발생 후 이 년이 지난 지금, 정의의 편에 선 우리는 커다란 승합마차에 몸을 싣고서 과연 어떤 곳에 와 있는 것일까? 우리는 그 충격적인 사건에서 무엇을 배우고 어떤 교훈을 얻었을까?

한 가지만은 명확하다. 약간 기묘한 '거북스러움과 께름칙함' 이 남았다는 것이다. 우리는 고개를 갸웃한다. 도대체 그것은 어디서 온 것일까. 그리고 우리의 대부분은 그 '거북스러움과 께름칙함' 을 잊기 위해 그 사건 자체를 과거라는 궤짝 속에 쓸어넣어버리려 하는 것 같다. 그리고 사건 그 자체의 의미를 '재판' 이라는 고정된 시스템 속에서 그럴듯하게 문장화해 제도 차원에서 처리해버리려는 것 같다.

물론 재판을 통해 많은 진실이 밝혀지는 것은 귀중한 일이다. 그러나 그 심리 과정에서 밝혀진 사실을 통합하고 피와 살로 바꾸어 내는 종합적인 시야를 가지지 못한다면, 모든 것은 무의미하게 세분화되고 범죄 가십으로 변해 그길로 역사의 어둠 속으로 사라져버리지 않을까. 도시에 내린 비가 대지를 적시지 못하고 하수구를 타고 그대로 바다로 흘러가버리듯이. 사법 시스템이 법률을 기초로 삼아 처리하고 심판할 수 있는 영역은 어디까지나 사건의 한 측면일 뿐이다. 모든 것이 재판 하나로 말끔히 정리되지는 않는다.

다시 말해 '옴진리교'와 '지하철 사린사건'이 우리 사회에 가져다준 커다란 충격은 아직도 유효하게 분석되지 않았고, 그 의미와 교훈은 아직 뚜렷한 윤곽이 드러나지 못한 것은 아닐까. 이 책을 끝내는 지금 나는 그런 의문을 품지 않을 수 없다. '요컨대 광적인 집단이 일으킨 예외적이며 무의미한 범죄 아닌가' 하며 사건을 간단히 정리해버리는 게 아닐까. 극단적인 말일지 모르지만 이 사건은 결국 네 컷 만화 같은 '웃음거리'로서, 기묘한 범죄 가십으로서, 또는 세대별로 수렴된 '도시전설'의 형태로만 의미를 가질 수밖에 없는 상황으로 나아가는 것이 아닌가 하는 생각마저 든다.

만일 그렇다면, 도대체 어디서부터 단추가 잘못 끼워진 것일까?

우리가 이 불행한 사건을 통해 진실로 무언가를 배우려고 한다면, 거기서 일어난 일을 다시 한번 다른 각도에서 다른 방식으로 철저히 분석하고 조사해야 할 때를 맞은 것이 아닐까. '옴진리교는 악이다' 라고 말하는 건 쉽다. 또한 '악과 정상은 다르다' 라는 것도 논리적으로는 간단하다. 그러나 아무리 그런 논리로 정면에서 파헤쳐본들 그것으로 '승합마차적 콘센서스' 의 주술을 풀기에는 역부족이 아닐까.

왜냐하면 그것은 이미 모든 장면에서 모든 방법으로 이용될 대로 이용되어버린 언어이기 때문이다. 다시 말해 벌써 제도화되어버린, 손때가 묻은 언어이기 때문이다. 이러한 제도의 틀 속에 있는 언어로 제도의 틀 속에 있는 상황과 고착된 정서를 뒤흔들거나 무너뜨린다는 것은 불가능하다고까지는 할 수 없어도, 무척 어려움이 따르는 작업이 될 것임은 분명하다고 나는 생각한다.

그렇다면 우리가 지금 필요로 하는 것은 아마도 새로운 방향에서 모색된 언어일 것이며, 그러한 언어로 말해야 할 완전히 새로운 이야기(이야기를 정화하기 위한 또다른 이야기)일지도 모른다.

(2) 나는 왜 옴진리교에서 눈을 돌렸을까?

새로운 언어나 이야기는 대체 어디에 있을까? 우리는 어디에 가면 그것들을 찾을 수 있을까?

앞에서도 말했듯이 이 사건을 보도하는 매스컴의 기본 자세는 '피해자=무구한 존재=정의'라는 '이쪽'과, '가해자=더럽혀진 존재=악'이라는 '저쪽'을 대립시키는 것이었다. 그리고 '이쪽'의 포지션을 전제조건으로 고정시켜두고 그것을 이른바 지렛대의 받침점으로 삼아 '저쪽'의 행위와 논리의 왜곡을 철저하게 세분화하고 분석해가는 것이었다.

이러한 상호 유통성이 결여된 모멘트가 도달하는 곳은 항상 축소되고 패턴화된 논리이며, 혼탁함이 초래하는 무감각이다.

사건 발생 후 얼마쯤 시간이 경과한 후 나는 막연하게나마 이런 생각을 품게 되었다. 이 지하철 사린사건의 실상을 이해하기 위해서는 사건을 일으킨 '저쪽'의 논리와 시스템을 철저하게 추적하고 분석하는 것만으로는 부족하지 않을까. 물론 그것은 중요하고 유익한 일이지만, 그와 동시에 똑같은 작업을 '이쪽'의 논리와 시스템에도 병행하는 작업이 필요하지 않을까. '저쪽'이 던진 수수께끼를 해명하기 위한 열쇠는 (또는 열쇠의 일부는) 혹시 '이쪽' 지역의 지하에 감추어져 있는 것은 아닐까?

즉 옴진리교라는 '존재'를 순수하게 타인의 일로, 이해할 수 없는 기형적인 것으로 보고, 건너편에서 망원경으로 바라보기만 해서는 우리는 아무것도 얻을 수 없다는 것이다. 설령 그렇게 생각하는 것 자체가 약간의 불쾌감을 동반한다 해도 자기 자신이라는 시스템 속에, 또는 자신이 속한 시스템 속에 어느 정도 포함되어 있을지도 모른다고 생각하며 그 '존재'를 검증하는 것이 중요하지 않을까. 우리의 '이쪽' 영역에 묻혀 있는 그 열쇠를 발견하지 못하면 모든 것은 끝없이 '건너편'에 귀속될 것이며, 거기에 내재되어 있을 의미는 육안으로 식별할 수 없을 정도로 극소화돼버리지 않을까?

그렇게 생각하게 된 데에는 하나의 이유가 있다. 1990년 2월, 옴진리교 신도들이 중의원 선거에 대거 입후보했을 때의 일을 개인적으로 잘 기억하고 있기 때문이다. 나는 그때 마침 일본에 와 있었다. 아사하라는 당시 내가 살고 있던 지역(도쿄 도 시부야 구)을 포함한 선거구에 입후보했고, 여기저기서 그 괴이쩍은 선거전을 전개하고 있었다. 이상한 음악이 매일 선전차 스피커를 통해 울려나오고 코끼리 가면이나 아사하라 가면을 쓴 젊은 남녀가 하얀 옷을 입고 센다가야 역앞에 늘어서서 손을 흔들기도 하고 정체불명의 춤을 추기도 했다.

옴진리교라는 교단의 존재를 알게 된 것은 그때가 처음이었는데, 그런 선거 캠페인을 보는 순간 나도 모르게 눈길을 돌리고 말았다. 내가 가장 보고 싶지 않은 것 중 하나였기 때문이다. 주위 사람들도 나와 비슷한 표정을 지으며 신자들의 모습을 완전히 못 본 척하고 지나가는 듯했다. 그때 내가 느낀 감정은 엄청난 혐오감이었으며, 이해의 범위를 넘어선 불쾌함이었다. 그러나 그 혐오감이 도대체 어디서 나온 것인지, 왜 그런 광경이 나에게 '가장 보고 싶지 않은 것 중 하나인지'에 대해서는 깊이 생각해보지 않았다. 깊이 생각해야 할 만큼의 필요성을 느끼지 못한 것이다. '나와는 관계없는 일'이라 생각하고 그 광경을 재빨리 기억 속에서 지워버렸다.

같은 때 같은 광경에 직면했다면 아마도 열 명 중 여덟에서 아홉 명은 나와 같은 감정을 느끼고, 같은 행동을 하지 않았을까 상상한다. 즉 못 본 척하고 지나친 다음 더는 깊이 생각하지 않고 재빨리 잊어버리는 것이다(어쩌면 바이마르 시대의 독일 지식인도 히틀러를 처음 보았을 때 같은 반응을 보였을지도 모른다).

그러나 지금 와서 생각해보면 그건 참으로 이상한 일이다. 가두에 나와 선전활동을 벌이는 신흥종교, 신종교는 그 외에도 얼마든지 있다. 그렇지만 우리는 (적어도 나는) 별달리 그들에 대해 생리적인 혐오감 같은 것을 느끼지 않는다. '아, 하는구나' 하고 넘어가버린다. 감정의 흐트러짐도 없이 그대로 지나쳐버린다. 괴상하다는 점에서 보자면 머리를 빡빡 밀고 탬버린을 두들기면서 춤을 추는 하레 크리슈나도 마찬가지다. 그렇지만 나는 딱히 하레 크리슈나 사람들에게서 눈을 돌리거나 하지 않는다. 그렇지만 옴진리교에 대해서는 나도 모르게 눈길을 돌리지 않을 수 없었다. 마음이 흐트러지는 것을 어찌할 수 없었다.

왜일까?

하나의 가설이 있다. 그것은 옴진리교라는 '존재'가 실은 나에게 결코 남의 일이 아니었기 때문이 아닐까 하는 것이다. 그 '존재'는 우리가 예상도 하지 않았던 스타일로, 우리 자신의 뒤틀린 모습을 취함으로써 우리 목에 날카로운 가능성의 나이프를 들이밀었던 것은 아닐까? 우리는 하레 크리슈나나 다른 신종교를 처음부터 '관계없는 것'으로 (우리의 논리적 사고 시스템이 개입되기 전에) 처리해버린다. 그러나 옴진리교에 대해서는 왠지 그렇게 할 수 없었다. 우리는 그 존재(차림새나 춤이나 노래)를 애써 논리적 사고 시스템 속에서 의식적으로 배제해야 했다. 그 때문에 우리는 그들의 모습을 보고서 심란해했던 것이다.

심리학적으로 말하면(심리학이란 말은 여기 딱 한 번밖에 나오지 않으니 잠깐 참아주기 바란다), 우리가 무언가를 생리적으로 싫어하고 격한 혐오감을 가질 때, 그것은 사실 자기 이미지의 부정적 투영인 경우가 적지 않다. 그렇다면 센다가야 역 앞에서 옴진리교 신자의 모습을 보고 내가 품었던 압도적인 혐오감도 어쩌면 그 언저리에서 발생한 것이 아닐까? 나는 멈춰 서서 그 가능성에 대해 새삼 생각해보았다.

아니, 아무리 '나나 당신도 조금만 사정이 달랐더라면 옴진리교에 들어가 지하철에 사린을 뿌렸을지도 모른다'고 말하려는 것은 아니다. 그런 상황은 현실적으로 (즉 확률적으로) 거의 있을 수 없기 때문이다. 내가 말하고 싶은 것은 '우리가 애써 의식적으로 배제해야만 하는 것이 혹시 거기에 포함되어 있는 것은 아닐까' 라는 것이다.

이렇게 말하면 쓸데없는 오해를 살지도 모른다. 그러나 지금 말한 가설을 연장시켰을 때 도달하게 되는 엄청나게 넓은 운동장 한가운데서 나는 이런 생각을 한다. '이쪽' =일반시민의 논리와 시스템과, '저쪽' =옴진리교의 논리와 시스템은 서로를 비추는 일종의 거울상을 공유하고 있는 것은 아닐까.

물론 한쪽 거울 속의 상은 또다른 상에 비해 무척 어둡고 심하게 비뚤어져 있다. 볼록과 오목, 정과 부, 빛과 그림자가 뒤집혀 있다. 그러나 그 어둠과 뒤틀림을 제거해버리면 거기에 비치는 두 가지 상은 이상할 정도로 닮은 부분이 있고 몇 가지 점에서 호응하는 것처럼 보인다. 그것은 어떤 의미에서는 우리가 사물을 직시하는 것을 피하고, 의식적으로, 또는 무의식적으로 현실이라는 국면에서 끊임없이 배제하고 있는 자기 자신의 내적인 그림자 부분(언더그라운드)이 아닐까. 우리가 이 지하철 사린사건에 대해 마음 한구석에서 맛보고 있는 '꺼림칙함' 은 바로 그곳에서 소리도 없이 솟아오르는 것이 아닐까?

이렇게 간단히 말해버리면 독자 여러분은 아마 납득하지 못할 것이다. 저항감이 생길지도 모른다. 좀더 상세히 설명해보자.

거기에는 나의 자아와, 그것이 만들어내는 '이야기' 가 관련되어 있다.

(3) 양도되어버린 자아, 주어진 이야기

잡지 『세카이世界』 1996년 6월호에 오치 미치오 씨는 미국의 연쇄 폭탄 테러범인 유나바머에 관한 글을 쓰면서, 유나바머가 〈뉴욕 타임스〉에 게재한 긴 논문의 일부를 인용하고 있다. 여기 그대로 인용해본다.

> 시스템(고도관리사회)은 거기에 적합하지 않은 인간은 고통을 느끼게끔 개조한다. 시스템에 적합하지 않다는 것은 '질병'이며, 적합하게 만드는 것은 '치료'다. 이렇게 해서 개인은 자율적으로 목표를 달성할 수 있는 파워 프로세스를 파괴당하고, 시스템이 강요하는 타율적 파워 프로세스에 포함되었다. 자율적 파워 프로세스를 갈구하는 것은 시스템 내에서는 하나의 '질병'으로 치부되는 것이다.

유나바머의 우편 폭탄이라는 수단은 옴진리교가 실행한 도청 소포 폭탄사건의 수법과 호응하는데, 그런 점에서도 흥미로운 일이지만 일단 제쳐두자. 이 연속 폭파범 시어도어 카진스키(유나바머의 본명)의 말은 옴진리교단 사건과 매우 밀접한 연관성을 가지는 것으로 보인다.

여기서 카진스키가 말하고 있는 내용 자체는 기본적으로 정론이라고 본다. 우리를 포함해 기동하고 있는 사회 시스템은 많은 부분에서 개인의 자율적 파워 프로세스 획득을 억압하려 한다. 많건 적건 나도 그것을 느끼고 있고, 아마 당신도 정도의 차이는 있다 해도 그걸 느끼고 있을 것이다. 요컨대 '자기 자신의 가치를 내걸고 자유롭게 살고 싶어도 세상이 좀처럼 그것을 허용해주지 않는다'라는 것이다.

그리고 예를 들어 옴진리교에 귀의한 신자들의 눈으로 보면, 자신들이 자율적 파워 프로세스를 획득하고 확립하려 하는데 사회나 국가가 그것을 '반사회적 행위'라 단언하고 '질병'이라며 방해하는 것은 잘못된 일이며 절대로 용납할 수 없는 일인 것이다. 그래서 그들은 점점 반사회적 경향을 심화시켜나가게 된다.

그러나 카진스키가—의식적이든 무의식적이든—한 가지 놓치고 있는 점이 있다. 그것은 '개인의 자율적 파워 프로세스'라는 것은 본래 '타율적 파워 프로세스'의 거울상으로 생겨났다는 사실이다. 극단적으로 바꿔 말하자면, 전자는 후자의 레퍼런스에 지나지 않는다. 즉 외딴섬에서 태어나 부모도 없이 혼자 커나가지 않는 이상 순수한 '자율적 파워 프로세스' 따위는 어디에도 존재하지 않는다. 그렇다면 그 두 가지 힘은 마땅히 니고시에이션(협상)을 내포하는 관계에 놓여 있을 터이다. 그 둘은 음과 양처럼 자발적인 인력으로 서로를 끌어당기면서, 개개인의 세계 인식 속에서 소정의 위치를—아마도 시행착오를 거쳐—찾게 될 것이다. 그것을 '자아의 객체화'라 할 수도 있다. 그것이야말로 결국에는 인생의 진정한 이니시에이션이다. 그 작업을 달성하지 못한다는 것은 균형 있고 부드러운 자아의 발달이 어느 단계에서 어떤 이유로 방해받았기 때문이다. 그런 방해를 무시하고 '자율적 파워 프로세스'라는 딱딱한 논리만으로 넘어서려 할 때, 사회적 논리와 개인 사이에 물리적(법률적) 알력이 발생하게 된다.

내 개인적 생각을 피력하자면, 아사하라 쇼코라는 인물은 이 결정적으로 손상된 자아의 불균형을 하나의 한정된 (그러나 현실적으로 꽤 유효한) 시스템으로 확립하는 데 성공한 것 같다. 그가 종교가로서 어느 정도 수준에 도달했는지 나는 모른다. 종교가로서의 수준을 무엇으로 측정하면 좋을지도 잘 모른다. 그러나 그가 걸어온 인생 역정을 보면 그렇게 추론하지 않을 수 없다. 그는 그 개인적 결손을 피나는 노력을 통해 하나의 폐쇄회로 속에 가두어버렸다. 마치 『아라비안나이트』의 괴물이 병 속에 갇혀버렸듯이. 그리고 아사하라는 그 병에 '종교'라는 딱지를 붙였다. 또 그 폐쇄 시스템을 하나의 공유체험으로서, 또한 상품으로서 세상에 널리 퍼뜨린 것이다.

그러한 시스템을 확립하기에 이르기까지 아사하라 자신의 고뇌와 내적 갈등은 처참할 정도로 피에 얼룩진 것이었을 게 분명하다. 또한 거기에는 '깨달음'이나 어떤 '초일상적 가치의 획득' 도 있었을 게 분명하다. 그러한 격렬한 내적 지옥을 통과하지 않으면, 또한 어떤 종류의 비일상적 가치전환을 체험하지 않았더라면, 아사하라는 그렇게 강렬한 카리스마를 얻지 못했을 것이다. 원시종교라는 것은 어떻게 생각하면 늘 이러한 정신의 결손 부분이 발하는 특수한 오라에 호응하는 것일지도 모른다.

옴진리교에 귀의한 사람들 중 대부분은 아사하라가 수여한 '자율적 파워 프로세스' 를 획득하기 위해 자아라는 귀중한 개인자산을 아사하라 쇼코라는 '정신은행'의 대여금고에 열쇠째 맡겨버린 듯하다. 충실한 신자들은 자진해서 자유를 버리고, 재산을 버리고, 가족을 버리고, 세속적인 가치판단 기준(상식)을 버렸다. 정상적인 시민이라면 '무슨 그런 터무니없는 일이' 하고 어이없어할 것이다. 그러나 그들에게 그것은 어떤 의미로는 지극히 마음 편한 일이다. 왜냐하면 일단 누군가에게 맡겨버리기만 하면 일일이 혼자 고생해서 생각하며 자아를 컨트롤할 필요가 없기 때문이다.

아사하라 쇼코가 소유하는 '보다 거대하고 보다 깊고 균형이 깨진' 개인적 자아에 자신의 자아를 고스란히 동화시키고 연동시킴으로써 그들은 의사자율적 파워 프로세스를 부여받게 된다. 즉 '자율적 파워 프로세스 대 사회 시스템'이라는 대립 도식을 개인의 힘과 전략으로 돌파하는 것이 아니라, 대리 집행인 격인 아사하라에게 전권을 위임하는 것이다. 식당의 정식 메뉴처럼 "알아서 해주세요" 하고서.

그들은 카진스키가 정의하듯이 '자율적 파워 프로세스를 획득하기 위해 사회 시스템과 과감하게 싸우고 있었던' 것은 아니다. 실제로 싸우고 있었던 것은 아사하라 쇼코 단 한 사람이며, 많은 신자들은 싸움을 원하는 아사하라 쇼코의 자아 속에 말려들고 그에 동화되어 있었다. 그리고 신자들은 아사하라에게 일방적으로 마인드컨트롤이 되어 있었던 게 아니다. 순수하게 수동적인 피해자였던 건 아니다. 그들 스스로, 적극적으로 아사하라에게 컨트롤되기를 원하고 있었던 것이다. 마인드컨트롤이란 원하기만 하는 것도 아니고 주기만 하는 것만도 아니다. 그것은 '원하고 주는' 상호작용이다.

미국의 작가 러셀 뱅크스는 소설 『대륙 이동』에서 다음과 같이 말한다.

자아보다 큰 힘을 가진 것, 이를테면 역사, 신, 무의식에 자신을 내맡겼을 때, 사람은 아주 간단하게 눈앞에서 벌어지는 일들의 맥락을 잃어버린다. 한 편의 드라마여야 할 인생의 흐름이 끊겨버리는 것이다.

그렇다, 만일 당신이 자아를 잃는다면 그 순간 당신은 당신 자신의 일관된 이야기를 상실해버린다. 그러나 사람은 이야기 없이는 오랫동안 살아갈 수 없다. 이야기라는 것은 당신이 당신을 둘러싸고 있는 한정된 논리적 제도(또는 제도적 논리)를 초월하고, 타자와의 공시 체험에 중요한 비밀 열쇠이며 안전핀이기 때문이다.

이야기는 물론 그냥 '이야기'다. '이야기'는 논리도 윤리도 철학도 아니다. 그것은 당신이 꾸는 꿈이다. 당신은 어쩌면 느끼지 못하고 있을지도 모른다. 그러나 당신은 숨을 쉬는 것과 마찬가지로 끊임없이 그 '이야기'의 꿈을 꾸고 있다. 그 '이야기' 안에서 당신은 두 개의 얼굴을 가진 존재이다. 당신은 주체인 동시에 객체다. 당신은 종합인 동시에 부분이다. 당신은 실체인 동시에 그림자다. 당신은 이야기를 만드는 '메이커'인 동시에 그 이야기를 체험하는 '플레이어'다. 우리는 많건 적건 이러한 중층적인 설화성을 지님으로써, 이 세계에서 개체로서 느끼는 고독을 치유해가는 것이다.

그러나 당신은 (혹은 사람이라면 누구나) 고유의 자아를 가지지 못하면 고유의 이야기를 만들어낼 수 없다. 엔진 없이 차를 만들 수 없는 것과 마찬가지다. 물리적 실체가 없는 곳에 그림자가 없는 것과 마찬가지다. 그런데 당신은 지금 다른 누군가에게 자아를 양도

해버렸다. 그럼 당신은 과연 어떻게 하면 좋은가?

그럴 경우 당신은 타자로부터, 자아를 양도한 그 누군가로부터 새로운 이야기를 받아들이게 된다. 실체를 양도해버린 대가로 그림자를 받게 된다. 생각해보면 당연한 이치일지 모른다. 당신의 자아가 타자의 자아에 동화되어버리면, 당신의 이야기도 타자의 자아가 만들어내는 이야기의 문맥에 동화되지 않을 수 없다.

대체 어떤 이야기일까?

그것은 딱히 복잡하고 세련되고 그럴듯한 이야기일 필요는 없다. 문학적 향기도 필요 없다. 아니, 오히려 조잡하고 단순한 게 낫다. 나아가 가능하다면 정크junk인 게 좋을지도 모른다. 많은 사람들은 복잡한, '이럴 수도 있고 저럴 수도 있는' 종합적이고 중층적인—그리고 배반을 포함한—이야기를 받아들이는 것에 이미 지칠 대로 지쳐 있기 때문이다. 그런 표현의 다층에 자신의 몸을 둘 장소를 발견할 수 없기에, 사람들은 자진해서 자아를 던져버리는 것이다.

때문에 주어진 이야기는 하나의 '기호'처럼 단순한 것이면 충분하다. 전쟁에서 병사들에게 수여하는 훈장이 순금이 아니어도 되는 것과 마찬가지다. 훈장은 그것이 '훈장이다'라는 공통 인식이 받쳐주는 한 충분히 존재 이유가 있으므로 값싼 동으로 만들어도 아무 상관 없다.

아사하라 쇼코는 그런 정크로서의 이야기를 사람들에게 (다름아닌 그것을 갈구하는 사람들에게) 화끈하게, 또한 설득력 있게 내어줄 수 있었다. 그 자신의 세계 인식이 거의 정크로 이루어져 있었기 때문이다. 그것은 조잡하고 우스꽝스런 이야기였다. 외부자가 보면 실로 실소를 금치 못할 이야기다. 그러나 공정하게 말하자면 거기에는 딱 한 가지 일관된 것이 있다. 그것은 '무언가를 위해 피투성이가 되어 싸우는 공격적인 이야기였다' 라는 것이다.

그런 관점에서 보자면 아사하라는, 한정된 의미에서는, 현재라는 공기를 파악한 희대의 이야기꾼이었을지도 모른다. 그는 자신이 갖고 있는 아이디어나 이미지가 정크라는 인식을—의식적이었든 그렇지 않든—두려워하지 않았다. 그는 주위에 널려 있는 정크의 부품을 적극적으로 긁어모아(영화에서 ET가 주위에 널려 있는 잡동사니로 고향 행성과 교신할 장치를 조립하듯이), 거기서 하나의 흐름을 만들어낼 수 있었다. 그리고 그 흐름에는 아사하라 자신의 내적 고뇌가 짙게 반영되어 있었다. 또한 그 이야기가 품고 있는 결손성은 아사하라 자아가 끌어안고 있는 결손성이었다. 때문에 아사하라의 자아의 결손성에 자진해서 동화한 사람들에게 그 결손성은 이야기를 받아들이는 데 전혀 걸림돌이 되지 않았다. 오히려 플러스 요인으로 작용했다. 그러나 그 결손은 이윽고, 아마도 내재적 모멘트의 작용에 의해 치명적인 팩터로 오염되어간다. 대의로서의 무언가는 손쓸 수 없을 정도로 심각한 망상과 가상으로 변해간다. 도저히 돌이킬 수 없는 지점까지.

그것이 옴진리교='저쪽' 이 제시하는 이야기다. 바보 같다고 당신은 중얼거릴지 모른다. 확실히 바보 같다. 실제로 우리는 아사하라가 제시하는 황당무계한 정크 이야기를 비웃었다. 그런 이야기를 만들어낸 아사하라를 비웃고, 그런 이야기에 이끌린 신자들을 비웃었다. 꺼림칙한 비웃음이긴 했지만 적어도 웃어넘길 수는 있었다. 그건 됐다고 치자.

그러나 그에 대해 '이쪽'의 우리는 대체 어떤 유효한 이야기를 제시할 수 있을까? 아사하라의 황당무계한 이야기를 떨쳐버릴 수 있을 정도의 힘을 가진 이야기를, 서브 컬처 영역에서건 메인 컬처 영역에서건 과연 우리는 가지고 있을까?

이것은 꽤 커다란 명제다. 나는 소설가이고, 아시는 바처럼 소설가란 '이야기'를 직업적으로 말하는 사람이다. 때문에 그 명제는 나에게 크기 이상의 의미다. 말 그대로 머리 위에 매달려 있는 날카로운 칼날 같은 것이다. 그에 관해 나는 앞으로도 계속 신중하고 절실하게 생각해보아야 할 것이다. 그리고 나 자신의 '우주와의 교신장치'를 만들어야 한다고도 생각한다. 나 자신의 내적 정크와 결손성을 하나하나 절절하게 파악해야 한다고 본다. (이렇게 쓰고 보니, 놀랍게도 이것이야말로 바로 오랫동안 내가 소설가로서 하려 했던 일이 아닌가!)

그리고 당신(일단 이인칭을 사용하지만 물론 나도 거기에 포함된다)은 어떤가?

당신은 누군가(무언가)에게 자아의 일정한 부분을 제공하고 그 대가로서 '이야기'를 받아들이고 있지 않는가? 우리는 어떤 제도=시스템에 인격의 일부를 맡기고 있지는 않는가? 만약 그렇다면 그 제도는 언젠가 당신을 향해 어떤 '광기'를 요구하지 않을까? 당신의 '자율적 파워 프로세스'는 올바른 내적 합의점에 도달해 있는가? 당신이 지금 갖고 있는 이야기는 정말로 당신의 이야기일까? 당신이 꾸고 있는 꿈은 정말로 당신 자신의 꿈일까? 그것은 언제 어떤 악몽으로 변해버릴지 모르는 누군가의 꿈이 아닐까?

우리가 옴진리교와 지하철 사린사건에 대해 이상한 '꺼림칙함'을 버리지 못하는 것은, 그러한 무의식적인 의문이 실제로는 해소되지 않았기 때문은 아닐까? 나는 이런 생각을 도저히 떨쳐버릴 수가 없다.

(4) 기억에 대하여

머리말에도 썼듯이 이 책을 위한 취재는 사건 발생 후 거의 구 개월이 지난 시점에서 시작되어 일 년 구 개월 후까지 이어졌다.

때문에 어느 정도 냉각기간이 경과한 시점에서 이야기를 들은 셈인데, 사건 자체가 너무도 거대하고 충격적이었기 때문에 그것을 체험한 사람들(물론 그중 '우리의 취재에 응해준 사람들'에 한정되지만)의 기억은 아직 생생하게 살아 있었다. 그들 대부분은 지금까지 셀 수 없이 많이 그때의 체험담을 주위 사람들에게 들려주었다. '사건에 대해 아무에게도 말한 적이 없다'는 사람도 있었지만, 설령 외부를 향해 이야기하지 않았다 해도 그들은 많건 적건 각자의 방식으로 사건의 기억을 자신의 내부에서 확인하고 또한 객체화해왔을 것이다. 그렇기 때문에 사람들이 말하는 사건의 경위는 대부분 지극히 리얼하고, 그중 많은 것은 비주얼(정경적)이었다.

단, 그것은 어디까지나 기억이다.

때로 우리가 자기 자신의 기억을 얼마나 기묘하고 이상한 방법으로 다루고 있는지에 대해서는 독자 여러분도 적지 않은 경험이 있을 것이다. 어느 정신과 의사가 말했듯이 "인간의 기억이란 어디까지나 사건의 '개인적인 해석'에 지나지 않는다"라고 정의할 수 있다. 예를 들면 기억이라는 장치를 통해 우리는 때로 하나의 체험을 알기 쉽게 개편한다. 불편한 부분은 생략하고 앞뒤를 거꾸로 뒤집는다. 선명하지 않은 부분을 보완한다. 자신의 기억과 타자의 기억을 혼동하고 필요에 따라 바꿔넣는다. 그런 작업을 우리는 지극히 자연스럽게, 무의식적으로 행하고 만다.

극단적으로 말해 '우리는 자신의 체험에 대한 기억을 많건 적건 이야기화한다'라고 할 수 있을지도 모른다. 많고 적음의 차이는 있지만 이것은 인간 의식의 지극히 자연스런 기능이다(요컨대 우리 작가는 그것을 의식적으로, 직업적으로 행하는 셈이다). 그런 가능성은 어떤 형태의 '이야기된 이야기' 속에든 내포되어 있(을지도 모른)다는 기본적인 인식을 가져주시기 바란다. '이야기된 이야기'의 사실성은 어쩌면 진정한 의미의 사실성과 다를 수도 있다. 그러나 그것은 '거짓말'과는 다르다. 그것은 '다른 형태'를 띤, 하나의 틀림없는 진실이다.

이것은 어디까지나 사람들의 자발적인 언어로 이야기된 이야기이며, 재판을 위한 증언은 아니다. 때문에 나는 원칙적으로, 하나하나의 증언 속에서 이야기된 것들의 사실 확인(뒷조사)은 하지 않았다. 그것은 현실적으로나 기술적으로나 거의 불가능한 일이며, 또한 그 작업은 본래—결코 변명하려는 것은 아니지만—이번 작업의 범위에 속해 있지도 않았다.

나는 취재에 임하며 '사람들이 말하는 이야기는 그 개개의 이야기의 맥락 속에서 어김없는 진실이다'라는 기본적인 자세를 유지했고, 지금도 변함없이 유지하고 있다. 그 결과 같은 현장을 동시에 체험한 사람들의 이야기는 세부적으로 차이를 보이기도 하지만, 그것들을 약간의 모순이 담긴 채로 여기에 수록했다. 어쩌면 차이와 모순 그 자체가 무언가를 이야기해줄지도 모른다고 생각했기 때문이다. 이 다면적인 세계에서 때로 부정합은 정합에 뒤지지 않을 만큼 웅변적이다.

다만 이만큼 많은 사람들을 취재하다보면, 그 상대가 어느 정도의 객관적인 진실을 어느 정도 정직하게 이야기하고 있는가는 대체로 판단할 수 있게 되고, 몇 가지 이야기들을 각도를 바꾸어 맞춰보면 그 장소의 공기의 흐름 같은 것이 저절로 드러난다. 발언이 부정확한 부분은 경우에 따라서는 의문부호를 붙이고 '유보' 파일에 넣어두었다(다시 말해 활자화하는 것을 피한 셈이다). 그러나 그것은 어디까지나 예외적인 케이스다. 증언자가 말한 이야기는, 물론 명백한 착각이나 사실 오인일 경우에는 정정했지만, 되도록이면 말한 그대로 여기에 소개하도록 정리했다.

또한 나는 기본적으로 내가 지금 대면하고 있는 취재 대상자 한 사람 한 사람을, 개인적으로나 감정적으로 좋아하려고 노력했다.

이렇게 간단한 말로 써버리면 싸구려 센티멘털리즘으로 들릴지 모르겠지만, 이것은 사실이다. 나는 사람들의 이야기를 있는 그대로 자신 속에 받아들이고 피와 살에 담으려고 했다. 의식을 집중해서 가능한 한 상대의 입장이 되어 사물을 생각하고, 상대의 시선으로 사물을 보고, 상대의 마음으로 사물을 느끼려고 노력했다.

그것은 생각만큼 어려운 일이 아니었다.

왜냐하면 내가 이번에 만난 사람 중에 '이 사람은 재미없다' 라고 생각한 사람은 하나도 없었고, 들은 이야기 가운데 '이 이야기는 재미없다'라고 생각되는 이야기 역시 하나도 없었기 때문이다. 나는 한 사람 한 사람의 인생에, 또한 하나하나의 이야기에 완전히 매료되고 말았다. 인간이란, 인생이란 눈을 똑바로 뜨고 바라보면 각자 이렇게나 심오한 것이구나 하고 새삼 감탄하지 않을 수 없었다. 그 깊이에 적지 않은 감동마저 받았다.

물론 취재라는 한정된 목적을 위해 만나서 한정된 시간에 한정된 화제에 따라 이야기를 나누었다는 것이 크게 작용했을지도 모른다. 그중에는 두 번 만난 사람도 있지만 그것은 어디까지나 소수의 예외다. 대부분의 경우 딱 한 번밖에 만나지 않았다. 만일 그런 만남이 횟수를 거듭해 일상적인 행위가 되면 이야기는 또 조금 달라질지 모른다. 그러나 설령 그러한 사정을 고려한다 해도, 이번 면담들은 작가 입장으로나 한 개인으로서나, 처음에 예상했던 것 이상으로 의미 있는 체험이었다고 생각한다.

(5) 나는 무엇을 하면 되는가? 그리고 감응력

내가 이 책을 쓰기로 결심한 또 하나의 큰 이유에 대해 적어보기로 하자.

한마디로, 나는 일본이라는 나라에 대해 더 깊이 알고 싶었다. 나는 꽤 오랜 세월에 걸쳐 일본을 떠나 외국에서 생활했다. 칠팔 년 정도다. 『세계의 끝과 하드보일드 원더랜드』라는 소설을 쓴 다음 일본을 떠나, 『태엽 감는 새』를 완성할 때까지 잠깐씩밖에 귀국하지 않았다. 다른 사람에게는 말하지 않았지만 나 자신은 그것을 일종의 엑사일(exile, 고향 이탈이라는 표현이 제일 가깝겠지만)이라 생각하고 있었다. 처음에는 유럽에서 살다가 미국으로 거주지를 옮겼다.

한 사람의 소설가로서 나는 다양한 외부의 장소를 체험하고 그곳에 머물며, 거기서 일본어로 이야기를 쓰는 작업을 시도해본 것이다. 일본이라는, 일본어와 또한 나 자신에게 선험적인 (처음부터 당연한 것으로 거기에 있는) 상황을 떠남으로써, 내가 어떤 방법과 어떤 자세로 일본어(또는 일본성)를 다룰 것인지, 그것을 의식적·무의식적으로 그때마다 국면을 바꾸어가면서 시도하고 검증해왔다.

하지만 그 엑사일의 마지막 이 년 동안 나는 내가 꽤 절실하게 '일본이라는 나라'에 관해 알고 싶어한다는 것을 약간의 놀라움과 함께 발견했다. 일본을 떠나 떠돌아다니면서 스스로를 모색하는 시기는 적어도 지금은 끝나가고 있는 것이라는 생각히 서서히 맴돌았다. 내 몸속에서 가치기준의 '줄 바꾸기' 같은 것이 진행되고 있음을 느꼈다. 아마도 나는—지금 와서 새삼 무슨 말이냐고 할지도 모르겠지만—이제 그리 젊지 않은 나이일 것이다. 그리고 내가 사회 속에서 '주어진 책무'를 다해야 할 세대임을 자연스럽게 인식하게 되었으리라.

이제 그만 일본으로 돌아가야겠다고 생각했다. 일본으로 돌아가서, 소설과는 다른 형태로 일본이라는 나라에 대해 좀더 깊이 알기 위한 일을 하나 해보자. 그럼으로써 나는 자신의 존재 방식이나 장소를 새로이 발견할 수 있지 않을까.

그렇다면, 일본을 좀더 잘 알기 위해 나는 과연 무엇을 해야 할까?

내가 무엇을 원하는지 그 기본적인 라인은 대체로 파악하고 있었다. 요컨대 나는 내 속의 감정적 기반을 완전히 없애버리고, 적절한 시기에 일본이라는 '장場의 모습'에 관해 더 깊이 알고 싶었고, 일본인이라는 '의식의 모습'에 관해서도 알고 싶었다. 우리는 도대체 누구이고, 지금 대체 어디로 나아가고 있는가?

그러나 그러기 위해 구체적으로 무엇을 하면 될지는 아무런 전망도 보이지 않았다. 현실적으로 어떤 행동을 하면 될까? 나는 답답한 기분으로 외국 생활의 마지막 일 년을 보내고 있었다. 고베 대지진과 지하철 사린사건이라는, 그야말로 세계를 뒤흔든 심각하고 거대한 두 개의 대사건이 일본을 덮친 것은 바로 이런 시기였다.

결론부터 말하자면, 이 지하철 사린사건에 관한 장기 취재는 내가 '일본에 대해 더 깊이 알기' 위한 작업을 전개하는 데 하나의 실마리가 되어주었다. 나는 이 취재를 통해 수많은 일본인을 만나고, 이야기를 듣고, 지하철 사린사건이라는 거대한 사건을 낳은 일본이라는 장에 대한 검증을 결과적으로 행한 셈이다. 지금 와서 생각하면 거기에는 물론 작가로서의 자아나 패기 같은 것이 어느 정도 개입되어 있었을지도 모른다. 즉 나는 어떤 면에서는 이번 취재를 내게 '유효한 수단'으로 받아들이지 않았는가 생각한다. 그것을 인정하지 않는다면 아마 위선일 것이다.

그러나 그런 일종의 직업적 자아는, 현실의 취재를 진행하는 과정에서 하나하나 깨끗이 사라졌다. 피해자들을 직접 만나 여러 가지 생생한 이야기를 듣는 사이에, '이건 그저 그렇고 그런 이야기가 아니다'라고 생각해 옷깃을 가다듬지 않을 수 없었다. 여기 수록된 증언을 읽어보면 알 수 있을 테지만, 그것은 내가 이전에 상상하고 있던 것 이상으로 깊고 복합적인 의미를 가진 사건이었다. 나는 자신이 이 사건에 관해 얼마나 무지했던가를 절실히 느꼈다. 사실의 무게, 그것은 중대한 요소였다.

뿐만 아니라, 거기에는 틀림없이 '1차 정보'가 발하는 감응력 같은 것이 존재하고 있었다. 나는 그것을 절절이 피부로 느꼈고, 그 흐름에 점점 몸을 내맡기게 되었다. 그리고 자연스럽게 '이 책은 나 자신을 위해서가 아니라 다른 무언가를 위해 조금이라도 더 가치 있는 것으로 완성해야 한다'라고 생각하게 되었다. '자신의 태도를 반성했는가?'라고 묻는다면 '반성했을 것이다'라고 대답할 수밖에 없다. 그러나 솔직한 기분은 '반성했다'라기보다는 역시 '감응했다'는 표현이 더 정확할 것이다. 그것은 논리나 선악을 넘어선 극히 자연스러운 마음의 움직임이었다.

그 자연스러운 감응은 대체 어디서 온 것일까? 그것은 역시 사람들이 말하는 '이야기(말할 것도 없이 '이쪽'의 이야기다)' 속에서 샘물처럼 조용히 퐁퐁 솟아오른 것이 아닐까. 소설가인 나는 어떤 의미에서 그런 이야기에 가르침을 받고 어떤 의미로는 치유받았던 것이다.

이윽고 나는 모든 판단을 정지하고 말았다. 무엇이 올바르고 무엇이 틀린 것인지, 무엇이 정상이고 무엇이 광기인지, 누구에게 책임이 있고 누구에게 책임이 없는지, 그것은 이 취재에서 중요한 문제가 아니라는 것을 알았다. 적어도 최종 판단을 내리는 것은 내가 아니다. 그렇게 생각하니 마음이 편해졌다. 나는 어깨에서 힘을 빼고 사람들의 이야기를 있는 그대로 받아들이게 되었다. 나는 거기에 있는 말의 집적을 그대로 받아들이고, 어느 정도 시간이 지난 후 나름대로 몸을 가루로 만들며 '또 하나의 이야기'를 자아내는 거미가 되었다. 어두컴컴한 천장 한구석에 있는 이름 없는 거미 말이다.

특히 고덴마초 역에서 목숨을 잃은 와다 에이지 씨의 유족과, 중증에 시달리며 과거의 기억과 언어를 잃어버리고 지금도 병원에서 재활치료를 받고 있는 아카시 시즈코 씨(가명)를 취재한 후에는, 나의 말이 가지는 가치에 대해 다시 한번 깊고 신중하게 생각해보지 않을 수 없었다. 내가 골라내는 말은 이 사람들이 맛본 다양한 감정(공포, 절망, 슬픔, 분노, 무감각, 고독, 혼란, 희망……)을 어디까지 생생하게 독자에게 전달할 수 있을까? 인터뷰가 끝난 몇 시간 후, 또는 며칠 동안 나는 그에 대해 심각하게 생각했다.

그러나 취재 과정에서 나의 의도와는 달리 몇몇 사람에게 상처를 주지는 않았는지 걱정스럽다. 그것은 어떤 경우에는 부주의 때문이었고, 어떤 경우에는 무지 때문이었고, 또 어떤 경우에는 나의 인간적 결함 때문이었다. 그리고 원래부터 이야기하는 게 서툰 성격 때문에 내 의도를 정확하게 전달하지 못했던 경우도 있다. 아무튼 생각지도 않게 여러 가지 형태로 상처를 입혔을지도 모를 여러분께 이 자리를 빌려 용서를 빈다.

지금까지 나는 자신을 조금 건방지고 제멋대로이기는 하지만 결코 오만한 인간은 아니라고 생각해왔다. 그러나 '내가 놓인 입장은 좋건 나쁘건 애초에 어떤 종류의 오만을 포함하고 있다'라는 기본 인식을 더 명확하게 가져야 했음을 깨닫고 지금에 와서 반성하고 있다.

지하철 사린사건으로 깊은 상처를 입은 피해자분들의 마음으로 보면, 이 책을 쓰고 있는 나는 '안전지대'에서 온 인간이며, 언제든 그곳으로 돌아갈 수 있는 인간이다. 그런 사람에게 '우리가 맛본 괴로움을 정말로 알 수 있을 리 없다'라고 말한다 해도 어쩔 수 없는 일이다. 그 말 그대로이기 때문이다. 알 수 있을 리가 없을 것이다. 그러나 그렇다고 해서 그 자리에서 이야기를 멈추고 상호 커뮤니케이션을 끊어버린다면, 우리는 그 이상 어디로도 나아갈 수 없을 것이다. 그 뒤에 남는 건 하나의 도그마밖에 없다.

그 말 그대로이지만(그 말 그대로임을 서로 인식하면서), 굳이 그것을 넘어서려고 시도하는 곳에, 논리의 협착을 넘어선 더욱 깊고 풍부한 해결책에 이르는 길이 존재하지 않을까.

(6) 압도적인 폭력이 우리 앞에 드러낸 것

1995년 1월과 3월에 일어난 고베 대지진과 지하철 사린사건은, 일본의 전후 역사를 구획 짓는, 지극히 중대한 의미를 가지는 두 개의 비극이었다. '그것을 통과하기 전과 통과한 후, 일본인의 의식은 크게 달라졌다'라고 해도 조금도 과장이 아닐 정도로 커다란 사건이다. 그 두 사건은 아마 한 쌍의 대격변으로, 우리의 정신사를 말할 때 무시할 수 없는 커다란 이정표로 남게 될 것이다.

고베 대지진과 지하철 사린사건이라는 두 개의 초중량급 사건이 단기간에 연속적으로 일어난 것은 우연이라기에는 너무도 놀라운 일이다. 그것은 마침 거품경제가 무너지고, 어깨를 들썩이며 '앞으로, 앞으로'를 외치던 시대가 퇴색되기 시작하고, 냉전 구조가 막을 내리고, 지구적인 규모로 가치기준의 축이 크게 흔들리고, 그와 동시에 일본이라는 국가의 존재방식의 근간에 대한 심각한 의문이 제기되던 시기에 일어났다. 마치 정조준해 방아쇠를 당긴 것처럼.

그 두 가지 사건의 공통점을 하나만 든다면 그것은 '압도적인 폭력'일 것이다. 물론 폭력의 구체적인 요소는 완전히 다르다. 하나는 불가피한 천재지변이고, 다른 하나는 불가피하다고 할 수 없는 '인재=범죄'였다. 이 둘을 '폭력'이라는 공통항으로 묶어버린다는 것 자체가 무리라는 것도 물론 알고 있다.

그러나 우연히 실제로 피해를 입은 사람들 입장에서 생각할 때, 그 갑작스러움이나 부조리성은 지진이건 지하철 사린사건이건 불가사의할 정도로 비슷하다. 폭력 자체의 출처와 질은 다르지만 그것이 가져다준 충격의 질은 크게 다르지 않은 것이다. 사린사건 피해자의 이야기를 들으면서 나는 때로 그런 인상을 받았다.

피해자 대부분은 '나는 옴진리교 놈들을 정말로 증오한다'라고 말한다. 그러나 사람들은 '정말로 증오'하면서도 그 증오를 현실적인 형태로 발산하지 못해 당혹스러워하는 것으로 보였다. 간단히 말해 자신이 느끼고 있는 분노나 저주를 도대체 어디에다 퍼부어야 할지, 어느 방향으로 발산시켜야 할지를 정확히 모르고 있다. 왜냐하면 그 폭력이 과연 어디서 온 것인지 아직 정확한 '출처(마그마의 위치)'를 명확하게 파악하지 못했기 때문이다. 그런 의미에서—분노나 저주를 발산할 곳이 뚜렷하지 않다는 점에서—지하철 사린사건과 고베 대지진은 형태적으로 닮은꼴이다.

이들(지진과 사린사건)은 생각하기에 따라서는 하나의 강력한 폭력의 앞과 뒤라 할 수 있을 것이다. 또는 그 하나를 다른 하나의 결과적인 메타포로 볼 수 있을지도 모른다.

그것들은 우리의 내부에서 — 말 그대로 발밑의 암흑=지하(언더그라운드)에서 — '악몽' 이라는 형태를 띠고 터져나와, 우리 사회에 내재하는 모순과 약점을 무서울 정도로 명확하게 부각시켰다. 우리 사회는 갑자기 모습을 드러내 미친 듯이 날뛰는 폭력성 앞에서 현실적으로 너무도 무력하고 무방비했다. 우리는 그 폭력의 도래를 예측할 수 없었기에 미리 준비할 수도 없었다. 또한 거기 출현한 것에 대해 재빠르고 효과적으로 대응할 수도 없었다. 거기서 명백히 드러난 것은 우리가 속하는 '이쪽' 시스템의 구조적 패배였다.

바꿔 말하자면 우리가 평상시에 '공유 이미지' 로 소유하고 있던(또는 소유한다고 생각하던) 상상력=이야기는 갑자기 덮쳐온 흉포한 폭력성에 유효하게 대처할 수 있는 가치관을 내놓을 수 없었다고 할 수 있을 것이다. 그 시점에서는 말할 것도 없고 그로부터 이 년이 지난 지금도 사태는 거의 개선되지 않지 않았는가.

물론 사건의 몇 가지 국면에서 지금까지 없던 긍정적인 흐름이 자연발생적으로 생겨났다. 이를테면 지진 직후의 고베와 오사카 지역에서 젊은이들이 중심이 된 구호활동이 큰 힘을 발휘했고, 또한 지하철 사린사건에서도 피해를 입은 승객들이 위험을 무릅쓰고 열심히 구조활동을 벌인 용기 있는 행동은 특필할 만하다. (불행하게도 목숨을 잃은 직원 여러분께 이 자리를 빌려 애도의 뜻을 표하는 바이다.) 몇 가지 예외적인 경우가 있긴 하나 전체적으로 보면 현장에서 보여준 에이단 지하철 직원의 규율 있는 처신과 투철한 직업윤리에는 저절로 고개가 숙여진다.

이런 사실을 생각하면 우리 개개인이 본래부터 가지고 있는 자연스러운 '올바른 힘' 이란 것을 믿고 싶은 기분이 든다. 또한 이런 힘을 보이고 결집함으로써 우리는 앞으로도 갖가지 종류의 위기 사태를 잘 극복할 수 있지 않을까 싶다. 이러한 자연스런 신뢰감으로 연결된 부드럽고 자발적이며 포괄적인 네트워크를 우리는 일상적 차원에서 갖춰나가야 할 것이다.

그러나 그런 긍정적인 측면이 존재하는 것은 분명하다 해도, 그것만으로 시스템 전체의 혼란을 바로잡을 수는 없다. 이번 사린사건에 관해 말하자면 에이단 지하철과 소방청, 경찰청의 지도자는 현장 근무자들이 목숨을 걸고 수행한 양심적인 행동에 걸맞게 기민하고 성실하게 사건에 대응했다고는 볼 수 없다. 당일의 행동도 그렇고 현재의 자세도 마찬가지다.

에이단 지하철 직원 한 사람은 취재를 하러 온 우리 앞에서 지겹다는 듯이 말했다. "이제 (취재는) 그만 하는 게 어떻습니까. 다들 그 사건을 잊으려고 하니까요." 그런 마음을 모르는 것은 아니다. '우리도 피해자이고 충분히 당할 만큼 당했으니 제발 가만 내버려둬' 라는 뜻이다.

그러나 모든 사람이 사건을 잊어버린다면 그걸로 끝일까? 확실히 '이제 그만 사건을 잊고 싶은' 직원들이 많은 건 사실이다. 그러나 그런 사람만 있는 게 아니다. 그중에는 '사람들이 절대로 간단히 잊어버리지 않았으면 한다' '이 사건을 이대로 풍화시켜서는 안 된다' 라고 생각하는 사람들도 있다. 그리고, 이제는 입을 열 수 없는 죽은 이들도……

물론 이것은 커다란 돌발 사고이고, 상황이 복잡하게 얽혀 있기에, 현장에 갖가지 혼란과 과실이 빚어지는 것은 피할 수 없는 일이다. 너무 놀라서 정신을 차릴 수 없었을 것이다. 바로 그 때문에, 이 책에 실린 증언을 읽어보면 알 수 있듯이, 에이단 지하철과 소방청, 경찰청, 각종 의료시설에서는 크고 작은 혼란과 많은 판단 착오가 발생했다. '왜 또 저랬지?' 하고 고개를 갸웃거릴 수밖에 없는 일들이 적지 않다.

그러나 나는 여기서 그런 개인적인 차원의 판단 착오를 일일이 구체적으로 비난하고 질책할 생각은 없다. '어쩔 수 없었다' 고는 할 수 없겠지만, 자세히 검증해보면 제각기 참작할 만한 점들이 없지 않기 때문이다. 개개의 과실을 개선하는 일을 게을리해서는 물론 안 되겠으나 그보다 훨씬 더 중요한 것은 '우리 사회 시스템이 마련했던 위기관리 체제 자체가 상당히 부실하고 불충분했다' 라는 엄청난 현실을 절실히 인식하는 일일 것이다. 현장의 판단 착오는 어디까지나 그 결과의 집적에 지나지 않는다.

내가 그보다 더욱 심각하게 위기감을 느낀 것은, 당일 발생한 수많은 과실의 원인이나 책임, 그에 이르기까지의 경위, 또한 그런 과실에 의해 발생한 결과의 실태가 아직도 정보의 형태로 일반에 충분히 공개되지 않았다는 사실이다. 다시 말해 '과실을 외부에 명확히 밝히고 싶어하지 않는' 일본적 조직의 체질이다. '집안 창피니까' 라는 것이다. 그 결과 수많은 정보가 '재판중이라서' 라든지 '공무집행중에 일어난 일이라서' 라는 터무니없는 이유로 취재를 제한받고 있다.

또한 다방면의 관계자에게 취재를 요청했지만 '나는 가능한 한 협력하고 싶지만 위쪽에서 좀……' 이라는 변명을 몇 번이나 들어야 했다. 아마도 누군가가 솔직하게 모든 것을 이야기하면 그로 인해 책임 소재가 분명해지기 때문일 것이다. 때문에 함구령이 내려진 것이다. 그것은 대부분의 경우 엄격한 명령이 아니다. 상사가 넌지시 던지는 암시다. '이제 끝난 일이고, 쓸데없는 말은 하지 않는 게 좋지 않을까' 라며 지극히 막연하게, 그러나 그 의미를 누구나 알 수 있는 암시를 주는 것이다.

『태엽 감는 새』라는 소설을 쓰기 위해 1939년의 '노몬한 사건' 을 면밀하게 조사한 적이 있었다. 자료를 조사하면 조사할수록 그 당시 일본 육군의 운영 시스템이 얼마나 엉성하고 어리석었는지 벌린 입을 다물 수 없었다. 왜 이런 무의미한 비극이 역사 속에 허무하게 방치되고 말았을까. 하지만 이번의 지하철 사린사건의 취재를 통해, 내가 경험한 이런 폐쇄적이고 책임 회피적인 사회 체질은 사실 당시의 육군과 그리 다르지 않다는 것을 알았다.

간단히 말하면 현장에서 총을 든 병사들만 아무 의미 없는 고통에 시달리다 죽어간다는 것이다. 후방에 있는 장군이나 참모는 일절 책임을 지지 않는다. 그들은 체면을 중시하여 패배라는 사실을 인정하지 않고 시스템 언어를 구사한 수사학으로 실책을 호도한다. 도저히 호도할 수 없는 패배라는 사실이 명백히 밝혀졌을 때는 전선 지휘관의 직무 책임으로 엄하게 다스린다. 많은 경우에 할복자살을 해야 한다. 실상을 밝혀주는 정보는 '군기' 라는 명목으로 공개되지 않는다.

이래서는 전선에서 용감하게 싸우다(그들은 놀랄 정도로 용감했다), 어리석은 작전의 희생양으로 쓰러져간 이름 없는 병사들의 존재를 알릴 방법이 없다. 설령 오십 년 전의 일이라 하더라도 그런 어리석은 일이 실제로 일어났다는 사실에 나는 적지 않은 충격을 받았다. 그러나 실은 그와 거의 다름없는 일이 현대 일본에서도 일어나고 있다. 이것은 악몽 이외의 그 무엇도 아니다.

결국 노몬한 패배의 원인은 육군 상층부에 의해 유효하게 분석되지 않았다(물론 어느 정도의 분석은 행해졌지만 그것은 그쪽에 상당히 유리한 식이었다). 그 사건은 미래를 위한 교훈이 되지 못했다. 육군은 간토 군 참모 몇 명을 교체시키는 선에서 그 국지전에 관한 모든 정보를 내부에 감추어버렸다. 그로부터 이 년 후에 일본은 제2차 세계대전에 돌입한다. 그리고 거기에서도 노몬한에서 일어난 것과 똑같은 오류와 비극이 더욱 거대한 규모로 반복되는 것이다.

이 지하철 사린사건에 대해 정부는 빠른 시기에 각 분야의 전문가를 모아 공정한 조사위원회를 조직하고, 숨겨진 사실을 규명하고, 주변 시스템을 철저히 재검토했어야 했다. 무엇이 잘못되었고 무엇이 조직의 정상적인 대응을 방해했는가? 그런 사실을 엄하고 면밀하게 추구하는 것이야말로, 사린가스에 의해 불행하게 목숨을 잃은 사람들에게 표해야 할 최소한의 예의이며 우리의 절박한 책임일 것이다. 그리고 거기서 얻은 정보는 부문별로 밀폐할 것이 아니라 널리 세상에 공개하고 공유해야 한다. 그런 대응이 이뤄지지 않는 한, 체질화된 실패가 언젠가 다시 반복될 위험이 있다.

우리는 이 거대한 사건을 통과해 도대체 어디로 나아가려 하는

가? 그것을 모른다면 이 지하철 사린사건이라는 '지표 없는 악몽'으로부터 벗어날 수 없는 것이 아닐까.

(7) 언더그라운드

지하철 사린사건에 내가 흥미를 가진 것에는 또다른 개인적인 배경이 있다. 그것은 이 책의 제목에도 있듯이 '지하(언더그라운드)'라는 장소가 개재되어 있다는 것이다. 나에게 지하세계는 일관되게 중요한 소설적 모티프이자 무대였다. 예를 들면 우물과 지하도, 동굴, 땅속을 흐르는 강, 하수구, 지하철 등은 항상 (소설가로서 또는 개인으로서) 내 마음을 강하게 끌어당긴다. 그 모습을 보는 것만으로, 아니, 그런 아이디어를 떠올리는 것만으로 내 마음은 수많은 이야기로 이끌리곤 했다.

특히 『세계의 끝과 하드보일드 원더랜드』와 『태엽 감는 새』에서 지하세계는 이야기의 중심적 역할을 한다. 사람들은 뭔가를 갈구하여 지하세계로 내려가고 거기서 다양한 이야기들을 만난다. 그것은 물론 물리적인 언더그라운드임과 동시에 정신적인 언더그라운드이기도 하다.

『세계의 끝과 하드보일드 원더랜드』에는 도쿄의 지하, 어둠 속에서 살아가는 '야미쿠로'라는 생물(물론 내가 상상한 가상의 생물이다)이 등장한다. 그들은 고대부터 땅속 깊은 어둠 속에 살고 있는 징그럽고 사악한 생물이다. 눈도 없고 죽은 동물의 고기를 먹고 산다. 그들은 도쿄의 지하에 종횡무진 길을 뚫고 여기저기 둥지를 틀어 집단으로 살아간다. 그러나 일반인들은 그 존재조차 모른다. 주인공 '나'는 어떤 사정 때문에 그 지하의 신화적 세계로 잠입해 야미쿠로의 무서운 추격을 받게 되지만, 음산하고 깊은 어둠을 빠져나와 지하철 긴자 선 구내에서 무사히 아오야마잇초메로 탈출한다.

나는 이 소설을 쓴 후에 도쿄의 지하철을 타면서 때로 '야미쿠로'들을 생각했다. 언젠가 야미쿠로들이 떼를 지어 어둠 속을 살금살금 기어나와 우리를 습격하는 모습을 상상했다. 커다란 돌로 레일을 막아 전차를 멈추게 하고, 불을 꺼버리고, 창문을 깨뜨리고 어두운 차 안으로 밀려들어, 날카로운 이빨로 우리의 살을 뜯어먹는 광경을.

물론 아이같이 유치하고 터무니없는 상상에 지나지 않는다. 마치 B급 공포영화 같다. 그렇지만 문 옆에 기대서서 창문 너머 지하철 구내의 어둠 깊숙한 곳에 눈길을 던지고 있노라면, 기둥 뒤편에서 징그러운 야미쿠로들의 모습이 얼핏 보이는 듯한 기분이 든다.

지하철 사린사건 뉴스를 들었을 때 나는 어쩔 수 없이 이 야미쿠로를 떠올리고 말았다. 내가 지하철 창밖을 보면서 감지한 야미쿠로의 어슴푸레한 그림자가 문득 뇌리를 스쳤다. 지극히 개인적인 공포(또는 망상)의 차원에서 말하자면 이 지하철 사린사건이 던져준 꺼림칙하고 기분 나쁜 그림자는, 도쿄 언더그라운드의 어둠을 매개로 해 내가 만들어낸 야미쿠로라는 생물(그것은 물론 나의 의식의 눈이 찾아낸 것이다)과 관련이 있는 듯한 느낌이 든다. 그 관련성도 나에게는 큰 의미를 가지는, 이 책을 쓰는 하나의 동기가 되었다.

단순히 옴진리교 교단이 러브크래프트의 소설에 나오는 것처럼 사악한 야미쿠로의 무리라고 말하려는 것은 아니다. 내가 『세계의 끝과 하드보일드 원더랜드』에서 야미쿠로들을 묘사함으로써 소설적으로 표출하고 싶었던 것은 아마도 우리 내면에 존재하는 근원적인 '공포'의 한 형태일 것이다. 그것은 우리 의식의 언더그라운드, 혹은 집단기억으로서 상징적으로 기억하고 있을지도 모를 순수한 위험 그 자체의 모습이다. 그리고 그 어둠의 깊이에 잠겨 있는 '뒤틀린' 것들이, 그 모습을 현실로 만들었을 때 살아 있는 우리에게 끼칠지 모를 의식의 파동인 것이다.

그것은 무슨 일이 있어도 풀려나서는 안 된다. 또한 그 모습을 눈으로 보아서도 안 된다. 우리는 무슨 일이 있어도 야미쿠로들을 피해서 햇살 속에서 살아가야 한다. 지하세계의 기분 좋은 어둠은 때로 우리의 마음을 위로하고 부드럽게 어루만져준다. 거기까지는 좋다. 우리에게는 그것도 필요하다. 그러나 결코 더 앞으로 나아가서는 안 된다. 가장 안쪽에 자물쇠를 걸어둔 문은 열어서는 안 된다. 그 건너편에는 야미쿠로들의 가없이 깊은 어둠의 이야기가 펼쳐져 있기 때문이다.

그러한 내 개인적인 관점에서 본다면(즉 나 자신의 이야기에서 본다면), 옴진리교 교단의 다섯 명의 '실행자'들이 뾰족하게 간 우산 끝으로 사린 봉지를 터뜨렸을 때, 그들은 바로 그 야미쿠로들의 무리를 도쿄 지하의 그 깊은 어둠의 세계에 풀어놓은 것이다. 나는 그 광경을 상상하고 속으로 오싹했다. 공포스러워하고, 혐오스러워했다. 이제 와서 이런 말을 하는 것은 어리석은 일일지도 모른다. 그렇지만 나는 큰 소리로 외치고 싶다. "그들은 절대로 그런 짓을 하지 말았어야 했다. 무슨 일이 있어도."

(8) 끝맺으면서

먼저 일 년에 걸쳐 리서치를 맡아주신 오시카와 세쓰오, 다카하시 히데미네 두 분께 감사드린다. 이 두 분의 귀중한 도움에 관해서는 앞에서도 말했다. 그러나 그뿐만 아니라 그들은 필자인 나를 정신적으로도 떠받쳐주었다. 장기간에 걸친 일이라 우여곡절도 많았다. 살아 있는 인간이기에 조금은 침울해지기도 한다. 그럴 때마다 두 사람은 유익한 조언과 함께 "무라카미 씨, 이건 정말 멋진 작품이 될 겁니다. 힘을 냅시다" 하고 격려해주곤 했다.

담당 편집자 기노시타 요코 씨는 문예서 편집만 해온 사람이라 이러한 논픽션은 작업한 적이 없었다. 그럼에도 취재나 편집을 진행하면서 줄줄이 튀어나오는 현실적인 잡무를 하나하나 빈틈없이 신속하게 처리해주었다. 깊이 감사드린다. 또한 고단샤의 도쿠시마 다카요시 씨, 아마노 게이코 씨, 미야다 아키히로 씨에게는 기획 때부터 유형무형의 따뜻한 원조를 받았다. 이런 분들의 뒷받침이 없었더라면 이 책은 지금의 이런 모습으로 태어나지 못했을 것이다.

일 년간에 걸쳐 인터뷰 녹음테이프를 문장으로 바꾸어주신 주식회사 미야다 속기의 스태프 여러분께도 이 자리를 빌려 감사드린다. 이분들의 숙달된 편집 작업이 없었더라면 이 책을 완성하기까지 나의 고생은 이루 말로 다 할 수 없었을 것이다.

내 책상 위에 놓인 매킨토시 6310에게도 역시 감사의 말을 해야겠다. 이 컴퓨터의 도움이 없었더라면 이만큼 방대한 원고를 조직화하는 것은 불가능했을 것이다.

또한 스터즈 터클 씨와 밥 그린 씨의 책에서 구성상의 유익한 힌트를 얻었다는 사실도 여기 기록해둔다.

우리의 의뢰에 응해 장시간에 걸친 인터뷰에 기꺼이 참여해주신 62명의 증언자 여러분께 깊은 감사와 경의를 표하며 이 책을 바친다. 내가 이 취재를 통하여 만난 모든 사람들이 건강하고 보람 있는 인생을 보낼 수 있기를 기도한다.

나의 기도가 얼마나 효과를 발휘할지 솔직히 알 수 없다. 약간은 효력을 지닐 것이라고 단언할 정도의 자신은 없다. 결국 나는 수많은 개인적인 결함을 끌어안은 불완전한 한 사람의 작가에 지나지 않으므로. 그러나 그런 보잘것없는 나의 기도가 조금이라도 받아들여질 틈이 이 세상 어딘가에—못 보고 놓칠 만큼 작게—있다면, 정성을 다해 기도하고 싶다.

"내가 당신에게 받은 것을 당신에게 그대로 돌려드릴 수 있기를" 이라고.

1997년 1월 5일

| 참고문헌 |

도쿄 신문사 사회부 편, 『옴, 조직범죄의 수수께끼』, 도쿄신문출판부

에가와 쇼코, 『옴진리교 재판 방청기①』, 문예춘추

마이니치 신문 사회부, 『심판 받는 옴의 야망』, 마이니치 신문사

사키 류조, 『옴 법정 연속방청기』, 쇼가쿠칸

사키 류조, 『옴 법정② 아사하라 출정』, 쇼가쿠칸

지은이 **무라카미 하루키**
1979년 『바람의 노래를 들어라』로 군조신인문학상을 수상하며 데뷔했다. 1982년 『양을 쫓는 모험』으로 노마문예신인상, 1985년 『세계의 끝과 하드보일드 원더랜드』로 다니자키 준이치로 상을 수상했다. 『도시와 그 불확실한 벽』 『기사단장 죽이기』 『1Q84』 『여자 없는 남자들』 『일인칭 단수』 외 수많은 소설과 에세이로 전 세계 독자들의 사랑을 받고 있다.

옮긴이 **양억관**
울산 출생. 현재 전문번역가로 활동하고 있다. 옮긴 책으로 『모방범』 『색채가 없는 다자키 쓰쿠루와 그가 순례를 떠난 해』 『고역열차』 『중력 삐에로』 『단테의 신곡』 『러시 라이프』 『달빛의 강』 『조제와 호랑이와 물고기들』 『LAST』 『자정 5분 전』 『69』 『SPEED』 『인간 동물원』 『교코』 『코인로커 베이비스』 『들돼지를 프로듀스』 『용의자 X의 헌신』 『사고루 기담』 등이 있다.

문학동네 세계문학
언더그라운드

1판 1쇄 2010년 12월 1일 | 1판 17쇄 2024년 5월 30일

지은이 무라카미 하루키 | 옮긴이 양억관
책임편집 양수현 | 편집 김지연 황문정 | 독자 모니터 이원주
디자인 오필민 유현아 | 저작권 박지영 형소진 최은진 서연주 오서영
마케팅 정민호 서지화 한민아 이민경 안남영 왕지경 정경주 김수인 김혜원 김하연 김예진
브랜딩 함유지 함근아 고보미 박민재 김희숙 박다솔 조다현 정승민 배진성
제작 강신은 김동욱 이순호 | 제작처 한영문화사(인쇄) 경일제책(제본)

펴낸곳 (주)문학동네 | 펴낸이 김소영
출판등록 1993년 10월 22일 제2003-000045호
주소 10881 경기도 파주시 회동길 210
전자우편 editor@munhak.com | 대표전화 031) 955-8888 | 팩스 031) 955-8855
문의전화 031) 955-1927(마케팅) 031) 955-1917(편집)
문학동네카페 http://cafe.naver.com/mhdn
인스타그램 @munhakdongne | 트위터 @munhakdongne
북클럽문학동네 http://bookclubmunhak.com

잘못된 책은 구입하신 서점에서 교환해드립니다.
기타 교환 문의: 031) 955-2661, 3580

ISBN 978-89-546-1336-1 03830

www.munhak.com